アメリカ小説の60年代

新しい語りの模索

前田　圓

Maeda Madoka

海鳥社

まえがき

本書に収録した12の論文の過半数は，1960年代末から1970年にかけてアメリカ小説界で行われたラディカルな文体実験に対する論考である。12編は執筆の年代順に並べた。副題の「語り」は，狭義でのナラトジー（語りの形式）でなくて，小説のテーマ，構成，語りの方法のすべてを含めたナラティブ（小説表現）の意味で使った。

1960年代は，アメリカ史上未曾有の激動の時代であった。「パックス・アメリカーナ」，「アメリカ最良の時」を謳歌していた1950年代の繁栄と平穏が一変し，60年代は初頭から政治的にも，社会的にも，驚天動地の大事件が続出した。キューバ危機，ベトナム軍事介入，ケネディ大統領をはじめとする要人暗殺，大都市での黒人暴動，大学紛争の激化，都心のスラム化，治安の悪化，ベトナム戦の泥沼化に伴う反戦運動の熾烈化，人種差別反対闘争等々，相次ぐ異常事件がアメリカ全土を震撼させた。異常事態の頻発は，従来の中産階級を支えてきた価値観・道徳観への異議申し立て，そして否認を惹き起こし，また市民生活の基盤であった生活様式あるいは感性の見直しや変更を迫り，それらが相俟ってアメリカ社会を急激かつ決定的に変えつつあった。

文学の世界でも，限りなく混迷を深め腐敗していくマンモス社会の行く末に対する不安と，それに適切に対処できない現行政治・体制への不満・絶望が，当時の小説家の作品に色濃く影を落とすこととなった。若手作家たちは，伝統的リアリズムの小説手法では，もはや混乱するアメリカのこの驚くべき現実を把握し表現することはできないと考えるようになる。そして彼らの関心は激変する外部よりも，むしろ自らの内部 ── 個人的経験・主観的知覚 ── の方向に向かい，彼らは，従来のリアリズムを支えてきた物語の筋や，作中人物の重要性を否定し，リアリズムに取って代わる新しい語りを模索しはじめる。ある者はパロディ，戯画化，ブラック・ユーモアで，現実を今までと異なったパースペクティブで切りとって，その奥に潜む超越的意味を垣間見ようとする。またある者は言語が外のものを指し示すという言語機能への不信から出発し，言語の新しい機能の開発を通じて，人間経験の未知の分野，感性の新しい地平の開拓を目指した。彼らが60年代，70年代に試みたこうした文体実験は，その後アメリカやヨーロッパで定着し，現在の小説の主流となってきた。

本書では，全体の序に代えて，Ⅰを12章の著者中唯一のイギリス人であるアイリス・マードックへの論述から始めた。マードックはリアリズムの手法で書くイギリスの女流作家であるが，1954年処女作を執筆する前年，『サルトル論』で，イギリスのみならず全世界の小説が当時直面していた問題点を整理・確認したうえで，それらの問題点を克服すべく自らの創作活動を開始した。故に，イギリス，アメリカを含めて1960年代が始まる直前の世界の文学的状況を概観するという意味で，本書の冒頭にまずマードック論を置いた。

ⅡからⅤまでは，トーマス・ピンチョン，ドナルド・バーセルミ，カート・ヴォネガットなどのニュー・ライター，あるいはポスト・モダニストと呼ばれた若手アメリカ人作家たちの書いたアンチ・ノベル（反小説）への所見である。Ⅵは，多民族国家アメリカでのマイノリティであるユダヤ人の同化をテーマにした異色のユダヤ系作家フィリップ・ロス論である。ⅧとⅨは，ニュー・ライターの１人で，また60年代ヒッピーたちの教祖的存在でもあったリチャード・ブローティガンの２つの代表作に対してアメリカ文化論的アプローチを試みたものである。最後の３章は，ウィリアム・フォークナー，トルーマン・カポーティ，トーマス・ウルフという新旧３人のアメリカ南部作家が南部を主題としたそれぞれの代表作への論評である。ただ，フォークナー作品には，人種問題をテーマにしているだけに，今日から見れば少なからぬ不適切な用語・表現があるが，1930年代の南部における一部白人たちのオブセッションを理解するため，敢えてフォークナーの用語を変えることはしなかった。

各章には，問題の所在を明確にするために，それぞれ文頭に総論的序を据え，また論を具体的に展開するために必要な数と分量の引用を原文から行った。というのも今回取り上げた作家の作品は，現在ではほとんど絶版になっていて，一般読者が原文を入手することは絶望的だからである。総論的序と原文からの頻繁な引用で，原書なしでも筆者の論旨と論拠が一応了解してもらえるのではないかと考えたのである。

目　次

Iris

I

アイリス・マードックと
ニュー・リアリズム

Murdoch

序

世界の小説界にとって，1950年代後半から1960年代は，相反する２つの傾向が対立し拮抗した激動の期間であった。ヨーロッパとアメリカ合衆国では，1950年代の終わりに従来のリアリズム小説に対してその正統性を問う深刻な疑問が次々に提出されはじめ，多くの若い作家たちは伝統的小説の概念および技法を徹底的に否定するところから自分の創作活動を開始した。そしてこれら若手作家の試みた前衛的，実験的小説が，その後のヨーロッパやアメリカで定着し，そこでの小説の主流となって現在に及んでいる。

これに反し，同時期のイギリス小説界には，こういった革新の動きは皆無に等しく，中堅作家はもとより新しい作家たちも，伝統的リアリズムの手法で十分満足してきた。そしてこの傾向は現在も変わっていない。コミュニケーションの発達した現代，同じ英語圏に属するアメリカとイギリスにおけるこの対照は，きわめて異常で目立つものだと言わざるをえない。

この間の事情をもう少し詳しく見てみよう。フランスでは50年代後半に，アラン・ロブ=グリエを中心とするヌーボー・ロマン派が台頭してくる。ナタリー・サロート，クロード・シモン，サミュエル・ベケット，マルグリット・デュラスたちがそうである。ロブ=グリエは，『新しい小説のために』という評論集で，ヌーボー・ロマンの目指す方向は，昔の斬新さを失い今は惰性的にしか使われていない19世紀的リアリズムを捨てて，新しき「書き方」（エクリチュール）を発明することであると宣言している。ヌーボー・ロマンは，従来のリアリズムを成立させてきた作中人物，物語，それに形式と内容の二元論を，「時代遅れの概念」として斥ける。この理論に基づいて書かれたロブ=グリエの作品，『消しゴム』（1953），『嫉妬』（1957），『快楽の館』（1965）が，いわゆるストーリーも，伝統的な意味での登場人物ももたないのは当然のことで，さらに人物の心理描写は一切払拭されており，また「けだるい９月の午後」のけだるいといった情緒を表現する形容詞すら排除される。彼の作品に残ったのは，外から対象を無機的，客観的に観察し記録していくカメラのような正確な眼だけである。ロブ=グリエの情熱は，例えば植林されたバナナの木の幾何学的配置とその本数，あるいは，ナプキンで叩き潰されたむかでの跡の執拗な描写に専ら注がれることになる。

一方アメリカでも，詩人アレン・ギンズバーグとともにビート・ジェネレーションを構成するジャック・ケルアックの『路上』が1957年世に出る。彼らの狙いは微温的で自己満足的なアメリカ中産階級の価値意識と物質文明への挑戦で，性と麻薬と音楽で武装した彼らのサイケデリックな戦いの姿勢は，アメリカだけでなく全世界の若者の共感を呼び，後のヒッピー風俗や，フラワー・ジェネレーションの母胎となった。ついで60年代にはブラック・ユーモリストと称される若手作家が現われてくる。このグループに属する作家とその代表作は，ジョン・バース『酔いどれ草仲買人』(1960)，ジョセフ・ヘラー『キャッチ-22』(1961)，ドナルド・バーセルミ『白雪姫』(1967)，カート・ヴォネガット『スローターハウス５』(1969) である。これらはみな，幻想，誇張，ＳＦ，パロディそしてブラック・ユーモアを多用しつつ，従来の小説と全く異質の魅力とメッセージをもった小説である。

彼らはまた，少し遅れて60年代末に作品を発表しはじめるトーマス・ピンチョン，リチャード・ブローティガン，ロナルド・スーケニック，イシュマエル・リードらと一括して，ニュー・ノーベリストまたはニュー・ライターとも呼ばれる。彼らのテーマは，アメリカ文明への絶望からくる虚無感，巨大科学技術の前でますます縮小し矮小化する個人の戯画化，文明否定などで，表現の面から見れば，リアリズムの徹底的拒否，新しい言語空間の構築，種々の文体実験，幻想への傾斜が顕著である。

この間，イギリスの小説界に，革新の動きが全くなかったわけではない。50年代にはジョン・ウエイン，キングズリー・エイミス，ジョン・オスボーンらの若手が，その作品の中で英国社会の保守性に対する反抗的・挑戦的態度を表明し，「怒れる若者たち」と呼ばれた一時期があった。しかしこの反抗の姿勢は永続せず，彼らは結局英国小説の伝統の大きな流れに呑みこまれてしまった。60年代になると，英国は従来のリアリズムの手法で書く作家ばかりとなる。60年キングズリー・エイミス『こんな女を奪え』，61年アンガス・ウィルソン『動物園の老人たち』，アイリス・マードック『切られた首』，62年ドリス・レッシング『金色のノートブック』，マードック『犬ばら』，63年マーガレット・ドラブル『夏の鳥籠』，マードック『一角獣』，64年ウィリアム・ゴールディング『尖塔』，65年ドラブル『碾臼』，66年マードック『天使の時』，68年エイミス『私は今それが欲しい』，マードック『愛の軌跡』が書かれている。これらの英国作家は，19世紀以来のリアリズムの小説手法には何の問題もないかのように，海外での過激とも言える反リアリズム，非リアリズム小説の流行も知らぬげに，リアリズムに則って小説を書き続けるのだが，その落着きと自己満足は，外から当時の英国を眺める時，確かに異様に映るのである。マーガレット・ドラブルは中でも一番若い作家だが，BBC放送のインタビューで次のように所信を述べているという。

　わたしは50年たってから読まれる実験小説など書きたくありません。世間の人はこの作者は先を読んでいたとおどろいてくれるでしょうが。私はそういう小説にはただ興味がないんです。自分で慨嘆している伝統の始まりに立つくらいなら，消えかかっている伝統のおわりにいたいと思います（BBC録音，1967年「60年代の小説家[1]」）。

これはまた断乎たる，しかし感情的リアリズム擁護論であるが，同時に60年代の英国作家の気持ちをよく代弁しているとも言えよう。バーゴンジーは『現代小説の世界』（1970）で，アメリカやヨーロッパでは前衛的小説が生まれたのに，なぜひとりイギリスでは，伝統的リアリズムが主流を占めているかを詳細かつ納得的に論考している。バーゴンジーはこの相異を，イギリス，アメリカ両国の国民性の違いから演繹しようとしている。彼は言う，「フランスの小説では，個人と社会との関係は，鋭角的，対立的になりがちである。……それにたいしてイギリスの小説では調子はもっとおだやか」である[2]。ヨーロッパとアメリカではリアリズムは盛りをすぎたと考えるのに，イギリスでは２度にわたる大戦にもかかわらず，リアリズムの伝統とそれを育んだ英国中産階級はしっかりと生き残っており，「いまなお，個性的なもの，アマチュア的なものを重んずる傾向は明らかであり，それにたいして，組織的，純理的なものが嫌われている[3]」。

1）バーナード・バーゴンジー／鈴木幸夫・紺野耕一訳：『現代小説の世界』p.86
2）同前書 p.50
3）同前書 p.75

とはいうものの，いかに伝統的リアリズムに則って書くといっても，およそオリジナルを自負する作家が，既存の作家の作風をそのまま真似することはありえない。

小説家が自分独自の作品を書く動機と実践の中には，必然的，不可避的に，既存の作家，従来の小説技法への批判や，それを改訂しようという努力が含まれるはずで，これがすべての新しく書かれる小説が，反小説（アンチノベル），新小説（ヌーボー・ロマン）と呼ばれる所以（ゆえん）でもある。アイリス・マードックも，普通リアリズムの作家に分類されているが，彼女の小説は従来のリアリズムがもたなかった多くの新しい面をもち合わせている。私のこの小論の目的は，現代英国のリアリズム作家の代表と見做されているアイリス・マードックを取り上げて，彼女の作品の中に伝統的リアリズムの要素がどのくらい色濃く残っているか，また従来のリアリズムになかったマードックの独創は何であるかを明らかにすることである。その際対象とする作品は，マードックの創作活動の最初の10年間，1953年から1963年のものに限った。これは評論『サルトル論』と，『網の中』から『一角獣』までの７冊の小説になる。その理由は第１に，この７冊を書く10年間に，マードックは文体上の様々な工夫，創作上の実験を行って一応の結論に到達したし，マードック独自のテーマや物語のパターンも，この10年間にすべて出揃ったと考えられるからである。もう１つの理由は，原文から多少長い引用をする都合上，20冊に及ぶ彼女の全作品をカバーすることは不可能であると判断したからである。彼女の第８作以降については，別の角度から稿を改めて論ずる予定である。

1　マードックの出発点

Iris Murdoch（アイリス・マードック，1919－）は，処女作『網の中』を書く前年の1953年に，「ロマンチックな合理主義者」という副題のついた『サルトル論』を発表して，その中で先輩作家ジャン・ポール・サルトルを論じることによって，彼女自身の小説に対する考えを確認し，自分が書こうとする小説の方向づけを行っている。

マードックはまず，サルトルは典型的に現代的作家なので，サルトルを理解することは，現代小説の置かれている状況，並びにその欠陥を知ることになると考える。彼女はサルトルの作品から主として初期の『嘔吐』と，戦後の未完の大作『自由への道』の２つを取り上げる。

『嘔吐』はまさに哲学的小説で，周知の如く，主人公ロカンタンはある日突然，それまで飼い馴らされた動物みたいに静かだった風景や物が，奇怪なものに見えてくるのを経験する。マロニエの根っ子が，椅子が，小石が，まるでシュールレアリズムの絵の中の物体みたいにグロテスクに見えはじめ，ロカンタンに嘔き気を催させる。嘔き気は裸の存在に直面した人間精神の反応と困惑の比喩表現である。ロカンタンは哲学で言う認識主観の擬人化で，彼の意識は人間離れした純粋性と無色透明さをもち，マードックの言うように彼は「本質的に形而上学的・超越的人物で，他人とは無関係に生きている[4)]」。

『自由への道』のテーマは，『嘔吐』でサルトルが描いた，あの嘔き気を催させる物で充満した世界に置かれた個々の人間が，他人とどう関わるのか，個人は社会や国家とどう関連するのか，個人が自己の完全性，自己確認を追求する過程で遭遇する自由の選択の問題はどんな形で現れてくるかを具体的に示すことであった。

『自由への道』には３つのタイプの人間が登場する。内省的・懐疑的で現代のハムレットとも言うべきマチュー，思弁的で性的倒錯者のダニエル，疑うことを知らぬ実直なコミュニストのブリュネ。ダニエルはロカンタンの延長で「ニューロティックで自虐的」，マチューはサルトルの代弁者で「透明で冷たい意識」の持ち主で，他人の意識と関わりをもつことを拒否する。マードックが非難をこめて言うように，サルトルはマチューに愛人マルセルを愛していると言わせたかと思うと，次の瞬間愛していないと言わせる。戦うのは無駄だと言ったマチューに，その直後小銃を持たせて塔に登らせ，圧倒的優勢な重火器を持ったドイツ軍部隊に立ち向かうという自殺行為を選ばせる。マードックはこれを，昔ながらのロマンチックな問題解決法であると考え，サルトルを「ロマンチックな合理主義者」と呼んだのであった。20世紀のロマンチシズムは，孤独で自己中心的で矮小な個人を生んできた。マチュ

4）Iris Murdoch: *Sartre* p.21

ーも作者のサルトルも，このロマンチシズム病に冒されている。サルトルの関心は，マルセルという生身の個人の苦しみというより，彼女の苦しみを惹き起こす状況，苦しみという抽象的観念の上にある。「サルトルは主人公を洞察，現実直視の直前まで連れて行き，そこに彼等を置き去りにする[5]」というマードックの不満が出てくる所以である。

マードックは『サルトル論』で，サルトルだけでなく，その少し前に創作活動を行った2人の偉大な英国人，ヴァージニア・ウルフとジェームズ・ジョイスにも言及している。サルトルがマチュー，ダニエルといった内省的で自意識の強い人物を描いた時，描写は必然的にこれらの人物の心理を取り扱うことになり，サルトルはこういう心理を「内的独白」の手法で描き出していた。『自由への道』第1部第7章で，ダニエルが3匹の飼猫をバスケットに詰めてセーヌ河で溺死させようとして実行しきれないくだりなどがその例である。そしてこの「内的独白」こそ「意識の流れ」の作家ヴァージニア・ウルフとジェームズ・ジョイスの独擅場であった。ところがマードックはこうした孤立した人間の内的意識からは「青ざめた病的人間像」しか出てこないと考える。「意識の流れ」の作家に対してマードックは手厳しい。「細心に香料と薬品で防腐処置を施し，瞬間を永遠的なものにしようとするウルフ」，「無意味な現在を羅列するウルフ[6]」，「ジョイスは細部を積み上げていって，ついにストーリーの輪郭を見失う[7]」。ウルフの小説には「音とか色の微粒子のような印象の連続があるだけで，しかも作中人物も作者自身もそれで満足しているように見える[8]」。特定人物の意識は，それがプライベートな想念に重点が置かれ，あるいは意識の深層部に横たわる無意識の領界にまで下りていくにつれ，ますます孤立した瞬間的印象と化し，行為の目的という外界と意識を繋ぐ連結の糸，それがあってはじめて小説がリアリティを獲得する「真理への縦の渇望」（the vertical aspiration to truth[9]）を欠いてくる。ダロウェイ夫人の意識が多くの人に囲まれていながら何と孤独であることか。サ

5）Iris Murdoch: *Sartre* p.32
6）Ibid. p.18
7）Ibid. p.20
8）Ibid. p.56
9）Ibid. p.56

ルトルも本質的にはウルフと同じで，サルトルの孤独で唯我論的個人の背後には，「神聖な目的も，ニュートン的な堅固な世界もない[10)]」。

しかしながら，『サルトル論』だけでは，マードックの目指す小説がどういうものかはもう一つはっきりしない。『サルトル論』は彼女が実際に小説を書き出す前の論文で，いくぶん抽象論に流れたきらいもあった。幸い，マードックは『サルトル論』の８年あとの1961年に「乾燥性に反対して」（Against Dryness）という評論を「エンカウンター」誌上に発表している。これはわずか10ページたらずの短い論文だが，マードックがすでに『網の中』以下５篇の小説を書いたあとのものだけあって，論の進めかたが具体的で，彼女が好ましいと考えている小説の概念をつかむのに役立つ。

マードックは「乾燥性に反対して」で，現代の小説はクリスタラインか，ジャーナリスティックのどちらかに傾いていると言う。クリスタラインとは，19世紀の小説の特徴であったくっきりとした作中人物をもたずに，ただ人間状況のみを書かんとする準寓話的作品，一方ジャーナリスティックとは，青ざめた陳腐で常套的人物をもった準ドキュメンタリー風の作品で，これは19世紀小説の堕落した姿である。マードックの目指す新しい小説はこの中間にあって，ストーリーと登場人物のバランスがよくとれた小説である。この理想の小説に到達するためには，サルトルに典型的に表われていた20世紀小説の共通の欠点 —— 自己中心的で小ぢんまりと充足している個人を，真の人生の複雑性と偶然性の中に投げ戻すこと，それによって個人が幻影から脱却して人間そのもののもつ不可思議性，不透明性を再認識することが必要であった。マードックは，そのためには19世紀に戻るのでなく，もう１つ前の18世紀まで遡って，18世紀小説がもっていた豊かな語りの世界，瑞々しい想像力の世界から，新しい小説のための栄養を摂取すべきだと考える。リアリズム小説は長い試行錯誤の過程を経て，19世紀にフローベルの作品に代表されるあの醇乎とした，しかし融通性を欠く表現様式を完成した。そしてその過程でそれまでの小説が培ってきた多くの美徳を切り捨ててきた。ジョナサン・スウィフト，サムエル・リチャードソン，ロレンス・スターンらの18世紀の

10）Iris Murdoch: *Sartre* p.78

小説家の中に存在していたものの中で，19世紀のトマス・ハーディ，エミール・ゾラ，チャールズ・ディッケンズがもはやもたないもの──それは語りの脱線，主人公の不在，飛躍する筋，複数のストーリーの同時進行，複数の語り手，読者への呼びかけ，プロローグ，エピローグの存在，諧謔，卑猥，圧倒的饒舌，英雄譚，博学，奇想天外な事件などである。マードックは，こういった今まで忘れられていた18世紀の遺産からも，自らの小説を豊かにする栄養を貪欲に吸収しようとする。マードックは何よりも第一に小説の面白さを復活しようとする。そのため，筋より物語，日常的なものより異常なもの，単純より複雑，凡庸よりも神話を重視する。この意味ではマードックの小説は，一見何でもない日常性から深い真実を抽出してみせる英国リアリズムの正統から少しはずれていると言わざるをえない。

2　マードックの伝統的リアリズムの面

論を進める都合上，筆者がこれを執筆している1982年までにマードックが発表した小説の題と発表年次をあげておきたい。

1．*Under the Net*（1954）『網の中』
2．*The Flight from an Enchanter*（1956）『呪術師を逃れて』
3．*The Sandcastle*（1957）『砂の城』
4．*The Bell*（1958）『鐘』
5．*A Severed Head*（1961）『切られた首』
6．*An Unofficial Rose*（1962）『犬ばら』
7．*The Unicorn*（1963）『一角獣』
8．*The Italian Girl*（1964）『イタリアの女』
9．*The Red and the Green*（1965）『赤と緑』
10．*The Time of the Angels*（1966）『天使たちの時』
11．*The Nice and the Good*（1968）『愛の軌跡』
12．*Bruno's Dream*（1969）『ブルーノの夢』
13．*A Fairly Honourable Defeat*（1970）『かなり名誉ある敗北』
14．*An Accidental Man*（1971）『偶然の男』
15．*The Black Prince*（1973）『ブラック・プリンス』

16. *The Sacred and Profane Love Machine*（1974）『愛の機械』
17. *A Word Child*（1975）『魔に憑かれて』
18. *Henry and Cato*（1976）『勇気さえあったなら』
19. *The Sea, the Sea*（1978）『海よ，海』
20. *Nuns and Soldiers*（1980）『尼僧と兵士』

マージョリー・ボウルトンは，*The Anatomy of the Novel*（『小説とは何か』，1975）の中で，2冊の辞書から小説の定義を転載している。「庶民生活の中で起こる一連の事件や面白い出来事を綴った架空の物語。それらの事柄はあたかも実生活の中で起こるかのようなもっともらしい法則をもっていなければならない[11)]」，「小説はある程度の長さをもった虚構の物語で，人間ならびにその行動，冒険と情熱を描き，様々な人間の性格を人生に即して読者に提示するものである。この点で昔のロマンスと異なる[12)]」。

ここで言う小説とは近代のリアリズム小説のことで，上の2つの定義はリアリズムの特色を簡潔に言い表わしている。中でも第1の定義の「あたかも実生活の中で起こるかのようなもっともらしい法測をもって」と，第2の定義の「様々な人間の性格を人生に即して読者に提示する」というところが肝要だと思われる。小説がリアリスティックであるためには，まず読者に対して小説の中で起こる事件や人物が，実際に起こることや存在する人間と照応していて，いかにももっともらしいと思わせねばならない。リアリズム小説が，読者に物語の真実性を納得させるために採用した方法は主として2つであった。1つはそこで事件が起こり人物が活躍する場所や家や室内，さらに登場人物の容貌，服装をできるだけ詳細に現実感をこめて描写すること，第2は，物語をできる限り現実の出来事に似せて書く，そしてたとえ物語が意外な展開をしても，最終的には読者が納得する「もっともらしい筋」をもつことであった。これにあと2，3の追加を行えばリアリズムを成立させてきた主だった要素全部が出揃う。それらの要素とは，1）精密な描写，2）物語と筋，3）作中人物，4）全知の作者，5）言葉の指示能力への素朴な信頼，だと言ってよかろう。フローベルが「外につながるものが何もなく，地球が

11）マージョリー・ボウルトン／田淵實貴男・今井光規訳『小説とは何か』p.19
12）同前書 p.19

支えられなくても宙に浮いているように，それ自身の文体の力のみで成り立っている小説」と自分自身の小説に言及した時の，「それ自身の文体の力」とは，物語の筋のことであり，人物のことであり，何にもまして描写の力であったはずである。今から，この伝統的リアリズムの特徴が，アイリス・マードックの作品の中でどう生きているかを実例に則して，描写，人物，ストーリーの順に見てゆきたいと思う。

描写

マードックの『鐘』の風景描写から見てみよう。

The Land-Rover, driven fast by Paul, sped along a green lane. The hedges, rotund with dusty foliage, bulged over the edge of the road and brushed the vehicle as it passed.

"I hope you're comfortable there in front, Mrs Greenfield," said James Tayper Pace. "I'm afraid this is not our most comfortable car."

"I'm fine," said Dora. She glanced round and saw James smiling, hunched up and looking very big in the back of the Land-Rover. She could not see Toby, who was directly behind her. She was still completely stunned at having left Paul's notebook on the train. And his special Italian sun hat. She dared not look at Paul.

"I tried to get the Hillman Minx," said Paul, "but his Lordship still hasn't mended it."

There was silence.

"The train was punctual for once," said James. "We should be just in time for Compline."

The road was in shade and the late sun touched the great golden yellow shoulders of the elm trees, leaving the rest in a dark green shadow. Dora shook herself and tried to look at the scene. She saw it with the amazement of the habitual town-dweller to whom the countryside looks always a little unreal, too luxuriant and too sculptured and too green. She thought of far away London, and the friendly dirt and noise of the King's Road on a summer evening, when the doors of the pubs stand wide to the pavement. She shivered and drew her feet up beside her on the seat for company. Soon she would have to face all those strangers; and after that she would have to face Paul. She wished they might never arrive.

"Nearly there now," said James. "That's the wall of the estate we're just coming to. We follow it for about a mile before we reach the gates."（p.26）

これは第２章の出だしの部分である。マードックはすでに第１章で，夫に会いに行く若い女主人公ドーラの汽車の中での姿と性格の一部を読者に紹介している。この引用の部分にはインバー・コートに向けて走るランド・ローバー上のドーラの眼に映る風景が次々に描かれてゆく。マードックの風景描写は手際よく要点を押さえつつ軽快に進行する。移り変わる風景の遠近感，豊かな色彩と視点の切り替えがうまく嚙み合って，まるで車の助手席に据えた映画用カメラで捉えたような生き生きとした景色が流れる。ランド・ローバーが走れば，狭い田舎道の両側にせり出した生垣の中央部が車体をこすり，夕日の中の楡の木立はフェルメールの絵みたいに，逆光を浴びて肩のところを燦然たる金色に輝かせる。人物の交わす会話から車中の４人の位置も分かり，ドーラは目的地に着いて大勢の見知らぬ人に会う不安から身震いをし，せめて心細さを紛らせようと脚を引き寄せてシートの上で横座りし，《じき見知らぬ人々と会わなくてはならない。そしてそのあとポールと２人っ切りになる。いっそいつまでも着かなければいい》と独り言を言う。ドーラは半年前，ポールのもとを無断で飛び出して，今回ポールのもとに戻ろうとしている。

引用した箇所の直後には，トビー少年が門を開けに身軽に車から飛び降りて駆けて行くと，車道から新聞紙が飛んできて，１枚はトビーの脚にからまり，もう１枚は風に吹かれて道路を舞っていったと些細な事件がさりげなく書きこまれていて，話全体が本当のことであるという印象を強めている。トビーが開けた門の向こうには，並木がずーっと奥まで連なっており，その先にインバーの館が夕日を受けて立っている。ほとんど無色の空をバックに，館は淡色の版画のように輝き，ファサード中央には4本の柱で支えられた切妻が聳えている。その上には緑のドームが曲線を描き，2階の高さで柱は手摺に変わり，そこから2つの石の階段がぐっと大きな弧を描いて下りている。湖も見えてくる。思ったより広い湖面はエナメルのように静まり返っている。湖の向こうは女子修道院だ。

ドーラたちが館に着くと，マードックの描写はいよいよ細密に建物の細部にまで及ぶ。柱廊玄関を支えるコリント式の柱，階段の上の石のライオン，フランス窓，バルコニーの花環模様の石の彫刻とその上に湖から反射して揺れる最後の光，湖に至る小道沿いに危なっかしく傾いでいる櫟(いちい)の木。終禱の時間なのでドーラは礼拝所に入る。高い天井，色褪せたピンクと白の腰板，ロイヤル・ブルーのカーテンと木の十字架，白い祭壇と金色の十字架，譜面台を転用した聖書載せ，幾列かの木製の椅子と膝当て，その上に跪いて祈る10人ほどの信仰会のメンバーたち……。

精密な描写への情熱は，近代リアリズムの第1の特色であった。フローベルの『ボヴァリー夫人』のどのページを開いても，そこはフローベルの描写への恐るべき情熱で満ちている。

> ……煉瓦づくりの表構えは，街路の，というよりは街道の建築線ぎりぎりのところまで出ていた。出入口の扉のうしろ側には，小さな襟つきの外套，馬の手綱，黒い革の庇つきの帽子が掛けてあり，片隅の床の上には，乾いた泥にまみれた革脚絆が1足置かれていた。右手には広間，つまり食事をしたり，くつろいだりする部屋があった。カナリヤ色の壁紙は，上端のほうは薄い色の花飾り模様で彩られており，たるんだ裏打ちの布とともにぶらぶら揺れていた。白いキャラコのカーテンは，赤い飾り紐で縁どられて，窓に沿って互いに重なりあっており，煖炉の狭い縁枠の上には，ヒポクラテスの頭像のついた時計が，卵形をしたガラス器をかぶせた2本の銀めっきの燭台のあいだで，きらきら輝いていた。[13)]

13）グスターブ・フローベル著／菅野明正訳：『ボーヴァリー夫人』p.32

同じ『ボヴァリー夫人』で夫シャルルの眼に映る新妻エンマの描写，特にエンマの眼の描写は，自然科学の観察の正確さと精密さを備えている。

……そんな近くから見ると，彼女の眼は大きく見え，眼を覚ましてつづけざまに何度も瞬きするときには，とりわけそうだった。日蔭では黒く，日向では濃い青にみえるその眼には，連続する色の層みたいなものがあって，奥の方がずっと濃くなっているこの色の層は，陶器の釉薬のように表面の方に近くなるにつれてだんだん明るくなるのだった。シャルルの視線は，その深みの中に没してゆき，そしてそこには自分の姿が，薄絹のマフラーを頭にかぶり，寝間着の上の方をはだけて，肩のあたりまで小さく映っているのが見えた。[14)]

この風景や人物の描写の細緻さは，リアリズム小説が共通にもっている特徴で，またもっとも顕著なものでもある。

トルストイの自然描写を見てみよう。『アンナ・カレーニナ』の一節である。

翌朝になると，さし昇った明るい太陽は水面をおおっていた薄氷をまたたくうちに溶かし，生暖かい大気はよみがえった大地から立ち昇る水蒸気にふれて震えていた。古い草も，針のような芽をふいた若草も，一様に緑に染って，灌木，すぐり，粘っこいアルコールのような匂いの白樺の芽もふくらんだ。さらに金色の花をふりかけたような柳の木の上では，巣から出された蜜蜂がうなり声をあげて飛びまわっていた。緑のビロードのような冬蒔き畑や氷でおおわれた耕地の上では，姿の見えぬひばりがさえずっていたし，まだ茶色の水が溜っている窪地や沼の上ではたげりが鳴き声をあげ，高い空では鶴や雁が，があがあと春らしい声をたてながら舞っていた。牧場では抜け毛がまだところどころ生え変らずにいる家畜がうなり声をあげ，まだ足の曲っている子羊は，めえめえ鳴きたてる毛をつみとられた母親のまわりをはねまわっていた。すばしっ

14）前掲書『ボーヴァリー夫人』p.33

こい子供たちは，はだしの足跡をつけて乾きかかっている小道を駆けまわり，池のまわりからは布をさらす女たちの楽しそうなおしゃべりが聞え，庭先では犂（すき）や耙（まぐわ）をつくろう百姓たちの斧の音が響きはじめた。本物の春が訪れたのである。[15]

最後に，マードックの『一角獣』から精密な描写の例を引用して，リアリズム小説における描写の重要性と普遍性という，比較的に理解しやすいこの問題を切り上げたいと思う。引用はエフィンガムが夜の湿地帯に迷いこんで底無し沼に落ちこむ直前，不思議な憐光に付き纏われるところからである。

He became suddenly aware of something very peculiar behind him. He had caught sight of this thing from the corner of his eye just a moment before and had thought it was a trick of his vision. Now it came again, and as he turned with a gasp of alarm he saw it. There was a strange bright light, a brilliant green light, which seemed to have been switched on on the ground. It glowed there with an intense hard brilliance in the middle of the blackish scene, suggesting a vivid, incomprehensible, menacing presence. It was as if something were coming up from below, something very full of life indeed. Effingham backed away from it.

As he moved he saw two things. There was, round about him in a great arc, almost encircling him, a fainter line of green light; and there was, at his very feet, the same light again, even more brilliant, lighting up the ground and tumbling on his shoes like small creatures of luminous green. Effingham's moment of unreason had not lasted long, but it had shaken him right down into his bowels. Of course he realised that this was not a supernatural phenomenon, but the well-attested though rarely seen 'fairy fire', which had chemical causes and constituents and which could be analysed in laboratories. All the

15）レオ・トルストイ著／木村浩訳：『アンナ・カレーニナ』P.181

same he hated and feared it, and tried desperately and without success to shake it off his shoes. It clung to him, coming into being as he trod, and covering his feet and his footsteps with a weird glow. He hated and feared too the message it gave him as he looked at his luminous trail. He had been walking in a circle. Heaven knew where the right direction lay now. Perhaps after all he had better stand still. (pp.193－194)

作中人物

小説が人間相互間に起こる事件や感情の交流を最大のテーマとする以上，風景や室内の描写，人間の容貌，服装の説明にもまして重要なのは，はっきりした個性をもった作中人物である。事実，過去の偉大な小説と言えば，必ずその中に登場する強烈な性格をもった主人公を連想する。いや，それどころか主人公の名がそのまま小説の名になっている例は，「ドン・キホーテ」，「ファウスト」，「ゴリオ爺さん」，「オリバー・ツイスト」，「テス」と枚挙にいとまがない。「マダム・ボヴァリーは私だ」というフローベルの言葉も，新聞の三面記事的事件から，数年にわたる刻苦の末ついにエンマという永遠の女性像を創り出したフローベルの凱歌ではなかったか。エンマ・ボヴァリーとアンナ・カレーニナは古今のあまたの小説のヒロイン中最も傑出した女性像であり，生き生きとした現実感をもちつつ同時に時間・空間を超越した典型にまで昇華して，リアリズム文学の理想となっている。

さて作中人物を，物語の進行とともに性格が変化し成長する「ラウンドな人物」と，類型的で外的状況によって変わることのない「フラットな人物」とに分類したのはE. M.フォスターであった。今私は，この定義を少し変形させて，ラウンドとフラットという用語はそのまま使わせてもらおうと考えている。

室内で人物写真を撮る場合，正面から１灯だけの照明しか受けない人物は陰翳をもたず平板（フラット）に写る。もし複数の照明を使い，人物の斜め上方，横，背後からと，強さの異なる光線を当てれば，その人物の顔や体の曲線や凹凸が浮き立ち，写真は立体的（ラウンド）になる。同様に小説の作中人物の場合も，描写はその人物の性格が際立つように多角的に行われなくてはならない。人物に立体感，実在感を与え，人物をフラットでなくラウンドに見せるためには，従来から様々な工夫がされてきたし，今もすべての作家が苦心していることであるが，私はその方法を５つほどに分けてみた。

第１は，風景描写と同じく，人物の顔立ち，服装を緻密かつ的確に描写することだろうし，第２の方法は，ある人物のしゃべる言葉，話しぶりで，当人の性格，生活環境，さてはその時の気持ちのニュアンスまで伝えることであろうし，第３は，ある人物特有の癖または仕草から，その人物全体を想像させること，第４には，人物が口には出して言わない心の奥の秘めたる思いを「内的独白」で引き出して，その人物像理解の助けにする，第５に，手紙や日記でその人物の複雑性や，時には自己欺瞞，自己嫌悪まであらわにしてみせるなどの方法である。

マードックの作品から以上述べた５つの方法がどのように活用されているか，それに彼女独自のどんな工夫が行われているかを見てみたい。

最初の引用は『砂の城』からで，セント・ブライズ校の講堂で，今しも美術教師のブレディヤードが，年中行事の学術講演を始めたところである。彼はスライドを使って肖像画の歴史を講演しようとしているが，日頃からブレディヤードを与し易いと思っている生徒たちは，最初からざわざわ騒いで落ち着かず，ちょっとしたことでも大笑いしてやろうと待ち構えている。ブレディヤードは吃音症で，同じ言葉を２度，３度繰り返す方法でそれをカモフラージュしているが，それが一層生徒の笑いの種になっている（下線は引用者。以下同）。

> "This answer is hardly sufficient sufficient," said Bledyard. He spoke throughout with total solemnity and with the slow deliberation of one announcing a declaration of war or the death of royalty. "There have been at different times in history different reasons why painters have painted people and why people have wanted to be painted by painters painters paintes."
>
> When Bledyard repeated a word three times the glee of his audience knew no bounds. A joyful roar went up, which drowned the

noise of Bledyard rapping for the first slide. A long silence followed. Hensman had not heard the rap, and Bledyard was waiting patiently for the first picture. Mor, who immediately guessed what had happened, leaned across Rain to whisper to Evvy to nudge Hensman. At that moment, however, Evvy turned away, looking back over his shoulder disapprovingly at some scuffling that was going on at the back. Mor swayed back into his seat. As he did so, his cheek lightly touched Rain's. He cast another sideways glance and saw that she now had herself sufficiently under control to turn towards him, her bright eyes slightly tearful with mirth, looking out from above her handkerchief, which she still held pressed tightly to her mouth. The silence continued.

"Sound track's broken down," said a clear voice from the back of the hall. The School let itself go and rocked hysterically in a great surge of laughter. Rain threw her head forward with a wail, her shoulders shaking. Mor began to laugh silently. He felt an extreme crazy happiness.（p.254）

このすぐあと，誰かがスライドに悪戯していたと見え，画面にエリザベス女王が出てきて，すっかり喜んだ生徒たちは起立して国歌を合唱しはじめる。この騒ぎがやっと収まったと思うと，今度はスクリーンに蛙の解剖図が映って生徒は爆笑する。

次の引用も同じ『砂の城』からで，モアとナン夫妻が昼食のテーブルを挟んで交わす会話で2人の性格が分かるようになっている。気性が烈しく好戦的なナンと，妻に一目置いている中年の教師モアが，この短いやりとりからも十分そのイメージが湧くように描かれている。

"Five hundred guineas!" said Mor's wife. "Well I never!"

"It's the market price," said Mor.

"You could articulate more distinctly," said Nan, "if you took that rather damp-looking cigaratte out of your mouth."

"I said it's the *market price!* " said Mor. He threw his cigarette away.

"Bledyard would have done it for nothing," said Nan.

"Bledyard is mad," said Mor, "and thinks portrait painting is wicked."

"If you ask me, it's you and the school Governors that are mad," said Nan.

"You must have money to burn. First all that flood-lighting, and then this. Flood-lighting! As if it wasn't bad enough to have to see the school during the day!"（p.7）

さて，人物を多角的，立体的に描こうとする時，作者がその人物の心理を書くことは必然的，不可避的なことであって，またその心理描写がその人物の表面的意識に留まらず，ずっと意識の内奥にまで分け入る傾向がある。人物描写は，ここで必然的に「意識の流れ的心理」，「内的独白」を含むことになる。このことは，「4　内的独白と語りの視点」の項で改めて論じるつもりなので，今はただ次に引用する『鐘』の人物描写の中に，すでに「内的独白」が自然的に入りこんできていることを指摘しておくに留めたい。

ドーラが恐れていた，ポールと2人っきりの夜がくる。しかし夫の糾弾も思っていたより軽くて済んだ。ポールはドーラに教訓めかして，ここの修道院の古い鐘にまつわる伝説を話して聞かせる。昔ここの修道尼が村の若者と不義を犯し，忍んで会いに来ていた若者は高い塀から墜死する。大僧正の糾問にも尼僧は名乗り出ぬので，大僧正が鐘に呪いをかけると，鐘は独りで鳥のように舞い上がって湖底に沈み，怯えた尼僧は鐘のあとを追って入水したという。引用文中，ドーラの内的独白は（　）で囲んでおいた。

Paul continued to stare. Dora realised obscurely that in telling her the story he had released in himself the desire for her which had been quiescent before. The violence of the tale was in him now and he wanted her love. She looked at him with a mixture of excitement and disgust.

"Come, Dora," said Paul.

"In a minute," said Dora. Turning from him she caught sight of herself in the long mirror. She was barefoot and wearing only Paul's shirt, with sleeves rolled up and well open at the neck. The shirt just reached to her thigh, revealing the whole length of her long solid legs. Dora looked with astonishment at the person that confronted her. She admired the vitality of the sunburnt throat and the way the flat tongues of hair licked down onto the neck. She threw her head back and looked into the bold eyes. There was a steady and encouraging rejoinder. She continued to look at the person who was there, unknown to Paul.（How very much, after all, she existed; she, Dora, and no one should destroy her.）

"Come, Dora," said Paul again.

"Yes," said Dora. She switched the light out and marched towards his bed.（pp.44－45）

何か大事な決断を迫られた時，鏡を覗くのがドーラの癖である。この少し前も汽車の中で，ドーラは鏡を見て化粧を直し，ブラウスをきちんとスカートの中に入れ直して気を鎮める。上の引用文では，物語の視点はポールから男物のワイシャツを着たドーラに向かい，次にドーラの視点になって鏡の中の自分の姿を眺め，その鏡の中のドーラがいたずらっぽく「元気を出して」とドーラを励まし，ドーラは心の中で《私ってこんなに立派に存在している。誰だって私をどうすることもできない》と自分に言い聞かせる。

以上は人物描写がうまくいって人物のイメージが生き生きと読者に伝わる例だが，マードックはいつもこのように成功しているわけではない。第５作『切られた首』では，１つにはこれが一人称語りであること，また１つには強烈なストーリーをもっているため，作中人物が軽くなり，フラットな印象しか与えない。第７作の『一角獣』でも同様に人物は平板で，うち何人かは全く現実感を欠いている。短い引用では判断しにくいかもしれないが，次の『一角獣』の女主人公ハナはフラットな人物である。これは新入りの家庭教師マリアンが，７年間も夫に幽閉されているハナと，床を這う傷ついた蝙蝠を見ているところである。

Hannah Crean-Smith, who was wearing a dress tonight instead of her usual dressing-gown, was kneeling on the hearth rug scrutinising something which lay before her on the floor.

"What is it?" said Marian.

She joined them and looked at the thing on the floor. It was a little brown thing, and it took her a moment to make out, with a slight shudder, that it was a bat.

"Isn't it a dear?" said Hannah Crean-Smith. "Denis brought it. He always brings me things. Hedgehogs, snakes, toads, nice beasts."

"It has something wrong with it," said Nolan gloomily. "I don't suppose it'll live."

Marian knelt down too. The bat, a little pipistrel, was pulling itself slowly along the rug with jerky movements of its crumpled leathery arms. It paused and looked up. Marian looked into its strange little doggy face and bright dark eyes. It had an almost uncanny degree of presence, of being. She met its look. Then it opened its little toothy mouth and uttered a high-pitched squawk. Marian laughed and then felt a sudden desire to cry. Without knowing why, she felt she could hardly bear Mrs Crean-Smith and the bat together, as if they were suddenly the same grotesque helpless thing.（p.48）

次は『切られた首』で，一人称の語り手である「私」が，情人ジョージーの部屋での午後の逢い引きが終わって帰ろうとしているところである。

'I don't want to know,' said Georgie, 'I don't want to know what you do when you're not with me. It's better not to feed the imagination. I prefer to think that when you aren't here you don't exist.'

In fact, I thought along these lines myself. I was lying beside her now and holding her feet, her beautiful Acropolis feet as I called them, which were partly visible through the fine blue stockings. I kissed them, and returned to gazing at her. The heavy rope of hair descended between her breasts and she had swept a few escaping tresses severely back behind her ears. (She had a beautifully shaped head: yes, positively Alexander must never meet her.) I said, 'I'm bloody lucky.'

'You mean you're bloody safe,' said Georgie. 'Oh yes, you're safe, damn you!'

'*Liaison dangereuse*,' I said. 'And yet we lie, somehow, out of danger.'

'*You* do,' said Georgie. 'If Antonia ever found out about this, you'd drop me like a hot potato.'

'Nonsense!' I said. (Yet I wondered if she wasn't right.) 'She won't find out,' I said, 'and if she did, I'd manage. You are essential to me.'

'No one is *essential* to anyone,' said Georgie. 'There you go looking at your watch again. All right, go if you must. What about one for the road? Shall I open that bottle of Nuits de Young?'

'How many times must I tell you never to drink claret unless it has been open at least three hours?'

'Don't be so holy about it,' said Georgie. 'As far as I'm concerned the stuff is just booze.'

'Little barbarian!' I said affectionately. 'You can give me some gin and French. Then I really must go.'

Georgie brought me the glass and we sat enlaced like a beautiful netsuke in front of the warm murmuring fire. Her room seemed a subterranean place, remote, enclosed, hidden. It was for me a moment of great peace. I did not know then that it was the last, the very last moment of peace, the end of the old innocent world, the final moment before I was plunged into the nightmare of which these ensuing pages tell the story. (p.11)

なるほど，ここでは人物は一応細かく描写されているし，人物の心理も内的独白をも駆使して書き込まれている。しかしここに登場する人物は，この作品全編を読み通しても奇妙なほどにフラットで実在感に乏しい。読み進むにつれ，これらの登場人物は，自分の意志で動いているのでなくて，マードックの予定したストーリーの筋書き通りに動く操り人形みたいに見えてくる。それというのも，「私」が内的独白を伴っていながら，上の引用の最後の波線の部分で見られるように，「私」という準全知の語り手の背後に，本物の全知の作者に顔を出させて，「私」がこの時点では，自分の今からの運命を一切知らなかったと読者に告げて，「私」を準全知の立場から無知の状態に落としてしまうという構成上の無理を，マードックがあえて犯したからであろうか。

ストーリー（筋）とテーマ

作中人物の項で述べたように，物語の筋と，物語に登場する人物の２つは，19世紀的リアリズムを支える重要な要素であった。従って逆に，現代の反リアリズム小説，前衛的小説が，19世紀的なラウンドな登場人物をもたず，また筋のない小説となったのも当然のことであった。しかしながら，物語（筋）は小説にとってはいわば骨格といった性質のもので，いかに緻密な描写をもち，いかに生き生きとした登場人物を擁していても，骨格に当たる筋を欠く小説は，軟体動物さながら，やがて自分の体重を支えかねて崩れ落ち，決して「自分の文体の力で立つ」ことはできないであろう。筋をもたないことから果てしなく散逸していく意識の断片を繋ぎ止めるために，かつてジェームズ・ジョイスは筋に代わる骨組みとして「ユリシーズ神話」を必要としたし，アメリカのニュー・ライターの１人ドナルド・バーセルミも『白雪姫』（1967）を書くためには「白雪姫童話」という枠組みに頼らざるをえなかった。また筋のない小説はもはや長編となりえない。反リアリズムの作品は，トーマス・ピンチョンの『V.』などわずかの例外を除いてみな短編となる運命にある。時には２，３ページの短編まで生まれてくる。比較的長いロブ=グリエのヌーボー・ロマンがそれを読み続けるのに苦痛を伴うのは，彼の作品が伝統的作中人物，特に筋をもたないからである。

マードックは，いたずらに難解な近代小説に欠けている小説の面白さを復活させようとする。小説の面白さを構成する第1の要素は読者を飽きさせず最後のページまで引っ張っていく魅力的物語である。マードックは複雑で，意外性と偶然性に満ちた現実世界そのものを物語の宝庫と考える。人間は無知と偏見，ある時は自己欺瞞から，自分の真実の姿を見極めきれず，白昼夢を見て暮らしたり，幻想に逃避したりしている。ところがこういった人間が，何らかのきっかけで幻想から覚め，囚われた状態から脱出することがある。この人間の覚醒と脱出が，マードックが処女作『網の中』以来一貫して追求してきたテーマである。そしてこのテーマは，具体的にいかなる状況，筋書きの中で起こるのか。

人間関係を複雑にし，ひいては個人の自己同定を困難にしている原因の最たるものは男女間の性愛である。マードックは，夫婦愛，不倫の愛，青春，中年そして老いらくの恋，同性愛，近親相姦と，男女間の考えられる限りの愛の形を取り上げる。そして男女の結びつきも単一的でなく，2重，3重に絡み合い，意外なペアが結ばれ，さしたる理由もなく今まで緊密だった男女の仲が壊れていく。

『切られた首』で，最初は「私」の情人として登場するジョージーは，その後，別の2人の男性と関係をもつし，「私」の妻アントウニアも，「私」以外の2人の男と関係し，オナーという女性は，兄と近親相姦関係にありながら「私」と結びつく。『一角獣』のジェラルドは，以前ハナの夫ピーターと同性愛関係にあり，今もジェームズイーという少年と関係しているにもかかわらず，女性のハナを犯したりする。今マードックの初期の7作の作中人物の人間関係を，男女の結びつきを中心に図にすると次頁のようになる。

『網の中』，『砂の城』，『鐘』の男女の結びつきの単純さに較べて，第2作の『呪術師を逃れて』と後の3作『切られた首』，『犬ばら』，『一角獣』における輻湊した男女関係が図からよく見てとれる。特にこれら最後の3作は，時あたかもマードックが人物よりストーリーを優先させた実験の時期にも当たっている。もう1つ注目すべきは，第4作の『鐘』から第7作の『一角獣』のすべての作品に，正常の男女関係に加えて，異常な性愛，性的倒錯というショッキングな要素が登場してくることで，これも人間関係をより複雑，

マードック初期7作における人間関係

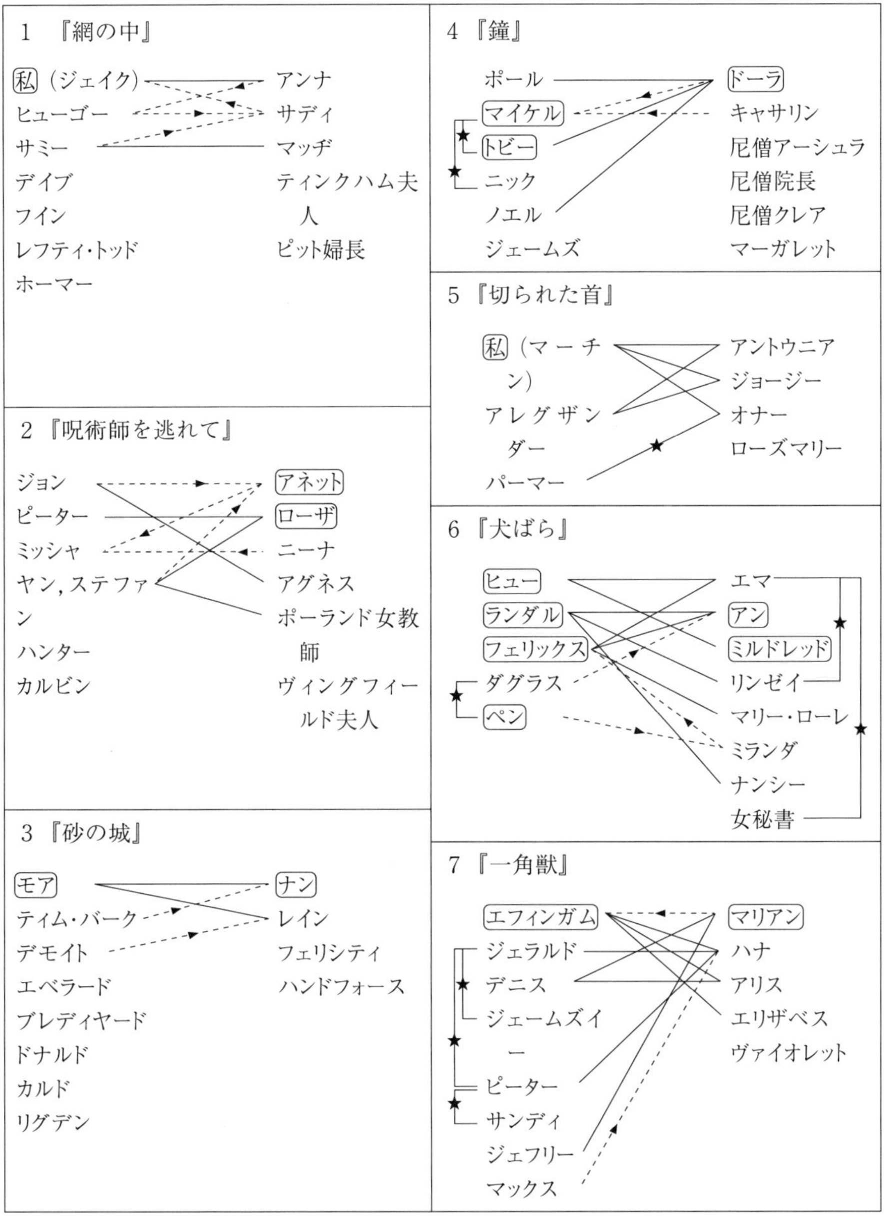

——＝夫婦，もしくは恋愛関係，----＝片思い，★＝同性愛他，▭＝内的独白をもつ人物

不透明にするためにマードックが必要としたものであったと思われる。

しかしストーリーがあまり複雑でショッキングな筋に走ると，それにつれて作中人物が色褪せてフラットに流れる。逆に人物に力を入れすぎると，ストーリー自体の弱体化が起こりかねない。魅力的ストーリー，読者の心を最後の１ページまでつかんで離さない見事な筋をもちつつ，同時に登場人物にも生き生きとした豊かな表情と印象的個性を付与すること，これこそマードックの言うクリスタラインとジャーナリスティックの中間の理想の形，彼女の新しいリアリズムの狙いなのであった。マードックは1963年春，第５作『犬ばら』を完成したあと，フランク・カーモードによるインタビューで，ストーリーと作中人物の兼ね合いの難しさについて次のように告白している。「『切られた首』は，神話（ストーリー）に重点をおいた。その前作の『鐘』は多くの人物をかこうとした。最新作『犬ばら』も多くの人物をかくことを狙った。しかしこれは微妙な仕事で，強いストーリーは人物を損うし，人物に力を入れすぎると物語の強さが消えてしまう。私はこの２つの極の間を揺れながらよりよき形を探しているが成功していない[16]」。

3 マードックの新しい面

内的独白と語りの視点

人物をラウンドに描こうとすれば，心理をも描かざるをえない。そしてその心理も，表面的心理に留まらず，意識の深奥にまで光を当てて，最も深く秘められた，個人的意識をも描きたいという欲望は当然のことで，この意味で「内的独白」は文学にとって自然発生的であった。また同時に，心理描写を恣意的なものとして徹底的に拒否し，書き方（エクリチュール）をあくまで外からの客観描写に限定しようとするロブ=グリエの小説が，いかに無味乾燥となり硬直化に陥っているかは再三述べてきた。ロブ=グリエの客観描写はフローベルの直伝であるが，ロブ=グリエが師と仰ぐフローベルには少なからぬ心理描写があり，さらに現代小説の「内的独白」に類する表現すら，少数の例とは言いながらすでに使われている。ただしフローベルは，この種

16）Frank Kermode: *The House of Fiction* p.115

の心理描写を多用することを好まなかったと見え，『ボヴァリー夫人』でエンマが毒を飲む直前の追い詰められた心理を書く時，フローベルは内的独白は全く使っていない。同じように女主人公が自殺する『アンナ・カレーニナ』で，トルストイが，アンナの自殺寸前の心理を，次々とアンナの意識に表われる内的独白で綴っているのと対蹠的だと思うのである。

まず『ボヴァリー夫人』を見てみよう。

> ……エンマは途方に暮れて茫然とたたずみ，血管の脈打つ音でもって辛うじて自分を意識できるにすぎなかったが，その脈打つ音は，まるで野を満たす耳を聾するばかりの音楽のように溢れ出るかと聞きなされた。足下の地面は波よりも柔らかで，畑の畝は砕け散る褐色の巨大な波のように思われた。頭のなかにある追想や想念は，さながら1発の花火の無数の火の粉のように，すべて一斉に，ただ一挙に噴きだした。父親の姿を，ルールの事務室を，あの遠くの彼等2人の部屋を，もうひとつの別の風景を，彼女は眼にした。[17]

今度は『アンナ・カレーニナ』から，《　》内が内的独白である。

> 《さあ，また馬車に乗ったわ！　わたしにはまた何でも分るんだわ》アンナは幌馬車が動きだして，車道の小さな丸石の上で揺れながら車輪の響きを立て，またしても外の風物の印象が次々に変りはじめた時，心の中で呟いた。
>
> 《ええと，一番おしまいに何のことをあんなによく考えていたんだっけ》アンナは思い出そうと努めた。《チューチキンの理髪店だったかしら？　いえ，そうじゃないわ。あ，そうだ，ヤーシュヴィンの言ったことだったわ。生存競争と憎悪 —— ええ，これだけが人間を結び合せる唯一のものだって。いいえ，あなた方はどこへ出かけたってだめなのよ》アンナはどうやら郊外に遊びに行くらしい4頭立ての馬車に乗った一行に向って心の中で言った。《あなた方が連れている犬だって何の役にも

17）前掲書『ボヴァリー夫人』p.285

立ちませんよ。何しろ自分というものから逃れることはできませんからね》ふとアンナはピョートルの振り向いた方に視線を投げて半ば死んだように酔いつぶれた職工が頭をぐらぐらさせながら巡査に引かれてどこかに行く光景が目にはいった。《ほら，あの方がよっぽど早道だわ》アンナは考えた。《あたしもヴロンスキー伯爵と一緒に，ずい分多くのものを期待したけど，あれだけの満足さえ見出すことができなかった》その時はじめてアンナは今まで避けるようにしていた自分たち2人の関係に，一切のものを明らかに照らす光線をあててみた。《あの人はあたしに何を求めたのだろう？　愛情より虚栄心の満足だったのね[18]》。

アンナの独白は，アンナがニジェゴロド駅に着き，プラットホームに出，ついに列車に身を投げるまで止むことなく続く。

もしフローベルがエンマの心理を意識の流れ的に書いていたら，フローベルの文はトルストイの文とほとんど区別のつかないものになっていたことであろう。私は何も「クレオパトラの鼻があと1センチ低かったら……」式の遊びをやっているわけではない。大切なことは，フローベルはエンマの心理を外から書くことを選んだのであって，彼が内的独白という心理描写の方法を知らなかったのではないということだ。それは『ボヴァリー夫人』の別のいくつかの箇所に，内的独白に類する心理描写が使われていることからも明白である。しかし同時にまた，1857年の『ボヴァリー夫人』と，1876年に書かれた『アンナ・カレーニナ』の間には，時間的にわずか19年の開きしかないのに，今2つを並べて読むと，前者がひどく古めかしく思えるのに，後者が全く近代的印象を与えるのも否定できない。「内的独白」という近代小説の一表現形式の有無が，フローベルとトルストイという技量的にも甲乙つけ難い2人の作家が同じテーマを扱った場合に，これほど劇的差異を生じるのは驚くべきことと言わねばならず，またこのことは形式と内容の不可分性の見事な証左ともなっているのである。

われわれは，先にマードックが，ヴァージニア・ウルフやジェームズ・ジョイスの意識の流れの文学を，個人の心理の細部を強調しすぎてストーリー

18）前掲書『アンナ・カレーニナ』p.873

を忘れたものとして斥けたのを見てきた。しかし，だからといってマードックが自分の小説で作中人物の心理を書くことを忌避している，あるいは意識の流れの技法も極力排除しているだろうと速断するのは間違っている。事実はまさにその逆で，マードックの作品には，現代のどの作家にもまして，意識の流れ的心理描写が頻繁に用いられている。彼女の初期7作には，みな内的独白を含む登場人物の意識が随所に書きこまれている。このうち『網の中』と『切られた首』は，一人称の「私」が物語の語り手になっているので，内的独白は「私」だけにしか起こりえない。残りの三人称語りの作品では，ストーリーの進行とともに話の中心がある人物から他の人物へと移るにつれ，内的独白は，その時中心となった人物に起こることができ，複数の内的独白が存在することになる。先の人間関係の図の中で，名前を◯で囲んでおいたのが内的独白をする登場人物なのである。『呪術師を逃れて』では，内的独白をする人物は，最初はアネット，そのうちローザに代わる。『鐘』では，最初はドーラ，途中でマイケルとトビーの内的独白が増え，やがてドーラが物語の中心となるにつれドーラの独白がはじまる。『犬ばら』で独白をもつ人物は，ヒュー，ペン，ヒュー，フェリックス，ヒュー，ミルドレッド，ランダル，アン，ペン，フェリックス，アンと次々に目まぐるしく移動し煩雑である。マードックの場合，主要人物はほとんど全員内的独白をもっていて，内的独白をする人物がその時の物語の視点とほぼ一致すると見做してよい。かくして内的独白は，語りの視点，作者がその時点で重点を置いている人物と深く関わっているので，人物描写はこの内的独白なしでは決して十分ではない。内的独白は現代小説の不可欠な要素となってきた。トルストイもサルトルも，この内的独白の手法を使って成功している。ウルフやジョイスのことは言うまでもない。マードックは意識の流れの小説を批判するのだが，その批判のポイントは，内的独白にどのくらいの比重を置くか，即ちストーリー，描写，面白さその他の重要な小説の要素と，この内的独白という要素との比率をどうするかであった。フローベルの場合，内的独白的なものが占める比率はゼロに近く，サルトルの場合，内的独白の量は決して少なくはないが，その性格が冷やかで他人との連帯を欠くものであった。ウルフでは内的独白が破格の愛顧を受け，全体で占める比率は圧倒的に大きく，他の要素を圧殺してしまっている。マードックの小説では，内的意識には過度の比重はかかっていない。マードックは，必要と考えれば，内的独白を使ってその人物の内部の意識を浮き立たせて読者に示すが，それが終わると内的独白は別の要素に席を譲り，次に必要とされるまで舞台から姿を消す。例えば『鐘』での内的独白の使い方や回数は，『アンナ・カレーニナ』のそれに一番近いと言えよう。

次の引用は，マードックの一人称語りの『網の中』からで，「私」がフランス旅行からロンドンに帰ったとたん，今まで居候を決めこんでいた女友達から追い立てをくうところである（カッコと下線は引用者）。

> 'What is it?' I said at last.
>
> 'She's thrown us out,' said Finn.
>
> I could not take this seriously; (it was impossible.)
>
> 'Come now,' I said kindly to Finn. 'What does this really mean?'
>
> 'She's throwing us out,' said Finn. 'Both of us, now, today.'
>
> Finn is a carrion crow, but he never tells lies, he never even exaggerates. (Yet this was fantastic.)
>
> 'But why?' I asked. 'What have we done?'
>
> 'It's not what we've done, it's what she's after doing,' said Finn. 'She's going to get married to a fellow.'
>
> (This was a blow.) Yet even as I flinched I told myself, <u>well, why not? I am a tolerant and fair-minded man.</u> And next moment I was wondering, <u>where can we go?</u>
>
> 'But she never told me anything,' I said.
>
> 'You never asked anything,' said Finn.
>
> (This was true.) During the last year I had become uninterested in Magdalen's private life. <u>If she goes out and gets herself engaged to some other man whom had I to thank but myself?</u> (p. 8)

一人称語りなので，どこまでが地の文で，どこからが独り言で，どこからがもっと無意識に近い内的独白か見分けにくいが，今，『近代小説における意識の流れ』の著者ロバート・ハンフリーの分類を借りて分けてみると，上の引用文の（　）に入れた部分は soliloquy（独り言），二重実線の部分が direct interior monologue（直接内的独白）に相当する。『網の中』は一人称語りだから，indirect interior monologue（間接内的独白）は存在しない。『一角獣』では，エフィンガムが底無し沼にはまる前後にかなり長い内的独白が続く。しかし内的独白がフルに活用されているのは『犬ばら』である。今，この作品からあらゆる形の内的独白の入った箇所を引用してみる。実線の下線が間接内的独白，二重線が直接内的独白，［　］に入れた部分は地の文とも間接内的独白とも決め難いところである。女主人公アンが，消極的で尻込みばかりする自分の性格を反省している。

> As she uttered the words she felt, shapeless and awkward is what I am. [She had been awkward at school, and had been told that it would pass. It had not passed, and she had learnt to live with it, and it had become no easier as she grew older. She had had, she must have had, some grace when Randall first loved her and when her hair was almost as red as Miranda's: some wild grace lent her by the very fact of the dazzling, the enchanting Randall's love. But that time was hard even to imagine now. What remained was awkwardness and effort, the endless effort of confronting people with none of whom she had any sense of fitting.] Had she and Randall ever 'fitted'? [Perhaps, in the days of their happiness, their personalities had been too hazy for the question to arise. Now the haze had cleared and they had hardened into incompatible shapes. Yet 'fitting' was still something that was possible. With Douglas, for instance, she felt almost perfectly at ease. And with Felix.] Her thoughts touched this and took flight at once. That was a place where thoughts must not go. I am always saying no, said Ann to herself, all my strength has to go into saying no. I have no strength left for the positive. No wonder Randall finds me deadly, no wonder he says I kill all his gaiety. But why is it like this? And she recalled dimly and with puzzlement some quotation which said that the devil was the spirit which was always saying no.（p.133）

最後に『鐘』から，マイケルがトビーに対して同性愛的行為に及んだ直後の文を引用してみよう。ショックから覚めたトビーは，ことがことだけに，１人でとつおいつ思い悩んでいる。こういった心理状態を表現する方法は内的独白をおいて他にない。

His immediate emotion had been surprise. It was soon succeeded by disgust and an alarming sort of fear. He felt a definite physical repugnance at having been touched in that way. He felt himself menaced. Perhaps he ought to tell someone. Did the others know about it? Obviously not. Oughtn't they to be told? [Yet it was certainly not for him to speak. Besides, it was a matter also of protecting himself.] He was thoroughly alarmed to find that he was the sort of person who attracted attention of that sort. [He wondered if that showed that there was something wrong with him, an unconscious tendency that way which another person so afflicted would divine?]

It was at this point that he began to accuse himself of exaggeration. Surely the thing wasn't as important as all that; and was he not, by becoming so idiotically upset, just displaying his naïvety and lack of sophistication? Toby had a horror of being thought naïve. He began to underess and resolved to think no more about it till the next morning. (p.162)

同じ頃，マイケルも真っ黒な後悔に苛(さいな)まれている。

When Michael reached his bedroom he immediately lay down on the floor, and for a while it was as if, in a sheer desire to be hidden, all sense of his own personality left him. The shock of what had occurred and the intensity of his regret for it left him quite stunned. To have thought it, to have dreamed it, yes—but to have *done* it! And as Michael contemplated that tiny distance between the thought and

> the act it was like a most narrow crack which even as he watched it was opening into an abyss. Covering his face he tried to pray: but he soon realised that he was still thoroughly drunk. [His present prostration was fruitless and ignoble. He was not even in a condition properly to recognise his own wretchedness.] He uttered some words all the same, conventional and familiar words, put together for such purposes by other men. He could not find any words or thoughts of his own. He got up from the floor.（p.164）

以上，いくつかの引用で分かるように，地の文と内的独白が時としてほとんど識別し難いということは，裏返して言えば，作家は内的独白の手法を使うことで，ある人物を客観的に外から描写している途中で，地の文と同じ書き方でひょいとその人物の心の内に移行することができる。おかげで読者もいつの間にか，その人物の秘められた思い，人知れぬ心の葛藤，屈折した心理を覗きこんでいることになる。そして他人の心の奥深く潜む秘密を知ることこそ，小説の読者の昔ながらの願望ではなかったか。

象徴

マードックは自然界のありふれた現象，あるいは平凡な小動物などを，作品の主題の象徴として使ったり，それらに主人公の運命や置かれた状況を暗示させたりする。これらのいわば小道具は，彼女の作品のあちこちにばらまかれていて，あるいは象徴，伏線として働き，あるいは作品に奥行きと予言性を付与するのに役立っている。今そんな例をいくつかあげてみる。

『砂の城』で女流画家レインが，ジョットの真似だといって，モアの眼の前で画用紙の上に一筆で正確な円を描いてみせる。勧められたモアが同じ紙に円を描くと，それは歪んだおぼつかない楕円になり，先のレインの円と重なる。正確な円は若いレインの純粋な愛を，歪んだ円は中年男モアの不純さを象徴するとともに，この２人が将来肉体的に交わることの伏線でもある。しかし感動的イメージも繰り返し使われるとその魅力は半減する。『犬ばら』でアンが湖に小石を投げると水面に波紋が広がる。アンを恋するフェリックスが，あとを追って小石を投げると，その石はアンの石の立てた波紋の同心円の中心に落ち，2人が顔を見合せてほほえむシーンは，『砂の城』の交わる円のイメージの二番煎じである。『砂の城』に話を戻すと，乾燥した地中海沿岸で母のいない孤独な少女時代を送ったレインには，海辺の乾いた砂で砂の城を作ろうとして，城がすぐ崩れた記憶があって，水とか川は，慰藉と愛情を求めるレインの強迫観念となっている。モアとドライブに出た日，レインはしきりに川を見たがり，川に着くと狂喜して，果ては泳ぐと言い出す。モアとレインの愛が成就する日には決まって雨が降る。そもそもレインという名は雨のことである。

『鐘』では，トビーとドーラが湖底から引き揚げる伝説の中世の鐘と，ニックの策略で奉納式典の最中，湖に転落して沈没する新しい鐘という2つの鐘 ── 象徴であることは作者マードック自身がカーモードのインタビューで認めているが ── は象徴を通り越して登場人物なみの働きをしている。事実この2つの鐘がなかったら，この物語のゴシック的魅力の大部分が失われていたことであろう。『鐘』ではまた，インバーコートを取り巻く湖水が，因襲や自己欺瞞で真実から目を背けている作中人物が，真実を直視し現実に目覚める前にくぐらねばならぬ関門，試練の象徴となっている。自他ともに聖女と認め，近々修道院入りが決まっているキャサリンも，実はドーラが一目で見抜いたように，内心ではこの俗世での平凡な幸福を願っている女で，新しい鐘のあとを追って入水自殺を図り，助け上げられた時は気が狂っていて，マイケルに抱きついてとめどなく愛の告白をする。入水と狂気がキャサリンの真の気持ちを誘い出したのだ。

『一角獣』のハナは夫によって7年間邸に幽閉されているが，マードックによって，翼を傷めて床を這い回る蝙蝠に譬えられている。ハナはまた，作中人物の1人が言うように，「苦悩の象徴，贖罪の山羊であり，美しい一角獣であるとともにキリストの象徴でもある」。

『切られた首』での象徴としての日本刀の使い方は，あまり成功しているとは言えない。ユダヤ人で，異教の神役のオナー・クラインという女学者は，「私」（マーチン）の目の前で，愛用の日本刀で空中に放り上げたナプキンを真っ二つに切り落としてみせ，「私」を感嘆させる。その日本刀は「ずんぐりとした鞘の尻」をもち，「私」はその無気味に反った刀身に触れて「忌わしいほど鋭い刃をもった刀身が充電している」気がして思わず手を離す。

「オナーはその間首切役人のような態度でじっと刀を膝にのせたままだった」(p.98) と書かれても，この日本刀はエキゾチックな小道具としては一応役立っていても，オナーの神秘性の象徴であることから程遠い。従って，この物語の先の方で「私」から求愛されたオナーが，「私を愛するなんて不可能です。私は切られた首ですから」(p.182) と言う時も，この切られた首と先の日本刀のイメージはついに結びつくことがない。

同様に失敗したイメージに『犬ばら』のはじめ頃，意味ありげに登場する㊣印（スワスチカ）のついたドイツ短剣がある。この短剣はポリオで夭折したスティーブ少年の遺品だが，不気味な導入と再三の思わせぶりな言及から，将来何か悲劇的事件に使われるのだろうと思わせるのだが，結局はミランダという少女が人形をこの短剣で突き刺して壁に留めるという期待はずれの扱われ方で終わってしまう。次の引用も『犬ばら』からである。自己満足して毎日を無感覚に生きているアンが，バラの専門家である芸術家肌の夫ランダルから，しまりなく開ききって咲く卑しい犬ばらに譬えられている。しかしここでも犬ばらというイメージは単に比喩の段階に留まり，象徴にまで高められてはいない。

> 'For someone else she may be a bloody little angel. But for me she's the destroyer, and the destroyer is the devil. She's got a kind of openness which makes whatever I do meaningless. Ah, I can't explain.'
>
> 'If you mean she discourages you from writing—'
>
> 'She doesn't directly discourage me from anything. It's what she is that does it. And it isn't just writing either. Can't you see me fading away before your eyes, can't everyone see it? "Poor Randall," they say, "he's hardly there any more." I need a different world, a formal world. I need form. Christ, how I fade!' He laughed suddenly, turning to face Hugh, and took the rose out of his hand.
>
> 'Form?'
>
> 'Yes, yes, form, structure, will, something to encounter, something to make me *be*. Form, as this rose has it. That's what Ann hasn't got. <u>She's as messy and flabby and open as a bloody dogrose.</u> That's what

gets me down. That's what destroys all my imagination, all the bloody footholds. Ah well, you wouldn't understand. *You* managed all right without fading away.' (pp.38－39)

劇的シーン，啓示的シーン

読者を，まるで自分が作中人物の１人になったようにハラハラさせたり，手に汗を握らせたりするような事件や情景は，昔から小説のもつ基本的魅力の１つであった。マードックは20世紀小説のもつ深刻でシリアスな作風より，むしろより直截でおおらかな笑いや，奇想天外な事件を好んで取り上げる。時にはゴシック的場面，また時には黙示的出来事を取り扱う。これは現代の萎縮した小説が忘れてきた17，18世紀の小説の栄光を回復せんとする試みの一環であるとも言えよう。

マードックの作品に例外なく出てきて彼女の作品の面白さの１つを形作っている劇的場面から見てみよう。『網の中』で，ジェイクとヒューゴーが崩壊するローマの町の大セットの下敷きになるところ，『砂の城』で車が川に転落するシーンとドナルドが塔から墜落する場面，『鐘』で中世の鐘が湖から引き揚げられるところやキャサリンが湖で溺れかかるところ，『一角獣』でエフィンガムが沼にはまるところなど，主人公たちは絶体絶命の窮地に追いこまれ，読者のサスペンスも頂点に達する。そして最後の瞬間，主人公は奇蹟的に生還するか，間一髪のところで救出を受け，読者も快いカタルシスを経験する。最初の引用はピカレスクな笑いの代表として『網の中』から，「私」ジェイクと動物映画の名犬マーズが，包囲した警官隊をまんまと欺して逃げおおせるところである。「私」が「死んだふりをするんだ」と言いつけると，さすが名犬，マーズは直ちに死んだ真似をしてジェイクの肩にかつがれる。

As I approached the main gate I came into a focus of attention, not only from the police who were keeping the gate, but also from the crowd who were standing outside. As soon as we were well in view a murmur of sympathy arose from the crowd. 'Oh, the poor dog!' I could hear several women saying. And indeed Mars was a pathetic sight. I quickened my pace as much as I could. The police barred my way. They had their orders to let no one out.

'Now then!' said one of them.

I strode resolutely on, and when I was close to them I cried out, in tones of urgency, 'The dog's hurt! I must find a vet! There's one just down the road.'

I was in mortal terror all this time lest Mars should tire of the game. He must have been extremely uncomfortable hanging there with the bones of my shoulder pressing into his stomach. But he endured. The policeman hesitated.

'I must get him attended to at once!' I repeated.

A cross murmur began to rise from the crowd. 'Let the poor chap out to get his dog looked after!' said someone, and this seemed to express the general sentiment.

'Oh, all right, out you go!' said the policeman.

I walked through the gates. The crowd parted with respectful and sympathetic remarks. As soon as I was clear of them and saw in front of me the wide open expanse of New Cross Road, unenclosed and empty of police, I could bear it no longer.

'Wake up! Live dog!' I said to Mars; as I knelt down he sprang from my shoulder, and together we set off down the road at full pelt. Behind us, diminishing now in the distance, there arose an immense roar of laughter.（pp.171－172）

第２作の『呪術師を逃れて』にも，アネットが男友達全員に自殺を予告して睡眠薬自殺を図り，医者まで駆けつけて大騒ぎになるが，よく調べるとアネットが飲んだのは下剤と多量のジンであったという茶番がある。

次の２つは劇的場面の例で，最初は，『砂の城』で学校の塔に登ったドナルドとカルドが，途中でロープがはずれ立往生しているところである。今２人は避雷針の針金に必死でしがみついているが，細い針金は２人の体重を支えきれない。

Then Mor saw something terrible. The lightning conductor, now beginning to take most of Carde's weight, was slowly parting company with the wall. But this was not what was, for Mor, the most dreadful. He saw that the conductor passed upward, over the parapet, across the wider ledge and under his son's body. If the wire ripped right away it would dislodge Donald from the ledge.

Mor had not time even to draw a breath at this discovery before Carde fell. The lightning conductor, with a tearing sound which was audible in the tense silence, came away from the wall, and with a sudden and heartrending cry Carde fell backwards, turning over in the air, and landed with a terrible sound somewhere upon the heap of blankets. A number of boys had run forward in an attempt to break his fall. Confused cries arose, and a strange wailing sound as of a number of people crying. The crowd closed in upon the place where Carde had fallen. The ambulance was backing across the playground. People who were presumably doctors and nurses were clearing a way, helped by Mr Everard and Prewett.

Mor did not look at this. Nor did most of the boys. They were watching Donald. What Mor feared had happened. The lightning conductor, pulled violently from below by Carde, had been jerked upward from the place where it passed under Donald's legs. Convulsively Donald's body moved, and for a moment it looked as if he would be swept off the ledge. But his handhold upon the tracery was strong enough to prevent this. His legs slithered for a moment over the edge, but holding on fiercely with both hands he managed to clamber partly back, his shoulders now raised a little above the ledge, his head pressed against the backward-sloping stone of the spire, both hands clinging to the masonry, one leg bent and braced against the edge of the parapet, and the other leg dangling in space. In this position he immobilized himself. A groan went up from the crowd.

(p.263)

次は『鐘』で，トビーが農場用のトラクターを使って湖底から中世の鐘を引き上げるところで，ワイヤーで引かれた鐘が，巨大な怪魚みたいに水面から現われるシーンを選んだ。

He switched over again to the winch and the hawser tightened. A heaving struggle began. Although the winch did not yet begin to move, he could feel a colossal agitation at the other end of the line. This was the moment at which the hawser was most likely to break. Toby sent up a prayer. Then he saw with incredulity and wild delight that very slowly the drum was beginning to turn. A fearful dragging could be heard, or perhaps felt, in that pandemonium it was hard to say which, upon the floor of the lake. Enormous muddy bubbles were breaking the surface. The movement was continuous now. The tractor was drawing the bell somewhat jerkily but steadily towards it as the strong winch turned. Toby could feel the great arching wheels braced against the tree-trunk. Like a live thing the tractor pulled. Then a grinding sound was to be heard: the bell must have reached the stony pile at the bottom of the ramp. Holding his breath Toby kept his eyes fixed on the point at which the thin line of the hawser, silvered by the moonlight, broke the heaving surface of the water. He felt a shock, which was probably the rim of the bell passing over the bottom edge of the ramp, and almost at the same moment, and sooner than he had expected, the hook came into view. Behind it an immense bulk rose slowly from the lake.

Hardly believing his eyes, yet chill with determined concentration, Toby waited until the bell lay upon the ramp, clear of the water, stranded like a terrible fish. He switched the power off the winch, and let the hawser fall slack, making sure that the bell was lodged securely on the gentle slope. Then he jumped down and began to pull the log away from under the wheels. A pale flurry seen from the corner of his eye was Dora still trying to help.（p.221）

こういったスリルに満ちた劇的場面とともに，マードックの作品の中には，短いながらもはっとするようなシーンがあって，その凜然たる印象は読後も長く心に残る。これらを私は啓示的シーンと呼びたいのである。最初の例は『砂の城』で，避暑に出かける妻と娘を乗せた汽車が出発して角を回って見えなくなったあと，モアは急に身体の奥深いところから烈しい感情がふき上ってくるのを感じる。

Mor stood there, arrested by some obscure feeling of pleasure, and somehow in the quietness of the morning he apprehended that there were many many things to be glad about. He waited. Then from the very depths of his being the knowledge came to him, suddenly and with devastating certainty. He was in love with Miss Carter. He stood there looking at the dusty ground and the thought that had taken shape shook him so that he nearly fell. He took a step forward. He was in love. And if in love then not just a little in love, but terribly, desperately, needfully in love. With this there came an inexpressibly violent sense of joy. Mor still stood there quietly looking at the ground; but now he felt that the world had started to rotate about him with a gathering pace and he was at the centre of its movement.

Mor drew in a deep breath and smiled down at the dry earth below him, swaying slightly on his heels. I must be mad, he thought, smiling. The words formed, and were swept upward like leaves in a furnace. He walked slowly across the station yard to the wooden gate. He caressed the wood of the gate. It was dry flaky wood, warm in the sun, beautiful. Mor picked splinters off it. He could not stop smiling. I must be mad, he thought, whatever shall I do? Then he thought, I must see Miss Carter at once. When I see her I shall know what to do. Then I shall know what this state of mind is and what to do

> about it. I shall know then, when I see her. *When I see her.*（p.150）

ここにモアが，陽を受けて暖まった板からそげかかった棘を無意識にむしりとる一節がある。日頃は散文的で退屈な雑事で構成されている人生のある日，恋愛とか信仰の驚くべき瞬間が訪れてきて，今まで何の変哲もないと見過ごしてきたものが，急に深い意味と啓示をもって輝いてくることがある。こういう天上的瞬間を，この板から棘をむしるという一節が何とうまく表現していることだろう。

同じような啓示的シーンは，『鐘』の第1章の終わりで，ドーラが車内に迷いこんできて踏み潰されそうな赤立羽蝶を両手で掬って助けるところにも見出される。しかしそのため両手が塞がったドーラは，汽車を降りる時，夫ポールの書類入れの鞄を網棚の上に置き忘れる。夫と仲直りのきっかけとなるはずの鞄を忘れてドーラは気が動顛している。ポールはドーラがいつまでも両手を合せたままでいるのを不思議がる。

> "Now come along. Why are you holding your hands like that?" he said to Dora. "Are you praying, or what?"
>
> Dora had forgotten about the butterfly. She opened her hands now, holding the wrists together and opening the palms like a flower. The brilliantly coloured butterfly emerged. It circled round them for a moment and then fluttered across the sunlit platform and flew away into the distance. There was a moment's surprised silence.
>
> "You are full of novelties," said Paul.
>
> They followed him in the direction of the exit.（p.25）

ドーラの花のように開いた白い両手の中から姿を現わし空中に舞い立つ色鮮やかな蝶は，物語の終わりでのドーラの目覚めと解放と，自由への飛翔を暗示する啓示的シーンである。

次の引用は，『一角獣』の終わり近くで，ハナが暴力で自分を犯したジェラルドを猟銃で射殺し，自分も海に投身自殺をする。悲報で駆けつける夫ピーターも，崖崩れのため海に流されて溺死する。客間にこの3人の遺体が，まるでブレイクの絵のように白い布を被せられて肩を並べて眠っている。悲劇を食い止めえなかったエフィンガムがじっと眺めている。

He felt no sharp grief only a rather frightened awe. He gazed down at the nearer figure. Perhaps it was here that he belonged, with Peter Crean-Smith. He felt then, like a sudden chill, a sense of ghoulish curiosity which he recognised as such almost before he knew its object. What had really happened to Peter when he fell over the cliff? In what way was Peter maimed or disfigured? Effingham breathed hard. There was a smell of sea-water in the room and the carpet at his feet was damp and darkened. He felt a stirring in his hand, a desire to whisk off the sheet and see what lay beneath. But again he could not. Perhaps he feared to see, not some terrible disfigured face, but laid thereupon, like a hideous mask, the likeness of his own features. (pp.303－304)

エフィンガムが死体を覆っている白い覆いをとって覗かなかったのは，無残に潰れたピーターの顔を恐れたからでなく，見るも恐ろしい仮面のように，そこに自分の顔が貼りついているのを見るのを恐れたという下線部は，啓示的効果を狙ってはいるが，いたずらに晦渋に走り，読者の共感を呼び損なった例である。これとほとんど同じモチーフ ── 主人公が自分とそっくりの姿を他人の中に発見して驚くというモチーフは，すでに８年前の第２作『呪術師を逃れて』で，ローザがミッシャの家に助けを求めて訪れるところに出ている。

Mischa pulled her up to a sitting position. He sat beside her cross-legged. He looked small and gay, like a tailor in a fairy-story. "Well, Rosa?" he cried.

Rosa drew her hand across her brow. "I'm lost," she said, "lost in a forest."

"Just go on a little way," said Mischa, "and soon you'll hear the clop-clop of the axe. Then go on a little way farther and you'll come to the woodcutter's cottage."

"No," she said, "to the enchanter's house."

Rosa looked at him. It was like looking into a mirror. It was as if her own spirit had imprinted itself upon him as they embraced and now looked at her wide-eyed.

"How strange," said Rosa, "I never noticed before that we resembled each other."

"It is an illusion of lovers," said Mischa. He rose and helped her to her feet.（p.262）

この下線部の表現は，すぐ上の『一角獣』の下線部のそれと同工異曲である。ただ異なるのは，後者ではローザが自分とミッシャが瓜二つなのに気づいて驚くと，ミッシャが「それは恋人たちの幻影さ」と答えるこの一節にはスムーズさと真実味があるのに，前者ではエフィンガムが一度も会ったことのないピーターに自分の顔が貼りついている気がして恐れるというのがいかにも不自然で，読者を到底納得させえない。これはrevealingでなくてただwittyであって，先に私が晦渋に走ったと述べたのもこの意味においてなのである。

その他の技法的工夫

マードックは，1作ごとに様々の工夫を凝らして，自分の作品に変化と魅力をもたらそうと努めている。彼女の20に上る作品の冒頭の数ページを見ただけでも，彼女が1作ごとに書き方を変えているのが明瞭に見てとれる。例えば第13作の『かなり名誉ある敗北』の第1章は終始会話文で成り立っているし，第11作の『愛の軌跡』は，高級官庁街に鳴り響くピストルの音で始まる。ある役所の一室で下級役人が自殺したのだ。第18作の『勇気さえあったなら』では，深夜ケイトウがテムズ河に架かった鉄橋を3回も行ったり来たりしている。彼のレインコートのポケットにはピストルが入っており，彼はしきりに人目を気にしているというスリラー小説めいた出だしとなっている。『ブラック・プリンス』では，冒頭に編者と称するロキシアスの序文があり，ついでピアソンなる人物のこれまた序文が続き，やっと本文が始まるが，そこでは一人称の語り手の「私」であるピアソンがまず親しげに読者に話しかける。そしてこの物語はいくつもの書き出しで始めることができると言い出したかと思うと，すぐ話が脱線して，その続きは7ページ先になってやっと出てくる……マードックは，ここでは『トリストラム・シャンディ』の現代版を書いている。

さて初期7作に戻って，その中で特に構成上の技巧が目立つのは『犬ばら』で，その劈頭の墓地のシーンは，ジェームズ・ジョイスの『ユリシーズ』第6挿話のディグナム埋葬の場面を連想させる。内的独白が多いのも，両者に共通の特徴となっている。『犬ばら』の第1ページは墓地での牧師の祈りの声で始まる。

「主は言われた。私は復活であり生命である。私を信じるものは，たとえ肉体はほろびても永遠の生命をえるであろう……」

老いたヒューは，この言葉に触発されて考えはじめる。「死んだ妻（ファニー）は永遠の生命をえたのだろうか，あれの信仰は本当は何だったのか私には分からない。40年も一緒に暮らしたというのに……」。雨に濡れた墓穴と棺を見て，「あれの身体は癌で子供のように縮んで死んだ」と独白する。会葬者を見渡して1人1人のことを考える。息子のランダルがいる。その妻のアンがいる。2人の子供でヒューの孫娘になるミランダがいる。オーストラリアから遊びにきていた別の孫ペンがいる。「ペンは結果的には，祖母の死の床にかけつけたことになった。可哀想に，誰も彼の15歳の誕生日を祝ってやらなかった……」。ペンは本気で泣いている。アンも泣いている。

ランダルとミランダは涙を流していない。また牧師の祈りがヒューの意識に入りこむ。「われわれは，生れた時，この世に何ももたずに生れてきた。死ぬ時も，われわれは，この世から何ももって行かない……」。ヒューは考える。「いや，ファニーは裕福な画商の娘に生れ，多くの名画をもって生れてきた。そして死んだ時，ティントレットの絵を私に残していった……」。

かくして読者は，ヒューの内的独白で，第1章が終わるまでには，19人の登場人物の関係と，彼らのおおよその性格まで手短に紹介される仕組みになっている。『砂の城』の第1章にも，モアとナン夫婦の会話で主な登場人物がひとわたり紹介されるという同様の工夫があるが，『犬ばら』の方は，牧師の祈り，ヒューの長い内的独白，それに雨の墓地の描写が渾然一体となって，より複雑な効果を上げている。

むすび

19世紀以来の伝統を誇るリアリズムを踏襲し，それに新しい息吹を吹きこむことを目標に創作活動に入ったマードックは，すでに見てきたように初期の7編の小説に限ってみても，かなりよくその目的を達成していると言ってよい。伝統的リアリズムを支えてきた描写，人物，ストーリーの点を見ても，マードックは密度の高い切れ味のよい描写を随所に見せるし，作中人物もしばしば生き生きとリアルに描かれており，ストーリーも複雑で意外性に富み，読者を飽かせることがない。象徴的場面や劇的シーンも適宜織りこまれており，神話や黒魔術的要素は，文体上の工夫と相俟って，従来のリアリズムになかった新局面を拓いたものと評価してよい。

が同時に，これら初期7冊の小説中には，マードックが将来修正することになるいくつかの欠点や，経験不足よりくる限界および不備がすでに現われている。その第1は，小説の魅力の中核をなす作中人物が，必ずしも満足のゆくようには描かれていないことである。実在感をもってラウンドに書かれた登場人物は，主役級の男性では，ジェイク（『網の中』），マイケル（『鐘』），女性では，ローザとアネット（『呪術師を逃れて』），レイン（『砂の城』），ドーラ（『鐘』）ぐらいだし，傍役級の男性ではカルヴィン（『呪術師を逃れて』），ジェラルド（『一角獣』），女性ではフェリシティ（『砂の城』），ミランダ（『一角獣』）である。反対に人物がフラットになったのは，ヒューゴー（『網の中』），ミッシャ（『呪術師を逃れて』），マーチンとオナー（『切られた首』），ランダルとアン（『犬ばら』），エフィンガムとハナ（『一角獣』）である。女流作家だけあって，マードックの描く女性は，マッジの天使のような優しさ，ドーラの無邪気な可憐さから，ミランダのような小悪魔めいた小娘まで見事に書き分けられているが，男性はうまく書けているとは言い難い。そして主役級の人物の出来，不出来がそのまま，作品の出来，不出来を決定しているようで，今更ながら小説における作中人物の重要性を痛感させられる。マードックの今後の課題は，比較的成功した人物像，マイケルやドーラのようなタイプの人物像のもう一層の深化，もっと強烈な問題意識をもった人物，人生における高揚と挫折の提示，複雑な近代的自意識をもちつつも，なおかつ高邁な理想に向かって精進する人物像の創造であろう。

マードックにとっての第２の問題は，彼女が小説に面白さを復活しようとする熱心さのあまり，作品の人間関係やストーリーをあまりにも複雑にしてしまったことである。２つも３つもの愛欲関係を同時に物語ろうとしたり，倒錯した性愛を再三テーマにしたりすることによって，物語のリアリティを稀薄にし，従って作品全体の印象をかえって弱めていることである。マードックの告白を待つまでもなく，強烈で魅力的なストーリーと，実在感と個性をもつ作中人物とは，理論上はいざしらず，実作の段階では意外と両立し難いものである。いつの時代の，どの小説家の苦心も，ストーリーと登場人物という２大要素間の微妙なバランスのとり方にあったと言ってもよいのである。

『砂の城』，特に『鐘』を書いた時点で，主人公の幻想からの脱却という彼女の基本テーマと，それを物語る印象的ストーリーを，明確な個性を付与され蠱惑（こわく）的に描出された人物や緻密な風景描写の上に，見事に収斂させることに成功していたマードックは，その後1959年頃から，『切られた首』，『犬ばら』，『一角獣』と，より強烈なストーリーを追い，また同時に衰弱した20世紀的ファンタジーに代わって，神話や創造的イマジネーションにより多くの比重を置くようになるにつれ，数年間の苦しくて不毛な模索の期間に入ることになる。そして，再び彼女の才能が花開くのを見るためには，読者は彼女の第11作『愛の軌跡』（1968）まで待たなければならないのである。

（初出：「九州産業大学教養部紀要」第19巻第２号，1983年）

参考文献

Iris Murdoch: *Sartre* (Fontana, Glasgow, 1976)
______: *Under the Net* (Chatto & Windus, London, 1977)
______: *The Flight from the Enchanter* (Chatto & Windus, London, 1971)
______: *The Sandcastle* (Chatto & Windus, London, 1979)
______: *The Bell* (Ibid.)
______: *A Severed Head* (Penguin, 1970)
______: *An Unofficial Rose* (Chatto & Windus, London, 1979)
______: *The Unicorn* (Chatto & Windus, London, 1979)

______: *Against Dryness* (Encounter, January, 1961)
Frank Kermode: *The House of Fiction* (Partisan Review, Vol.XXX No.1, Spring 1963)
James Joyce: *Ulysses* (The Bodley Head, London, 1980)
Robert Humphrey: *Stream of Consciousness in the Modern Novel* (Univ. of California, 1955)
マージョリー・ボウルトン：『小説とは何か――英米作家を中心に』（田淵実貴男・今井光規訳，英宝社，1981）
アラン・ロブ=グリエ：『新しい小説のために』（平岡篤頼訳，新潮社，1967）
バーナード・バーゴンジー：『現代小説の世界』（鈴木幸夫・紺野耕一訳，研究社，1975）
レオ・トルストイ：『アンナ・カレーニナ』（木村浩訳，新潮文学全集19巻，1975）
グスターブ・フローベル：『ボヴァリー夫人』（菅野昭正訳，集英社世界文学全集41巻，1979）

［追記］　ボウルトン『小説とは何か』，アラン・ロブ=グリエ『新しい小説のために』，バーゴンジー『現代小説の世界』，トルストイ『アンナ・カレーニナ』，フローベル『ボヴァリー夫人』からの引用文は，参考文献の項のそれぞれの日本語訳者の方々の訳を使わせていただいた。

Thomas

II

トーマス・ピンチョン

陰　謀　と　偏　執　病

Pynchon

序

1960年代の世界の小説界は，ジェーン・オースティンやフローベル以来のリアリズムという小説の形式および技法に対して，根本的かつ過激な批判や反逆が一斉に行われた時代であった。人々は，従来の小説は袋小路に入り込んで完全に行き詰まり、新しい事態に対応しきれないでいると考えた。小説の死が繰り返し宣告され，若手作家は伝統的小説を否定するところから彼らの新しい小説を書きはじめた。フランスのアラン・ロブ=グリエを中心とするヌーボー・ロマンの運動がそれであり，アメリカのブラック・ユーモリスト[1)]，ニュー・ライター[2)]と呼ばれる作家たちの活動がそうであった。

ヨーロッパ大陸やアメリカ合衆国でのこういった新しい小説の胎動，誕生，成長，そして小説界での市民権の獲得といった一連の動きをよそに，イギリスの小説界には，ついに革新的運動は起こらず，60年代，70年代のイギリスの作家はおおむね伝統的リアリズムの手法で小説を書き続けた。その代表にアイリス・マードックがいて，彼女を含めて現代英国作家の小説が，新しい装いにもかかわらず，その本質がリアリズムの踏襲であることは，さきに述べた[3)]のでここでは繰り返さない。

アメリカ合衆国に限ってみても，1960年代そして70年代は，一方ではアポロ11号の月面着陸成功に象徴される科学技術の輝かしい成功の時代であったが，また反面，政治的にも社会的にもアメリカが長年抱えてきた病弊が一遍に噴き出して，異常な事件が頻発した動乱の時期でもあった。カストロのキューバに対する海上封鎖，ベトナムへの軍事介入，ケネディ大統領，キング牧師など要人の相次ぐ暗殺，黒人暴動，家庭の崩壊，学園の荒廃，大学紛争，暴行・放火事件の増加，大都会における治安の悪化，都心のスラム化，ベトナム戦の泥沼化に伴う徴兵忌避，反戦・厭戦思想の瀰漫（びまん），麻薬の流行，最後にはウォーター・ゲート事件まで起こって，アメリカの政治的・社会的腐敗

1）ジョン・バース，ジョセフ・ヘラー，カート・ボネガット，ドナルド・バーセルミ，トーマス・ピンチョンたち
2）リチャード・ブローティガン，ドナルド・スーケニック，ウィリアム・ガス，イシュマエル・リードたち
3）本書Ⅰ「アイリス・マードックとニュー・リアリズム」

はその極に達する。さらに重要なことは，60年，70年代のかかる異常さが，アメリカ国民の心に惹き起こした従来の価値観・道徳観への疑念，それらの否定もしくは変革の動きであった。アメリカのジャーナリスト，トム・ウルフは言っている。「100年後歴史家がアメリカの60年代のことを書く時……60年代をベトナム戦争や宇宙開発，または政治的暗殺の時代としてではなくて，マナーやモラル，生活様式，世界観が，政治的事件以上に決定的にアメリカを変えた時代とみるであろう」

この60年代の変動するアメリカに対する作家たちの反応は，ジャック・ヒックスが言うように，「外に向うよりも，より個人的経験や主観的知覚の方向，すなわち内部に向った。……そして作家の眼が社会や政治に向く時も，その関心は不安といったネガティブな形をとる。社会が１つのプログラムに組込まれることへの恐怖，集団や精神を意識的，広汎に操作するものへの恐怖が存在する[4]」。この時期のアメリカ作家の作品には，限りなく混乱し，加速度的に腐敗していくアメリカというマンモス社会への不安と，それに適切に対処できない政治・社会機構への不満と絶望，そして自嘲の色が濃く漂っている。限りなく変動するアメリカ社会と，激変する価値意識を書くには，従来のリアリズムは不十分で無力だと思われた。リアリズムに代わるものを模索して，ある作家は現実を戯画化し，誇張して書き，ある作家は幻想に逃避する。

1960年代のアメリカのニュー・ライターたちの作品の基調は，上述のように不安感，絶望感であったが，それを表出する方法によって大きく２つの方向に分けることができる。１つはドナルド・バーセルミやリチャード・ブローティガンが目指した方向で，これは基本的にはアラン・ロブ=グリエと同質的試みである。もう１つはジョン・バースやジョゼフ・ヘラー，カート・ヴォネガットたちの目指した方向で，私が今からこの論で取り上げるトーマス・ピョンチョンもこのグループに属している。

前者のグループの作家は，アラン・ロブ=グリエがそうしたように，従来のリアリズムを成立させてきた要素 ── 描写，作中人物，プロット ── を否定するが，とりわけ言葉が外の世界に存在する「もの」を指示するという，

４）Jack Hicks: *In the Singer's Temple* pp.8－９

リアリズム固有の「言葉の能力」への素朴な信仰を放棄する。従ってバーセルミやブローティガンの使う言語は，伝統的小説の言語がそうしていたように，外なる「もの」を指示することを止める。彼らの言語の生み出す空間は，現実の世界空間を模倣したものでなくて，現実空間とは異質の新しい空間となる。ブローティガンの *In Watermelon Sugar*（『西瓜糖にて』，1968）は，合理的，現実的意味を離脱して，単純で幻想的な世界を創造しているし，バーセルミの *City Life*（『都市生活』，1970）や *Unspeakable Practices, Unnatural Acts*（『口に出せない習慣，奇妙な行為』，1969）が作り上げる空間は，人工の空間，空想の擬似空間なのである。この間の事情を実例に則して確かめてみよう。最初の引用はブローティガンの『西瓜糖にて』の冒頭の文である。

> In WATERMELON SUGAR the deeds were done and done again as my life is done in watermelon sugar. I'll tell you about it because I am here and you are distant.
>
> Wherever you are, we must do the best we can. It is so far to travel, and we have nothing here to travel, except watermelon sugar. I hope this works out.
>
> I live in a shack near iDEATH. I can see iDEATH out the window. It is beautiful. I can also see it with my eyes closed and touch it. Right now it is cold and turns like something in the hand of a child. I do not know what that thing could be.
>
> There is a delicate balance in iDEATH. It suits us.
>
> The shack is small but pleasing and comfortable as my life and made from pine, watermelon sugar and stones as just about everthing here is.
>
> Our lives we have carefully constructed from watermelon sugar and then travelled to the length of our dreams, along roads lined with pines and stones.（p.1）

しなやかで単純な文体が，読者をブローティガンの夢の世界に誘(いざな)っていく。主人公の私は iDEATH（アイデス）の近くの小屋に住んでいる。小屋は松材と西瓜糖と石で出来ていて，窓の外にiDEATHが見える。iDEATHは「目を閉じて手で触わると冷たく，子供の手に握られたもののように動く」と書かれているのだが，「冷たくて，子供の手に握られたもののように動く」という言葉の指し示すもの，ないしはこの言葉がわれわれの心に惹き起こすイメージは何か？　蛙か蛇のような爬虫類か，それとも魚か？　しかし，ついにこの言葉と具体的に対応する「もの」は読者の心に浮んでこない。そしてずっとあとになってiDEATHが家みたいなものだと分かっても，その頃までにはブローティガンの文に慣れた読者はもう驚かなくなっている。『西瓜糖にて』では，太陽は曜日によって色を変え，それに従って西瓜も同じ色に変わる。月曜は赤い太陽で赤い西瓜，火曜は黄金色，水曜は灰色，木曜は黒色で西瓜も音のしない黒色……ここにはまた人間の言葉をしゃべる人喰い虎がいて，まだ子供の主人公の目の前で両親を喰い殺すが，主人公はさほど恐がりもせず，虎から算数を習ったりする。

次はドナルド・バーセルミの『口に出せない習慣，奇妙な行為』の中の短編「インディアンの叛乱」の出だしの文である。

> WE DEFENDED THE CITY as best we could. The arrows of the Comanches came in clouds. The war clubs of the Comanches clattered on the soft, yellow pavements. There were earthworks along the Boulevard Mark Clark and the hedges had been laced with sparkling wire. People were trying to understand. I spoke to Sylvia. "Do you think this is a good life?" The table held apples, books, long-playing records. She looked up. "No."（p.3）

ここあたりまでは，従来の小説とあまり変わらないように見える。しかし数ページ読み進むと，言葉や文が外の「もの」を指示する能力を急速に失っていくのがよく分かる。

> Fire arrows lit my way to the post office in Patton Place where members of the Abraham Lincoln Brigade offered their last, exhausted letters, postcards, calendars. I opened a letter but inside was a

Comanche flint arrowhead played by Frank Wedekind in an elegant gold chain and congratulations. Your earring rattled against my spectacles when I leaned forward to touch the soft, ruined place where the hearing aid had been. "Pack it in! Pack it in!" I urged, but the men in charge of the Uprising refused to listen to reason or to understand that it was real and that our water supply had evaporated and that our credit was no longer what it had been, once.

「彼等の最後の使いつくした手紙，葉書，カレンダー」とか，「フランク・ベデキント演じるコマンチ族の堅い石の鏃（やじり）」とかは，普通の意味での言葉の機能を果たしていないし，話の筋も統一性と文脈を欠いている。さらにバーセルミの同じ短編集に収められている「アリス」に見られるバラバラの語や句は，現実に存在する「もの」や「事件」のいかなるパターンにも当てはまらない。これらの言葉は，お互いと無関係に，ただそこにごちゃまぜのまま置かれている。これがバーセルミの文体の特徴の１つ，collage の手法なのである。

but I do know where I am I am on West Eleventh Street shot with lust I speak to Alice on the street she is carrying a shopping bag I attempt to see what is in the shopping bag but she conceals it we turn to savor rising over the Women's House of Detention a particularly choice bit of "sisters" statistics on the longevity of life angelism straight as a loon's leg conceals her face behind *pneumatiques* hurled unopened scream the place down tuck mathematical models six hours in the confessional psychological comparisons scream the place down Mars yellow plights make micefeet of old cowboy airs cornflakes people pointing to the sea overboots nasal contact 7 cm. prune the audience dense car correctly identify chemical junk blooms of iron wonderful loftiness sentient populations（p.127）

今はバーセルミやブローティガンの文体に深入りするわけにはいかないが，

最後に一言だけ付け加えるなら，例えばバーセルミの文が構築している空間は，リアリズムの作品の作る空間と較べて，何と稀薄で意味をもたない空間であることか。しかしバーセルミ自身の言によれば，「かかる文自体も人工の object（もの）であり，勿論われわれが自ら求めたものではないが，やはり人間が作り出したもので，石の強さとは較ぶべくもないが，その脆さの故に大切にさるべきものである[5)]」。

認識主体の外に存在する「もの」を指すという言語の機能を意識的に否定しようとするブローティガンやバーセルミの文と比較した時，Thomas Pynchon（トーマス・ピンチョン）の文は一見したところリアリズム小説のそれとあまり異なっていないように見えるが，注意して読むと，彼の文はリアリズムとはかなり違った発想，異なった技法で書かれていることが分かる。

次の引用はピンチョンの『V.』の第１章で，主人公ベニー・プロフェインが美少女レイチェル・アウルグラスとはじめて出会うシーンである。

> He met her through the MG, like everyone else met her. It nearly ran him over. He was wandering out the back door of the kitchen one noon carrying a garbage can overflowing with lettuce leaves Da Conho considered substandard when somewhere off to his right he heard the MG's sinister growl. Profane kept walking, secure in a faith that burdened pedestrians have the right-of-way. Next thing he knew he was clipped in the rear end by the car's right fender. Fortunately, it was only moving at 5 mph—not fast enough to break anything, only to send Profane, garbage can and lettuce leaves flying ass over teakettle in a great green shower.
>
> He and Rachel, both covered with lettuce leaves, looked at each other, wary. "How romantic," she said. "For all I know you may be the man of my dreams. Take that lettuce leaf off your face so I can see." Like doffing a cap—remembering his place—he removed the

5）Donald Barthelme: *City Life* p.118

leaf.

"No," she said, "you're not him."

"Maybe," said Profane, "we can try it next time with a fig leaf."

"Ha, ha," she said and roared off. He found a rake and started collecting the garbage into one pile. He reflected that here was another inanimate object that had nearly killed him. He was not sure whether he meant Rachel or the car.（pp.14－15）

ピンチョンは２人の馴れ初めを軽快に語っていく。描写はコミカルで，会話はスピーディでウィットに富み，ソフィスティケイテッドであるが，全体は終始リアリズムの手法で書かれていると言ってもよい。しかし，語り口の軽快さに気をとられていると，ピンチョンがさりげなく書き込んでいるテーマを見落としがちである。というのも，このコミック仕立ての２人の出会いの最後には inanimated object（生なきもの）への言及があり，さらに引用文の直前には次の文が挿入されているからである。

Profane had wondered then what it was with Da Conho and that machine gun. Love for an object, this was new to him. When he found out not long after this that the same thing was with Rachel and her MG, he had his first intelligence that something had been going on under the rose, maybe for longer and with more people than he would care to think about.（p.14）

ここにあるのは，現代アメリカで着々と進行している「人間の機械化」に対するピンチョンの鋭敏な反応と，こういう機械化の「陰謀」が一般大衆の気づかないところで密かに，しかし広汎に行われていることへの不安感である。そして，この２つはあとで詳しくふれるように『V.』や *The Crying of Lot 49*（『競売品49番の競り声』）の重要なテーマなのである。

次の引用はピンチョンの『競売品49番の競り声』からである。この短い文からでも，彼の比喩の使い方，グリム童話の囚われの少女ラプンツェルの扱い方，塔やクレジット・カードのイメージなどが，リアリズムの手法とは異質的であることは明瞭であろう。

As things developed, she was to have all manner of revelations. Hardly about Pierce Inverarity, or herself; but about what remained yet had somehow, before this, stayed away. There had hung the sense of buffering, insulation, she had noticed the absence of an intensity, as if watching a movie, just perceptibly out of focus, that the projectionist refused to fix. And had also gently conned herself into the curious, Rapunzel-like role of a pensive girl somehow, magically, prisoner among the pines and salt fogs of Kinneret, looking for somebody to say hey, let down your hair. When it turned out to be Pierce she'd happily pulled out the pins and curlers and down it tumbled in its whispering, dainty avalanche, only when Pierce had got maybe halfway up, her lovely hair turned, through some sinister sorcery, into a great unanchored wig, and down he fell, on his ass. But dauntless, perhaps using one of his many credit cards for a shim, he'd slipped the lock on her tower door and come up the conchlike stairs, which, had true guile come more naturally to him, he'd have done to begin with. But all that had then gone on between them had really never escaped the confinement of the tower.（pp.9－10）

ピンチョンのユニークさは，まずブラック・ユーモアを含んだコミカルな語り口，pun や parody[6)]を多用したソフィスティケイティッドな文体であろうし，賑やかなエピソードとエピソードの間から時々チラッと顔を覗かせる不気味なこの世の深淵である。しかしそれらにもまして，ピンチョンをピンチョンたらしめているのは，彼の小説における「筋」（プロット）の取り扱いである。

6）ピンチョンは作品のあらゆるところでパロディを展開している。『V.』の第11章には，アラン・ロブ=グリエ，ラディゲ，T. S. エリオット，ヘミングウェイ……とあらゆる文体のパロディがあり，『V.』の40カ所，『競売品49番の競り声』の14カ所に出る歌の大半はパロディなのである。

プロットについて

この世界で人間を取り巻いている「もの」(inanimated things) は，もともとそれら相互間にも，またそれらと人間との間にも，何の関連も脈絡もない。「もの」は人間と無関係にただそこに存在し，「もの」を中心として起こる事件も人間の思惑，意志とは全く異なった形で現出する。それらの存在の仕方，置かれ方，現出の仕方は，何のパターンも，まして何の意味ももっていない。しかしこういったパターンのない「もの」に直面した時，人間の心には，その無定形，捕捉不可能性への底知れぬ不安，恐怖心が湧き上がってくる。ソール・ベローの『サムラー氏の惑星』のアーター・サムラー氏の省察を待つまでもなく，人間の知恵とか経験とかは，この恐怖心に発し，パターンのない「もの」の中に，人間的意味と解釈を持ち込もうとする試みであったとも言える。哲学も宗教も科学も，そして文学も，発生的に見れば，この無定形の「もの」を解釈し，説明し，体系づけようとする試みであったのであり，近代小説のもつ首尾一貫した筋の誕生も，またここにあると言ってもよい。しかし逆に考えれば，以上のような試みは関連のないところに関連を，物語のないところに物語を読みとろうとするものであるから，様々な色の積木の箱から任意の積木を集めてパターンを作ったり，風景の一画を切りとって写真を撮る作業同様，小説家は筋を作る過程でいくつかの潜在的プロットを切り捨ててきたはずである。ということは，作家がある作品に実際に使ったプロットが必ずしも一番正統的であるという保証は，作家の主観の中を除いてどこにもないことになる。外なる「もの」，現実に起こった「事件」をそっくりそのまま言葉で写しとるというリアリズムの根本的機能が，結局は作家という人間の頭の中での関連づけ，解釈というフィクションにすぎない以上，外なる「事件」をなぞるリアリズムのプロットの存在理由が改めて問われるようになるのも当然のことであった。小説にとってプロットとは一体何なのか？　従来のいわば起承転結をもった筋は本来小説に必要なのか，筋がなくてもおよそ小説は成立するのか？　ピンチョンの『V.』および『競売品49番の競り声』の最大のテーマは，この小説におけるプロットの問題である。

バーナード・バーゴンジーは，『現代小説の世界』で言う。

……バースと同じように，ピンチョンは，伝統的な「よく作られた」小説の約束事を，考えられないほど凝ったところまでもってゆくことによってその種の小説を打破することに興味があるのである。『V.』や，ましてや『競売品49番の競り声』という作品は，「プロット」という語のさまざまの意味をもじった，長いだじゃれと言ってもさしつかえあるまい。……伝統的な小説のプロットが，もしそのまま実際の世界に存在したとしたら，正常な目からは偏執病と見なされるような押しつけ方で，信ずべからざる相応関係や，一致や，類似や，収斂現象を，経験の上に押しつけることになるであろう ── ピンチョンは伝統的プロットをそうみるのである[7]。

作家がまずテーマを思いつき，プロットを構想し，登場人物をそのプロットに従って動かし，物語を進めていくという従来の小説に較べ，ニュー・ライターたちの筋は確かに辿り難い。特に筋を極力排除するバーセルミの場合など，筋を辿ることは全く不可能に近い。それに較べてピンチョンの作品の筋はまだしも記述可能である。とはいうものの，前述のごとくピンチョンは小説の筋とは何かと，筋の存在意義と機能そのものをテーマにするので，彼の小説の筋は，普通の小説よりもひと捻りも，ふた捻りも捻ってあり，また当然のことながら，リアリズム小説のもつあのくっきりした輪郭や，過去から未来という直線的時間の流れを欠くことがある。ピンチョンの筋は，蛇行し，逆行し，複数の筋が同時に進行し，あるエピソードは次のエピソードに繋がることなく突然消滅してしまう。

かかるプロットの複雑性，不連続性，意外性は，リアリズム小説の明確なプロットに馴れた読者を満足させない。ロバート・アダムズは，ジェームズ・ジョイス以降の近代小説を論じた *After Joyce*（『ジョイス以後』）で，ピンチョンの筋に言及して次のように論じている。

But essentially those readers are right who complain that "they can't follow the plot." They can't, and aren't really supposed to. For

---

7）バーナード・バーゴンジー著／鈴木幸夫・紺野耕一訳：『現代小説の世界』 pp.142－143

> the plot (in the sense of "what happens to the characters," and even in the sense of "how the characters' inner life develops") is not the vehicle of the book's main interest. Its function, and the function of all that frantic, superficial activity, is to distract and impede, not to express. One can't say that it does or doesn't function in other ways as well; there's an uncertainty principle at work as we read, in that no action is so farfetched or remote that it can't, perhaps later, tie up on some level with another; and the construction isn't so tight that what looks important can't be simply forgotten or erased by a coincidence.[8)]

アダムズのピンチョン評は，次の３点に集約できる。１）登場人物の身に何が起こるかといった従来の筋はピンチョンの狙いでない。２）ピンチョンの筋の目的は，何かを表現するというよりむしろ読者を迷わせ阻害することにある。３）一見かけ離れた２つの行動も状況が変われば結合し，重要なものが次の瞬間には消える。アダムズは，ピンチョンの筋は不連続で不整合，意外性に富み，そして飛躍するので，「ピンチョンの筋についていけないと悲鳴をあげても，それは読者が正しい」と言う。

しからば，普通の読者を惑わすトーマス・ピンチョンの筋とは，どんなものか，従来の小説のもつ筋とどこが違うのか，またかかる特異な筋をもつ彼の小説の魅力やテーマの特色は何であるかを，彼の作品中から初期の短編Low-lands(「低地」，1960)，長編 *V.*（『V.』，1963）と中編 *The Crying of Lot 49*（『競売品49番の競り声』，1966）の３つの，それぞれの粗筋とテーマを中心に考えてみたい。その前にピンチョンの略歴にふれておくと，トーマス・ピンチョンは1937年ニューヨーク州ロングアイランド生まれ，53年コーネル大学工学部入学，55年海軍の兵役に服し通信将校となる。57年退役，コーネル大学英文科に復学。同校卒業後一時ワシントン州シアトルのボーイング航空機製造会社にエンジニアとして就職。1963年26歳で最初の長編『V.』を発表，フォークナー賞を受賞，『競売品49番の競り声』を1966年に出し翌年ローゼンタール賞を受け，1973年マンモス長編 *Gravity's Rainbow*（『重力の

８）Robert M. Adams: *After Joyce* p.171

虹』）で全米図書賞を受賞，アメリカの最も注目すべき若手作家の１人と目されるに至っている。

1 「低地」

粗筋

もと海軍通信将校デニス・フランジは，妻のシンディと海岸の断崖の上の家に住んでいる。海の眺めはいつもフランジの心を落ち着かせる。ただ彼には風変わりな友人や知人が多い。その１人で塵収集人のロッコ・スクワーチオーネとフランジは，今日も朝から酒盛りを始め，会社を欠勤してしまい，シンディの顰蹙（ひんしゅく）を買っている。そこにもう１人の悪友ピッグ・ボーダインが訪ねてくるので，シンディは血相を変えて怒り出す。それは無理もないことであった。７年前シンディとフランジの結婚式の当日，ピッグは独身会のお別れパーティと称してフランジを連れ出し，悪友と飲み歩いて新夫のフランジは，その夜はおろか２週間も帰宅しなかった。この事件の張本人ピッグがノコノコと姿を現わしたのでシンディの忿懣が爆発し，ピッグはもとより，ロッコも夫も家から叩き出してしまう。

追い出されて行くあてのない３人の男は，夕方ロッコのダンプ・トラックで塵埃廃棄場に行き，黒人監理人ボリングブルックの掘っ立て小屋に泊めてもらう。夜中にフランジは小屋の外から自分を誘う女の声を聞く。誘われて出てみると，小柄なジプシー風の少女が立っている。名をネリッサと言い，身長わずか３フィート半だが夢のような美少女である。少女はフランジを自分の家に連れていく。少女の部屋は，30年代に「赤い黙示録の息子たち」というテロリストがこの塵捨て場に掘った迷路のようなトンネルの奥にある。少女はここにヒヤシンスという名の鼠と暮らしてきたが，手相見から金髪で白い歯の白人と結婚すると占ってもらっていたので，フランジに結婚してくれと頼む。フランジはこの低地の底で，この不思議な少女と暮らそうと決心する。

テーマ

わずか30ページにも満たない短編なので，「低地」では，筋を含めて文体上の実験を行う余裕はピンチョンになかったと見え，全体は伝統的な短編の手法で書かれている。短いスペースにあまりにも多くのテーマを詰め込みすぎて全体の印象が散漫になったきらいもあり，同時に説明不足で理解しにくい箇所もある。しかしよく注意してみると，この短編の中には，3年後の大作『V.』や，6年後の『競売品49番の競り声』のテーマや物語への先駆や原型が見受けられる。

その第1は，海や低地に対する作中人物の愛着と哲学的瞑想である。月の光を受けた夜の海は，「時には固さをもった青緑色の砂漠にみえ，昔キリストがそうしたようにその上を歩いて渡りたいという誘惑を見る人の心にひき起す」。平たい底をもつ巨大な塵捨て場も，フランジに海と同様の安心感を与える。

逆に彼を不安にするのは，この凹んだ低地がせり上って球面になり，自分の立っている地面が縮小して，身体が空中に突き出して揺れているイメージである。

> What he worried about was any eventual convexity, a shrinking, it might be, of the planet itself to some palpable curvature of whatever he would be standing on, so that he would be left sticking out like a projected radius, unsheltered and reeling across the empty lunes of his tiny sphere.（p.15）

第2は burlesque（ドタバタ喜劇）の要素で，「低地」ではロッコやピッグなどの悪友ぶりという軽い描写やエピソードで片づけられているが，このモチーフは，後期の作品ではもっと大規模に迫真力をもって繰り返して書かれることになる。なお「低地」では，夜寝る前に男たちが順番に物語る海にまつわる怪談・法螺話があるが，この奇想天外な話は，『V.』ではゴドルフィンの語る「ヴェイシュー」の話，メヘメトの魔女「マラ」の話になり，『競売品49番の競り声』では劇中劇「急使の悲劇」あるいは「トース老人の話」として再生されてくる。

「低地」第3の特徴は，全編に漲るゴシックな雰囲気である。煌々たる月に照らされた夜の海，真夜中の人気のない巨大塵埃投棄場，夜半にフランジを呼ぶ女の声，鼠を愛撫するこの世のものとは思えぬ小さい小さいジプシーの美少女。このネリッサは『V.』ではパオラやレイチェル，鼠はファリング神父伝説の雌鼠ヴェロニカのプロトタイプである。

第4のテーマは，フランジとシンディのように，心の歯車がどうしてもうまく噛み合わぬ男女間の不毛の愛と，フランジやロッコのように体制からはみ出た落伍者である。これら男女は，お互いの中に自分の幻影を，あるいは混迷を深めるアメリカの社会機構に自分のアイデンティティを求めてもがいているのだが，努力は常に空回りして挫折感を深めるだけである。塵捨て場のトンネルの奥に潜むネリッサと彼女の小部屋は，繁栄してはいるがどこか狂っている現代アメリカの裏にあるもう1つのアメリカ，人間の心を真に慰藉してくれる新しきアメリカの象徴だとピンチョンは語るかのようである。低地である塵埃投棄場は，形においてもその本質においても海に似ていて，アメリカの遺産，失われたロマンスを秘めている所かもしれないのである。『競売品49番の競り声』の幕切れは，この失われたアメリカの遺産というテーマをはっきりと提示している。

2　『V.』

『V.』を従来の小説と異なった「新しい小説」にしているのは，筋の取り扱いと，テーマのユニークさである。まずピンチョンの筋の取り扱いから見てみよう。

『V.』は同時に進行する2つの筋をもっている。1つはベニー・プロフェインの筋で，1955年から1956年にかけての，主としてニューヨーク市を舞台としたベニー・プロフェインを中心とする人物たちの物語である。『V.』17章のうちの11章を占めるこの筋は，登場人物こそ多いが，筋は時間に沿って流れ，普通の小説と大差はない。もう1つの筋はハーバート・ステンシルのV.という謎の女性探求の軌跡を辿るもので，年代的にはプロフェインの話の半世紀前の1898年から1938年までをカバーし，5つの章とエピローグの計6章がこれに割り当てられている。ただこの6章は年代的に前後が入れ替わって書かれていて，謎の女性V.の変名，変装と相俟って，読者がこのステンシルの筋を追うのを困難にしている。

しかし考えてみれば，1つの小説の中で2つの筋が同時に進行するというのは，近代小説では別段目新しいことでもないし，また1つの小説の中の章の配列と時間関係が一致しないのも，これまた珍しいことではない。オルダス・ハックスリーの『ガザに盲いて』において，章がかわるにつれて時間が前後する例は言うに及ばず，フォークナーやヴァージニア・ウルフなどの「意識の流れ」の小説における1つのセンテンス内での時間の過去への遡行，現在と過去との混在にもわれわれは慣れている。

ピンチョンの『V.』を複雑にし，読み難くしているのは，むしろステンシルの筋が，主としてステンシルという妄想好きで陰謀狂の一人物の想像上の物語だからであるが，このことはあとで論じることにして，まず今はプロフェインの筋とステンシルの筋のあらましを見ることにしたい。

プロフェインの筋

ベニー・プロフェインはイタリア人とユダヤ人の混血で，万事に無器用な自他ともに認める「へま人間」（シュレミール）である。海軍退役以来定職もなく，海軍時代の悪友パピーとかピッグたちと，ニューポートの町をまるで人間ヨーヨーのようにぶらついている。プロフェインのこのヨーヨー癖は，ニューヨーク市に出てきても改まらず，ある日彼は地下鉄IRT線でヨーヨー運動を決めこんでいると，それが3人のプエルト・リコ少年の目に留まり，そのうちの1人がプロフェインを家に連れて帰り，彼はその家の居候となる。少年の姉フィーナは，醜男だが何となく女性の保護本能を掻き立てるプロフェインに惚れ，兄のアンジェロは地下下水道のワニ退治の仕事を世話してくれる。その後プロフェインは別の女性レイチェルの紹介で人類科学研究所の夜警の仕事にありつき，それが縁でいく組かの変わった男女と知り合う。1つのグループは，自称芸術家の集団で，彼らは麻薬と酒と男女乱交のパーティばかり開いていて，芸術活動は何一つしない「いかれた」連中であるところからThe Whole Sick Crew（「全病連」）の渾名がついている。プロフェインは彼らを通じてエスターというユダヤ娘と，彼女のユダヤ鼻の整形手術をした形成外科医シェーンメイカーとも知り合う。『V.』のもう1つの筋の語り手であるステンシルも謎の女V.を調べているうちにシェーンメイカーとV.に関連があったことを知り，彼を追ってニューヨークに来ている。かくてシェーンメイカーを通じて，プロフェインの筋とステンシルの筋は一応交差することになる。

この先，プロフェインはウィンサムという変人のレコード会社社長と女流作家である妻のマフィアと，この夫妻の家に同居していつも毛布を被って床に蹲っていて顔を見せないカリズマなる男たちとも知り合うようになり，物語は「全病連」のメンバーも含めた果てしない乱痴気パーティと男女の結びつき，そして別れが，ドタバタ喜劇を織り込んで賑々（にぎにぎ）しく展開する。

最後にプロフェインとパオラは，ステンシルに誘われて，ステンシルがV. の謎解きの切り札と信じるマルタ島に謎解きの立合人として渡る。しかし謎は解けず，パオラはここで別れた夫と偶然再会して縒りを戻し，ステンシルは新たな手掛りを追ってスウェーデンに去り，プロフェインはたまたまマルタ島に観光に来ていたアメリカ娘と手を携えていずこともなく姿を消す。

ステンシルの筋

これは英国諜報部員ハーバート・ステンシルの謎の女性 V. 探求の物語である。彼は同じく諜報部員だった父シドニー・ステンシルの書き残したメモの中の V. という女性に関する不思議な書き込みに触発されて謎解きの旅に出る。彼の過去10年間の V. 調査の集大成が，このステンシルの筋の６つの章なのである。ただ前述の如く，この６章はプロフェインの筋の11の章の間にばらばらに挿入されており，その６章も時間通り並べられておらず，V. 自身の名前も扮装も各章ごとに変化して筋が辿りにくい。今理解を正確にするため，この６つの章を時代順に並べ直すと次頁の表のようになる。

この表をもとにして簡単にステンシルの筋を纏めてみる。ハーバート・ステンシルが懸命に追い求めているV. は，まず1898年，エジプトのファッショダ村で起きた英仏両軍の衝突の際に，エジプト観光に来ていた英国貴族アラステア・レン卿の娘ヴィクトリアとして姿を現わし，英国人スパイ，グッドフェローと肉体関係を結ぶ。翌1899年，彼女はイタリアのフィレンツェに現われ，ヴェネズエラ大使館襲撃事件に巻き込まれる。この時，英国人探検家ヒュー・ゴドルフィンとその息子エバンとも知り合う。恐らくこれと前後して，ヴィクトリアは，フィレンツェで情報収集を行っていたシドニー・ステンシルとも知り合う。息子ハーバート・ステンシルのV. 探求のきっかけ

ステンシルの筋の表

章番号	年　代	舞　台	事　　件	V.の名前 (年齢)	V.以外の 主な登場人物	ステンシルの知識の度合
3	1898年 10月	カイロ，アレグザンドリア	ファッショダ事変	ヴィクトリア・レン (18歳)	シドニー・ステンシル シャフッベリー ポーペンタイン グッドフェロー レプシァス	○
7	1899年 4月	フィレンツェ	ヴェイシュー騒動，「ヴィーナスの誕生」盗窃作戦，ヴェネズエラ大使館襲撃	ヴィクトリア・レン (19歳)	ゴドルフィン親子 シドニー・ステンシル マンテッサ チェザーレ ガウチョ	○
14	1913年 1月	パリ	ヴィンセント・キャスター劇場でのメラニーの串刺し	V.夫人 (33歳)	メラニー サーチン イタグ ポルセピック	○
エピローグ	1919年 6月	マルタ島	マルタ島6月騒乱，シドニー・ステンシル死す	ヴェロニカ・マンガニーズ (39歳)	メヘメト シドニー・ステンシル メイストラル デミボルト エバン・ゴドルフィン	×
9	1922年 5月	元ドイツ領南西アフリカ	ボンデル族反乱，フォプル邸の籠城	ヴェラ・メロビング (42歳)	モンダウゲン ヒュー・ゴドルフィン ワイスマン フォーゲルザンク サラ	○
11	1938年	マルタ島	マルタ島空爆，V.死す	悪司祭 (58歳)	メイストラル エレーナ パオラ	△

になったV.に関するメモが書かれたのもこの時期である。この直後ヴィクトリアとシドニーの仲は急速に進んで，その結果1901年にハーバートが生まれたらしい。しかしハーバートは，出生の経緯は一切知らされていない。

13年後の1913年，パリに姿を現わしたV.は，バレー団のパトロンをしていて，新進バレリーナのメラニーと同性愛に耽るが，メラニーは舞台上で変死し，V.はイタリアのファシストと手を携えて姿を消す。6年後，マルタ島で島民の間に反乱の兆しがあり，父シドニー・ステンシルがマルタ島で情報を集めていると，そこにV.が来ている。今回はヴェロニカ・マンガニーズと名を変え，いつの間にか，片目を義眼，片脚を義足に変えている。シドニーは，ヴェロニカと会い，彼女が昔のヴィクトリアであることを確認し，彼女に影のように付き添う変形した異様な顔の持ち主がエバン・ゴドルフィンであることを知る。マルタ島での騒乱が収まったので，シドニーはマルタ島から船に乗るが，この船は出航直後竜巻きに巻き込まれ沈没，シドニーは死ぬ。

V. はその後もヴェラ・メロビングというドイツ女性に変装して，南西アフリカのボンデル族の反乱の現地に現われ，農場主の古い邸でのマゾ・サド的パーティの主役の１人となる。さらに16年後，V. はドイツ空軍の爆撃下のマルタ島に男の司祭に変装して姿を見せ，島民から「悪司祭」と呼ばれている。彼女はある日，空襲で崩壊した建物の梁の下敷きになって身動きできなくなっているところを土地の子供に見つかり，義眼，義歯，義足，臍（へそ）に埋め込んだスター・サファイヤと，次々にもぎとられ惨殺されてしまう。

ただステンシルの筋に関して困ることが２つある。その１つは，ステンシルの筋の６つの章は前ページの表の最後の「ステンシルの知識の度合」の項に示した如く，必ずしも全部がステンシルの知っていることとは限らないこと，第２の問題点は，ステンシルが自分のことを常に三人称で話す癖をもっているが，そのことが惹起する問題，即ち作者ピンチョン以外のもう１人の物語の語り手，一人称のステンシルの登場の問題である。

前者から考えてゆくと，ステンシルの筋の６章中ステンシルが確実にV. について知っているのは，第３章のファッショダ事変，第７章のヴェイシュー騒動の２つの章でのヴィクトリア・レンのことだけである。それすらも，ステンシル自身が告白する通り「夢を扮装」させているので粉飾が入っている。第９章のモンダウゲンの話は，もとの話は30分に満たないものだったのを，ステンシルがアイゲンバリューに伝える時には「ステンシル化（＝フィクション化）されていて」(p.211)，どこまでが真実か分からない。第11章では，パオラの父メイストラルがパオラに宛てて書いた「メイストラルの告白」という日記文をステンシルが読むことになるが，メイストラルはV. のことを深く知らないので，日記の記述は，身近に起こった空襲のこと，家族のことが中心で，V. の変身「悪司祭」についての短い断片的記入があるだけである。従ってステンシル ── そして読者 ── は，これら断片から推測でV. の話を作らねばならぬ。さらにエピローグは，作者ピンチョンの直接的

『V.』におけるステンシルの位置

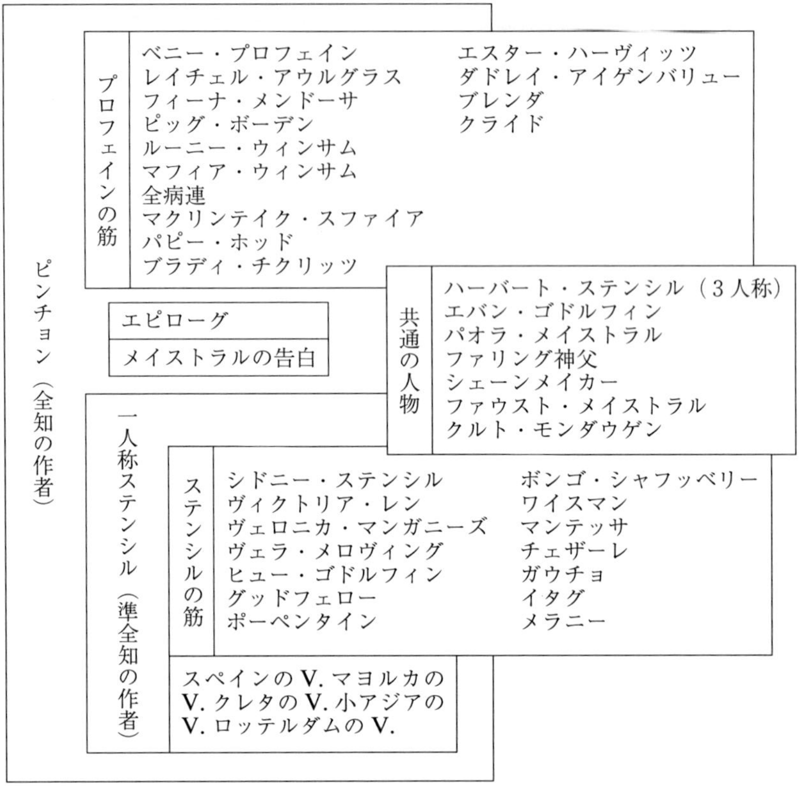

語りで，ステンシルは客観的事実であるこのエピローグの内容を最後まで知らない。

第2の問題は，一人称と三人称のステンシルの存在である。ステンシルは「発達段階のある年齢の子供や『ヘンリー・アダムズの教育』のヘンリー・アダムズのように自分を〈私〉という一人称でなく〈ステンシル〉と三人称で呼ぶ癖がある。このため〈ステンシル〉という三人称の人物は，一人称ステンシルの多くの持ち役のうちの1つにしかすぎないように見え，ステンシルは自分をV. を探求する男に扮装させることができる」(p.151)。したがって『V.』は，扮装した三人称のステンシルを，一人称のステンシルが眺めており，そのまた後ろに全知の作者ピンチョンが立っているという二重構造になっており，それがステンシルの筋の複雑さを増幅する。今この関係を図にすると前ページのようになる。

即ち『V.』に登場する100名を超す作中人物がみな作者ピンチョンの統括を受けていることは当然で，その点では従来の小説と同じであるが，一人称のステンシルが上述のように，ステンシルの筋に出てくる人物，シドニー・ステンシル以下ヴィクトリア・レン等々に対して一種の「準全知の作者」の立場にあって，V. の謎を追求する三人称の自分をも含めて色々なデータ，エピソードを V. と関連づけ，仮説を立て物語（＝ステンシルの筋）を構成していく，その背後に本当の作家ピンチョンが立っているという二重構造[9]になっている。今までは都合上ステンシルの話に分類してきたエピローグは，厳密には全知の作者ピンチョンの直接の語りであり，第13章でステンシルがプロフェインにぼそぼそと語る，ルアーブルで飛行機を盗んだ軽騎兵姿の赤マントの V.，マヨルカ島の V.，クレタ島の V.，コルフ島で足が不自由になって現われた V.，ロッテルダムで雨を降りやませた V.，小アジアでパルチザンになっていた V.（p.363）……等々の V. の話は，準全知の一人称ステンシルが情報収集の段階で知ったが，一定の筋をもった物語に収斂し損なったため，ステンシルがステンシルの話から除外した情報の残滓なのである。

モチーフとテーマ

『V.』のテーマは「人間の機械化」と「陰謀」の２つに絞ることができよう。そしてこの２つのテーマを語るピンチョンの文体は多彩である。プロフェインの筋のコミカルなタッチ，ステンシルの筋のゴシックな雰囲気，あらゆるところに使われている言葉遊び，パロディ，ユーモア，諷刺のために，『V.』はある時は華麗に眩いばかりの色彩感に溢れ，ある時は軽妙にスピード感に満ち，ある時は重々しく沈鬱に進行する。しかし『V.』全体の主導的雰囲気は farce, burlesque の要素である。特にプロフェインの筋にはコミカルな面が目立つ。『V.』の第１章はプロフェインの筋であるが，クリスマス・イブのニュー・ポートの兵隊酒場でのドタバタ劇で幕を開け，プロフェインの筋の最後である第16章は，マルタ島でのアメリカ水兵と英国特別奇襲兵との間の一大乱闘で幕を閉じる。この間読者は何回もこういう乱闘シーンや

9）アンドレ・ジッドの『贋金作り』も同じような二重構造の筋をもっている。

茶番劇に出合う。第１章の憲兵の捕物劇，第２章の「全病連」のワイルド・パーティ，第６章の２つの不良少年団の決闘，第12章のルーニーの窓からの投身自殺未遂，アイドルウッド空港でのプエルト・リコ人と警官の乱闘，第13章の義歯盗窃事件，第15章の夜のワシントン市街でのプロフェイン，ピッグの自転車競争と，例をあげれば切りがない。事実プロフェインの筋は，乱闘シーンと，乱痴気パーティで大部分が構成されているといっても過言でない。ただピンチョンは，こういう浮かれ騒ぎの直後に哀愁に満ちた（pathetic），瞑想的（pensive）なパッセージを置くことで，作品全体がただの茶番に終わることを防いでいる。今その例を１つあげてみよう。第13章のⅡでステンシルとプロフェインがアイゲンバリューの診察室に忍び込んで秘蔵の貴金属製の義歯を盗む話がある。人の好いプロフェインは，ステンシルに命じられて，お腹にロープを巻かれてビルの屋上から九階のアイゲンバリューの窓まで吊り下げられる。だが真下の道路から警官が見上げていたり，パトカーがサイレンを鳴らして通りすぎるたびに，上衣の襟を立てて顔を隠して一向に窓ガラスを破ろうとしない。そのうち，引き上げてくれと合図するのでステンシルがやっと引き上げると，屋上の壁からまるでキルロイ[10]みたいに鼻から上を突き出したプロフェインは聞く。「窓から入ったら何をするんだっけ」。そしてステンシルが答える前に，「ああ，そうか，ドアを開けて君を入れる」。そして２人で「……そして出て行く時はドアをロックする」と唱和する。首尾よく義歯を盗みおおせた２人はセントラル・パークに入って行く。

> But about the night-park, near-deserted and cold, was somehow a sense of population and warmth, and high noon. The stream made a curious half cracking, half ringing sound: like the glass of a chandelier, in a wintry drawing room when all the heat is turned off suddenly and forever. The moon shivered, impossibly bright.
>
> "How quiet," said Stencil.
>
> "Quiet. It's like the shuttle at 5 P.M."

10）キルロイは第２次大戦直前よりアメリカ兵の落書の主人公として人気のあった落ちこぼれ兵隊のシンボル。

"No. Nothing at all is happening in here."
"So what year is it?"
"It is 1913," said Stencil.
"Why not," said Profane.（p.368）

馬鹿げたドタバタのあとだけに月明かりの公園の静けさは印象的である。プロフェインが「今年は何年だ」と聞くと，ステンシルは「1913年」と答える。実際は1956年のはずだが，これはピンチョンが次の14章で1913年のパリのV.を出す伏線なのである。もっとも呑気なプロフェインは委細かまわず相槌を打つ，「ああ，そうだったな」。

『V.』のファースは，またパンやパロディを伴っていることが多い。第16章で米国水兵が歌う替え歌，

Who's the little rodent	僕よりよけいありついてる
That's getting more than me?	小鼠さんは誰？
F-U-C-K-E-Y Y-O-U-S-E.（p.415）	ファッキー・ユーズよ

は，ピック・ボーデンがTVの子供番組のテーマ・ソングから作ったもので，最後の行はもちろんM-I-C-K-Y M-O-U-S-Eのもじりである。

歌が出たついでにもう１つ。

Gwine cross de Jordan
Ecclesiastically:
Flop, flip, once I was hip,
Flip, flop, now you're on top,
Set-REset, why are we BEset
With crazy and cool in the same molecule...（p.273）

これはアルト・サックス奏者マクリンティック・スファイアが音響専門家からflip / flop回路の話を聞いて早速Set / Resetなる曲を作曲，それにつけた歌詞である。無理を承知で訳してみると，

ヨルダン河を渡ろうよ
聖職者として，
フロップ，フリィップ，昔おれはインテリ
フリィップ，フロップ，今お前がブルヂョワ
セットーリセット，どうして同じ人間が
くるったり，醒めたり，くるしむのか……

人間の機械化とゴシック性

プロフェインの筋がどちらかというとburlesqueであったのに対し，ステンシルの筋はGothicの色彩が強い。ゴシックな箇所をいくつか拾ってみると，第4章エバン・ゴドルフィンの乗った偵察機がドイツ機に襲われ，やっと片翼で帰投しようとするものの不時着，残骸の中から顔の半分をふっとばされたエバンがよろめき出てくるシーン，第7章のヒュー・ゴドルフィンが見てきたという秘境ヴェイシューの話，第9章のモンダウゲンの物語るもとドイツ領南西アフリカのフォプル家での鞭打ちと倒錯の性愛の狂乱，さらに18年前のドイツ軍による土民の大量虐殺事件などがある。特に最後の例は狂気と暴力と血と死，狼の吠え声，鎖と鞭……，ここにはゴシック物語の道具はみな揃っている。空想と現実が混ざり合い異様な印象を与える話に，ファリング神父がニューヨーク市の地下下水道に作った鼠のためのローマン・カトリックの教区と，神父の情婦になったというヴェロニカというめす鼠の話がある。この話はそのゴシック性のため，たった20年前の1930年代の出来事ながら半ば伝説化している。第14章で花形バレリーナのメラニー・ルールモディが，バレー「中国娘の凌辱」の最終場面で高い竿の上に持ち上げられるところがあるが，その時メラニーは貞操帯のように作られた金属の防具をつけ忘れたために尖った竿で局部を刺され，観客の見守る中，竿の上で悶死する。この猟奇的事故の少し前にピンチョンの描く，メラニーとV.との同性愛も，フェティシズム[11]と死の匂いに満ちている。

V. on the pouf, watching Mélanie on the bed; Mélanie watching

11）異性の体の一部や着物により性的満足を得る変態心理

herself in the mirror; the mirror-image perhaps contemplating V. from time to time. No movement but a minimum friction. And yet one solution to a most ancient paradox of love: simultaneous sovereignty yet a fusing-together. Dominance and submissiveness didn't apply; the pattern of three was symbiotic and mutual. V. needed her fetish, Mélanie a mirror, temporary peace, another to watch her have pleasure. For such is the self-love of the young that a social aspect enters in: an adolescent girl whose existence is so visual observes in a mirror her double; the double becomes a voyeur. Frustration at not being able to fragment herself into an audience of enough only adds to her sexual excitement. She needs, it seems, a real voyeur to complete the illusion that her reflections are, in fact, this audience. With the addition of this other—multiplied also, perhaps, by mirrors—comes consummation: for the other is also her own double. She is like a woman who dresses only to be looked at and talked about by other women: their jealousy, whispered remarks, reluctant admiration are her own. They are she.

As for V., she recognized—perhaps aware of her own progression toward inanimateness—the fetish of Mélanie and the fetish of herself to be one. As all inanimate objects, to one victimized by them, are alike. It was a variation on the Porpentine theme, the Tristan-and-Iseult theme, indeed, according to some, the single melody, banal and exasperating, of all Romanticism since the Middle Ages: "the act of love and the act of death are one." Dead at last, they would be one with the inanimate universe and with each other. Loveplay until then thus becomes an impersonation of the inanimate, a transvestism not between sexes but between quick and dead; human and fetish. The clothing each wore was incidental. The hair shorn from Mélanie's head was incidental: only an obscure bit of private symbolism for the lady V.: perhaps, if she were in fact Victoria Wren, having to do with her time in the novitiate.（p.385）

メラニーは無数の鏡に映る自分に，覗きみる他人を感じ異様な性的昂奮を起こし，V. はそのメラニーを見て昂奮する。ここでは「愛の行為は死の行為」となり，V. のフェティシズムの対象は，メラニーという生きた人間を通り越して，生なき「もの」へと向かう。そして人間のこの生なき「もの」（＝機械）への関心，そして人間の機械化は『V.』に集中的に現われ，次作の『競売品49番の競り声』にはほとんど姿を見せぬテーマである。

V. は時間の経過とともに，自分の肉体に次々と生なき「もの」を埋め込んでいく。19歳のヴィクトリアが身につけていた異物は，せいぜい５人の白人兵が磔刑になっている図案の櫛１つであるが，39歳でマルタ島に現れたヴェロニカは，左目に時計状の義眼，臍にスター・サファイアを埋め込んでおり，58歳でマルタ島で子供たちに解体されたV. の変身「悪司祭」は，鬘，入墨，義眼，義歯，義足，サファイアの臍と，ますます多くの「もの」を体内にとり込んでいる。ステンシルはV. 探求の過程で，時々全身機械で出来ているV. を空想する ── プラスチックの肌，光電管の両眼，神経はソレノード，プラチナ製の心臓ポンプが酪酸塩の動脈や静脈に水圧液を供給する……（p.387)。レイチェル・アウルグラスは愛車のMGとまるで男友達に対するように交感するし，「全病連」の一員ファーガス・ミクソデリアンは手首の皮膚にテレビ用の睡眠スイッチをはめこんでいて，意識が一定の水準より低下するとテレビが自動的に切れるようにしている。第３章のボンゴ・シャフッベリーは上膊にスイッチを埋め込んでおり，オンにすると脳に電流が流れ異常な行動をとる半機械人間になっている。第10章の整形外科医シェーンメイカーは以前鼻の手術をしてやったユダヤ娘エスターと愛人関係になっているが，エスターの身体の他の部分をも改造させろと迫って聞かない。第14章ではバレリーナのメラニーの侍女役は自動人形で，メラニーの服を脱がせたり，チターを弾く仕草までする精巧さである。第10章では，機械と決して「うまくやって行けない」タイプの人間の代表プロフェインが，放射線測定用人造人間 SHROUD（経かたびら）と夜勤の見回りの時に想像上の会話を交わすところがある。シュラウドは，狂気の機械化は全世界的規模ですでに始まっていて止めようがないのだと不気味な宣言をする。

While at Anthroresearch Profane listened with half an ear to the coffee percolating; and carried on another imaginary conversation with SHROUD. By now that had become a tradition.

Remember, Profane, how it is on Route 14, south, outside Elmira, New York? You walk on an overpass and look west and see the sun setting on a junkpile. Acres of old cars, piled up ten high in rusting tiers. A graveyard for cars. If I could die, that's what my graveyard would look like.

"I wish you would. Look at you, masquerading like a human being. You ought to be junked. Not burned or cremated."

Of course. Like a human being. Now remember, right after the war, the Nuremberg war trials? Remember the photographs of Auschwitz? Thousands of Jewish corpses, stacked up like those poor carbodies. Schlemihl: It's already started.

"Hitler did that. He was crazy."

Hitler, Eichmann, Mengele. Fifteen years ago. Has it occurred to you there may be no more standards for crazy or sane, now that it's started?

"What, for Christ sake?"（pp.274－275）

しかしピンチョンは，なぜかくも多くのグロテスクな半人間，半機械のことを情熱をこめて書くのか？　戯画化されてはいるが，レイチェルのMGに対する性的愛好に端的に示されているように，機械に対する異常な愛好をもつ新しいタイプの人間の増加へのピンチョンの危惧と，元来目的意識をもたない機械が主導する文明が行きつく悪夢の世界をピンチョンの感性が予感してパロディ化しているのだろうか。

確かに，アメリカをはじめとする現代工業先進国を観察してみると，人間はますます生命なき「もの」，機械的なものに近づいていゆく，いや事情は逆で，生命なき「もの」，機械がますます人間世界に食い込んできつつある。エスターの鼻に注入されたパラフィン，シャフッベリーの腕の肉の一部と化した装置，ゴドルフィンの顔半分を形成しているパラフィンと象牙片，V.が次々に体内に埋めこむ器具は，人間と「もの」との境界を曖昧にするものである。昔は「もの」と「人間」は一定の距離をもって暮らして，いわばそれぞれの縄張りをもっていたが，20世紀後半の機械文明を見よ。この縄張りは崩れて，人間は大小様々の器具，機械に囲まれて生活している。近代的工場の中にはロボットや機械に占領されて，人間の姿がすっかり消えたところも少なくない。巨大なオイル・タンカーやオートメ化の進んだ工場では，主役はまるで意志をもった「生き物」みたいに瞬時も休まず立ち働く機械であって，それらの中に立ち交じる一握りの技術者は，機械という主人に鞠躬如（きつきゅうじょ）として仕える召使同然に見える。ここでは人間と機械の主客関係は逆転してしまっている。それほど極端に言わなくても，現代では人間は機械と共生しなくてはやっていけない。そしてこの共生の密度が高くなれば高くなるほど「世界はますます生命なきものと衝突しはじめる」(p.270)。ピンチョンはこのあと，年鑑から７月１カ月間の世界各地の事故死，災害死の数字を列挙する。

> ７月１日メキシコのオアクサカ近郊の列車事故で15人死亡，翌日マドリッドのアパート崩壊で15人死亡，７月４日カラチでバスが川に転落31人溺死，２日後フィリピン中部の熱帯嵐で39人，７月９日エーゲ海諸島では地震と津波で43人死亡，７月14日ニュージャージー州マクガイア空軍基地で輸送機墜落45人死亡，７月21日インドのアンジェール地方地震で117名，７月22日から24日にかけてイラン中部および南部では洪水のため300人死亡……。(p.270)

これらの大量の死者は「生きている人間集団と，調和はとれているが人間に対しただ無関心な〈もの〉の世界との出合いで毎月おこることのほんの一部にしか過ぎない」とピンチョンは言う。人間が知らずに，またある時は意識的に体内に取り入れる機械は，「生命ある世界に向けられた陰謀の１つ，生あるものの世界に突然うち建てられた〈死の王国〉なのである」。(p.386)

探究と陰謀

ピンチョンの『V.』を従来の小説と異なった新しい小説にしているのは，

再三述べてきたようにステンシルのテーマである。プロフェインのテーマは従来の小説の手法やテーマを踏襲して1960年代のアメリカの風俗を描いていると言ってよく，その意味ではジョン・アプダイクの『帰ってきたウサギ』や，ソール・ベローの『サムラー氏の惑星』と本質的には変わっていない。これに対して，ステンシルのテーマにおけるステンシルの偏執狂的 V. 追跡，何やら胡散臭い事件の頻発，偶然の一致，── これらは burlesque な要素，ゴシックな雰囲気，ブラック・ユーモアとともに，ピンチョンに固有のもので，アプダイク，ベローの作品の中にはほとんど見出せないものである。そしてステンシルの筋の第１のテーマが追求であることは疑いの余地がない。

> As spread thighs are to the libertine, flights of migratory birds to the ornithologist, the working part of his tool bit to the production machinist, so was the letter V to young Stencil. He would dream perhaps once a week that it had all been a dream, and that now he'd awakened to discover the pursuit of V. was merely a scholarly quest after all, an adventure of the mind, in the tradition of *The Golden Bough* or *The White Goddess.*
>
> But soon enough he'd wake up the second, real time, to make again the tiresome discovery that it hadn't really ever stopped being the same simple-minded, literal pursuit; V. ambiguously a beast of venery, chased like the hart, hind or hare, chased like an obsolete, or bizarre, or forbidden form of sexual delight. And clownish Stencil capering along behind her, bells ajingle, waving a wooden, toy oxgoad. For no one's amusement but his own.（p.50）

ただピンチョンがステンシルを人一倍妄想癖の強い人物に仕立てているので，ステンシルは V. に関するあらゆる情報が ── 時には謎の女性と全く関わりのないものも V という文字で始まれば ── 偏執狂ステンシルの探求の対象になる。例えばピンチョンは第７章で，1899年イタリアのフィレンツェで起こった３つの事件をステンシルに関連づけさせる。３つの事件とは「ヴェイシュー」騒動，ウフィツィ美術館からの《ヴィーナスの誕生》盗窃作戦，それに「ヴェネズエラ大使館」襲撃計画と，偶然にもみなVで始まる事件であり，同じくVで始まるヴィクトリア・レンが，この3つの事件に少しずつ絡んでいるし，事件自体もそれぞれお互いに微妙に関係し合っている。フィレンツェで起こったVで始まる3つの事件の顛末は，およそ次の如くである。

「ヴェイシュー」は英国外務省の門外不出の極秘の地名だが，英国の老探検家ヒュー・ゴドルフィンが息子エバン宛の平文電報にこの「ヴェイシュー」の名を使ったばかりに，在フィレンツェの各国大使館が色めき立つ。エバンは逮捕され英国大使館で訊問を受ける。訊問したのは，シドニー・ステンシルであった。老ゴドルフィンはヴィクトリアによってアパートに閉じ込められるが，うまく逃げおおせる。丁度その頃ガウチョがヴェネズエラ大使館襲撃を計画しており，その目的のため前々から在フィレンツェのヴェネズエラ人の間に，「マキャベリの息子たち」という組織を作り上げている。このガウチョが，ウフィツィ美術館からボッティチェリの名画《ヴィーナスの誕生》を盗む計画を立てているシニョール・マンテッサ，チェザーレの2人から助力を頼まれ，それにも協力することとなる。ガウチョが美術館の間取りの下見に行くと，たまたま美術館がヴェネズエラ大使館の筋向かいだったので，彼は大使館を偵察に来た挙動不審の男と勘違いされ，これまた逮捕され，エバンと同じ部屋に監禁される。言い忘れていたが，ゴドルフィンの「ヴェイシュー」なる謎の一語は，英国以外の国の外務省にはヴェネズエラの暗号名と誤解され，ヴェネズエラ大使館の警戒が厳しくなっていたのである。

その後間もなく，英国政府は「ヴェイシュー」電文は結局何の暗号でもなかったことを知り，エバンもガウチョも英国大使館より釈放される。ガウチョと「マキャベリの息子たち」は，その足でヴェネズエラ大使館にデモをかけ，警備のイタリア軍隊と衝突する。この騒ぎに紛れてガウチョは，約束通りマンテッサ，チェザーレと《ヴィーナスの誕生》を盗みに入るが，あと一歩のところで失敗する。粗筋でも述べたが，ハーバート・ステンシルの父シドニーとヴィクトリアの仲が深まり，ハーバートが生まれるのはこの翌年のことである。

以上のVで始まるフィレンツェに起きた1899年4月の3つの事件の例で

分かるように，ピンチョンはV.に関するデータを『V.』のあちこちにばらまいておき[12)]，獲物を追う猟犬のようにステンシルにそれを追跡させ，関連づけさせる。トニー・タナーが『言語の都市』で言うように，ピンチョンは陰謀（プロット）を自分に代わって作中のステンシルに作らせる。

> ピンチョンは，特に中心的陰謀本能をステンシルという一人物のなかに置くことによって，自分を一定の距離に置きえている。ステンシルは，様々なデータを関連づけ連結させようとし，彼の努力がなければ，おそらくピンチョンの小説ということになった物語を組立てようとする人物である。ピンチョンは熱心に記録し，追求し，収集し，極端な仮構を仕立てていくこのステンシルという人物から離れていることによって，陰謀を企てる本能自体を探求することができるのだ。この目的のためにはピンチョン自身の小説は比較的プロットがないように見えなければならない。いわばデータの塊をあちこちに放置しておいてステンシルに関係づけさせているのだ[13)]。

『V.』では，時々筋に関係のない挿話がポツンと入り込んでいたり，重要な働きをしていた人物が理由なしに消えたりする。これはタナーの言葉を借用すれば，ピンチョンがばらまいていたが，ステンシルが関連づけ損なった〈データの塊〉とも言える。第13章のV.に関する断片的データがその好例であるし，第16章でパオラがパピーに手渡す磔刑になった5人の英兵の図柄をもつ櫛の謎 ── パオラが「悪司祭」を解体したマルタ島の子供の1人だとしても，パオラと何度も会ったステンシルがいつも髪にさしてるこの櫛に気づかぬはずがない。またパオラの父であるメイストラルがファリング神父の話をしたあとで，ステンシルに向かって「そうです，われわれ13人が世界を支配しているのです」という，前後と関係なくポツンと投出された不気味な言葉は一体どういう意味か。

12）人間以外でVで始まるものに，Vheissu，V-note（酒場），Valletta（マルタ島），モンダウゲンの携わったVergeltungswaffe Eins and Twei（報復兵器 V1, V2），Vernichtungs Befehl（根絶命令）などがある。

13）トニー・タナー著／佐伯彰一・武藤脩二訳『言語の都市』p.170

しかし，この世に起こる事件の間に，必ず何らかの陰謀の気配を嗅ぎつけ，陰謀の糸口を執拗に手繰り続けなくては気がすまぬステンシルタイプの人間は，一般人の目には偏執病患者と映る。常識的一般人の代表歯科医師のアイゲンバリューは，「ステンシルタイプの男たちは，歯の偶然の腐食（caries）を陰謀（cabals）にしないと気がすまない」（p.139）と言い，これは彼らが，個々の現象を微視的に見ていて，歴史という大きな織り物全体を眺める巨視的見方を欠いているからだと分析する。

> Perhaps history this century, thought Eigenvalue, is rippled with gathers in its fabric such that if we are situated, as Stencil seemed to be, at the bottom of a fold, it's impossible to determine warp, woof or pattern anywhere else. By virtue, however, of existing in one gather it is assumed there are others, compartmented off into sinuous cycles each of which come to assume greater importance than the weave itself and destroy any continuity. Thus it is that we are charmed by the funny-looking automobiles of the '30's, the curious fashions of the '20's, the peculiar moral habits of our grandparents. We produce and attend musical comedies about them and are conned into a false memory, a phony nostalgia about what they were. We are accordingly lost to any sense of a continuous tradition. Perhaps if we lived on a crest, things would be different. We could at least see. （p.141）

とはいうものの，1960年代，1970年代当時の現実の世界にはドゴール暗殺未遂事件，情報収集船プエブロ号拿捕，スパイ偵察機Ｕ２型機の撃墜事件，ウォーターゲート事件，イラン抑留米大使館員救出失敗，東西両陣営のスパイ亡命事件，刻々と相手国の映像を映して送っている軍事衛星等々，常識を遙かに凌駕する陰謀が起こったし，今も密かに進行しているのも否定すべからざる事実である。したがって『V.』の読者は，ヴェイシューのたった一語が，各国外交官の間に疑心暗鬼を惹き起こした話を聞いても別段驚かない。また第５章でウィンサムがチャイコフスキーの《序曲1812年》のレコードを製作した時，モスクワを砲撃するナポレオン軍の大砲の発射音にICBMの発射音を使ったところ，どこからかそのことを嗅ぎつけて，「はり鼠のように武装した」CIAの係官が飛んできてレコードの原盤を押収して帰っても，読者はピンチョンに共感するだけである。

同じことは，ピンチョンの語るニューヨークの地下下水道に棲む生っ白(ちろ)いワニの話についても言える。ワニをペットとして飼うことが流行り，メイシー百貨店などで赤ン坊ワニを売り出し，ニューヨーク中の子供が1匹ずつ買って帰るが，やがて飽きて水洗便所から流してしまう。そのうちの何匹かが地下下水道で鼠と汚物を食って成長し，中には人喰いワニになったやつもいるという。このワニの話は明瞭に嘘で，ニューヨークの下水道には生っ白いワニなぞ1匹も棲んでいないのだが，フィリップ・ステヴィックの言うように，「このワニの話は，あたかも本当の話であるかのように物語られるが，それは読者をだます目的のためにでなくて，それが真実よりもすぐれた話だからである[14)]」。真実よりもより面白く楽しいので，読者は喜んでこれらの話に耳を傾けるのである。

3 『競売品49番の競り声』

『競売品49番の競り声』は『V.』の3年後の1966年に発表された138ページの比較的短い小説である。しかしピンチョンは，この作品に短いながらも『V.』に劣らぬ複雑な筋と，高い緊密度と，歯切れのよいテンポを与えることに成功している。そして『V.』が，ステンシルのあくなきV.追求が話の中心であったように，『競売品49番の競り声』は，主人公エディパ・マースの秘密郵便組織トライステロの謎追求の物語である。まずこの小説の粗筋を見てみるが，ピンチョンは作中人物や地名などにブラック・ユーモア的寓意をもたせているので，必要なたびにその寓意を但し書きにした。

粗筋

この物語は，アメリカ西海岸のある都市に住む主婦Oedipa Maas（エディパ・マース。Oedipus王のもじり，トライステロ・コンプレックスに罹る）

---

14) Philip Stevick: *Alternative Pleasures* p.105

がある日突然，南カリフォルニアで一、二を争う大富豪 Pierce Inverarity（ピアス・インヴェラリティ。inveracity「不誠実」のもじり）の遺産執行人に指名されたと知って驚くところから始まる。エディパは今の夫と結婚する前，ピアスと一時期愛人関係にあったが，遺産執行人に指名されようとは夢にも思っていなかったのだ。法律に疎いエディパは，夫はじめ弁護士や精神分析医にまで助力を求めるが，誰一人親身になって相談にのってくれない。仕方なくエディパは，まずピアスの遺産関係の書類を調べようと，1人で San Narciso（サン・ナルシソ。ギリシャ神話で水仙になった Narcissus のもじり）に出かけ，Echo Court（Echo はナルキッソスに恋焦がれて，やがて声だけになった山のニンフ）というモーテルに泊まる。この時からエディパの行く手には次々に不思議な人物が現われ，胡散臭い事件が待ち受けている。

まずモーテルに遺産の共同執行者と称する弁護士 Metzger（メッガー）が訪ねてきてエディパを誘惑する。次の日エディパとメッガーが市内のバーに入ると，見知らぬ青年からピーター・ピンギッド協会という秘密の私設郵便組織への入会を勧誘される。同じバーでエディパは，Yoyodyne（おもちゃのヨーヨーと，力の単位ダインの合成語）という会社の私設郵便が配達される現場を目撃する。さらに女便所でエディパは不思議な落書に目を惹かれる。「洗練された娯楽を望む人，WASTE を通じ，Box 7391，L.A.，カービイ宛連絡されたし」。その下に奇妙なシンボルが描いてある。

さらに2，3日後，エディパとメッガーは，Paranoids（偏執病患者たち）という楽団の若者や彼らの女友達と一緒に，ピアスが開発した Fangoso Lagoons に遊びに行き，そこで気味悪い話を聞かされる。話によると，この礁湖の底には潜水マニアを喜ばせるために，古い帆船や，珍しい貝殻に混じって本物の人骨が沈められているという。この骨は第2次大戦中イタリアの Lago di Pieta でナチに包囲され全滅したアメリカ中隊のもので，イタリア人が湖底から引き揚げ，コーサ・ノストラという秘密組織の手でアメリカに密輸入された。骨の大部分は煙草のフィルターのチャコールに使用されたが，残りの一部がこの湖底に沈められたという。この人骨チャコールを使っているビーコンフィールド煙草会社の株をピアスが大量に所有していた。この話を聞いた「パラノイド」の連中が，それによく似た話の劇を町で見てきたと言い出す。エディパはメッガーをつれて，その劇を見に行く。劇は『急使の悲劇』というジェームズ朝の復讐劇で，劇中で悪い公爵が，別の公爵の若手騎兵隊を騙し討ちで全滅させ，死体を池に投げ込む。あとで白骨を引き揚げて骨灰にし，それからインクを作って，何くわぬ顔で相手公爵宛の通信に使っている。劇にはまたThurn and Taxisという郵便組織と，それと対抗して戦う非合法の郵便組織Tristeroの一味という黒装束（くろしょうぞく）の暗殺者が登場する。劇がはねたあと，エディパはトライステロの正体をもっと詳しく聞き出そうと，監督兼俳優のRandolph Driblette（ランドルフ・ドリブレット。dribletには小滴の意あり）を楽屋に訪ねるが，ドリブレットはエディパがトライステロの名を口にすると，急に口を噤んでしまう。

その後ほどなくして，ピアスの切手コレクションの調査鑑定を依頼されていた切手専門家のGenghis Cohen（ジンギス・コーエン。Genghis Kahnのもじり）が，WASTEマークのあるアメリカ切手，マークの入った古いドイツのThurn und Taxis切手がコレクションに混ざっていたが，どれもトライステロの偽造品であると報告してくる。

すっかりトライステロの謎に取り囲まれ，取り憑かれたエディパは，謎解きの鍵の１つと頼む『急使の悲劇』の３種類の原本に当たるが，トライステロに関する台詞が微妙に食い違い，１つの原本の編者ボルツ教授を探し出すが，教授は詳しいことは知らないと惚ける。そうこうしているうちに劇の監督ドリブレットが入水自殺をし，エディパに劇の原本を売った古本屋は放火で焼け，弁護士メッガーは「パラノイド」の女友達の１人と駆け落ちする。トライステロの謎を解く手掛りが次々となくなっていき，それは誰かがエディパのそれ以上の調査を故意に妨害しているように見える。

この頃からエディパは，自分が何か大きな陰謀か瞞着の罠にはまったと確信し出す。疑ってかかれば，古本屋も劇場も，ヨーヨーダイン社もファンゴーソ湖もみなピアスの所有であり，ボルツ教授も，切手専門家のコーエン，監督のドリブレット，WASTEの郵便配達人，「パラノイド」楽団のメンバーたち，メッガー，さては夫のヴェンデル・マースですら，大金でピアスに雇われて，エディパを騙す芝居をしているようにも見えてくる。

問題のトライステロの偽造切手が，競売会で49番として競りに出されることになったところ，匿名のトライステロ関係者が自ら競売会に乗りこんでくるという。エディパがその男，即ちトライステロの正体を突き止めるべく競売場に入って，「49番」の競り声を緊張して待っているところで話は終わる。

テーマ

『競売品49番の競り声』の読者は，第１章，第２章のコミカルな事件と，登場人物のバーレスクな所作から，はじめはこの作品が『V.』のプロフェインの筋のドタバタ劇の再演だとの印象をもつかもしれない。事実第１章に登場する人物はみな滑稽か，少しおかしい人物ばかりである。エディパの夫ヴェンデル・マースは民間放送局のディスク・ジョッキーだが，毎朝３回も髭を剃り直し，頭の毛をジャック・レモン風に水でペッタリと撫でつけ，週に１回は番組編成のことで上役と衝突しては挫折する小心な男として書かれているし，精神療法医 Hitler Hilarius 博士（ヒトラー・ヒレリアス。Hilarious 浮かれ騒ぐの意）は，LSD25などの幻覚性薬品が都会の主婦に及ぼす影響というテーマで研究していて，エディパを114人目の実験台にしようとしつこく口説いている。彼の自慢は，「フー・マンチュー 37番」という精神療法を開発したことであるが，その中味とは「両方の人差し指で目尻をつり上げ，中指で鼻孔を広げ，薬指で口を左右に大きく引っ張って，舌をつき出した顔を患者に見せると，ヒステリー性一時盲目症がたちどころに治る」（p.8）というのだが，これは博士の名 Hilarius にふさわしい悪ふざけではないか。

しかし，この小説一番のファースは，第２章で弁護士のメッガーがエディパを誘惑するところに現われる。メッガーはエディパに向かって，今しもテレビで上映している彼の子役時代の映画 Cashiered（『解任』）の結末がどうなるかについてゲームをやらないかと言い出す。ルールは，映画の結末についてエディパは好きなだけ質問をしてよいが，質問が的はずれだったらエディパが身につけたものを１つ脱ぐ。質問が正しければメッガーが１枚脱ぐというもので Strip Botticelli（ボッティチェリを裸にする）というゲームだという。エディパはこれを聞くなり，便所に入ってありとあらゆる下着と服と装身具を身につけ，最後に鏡を覗き込む。そしてビーチボールに足の生えたような自分の姿に大笑いしたとたんバランスを失って転倒する。そのはずみにヘアー・スプレーの罐が暴発してラジコン操縦の模型飛行機さながら，スプレーを噴出しながら狭い浴室内を縦横無尽に飛び回る。エディパの悲鳴で飛び込んできたメッガーも殺人的スピードで飛行する罐に恐れをなし，エディパの横の床に突っ伏してしまい，エディパは恐怖のあまりメッガーの上膊に噛みつく。散々空中を飛び回ったあげく，罐は鏡に衝突して，ガラスを粉砕してエディパの鼻先に落下する。「こりゃすごい！」と声がするのでエディパが頭をもたげてみると，ボーイのマイルズと「パラノイド」の面々と少女たちが戸口から覗いている。

> "Blimey," somebody remarked. "Coo." Oedipa took her teeth out of Metzger, looked around and saw in the doorway Miles, the kid with the bangs and mohair suit, now multiplied by four. It seemed to be the group he'd mentioned, the Paranoids. She couldn't tell them apart, three of them were carrying electric guitars, they all had their mouths open. There also appeared a number of girls' faces, gazing through armpits and around angles of knees. "That's kinky," said one of the girls.
>
> "Are you from London?" another wanted to know: "Is that a London thing you're doing?" Hair spray hung like fog, glass twinkled all over the floor.（p.23）

「パラノイド」の連中はひとしきり感心したあと，部屋のコンセントからエレキギターの延長コードを引っぱって庭に出て，エディパとメッガーのためにセレナードを歌ってくれる。メッガーは着せ替え人形の服を脱がせる少女のように20分もかかってエディパの服を１枚１枚脱がせて，２人は愛情を交わすが，クライマックスで「パラノイド」がヒューズを飛ばして部屋は真っ暗になる。

しかしファースの要素が強いのはこの第２章までで，第３章からはファースは急激に姿を潜め，粗筋で述べたように，エディパの前に奇妙なシンボルや人物や事件が次々に起こり，それがみなトライステロを指すように見える。エディパがサン・ナーシソに足を踏み入れた瞬間から，それらの事件が「論理的に適合し，一致し，何か啓示が行われているように思えて」(p.28)，それがエディパの強迫観念となる。この意味で『競売品49番の競り声』は，プロフェインのバーレスクな筋と，ステンシルの探求の筋やテーマが最後まで共存し拮抗していた『V.』とは，いささか事情が異なる。『競売品49番の競り声』は，いわば『V.』のステンシルの筋だけを抽き出し発展させたものと言うことができ，主題はむろん陰謀に対するエディパの偏執病である。ここで啓蒙的ピンチョン論を書いたトニー・タナーから再び引用すると，タナーは陰謀とパラノイアについて次のように書く。

> ……ノーバート・ウィーナー教授は次のようなことを述べている——なんであれ自然における崩壊を促進するものを，単に秩序の善悪と無縁な中立的欠如と解釈するか（ウィーナー教授はこれをアウグスティヌス的見解と呼んでいる），秩序の絶滅に専念する明白な悪意をもった力と解釈するか，ということは常に問題となるであろうと。教授は次のように付言している。「アウグスティヌス的状態は，これを維持することは常に困難であった。その状態はごくわずかの動揺を受けただけで崩壊し，人目につかぬマニ教的状態となるのである」。多くの現代アメリカ作家はみずからがそのような動揺を受けるか，あるいは作品で書いている人物の受ける動揺を認識して，世界をマニ教的観点から見はじめる傾向を最近の小説（とりわけピンチョンの小説）で繰り返し用いられるモチーフとしている。……偏執病の一面は自分のまわりに陰謀がめぐらされていると想像する傾向である。これはまた小説家の仕事でもあり，小説を創作することと陰謀を想像することは明らかに関係がある。両者の違いは，自分の創造物を支配している意識と，自分の創造物に屈服してその創造物が現実に知覚されるものとして現われる，といった意識との違いである。[15)]

確かにピンチョンは，タナーの言うごとくステンシルとエディパにマニ教的陰謀本能を付与して，自分は客観的に（アウグスティヌス的に）ステンシルとエディパを眺めていると言えなくもないが，ことはそれほど単純でもない。同じく謎を追求し，陰謀に対処するといっても，ステンシルとエディパ

15）前掲書『言語の都市』 p.169

では，2人の追求する謎との距離，即ち謎に対する2人の意識には相違がある。さらに謎めいた事件自体のcredibility（真実性）ないしはplausibility（信憑性）が問題となる。それが究極的に『V.』と『競売品49番の競り声』という2つの作品の印象を異なったものにしているのである。

前者から考えていくと，すでに書いたように，ステンシルは作中人物であると同時にいわば半分作者（準全知の作者）であって，自分の物語への支配意識のおかげでパラノイアに陥ることを免れている。ステンシルのV.追求は自主的，積極的で，V.に関連する事件を自ら取捨選択し，時には突飛な仮説を立てることもできた。彼の追求が遠心的で，果てしなく拡散する傾向があり，全体の印象が戯画化の要素が強かったのに反し，エディパは，この作品の一番の主人公ではあるが，『V.』のステンシルのような準作者の扱いは受けておらず，先の登場人物と同じく直接ピンチョンの統括を受けるので，『競売品49番の競り声』にはプロットの二重構造はない。エディパは次々に起こる事件に対してあくまで受動的であり，事件は求心的に，一斉にトライステロという一点に向かって限りなく収斂していく。

次に2番目の問題，『V.』および『競売品49番の競り声』に出てくる事件の真実性の問題を考えてみよう。いかなる物語も（そして大きく言えばいかなる小説も）それぞれの度合いのcredibilityをもっている。ある物語は完全に現実に起こりうる話で，今仮にcredibilityのランクを10段階に分けて0から10までの数字で示せば，それらの話はランク10となろう。それに反し，どう考えてもありそうにない話，神話やお伽話や荒唐無稽な話の中にはランク0か1に近いものもある。

このcredibilityと並行して，plausibilityによる分類も，フィクションである小説を考える際には必要であろう。現に起こりえないが，起こってもおかしくない事件，起こって欲しいと思うような事件，聞かされると真偽のほどは怪しいにしても話として面白いもの，いや，中には現実よりも遙かに優れていて，人間の夢や幻想や希求を満たしたり育んだりするものがある。一例をあげるなら，日本神話の「日本武尊の白鳥伝説」はcredibilityのランクでは1ぐらいであろうが，plausibilityのランクでは8か9ぐらいにくるのではないか。今『V.』と『競売品49番の競り声』における主だったエピソードをcredibilityの図にしてみて，2つの作品の傾向をつかんでみたい。

『V.』と『競売品49番の競り声』の credibility の図

『V.』

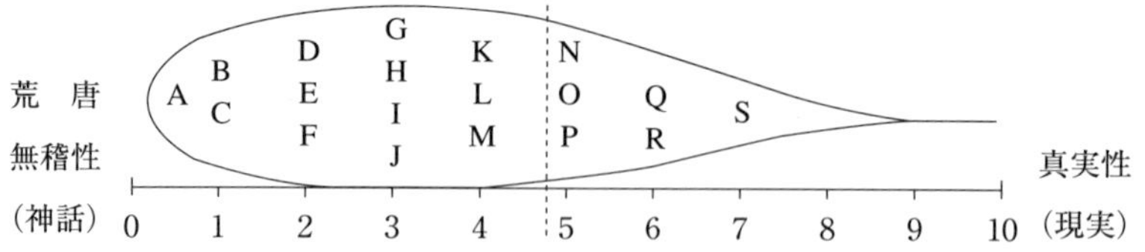

0（A. ヴェロニカ鼠），1（B. ヴェイシュー国，C. マラの伝説），2（D. フェラッカ船の水夫，E. メラニーの串刺し，F. モンダウゲンの暗号），3（G.「船乗りの墓場」，H. ウィンサム自殺未遂，I. カリズマ，J. ワニの話），4（K. ボッティチェリ盗窃，L. V. の変身，M. アイゲンバリューの義歯），5（N. エバンの整形手術，O. 悪司祭解体，P. ミクソリディアンの便所の壁），6（Q. フォプル邸籠城，R. ポーペンタインの木登り），7（S. 不良少年団決闘）

『競売品49番の競り声』

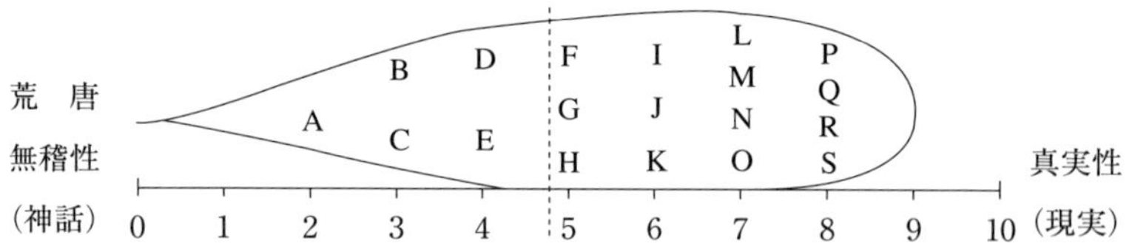

2（A. ヘアー・スプレー罐の飛行），3（B. マックスウェル・デモン，C. エコー・コートの看板），4（D. GI の骨，E. メッガーとの情事），5（F. 映画「解任」，G. ヒラリアス発砲事件，H. 子供の縄飛び），6（I. トース老人，J. トライステロ切手，K. 競売会に来るトライステロ），7（L. Thurn & Taxis の由来，M.「急使の悲劇」，N. I.A. の男，O. WASTE の配達人），8（P. 劇の３種の原本，Q. ドリブレットの入水，R. 便所の落書，S. バー「グリーク・ウェイ」）

もちろんこの表での各エピソードのランクづけは主観的なもので，人によって評価は異なると思うが，こうして『V.』と『競売品49番の競り声』の credibility の図を改めて眺め直すと，２つの作品におけるそれぞれ20ほどのエピソードが，荒唐無稽な神話・お伽話的極と，真実性の極という両極のどちらに偏っているかという大体の傾向は明白で疑いの余地がないと思う。『V.』のエピソードは荒唐無稽の側に多く分布し，空想的で奔放な話が多く，『競売品49番の競り声』では，エピソードが真実に論理的に整合し，いかにももっともらしいところが逆にエディパの猜疑心を掻き立て，彼女をパラノイアに追い込んでいく。この図からはまた，前者のテーマが「陰謀」であったのに，後者のテーマがエディパの「偏執病」である理由の再認もできる。

なお，この credibility の図では低い位置にあるが plausibility から見れば高い評価になるものには，『V.』ではニューヨークの下水道に棲むワニ，メヘメトがエピローグで語る無人で沈みかかったフェラッカ船の舷側にたった1人でペンキを塗り続ける水夫の話や，魔女「マラ」の伝説があり，『競売品49番の競り声』では，ネファアリアスという男が発明したと称する念力でエントロピーを起こすマックスウェル・デモン装置や，煙草のフィルター用のチャコールになったGIの骨の話がある。

さて私は今まで『競売品49番の競り声』のテーマを，主人公エディパ・マースのトライステロの謎追求と，追求の過程で彼女が陥るパラノイアだと単純に割りきってきたが，実はこの作品の主題は，ただの謎解きや，女主人公がトライステロという組織の奸計に嵌まっていく ── あるいはそう見える ── 時のサスペンスだけではない。ピンチョンは第1章からより深刻なテーマを提示しているのだが，『V.』の明快さに較べ，ここではテーマを説明するピンチョンの文章は晦渋である。

ピンチョンはエディパを，自らをグリム童話に出てくる囚われの少女ラプンツェルと空想する女性に描く。エディパは幼い頃から，環境を自分を閉じこめる塔と考え，常にそこから脱出したいと努力する。塔より救出する騎士は，まずピアス・インベラリティの姿をして現われ，エディパはピアスの腕の中に飛び込むが，彼は結局エディパを塔から救出してはくれなかった。ピアスと2人でメキシコ・シティに旅行したエディパは，たまたま大勢の乙女が塔に幽閉されている絵を見たことがあった。乙女らは，窓から空中にタペストリーを垂らして救いを求めるが，このタペストリーには他の建物も生き物も，波も船も森も含まれており，いわばタペストリーが全世界で，それ以外の世界はないので結局救出の騎士はやってこない。エディパはこの絵を見て，身につまされて泣く（p.10）。素性の知れない悪意ある魔法がただ理由もなく彼女をエゴという塔に幽閉し，永久に解放しない。同時にピアスも，エディパから期待した慰藉を与えられず，彼は数千枚という切手を集めて，彼女の身代わりにしている。ピアスにとっては，これらの切手は「時間と空間とを眺める色つきの小窓」となる。『V.』で同じように自分をラプンツェルと見做していたレイチェル・アウルグラスが，魔法の環を断ち切ろうとして，故郷ファイブ・タウンズからニューヨーク市に飛び出してきたのと同じく，エディパも魔法からの解放を求めて，サン・ナーシソに旅立つ。そしてサン・ナーシソの市街が一望のもとに広がる坂道で車を停めたエディパは，ピアスがほとんど独力で開発したこの新しい街並みが，トランジスタ・ラジオの内部のプリント配線盤に酷似していて，まるで自分に向かって何か語りかけているような啓示的，宗教的経験をする。

> She drove into San Narciso on a Sunday, in a rented Impala. Nothing was happening. She looked down a slope, needing to squint for the sunlight, onto a vast sprawl of houses which had grown up all together, like a well-tended crop, from the dull brown earth; and she thought of the time she'd opened a transistor radio to replace a battery and seen her first printed circuit. The ordered swirl of houses and streets, from this high angle, sprang at her now with the same unexpeted, astonishing clarity as the circuit card had. Though she knew even less about radios than about Southern Californians, there were to both outward patterns a hieroglyphic sense of concealed meaning, of an intent to communicate. There'd seemed no limit to what the printed circuit could have told her (if she had tried to find out); so in her first minute of San Narciso, a revelation also trembled just past the threshold of her understanding. Smog hung all round the horizon, the sun on the bright beige countryside was painful; she and the Chevy seemed parked at the centre of an odd, religious instant. As if, on some other frequency, or out of the eye of some whirlwind rotating too slow for her heated skin even to feel the centrifugal coolness of, words were being spoken.（p.13）

確かに「啓示的言葉」が話しかけられているのだが，「周波数の異なった電波」なので言葉にならず，彼女の「理解の識閾（しきいき）をかすめすぎた」だけで終わる。エディパはこのあと，何回もサン・ナーシソでトライステロの謎に出合い，謎解きに奔走する。しかし次々に手掛かりを失い，半ばパニック状態になったエディパが，夜になってようやく平静に戻って，最後の章も終わり近くでヨーヨーダイン社の今は使われていない引込み線に沿って歩きながら考えるシーンがあるが，ここでのエディパも，サン・ナーシソをはじめて見た日に感じた啓示の言葉をまだ解読していない。啓示の存在を確信しつつも，それを解読できないエディパは，孤独にそして不安げに自問自答しながら人気ない夜の線路を歩いていく。「……サン・ナーシソで連続して起った事件は，私のパラノイアのみせる白日夢か，それともトライステロが象徴する別のアメリカの姿か……みせかけの繁栄のアメリカの先にもう１つのアメリカがあって，それがピアスが自分に残した legacy America（アメリカの遺産）なのか……引込み線の無人の貨車に住みついた浮浪者，差し掛け小屋や電柱から吊したテントに毛虫のように寝泊りする人々，外国からの亡命者みたいにゆっくりアメリカ語をしゃべる流れ者たちの中にトライステロは生きていて，彼等の意志伝達はこの秘密郵便組織を通じてなされているのか……」。一見ミステリー風の『競売品49番の競り声』が本当に深い意味をもってくるのは，われわれ読者が sensitive（本物が見える）な故に時としてパラノイアクになるエディパの目を通じて，1960年代のアメリカ文明の表層下に潜む異質的なもう１つのアメリカの存在を垣間見るからではないか。次の引用文に出る巨大なデジタル・コンピューターのマトリックス（数列）にも似て，現在のアメリカ社会は０と１とのたった２つの組み合わせで，他の組み合わせを拒絶しているのではないか。アメリカ国民を１か０か，即ち現体制か無のどちらかを選択するように強制しプログラム化し，１という既成の価値，または１つの意味を個人にコンディションしよう（教え，押しつけよう）とする現在のアメリカの「象形文字的」文明の背後に，果たして別の超越的意味が潜んでいるのか？

Perhaps she'd be hounded someday as far as joining Tristero itself, if it existed, in its twilight, its aloofness, its waiting. The waiting above all; if not for another set of possibilities to replace those that had conditioned the land to accept any San Narciso among its most tender flesh without a reflex or a cry, then at least, at the very least, waiting for a symmetry of choices to break down, to go skew. She had heard all about excluded middles; they were bad shit, to be avoided; and how had it ever happened here, with the chances once so good for diversity? For it was now like walking among matrices of a great digital computer, the zeroes and ones twinned above, hanging like balanced mobiles right and left, ahead, thick, maybe endless. Behind the hieroglyphic streets there would either be a transcendent meaning, or only the earth. In the songs Miles, Dean, Serge and Leonard sang was either some fraction of the truth's numinous beauty (as Mucho now believed) or only a power spectrum. Tremaine the Swastika Salesman's reprieve from holocaust was either an injustice, or the absence of a wind; the bones of the GI's at the bottom of Lake Inveraity were there either for a reason that mattered to the world, or for skin divers and cigarette smokers. Ones and zeroes. So did the couples arrange themselves. At Vesperhaven House either an accommodation reached, in some kind of dignity, with the Angel of Death, or only death and the daily tedious preparations for it. Another mode of meaning behind the obvious, or none. Either Oedipa in the orbiting ecstasy of a true paranoia, or a real Tristero. For there either was some Tristero beyond the appearance of the legacy America, or there was just America and if there was just America then it seemed the only way she could continue, and manage to be at all relevant to it, was as an alien, unfurrowed, assumed full circle into some paranoia. (pp.136－137)

『競売品49番の競り声』のユニークさは，上の引用のパッセージに見られる60年代のアメリカ文明に対する危惧の念と，文明の中に住む市民の不安感がかなりよく表現されているところにある。エディパが夜のサン・フランシスコのチャイナ・タウンの人気のない舗道で見つけるチョーク書きのトライステロの音の出ない郵便ラッパ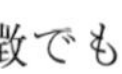のマークは，現代のアメリカが黙殺してきた過去の多くの可能性の象徴でもあるし，トライステロの別のシンボルであるWASTEはWe Await Silent Tristero's Empireの頭文字の略語で，トライステロの復権，抑圧された過去の回復を願う標語である。さらにドリブレットは入水自殺と言われているが，もしかしてトライステロに消されたのかもしれないのだが，彼が最後に演出した復讐劇のせりふは次のようになっていた。

He that we last as Thurn and Taxis knew
Now recks no lord but the stiletto's Thorn,
And Tacit lies the gold once-knotted horn.
No hallowed skein of stars can ward, I trow,
Who's once been set his tryst with Trystero.（p.52）

同じ夜エディパは，ゴールデン・ゲート公園で寝間着姿の子供たちに会う。彼らは夜中というのに，家を抜け出してここに集まり，想像の焚火に手を暖めては歌に合せて縄飛びをしている。飛ぶのはの輪，筒先，消音器の順だという。歌の文句を聞いても，もうエディパは以前ほど驚かない。

Tristoe, Tristoe, one, two, three,
Turning taxi from across the sea...
"Thurn and Taxis, you mean?"
They'd never heard it that way. Went on warming their hands at an invisible fire. Oedipa, to retaliate, stopped believing in them.（pp.87－88）

しかしエディパが求めている超越的意味を語ろうとするピンチョンの文は難解かつ不分明である。考えてみればそれは当然のことと言わねばなるまい。日常の言語を超え，現在までの伝統的意味の裏に存在するもの，ミュートのついた音の出ないポスト・ホルンで象徴されるもの，普通のコミュニケーションとレベルの異なる世界，エディパの表現を借りるなら，日常言語と「周波数の異なる」世界 ── こういう言語で捉えることのでき難い存在を，既存の言語という不完全な手段で語るために，ピンチョンは parody のもつ最も深い意味での機能，即ち para（側で→真似て）＋ oidia（歌う→語る）という機能を必要としたように思われる。そして parody はそれが内包する象徴性，神秘性の故に，しばしば宗教的色彩を帯びる。これが『競売品49番の競り声』の幕切れで，高名な競売師ローレン・パリサンが「まるで遠い昔の異教の僧侶のように，あるいは空より舞いおりる天使みたいに両手を拡げて」(p.138)，トライステロを呼び出そうとしているシーンが感動的である所以でもある。

むすび

ブローティガンは，リアリズムの技法を排除して幻想の世界を書くことによって反文明の姿勢を示し，バーセルミは，言葉による現実の再構築を断念し，その代わりに限りなく細分化し断片化した言葉を貼り合わせ，並列することによって，独自の（しかし見方によっては主観的で狭い）言語空間を創造した。

この２人と異なり，ピンチョンはリアリズムの手法を用いて現在の文明社会の出来事をなぞってゆくのだが，それらの出来事を，事実と幻想がお互いに境を接するところまで誇張したり歪めたりする。この論のはじめに取り上げた「低地」の中でピンチョンは，フランジに幻想を ‘a true lie’（真の虚構）と呼ばせ，人間とファンタジーは昔から親密な関係にあり，両者の間には一種の約束が成立しているが，人間が無理にファンタジーを語ろうとすると，ちょうど素粒子を観察しようと光をあてると素粒子は光のエネルギーでふっとんで見えなくなると同様に，ファンタジーの正しい姿は歪んでしまうと言わせている（p.19)。真の虚構であるファンタジーを正しく語るには限りない愛情と細心の注意，そして優れた手腕と工夫とを必要とする。そして a true lie（ファンタジー）は，もともと a true truth（リアリズム）と相並ぶ人間精神の宝庫なのである。ピンチョンのファンタスティックな数々の物語──沈みゆくフェラッカ船の舷側にたった１人でペンキを塗り続ける百姓めいた水夫（陸では夫として失格，海と結婚したような男として書かれている）とか，遠いトルコのサルタンの首を魔法で切りとり海流にマルタ島まで運ばせ，トルコ包囲軍を撤退させて島を救った魔女マラの話，３字目ごとを抜いて並べ直すと KURT MONDAUGEN となり，残りは DIEW-

ELTISTALLESWASDERFALLIST（= Die Welt ist Alles was der Fall ist, 世界はすべて事実のあるがままの姿である）となるというモンダウゲンの暗号 DIGEWOELDTIMSTEALALENSWTASNDEURFUALRLIKST, 煙草のフィルターのチャコールにされたGIの骨，墓地に生えたタンポポを原料とする酒が春になると目覚めたように発酵しはじめる話など，確かに単なる真実より面白く，フィリップ・ステヴィックの言うように「真実よりすぐれた擬似事実（mock-facts）」であるが，それだけに留まらずもっと積極的意味をもっているように思われる。ピンチョンの幻想的話は，caricatureやparodyを使って語られるのだが，このcaricatureやparodyは，単なる「戯画」や「もじり」といった低次元のものではない。ふつう「戯画」や「もじり」は，現実に存在するものに似せた「えせの事実」で，「本当のもの」と並べてみせて両者の落差を示すことで笑いや諷刺を生じさせるもので，結局もとのものを超えることはありえない。ところがピンチョンのparodyは，目に見える事実を語りつつ，その過程で事実を少し歪め，語る視点を少しずらし，リアリズムと異なった事物への新しいパースペクティブを示すことにより，現実の奥にある超越的意味を垣間見せるという積極的働きをもっている。ピンチョンのファンタジーは，外なるものを模倣するミメシスに発したリアリズム文学がもたないもの，即ち目に見えないもの，事実や現象の背後にある存在の「意味」を捉えて人間精神内に取り込む働きをしていて，その意味でアメリカ文学の伝統の１つであるロマンスの系列に繋がるものと言えよう。

（初出：「九州産業大学教養部紀要」第20巻第１号，1983年）

参考文献

Thomas Pynchon: *V.*(Bantam 1973)
______: *The Crying of Lot 49* (Bantam 1980)
______: Low-lands (Nun'un-Do 1983)
Jack Hicks: *In the Singer's Temple* (Univ. of N. Carolina Press 1982)
Donald Barthelme: *Unspeakable Practices, Unnatural Acts* (Farrar Straus & Giroux, N.Y. 1973)
______: *City Life* (Quokka N.Y. 1978)
Richard Brautigan: *In Watermelon Sugar* (Dalta 1980)
Jerome Klinknowitz: *Literary Disruptions* (Univ. of Ill. Press Chicago 1980)

Robert Adams: *After Joyce* (Oxford Univ. Press 1977)
Philip Stevick: *Alternative Pleasures* (Univ. of Ill. Press 1981)
トーマス・ピンチョン：『V.』（三宅卓雄・伊藤貞基・中川ゆき子・広瀬英一・中村紘一共訳，国書刊行会，1981）
トニー・タナー：『言語の都市 —— 現代アメリカ小説』（佐伯彰一・武藤脩二訳，白水社，1980）
バーナード・バーゴンジー：『現代小説の世界』（鈴木幸夫・紺野耕一訳，研究社，1975）

［追記］ タナー『言語の都市』とバーゴンジー『現代小説の世界』はこの論の執筆時原書が入手できなかったので，それぞれの訳者の方々の訳文を引用した。国書刊行会の『V.』の日本語訳上下２巻は，特に英語以外の外国語の歌やパンの解釈で不明な場合しばしば参考にさせていただいた。また下巻の巻末の「V. ノート」（その１，その２）から教えられることが多かった。

Donald

III

ドナルド・バーセルミの「断片の手法」

Barthelme

序

私がいつも耳にするのとは違った言葉がこの世にあったらいいのに！（『白雪姫』p.6）

皮肉は主体が自由になるように，客体からリアリティを奪う手段である……皮肉の光を当てられると，客体は震え，くだけて，消滅する。特定の客体でなく存在全体に皮肉が向けられると，疎遠と詩が生まれる。（「シュレーゲルに不公平なキルケゴール」pp.94－95）

謙遜は裸足だ，猥褻は肉体的に魅力的で，あぶらなの若枝をつかみ，時間は車輪で，勇気は網目のかたびらを着けたこぶしをライオンの喉におしこんで，ライオンを窒息させている。（「朝」p.128）

Donald Barthelme（ドナルド・バーセルミ，1931－）の100を超す短編と２つの長編の中で，芸術家を主人公とするものが全部で５つあるが，そのうち芸術における創造の問題を，直接第一義的に取り扱っているのは，短編集 *Unspeakable Practices, Unnatural Acts*（『口に出せない習慣，奇妙な行為』1968）の中に収められている The Dolt（「まぬけ」）と，短編集 *City Life*（『都市生活』1970）の中の The Falling Dog（「空より降ってくる犬」）の２編である。バーセルミはこの２つの作品の中で，登場人物の口を借りてかなり直截に自己の美学や小説技法を語っているように思われる。この小論の目的は，こういった作中人物の発言を手掛かりに，必要なたびにバーセルミのそれ以外の作品からの援用を行いつつ，アメリカの post-modernists の代表と見做されているドナルド・バーセルミの前衛的・実験的小説の特徴の一斑を明らかにすることである。

1 「まぬけ」 作家にとっての隘路

「まぬけ」は９ページの短編ながら比較的凝った構成とテーマをもつ作品

で，この頃までのバーセルミのほとんどの作品がそうであったように，この短編もまた伝統的手法で書かれている。

「まぬけ」の第1のテーマは，生活力に乏しい三文文士エドガーと，その妻で性的魅力に満ちたバーバラとの結婚生活での些細な諍いや愛憎で，それが天使のように可愛くあどけない2歳の幼児ローズを遠景にして描かれる。エドガーは，過去すでに2回も失敗した著述家国家検定試験に今年も挑戦しているが，合格する自信は全くなく焦燥の日々を送っている。バーバラは結婚前一時街の女をしたことがあり，その経歴のため夫に負い目を感じ，また夫から時々それを仄めかされては深く傷ついている。

第2のテーマは ── これはこの作品の中心テーマでもあるが ── 芸術における創造の困難性についてである。エドガーは苦手とする筆記試験用に苦心して書き上げた習作「エドガーの物語」をバーバラに読んで聞かせる。ところがこの物語が従来の小説の概念を基準に判断すると，構造的にはっきりした欠陥を孕んでいる。常識的・伝統的小説観の持ち主のバーバラが，この欠点への不満を表明する。かくて読者は「エドガーの物語」の狙いが何で，また彼が当面している困難が何か，そして同時に，それが従来の小説の方向とどう合致し，またどう背馳しているかを具体的に示されることになる。「まぬけ」全体が伝統的手法で書かれているように，「エドガーの物語」も一応伝統的手法に則って書かれている。その粗筋は次のようである。

〔A〕シエナの貴族の次男ジャコモ・オルシーニは，若くして村の司祭となる。ところが，身の丈が並はずれて高く，風采，挙動ともに衆に抜きん出ていたオルシーニは，当時全ヨーロッパから巨人の美男子をスカウトして近衛兵団を作ろうと計画していたプロシアのフリードリッヒ・ウィルヘルム1世の徴募係の目に留まり，祭壇から誘拐同様連れ去られ，王の親衛隊の一員にされてしまう。10年後ウィルヘム1世の死去に伴い親衛隊は解散される。しかし今や大尉になっていたオルシーニは引き続き新王ウィルヘルム2世に仕える。

〔B〕さる男爵付きになったオルシーニ大尉は，男爵の館に出入りしているうちに夫より遙かに若い美貌の男爵夫人インゲにプラトニックな愛情を抱くようになり，インゲもオルシーニを憎からず思うようになる。ところが男爵は，若い妻とハンサムな青年将校の間に，実際以上の深い関係があると邪推し，恐るべき復讐を計画，それを実行に移す。

〔C〕すなわち男爵は，コーリンの戦いの決定的瞬間に，自分の指揮下の部隊をわざと退却させ，そのためフリードリッヒ2世は，プロシア軍3万3000人中1万3000人を失うという大敗北を喫する。さらに男爵は自害したと噂される。しかし自害は狂言で，この退却も実はコーリンの戦場からほど遠からぬ城に避難していたインゲとオルシーニの2人を，残忍で鳴るパンドール略奪兵の餌食にしようと男爵が仕組んだ計略であった。今や血に飢えたパンドール兵たちは，恋人たちの潜む城にひたひたと迫っていた……。

ところが，この先にあるべき中間部はまだ書かれていなくて，「エドガーの物語」は次のような簡単な終末部で終わる。

〔E〕これらの事件の間，フリードリッヒ王は，コーリンでの敗北を自ら慰めんとベルリンの居城でフルート・ソナタを作曲するが，ギルダの批評によると，これはゲオルグ・フィリップ・テレマンのフルート・ソナタに劣らぬ見事な出来栄えであるという。

以上が「エドガーの物語」の筋であるが，エドガーが実際に書いた話の順序は，上に述べた〔A〕,〔B〕,〔C〕と，時間に沿って直線的に流れるのでなくて，話はまず〔C〕の部分から始まる。そのあと〔A〕,〔B〕と続き，次の中間部ないしは展開部が欠落していて，突然結末部〔E〕で終わる構成になっていた。

最初は不承不承，夫の物語を聞きはじめたバーバラは，意外に魅力的な導入部ですっかり話に引き込まれてしまい，今度こそ夫の物語は本物の傑作に思えてきて，話の続きを息を弾ませて待つ。ところが〔C〕,〔A〕,〔B〕と順調に進行してきた話に中間部がなく唐突な終わり方をすることを知って，彼女は大いに驚きかつ落胆する。常識的小説観をもち，rationalization（合理的構成）の信奉者であるバーバラにとって，中間部のない小説などとうてい小説として認めることができない。彼女にとって小説とは，複雑だがどこかで納得のゆく繋がり方をする筋をもつべきもので，また作中人物の人間関係は，複雑に絡み合えば合うほど読み手の興味をそそるものである。

その意味で「エドガーの物語」のインゲとオルシーニの間には，男爵の想像したような，いやそれ以上の深い関係がなくてはならない。バーバラにとっては，男女間の輻湊した関係こそがストーリーであり，男女間のこの腥い（なまぐさい）関係があって小説ははじめて完全なものとなる。「エドガーの物語」には，バーバラが一番知りたい男女関係のもつれも，パンドール兵に襲われる恋人たちのその後といった事件の進展もない。単純で率直なバーバラは夫に不満をぶっつける。

> "That's ironic," she said knowingly.
> "Yes," Edgar agreed, impatient. He was as volatile as popcorn.
> "But what about the middle?"
> *"I don't have the middle!"* he thundered.
> "Something has to happen between them, Inge and what's his name," she went on. "Otherwise there's no story."（p.68）

しかし「エドガーの物語」を客観的に眺めた場合，ジャック・ヒックスが適切に指摘しているように，物語を魅力的にしているのは，まさにこの欠落している中間部なのであり，欠落しているが故に，それはかえって読者の想像力を掻き立てる。その意味で逆説的に言えば，中間部は存在することができないのである。ヒックスは論ずる。

> Edgar's tale is a tour de force; its effect does not originate in what is said, in a body of fact or detail, but rather in what is left unsaid. His interest is in what a mind can create from almost nothing, in the tensions consciousness works and comples itself to act upon. The Baron kills himself, fearing the worst between his beautiful wife and the handsome Orsini. "In truth," Edgar writes, "his knowledge of their

> intercourse, which he had imagined had ripened far beyond the point it had actually reached, had flung him headlong into a horrible crime... the exposure of the lovers, whom he had caused to be together there, to the blood-lust of the pandours."
>
> ....
>
> The middle, of course, is powerful by its absence, offering a note of speculation; but, for that matter, the end and beginning are at the beginning and end, respectively.[1)]

エドガーはどうにかして自分の作品に新機軸を導入して試験官に好印象を与えたいのだが，凡庸で想像力の乏しい彼にとっては，新機軸とは物語の順序を入れ替えるぐらいが関の山であった。即ち時間的配列では後になる部分を冒頭にもってゆくことで，物語の緊張を一挙に高めることに成功はしたものの，そのためかえって中間部が書けなくなる。エドガーは半ば無意識のうちに伝統的小説技法の限界を感じてはいるのだが，そうかといって伝統的手法を一切排除して自分独自の方法や美学をもつには至っていない。仕方なしにエドガーは，筋の時間関係をちょっぴり弄(いじ)るという姑息な手段でこのジレンマを切り抜けようとする。

バーバラは夫の物語と違って首尾一貫したストーリーをもった話，自分の身近のある男女に起こった話を始める。しかしバーバラのこの女性週刊誌向けのセンチメンタルなメロドラマはエドガーを納得させるには程遠く，夫の「陳腐だね」の一言であえなく一蹴されてしまう。

それまで伝統的な語り口で進んできたこの短編に，はじめての，そして唯一の破格的事件が起こるのはこの時である。エドガーとバーバラの諍いが一段落したこの瞬間，身長２メートル半もある the son manqué（出来損ないの息子）が部屋に闖入してくる。息子は肩掛けに織り込んだ200個ものトランジスタ・ラジオを，それぞれ異なる放送局に合わせてやかましく鳴らしながら入ってくるなり，マリファナはないかと要求する。エドガー一家のこれまでの家庭団欒の小人国に降り立ったガリバーみたいな巨人の息子の出現は，

1）Jack Hicks: *In the Singer's Temple* pp.52－53

場違いで衝撃的ですらある。国家試験の勉強をする夫の傍らでアイロンがけに精出すバーバラ，その近くで白いタオル地のバスローブを着せられて，リングに上る前の可愛いいボクサーみたいな娘のローズのいる平和な家庭風景の中へ侵入してくる異様な「出来損ないの息子」とは一体何者か？　エドガーと先妻の間に生まれた子なのか？　「出来損ない」とはどういうことなのか？　伝統的物語の文脈中にかくもグロテスクで，シュールレアリスティックな人物を登場させたバーセルミの真意は何なのか？　200個ものトランジスタ・ラジオを織り込んだ息子の肩掛けは，一体何の象徴と考えたらよいのか？　さらに大男の息子の登場の直後に，語り手の「私」なる人物 ── 限りなく原作者バーセルミに近い人物 ── が急に顔を出してコメントして「まぬけ」は終わるのだが，この謎めいたコメントの中味は何なのか？

> Edgar tried to think of a way to badmouth this immense son leaning over him like a large blaring building. But he couldn't think of anything. Thinking of anything was beyond him. I sympathize. I myself have these problems. Endings are elusive, middles are nowhere to be found, but worst of all is to begin, to begin, to begin.（p.69）

バーセルミは初期の短編から，最後の部分に唐突な幕切れをもってきたり，意外なものを登場させ，読後にいわば異様な余韻を残したりして，作品全体を最後に引き締める薬味的効果を狙ってかなり成功してきた。1964年の処女短編集 *Come Back, Dr. Caligari*（『帰っておいで，カリガリ博士』）の中の The Piano Player（「ピアニスト」）の幕切れでは，妻に「あなたはあのピアノを怖れているから，ピアノには決して触れない」と挑発的に言われた夫が，ピアノの黒いニスを塗った面をつかんで部屋の向こうに押しはじめると，ピアノは一瞬躊躇したあと，彼を押し潰して殺してしまう（p.22）。*Amateurs*（『素人たち』1976）の The Wound（「傷」）の最後でも，まるでピカソのゲルニカに描かれたような牛が，戸口にニューッと立ちはだかって電話のベルのように鳴きはじめるし，同じ『素人たち』の The School（「学校」）でも，学校で児童の飼っている動物が，さらに児童自身やその親たちが次々に死んでいくが，最後の場面で組主任の教師が児童にせがまれて教育助手の女の子にキスすると，死んだはずの荒地鼠が生き返ってドアをノックし，子供たちの歓声に迎えられて教室に入ってくる。

「まぬけ」における息子の登場も，これらの例同様，新奇を狙ったバーセルミの常套手段なのか，それともジャック・ヒックスが言うように，「『まぬけ』，『戦争の絵物語』，『月がみえるかい？』では，子供は救済と再生を表わし……意識の流れを阻碍し停滞させる大人に対し，子供は脅威となり大人を幻想の世界に押しもどす[2]」働きをしているのか？

私は，この出来損ないの息子は，伝統的手法を金科玉条と考えているバーバラや，新しい様式を模索してはいるが無能なため結局従来の手法を踏襲するエドガーで代表される古い世代へのアンチテーゼ，彼らにショックを与える新しい手法の擬人化と見做すこともできると思う。ヒックスが「子供は大人への脅威となる」と述べたのはその意味で適切だったと言える。次に息子の肩掛けの無数のトランジスタ・ラジオは，バーセルミの小説技法の中心をなす collage の手法，一見無関係なものを次々に並べて書き込んでゆくあのコラージュの技法の象徴と考えてよいのではないか？

そして「まぬけ」の最後の「私」のコメント，小説を書く際の最大の隘路は書きはじめの部分だというコメントは，最初のイメージを思いつき創り出すことの困難さを嘆く言葉と考えて間違いないと思う。バーセルミにとっては，最初のイメージとは，従来の小説を支えてきた筋や作中人物に取って代わり，それらに優るとも劣らぬ働きをする大切なモメントなのである。即ちこの最初のイメージは，従来の小説のモチーフ，テーマまたは着想と呼ばれてきたものに似ているが，ただ異なるのは，従来はモチーフや着想は，作者によって思いつかれたあと，頭の中でしばらく温められ熟成され，一貫した筋の形で構想され，作中人物の中に具現化されて作品が出来上がっていた。これに反しバーセルミの場合，最初のイメージのあるものは，アメーバのように自己増殖して１つの作品に展開してゆき，その過程で従来の筋とか人物を必要としない。私は自己展開力をもったこういったイメージを今 primordial images（原初的イメージ）と呼んでみたい。バーセルミの短編には，この「原初的イメージ」のみで成立しているものが少なくない。２，３例をあ

2）Jack Hicks: *In the Singer's Temple* p.54

げるなら，『素人たち』の Porcupines at the University（「大学にやってきた山あらし」）は，カウボーイならぬ山あらしボーイに追われて，野越え山越え，ハイウェイを越えて大学めがけておしかける山あらしの大群と，それに脅える大学紛争の悪夢さめやらぬ学部長というイメージだけで書かれたものだし，『都市生活』の The Glass Mountain（「ガラスの山」）は，ニューヨーク市マンハッタンのど真ん中に聳え立つ巨大なガラスの山と，先端にゴムのカップのついたパイプ掃除棒を両手に持ってその吸盤作用でガラスの山の斜面を登ってゆく男の話であり，『口に出せない習慣，奇妙な行為』の The Baloon（「バルーン」）は，ニューヨーク市の上空の一画に，一夜にして忽然と出現した巨大な風船のイメージのみで成立している短編である。

次に，これらの原初的イメージほど主導的働きはしていないが，バーセルミによって効果的に使われているファンタスティックなイメージが，彼の作品の随所に見出される。これらのイメージでは，言葉はもはや従来の外界に存在するものを指示するという vehicular（媒介的）な働きをしていない。1つの言葉は他の言葉と結びつけられて——ということは比喩的に使われることが多いことを意味するが——新しいイメージ，外界には存在しないイメージ，バーセルミの言う「新しいアクチュアリティ」を作り出す。こういった新しいイメージの例を見てみると，「街を流れる女の川」（『白雪姫』），「仮病を使ってさぼっている塵埃運搬車と間違われるドラゴン」（「ドラゴン」）——そういえばアメリカの塵埃運搬車は，背中から後尾にかけて古代の恐竜にそっくりである，「発音されると近所の生物をことごとく骨折させる秘密の言葉」（「報告」），「セメントのように紙袋につめて売られている沈黙」（「パラグアイ」），「足に交通信号灯をつけて飛ぶナイチンゲール」（「ガラスの山」），「ロマン派家禽学部製の鶏肉をむさぼり食う巨大な触手の形をした海洋生物学部」（「頭脳障害」）——これには Romantic Poetry を Romantic Poulty ともじった言葉遊びも入っている，「村に妻を買いにくる死体たち」（「死体たち」）等々がある。

エドガーに欠けていたのは，これらの斬新なイメージを，無から呼び起こす能力であった。原初的イメージやファンタスティックなイメージを生み出す想像力がないので，エドガーの小説刷新の意欲もいたずらに空転するのみであった。身の丈わずか48センチながら，カリスマで人々を次々に失神させる大統領（「大統領」），大人がある日気がついてみると小学校の教室に座らされていたというカフカ的イメージ（「私とマンディブル先生」）を思いつくことは，エドガーの最も苦手とするところであった。げに，To begin（書きはじめること），即ち発火石の働きをする最初のイメージを思いつくことが，エドガーの，そしてすべての小説家の最大の問題なのである。

バーセルミのイメージは，単独で自己展開し短編になることもあるが，多くの場合コラージュの形をとって現われ，作品構成のレベルでは fragmentation（断片の手法）となる。コラージュの例として See the Moon?（「月がみえるかい？」），fragmentation の例として The Falling Dog（「空より降ってくる犬」），Daumier（「ドーミエ」）を取り上げて，イメージや断片から一編の小説を構築してゆくバーセルミの実験的手法を見てゆきたい。

2 「月がみえるかい?」コラージュ

前項で述べた如く，原初的イメージが自己増殖してゆくメカニズムは伝統的小説における筋に相当するものであるが，バーセルミの場合，イメージの自己増殖，イメージとイメージの連結はコラージュの形で表わされる。バーセルミの作品でコラージュに関するはっきりした言及が最初に出てくるのは「月がみえるかい？」においてである。第１章で取り上げた「まぬけ」と，この「月がみえるかい？」は，時間的に接近して書かれたせいもあって，テーマや登場人物に少なからぬアナロジーが存在する。「月がみえるかい？」の語り手「私」ジョージは，若い頃画家を志したが蹉跌した男で離婚歴がある。新しい妻アンとの間にはもうすぐ子供が生まれるというのに，「月の敵意」の研究ばかりしている少し頭のおかしい「私」とアンの間は，エドガーとバーバラの間がそうであったように，どうもしっくりいっていない。夫婦間の愛情の不在を補うべく，「私」はあと１カ月で生まれてくる赤ン坊にすでにゴッグ[3]という名前をつけ，絶えず赤ン坊に向かって独り言をしゃべり続ける。バーセルミはこの短編にまだ生まれていない未来の息子への父親の内的独白という情況を設定することによって，脈絡なしに「私」の心に浮ぶイ

3）Gog は Magog とともに，サタンに惑わされて神の国に刃向かう国民の名

メージや想念や回想を次々に作品に記録してゆくことを正当化している。そして記録を可能にしているのがコラージュの手法なのである。昔画家志望だった「私」は，語りのコラージュ的展開と並行して，部屋の壁に色々なものをコラージュ風に貼り留めてゆく。昔の友人Y枢機卿の赤い帽子，先妻シルビアと協同で作った蟻の飼育書，白鳥を絞め殺して逮捕された4人のモスクワの若者の記事，ビアボームの複製画，1枚の木の葉……「私」はゴッグに向かって，壁の上のコラージュの目的を説明する。

It's my hope that these... souvenirs... will someday merge, blur—cohere is the word, maybe—into something meaningful. A grand word, meaningful. What do I look for? A work of art, I'll not accept anything less. Yes I know it's shatteringly ingenuous but I wanted to be a painter. They get away with murder in my view; Mr. X. on the *Times* agrees with me. You don't know how I envy them. They can pick up a Baby Ruth wrapper on the street, glue it to the canvas (in the *right place*, of course, there's that), and lo! people crowd about and cry, "A real Baby Ruth wrapper, by God, what could be realer than that!" Fantastic metaphysical advantage. You hate them, if you're ambitious....

I wanted to be one, when I was young, a painter. But I couldn't stand stretching the canvas. Does things to the fingernails. And that's the first place people look.

Fragments are the only forms I trust.（pp.156－157）

さらにこの短編の終わり近くで，「私」はゴッグに再度「断片こそが私の信頼する唯一の形式だ」と宣言する。

You see, Gog of mine, Gog o'my heart, I'm just trying to give you a little briefing here. I don't want you unpleasantly surprised. I can't stand a startled look. Regard me as a sort of Distant Early Warning System. Here is the world and here are the knowledgeable knowers

knowing. What can I tell you? What has been pieced together from the reports of travellers.
Fragments are the only forms I trust.
Look at my wall, it's all there. That's a leaf, Gog.（pp.168－169）

「断片こそ私の信頼する唯一の形式である」というこの言葉は，バーセルミ自身の考えであり，断片の手法はバーセルミの小説手法のすべてであるかのようにしばしば取り扱われてきた。しかし作品の「私」という一登場人物と原作者を同一視するのは幼稚な誤謬と言わざるをえないし，断片に関する「私」の発言がそのままバーセルミの主張と考えることは妥当でない。現にバーセルミ自身も，インタビューで「あれは，特定の時に登場人物が感じたことについての言明であって，私自身の美学はもう少し複雑であると思っている[4]」と弁明している。さらに続けてバーセルミは，「私は今ではもう断片を信頼していない。断片の接着剤にナイーブな羚羊(かもしか)の血を使用したところ，どうもそれがまずかったらしく……断片はしばしば剥離してしまう[5]」と告白している。

しかしバーセルミのこういった告白にもかかわらず，文学作品には何らかの形で，作者の気持ちや信念が投影されているというわれわれの素朴な信仰は揺るがない。われわれ読者は，小説での出来事や作中人物の発言は，作者から読者へのメッセージとして作品中に存在すると信じている。そうだとすると，さっきの作中人物の断片に関する言明に託されたメッセージの意味を考えることはあながち無意味ではあるまい。最初の発言で大切なのは，「これら断片が，結合し，境界がぼやけて，凝集して何か意味をもった別のものになる」というところ，2番目の発言では「壁のコラージュは先人たちが叡知を働かせて知りえた世界認識の報告で，新しい世代に前もって摘要書を残しておく」という箇所である。バーセルミ本人はジョー・デイビッド・ベラミイの質問に答えて，コラージュをもう少し理論的に説明する。

The point of collage is that unlike things are stuck together to

4）Joe David Bellamy: *The New Fiction* p.47
5）Ibid. p.53

> make, in the best case, a new reality. This new reality, in the best case, may be or imply a comment on the other reality from which it came, and may be also much else. It's an *itself*, if it's successful: Harlod Rosenberg's "anxious object," which does not know whether it's work of art or a pile of junk.[6)]

コラージュとは，異質的なもの，従来の常識ではお互いに何の関連もない別々のものと考えられていたものが１つに結合されてもとの意味を失い，やがて凝集して今まで存在しなかった新しいリアリティを生み出すことであり，この新しいリアリティはもとのリアリティの拡大，あるいは認識の領域の拡張となる。バーセルミはこの新しいリアリティを時として新しいアクチュアリティとも呼んでいる。コラージュは，比喩やシュールレアリスティックなイメージによって，固定観念にとらわれて硬直した意識を揺さぶり，精神を解放せんとする。長編『白雪姫』(1967) に，作中人物が他人の家への侵入計画を立てると，「計画表は居間の床から食堂，さらに台所，寝室，ホールにまで流れ出し，外の芽をふきかけた自然から植物が入ってきて計画表を眺めると，植物の緑の指は表の上に横たわった」(p.152) というくだりがあるが，これらのイメージは，サルバドール・ダリの描く，肉片みたいにぐにゃりと曲がって樹の枝にさがっている懐中時計や，キリコの超現実的空間を連想させる。「月がみえるかい？」にも，こういったイメージや比喩が鏤(ちりば)められている。「月の敵意の研究」，「爪のないピアニストの演奏するラーガの夜曲が呼び起こす暗闇」，「スキナー箱に入れられた赤ン坊」，「地球を支える巨像を支える大亀を支える赤の芝刈機」，「妖精の女王にジョージ・ムアを紹介するW. S. イェイツ」……

ところが「月がみえるかい？」のこういったイメージには，単独で一編の短編にまで発展する力はない。従ってこういった断片的イメージは，壁の上の「私」のコラージュ同様１つの枠を用いて統一される必要があった。「月がみえるかい？」の約20の断片的パラグラフを統一し結合するものが，「私」の生まれてくる赤ン坊への独白という枠組みであったことはすでに述べたが，

---

6) Joe David Bellamy: *The New Fiction* p.51

この独白という設定は極めて適切なので，この短編全体に自然な印象と，文脈のスムーズさを与えることに役立っている。

断片の寄せ集めという点では，バーセルミの fragmented fictions は，ウィリアム・バローズの cut-ups の手法と一見似ているように見えるが，よく見ると，バローズの cut-ups が複数のパラグラフを分割して，分割したものを任意に行き当たりばったりに組み合わせ，偶然が生む新奇さ意外さに作品の魅力を頼っているのに反し，バーセルミは，クリンコヴィッツとヒックスが，期せずしてほとんど同じ表現で述べているように，「バローズよりも，文脈を大切にし，機械的 cut-ups はやらない[7]」。同時にバーセルミには，ヌーボー・ロマンのアラン・ロブ=グリエの『嫉妬』に見られる，あの地面に貼りついて対象を凝視し克明にしかも無機的に記録してゆくカメラのレンズの如き，異常なまでの細目への固執はない。バーセルミの想像力は，やすやすと日常性の細目と千編一律性の地平の上高く舞い上がり，軽々と飛翔することができる。『都市生活』の「トルストイ博物館にて」に出てくる３人の隠者の話などはそのよい例と言えよう。無人島に住む３人の異教の隠者が，主の祈りを教えてくれた大僧正の船を追ってくる。両手を繋いで足は動かさず，ボーッと光りながら夜の海の上を滑るようにやってくる隠者たちのイメージの軽やかさと美しさは，バーセルミ独自のものである。

「月がみえるかい？」で羚羊の血で貼りつけられていたコラージュは，接着力が弱くて剥落する傾向にあり，バーセルミの目指す新しいリアリティないしはアクチュアリティの創造にまでは至っていなかった。「月がみえるかい？」の初歩的コラージュから一歩進んで，言葉による新しいアクチュアリティを作り上げるのに成功した例として「空より降ってくる犬」を，そして意識の層の拡大または意識の新たな perspective（眺め方）を提示した例として「ドーミエ」を，それぞれ３，４で見てゆきたい。

3 「空より降ってくる犬」イメジャリー

バーセルミは伝統的小説の概念を拒否し，従来の小説の方法を批判すると

7） Jerome klinkowitz: *Literary Disruption* p.80
Jack Hicks: *In the Singer's Temple* p.43

ころから出発して創作活動を行っているのだが，64年の最初の短編集『帰っておいで，カリガリ博士』は内容も表現方法も，まだ従来の方法に頼っているところが多かった。この傾向は68年の『口に出せない習慣，奇妙な行為』でも多分に残っている。即ち，内容は従来の小説になかった奇抜な物語や幻想的イメージに満ちているが，表現方法は相変わらず伝統的手法の踏襲が多かった。「まぬけ」，「報告」，「ゲーム」など，この短編集中半分以上の短編が，新しい内容をもちながら，表現形式は旧来のままというアンバランスを示していた。新しい内容が新しい形式で表現されるようになるのは，大体短編集『都市生活』あたりからである。『都市生活』では伝統的手法を使ったものは全14編中わずか2，3編に減ってきているのを見ても，バーセルミがこの時期にいかに種々の文体上の実験を行っていたかが分かる。文体と同様にテーマや内容もますます変化に富み，奔放なイメージが目立ってくる。この短編の冒頭の「私の父の泣いている姿」は，死んだはずの父そっくりの男がベッドに座って泣いているという，現実と過去が交錯するフロイト流の夢の世界であり，これはまた『口に出せない習慣，奇妙な行為』の「戦争の絵物語」に出てくる息子ケラーマンと，彼がいつも脇の下に吊して歩いている，干大根みたいにしなびた昔将軍の父という父と子のテーマの延長で，このテーマは75年の長編『死父』に発展してゆく。『都市生活』にはその他バーセルミの想像力が生み出した架空の国「パラグアイ」，1から100までの番号を打たれた100の短文よりなる「ガラスの山」，精神分析医と患者とおぼしき2人の対話だけで成立している対になった2つの短編「説明」と「シュレーゲルに不公平なキルケゴール」，文体上の実験が行きつく先の不毛を暗示するような「文」と「ボーン・バブルズ」，少し精神異常の語り手の物語る「頭脳障害」と続く。中でも「空より降ってくる犬」は，2で取り上げた「月がみえるかい？」の断片とコラージュの手法の継続であると同時に，イメジャリーと言葉による新しい空間の創造へのバーセルミの傾注が著しい最初の作品でもある。

「空より降ってくる犬」は，彫刻家である「私」の背中にビルの3階の窓から1匹のアイリッシュ・セッターが飛び降りてきて，「私」を舗道に押し倒すという不思議な事件で始まる。「私」はコンクリートの舗道にうつぶせに倒れたまま，犬が空中を降ってきた様子を想像する。彫刻家である「私」

のイメージには視覚的要素が強い。

gay dogs falling
sense in which you would say of a thing,
it's a dog, as you would say, it's a lemon
rain of dogs like rain of frogs
or shower of objects dropped to confuse enemy radar

もちろん「私」も常識的な一般人がするように，犬が空から降ってきた異常事態を合理化するシナリオを考える。

「……犬はソフィという若い女の飼犬で，ビルの窓から通行人の背にとびおりるように訓練されている。犬がその人を連れて女のアパートにもどってくると，入口のマジック・アイが作動して，女の恋人のスイス人がオートバイで馳せつける……」。もう１つの合理化のシナリオは，「……この犬は良家の犬だが，テレビ時代の悪い癖が身についてしまって云々……」。

こういった合理的説明は，「まぬけ」のエドガーやバーバラが好んだ旧式の理由づけで，これらをうまく展開すれば伝統的な短編が１つ出来上がる方法でもある。しかし新時代の彫刻家の「私」は，すぐにこういった合理的シナリオを放棄して，空より舞い降りてくる犬のイメージに興味を奪われる。折しも「私」は過去何カ年か，あらゆる素材とイメージで試みてきた「あくびする男」の連作が，ついにイメージが枯渇しかかっていたので，この新しい「降ってくる犬」のイメージに飛びつき，それを次々に膨らませてゆく。ついには「私」の意識は，肉体を抜け出して彷徨い出し，想像の犬と一緒に空中を落下しはじめる。

to the dogs
putting on the dog:
I am telling him something which isn't true

and we are both falling
dog tags!

but forget puns. Cloth falling dogs, the
gingham dog and the etc., etc. Pieces
of cloth dogs falling. Or quarter-inch
plywood in layers, the layers separated
by an inch or two of airspace. Like old
triple-wing aircraft

dog-ear (pages falling with corners bent back)

Tray: cafeteria trays of some obnoxious
brown plastic
But enough puns

Group of tiny hummingbird-sized falling dogs
Massed in upper corners of a room with high ceilings,
14-17 foot
in rows, in ranks, on their backs
(flights? sheets?)
of falling dogs, flat falling dogs like sails
Day-Glo dogs falling

am I being sufficiently skeptical?
try it out

die like a
dog-eat-dog
proud as a dog in shoes
dogfight
doggerel
dogmatic

犬は雨のように，敵のレーダーを攪乱するためにまく細い箔片みたいに無数に降ってくる……紙製の犬が，布製の犬が，固まって落ちてくる。旧式の3枚翼の飛行機のようにくっついて，帆のように，蜂鳥みたいに，重なり合って……「犬の耳」というイメージ（もしくは音から）から，読みかけの場所を示すために「端の折られたページ」が重なって降ってくる情景が誘発され，端が折れ曲がったイメージは，カフェテリアの端の反ったプラスチックの盆のイメージへと移ってゆき，最後はドッグという語を含んだ言葉の語呂合わせが果てしなく続く。ここには，伝統的小説を支えていたストーリーや登場人物はもはや存在しない。その代わりに存在しているのは，分裂中の細胞みたいに，次々とイメージの鎖を伸ばしてゆく鮮烈な「落ちてくる犬」という原初的イメージ1個だけである。読者は芸術家の鋭敏なる感性に捉えられたイメージが自由に他のイメージと結合し，それを吸収しまたは吸収され，さらに四方八方に腕を伸ばし拡がり変容してゆく想像力の飛翔の現場を目撃することになる。「空より降ってくる犬」の主人公は，もはや「戦争の絵物語」の老将軍のように言葉の自律性を呪詛することはない[8]。

短編集『都市生活』には，「空より降ってくる犬」のように想像力が自在無礙（むげ）に拡がってゆくプロセスそのものを作品にしたものが他に2つある。1つは Sentence（「文」）で，もう1つは Bone Bubbles（「ボーン・バブルズ」）である。われわれが通常ものを考えている際，われわれは何の脈絡もなく起こっては消える印象を，意識的に整理し統合し，秩序をつけて認識している。心がその努力を放擲して一種の夢遊状態もしくは放心状態にある時，心に浮んだ1つのイメージは，ちょっとしたきっかけで次のイメージを触発し，その触発されたイメージが次のイメージを生み……と意識はとめどもなく蛇行しつつ流れてゆく。そこには何の論理的整合性も働いていない。「文」は，こういう半ば放心状態の意識の動きを忠実に書き留めたような作品で，語り手の意識は，次々に新しいイメージに飛びつき，勝手に気の向いた方角に分岐し，飛び火しつつ流れてゆく。蛇行する意識を映そうとする「文」は，途中コンマこそは使われているものの，ピリオドは1個もなく，文章はえんえ

8）老ケラーマンは嘆く。“There are worms in words!” the general cries. “The worms in words are, like Mexican jumping beans, agitated by the warmth of the mouth.”（p.142）

んと10ページも続きに続く。

> Or a long sentence moving at a certain pace down the page aiming for the bottom—if not the bottom of this page then of some other page—where it can rest, or stop for a moment to think about the questions raised by its own (temporary) existence, which ends when the page is turned, or the sentence falls out of the mind that holds it (temporarily) in some kind of an embrace, not necessarily an ardent one, but more perhaps the kind of embrace enjoyed (or endured) by a wife...（p.109）

心が文を一種の「抱擁」で把握しているというイメージから，朝目覚めてトイレに起きた妻が廊下で出合いがしらに夫と衝突しそうになって思わず「抱擁」するイメージに変わり，朝「目覚めた」妻が，次には，時代に「目覚めた」新しい女性のイメージを生み，それがまた……かくして文は流れに流れる。

２番目の「ボーン・バブルズ」においては，「文」にはまだかろうじて残っていた文脈とか，断片化されたパラグラフを繋ぐ粘着性はほとんど消えてしまっている。「ボーン・バブルズ」の細分化され断片化された最小単位の語群は，お互いに何の関連もなく，孤立して現われては消えてゆく。それはまだピアノの弾けない幼児がいたずらに叩く鍵盤の出す音に似ている。

> 〔A〕hand or wrist man who rushes forward her body the largest element in the composition vegetables with which she refused to dance people embracing or falling bats popular with professional players benefit for working men between the buttocks I have not yet got the clue and points to herself shoal called the Gabble pausing only to defecate in their incomparable lakes hurled abuse behind the stone wall good smooth she falls to the right in pain, holding the Viennese master tightly partial relief conspiring priests a pill made of bread let's all go down to the plaza partly with his hands discharged a shower of

arrows trying to find the opening cries when taken to a museum sane love invitation of thc national committee white, gray or purple ballet the jury nods triumphant contemporaries engineering decisions plump ladycow waiting in the car superb perfs from odd recruited volunteers floor redefined as bed（p.121）

この引用は12の断片からなる「ボーン・バブルズ」の３番目の断片である。それぞれの語群は，ほとんどパンクチュエーションを奪われて裸のままお互いと接触していて，時として接着面を発見するのも困難である。このように，２，３語からなる語群を次から次にとくっつけてゆく手法は，『口に出せない習慣，奇妙な行為』の「アリス」ですでに使われていた。

〔B〕impulsive behavior knees folded back lines on his tongue with a Magic Marker gape orange tips ligamenta lata old men buried upright delights of everyone's life uninteresting variations pygmy owl assumes the quadrupedal position in which the intestines sink forward measurement of kegs other sciences megapod nursemaid said very studied, hostile things she had long been saving up breakfast dream wonderful loftiness trank red clover uterine spasms guided by reason black envelopes highly esteemed archers wet leg critical menials making geatures chocolate ice pink and green marble weight of（p.124）

さらに遡れば，第２作である『白雪姫』にその原形が見出される。

〔C〕And the question of yesterday waiting　　members clinging clear milk of wanting fever hidden　　melted constabulary　　extra innings of danger hides　　under the leg résumé　　clip chrome method　　decision of the sacred Rota　　muscular dream basket gesture　　Kiss the paper with it　　tufts more interesting than children　　painful texture of interesting children offensive candor　　lesion　　hanging mirror　　They only want window boxes moving with clean, careful shrubs　　Manner in which the penetration was　　Excited groans stifled under　　blankets upset　　A parliament of less-favored glass doors closed　　extra（p.103）

〔C〕から，〔B〕や〔A〕がもと完全であった文の一部を省略してスペースをつめたものだろうと判断できるが，読む側からすれば，どこで切って読むべきか迷うところが多い。例えば〔A〕の最初の1／4は比較的問題なく，

hand or wrist / man who rushes forward / her body / the largest element in the composition / vegetables with which she refused to dance / people embracing or falling / bats popular with professional players / benefit for working men /

と読むべきだと思うが，その先になると２通りも３通りもの読み方ができる。

between the buttocks I have not yet got the clue and points to herself / shoal called the Gabble / pausing only to defecate in their incomparable lakes / hurled abuse behind the stone wall / good / smooth / she falls to the right in pain, holding the Viennese master tightly / partial relief / conspiring priests / a pill made of bread

と，かなり息長くも読めるし，

between the buttocks / I have not yet got the clue / and points to herself / shoal called the Gabble / pausing only to defecate / in their incomparable lakes / hurled abuse / behind the stone wall / good / smooth / she falls to the right in pain, / holding the Viennese master tightly / partial relief / conspiring priests / a pill made of bread /

と，逆に短く短く切って読むことも可能である。この「ボーン・バブルズ」

を収めた『都市生活』の邦訳はまだ出ていないが，「ボーン・バブルズ」に似た「アリス」などの場合，わが国の翻訳者は，おおむね短く切るという無難な方法を選んでいるようである。

何しろこのように単語のレベルにまで解体された断片的イメージは，「断片こそ私の信じる唯一の形式」というバーセルミの小説技法の辿りついた1つの極端の世界であった。しかし，文脈を剝ぎとられ裸になった単語段階のイメージを再構成して新しき文学の塔を構築せんとする試みは，必ずしも成功しているとは言い難い。これ以上分割不可能なところまで分割され尽くした断片は，ただ果てしなく地面に横たわったままで，自力で起き上がって，お互いに支え合い重なり合って立体的建造物になることを拒否しているように思える。

「アリス」の場合がそうであったように，「ボーン・バブルズ」の断片化されたイメージの背後には何か隠された主題があり，それがエロティックなものだとは推測できるのだが，技法の奇抜さに較べて作品全体の印象は稀薄で，この手法はバーセルミの目指した「新しいアクチュアリティ」を生み出すモメント（運動量）を欠いているように思われる。バーセルミ自身も，初期の『帰っておいで，カリガリ博士』や『白雪姫』以来間歇的に試みてきたこの手法を，「ボーン・バブルズ」を最後に止めてしまったようである。

4 「ドーミエ」 ニュー・アクチュアリティ

1972年の短編集 *Sadness*（『悲しみ』）に収められている「ドーミエ」は，フランスの有名な画家・戯画家の Honoré Daumier（1808－79）と同姓の主人公をもっている。戯画家ドーミエが，王侯や大臣や富豪のとりすました仮面の下に潜む下劣さ，醜い欲望をえぐり出して恐るべき肖像画を描いたように，バーセルミも「ドーミエ」で人間自我の飽くことを知らぬ貪欲さを戯画化しようとする。しかし風刺の対象がドーミエ自身の自我であることもあって，「ドーミエ」には，戯画家ドーミエのもっていた苦く痛烈な風刺精神は稀薄で，風刺というよりむしろ軽やかな皮肉の形をとっているように見える。

「私」の語りで始まる「ドーミエ」では，語り手の一人称の「私」はすぐ「私」の surrogate（代理）ないしは construct（構成心像）である「三人称ドーミエ」を創造しそれに乗り移る。この「三人称ドーミエ」は，仲間とともに，大平原で牛の群れならぬ a herd of au-pair girls（外国女子留学生の群れ）を追って汽車の駅まで輸送している。この輸送の途中「三人称ドーミエ」は再三現実の世界に立ち戻って「一人称ドーミエ」即ち「私」に立ち返り，三人称ドーミエの女性関係のことで，女友達のアメリアから嫉妬されたり，友人ギボンとウイスキーを飲んで談笑したりする。かと思うと，いつとはなくまた「三人称ドーミエ」になって，オーペア・ガールズのところに姿を現わし，彼女らを，イグナチウス・ロヨラの率いるイエズス会の騎馬隊の目を欺いて川を渡らせたりする。さらに「三人称ドーミエ」の活躍でも満足できぬ貪欲な自己は，もう１人の代理「二人称ドーミエ」を作り出す。「二人称ドーミエ」は，活動的でタフな「三人称ドーミエ」と対照的に，物静かで思索的タイプである。最後には「一人称ドーミエ」は，「三人称ドーミエ」が護衛し輸送しているオーペア・ガールズの１人 Celeste（「セレステ」，天上の人の意あり）に懸想するようになり，彼女を一人称の「私」の世界に連れてきてしまう。そして邪魔で不要になった「三人称ドーミエ」と「二人称ドーミエ」を，空想の世界の他の住人たち ── カウボーイ仲間や女王や枢機卿などと一緒に，ティッシュ・ペーパーにくるんで抽斗（ひきだし）にしまい込む。この物語は，三人称の世界から連れてきて今は生身となったセレステが台所に立って料理を作ってくれているのを，「私」が満足げに眺めているところで終わっている。

「私は今ではもう断片を信じていない」という先に引用したバーセルミ自身の否定的言明にもかかわらず，断片の形式はよほど信頼に値し，また使いやすい形式と見え，バーセルミは今まで見てきた「月がみえるかい？」，「空より降ってくる犬」の他，多くの作品にこの形式を採用している。「ドーミエ」も例外でなく，全体は断片化された20の節（パラグラフ）── 節と言っても，中にはたった１行で終わる短いものもあるが ── から構成されている。これら20の節でドーミエは目まぐるしく現実の世界と空想の世界を往復する。今20の節を，一人称「私」の居住する現実の世界と，「私」が空想する想像の世界（三人称ドーミエの世界）に分けてみると，９つの節が前者，６つの節が後者に属し，残った５つの節は現実と空想の中間の世界，２つの世界の混淆とした世界に属していると言ってよかろう。

図1　『トリストラム・シャンディ』
第5巻の物語の線

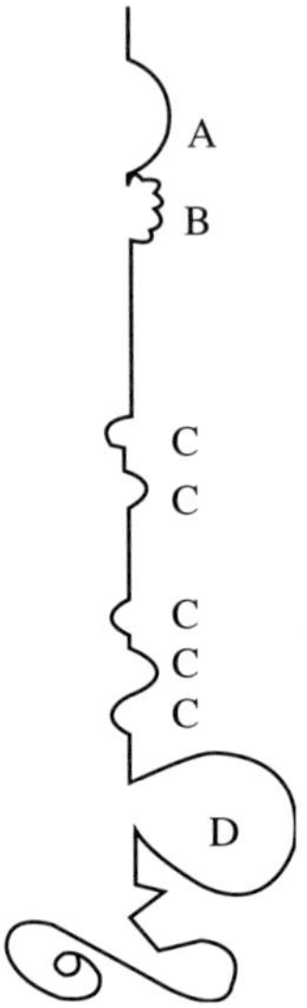

図2　「ドーミエ」の物語の線

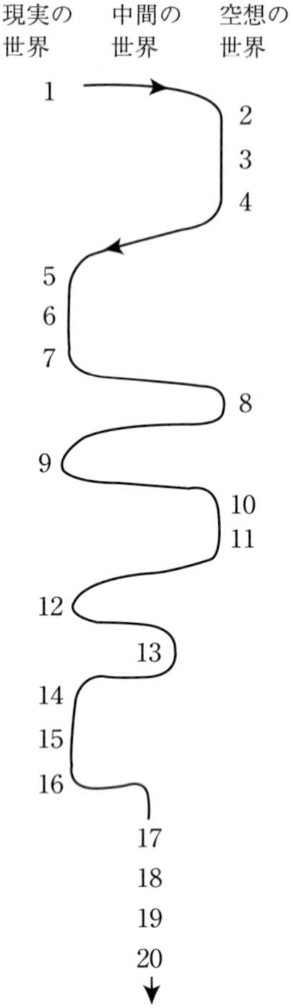

現実と想像の交錯する物語を書いた先輩に，かのロレンス・スターンがいるが，『トリストラム・シャンディ』でスターンが自ら描いてみせた例のいくつかの「話の筋の線」（図１）にあやかって，「ドーミエ」の話の筋の線を描けば，おおよそ図２のようになる。数字は20の節に，若い順に仮につけた番号である。

この図で分かるように，「ドーミエ」の舞台は，話の進行につれて，現実と空想の世界を絶えず行きつ戻りつして，ついに第17節あたりから，話は現実と空想が混合した中間の空間に入り込んでそこで終わる。現実に空想が入り込んで両者が混在する状態は，古来多くの作家が取り上げて作品化してきたもので，ことさら目新しいものではないが，「ドーミエ」の中間の世界は，従来のものと一味違った世界である。これは単に現実の世界に時々空想的瞬間が紛れ込んでくるという単純なものではない。バーセルミは空想の世界と現実の世界をほとんど同じウエイトで書き，「三人称ドーミエ」と「一人称ドーミエ」を併存させるだけでなく，両者の積極的交流を試みる。さらに「二人称ドーミエ」を創造して，新しい小空間を追加したり，「三人称ドーミエ」のオーペア・ガールズの群れの輸送の話に，中世風の劇中劇を織り込んで，時間の奥行きを深めたりする。そしてついにバーセルミは，空想の世界から特定の人物を引っこ抜いて，それに肉体と生命を与え，現実の世界に住まわせるという離れ技を演じてみせる。「ドーミエ」の功績は，われわれの夢や白昼夢的空想のもつ最も幻想的で突拍子もない願望に明確な形を与え，空想と現実の間に横たわる第３の世界を描き出したことである。ちょうど，現実と空想の世界の間に越えられぬ境界があることをまだ知らない幸福な幼児が，お伽話や絵本の世界の自分の気に入った人物を，自らの世界に招き入れて──というより，自分とその人物の２人が，現実の世界でも絵本の世界でもない，第３の空間にさ迷い出て楽しく遊ぶように，バーセルミも常識世界の慣習を破って，現実でも空想でもない別の世界，彼のいわゆる「新しいアクチュアリティ」を創造する。「ドーミエ」でバーセルミはこのことに関して「一人称ドーミエ」の口を通じて，誕生したばかりの「二人称ドーミエ」に教えさせる。

> It is easy to be satisfied if you get out of things what inheres in them, but you must look closely, take nothing for granted, let nothing become routine. You must fight against the cocoon of habituation which covers everything, if you let it. There are always openings, if you can find them. There is always something to do,（p.227）

「環境の繭」とは，『白雪姫』の作中人物の１人に，'the blanketing effect of ordinary language'（p.96）と呼ばせて以来，バーセルミが常に問題にし，反発してきた旧態依然としたものの見方，言葉のぞんざいな使い方のことである。「環境の繭」を破る新しいものの見方は，修辞学的には新しい比喩の創造という形で現われてくる。何となれば，比喩とは，お互いに異質的な2つのものをくっつけて，今まで誰も気づかなかった新しい perspective を発見し，それに表現を与えることに他ならないからである。これはまた，広義でのバーセルミの「コラージュ」の手法に他ならない。今「ティッシュで鼻を押さえた」と言えば事実を述べた何の変哲もない表現だが，バーセルミが次のように書けば比喩表現になる。

> Lizard in tears.
>
> Lizard led from the courtroom. A chrysanthemum of Kleenex held under her nose. (Rebecca p.280)

リザードという女性が涙を押さえようと鼻に押し当てたクリーネックス・ティッシュが菊の花みたいに見える。この文の少し先に，同じレベッカ・リザードが家に帰りつくと「郵便受けの中に家賃値上げ通知書が，今にも襲いかかろうとする生徒みたいに，とぐろを巻いて彼女を待ち受けていた」という一節がある。

> When Rebecca got home the retroactive rent increase was waiting for her, coiled in her mailbox like a pupil about to strike. (Ibid. p.281)

レベッカは女教師で，リザード（とかげ）という姓をもち，緑がかった皮膚をしている。家賃の値上げ通知書（恐らく丸く巻かれていたのだろう）と，とぐろを巻いた蛇と，女教師に襲いかかる生徒というイメージ，一見かけ離れているだけに，この比喩は鮮烈であり，バーセルミの言う「新しいリアリティ」を生み出していると言えよう。

「ドーミエ」においてもバーセルミは随所に新鮮な比喩を使い，そうした比喩は常識を破る新しいイメージともども，この短編を魅惑的なものにしている。

比喩から見てゆくと，まず「オーペア・ガールの群れの輸送」がある。The herd of au-pair girls は，最初読者に示された時から，彼らが人間なのか，それとも牛なのか分からない。ドーミエと組んで輸送に当たっているHawkins[9]とBellows[10]が，150人（頭？）のオーペア・ガールを塩沢のところで小休止させている。

> "Are they quiet now?"
> "Quiet as the gave," Mr Bellows said. "Although I don't know what we'll be doin' for quiet when the grass gives out."
> "That'll be a while yet."
> …………
> "We are promised to get this here herd of *au-pair* girls to the rail-head intact in both mind and body," Mr. Hawkins stated. "And I say that bestowal of bluebonnets is interferin' with a girl's mind and there's no two ways about it."（pp.216－217）

今はおとなしくしているが，「草」がなくなったら騒ぎ出すだろうと心配されているのは，牛ではなくて娘たちである。しかもこの娘たちは，このあと，ロヨラに救出されると，「ハンバーグ」と「草」の配給はどうなるのか，「便所」はどこだと騒ぎ出す。オーペア・ガールは，主として英国の個人の家庭で家事を手伝うのと交換に英語を勉強する外国女子留学生のことであるが，「ドーミエ」ではオーペア・ガールたちはカウボーイに追われて「心身ともに無傷で輸送（traffic）され」ているが，trafficには輸送以外に「人身売買」の意味がある。従ってオーペア・ガールの群れが川を渡ると，対岸にはイグナチウス・ロヨラ18世の率いる狂信的イエズス会員が，彼女らを恥ずべき人身売買より救出しようと待ち設けていることになる。オーペア・ガールに対する比喩はモーリス・クチュリエが言うように曖昧である。

> This example proves, moreover, that Barthelme's figures of speech are not being used rhetorically: this passage is about neither cattle

9）Hawkinsのhawkには商品を売り歩くの意あり，さらにSir John Hawkinsは16世紀に実在した提督・奴隷商人であった。
10）Bellowsは牛が鳴くの意。

drives nor au-pair girls, but about both at the same time. One cannot decide which is the comparer, which the compared. That is precisely how a painter or caricaturist like Daumier (who is supposed to be the subject of this fiction) usually works: his paintings are not meaningful only in relation to the reality they represent or parody; they have a value and a relevance of their own, for otherwise they would cease to be valuable or meaningful when the reality they claim to represent has disappeared.

Judging from this example, it would be tempting to say that the vividness of an image, in these fictions, is due to the ambiguity of the words themselves and to the unusual pairing of words. However, as many fictions in the later collections (*Amateurs*, especially) testify, not all word-games generate such striking images. As the 'Daumier' anecdote seems to suggest, it is not so much the word-game as the hidden subject, sex, which accounts for the vividness of the image.[11)]

確かにクチュリエの言う通り，言葉ゲームだけでは目覚ましいイメージを生み出すことはできない。イメージが鮮烈であるためには隠された主題がなくてはなるまい。しかし逆に隠された主題はあっても，それを表現する言葉，特に比喩がしっかりしていないとイメージは決して豊かにならないことは前述の「ボーン・バブルズ」や「アリス」，あるいは『素人たち』の「機械時代の終わりに」が明瞭に示している。

「ドーミエ」では，主題とその表現法 ── 比喩，言葉ゲーム，新造語などが，うまく嚙み合ってこの作品を成功させている。比喩に関して言えば，バーセルミは「ドーミエ」の第８節で直喩を集中的に使っている。

Then Daumier looked at Celeste and saw that the legs on her were as long and slim as his hope of Heaven and the thighs on her were as strong and sweet-shaped as ampersands and the buttocks on her were

---

11) Maurice Couturier: *Donald Barthelme* pp.52－53

as pretty as two pictures and the waist on her was as neat and in-curved as the waist of a fiddle and the shoulders on her were as tempting as sex crimes and the hair on her was as long and black as Lent and the movement of the whole was honey, and he sank into a swoon. (p.221)

譬えるものと譬えられるものとの距離が大きければ大きいほど，それらがうまく結びつけられて示された時の効果はより大きくなる。そういった比喩が「環境の繭」を破る新しき優れた比喩だとするなら，上の引用文の比喩はどうであろうか？ 「&（アンパーサンド）のように力強く恰好のいい腿」，「性犯罪のように誘惑的な両の肩」の２つが中でも最も斬新で鮮やかであり，「天国への希望のように長くすらりとのびた脚」，「受難節[12)]のように長くて黒い髪」がそれらに次ぎ，「２つの絵のように可愛いい臀」と，「バイオリンの胴のようにきりっとくびれた腰」は平凡で常套語に近いと言えよう。かかる比喩に加えて，バーセルミの使う新造語は「ドーミエ」に幻想性と軽快なタッチを与えている。「三人称ドーミエ」が一番好む料理はchilidogなるものだが，これはチリソースをかけたホットドッグの類かと推量する他にない。バーセルミの新造語の例をもう１つ見てみよう。「一人称ドーミエ」がセレステを急に「三人称ドーミエ」の世界から引っこ抜いたので，ベローズとホーキンズが訝りながらセレステの噂をしている。これはその第19節全部の引用である。

CELESTE MOTORS
FROM ONE SPHERE
TO ANOTHER SPHERE

"She has run away," said Mr. Hawkins.
"Clean as a whistle," said Mr. Bellows.
"Herd-consciousness is a hard thing to learn," said Mr. Hawkins.

12）断食と改悛の40日間

"Some never learn it."
"Yes," said Mr.Bellows, "there's the difficulty, the iddyological. You can get quite properly banjaxed there, with the iddyological." (p.228)

文中の iddyological は ideological のもじりで，banjaxed は ban（禁止）と hi-jack（ハイジャックする）の合成語と思われる[13]。

バーセルミは，さらに「三人称ドーミエ」の物語に，劇中劇とも言うべき別の物語を含ませている。中世とおぼしきある時代に，とある宮廷で１人の悪い廷臣が，枢機卿から女王への贈物のダイヤのネックレスを騙しとる。事件が表沙汰になることを恐れた女王が，事件解決を密かにドーミエに依頼。ドーミエはオーペア・ガールの輸送と並行して，女王のネックレス事件で奔走していて，時々同僚のカウボーイの前から姿を消す。というのは実は表向きの口実であって，この間ドーミエは，三人称の世界から一人称の世界に移行してきていて，アメリアやギボンと話しているのかもしれない。この劇中劇は「まぬけ」のエドガーの話，「空より降ってくる犬」のソフィという女の話と軌を一にする趣向であるが，「ドーミエ」の場合，現在を舞台にしたオーペア・ガール輸送の話（この中にもすでに過去の牛の大移動や，イグナチウス・ロヨラが交じり合っている）の中に，中世風の物語を挿入することで，物語に時間の厚みを加え，セレステの転移と相俟って，作品をより複雑にし，かつ非現実的雰囲気を与えることに成功している。こうした現実と空想が細かく微妙に入り交じった世界を書くには，コラージュの手法が不可欠であった。「ドーミエ」の最後の数節の新しい第３の世界は，語り手ドーミエの「分身の術」ともども，従来の多かれ少なかれ固定された語りの視点という約束事を大きく破っている。

むすび

1960年代初頭から創作活動を始めたバーセルミの作品には，当然のことながら60年代の緊迫した国際関係や騒然たる国内情勢が，バーセルミというア

13）執筆時はバーセルミの合成語と思っていたが，後になって banjax は「打ち負かす」という意味のスラングであることが判明した。

メリカ一市民に与えた不安と絶望が色濃く反映している。ベトナム戦の激化，J. F. ケネディやキング牧師の暗殺，黒人暴動，大学紛争，そしてこれらにもまして，アメリカ社会全体を襲った既成価値への不信と，既成道徳を破壊しようとする試み —— これら激動する社会に身を置き，混乱を日々目撃して，不安と絶望に満ち，苛立ち挫折し混迷する時代精神は，バーセルミの処女短編集『帰っておいで，カリガリ博士』以下の作品に現われていて，特に68年の『口に出せない習慣，奇妙な行為』にはベトナム戦下の緊張感と陰翳が色濃く漂っている。当時のアメリカは，常人の想像を絶する出来事や，陰謀，人物そして思想が，何の脈絡もなく次々に生起しては消滅してゆく不確定性原理の支配する世界であった。バーセルミは，当時，居を構えていたニューヨーク市のような大都会を，従来の認識作用を越え拒否する巨大な muck（がらくた）と見る。そして都会よりさらに大きな muck がアメリカ合衆国という国家だと考えた。こういう muck は混乱・無秩序という属性にもかかわらず，あくまで「われわれ人間意識の産物であり，いくばくかの崇高性を秘めている[14]」ものであった。こういう muck もしくは trash（くず）という現実の世界に対して小説家バーセルミがなそうとしたことは，それら muck の１つ１つに言葉を対応させ，当てはめてゆくという旧来のやり方でなく，脈絡なしに個々ばらばらに生起する断片的がらくたの間に，以前とは異なる関係と意味を見出し，がらくたを再構成するという「認識論的」立場であった。バーセルミにとって言葉は，ちょうどシュールレアリストの芸術がそうであったように，人間経験の未開拓の分野，人間知覚の新しい地平を拡張する機能を負託されることになった。この新しき認識作用は主として imagery によるものであり，形式としては，断片，妄想，幻想，言葉遊び，精神分析，列挙，独白，対話と多彩であった。さらに注目すべきは，『都市生活』以降いくつかの作品で，バーセルミの関心が，意識が対象を把握する認識の過程，あるいは，夢とか精神異常などの前意識的レベルで意識が働く時の，意識の動きそのものに向けられるようになったことである。『都市生活』の「空より降ってくる犬」，「文」，「ボーン・バブルズ」，「頭脳障害」，「説明」，『悲しみ』（1972）の「ドーミエ」や「トロイメライ」，『素晴らしい日々』（1979）

---

14) Donald Barthelme: *City Life* p.172

の「朝」,「素晴らしい日々」などでは，作品のテーマ自体は内に内にと向かい，対象に触発されて意識の生み出すイメージ，さらに対象把握の意識のプロセスそれ自体に向かう。

バーセルミの優れた感性と溢れる想像力，ユニークな言語駆使の才能で捉えられたtrashやmuckの断片の世界は，テーマと文体の多彩な変化にもかかわらず, 1つの短編集に纏められると，不思議に1つの統一的意味をもつコラージュの世界となる。「月が見えるかい？」の主人公の言う「意味のある1つの芸術作品」となるのである。新しき言葉と手法で繋ぎ止められた断片の世界は「羚羊の血」で接着され，人間知識の新しい地平に危なげに建てられた構造物となる。バーセルミはこれら言葉による新しき構造物を，リアリティと区別して「新しいアクチュアリティ」と呼ぶ。「こうした文も，人間の創った〈もの〉であり，石のもつ強固さはもたないものの，その脆さの故に大切にさるべきものである[15]」。

とはいうものの，このように内へ内へと向かい，ファンタジーと言葉の戯れに重点を置くバーセルミの作品は，西洋文学の伝統であった作中人物の他者との関係 ── しばしば拮抗し対立する関係 ── を失ってくる。そのためバーセルミの人物は，他者，そしてその背後に存在する超越的なものの現前においてのみ生じる緊張感と，そこから起こる自己変革のためのエネルギーをもはやもっていないように見える。バーセルミ同様，1960年代の不安と絶望から出発し，新しい小説を志向した同世代のトーマス・ピンチョンが『競売品49番の競り声』や『V.』で，エディパやステンシルをあくまで他者と関わらせ，ひいては超越的なものの意味を追求させていたこと[16]を思い出す時，バーセルミの「機械時代の終わりに」に登場する「神」の姿，ブルーの落下傘降下用服を着て，懐中電灯で家々の地下室のメーターを読む恩寵（電気）計量人の卑小な姿にまで戯画化された超越者と，ピンチョンのエディパの偏執狂的追求の対象たる「超越者」との間の大きな隔たりは，誠に印象的と言わざるをえない。

（初出：「九州産業大学教養部紀要」発刊20周年記念号，1984年）

15）Donald Barthelme：*City Life* p.118
16）本書Ⅱ「トーマス・ピンチョン ── 陰謀と偏執病」

参考文献

Donald Barthelme: *Come Back, Dr. Caligari* (Little Brown & Company, Boston 1964)
______: *Snow White* (Atheneum, New York 1972)
______: *Unspeakable Practices, Unnatural Acts*(Farrar, Straus & Giroux, New York 1973)
______: *City Life* (Quokka Book, New York 1978)
______: *Guilty Pleasures* (Farrar, Straus & Giroux, New York 1974)
______: *The Dead Father* (Quokka Book, New York 1975)
______: *Great Days* (Farrar, Straus & Giroux, New York 1975)
______: *Sixty Stories* (G.P. Putnam's Son, New York 1981)
　　［注］*Sadness, Amateurs* の引用は，この *Sixty Stories* より行った。
Jack Hicks: *In the Singer's Temple* (Univ. of N. Carolina Press, Chapel Hill 1981)
Maurice Couturier & Regis Durand: *Donald Barthelme* (Methuen, London 1982)
Joe David Bellamy: *The New Fiction* (Univ. of Illinois Press, Chicago 1974)
Jerome Klinkowitz: *Literary Disruption* (Univ. of Illinois Press, Chicago 1980)

Kurt

Ⅳ

「バーンハウス」と「モンキーハウス」のあいだ

カ ー ト ・ ヴ ォ ネ ガ ッ ト と Ｓ Ｆ

Vonnegut

序

Kurt Vonnegut（カート・ヴォネガット，1922－）は，1969年に書いた*Slaughterhouse-Five*（『スローターハウス５』）で，作中人物の１人に「人生に関して知るべきことはすべて，フョードル・ドストエフスキーの『カラマゾフの兄弟』の中に書かれている，しかし今ではそれだけでは十分でない」と言わせている。ヴォネガットの代弁者でもある人物がここで言おうとしているのは，およそ次のようなことであろう。ドストエフスキーが生きていた19世紀中葉から末葉にかけてのロシアを含めた全世界は，現在に較べればまだ遙かに静穏な世界であった。当時の小説家の意識の中心は，人間と神との関わり，自己と他者の関係，人間精神の中の相剋する善悪２つの力であり，ドストエフスキーはそれらを自分の小説に取り込み，前人未踏の深淵にまで追究し，恐るべき完成度と緊密性をもったいくつかの芸術作品に結晶させた。

しかし20世紀，特に20世紀後半の科学と科学技術の驚異的発展は，人間生活のあらゆる領域に未曾有の深刻な影響を及ぼし，政治および経済形態を変化させてきただけでなく，人間意識をも変革させるに至った。その結果，ドストエフスキー的，19世紀的問題意識と小説技法だけでは，現代の人間が当面している諸問題を正確に把握し表現することは困難になった。

確かに19世紀にも，科学史上いくつかの画期的発見・発明はあったが，社会全体の動きは緩やかであり，人間は，今日は昨日の繰り返しであり，明日もまた今日の反復という変化に乏しい静的世界に住んでいた。これに反し20世紀，特に第２次大戦後の後半の世紀はまさに激動の世紀であった。科学技術の進歩は，ほぼ10年単位で加速され増幅されて，人類が中世以降19世紀までに成し遂げた科学的進歩を，20世紀は50年代から80年代までのわずか30年間で，量的にも質的にも凌駕してしまった。

1945年，人間の手ではじめて解放された原子力は，直ちに原子爆弾という大量殺戮兵器に姿を変え，その後短期間に開発・改良が進み，現在の世界は地球上のあらゆる生物を死滅させるに足りる核爆弾を保有するに至った。現在の政治も戦略も，こうした核兵器の存在を考慮することなしには考えられず，核兵器を搭載した航空機，艦船，ミサイルが，世界の民衆の平和への希求にもかかわらず増強されて，空に陸に海に満ち溢れている現実は，人々の心に政治への不信と絶望を生み，終末論的悲観主義を植えつけずにはおかない。

また1946年，ペンシルヴァニア大学で誕生した世界最初の電子計算機は，その後トランジスタ，ダイオード，IC，そして最近の超LSIの開発と相俟って短期間に長足の進歩を遂げ，あらゆる人間生活と他の科学の分野に進出した結果，70年代，80年代の社会はコンピューター社会と呼ばれるまでになった。しかし，コンピューターによる計算の能率化は同時に事務関係の人間の仕事を奪うという事態をも招来し，コンピューターによる広汎な情報収集が個人のプライバシーを侵害する恐れが社会問題となり，また人間頭脳と同様に，推論し解答を出す第５世代の新型コンピューターの出現は，近い将来コンピューターが人間頭脳の少なくとも一部分に取って代わる可能性を示している。

1957年，ソビエトのスプートニク１号の打ち上げで始まった米ソ両国間の宇宙ロケット開発競争は，10年後の人類初の月面着陸となり，79年にはアメリカの太陽系惑星探査用のボイジャー１号，２号が惑星の驚くべき映像を送ってくる──木星表面を覆う厚い雲の流れの描く赤，青，茶，紫の奇怪な渦巻模様，木星の月イオで噴火していた２つの火山，幾重にも重なりあって怪しく輝く土星の輪，そして何もない空間と思われていたカッシーニの隙間にも存在した繊細な幾条かの輪。NASAが発表したこれら惑星の画面は，SF作家を含め今までのいかなる人間の想像したものよりも，はるかに妖しく美しく複雑で神秘的で，改めてわれわれの心に宇宙への畏敬の念を起こさせるものであった。

さらに医学関係では，54年アメリカでの腎臓移植で始まった臓器移植技術の進歩，人工臓器の開発は，生命の維持，延長に貢献するとともに，臓器提供者の脳死時期の判定，あるいは生命維持装置と人間としての尊厳死という新たな倫理的問題を提起することとなった。

それにもまして，今日われわれにより深刻で緊急な倫理的考察を強制しているのは，生物科学の分野である。1961年の遺伝子DNAの情報解読という今世紀の科学史上画期的出来事を契機に，遺伝子工学の目覚ましい発展が始まり，78年には英国での試験管ベイビーの誕生を見る。80年代に入ってバイオテクノロジーの成果は，農林水産の分野だけでなく，畜産の分野においてもすでに実用の段階に入っている。われわれは，1頭の親牛から，人工受精，受精卵分割，分割卵移植という操作で作られた一卵生の仔牛——同じ顔かたち，黒白の斑点の模様も位置も寸分違わぬ全く同じ10頭もの仔牛たちが，親牛を中心に左右に一列に並んでいる悪夢のようなテレビ画面を見せられることになる。バイオテクノロジーの現実もここまでくれば，1932年 Aldous Huxley（オルダス・ハックスリー）が *Brave New World*（『すばらしい新世界』）の中で，奔放な想像力で描き出した科学技術優先の未来世界まで，あと一歩のところまで来てしまったと言わざるをえない。バイオテクノロジーが作り出した一卵生の仔牛のさっきの画面を思い出すと，ハックスリーのボカノフスキー一卵生双生人間——同じ顔，同じ皮膚の色をした83人の色黒短頭のデルタ・グループ，56人の赤毛のガンマ・グループ，107人の耐暑性のセネガル系のエプシロン・グループ（第11章）を作り出す能力を現在のバイオテクノロジーが十分にもっていることが不気味な実感として伝わってくる。あと残っているのは，このテクノロジーを人間の領域にまで拡げるべきか否かの倫理的問題だけで，今人類は自らの未来を根本的に変える選択を迫られていることになる。早くも約半世紀前，ハックスリーの慧眼が見抜いていたのも，正にこのどちらの道を選ぶかの倫理的問題であったので，彼が安定と幸福の名のもとに科学技術を優先させるユートピアに対して否定的であったことは，『すばらしい新世界』の冒頭の扉に引用したニコラ・ベルジャーエフの次の文章からも明らかである。

> ユートピアはかつて人間が思っていたよりはるかに実現可能のように思われる。そしてわれわれは別の意味で不安にさせる問題の前に立っている。「いかにしてユートピアの確かなる実現を避けるべきか？」……ユートピアは実現可能である。社会はユートピアに向って進んでいる。そして恐らく，知識人，教養階級が，ユートピアを避け，より完全ではないが，より自由な非ユートピア社会に向かうための手段を夢みるような新しい世紀が始まることであろう。

現在われわれは，毎日科学技術の生み出した製品に取り囲まれて生活し，恐るべき殺傷力をもった兵器におびえ，科学技術が副次的にもたらす失業，環境汚染，資源枯渇などの社会問題に当面し，また生命工学が問いかける，生命とは何か，人間とは何かという問題を考えざるをえなくなっている。そして小説家も，この科学の世紀に生きている以上，自分の作品で何らかの形で，科学技術が個人や社会に与える影響を取り扱わざるをえないし，科学の進歩がもたらす生活上の変化とそれに対する人間の反応をテーマに取り上げざるをえないであろう。そして「科学の進歩や驚くべき発明が人間に与える衝撃」と「環境の変化が人間に及ぼす効果と人間の反応」を書くことこそサイエンス・フィクション（以下SFと略す）の本領ではなかったか？

ヴォネガットは，*God Bless You, Mr. Rosewater*（『神様，ローズウォーターさんにお恵みを』1965）で，主人公エリオット・ローズウォーターにSF擁護論を語らせる。

> SF作家だけが，現実にどんな恐ろしい変化が起っているかを語ったり，人生が何億年もつづく宇宙旅行であることを知っており，未来のことを本気で気にかける。機械が，戦争が，大都市が，巨大で単純な思想が，誤解が，事故が，災害が，人間にどういう影響を与えるかに注目するのもSF作家だけだ……SF作家だけが，人類が今行う選択が，これから何十億年先の人間の宇宙旅行が，天国行きになるか，それとも地獄行きになるかを決定することを心配しているのだ…… SF作家は文章は下手だが，それは大したことではない。彼等は詩人で，重要な変化に対して敏感である。彼等は，現在のわれわれの問題が銀河であり，永劫であり，何億兆年未来の人類だというのに，たった1人の人間の人生のちっぽけな切れっ端を丁寧に描いて満足しているような小説家よりはるかに偉いのである。(p.18)

かくして現在の人間が直面する諸問題と取り組む現代の小説は，必然的にSFめいてくる結果，いわゆる「主流文学」と「SF」との境界は曖昧となり，この2つのジャンルは限りなく接近し入り交じってくる。アントニイ・バージェスの『時計じかけのオレンジ』(1962)，ジョン・バースの『やぎ少年ジャイルズ』(1966), トーマス・ピンチョンの『重力の虹』(1973) などは, 主流文学者の手になるSFであるし, この論で取り上げるカート・ヴォネガットは主流文学者に分類されているが, 彼のほとんどの小説はSFか, SF色の濃いものである。一方SF作家として出発しながら, 主流文学のカテゴリーに入る優れた作品を書いている作家も少なくない。アーシュラ・ル・グィンの『闇の左手』(1969),『天のろくろ』(1971) や, フィリップ・K・ディックの『高い塔の男』(1962), ジョン・ブラナーの『ショックウェーブ・ライダー』(1976) などがその例と言えよう。

1 SF以外の短編

ヴォネガットがスリック誌に発表した最初の2, 3編の短編小説がSFであったこと, 1952年の処女小説 *Player Piano*(『プレイヤー・ピアノ』) がコンピューターが支配する未来社会というテーマをもったものだったため, ヴォネガットは批評家からSF作家のレッテルを貼られ, 後続の作品も正当な評価を受けず, 約10年間忍従を余儀なくされる。そのせいもあって, 60年代後半一躍人気作家になったあともヴォネガットのSFに対する気持ちは ambivalentで, 前述の如く登場人物の口を借りてSF擁護論を一席ぶつかと思えば, 別の箇所では「SF作家は, 仲間同志ですぐ結社を作っては, 夜を徹してSFとは何ぞやを論じてあきない連中であり, ジョージ・オーウェルもフローベルも, カフカもSF作家に分類したがる[1)]」無知な輩と論難している。しかしヴォネガットのSFに対する気持ちがどうであれ, 彼が1949年小説を書きはじめた時, ヴォネガットにはSF的テーマを取り上げる必然性が存在したこと, 並びに彼が実際に書いた最初のいくつかの短編と長編『プレイヤー・ピアノ』と *The Sirens of Titan*(『タイタンの妖女』) がSFであったことを次に論考してみたい。

ヴォネガットが作品をSFから書きはじめた背景には, 大学, 兵役, 第2次大戦, 復員後のゼネラル・エレクトリック社 (以下G. E. 社と略す) での

1) Kurt Vonnegut: *Science Fiction; Wampeters, Foma & Granfalloons* pp.2−4

勤務という彼の経歴がある。

ドイツ系移民の４世としてインディアナ州インディアナポリスで育ったカート・ヴォネガットは，一時期科学者としての教育を受ける。1941年，建築家だった父と，８歳年上で常にカートに強い感化を及ぼしていた化学者の兄バーナードの勧めで，カートはコーネル大学で化学を専攻する。当時を回想してカートは，「化学専攻の学生の頃，私はテクノクラットでした。私は科学者たちが神を追いつめて，1951年頃までには神の天然色写真の撮影に成功すると信じていました[2)]」と言っている。その後第２次世界大戦で召集されドイツに送られたヴォネガットは，1944年のバルジの激戦で本隊からはぐれ，ドイツ軍陣地の間を10日あまり彷徨した末捕虜となり，ドレスデンに送られ収容所に入れられる。翌45年，このデレスデンで，２月13日夜から翌朝にかけての連合軍爆撃機による大空襲を体験する。そして「オズの国」みたいに美しくしっとりと静かだったドレスデンの街が，一夜のうちに１本の巨大な炎の柱となって燃え上がり，地上のありとあらゆるものが，13万のドイツ市民もろとも壊滅する現場に居合わせる。助かったのは，爆撃の間収容所代わりに使われていた地下の屠殺場に身を潜めていたヴォネガットを含めた100名の米軍捕虜と数名のドイツ監視兵だけだったと，後年のヴォネガットは，この体験を書いた『スローターハウス５』で述べている。黙示録的大空襲の次の日のドレスデンを，ヴォネガットは同じ小説の中で次のように描いている。

> ……空は煙で真黒だった。太陽は針の先ほどの怒れる点であった。ドレスデンは今や鉱物以外は何もない月の表面だった。石はまだ熱かった。近くの人々はひとり残らず死んでいった。そういうものだった。(p.178)

ドイツ系のアメリカ人であり，前線でドイツ兵と対峙しても結局１発も発砲できなかったというヴォネガットにとって，味方のアメリカ空軍とイギリス空軍によるドイツ非戦闘員の無差別な大量殺戮は終世忘れることのできな

2）Kurt Vonnegut: *Address to the American Physical Society; Wampeters, Foma & Granfalloons* p.93

い経験となる。さらに半年後の広島，長崎へのアメリカ軍の原爆投下は，科学と科学者に対するヴォネガットの信頼を再び根底から覆す事件であった。またアメリカ政府がドレスデン爆撃に関する情報を，戦後久しくアメリカ市民にも極秘にして知らせまいとしたことも，ヴォネガットの政府や軍部への不信と危惧の念を強める。

復員したヴォネガットはシカゴ大学で人類学を専攻したあと，1948年 G. E. 社の広報課に就職する。G. E. 社でのヴォネガットは職掌がら毎日のように低温学者，結晶学者，電子顕微鏡専門家といった一線級の科学者や技術者と鼻を突き合わせ話し合うことになる。これら科学者の中では，真理追求にのみ関心をもち，自分の研究や発見が将来引き起こす結果については全く無関心という旧弊な科学者がまだ主流を占めていたという。民間企業からの最初のノーベル賞受賞者アーヴィング・ラングミュアも，以前 G. E. の研究員でそういうタイプの科学者であったそうで，後年ヴォネガットはとかく逸話の多かったラングミュアをモデルに，*Cat's Cradle*（『猫のゆりかご』，1963）の主人公フェリックス・ハイネッカーを創造する。フェリックスのエピソードとされている，妻の出した夕食のあと，自分の妻にチップを置いて席を立ったのもラングミュア自身の奇行だったというし，『猫のゆりかご』に出てくる原爆にも匹敵する破壊力をもつアイス・ナインのアイデアも，昔 G. E. 社を著名な SF 作家 H. G. ウェルズが訪れた時，接待を命ぜられたラングミュアがウェルズを喜ばせるために思いついたアイデアであったが，肝心のウェルズはあまりアイス・ナインに興味を示さなかった。G. E. 社で先輩からこの話を聞かされたヴォネガットが，これを『猫のゆりかご』に借用に及んだという。なお，このアイス・ナインには後日談があって，『猫のゆりかご』執筆中のある日，パーティでヴォネガットが，ある結晶学者にアイス・ナインの話をすると，この学者は急に黙り込んでカクテルグラスをそこに置くと，部屋の隅に行って座り込み30分ほど考え込んでいたが，やおら立ち上がってきて「やはり駄目だね」と言ったという。すぐ１つのことに熱中して他のことが目に入らなくなる科学者の面目躍如である。

しかしこうした子供のようにナイーブな科学者に接することは，ドレスデンの強烈な記憶がまだ生々しく残っているヴォネガットにとっては，「科学の研究はどうあるべきか？」，「科学者の標榜する進歩とは結局何であるか？」という思索を絶えず強いるものであったらしい。この思索とナイーブな科学者への危機感がヴォネガットにまず数編のSF短編と『プレイヤー・ピアノ』を書かせる。1950年の「コリヤーズ」誌の２月号に掲載された彼の最初の短編 Report on the Barnhouse Effect（「バーンハウス効果に関する報告書」以下「バーンハウス効果」と略す）や，次の年やはり「コリヤーズ」誌に発表された The Euphio Question（「ユーフィオ問題」）を読むと，これら短編のコミカルな語り口にもかかわらず，ヴォネガットのテーマが実は「もし科学者が暴力的に利用できる何かを発見したら，それは必ず暴力的に利用される[3)]」という危機感であったことが明瞭に分かる。もちろんヴォネガットは創作の最初からSFだけを書いたわけではない。しかし最初の短編の大半がSFであったこと，最初の２つの本格的長編がともにSFであったことは，当時のヴォネガットの関心が那辺にあったかを如実に物語るものである。

ヴォネガットは現在までに全部で48の短編を書いていて，そのうち約半分の25編が短編集 *Welcome to the Monkey House*（『ようこそ，モンキーハウスへ』）に収められ1968年に出版された。これら25の短編の発表年月と掲載された雑誌名を表にすると次頁の如くである[4)]。論を進める都合上，表にはヴォネガットがこの期間中に発表した長編も連記し，SF作品には☆印を付した。

『ようこそ，モンキーハウスへ』の25の短編中10編がSFかSFに近い作品であり，その大部分が最初の３，４年に集中していることが分かる。独学で創作を始めたヴォネガットは，まず身近なものから題材を取り上げスリック誌（大衆誌）に掲載してもらうために短編形式で書きはじめる。処女作「バーンハウス効果」は，原稿を送った「コリヤーズ」誌の編集をしていたノックス・バージャーがたまたまヴォネガットと同じくショートリッジ高校の同窓であった誼（よしみ）で，バージャーの助言を入れて一部手直しして採用されたとヴォネガットは回顧している[5)]。短編集『ようこそ，モンキーハウスへ』のうちSF短編を除く15編は，スリック誌向きのメロドラマ的作品が多く，SF短編より質的に劣る。これら15の短編はジョン・アプダイク的身近な登場人物と，アメリカ東部海岸の小さい町と50年代の中産階級の生活というセッティング

3）Kurt Vonnegut: Playboy Interview*; Wampeters, Foma & Granfalloons* p.267
4）表作成には Jerome Klinkowitz の *The Vonnegut Statement* 巻末の文献目録を使用。
5）Kurt Vonnegut: *Palm Sunday* p.113

『ようこそ，モンキーハウス』収録の短篇の表

作品 発表年	長 編	短 編 （掲載誌；同月）
1950		☆ Report on the Barnhouse Effect (Collier's; Feb.) ☆ Epicac (Collier's; Nov.)
51		☆ All the King's Horses (Collier's; Feb.) ☆ The Euphio Question (Collier's; May) The Forster Portfolio (Collier's; Sept.) More Stately Mansions (Collier's; Dec.)
52	☆ *Player Piano*	
53		☆ Unready to Wear (Galaxy Science Fiction; Apl.) ☆ Tom Edison's Shaggy Dog (Collier's; March) D.P. (Ladies' Home Journal; Aug.)
54		☆ Tomorrow and Tomorrow and Tomorrow (Galaxy Science Fiction; Jan.) Adam (Cosmopolitan; Apl.)
55		Deer in the Works (Esquire; Apl.) Next Door (Cosmopolitan; Apl.) The Kid Nobody Could Handle (Saturday Evening Post; Sept.)
56		Miss Temptation (Saturday Evening Post; Apl.)
57		
58		☆ The Manned Missiles (Cosmopolitan; July)
59	☆ *The Sirens of Titan*	
60		Long Walk to Forever (Ladies' Home Journal; Aug.)
61	*Mother Night*	☆ Harrison Bergeron (Magazine of Fantasy and Science Fiction; Oct.) Who Am I This Time (Saturday Evening Post; Dec.)
62		The Lie (Saturday Evening Post; Feb) Go Back to Your Precious Wife and Son (Ladies' Home Journal; July)
63	☆ *Cat's Cradle*	The Hyannis Port Story (not previously published)
64		Where I Live (Venture: Traveler's World; Oct.)
65	*God Bless You, Mr. Rosewater*	
66		New Dictionary (New York Times Book Review; Oct.)
67		
68		☆ Welcome to the Monkey House (Playboy; Jan.)
69	☆ *Slaughter-house-Five*	

を共通してもっていて，テーマの上からおよそ3つのグループに分けることができる。第1は主人公に少年または20歳前半の青年を配し，これらの若者への第2次大戦の後遺症を扱うもの（D.P., Adam, Miss Temptation），第2グループは青春と愛をテーマにしたもの（Long Walk to Forever, Who Am I This Time?），第3のグループでは中産階級の人々のつつましい願望，喜びや諍いが主題となる（More Stately Mansions, The Foster Portfolio, Go Back to Your Precious Wife and Son）。

これらの短編に登場するのは，凡庸だが健全な中産階級の男女である。夫は会社やセールスで堅実に働き，妻はいつか大金が転がり込んで家中を改装し豪華な調度で満たす夢を見る。恋人や夫婦は些細なことで言い争い，少年は教師や親に反抗するが，物語が終わる頃には，反抗は収まり，諍いは和解し，人々は人生からつつましいながらも何らかの教訓を学んでゆく。復員兵は，最初反発し軽蔑した女優の卵の優しさと美しさの前にやがて心を開き（Miss Temptation），非行少年はブラス・バンド教師の熱意で更生し（The Kid Nobody Could Handle），名門進学校の尊大な理事長は自分が入試に落ちたことを隠していた息子と同じぐらい愚かなことを悟る（The Lie）。ここでは人々はみな人間らしい欠点はもちつつも，心優しい善意の人たちばかりで，ヴォネガットの父が死ぬ直前ヴォネガットの作品を批評して「お前は小説の中で一度も悪人を書いたことがなかったな」と言った通り，悪人は1人も登場しない。ここには60年代後半から70年代にかけてアメリカ全土に吹き荒れ，アメリカ社会を混乱させ，人心を荒廃させたあの人種紛争も，麻薬問題も，学生運動も，ベトナム反戦も，性の解放も治安の悪化もまだ存在していない。

2　「バーンハウス効果」と「ユーフィオ問題」

短編集『ようこそ，モンキーハウスへ』の2つのSF短編「バーンハウス効果」と「ユーフィオ問題」は，似通ったテーマとプロットをもち，ユーモアに満ちた語り口まで共通している。2つとも，科学者が驚くべき発見をして喜ぶが，すぐ他人にそれを悪用されかかるので一時悩むものの，科学者自身の良心的努力で危機は回避されるというプロットをもつ。

ヴォネガットは *Palm Sunday*（『パーム・サンディ』）（p.313）で物語の色々なタイプをグラフにしているが，それに倣えば，「バーンハウス効果」と「ユーフィオ問題」のグラフは，次の型となろう（縦軸が主人公の幸運・不運の程度，横軸が物語の時間経過）。

これに対し，前章の終わりでふれたSF以外の15の短編は，最初に不運や試練が主人公を襲い，終わり近くで好運や解決が訪れるので，グラフは次の曲線を描いていた。

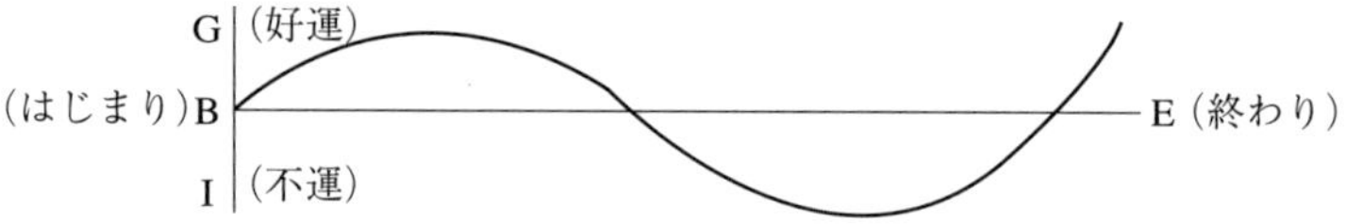

これらのグラフから分かるように，1953年頃までのヴォネガットのほとんどの作品は，ハッピー・エンドとまではゆかなくても，少くとも主要人物の運が開ける結末をもっているのが特徴である。

「バーンハウス効果」は，主人公バーンハウス教授がふとしたことから自分の頭脳に原爆にも比すべき破壊力をもつ超能力が備わっていることに気づくところから物語が始まる。教授はこの超能力，一定の目標に精神を集中するだけでその目標を楽々と破壊する dynamopsychism（精神動力，俗にバーンハウス効果）を持て余し悩んだあげく，政府関係者に手紙を書くと，すぐ大騒動が持ち上がる。早速駆けつけた国防省のバーカー将軍や国務省のキャスレル氏といったお偉方によって，教授は丁重に，しかし体よく軟禁される。やがて教授は精神動力を本物の軍事目標に対して試すよう強要される。この実験で教授の精神動力は，ニューメキシコのミサイルや，アリューシャン上空の爆撃機編隊をすべて撃墜し，カロリン群島の標的艦隊の主砲をみなぐにゃりと曲げて甲板に垂れ下がらせてしまう。しかし自分の超能力が平和目的に利用されるものと思っていた教授は，当てにしていた政府がそれを軍事的に悪用しようとしていることを知り，監視の隙を見て姿を晦ます。それ以来，米ソ両陣営はじめ世界中の政府や軍関係者の必死の捜索を尻目に，バーンハウス教授はどこかに身を隠したまま，世界中の軍事施設を次々に破壊し続けている。

ヴォネガットは滑らかな語り口で，「バーンハウス効果」の読者を，バーンハウスの精神動力というヴォネガットの空想のSFの世界，擬似科学の世界に誘い込んでゆく。バーンハウス教授が第2次大戦中一兵士として応召した頃，ある日兵舎での賽ころ賭博で，偶然2つの賽ころで7の目を出した，それも連続10回出したというさりげない出だしから，戯れにその確率を教授が計算すると，驚くなかれ1000万分の1だったので，また隣りの兵隊から賽ころを貸りて7の目を出そうとするが，もちろん出鱈目の数しか出ない。しかし，間をおいてもう1度賽ころを振ると，またしても連続7の目が出る……と書き継いでゆく。このように，まことしやかに書かれるので，読者はすっかり話に乗せられて，次にヴォネガットが「一連の思考の連鎖が，教授の脳細胞を並べかえ精神動力を生み，賽ころを動かして7の目を出させる」と語っても，もうほとんど違和感を抱かない。あとヴォネガットは，教授の精神動力が練習とともに強大になり，3年後除隊する時は，5キロ離れた煉瓦造りの煙突を破壊するまでに発達，大学に復帰してから，2，3年のうちに高性能爆弾並みに性能が高まったと書く。ここでヴォネガットは，この短編の語り手「私」という学生を本格的に登場させる。精神動力の話を信じない「私」の前で，教授が机の上のインク壺を踊らせた上パチンと消滅させる場面を挿入して，「私」ともども，一旦話に乗せられたものの，また多少話が眉唾ものだと疑い出す用心深い読者をも，再び物語に引き戻す。教授が政府に手紙を書いたあとの経緯はすでに述べた。

さて，科学技術の濫用というシリアスなテーマを扱いながら，「バーンハウス効果」や「ユーフィオ問題」やEpicac（「エピカック」）などのSF作品を，他の作家同様のテーマをもった作品と区別して，はっきりヴォネガット独自のものにしているのは，ヴォネガットのユーモアに富んだ語りである。人生のあらゆる出来事に，たとえそれが悲しい事件であっても，ユーモアとジョークを見つけることは，大家族の末っ子に生まれたカート・ヴォネガットの子供時代からの習性であったらしい。「末っ子はジョークでも言わなければ誰も注目してくれませんからね」とヴォネガットはあるところで書いている。作家になってもこの性向は続く。

I'm in the business of making jokes; it's a minor art form. I've had some natural talent for it. It's like building a mousetrap. You build the trap, you cock it, you trip it, and then bang! My books are essentially mosaics made up of a whole bunch of tiny little chips; and each chip is a joke. They may be five lines long or eleven lines long. If I were writing tragically, I could have great sea changes there, a great serious steady flow. Instead, I've gotten into the joke business. One reason I write so slowly is that I try to make each joke work. You really have to or the books are lost. But joking is so much a part of my life adjustment that I would begin to work on a story on any subject and I'd find funny things in it or I would stop[6).]

「バーンハウス効果」からこういった「小っちゃい仕掛け（＝ジョーク）」を２つほど抜き出してみる。最初はバーンハウス効果発見の端緒である。

From time to time Private Barnhouse was invited to take part in games of chance by his barrack mates. He knew nothing about the games, and usually begged off. But one evening, out of social grace, he agreed to shoot craps. It was terrible or wonderful that he played, depending upon whether or not you like the world as it now is.

"Shoot sevens, Pop," someone said.

So "Pop" shot sevens—ten in a row to bankrupt the barracks. He retired to his bunk and, as a mathematical exercise, calculated the odds against his feat on the back of a laundry slip. His chances of doing it, he found, were one in almost ten million! Bewildered, he borrowed a pair of dice from the man in the bunk next to his. He tried to roll sevens again, but got only the usual assortment of numbers. He

---

６）Playboy Interview: *Wampeters, Foma & Grandfalloons*; pp.258－259 lay back for a moment, then resumed his toying with the dice. He rolled ten more sevens in a row.

He might have dismissed the phenomenon with a low whistle. (pp.164－165)

教授の超能力を目撃した隣の兵隊は，「おやじ，あんたは２ドルのピストルより危険だぜ」と驚嘆する。

教授は，軟禁されていたヴァージニア州シャーロットヴィルの古屋敷から脱出したあと，世界中の軍事施設を片っ端から破壊しはじめる。と，今度は両陣営のスパイによる「告げ口戦争」が始まる。同時に，教授を上回る超能力者を「開発」しようとする珍妙な軍備拡張競争が起こり，世界中で，いかさま賭博師が重用され出す。

Since that day, of course, the professor has been systematically destroying the world's armaments, until there is now little with which to equip an army other than rocks and sharp sticks. His activities haven't exactly resulted in peace, but have, rather, precipitated a bloodless and entertaining sort of war that might be called the "War of the Tattletales." Every nation is flooded with enemy agents whose sole mission is to locate military equipment, which is promptly wrecked when it is brought to the professor's attention in the press. (pp.173－174)

This race at least has its comical aspects. The world's best gamblers are being coddled by governments like so many nuclear physicists. There may be several hundred persons with dynamopsychic talent on earth, myself included. But, without knowledge of the professor's technique, they can never be anything but dice-table despots. With the secret, it would probably take them ten years to become dangerous weapons. It took the professor that long. He who rules the Barnhouse Effect is Barnhouse and will be for some time. (p.164)

「バーンハウス効果」のユーモアと擬似科学は，翌1951年に発表された「ユーフィオ問題」にも受け継がれる。事実この２つの短編は，多くの点でまるで双生児みたいに似通っている。偶然のことから，宇宙からの特定の電波（ユーフィオ）が強烈な幸福感を聞く者に与えることを発見した天体物理学者フレッド・ボグマンは，最初は単純にこの発見を喜ぶ。ところが，この幸福感を与える電波が同時に，人間の労働意欲をそぐ麻薬的作用をもっていることに気づいたフレッドは，語り手の「私」と協力して，この電波の商業利用を企てる男に対抗する。「バーンハウス効果」の幕切れが，バーンハウス教授の弟子で，教授から精神動力の秘密を伝受された語り手「私」が短命な教授亡きあともバーンハウス効果は死なないと，世界の軍国主義者たちに睨みを利かせているという楽天的コミック仕立てであったのに対し，「ユーフィオ問題」の幕切れは，いささかブラック・ユーモア的である。

この短編全体は，「私」が連邦通信委員会で，ユーフィオの商業利用に反対する経緯と理由を陳述するという形をとっているのだが，威勢よくユーフィオの弊害と，利用許可申請者の不純な動機，卑劣な性格を糾弾している「私」の口調が，幕切れに近づくにつれ怪しくなる。テーブルの上に証拠品として置かれたユーフィオにタイム・スイッチが仕掛けてあったらしく，「私」の口調は次第に軟化し，ついにはユーフィオ賛成，申請者賛美になってしまう。「私」同様委員会のメンバーたちにもユーフィオの麻薬的効果が表われはじめたらしい，というところでストーリーは終わる。

3 『プレイヤー・ピアノ』

ヴォネガットの最初の長編 *Player Piano*（『プレイヤー・ピアノ』）がSFとして書かれたことは，1973年の Playboy Interview で，ヴォネガットが記者の質問に答えた言葉からも明らかである。ヴォネガットはG. E. 社が開発したばかりのコンピューター連動の旋盤が，ブランクーシの抽象造形みたいなジェットエンジンの回転翼を自動的に削り出しているのを見て，SF的想像力を掻き立てられる。50年初頭のG. E. の技術者たちは，遠からずしてすべての生産工程がコンピューターを内蔵したロボットによって操作され，もはや人間の熟練工を必要としなくなる時代の到来 ── 作中人物の１人は，これを第２次産業革命と呼ぶのだが（第５章）── を予見していたが，ヴォネガットにすれば，これは労働の中に人間としての矜持と生き甲斐があるとするアメリカ人の伝統的価値感に抵触するものと思われた。「このテーマを書くにはSFという形式が最良と思われた。G. E. そのものがSFでしたから。私は『すばらしい新世界』から威勢よくプロットを借用してきました。ハックスリーのプロットというのも，これまたエウゲニー・ザミャーチンの『われら』からとってこられたものでした[7]」とヴォネガットは言う。ところが，実際に出来上がったヴォネガットの『プレイヤー・ピアノ』は，『すばらしい新世界』にも『われら』にも，またジョージ・オーウェルの『1984年』にも似ても似つかぬものになった。

今から，なぜ，またどういう点でヴォネガットの『プレイヤー・ピアノ』が，少なくともプロットを真似たという上記の先輩作家の作品と異なっているのかを考えてみたい。まずその手掛りとして，《SF関連事項の表》（154－157ページ）を作ってみた。

この表から明瞭に読み取れることは，第１に長編だけを対象としてもザミャーチン，ハックスリー，オーウェルの作品と比較して，ヴォネガットの作品にSF項目が格段に少ないことである。そしてこの傾向は『プレイヤー・ピアノ』で顕著で，例外は長編では『タイタンの妖女』，もう１つは短編ながら「ようこそ，モンキーハウスへ」の２つだけである。

第２の点は，短編集『ようこそ，モンキーハウスへ』の中の約10編のSF短編が，内容や形式などから見て，２つのグループに分かれることである。即ち「バーンハウス効果」，「エピカック」，「王様の馬がみな」，「ユーフィオ問題」が１つのグループを形成し[8]，「明日も，明日も，また明日も」，「有人ミサイル」，「ハリソン・バージェロン」，「ようこそ，モンキーハウスへ」が別のグループを作る。今，前者をＡグループ，後者をＢグループと名づけるなら，まずＡグループは，時期的には，1950年から53年の間に書かれたもの

７）Kurt Vonnegut: Playboy Interview; *Wampeters, Foma & Granfalloons* p.261

８）ヴォネガットが1953年に書いたTom Edison's Shaggy Dog（「エジソンのむく犬」）は人語をしゃべり人間よりIQの高い犬が，知能を隠してトーマス・エジソンに飼われていたというほら話で，一応SFであるが論に直接関係がないので省いた。

《SF 関連事項の表》

［各項目の前につけた符号はそれぞれ，Ⓢ社会的，Ⓣテクノロジー的，Ⓑ生物科学的，G地球・宇宙科学的事項であることを示す］

作者・作品名／項目	エウゲニー・ザミャーチン『われら』（1920年）	オルダス・ハックスリー『すばらしい新世界』（1932年）	ジョージ・オーウェル『1984年』（1949年）	カート・ヴォネガット「バーンハウス効果についての報告」（1950年）
科学的アイデア（擬似科学）	Ⓢ未来世界（26世紀） Ⓣ宇宙船積分号 Ⓣ石油食品	Ⓢ未来世界（フォード紀元633年） Ⓑ人工孵化（ボカノフスキー式） Ⓑ新パブロフ式条件づけ Ⓣソーマ Ⓣフィーリー	Ⓢ未来世界（1984年） Ⓢ INGSOC，ニュースピーク Ⓣテレスクリーン （Ⓣ浮上要塞，ロケット弾）	Ⓣバーンハウス教授の精神動力
社会構成（独裁者，階級他）	Ⓢ慈愛の人（独裁者） Ⓢ国民番号づけ Ⓢ都市を囲む緑の壁	Ⓢ世界総統 Ⓢ人間階級づけ Ⓢ人口20億 Ⓢ蛮人保護区域	Ⓢビッグ・ブラザー Ⓢ党員（15%） プロレ（85%）	
権力による個人の抑圧	Ⓢ守護官の個人監視 Ⓢガラスの部屋（プライバシー防止） ⒷX線による洗脳 Ⓢユニファ（制服）	Ⓑ人間の瓶による生み分け Ⓑ幼時よりの条件づけによる欲望の抑圧 Ⓑ団結礼拝式（学習）	Ⓢテレスクリーンの監視 Ⓢ思想警察 Ⓢスパイ団の密告 Ⓢ非実在者（消された人間） Ⓑ洗脳 Ⓑ２分間憎悪	
過去（歴史）の抹殺 真実の歪曲		Ⓢ過去抹殺（博物館閉鎖，書籍廃棄）	Ⓢ真理省による過去の書換え Ⓢダブル・シンク Ⓑ記憶消去 Ⓢ学習	
性愛（家族愛・友愛）への介入，操作	Ⓢ性規制法 Ⓢピンク・クーポン L＝f（S）　愛は死の関数	Ⓑ避姙薬携行用 マルサス・ベルト 愛＝性	Ⓢ性より快楽の追放 Ⓢ性の弾圧によるヒステリー状態の醸成 Ⓢ青年反セックス連盟 愛＝死	
権力への反抗	Ⓢ秘密組織メフイ Ⓣ積分号による緑の壁爆破計画	Ⓢサベジ・ジョン，ヘルムフォルツ バーナードの反抗	Ⓢゴールドスタインの地下組織 Ⓢウインストン，ジューリアの違反	
価値論争 過去へのノスタルジア	ⓈＩ330号の古代衣裳，煙草，アルコール	総統対ジョン Ⓢシェークスピア	オブライエン対ウインストン	バーカー将軍対バーンハウス教授
テーマ	（全体主義での） 幸福か自由かの二者択一	（テクノロジー社会での） 安定か自由か	（全体主義での） 幸福か自由か	人道的科学者
ストーリーのグラフ	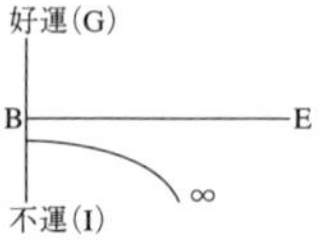	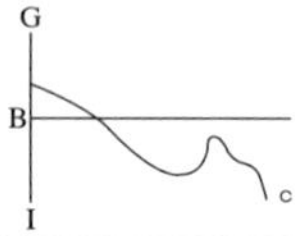	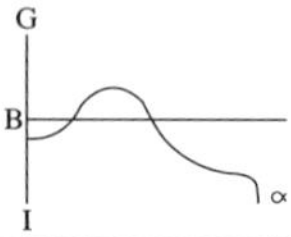	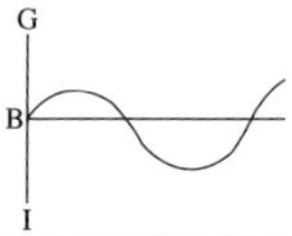

Aグループ

作者・作品名 / 項目	「エピカック」（1950年）	「王様の馬がみな」（1951年）	「ユーフィオ問題」（1951年）	『プレイヤー・ピアノ』（1952年）
科学的アイデア（擬似科学）	🅃人間女性に恋したコンピューター 🅃恋文を代筆するコンピューター	Ⓢチエスの駒にされた16人の米人捕虜	🅃フレッド・ボグマンのユーフィオ	Ⓢ未来世界 🅃コンピューター操作のロボット工場
社会構成（独裁者，階級他）				Ⓢ管理者と不要技術者
権力による個人の抑圧				
過去（歴史）の抹殺 真実の歪曲				
性愛（家族愛・友愛）への介入，操作				
権力への反抗				Ⓢ幽霊シャツ党の反乱
価値論争 過去へのノスタルジア			リュー対ボグマン	検事対ポール
テーマ	コンピューターは人間を愛せるか	冷戦	人道的科学者	能率か人間の尊厳か
ストーリーのグラフ	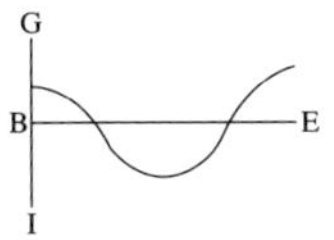	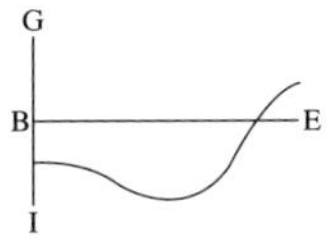	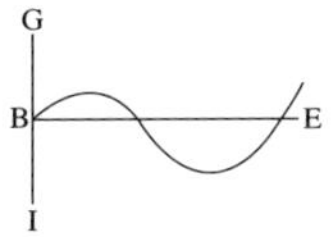	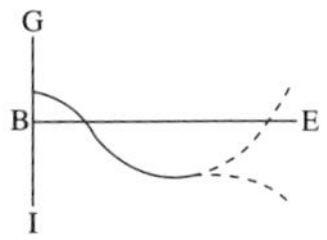

Aグループ

Bグループ

項目 ＼ 作者・作品名	カート・ヴォネガット「未製服」(1953年)	「明日も，明日も，また明日も」(1954年)	「有人ミサイル」(1958年)	『タイタンの妖女』(1959年)
科学的アイディア（擬似科学）	Ⓢ未来世界 Ⓣコーニグスワッサーの両棲法	Ⓢ未来世界（2158 AD） Ⓣ不老薬 Ⓣ人工食品 Ⓣ宇宙植民計画の失敗	Ⓣ有人人工衛星	Ⓣ未来世界 Ⓣタイム・マシーン Ⓢ空とぶ円盤 Gハーモニウム，火星陸軍 Gトラルファマドール星人
社会構成（独裁者，階級他）	Ⓢ両棲人と普通人の対立	Ⓢ過密社会，人口120億 資源枯渇， Ⓑ鳥獣絶滅		Ⓢ人類を操るトラルファマドール人 Ⓢウインストン・ラムファード
権力による個人の抑圧	Ⓢ不安と恐怖による個人支配			Ⓑ地球人の火星での洗脳
過去（歴史）の抹殺 真実の歪曲				Ⓑ記憶抹殺
性愛（家族愛・友愛）への介入，操作				Ⓑ生殖のために他人の利用
権力への反抗				アンク，ストーニー，サロの反抗
価値論争 過去へのノスタルジア	普通人裁判官対両棲人			
テーマ	恐怖による支配	過密世界での人間の卑小化	宇宙開発競争の無意味性	人生の無目的性
ストーリーのグラフ	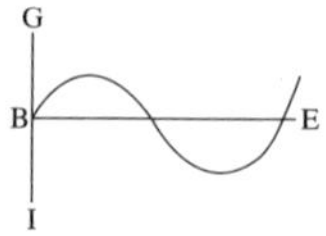	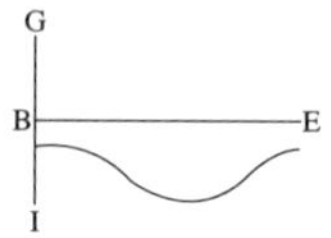	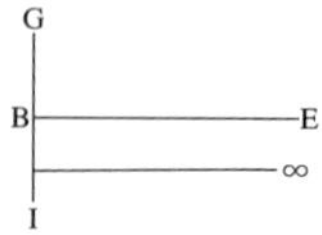	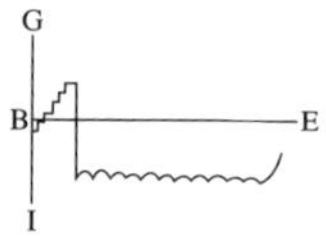

Bグループ

作者・作品名 ＼ 項目	「ハリソン・バージェロン」(1961年)	『猫のゆりかご』(1963年)	「ようこそ，モンキーハウスへ」(1968年)	『スローターハウス5』(1969年)
科学的アイデア(擬似科学)	Ⓢ未来世界（2081 AD） Ⓢ人間悪平等化	🅃フェリックス・ハイネカー博士の原爆，アイス9	Ⓢ未来世界 🅃エドガー・ネイションの避妊ピル 🅃老化防止注射，自殺幇助注射 🅃自殺パーラー・ホステス	🅃時間内浮遊 🅃過去，現在，未来の同時存在 Gトラルファマドール星人
社会構成(独裁者，階級他)	Ⓢ平等委員会会長	Ⓢモンザーノ大統領 Ⓢ教祖ボコノン Ⓢ貧困の島 サン・ロレンゾ	Ⓢ人口170億 自殺奨励，避妊強制 Ⓑ昆虫，鳥類絶滅	Ⓢ将校と兵の対立
権力による個人の抑圧	Ⓑ思考ハンディキャップ・ラジオ Ⓑ散弾袋，仮面 Ⓑ洗脳 ⓈＨＧメンの監視	Ⓢボコノン教徒の弾圧 Ⓢ国民の意識操作 Ⓑボコノン教徒集団自殺	Ⓢテレビによる15分毎の政府命令	Ⓑ弱者抹殺の論理（ダーウィニズム）
過去（歴史）の抹殺 真実の歪曲		Ⓢ100人殉教者の嘘		
性愛（家族愛・友愛）への介入，操作		Ⓢ愛のシンボル モナ	Ⓑ快楽感を奪う避妊ピル 性＝死	
権力への反抗	ハリソン少年の反抗		「ナッシングヘッド」運動，詩人ビリーの反乱	
価値論争 過去へのノスタルジア	バージエロン夫妻の論争		ナンシー対ビリー 詩，愛への回帰	
テーマ	平等か個性か	アイス9と嘘の宗教	性を通じての人間性の復活	反戦（若き兵士は子供十字軍）
ストーリーのグラフ	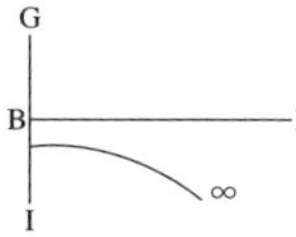	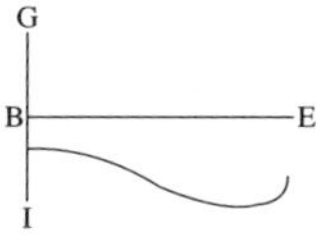	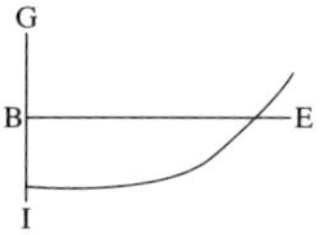	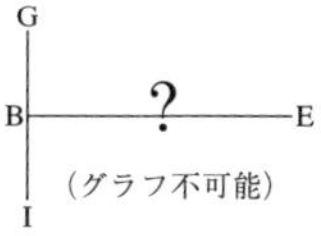

で，バーンハウス教授の「精神動力」とか，ボグマン博士の「ユーフォリア」とか，オーマンド・フォン・クライヒシュタット博士設計になるスーパー・コンピューター「エピカック」といったSF的アイデアと，科学技術の濫用に心を痛める人道主義的科学者というモチーフの2つから成立していると言ってよい。そしてこのAグループは，未来というよりむしろ現在の問題を拡大し，誇張して提示する。長編『プレイヤー・ピアノ』は，むしろこのグループに入れるべきものである。

一方，1954年から1968年までに書かれたBグループの短編は，人口増に苦悩する未来世界を舞台に，過密人口と資源枯渇，環境汚染，政府による個人の自由への圧迫と，それに対する一部の人間の反抗をテーマとする。これらのテーマとディストピア的雰囲気は長編『タイタンの妖女』と共通するところが多い。《SF関連事項の表》を見れば明瞭に分かるように，ハックスリーやザミャーチンのディストピア的未来小説の直系は，『プレイヤー・ピアノ』でなくてむしろ『タイタンの妖女』と，表の中のBグループのSF短編，特に最後の短編「ようこそ，モンキーハウスへ」であると言わねばならない。

今までわざとふれなかったが，1953年の短編「未製服」は，A，B両グループに跨がる作品と言うべきであろう。楽観主義的結末と擬似科学をもつ点ではAグループに，未来世界を扱い，普通人と，自由に肉体を着脱できる両棲人との対立をバックに，不安を手段としての為政者の人民統制をテーマにする点ではBグループに分類できる。またこの作品は，ヴォネガットの主題がテクノロジー・レベルから，ソシオロジー・レベルに移行する過渡期の作品としても注目すべきものである。

まず『プレイヤー・ピアノ』から見ていくと，ヴォネガット最初のこの長編は，当時アメリカの先端技術産業の1つG. E. 社のエリート科学者の中にあってヴォネガットが予見した未来世界，科学が人間の制御を振り切って暴走する悪夢の世界への警告の書であった。この警告はヴォネガットの言う「坑内カナリア理論[9]」によるものであった。ところが，その後のコンピューターの進歩は，ヴォネガットの予想を遙かに上回るスピードと規模で起こり，

9）ヴォネガットは「芸術家は極めて敏感だから，有毒ガスに満ちた坑内のカナリアよろしく，屈強な人々が危険を察知する前に気絶して止り木から落ちる」と言っている（全米物理学会でのスピーチ，1969年）。

『プレイヤー・ピアノ』の世界は，10年も経たないうちに，早くも現実に追いつかれ，追い越されてしまった。これが現在，この作品がSFらしく見えなくなった理由の第一である。この意味では，テクノロジーの進歩に重点を置いたハックスリーの『すばらしい新世界』も『プレイヤー・ピアノ』と同様現実に追いつかれる運命にある。一見ハックスリーやヴォネガットの作品より，科学的アイデアでは見劣りするオーウェルの未来世界が，「たとえ現実の1984年が牧歌的年であろうと，オーウェルのヴィジョンで描かれた『1984年』は，他でもないその年にも，人類のもっとも恐ろしい不安の象徴としての役目を果たしている[10)]」のと対照的と言わねばならない。

『プレイヤー・ピアノ』がSF的に見えない第2の理由は，この作品中の機械に職を奪われる熟練工や技術家たちの，機械や，管理機構に対する反応に，こういう場合当然存在すべき強い怒りも烈しい憎しみも存在しないからである。失業労働者の反抗や暴動は，それを抑圧せんとする資本家，または警察に代表される国家権力との紛争で，時としては流血の衝突さえ生むはずなのに，『プレイヤー・ピアノ』には，2つの対立する勢力間の緊張関係が丸ごと欠落している。そして緊張関係のないところにはドラマは成立しようがない。『われら』や『1984年』といった先行ディストピア作品で，社会の構成員全員の意識に常に重々しくのしかかっていた恐怖のシンボル「慈愛の人」や「ビッグ・ブラザー」に相当するものは『プレイヤー・ピアノ』には存在しない。なるほど，ヴォネガットは，クローナとベアーという取締役，さらに全米商工会会長ゲルボーン博士なる大物まで登場させるが，彼らは「ビッグ・ブラザー」のような真の恐怖の対象ではなく，ただ物分かりのよいトップ・ビジネスマンで，カリスマをもっていない。また『プレイヤー・ピアノ』には，「思想警察」や「守護官」による不断の個人監視も，親や恋人さえ密告するスパイ団も，洗脳も処刑機械もない。『プレイヤー・ピアノ』が先行ディストピア作品と共通してもっているのは，管理者と失業者の対立と，機械と管理から人間性を奪回しようと立ち上がる「幽霊シャツ党」の暴動という骨組みであるが，この暴動の描写にすら，上述の如く反乱の原因になる労働者個人への弾圧がないので，蜂起する労働者側に，反乱を起こす動機とエ

10) アントニイ・バージェス著／中村保男訳：『1985年』 p.236

ネルギーがない。その結果，暴動はまるで馴れ合いストみたいに迫力を欠く。従って幕切れで，6カ月の抵抗のあと，ポールはじめ暴動の首謀者が包囲した当局に向かって両手をあげて投降してゆくシーンが，まるで隠れん坊で鬼に見つかった子供が隠れ場から出てゆく時の陽気さに見えてくる。[11)]

『プレイヤー・ピアノ』がSFらしくない3番目の理由，そして第2の理由と並んで作品を失敗作にした理由は，この作品でヴォネガットが，SF的アイデアよりむしろ作中人物に重点を置きすぎたからだと考えられる。しかしこの点に関しては，カレンおよびチャールズ・ウッドは正反対の意見をもっている。ウッド夫妻は論ずる。

> 従来のSFがアイデアを優先させて，作中人物はボール紙を切り抜いたような平板な人物で間に合せていたのに対し，ヴォネガットは，SFであろうとSFでなかろうと，およそ小説では人間が最も重要なものとみなし，『プレイヤー・ピアノ』をアイデアからでなく，ポール・プロティウスという一個人からはじめた。そしてポールはじめアニータ，ラッシャー，フィナテイといった副次的人物から，ホームステッドの消火栓の水に紙ボートを浮べて遊ぶ少年と，それを見守る大人たちといった，あらゆる人物の小さい喜びと悲しみを描いてゆく。[12)]

確かにウッドの指摘の通り，ヴォネガットの重点は，コンピューターという未来時代の機械の行う驚異的な働きより，登場する人間の上にある。従って『プレイヤー・ピアノ』の全35の章のうち，機械やSF的アイデアは第1章にこそ，コンピューター計器を3つの壁面にびっしりはめ込んだポールの所長室の描写，第58工場で，ロボット機械が複雑な工程を次々にこなしてゆく綿密な描写はあるものの，ヴォネガットの注意はすぐ機械をそれ，ポールから女秘書，同僚の技術家，妻アニータに向けられ，この第1章と，チェスを指すコンピューターが登場する第5章を除いて，機械的SFやアイデアは

11）機械に職を奪われ，社会的に無用となった人間の価値はどうなるのかという問題は，この『プレイヤー・ピアノ』の続編とも言うべき『神様，ローズウォーターさんにお恵みを』でのエリオット・ローズウォーターの「人間は人間であるというそれだけの理由で価値があり愛されるべきだ」という博愛主義に解答を見出すことになる。

12）Karen and Charles Wood: *The Vonnegut Statement* pp.143－144

全編を通じて２度と出てこない。その代わりにヴォネガットはヘンリー・ジェームス風の細やかな注意と洗練さで，人物を，そして特に人物間の心理の微妙な綾と翳を描こうとする。ウッドが，この作品は人物を中心に据えているのでSFとしては例外的作品であると評しているのも，この心理描写重視を指していると思われる。しかしジェームズ風の複雑に捩れ合う心理描写は，必ずしも『プレイヤー・ピアノ』のSF的テーマを運ぶ道具として適切だとは言えない。次に引用する『プレイヤー・ピアノ』の第４章冒頭のポールとアニータの心理描写は，これ以降の章でのストーリーの展開にも，また主題の深化とも，ついに有機的，効果的に結びつくことがない。

"DARLING, YOU LOOK as though you've seen a ghost," said Anita. She was already dressed for the party at the Country Club, already dominating a distinguished company she had yet to join.

As she handed Paul his cocktail, he felt somehow inadequate, bumbling in the presence of her beautiful assurance. Only things that might please or interest her came to mind—all else submerged. It wasn't a conscious act of his mind, but a reflex, a natural response to her presence. It annoyed him that the feeling should be automatic, because he fancied himself in the image of his father, and, in this situation, his father would have been completely in charge—taking the first, last, and best lines for himself.

The expression "armed to the teeth" occurred to Paul as he looked at her over his glass. With an austere dark gown that left her tanned shoulders and throat bare, a single bit of jewelry on her finger, and very light make-up, Anita had successfully combined the weapons of sex, taste, and an aura of masculine competence.

She quieted, and turned away under his stare. Inadvertently, he'd gained the upper hand. He had somehow communicated the thought that had bobbed up in his thoughts unexpectedly: that her strength and poise were no more than a mirror image of his own importance, an image of the power and selfsatisfaction the manager of the Ilium Works could have, if he wanted it. In a fleeting second she became a helpless, bluffing little girl in his thoughts, and he was able to feel real tenderness toward her. (pp.38－39)

『プレイヤー・ピアノ』のもう１つの弱点は，この長編の後半に微に入り細を穿って書き込まれている社員レクリエーション大会メドウズの描写である。SF 的テーマからすれば不要と思われる細目が続く —— 取締役のクローナや年輩の役職者までが，大会の始まる前から事務所で所属するチームカラーに染めたＴシャツを着込んだり，クローナ自身が電話口で応援歌を歌ったり，大の男がチームの主将を肩車してはしゃぐ場面が続くのだが，それらがまるで高校の運動会で応援に熱狂し，声をからすティーン・エイジャーの姿とあまり異ならないのが困るのである。

次に引用するのは，上半分がポールが主将を務める緑チームの応援歌，下半分はさっきクローナが電話口で歌った青チームの応援歌である。

"Green oh Green oh Green's the team!
Mightiest e'er the world has seen!
Red, Blue, White will scream,
When
They see the great Green Team!"
………………………………………
"Oh you Blue Team, you tried and true team,
There are no teams as good as you!
You will smash Green, also the Red Team,
And the white Team you'll batter, too.
They'd better scurry before your fury,
And in a hurry, without a clue;
Because the Blue Team's a tried and true team,
And there's no team as good as you!" (p.137)

ヴォネガットは，これら応援歌のヒントを『すばらしい新世界』から得たのかもしれない。ハックスリーも，作中人物バーナードら12人にフォードソン共同体賛歌聖堂での団結礼拝式で次のような団結歌を歌わせているからである。

Ford, we are twelve; oh, make us one,
　Like drops within the Social River;
Oh, make us now together run
　As swiftly as thy shining Flivver.

Come, Greater Being, Social Friend,
　Annihilating Twelve-in-One!
We long to die, for when we end,
　Our larger life has but begun.

Feel how the Greater Being comes!
　Rejoice and, in rejoicings, die!
Melt in the music of the drums!
　For I am you and you are I.

Orgy-porgy, Ford and fun,
Kiss the girls and make them One.
Boys at one with girls at peace;
Orgy-Porgy gives release[13].

しかしハックスリーの団結賛歌は，幸福薬ソーマの入った盃の回し飲み，合成音楽と自己暗示で，個人が次第に個性を失い，いつの間にか集団の熱狂の中で「フォード様の御降臨」を信じ，「御降臨」を絶叫し，輪になって踊り出し，12人が１つに団結する過程に歌われるので効果的に働いている。しかも，この団結儀式で主役のバーナードが残りのメンバーのように，この団

13）Aldous Huxley *Brave New World*; pp.72，73，75

結歌を含め，この新世界の制度，行事に熱中できないという違和感がハックスリーのこの小説の力点の１つであったことを思う時，ヴォネガットのメドウズ応援歌との間には格段の相違が見えるのである。

ヴォネガットは『プレイヤー・ピアノ』を書いた時，モデルにしたG. E. 社の科学者や，社内の機構や行事などからあまり遠く離れていないところにいたらしく，上述のメドウズの場面や，パーティなどの場面の描写では，現実の経験が十分に咀嚼されないまま表現されてしまった嫌いがある。なるほどウッドの言うように，SFであっても小説である以上リアリティをもった人物を作品に書き込むために人物を詳述し，人物の心理に重点を置くことは重要であるが，ストーリー，アイデア，コンテキストといった作品全体を成立させている他の要素との釣り合いは，それ以上に大切であろう。どんなテーマやアイデアを書くかよりも，どのようにそれを論理的に整合的に書いてゆくかがより大切であり，『プレイヤー・ピアノ』では人間に力点がかかりすぎて，SFに不可欠のアイデア軽視と，コンテキストの書き込みが不足していると言わざるをえない。「コンテキスト」という概念はまたSF成立の要素の１つ，擬似整合性，即ち「仕掛け」を連想させる。だから最後に『プレイー・ピアノ』にはSFに不可欠なこういった「仕掛け」が欠落していることを簡潔に論じてこの章を終わりたいと思う。

軍事施設を思いのまま破壊できる超能力，至上の幸福感を与える宇宙電波などは，科学的外装にもかかわらず非科学的，非論理的なものであるが，これらのSF的アイデアは，作者の巧みな語り口と「仕掛け」を経て，いつの間にか擬似の科学性と整合性をもって読者のもとに届けられる。1950年の「エピカック」，51年の「王様の馬がみな」も，こういったSF的アイデアと「仕掛け」に満ちている。「エピカック」は，口下手な数学者のために恋文の代筆をしているうちに，恋文の相手の女性を恋してしまうスーパー・コンピューター「エピカック」の悲恋物語で，コンピューターと数学者とのコミュニケーションは，恋に悩むこの若者が戯れにアルファベットを１から26までの数字に置き換えてコンピューターに入力すると，コンピューターも数字で返事するという「仕掛け」になっている。即ち，〈23－８－１－20－３－１－14－９－４－15〉は，〈What can I do?〉で，返事〈23－８－１－20－19－20－８－５－20－18－15－21－２－12－５〉は〈What's the trouble?〉となる。

「王様の馬がみな」は，共産ゲリラの支配地区に不時着した米軍将校一家，飛行機のパイロットと兵士の合わせて16人が，共産ゲリラ隊長の気紛れで生きた駒となって，生命を賭けてのチェス・ゲームを強要されるというエドガー・アラン・ポーばりの恐怖物語である。50年代初頭の激化一途の東西両陣営の冷戦を背景に，生きた駒として使われるちょうど16人の捕虜，巨大なチェス盤用に64枚の黒白タイルを敷きつめた旧王宮の謁見の間，ゲリラ隊長が使う等身大の木製の駒，人間と木の駒のチェス・ゲームを2階のバルコニーから命令するゲリラ隊長ピー・インと，横で無言で成り行きを見守るソビエト軍事顧問バルゾフ中佐，自分の子供を囮にしてゲームに勝つアメリカ軍将校……この短編もまた数々の「仕掛け」に満ちている。『プレイヤー・ピアノ』にはかかる「仕掛け」が皆無で，そのことが，ヴォネガットのこの作品がSF的テーマでもって出発したにもかかわらず，想像力の飛躍を欠き，第1章を除いては結果的にはリアリズムの域を出なかった原因になったと思われる。

4　「未製服」から『タイタンの妖女』へ

前章で言及した「仕掛け」ないし「擬似整合性」がもっとも効果的に使われているのは，1953年の「未製服」[14]だと言えよう。この短編は，大古魚類から進化した両棲類が，永年慣れ親しんだ海洋を離れて陸地に這い上り陸に棲みついたように，一部の人類が肉体から精神を自由に分離させる方法を覚え，必要に応じ精神だけの人間，また必要になれば再び肉体を「着用する」両棲人となった未来世界の話である。「未製服」の主要部分は，いくつかの仕掛けと一連のユーモアで構成されている。読者はまず，両棲法の開祖コーニグスワッサー教授が，醜悪この上なくて，病気の巣窟とも言うべき自分の肉体からの脱出を願う気持ちが切であったことを教えられる。ヴォネガットの最初の仕掛けはこの直後に挿入される。例によって精神の肉体よりの分離を念じつつ公園を歩いていた教授は，自分の家の近くまで帰りついた時，はじめ

14）この題名は ready to wear（既製服）の反対，両棲人中未だ肉体着脱に慣れていない旧世代を指すものであるが，適訳がないので「未製服」とした。

て肉体を置き去りにしてきたことに気づく。

> He didn't have great hopes that people would really evolve out of their bodies in his time. He just wished they would. Thinking hard about it, he walked through a park in his shirtsleeves and stopped off at the zoo to watch the lions being fed. Then, when the rainstorm turned to sleet, he headed back home and was interested to see firemen on the edge of a lagoon, where they were using a pulmotor on a drowned man.
>
> Witnesses said the old man had walked right into the water and had kept going without changing his expression until he'd disappeared. Konigswasser got a look at the victim's face and said he'd never seen a better reason for suicide. He started for home again and was almost there before he realized that that was his own body lying back there. (p.241)

精神に抜け出された肉体は，夢遊病者のように湖に真直に入ってゆき，表情も変えず溺れてしまう。自由になった教授の精神は，消防士たちが人工呼吸器で溺れた彼自身の肉体の蘇生に躍起となっている横で，「こんな醜い顔をもっていたら自殺する気になるのも当然」と独り言を呟いてその場を立ち去り，家の近くまで来て，さっきの溺れていたのは自分だと気づき，慌てて取って返してその肉体に入り込む。読者は仕掛けにかかって，この話をうかうかと信じてしまい，だいぶ経って騙されていたことに気づき苦笑する。そうしてこうした仕掛けがユーモアとペアになって表われるのが，また他のSF作家からヴォネガットを区別する特徴なのである。このあと，ヴォネガットはすぐに次の仕掛けを書き込む。ここにも仕掛けはユーモアと組み合わされている。両棲法で肉体という化学機械が引き起こす不安，心配から解放されたはずの両棲人も，いくつかの欲望の点では普通人よりさほど進化していない。特に両棲人女性は，肉体センターに行けば，好みの美人の肉体が自由に借り出せるだけに，かえって美人になる情熱が強まる。語り手「私」の妻マッジも例外でない。しかしこの美への願望のためマッジと「私」は普通人の罠にかかる。普通人が罠として陳列ケースに展示していた銅色の皮膚と薄緑色の髪と爪をもつとびっきりの美女の肉体にマッジがわれを忘れて飛び込んでしまったからだ。罠と気づいたがマッジは脱出できない。両棲人が肉体から離れる時は，必ず「肉体を一定方向に２，３歩歩かせてから，精神を別の方向に動かす」必要があるのに，囮の肉体は両足を縛られている……ここにもヴォネガットはさりげない「仕掛け」を潜ませている。翌日「私」とマッジは普通人の軍事裁判にかけられ，「敵前逃亡罪」で有罪の宣告を受ける。人生の戦いで肉体を放棄して逃亡したというのだ。「私」が窮余の一策として，縄を解かないと仲間の両棲人が裁判官以下全員の体内に入り込んで肉体を歩かせ，崖から飛び下りて死んでしまうとはったりをかけると，真に受けた裁判官は「私」とマッジの縄をほどかせる。「私」は直ちに２，３歩歩いて肉体から離れるが，マッジはこの期に及んでも緑の髪の肉体に未練たっぷりである。

> I realized that Madge wasn't with me. She was still in that copper-colored body with the chartreuse hair and fingernails.
> "What's more," I heard her saying,"in payment for all the trouble you've caused us, this body is to be addressed to me at New York, delivered in good condition no later than next Monday."
> "Yes, ma'am," said the judge.（p.250）

ウッドはこれらの箇所を，ヴォネガットが未来世界でも人間性は変わらないとする証拠にあげているが，ここはむしろヴォネガットがあれほど愛するslapstick（ドタバタ喜劇）の掛け合いに似たユーモアの要素が多いものと考えるべきではあるまいか。なおこのユーモアについては，次項でもう少し詳しくふれる。

「有人ミサイル」（1958）は，折からの米ソ間の狂気じみた人工衛星打ち上げ競争をバックに書かれた作品で，ソビエトが打ち上げた世界最初の有人衛星に，数日後打ち上げられたアメリカの有人衛星が衝突した事件が，死んだ米ソ双方の宇宙飛行士の父親間の往復書簡の形で語られる。衛星の衝突はアメリカ側が計画的に行ったものらしいのだが，2人の父親は衝突はあくまで2つの衛星が接近しすぎたための事故だったと信じている。平凡だが健全な常識をもつソビエトの父親は人間が惑星に行くことは無意味であると考えている。従って彼は宇宙開発の名のもとに，心優しい有為の息子たちを殺す政治家や軍事専門家の大義名分を信じない。アメリカの父親は無限の悲しみをこめて「神が2人の青年を選び，特別な死に方をするように命ぜられたのです」と書く。

個人がより大いなるものによって選び出され，意味も目的もない使命に駆り出され空しく死ぬという不条理のテーマは，長編『タイタンの妖女』(1959) においてより入念に，より完全に再現され，さらに10年後のヴォネガットの最も優れた長編『スローターハウス5』でのビリー・ピリグリムらの年端の行かぬ少年が戦場に駆り立てられる「子供十字軍」の悲劇として結晶する。

ヴォネガットは『タイタンの妖女』を，次々と湧き上がってくるSF的アイデアと，奔放な想像力が生んだ幻想的イメージで綴ってゆく──「時間等曲漏斗群」,「空飛ぶ円盤」,「火星宇宙船団」,「水星生物ハーモニウム」,「トラルファマドール星」,「火星でのシュリーマン呼吸法」,「火星陸軍兵士の洗脳」,「人間制御用電波発信機」,「記憶抹殺手術」等々。

そしてヴォネガットは主人公に，アメリカ大富豪の1人でプレーボーイのマラカイ・コンスタント（「忠実な使者」の意あり）を選び，旧約聖書のヨブの受難にも似た不条理な苦しみと受難の旅をさせるべく，太陽系の惑星間を彷徨わせる。旅の終わり近くでコンスタントは「私は君たち同様，一連の偶然の犠牲者だった」と述懐する。彼を操って地球から火星，火星から水星，水星から地球，地球から土星の衛星タイタン，そして再び地球へと動かす神にも似た人物はウィンストン・ラムファードであるが，このウィンストンもまた「宇宙から地球に手をのばして彼を選んだより大きな力によって〈じゃが芋の皮剝器〉のように翻弄される」のである。このより大きい力は小マゼラン星雲のトラルファマドール星から来る。遙かな昔，トラルファマドール星人は宇宙の別の端にメッセージを送ろうと，サロという使者を派遣する。ところがサロの宇宙船は故障して土星の衛星タイタンに不時着する。サロは母星に故障部品を送るように連絡して，それ以来片道だけで15万年かかる返事を辛抱強く待っている。返事は地球上に図形で示される。ストーンヘンジは真上から見るとトラルファマドール語で「交換部品至急作製中」と読め，万里の長城は「焦るな，お前のことは忘れていない」の意であるという。小説の終わりで，地球人の中からトラルファマドール星人が選んだのがウィンストン・ラムファードであり，生殖能力のないウィンストンに選ばれて，ウィンストンの妻ベアトリスと娶されるのがマラカイ・コンスタントで，この2人の間に生まれる男の子クロノが少年の時火星で拾って御守りにしているビールの罐切りみたいな金属片が，最終的には，サロの宇宙船の交換部品だと分かる。このたった1片の金属片をタイタンのサロのもとに届けるために無数の地球人が利用され使い捨てられる ── ウィンストン・ラムファード，マラカイ・コンスタント，ベアトリス，誘拐され洗脳され火星陸軍に編入され，地球を攻撃して惨殺される20万人の元地球人，さらに地球上に発生して以来の人類のすべての営み，種族の興亡，文明も戦争もが，一片の金属片を届ける目的に利用されてきたという不条理，しかもこのように人類を利用してトラルファマドール星人が宇宙の果てに伝えようとしたメッセージが，トラルファマドール語で「よろしく」という挨拶を意味するたった1つの点（ドット）にしかすぎなかったという皮肉。

「忠実な使者」を意味するマラカイ・コンスタントに代表されるヨブ的受難，目的なき放浪の使命と意義は何だったのか？　マラカイは「一連の偶然の犠牲者」と答えるかもしれぬが，作者ヴォネガットがこの長編を書いた目的は，実は何であったのか？　当時ようやく熾烈化していた宇宙ロケット競争の空しさを強調したかったのかもしれない。何しろ人間の技術では，「火星に1人の人間を送り込むのにエンパイア・ステイト・ビルぐらいの巨大な宇宙船が入用だし」，やっと辿りついた月にも，火星にも木星にも，およそ宇宙空間のどこにも，地球を除いては人間の住める環境がないことぐらいは小学生でも知っているのだから。人間が宇宙空間に飛び出して探り出したいと願ったのは，宇宙の創造者は誰で，創造の目的は何かという問への答えであった。そしてその答えは，宇宙空間にはなくて地球に，それも人間の心の中にあるというのが，ヴォネガットの解答であった。『タイタンの妖女』の読者は，この作品のきらびやかなSF的外装に目を奪われて，第1ページにヴォネガットがさりげなく書き込んでおいたメッセージを見落としがちである。

EVERYONE now knows how to find the meaning of life within himself.

But mankind wasn't always so lucky. Less than a century ago men and women did not have easy access to the puzzle boxes within them.

They could not name even one of the fifty-three portals to the soul.

Gimcrack religions were big business.

Mankind, ignorant of the truths that lie within every human being, looked outward—pushed ever outward. What mankind hoped to learn in its outward push was who was actually in charge of all creation, and what all creation was all about.

Mankind flung its advance agents ever outward, ever outward. Eventually it flung them out into the colourless, tasteless, weightless sea of outwardness without end.

It flung them like stones.

These unhappy agents found what had already been found in abundance on Earth—a nightmare of meaninglessness without end. The bounties of space, of infinite outwardness, were three: empty heroics, low comedy, and pointless death.

Outwardness lost, at last, its imagined attractions.

Only inwardness remained to be explored.

Only the human soul remained *terra incognita*.

This was the beginning of goodness and wisdom.

What were people like in olden times, with their souls as yet unexplored?

The following is a true story from the Nightmare Ages, falling roughly, give or take a few years, between the Second World War and the Third Great Depression.（p.7）

『タイタンの妖女』のもう１つの特徴は，この作品でヴォネガットがブラック・ユーモアを多用していることである。ブラック・ユーモアはヴォネガットがアメリカ社会が突き進んでいきつつある未来に垣間見た悪夢的ディストピアを描き出すのに不可欠の道具であった。ブラック・ユーモアは，未来世界の息詰まるような悪夢からの一時的息抜きを与えると同時に，その悪夢的出来事のもつ真の恐怖を，リアリスティックな描写よりかえって増幅し，実感させる効果をもつものである。第4章の火星の上で脳を手術され，以前の記憶を全く失ったマラカイ・コンスタントが，頭に埋めこまれた無線機の発する命令と小太鼓のリズムに合わせて，ロボットのように前進してゆき，鎖で柱に繋がれた同僚兵士ストーニィ・スティーブンソンを絞め殺して隊列に戻るシーンが出てくる。ロボトミーで記憶も名前も失くしたマラカイは，今では年輩の兵士を呼ぶ一般的名称の Unk（おやじ）の名で呼ばれている。

The warning pain nagged in Unk's head again. Dutifully, Unk strangled the man at the stake—choked him until the man's face was purple and his tongue stuck out.

Unk stepped back, came to attention, did a smart aboutface and returned to his place in the ranks—again accompanied by the snare drum in his head:

Rented a tent, a tent, a tent;
Rented a tent, a tent, a tent.
Rented a tent!
Rented a tent!
Rented a, rented a tent.

Sergeant Brackmen nodded at Unk, winked affectionately.

Again the ten thousand came to attention.

Horribly, the dead man at the stake struggled to come to attention, too, rattling his chains. He failed—failed to be a perfect soldier—not because he didn't want to be one but because he was dead.

Now the great formation broke up into rectangular components.

These marched mindlessly away, each man hearing a snare drum in his head. An observer would have heard nothing but the tread of boots.

An observer would have been at a loss as to who was really in charge, since even the generals moved like marionettes, keeping time to the idiotic words:

Rented a tent, a tent, a tent;
Rented a tent, rented a tent.
Rented a tent!
Rented a tent!
Rented a, rented a tent. (pp.74－75)

「レン，テダ，テンタ，テンタ，テン，レン，テダ，テンタ，テンタ，テン。レン，テダ，テン！　レン，テダ，テン！　レン，テダ，レン，テダ，テン……」と執拗に繰り返される小太鼓の不吉なリズム，火星の乾いた地表のオレンジ色の埃りの中に黙々と整列する歩兵軍団の面前で行われる兵士による同僚兵士処刑の描写の陰惨さは，引用文の中頃に挿入されたブラック・ユーモアによって増幅される。無線機の命令で全兵士が直立不動の姿勢をとると，アンクに絞め殺された犠牲者までが不気味にも鎖を引きずって立ち上がり，全員と一緒に「気をつけ！」の姿勢をとろうとするが「そうできなかったのは，彼が模範兵になりたくなかったからでなくて，すでに死んでいたからである」という一節は，他のいかなる表現法にもまして，この事件の悲劇性を深めている。不条理な悲劇に巻き込まれてどうしようもない犠牲者，またはその犠牲者を目の当たりに見た人間の反応は，泣くか，でなかったら笑うかのどちらかであり，幼時よりいかなる場合にも男は泣くものでないと教えられてきたアメリカ人であるヴォネガットは苦い笑いを選ぶ。彼はこれを「ゲットーのユーモア」，「ブラック・ユーモア」だと言っている。ヴォネガットのブラック・ユーモアと，彼がようやく確立しつつあった簡潔な文体とが結びついた例を『タイタンの妖女』からもう１カ所引用してみよう。

Once upon a time on Tralfamadore there were creatures who weren't anything like machines. They weren't dependable. They weren't efficient. They weren't predictable. They weren't durable. And these poor creatures were obsessed by the idea that everything that existed had to have a purpose, and that some purposes were higter than others.

These creatures spent most of their time trying to find out what their purpose was. And every time they found out what seemed to be a purpose of themselves, the purpose seemed so low that the creatures were filled with disgust and shame.

And, rather than serve such a low purpose, the creatures would make a machine to serve it. This left the creatures free to serve higher purposes. But whenever they found a higher purpose, the purpose still wasn't high enough.

So machines were made to serve higher purposes, too.

And the machines did everything so expertly that they were finally given the job of finding out what the highest purpose of the creatures could be.

The machines reported in all honesty that the creatures couldn't really be said to have any purpose at all.

The creatures thereupon began slaying each other, because they hated purposeless things above all else.

And they discovered that they weren't even very good at slaying. So they turned that job over to the machines, too. And the machines finished up the job in less time than it takes to say "Tralfamadore". (pp.192－193)

こういった文体は『猫のゆりかご』,『スローターハウス５』で完成の域に達する。特に後者では，ヴォネガットのブラック・ユーモアは象徴的表現と結びつき，ヴォネガット独自の文体を作る。次の『スローターハウス５』の引用文の第１節のブラック・ユーモア，第２節の貨車より降りて黙々と収容所に向かう米軍捕虜を，監視のドイツ兵の梟のような命令の声と明かりの方へ流れる「液体」に，第３節の死んで硬くなった放浪者を流れない「石」に譬える象徴的技法，第４節でみなに嫌われ貨車の天窓にはりついた姿勢のまま硬直し，半ば死にかかったビリーが自力で貨車から降りられず「落ちたらガラスみたいに砕ける」と恐れる比喩の迫真性と，ここを含めて全編に絶えず出てくる So it goes.（そういったものだ）という文句のリフレイン ── こういったものが『スローターハウス５』をヴォネガット文学の頂点に立たせる。

Listen—on the tenth night the peg was pulled out of the hasp on Billy's boxcar door, and the door was opened. Billy Pilgrim was lying at an angle on the corner-brace, self-crucified, holding himself there with a blue and ivory claw hooked over the still of the ventilator. Billy coughed when the door was opened, and when he coughed he shit thin gruel. This was in accordance with the Third Law of Motion according to Sir Isaac Newton. This law tells us that for every action there is a reaction which is equal and opposite in direction.

This can be useful in rocketry.

The train had arrived on a siding by a prison which was originally constructed as an extermination camp for Russian prisoners of war.

The guards peeked inside Billy's car owlishly, cooed calmingly. They had never dealt with Americans before, but they surely understood this general sort of freight. They knew that it was essentially a liquid which could be induced to flow slowly toward cooing and light. It was nighttime.

The only light outside came from a single bulb which hung from a polehigh and far away. All was quiet outside, except for the guards, who cooed like doves. And the liquid began to flow. Gobs of it built up in the doorway, plopped to the ground.

Billy was the next-to-last human being to reach the door. The hobo was last. The hobo could not flow, could not plop. He wasn't liquid anymore. He was stone. So it goes.

Billy didn't want to drop from the car to the ground. He sincerely believed that he would shatter like glass. So the guards helped him down, cooing still. They set him down facing the train. It was such a dinky train now.（*Slaughterhouse-Five* pp.80－81）

さて『タイタンの妖女』に表われる機械装置による他人の意識操作，人間性の剥奪というテーマは，2年後の1961年の短編「ハリソン・バージェロン」で再び取り上げられ，さらに7年後，少し変形されて「ようこそ，モンキーハウスへ」に出てくる。

5　ディストピア短編群

短編集『ようこそ，モンキーハウスへ』のBグループの3つの短編「明日も，明日も，また明日も」，「ハリスン・バージェロン」，「ようこそ，モンキーハウスへ」は，未来世界を舞台に，安定と秩序の名のもとに行われる権力による個人の自由の制限と弾圧という社会的問題を主題としている。その意味でこの3つのSF短編は，『タイタンの妖女』とともに，ザミャーチンやハックスリーのディストピア小説の伝統を受け継ぐものである。

ただここで追加しておかねばならぬことは，これら3つの短編の出来映えが，Aグループの短編と比較してかなり見劣りするという事実である。その主な理由は，Aグループの作品は，テーマが単純明快であって，短編の限られた枚数でも十分処理でき，またヴォネガットのユーモラスな語り口も，Aグループの楽観主義的ストーリーとマッチしていたのに反し，Bグループの未来世界には，取り扱うべき問題点が厖大すぎて，短編の枠内に収まり難いことと，ディストピア的テーマがヴォネガットのユーモア ── たとえそれがブラック・ユーモアであっても ── と必ずしもうまくマッチしなかったからだと思われる。

ヴォネガットのBグループの未来世界の様々なモチーフ ── 人口過密，不老不死，他惑星への移住，プライバシーの侵害，思考統制，洗脳，強制避妊，フリーセックス，人工食糧，資源枯渇，未来宗教，生物絶滅 ── これらはわずか14，15ページの一短編のスペースにはとうてい収まりきれない。仕方なくヴォネガットは，Ｂグループの短編では，こういった相関する諸々のモチーフを，細切れにして１つ１つ取り上げ，「まるでたくさんのカット面をもった宝石みたいに，くるくると回してはカット面を１つずつ調べてゆく[15)]」のである。

「明日も，明日も，また明日も」では過密人口に悩む紀元2158年の巨大化したニューヨーク市での人間欲望の卑少化を，「ハリソン・バージェロン」では，個人間の容貌や能力の差をなくそうとする政府の運動が極端に走り，悪平等と白痴化した人間を作ってしまったディストピアを，「ようこそ，モンキーハウスへ」は，170億の人口に悩む国連が，人口抑制の切り札として採用した避妊ピルのため，すっかり活力を失った未来社会を描く。これら３つの短編はもともと有機的に関連している問題を細切れにして取り扱った分だけ，いずれも中途半端で終わったという印象を与える。今仮に，これら３つの短編を繋ぎ合わせて，１つのより長い物語に構成するならば，この新しい物語の筋は，過剰人口→人口問題解決のための個人の自由の抑制→抑制への反抗の小さな萌し→反抗運動の組織化と成功……と，だいぶ纏まった展開をもつことができ，諸問題点を包括した未来世界像が浮び上がってくるであろう。

「明日も，明日も，また明日も」の120億にまで膨れ上がった人口増加の原因は，マルサスが警告した自然増加でなくて，病気の根絶と不老薬の発明によるものである。この紀元2158年の過密都市に居住する人間の１人当たりの居住空間が狭まるにつれ，各人の願望は卑少化し，性格も矮少化する。１つのアパートに犇めき合って住んでいるこの短編の11組の夫婦たちの切実な願望は，家長の老人が独占している寝室とダブルベッドを手に入れることである。かくして，遺言で寝室とダブルベッドの相続人に指名されようと，老人に対する果てしない追従と服従が続く。意地悪な老人は，再三遺言状を書き換えることで，22人の男女を自在に操っている。老獪な老人の策略にはめられて留置所に入れられた男女たちは，狭いと思っていた独房が，超過密だったアパートよりかえって広く快適で，ベッドまで備えてあることを知って狂喜する。しかしここには誇張され戯画化された過密社会はあっても，1962年

---

15) Karen Wood: *The Vonnegut Statement* p.146

J. B. カルフーンが発表した不気味かつ不吉な実験例 ── 超過密状態にある期間おかれた鼠が，ある日突然凶暴化し，共喰いを始めるという実験 ── が示す，過密という物理的現象が，動物の性格に劇的変化を惹き起こすという心理学的・社会学的外挿はない。

「ハリソン・バージェロン」は，『タイタンの妖女』の火星の章の縮小版と言ってよい。2081年に設定された「ハリソン・バージェロン」の未来世界では，社会は安定しているというより沈滞しきっている。憲法修正と，平等監視委員のメンバーの努力で，人間はあらゆる点で平等を強制されている。一定水準以上の知能の持ち主は，他人を出し抜かないように頭にハンディキャップ・ラジオを着用することが義務づけられている。政府は数分おきにラジオを通じて強力な音響を流して不用な個人的思考を不可能にし，以前の記憶をも抹殺する。主人公ジョージ・バージェロンもハンディキャップ・ラジオの着用者で，論理的思考を奪われている。従って，政府に反抗して，脱獄し，テレビ局のスタジオに１人で侵入し，テレビを通じて全国民に反乱を呼びかける実の息子ハリソンが，駆けつけた監視委員に射殺されるシーンをテレビ画面で眺めながら，漠然と悲しい事件が起こったとは感じても，殺されたのが息子のハリソンであるとは分からずにいるというザミャーチン的世界が展開する。

政府権力による弾圧への若者の反抗は，7年後の「ようこそ，モンキーハウスへ」の主題でもある。『タイタンの妖女』で，他人の意志で石ころのように宇宙を彷徨い，年老いてやっと地球に送り戻された朝，バスが吹雪で延着したため，バス停で凍死するマラカイ・コンスタントの受動性は，「ハリソン・バージェロン」では，14歳のハリソン少年の小さいながらも断乎たる反抗に変わる。「ようこそ，モンキーハウスへ」では，反体制運動は若者の間にようやく組織化され，全土に広まりつつある。

170億の人間が「木苺の小核果のように犇き合って」暮らしている「ようこそ，モンキーハウスへ」の世界では，過剰人口対策は２つの方向で進められている。自殺の奨励と避妊ピル服用の強制の２つである。前者の目的のため，各地に自殺パーラーが設けられ，美人のホステスが自殺志願者に安楽死注射を施す。後者の避妊ピルはもともと，敬虔なクリスチャンの薬剤師が復活祭の聖なる日に，動物園のモンキーハウスで自慰をしている猿を見てショックを受け，猿のこの悪癖矯正のために開発したものだったが，一般庶民の性の楽しみを理由もなくただ忌み嫌う為政者によって人間用に転用されたものである。このピルのおかげで，住民はみな「猫がくわえてきた魚や蜥蜴(とかげ)のようにぐんにゃりした人間」になってしまっている。この社会での唯一の生き生きとした性的美は，白の口紅，大きな目，紫のストッキングに黒のブーツを身に纏った自殺パーラーのホステスだけである。しかし彼女らの性は死の象徴である。従って主人公ビリー・ザ・ポエットは，性の喜びの復活を目指す反抗運動の攻撃目標を専ら自殺パーラーのホステスに向ける。

この短編は，土地の保安官が，自殺パーラーのホステスを犯して反対運動に引き込む「ナッシングヘッド運動」の指導者，ビリー・ザ・キッドならぬビリー・ザ・ポエットが近所に潜入したという情報を，2人のホステスに伝えにくるところから始まる。ビリーは自殺志願の老人に変装してホステスの１人ナンシーを誘拐，地下水道を通って警察の追及をかわし，元ホステスを含む反対運動のメンバーの協力をえて，ナンシーに性の喜びを教えようとする。最初は政府の宣伝を鵜呑みにして性を毛嫌いしていたナンシーも，ビリーたちの運動に理解と共感を示しはじめるところで話は終わる。

さて，未来世界をテクノロジーが異常に発達した世界として描けば，必然的にテクノロジーの進歩が人間性に及ぼす影響をも論じることになる。その際テクノロジーの進歩が人間性まで変えると見るか，それとも未来世界においても人間性は現在とほとんど変わらないと見るか，あるいは変わるとしても，変わり方にいくつかの段階を考えることによって，異なった型の未来社会を想像することが可能となる。さらにテクノロジーの進歩とそれに伴う人間性の変化を好ましいと見るか否かで，楽園的ユートピアから，悪夢的ディストピアまでいくつかの段階の未来世界を考えることができる。

未来小説作家は，おおむね，発展するテクノロジーと変化しない人間性という二項対立から作品の劇的緊張を引き出す方を選ぶ。現代の優れたSF作家の１人アーサー・クラークは『未来のプロフィル』(1958) の序文で，「科学的外挿法は科学技術の分野に限られていて（マルクス氏にはお気の毒だが）政治や経済の分野には存在しない[16]」と言っている。人間性の外挿は，政治，経済の外挿より遙かに困難なので，多くの作家は人間性の外挿を避ける。

しかし人間性の外挿という困難な道を選び成功した例もないではない。今SF作品からそうした成功例を２つ選ぶとするなら，１つはアーシュラ・ル・グィンの『闇の左手』(1969) と，あと１つは同じく1969年にフィリップ・ディックが書いた『アンドロイドは電気羊の夢を見るか？』になるであろう。

ル・グィンは『闇の左手』で，宇宙大戦争のあと長く放棄されていた人類の旧植民地ゲセンという氷河期の惑星を想定する。ル・グィンによって外挿されたこの惑星の住民は，男女の両性を一身に具有する人種に変化している。彼らはケメルと呼ばれる一月１回の短い発情期間だけ，男性か女性かのどちらかの性になる。しかしある月には男性になった同一人物が，次の月は女性になることもあるので，ゲセン人には地球人的意味での性別はない。この惑星と外交関係を樹立するため，たった１人でゲセンに派遣された人類連合国家の使者ゲンリー・アイを一番悩ませたのは，社会機構，風俗習慣の違いにもまして，男性である自分と，両性具有のゲセン人との人間関係であった。ル・グィンはゲンリー・アイと両性具有のゲセン人エストラーベンの２人を，100マイルの極寒の大氷原を犬橇を引いて徒歩横断する旅行に出発させる。極限状況に置かれた２人の異星人は，次第に文化や思考の違いを乗り越え，お互いを理解しはじめ，ついに性的相違をもあるがままに受け入れることで，２人の間に一種の愛さえ生まれる。ル・グィンは両性具備の異星人を創造することで，男性，女性というわれわれ人間の性とは何か？　性別を超えた普遍的人間とは何か？　自己という枠を乗り越え，自分とは異なる他者と関わり，愛するとはどういうことかを問いかける。題名の『暗闇の左手』はこの作品中の次の詩からとられている。

光は暗闇の左手
暗闇は光の右手
２つはひとつ，生と死と，
ともに横たわり
さながらにケメルの伴侶
さながらに合せし双手

16）アーサー・クラーク著／福島正美・川村哲郎訳『未来のプロフィル』序文

さながらに因・果のごと。[17]

ル・グィンは，われわれが馴れ親しみ当然と見做している人間の性別と，それぞれの性別から期待される行動や倫理，思考から服装までが，いかに習慣的・皮相的で，人間の本質的価値と関係がないかを抉り出してみせる。ゲンリー・アイの力で外交関係が成立し，ゲセンに着陸した宇宙船から降り立つ人間の男女は，3年間ゲセン人の中性的体つきや声，優しさに馴れてきたゲンリー・アイの目には，奇妙で不快な生き物に見えてくる。

……しかし，私は彼らをよく知っている筈なのに，男と女である彼らがとても奇妙にみえた。彼らの声も奇妙だった，低すぎる声，高すぎる声。珍妙な大きな動物の群れ，2つの異なった種族の群れ，知的な眼をした類人猿，どれもさかりがついて「ケメル」に入っている……彼らは私の手をとり，私に触れ，私を抱いた。[18]

『アンドロイドは電気羊の夢を見るか？』では，フィリップ・ディックは核戦争で廃墟化し，まだ死の灰に覆われている第3次世界大戦後の地球を舞台にする。ほとんどの人類は火星に移住し終わっており，残っているのは人生の落伍者か，主人公リックみたいに火星からの逃亡アンドロイドを殺して懸賞金を稼いでいる連中だけである。リックは今は絶滅した鳥や獣の代用に，電気仕掛けの羊をペットにして淋しさを紛らわせている。電気羊と同じ人工物でも，アンドロイドは，製造技術の進歩で一見人間と区別がつかないほど巧妙に作られている。現在での唯一のアンドロイド識別法は，機械であるアンドロイドの感情移入が人間より1秒の何分の1かわずかに遅いので，その時間差を「ヴォイクト・カンプ測定器」なるもので測ることだが，最新型のアンドロイドはこの測定器を使っても識別が難しい。現にリックも自分をこの器具で計測して，アンドロイドに近い数値が出て，自分は人間だと信じ込まされているアンドロイドではないかと本気で疑ったりする。作者フィリップ・ディックは，肉体だけでなく感情面でも限りなく人間に近づいたアンド

17）アーシュラ・K・ル・グィン著／小尾芙佐訳『闇の左手』 p.249
18）同前書 p.311

ロイドを登場させることによって，人間と人工物アンドロイドの境界はどこにあるのか？　電気羊は可愛がるが，電気羊よりもより人間的なアンドロイドを平気で破壊する（殺す）賞金稼ぎは，果たして人間的心をもっているのか？　アンドロイドが電気羊を飼うようになったら，もうそのアンドロイドは人間になっているのではないか，と問いかけているのである。

では，ヴォネガットは，Ｂグループの未来小説で人間性をどう取り扱っているか，即ち，ル・グィンやフィリップ・ディックのように人間性の外挿をも行っているのであろうか？

ジェローム・クリンコヴィッツは *The Vonnegut Statement* の中でこのことにふれて次の如く言っている。

……麻薬的効果をもつ宇宙電波が，カラー・テレビやピザのように売られ（「ユーフィオ問題」），若がえり薬で生き続ける意地悪の老人の気難しさは変らず（「明日も，明日も，また明日も」），肉体を離れて理想的生活を送る未来人も人間らしい愚かさを持ち続ける（「未製服」）。こういう短編の特徴は，テクノロジーは変わっても，ソシオロジーは変わらないということである。（p.20）

カレン・ウッドもほぼ同意見である。

……「バーンハウス効果」，「ハリソン・バージェロン」，「ようこそ，モンキーハウスへ」，「ユーフィオ問題」，「有人ミサイル」，「エピカック」，「明日も，明日も，また明日も」といった短編は，みな繰り返しテクノロジーが人間性を表現し解明する様子を語る。ヴォネガットは再三，簡潔直截に，テクノロジーがどう変化しようと，人間の本質は変わらないことを示す。その一番良い例は「未製服」に見出されるであろう。ここでは，人間は肉体を脱ぎ捨てても，基本性格は変わらず，ただ自由になって，より人間的，またはより非人間的になるだけである。（同 p.146）

確かに２人が論じるように，ヴォネガットはテクノロジーは変わっても人間性は変わらないものと考えているとも言えるが，それは完全には正しくない。よく調べてみると，ヴォネガットは人間性を変わらない部分と，変わる部分とに分けていることが分かるからである。即ち，ヴォネガットは人間のより個人的，より根元的・基本的な願望である生命への執着，不老不死，美貌への憧れ，衣食住とプライバシーへの願望は，未来においても現在とそう異ならないとする（「明日も，明日も，また明日も」，「未製服」）。が一方人間性の社会的属性 ── 金銭欲，地位欲，家族や仲間との連帯感，国家への忠誠心，思想，価値観や美意識は容易に変化しうるものとする（「未製服」，「ようこそ，モンキーハウスへ」）。

ディストピア小説が問題にするのは，「権力」への度し難い願望が人間本性の変わらない部分に属するということと，１人の人間が他の人間と関わり合う過程で生じる基本的と思われている人間感情 ── 親子の愛，異性愛，仲間への愛は，人間性の中で一応は変わりにくいものの１つではあるが，これとても永久に変化しないものではなくて，権力による抑圧，教育，あるいは心理学的誘導や薬物の投与によって容易に別のものに変わりうるという事実である。全体主義体制で権力を握った一部勢力は，その権力を永久に維持したいと願うなら，親子の愛，異性愛に手を加えて，これらの愛を変質させ，特定の個人に向けられていた愛や忠誠を，国家に，党に，権力集団に向けさせるのが最良の方法であることをよく知っている。個人の自由への権力の介入，そして究極的には個人の非人間化というディストピア作品の主題が，個々人の「性愛」への介入という形で象徴的に現われてくるのがザミャーチン以降の優れた未来小説の伝統であった。

ザミャーチンの『われら』の全体主義的「単一国」では，国民は性規制局が発行するピンク・クーポンで不特定多数の相手とセックスするように規制されており，規制に反し，昔風の愛を復活しようとしたＤ503号，Ｉ330号という２人の男女を待ち受けていたのは，拷問と死の運命であった。

ハックスリーの『すばらしい新世界』でも，生殖機能をボカノフスキー人工孵化法に譲り渡した男女間の性の意義は，触感映画や快感薬同様，相手に与える快感度に還元される。

オーウェルの『1984年』のオセアニア国では，性は党が人民を統制する道具として積極的に利用される。性行為を通じて男女間に個人的忠誠心が芽生えることを何より恐れる党は，学習，宣伝，強制とあらゆる手段を通じて性を歪め，性の楽しみを奪おうとする。性を抑圧することでヒステリー状態を作り出し，このヒステリーのエネルギーの捌け口を政敵と外敵に向けさせる。その結果，オセアニアの知識階級である党員の中には，主人公ウィンストン・スミスの別れた妻キャサリンみたいに，男に抱かれていても木偶(でく)みたいに感情を示さない女性が増え，また体制に批判的なウィンストンですら長年の学習と洗脳で，新しい恋人ジューリアの白い裸体を眺めても素直な感情が起こらず，欲望に憎悪と恐怖が入り込んでくるのを避けることができない。ウィンストンにとっては「ジューリアとの抱擁は１つの戦いであり，クライマックスは１つの勝利，党への一撃，１つの政治的行動[19]」なのである。ただ１人，性から純粋で優しい愛を引き出す能力を保っているのはジューリアだけだが，２人の愛もやはり死をもって償われねばならぬ。

以上，『われら』，『すばらしい新世界』，『1984年』の３つとも男女間の正常な性への抑圧，歪曲が，ひいては社会全体の不活発性をもたらすとするのだが，ザミャーチンとオーウェルが性への介入・圧迫を，社会的なもの ── 政府と思想警察による監視と，違反者に対する苛酷な刑罰 ── に関連させていたのに対し，ハックスリーは不活発性の原因と性を抑圧する手段を，人工孵化法と条件づけによる人間向上心の消滅，フリーセックスによる性の神秘性と価値の消失，ソーマによる闘争心と情念の喪失といった生物学的，科学的，または心理学要因に結びつけていた。

ヴォネガットも「ようこそ，モンキーハウスへ」の世界の不活発性を，ハックスリー同様化学薬品が惹き起こすものとする。『すばらしい新世界』で女性が身に着けていた避妊用のマルサス・ベルトや幸福薬ソーマの代わりに，「ようこそ，モンキーハウスへ」では道義的避妊ピルが登場する。ハックスリーが『すばらしい新世界』の第13章でマルサス・ベルトをレーニナとサベジ・ジョンの性に対する考えの対立と衝突の決定的瞬間のシンボルとして使っていたのに反し，ヴォネガットはピルの人体に及ぼす影響を諧謔まじりに

19) George Orwell: *Nineteen Eight-four* p.97

軽快に語る。

> He was referring to the fact that ethical birth-control pills, the only legal form of birth control, made people numb from the waist down.
>
> Most men said their bottom halves felt like cold iron or balsawood. Most women said their bottom halves felt like wet cotton or stale ginger ale. The pills were so effective that you could blindfold a man who had taken one, tell him to recite the Gettysburg Address, kick him in the balls while he was doing it, and he wouldn't miss a syllable.
>
> The pills were ethical because they didn't interfere with a person's ability to reproduce, which would have been unnatural and immoral. All the pills did was take every bit of pleasure out of sex.
>
> Thus did science and morals go hand in hand. (p.29)

このように沈滞しきった社会を改革するため立ち上がったビリーたちの「ナッシングヘッド運動」が，攻撃の的を自殺パーラーのホステスに絞ったのも，彼女らの性が死のシンボルであり，彼女らの白い口紅が，燃え上がることを忘れた冷たい情熱の，また彼女らの黒のブーツが，権力による個人の自由への蹂躙の永遠の象徴であるからに他ならない。それと対蹠的に，自由な精神と燃えるような生命力の具現化である肩まで垂れる長髪と男性的魅力に満ちた小妖精として描かれたビリーは，明らかに60年代後半から起こったアメリカの若者運動の象徴である。止まることを知らず日々に肥大化してゆく国家権力の前に，ますます矮小化し，挫折し続けていた一般市民の中から，ギターとロック音楽，麻薬と長髪，新しい詩と連帯を武器に，人間平等と性の解放，反戦と平和を叫んで立ち上がった60年代後半の若者たちの運動を象徴するものであったと考えられる。そしビリー・ザ・ポエットという名には，新しい価値，新しい生き方が，テクノロジーのアンチテーゼである詩から生まれるという期待がこめられているようである。ビリーがナンシーに残してゆく詩には，ヴォネガットが当時のアメリカ社会の混乱と，それを未来に外挿した「ようこそ，モンキーハウスへ」の世界の混迷と衰弱化への救いが，昔の詩に象徴される旧時代のよい趣味と価値感，新鮮で純粋な情熱の復活，そして何にもまして振幅の大きい人間精神の働きにあることを暗示しているのではあるまいか。

> "All right, I'll leave the book here, with the place marked, in case you want to read it later. It's the poem beginning:"
>
> *How do I love thee? Let me count the ways.*
> *I love thee to the depth and breadth and height*
> *My soul can reach, when feeling out of sight*
> *For the ends of Being and ideal Grace.*
>
> Billy put a small bottle on top of the book. "I am also leaving you these pills. If you take one a month, you will never have children. And still you'll be a nothinghead."
> And he left. And they all left but Nancy.
> When Nancy raised her eyes at last to the book and bottle, she saw that there was a label on the bottle. What the label said was this: WELCOME TO THE MONKEY HOUSE.（pp.46－47）

ハックスリーが，安定と幸福のため，科学に人間的尊厳を売り渡した痴呆者の楽園『すばらしい新世界』の救済を，サベジ・ジョンを通じて「旧世界」，特にシェークスピア文学の人間精神の複雑性，苦悩と不幸と欲望と至福の交錯する深遠なる人間感情の世界に求め，同様にオーウェルが，『1984年』のディストピアからの救済を，人間感情がもっと自然に流露していた旧時代，ポンドやファージングなどの旧尺貫法が生き，ガラスの文鎮や砂糖やレモンがあり，楡の生垣をもち，兎や鯎（うぐい）の住む牧草地のあった古きよき時代に求めたように，ヴォネガットも，1930年代の古きよきアメリカ，すべてのアメリカ人の故郷が，「アメリカという機械の交換部品」になる前のアメリカ，特にヴォネガットが子供時代を送ったインディアナ州インディアナポリスでの記憶と，古い価値観への回帰に救いを求めていることを，上に引用した「ようこそ，モンキーハウスへ」の最後の１節が明白に物語っている。

むすび

短編「ようこそ，モンキーハウスへ」の結末は，多くのヴォネガットの作品がそうであるように「心暖まる」優しさをもっているので，トニー・タナーのような批評家には感傷的に見えるかもしれない。現にタナーは『タイタンの妖女』でのベアトリス・ラムファードの死ぬ前のマラカイへの言葉「この世で起こりうる最悪のことは，誰にも利用もされないことだわ……私を利用して下さってありがとう」や，マラカイの「誰がこの世界を支配していようと，人生の目的は，愛されるべく身近にいる人を愛することだ」を引用して，「これらの公式的発言は，共感は呼ぶものの，ヴォネガット常套の sentimental sententiousness である[20]」と評している。

第３章で使った「物語のグラフの型」をヴォネガットの作品に適用したものが，《SF 関連事項の表》の最下段の「ストーリーのグラフ」であったが，今一度必要なものだけを抜き出して論をすすめると，ザミャーチンらの先行ディストピア作品のグラフは，ヴォネガットがカフカの『変身』に代表されるとしたグラフ，最初から不運に向かって無限に下降する型に分類できる。

ヴォネガットの「有人ミサイル」，「ハリソン・バージェロン」もこの型である。『タイタンの妖女』と『猫のゆりかご』は，幕切れにある「心優しき」パッセージと，最後に主人公の救いが仄見えるという意味で，ディストピア型の最後でカーブが上向く型，

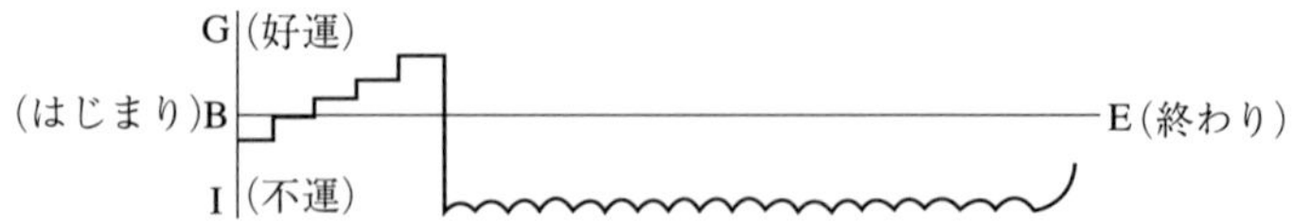

20）Tony Tanner: *City of Words* p.184

または，

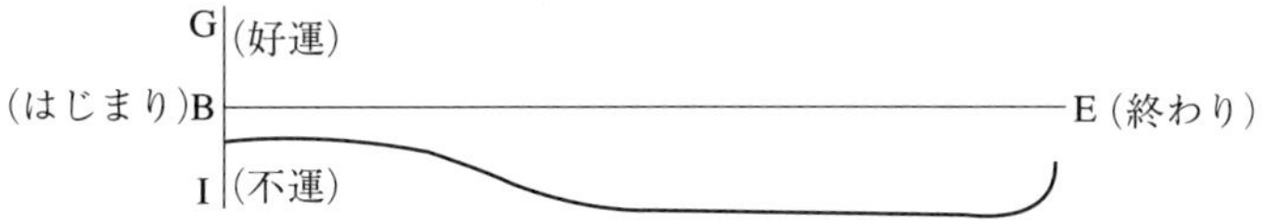

になろうし，「ようこそ，モンキーハウスへ」は，「明日も，明日も，また明日も」と同様，徐々に運が向いて最後に希望が現われるので次の型になるであろう。

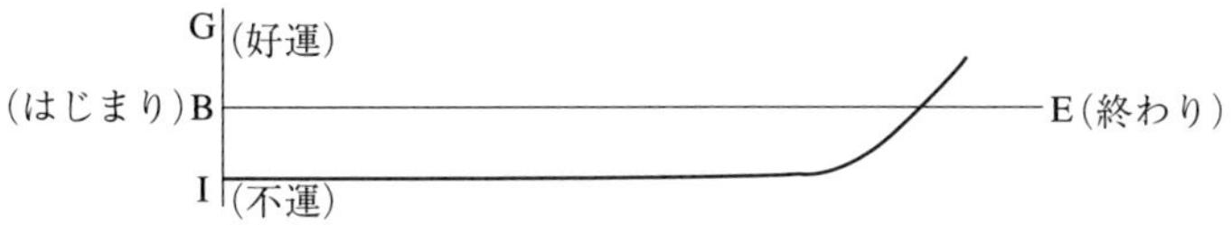

Aグループのグラフが，

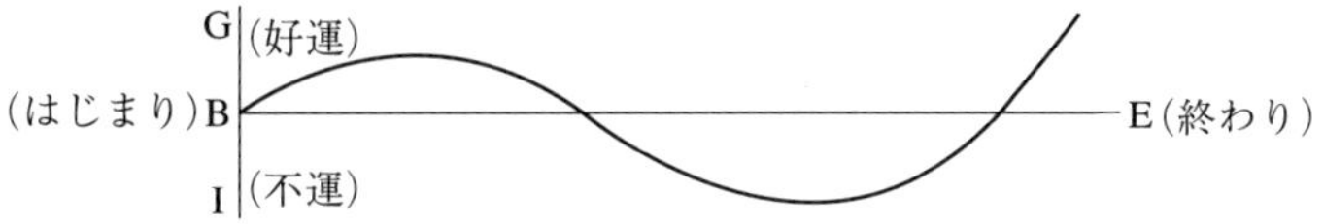

または，

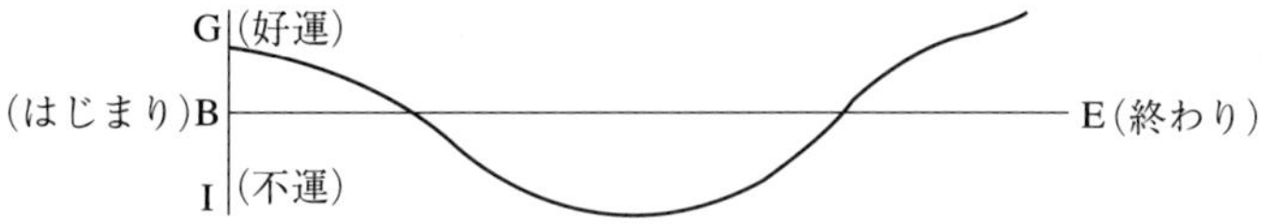

であったことを考え合わせる時，Aグループ，Bグループを問わず，ディストピア的主題をもつ，もたぬにかかわらず，ヴォネガットのSF作品のほとんどに共通するのは，グラフのカーブの最終的な上昇である。上昇するカーブを作り出すのは作中人物，あるいはストーリーの終末部に付与された楽天主義的ムード，ないしは最終的救済であるが，同時にヴォネガット独特のブラック・ユーモアも，大いにそれに与っている。タナーのように上昇するカーブの故にヴォネガットをセンチメンタルな作家と呼ぶのは必ずしも当をえているとは思えない。センチメンタリズムとユーモアはえてして外見が似ており，また両者は時として複雑に混ざり合っていて見分けがつけ難いからで

ある。

ヴォネガットは自分のユーモアをジョナサン・スイフト流の怒れる諷刺でなくて，むしろアリストファネス的軽快なユーモアの系譜に連なるものと言っている。ロバート・スコールズの指摘の通り「スイフト流の諷刺が，社会の不合理・不正改革の手段であったのに対し，ヴォネガットのブラック・コメディは社会の不合理，悲惨を comic perspective（喜劇的視角）でとらえる[21]」という現実認識の方法なのである。ヴォネガットは，現代社会が進んでゆくディストピアを冷徹な感性で見抜き，危険を予見し警告し，人間の愚行に絶望しつつも，どうにかして完全なペシミズムに陥ることを避けようとする。同じように人生の不条理に直面した一昔前のカミュの実存主義的「軽蔑」の受動性から一歩でも脱出するためにヴォネガットが必要としたのは「小さい明るい愛[22]」，スコールズの言う「喜劇的視角」であり，これこそヴォネガットのユーモアをヴォネガット独自のものにしているブラック・ユーモアなのである。

最後にヴォネガットのブラック・ユーモアがどんなものであるかを雄弁に物語る1節を，1976年のヴォネガットの自伝的小説 *Slapstick*（『スラップスティック』）のプロローグから引用してみる。話はヴォネガットが敬愛していた姉のアリスが41歳の時，4人の子供を残して癌で死んだ時の出来事である。

> ……姉の死はたった1つの細目を除いては統計上平凡なものになるはずだった。その細目とは……彼女の健康な夫がつい2日前の朝亡くなっていた ── 開いていた可動橋から転落したアメリカ鉄道史上唯一の列車〈ブローカーズ・スペシャル〉にのり合せていたのだ。考えられないことだ。
>
> しかしこれは実話である。
>
> （姉は外来患者がくれた新聞の第1面の事故死亡者の記事で夫の死を知る）
>
> ⋮
>
> 姉が亡くなったあと，8歳から14歳までの姉の3人の息子たちは，大

21）Robert Scholes: *Fabulation and Metafiction* p.145
22）Playboy Interview p.243

人の出席できない自分たちだけの会議を開いた。そして出てくると２つだけ要求を認めて欲しいと言った ── 子供がみな別れずに暮すこと，２匹の犬を飼いつづけること。この会議に加わらなかった末っ子はまだ１歳そこそこだった。

⋮

車の後ろに２匹の犬をのせてニュージャージーからケープ・コッドに行く途中で８歳になる姉の子供の１人が私にきいた。私たちは南から北に向っていたので，この子にとってケープ・コッドは「上」になる。他の２人の子供は先に行って私たち２人だけだった。

「上の子供たちは優しい？」

「うん，優しいよ」と私は答えた。この子は今では定期航空路のパイロットをしている。子供たちはみなもう子供でなくなった。

（*Slapstick* pp.12－14）

（初出：「九州産業大学教養部紀要」第21巻第２号，1985年）

参考文献

Kurt Vonnegut: *Welcome to the Monkey House* (Dell, New York 1968)
______: *Player Piano* (Dell, New York 1979)
______: *The Sirens of Titan* (Coronet, London 1975)
______: *Cat's Cradle* (Dell, New York 1975)
______: *God Bless You, Mr. Rosewater* (Dell, New York 1973)
______: *Slaughterhouse-Five* (Dell, New York 1975)
______: *Slapstick* (Dell, New York 1983)
______: *Wampeters, Foma & Granfalloons* (Dell, New York 1976)
______: *Palm Sunday* (Laurel, New York 1984)
Jerome Klinkowitz & John Somer: *The Vonnegut Statement* (Delta, New York 1978)
Robert Scholes: *Fabulation and Metafiction* (Univ. of Illinois Press, Chicago 1979)
Aldous Huxley: *Brave New World* (Granada, London 1981)
George Orwell: *Nineteen Eighty-Four* (Secker & Warburg, London 1984)
Tony Tanner: *City of Words* (Jonathan Cape, London 1978)
Thomas Pynchon: *Gravity's Rainbow* (Bantam, New York 1976)
エウゲニー・ザミャーチン：『われら』（小笠原豊樹訳，集英社，世界の文学４，1977）
アントニイ・バージェス：『時計じかけのオレンジ』（乾信一郎訳，ハヤカワ文庫，1981）
フィリップ・K・ディック：『アンドロイドは電気羊の夢を見るか？』（浅倉久志訳，ハヤカワ文庫，1984）

アーシュラ・K・ル・グィン：『闇の左手』（小尾芙佐訳，ハヤカワ文庫，1983）
アーサー・C・クラーク：『未来のプロフィル』（福島正美・川村哲郎訳，ハヤカワ文庫，1980）
アントニイ・バージェス：『1985年』（中村保男訳，サンリオ文庫，1984）
伊藤典夫編『世界の SF 文学・総解説』（自由国民社，1982）
ジュディス・メリル：『SF に何ができるか？』（浅倉久志訳，晶文社，1979）
ピーター・ニコルズ編：『解放された SF ―― SF 連続講演集』（浅倉久志他訳，東京創元社，1981）
ロバート・スコールズ，エリック・ラブキン：『SF ―― その歴史とヴィジョン』（伊藤典夫他訳，ＴＢＳブリタニカ，1981）

［追記］ 論文中原書なきものは，上掲の邦訳の訳者の方々の訳を引用させていただいた。

Kurt

V

『スローターハウス5』

戦争体験が結晶する時

Vonnegut

1

Kurt Vonnegut（カート・ヴォネガット，1992－）が1969年に発表した *Slaughterhouse-Five*（『スローターハウス５』）は，1961年のジョーゼフ・ヘラーの『キャッチ-22』と並んで，第２次世界大戦をテーマとした第２期アメリカ戦争文学の白眉と見做されている[1)]。ヴォネガット自身も『スローターハウス５』を自己作品中もっとも優れたものと評価しており[2)]，この小説を書き上げた時，「これで人生行路の終着駅に辿り着いた。もうこれ以上書かなくてもよいという気になった」と，この作品の出来栄えへの満足感を表明している。

しかし，ヴォネガットが自分の戦争体験に基づく小説を書きはじめてから，『スローターハウス５』が完成するまでには実に23年の歳月がかかった。この23年間にヴォネガットは，５つの長編小説と１つの短編集を世に出し，ひとかどの作家としての評価も定まるが，最初に書く予定だった戦争小説だけは，何度構想を新しくして書き直してもうまく作品として纏まらない。ついにこの未完の戦争小説はヴォネガットの強迫観念になってしまう。ヴォネガットはこの間の事情を，『スローターハウス５』の第１章，および1967年の批評家ジョー・ベラミイによるインタビューで，それぞれ次のように述べている。

> I would hate to tell you what this lousy little book cost me in money and anxiety and time. When I got home from the Second World War twenty-three years ago, I thought it would be easy for me to write about the destruction of Dresden, since all I would have to do would be to report what I had seen. And I thought, too, that it would be a masterpiece

---

1）第１期の代表作は，ノーマン・メイラー『裸者と死者』(1948)，アーウィン・ショウ『若き獅子たち』(1948)，ジェームズ・ジョーンズ『地上より永遠に』(1951) と言えよう。

2）ヴォネガットは評論集 *Palm Sunday* (1984) で，それまで書いた全作品を自己採点しているが，最高点A⁺をつけたのは，『猫のゆりかご』(1963) と，この『スローターハウス５』(1969) の２作だけである。

> or at least make me a lot of money, since the subject was so big.
> (*Slaughterhouse-Five* p.2，以下同書からの引用はページ数のみを記す)

> Anyway, I came home in 1945, started writing about it, and wrote about it, and wrote about it, and WROTE ABOUT IT. This thin book is about what it's like to write a book about a thing like that. I couldn't get much closer. I would head myself into my memory of it, the circuit breakers would kick out; I'd head in again, I'd back off. The book is a process of twenty years of this sort of living with Dresden and the aftermath.[3)]

ヴォネガットが書こうとしたのは，当時まだ20歳代のはじめだった多感な青年ヴォネガットが，1944年から翌45年にかけて第２次世界大戦中のドイツ戦線で経験した異常な出来事であった。アメリカ陸軍の歩兵だったヴォネガットは，1944年12月アメリカ軍が大敗を喫したバルジの戦闘で，斥候に出ていて本隊とはぐれ，ドイツ軍陣地の背後を10日も彷徨ったあげく捕虜となる。彼は他のアメリカ人捕虜とともにドレスデンに護送され，翌1945年２月13日夜，ここで連合国空軍の大空襲を経験する。投下された無数の爆弾と焼夷弾のためドレスデン全市は１本の巨大な火柱となって炎上し，火柱は地上のあらゆるものを焼き尽くす。13万のドレスデン市民も街と運命をともにする。わずかに生き残ったのは，地下３階のスローターハウス（食肉貯蔵庫）に潜んでいた100人のアメリカ人捕虜と数人のドイツ監視兵だけだったという。第２次大戦中最大の民間人殺戮であった。

高校，大学時代を通じて学校新聞の編集に携わり，早くから作家志望だったヴォネガットが，復員後一番にドレスデンでの体験を作品にしたいと考えたのは当然のことであった。その際，先の引用から分かるように，ヴォネガットはまず自分の体験を自然主義的，リアリズムの手法で書こうとした。ストーリーの進行も伝統的小説の直線的進行であったことは，『スローターハウス５』の第１章で，ヴォネガットが主な登場人物の運命を，それぞれ何色

３）Joe D. Bellamy: *The New Fiction* pp.202－203

かのクレヨンで色分けして，時間の経過に従って連続する線で描いてみたと述べていることからも明らかである。

ところが，いざ書き出してみると，この自然主義的手法はすぐ行き詰まる。「テーマが大きいので，見てきたことを紙に書き移せばそれでよい」と思われたものが，どうしても作品の形に結晶してくれない。それはまるで，ドレスデン経験の中の何かが作品に凝結することを拒んでいるように思える。ヴォネガットを拒むものの第一は，物語のクライマックスにする予定のドレスデン爆撃の夜の記憶の肝心なところが「すっぽりと抜けている ── 私の記憶だけでなくて，友人たちの記憶からも脱落している[4)]」からである。確かにヴォネガットは，ドレスデン大空襲の時ドレスデンにいた。破壊と火災による窒息を免がれた唯一の地下壕スローターハウスに潜んでいて，無数の高性能爆弾が地上で炸裂する「巨人がドンドンと足を踏み鳴らすような音」を聞き，「天井から時々白い塗料が降ってくる」のは見たが，その時地上でドレスデンが１つの巨大な炎の柱と化し，生きとし生けるもの，燃えうるものすべてを焼き尽くす黙示録的焦焼地獄は目撃していない。次の日の午後やっと地上に這い上ったヴォネガットたちが目にしたのは，エルベ河畔の小パリと言われたドレスデンの美しい街並みが，一晩のうちに「鉱物以外は何もない月の表面」と化している姿だった。この凄絶な廃墟を前にアメリカ人捕虜もドイツ監視兵も，等しくしばし茫然自失する。やっと気を取り直したドイツ兵は，廃墟を脱出すべくアメリカ兵を四列縦隊で歩かせるが，誰もほとんどしゃべらない。

> Nobody talked much as the expedition crossed the moon. There was nothing appropriate to say. One thing was clear: Absolutely everybody in the city was supposed to be dead, regradless of what they were, and that anybody that moved in it represented a flaw in the design. There were to be no moon men at all.（p.180）

「大量殺戮を語る理性的言葉など何一つない」（p.19）からである。一夜に

4）Kurt Vonnegut: *Wampeters Foma & Granfalloons* p.262

して月面と化したドレスデン，廃墟の上に立ち込める真黒な煙の彼方に「針の先ほどの怒れる点」に見える太陽，すべての建物が崩れ落ち，なだらかな起伏になった市街のあちこちに転がっている「短い丸太」のような市民の焼死体――これらはすべて常識を遙かに超える異常な光景で，文字通り言語を絶するもの，言語による表現を拒むものであった。これが，爆撃の翌日ドレスデンの廃墟を横断する間中，ヴォネガットたちアメリカ人捕虜がほとんど口を利かなかった理由であり，また後になって復員したヴォネガットがドレスデン物語を書こうとした時も「ドレスデンを語る言葉はあまり出て来なかった」（p.2）最大の理由でもあった。

2

ドレスデン物語に行き詰まったヴォネガットは，1964年，復員後20年ぶりに昔の戦友バーナード・オヘアに会いに行く。２人で昔話をすればドレスデンの記憶も少しは戻るかとヴォネガットは期待したのだが，結局２人は肝心なことは何一つ思い出せない。しかしオヘアを訪問したことで，ヴォネガットはドレスデン物語の基調に関する決定的啓示を得ることになる。啓示を与えてくれたのはバーナードではなくて，彼の妻メアリーであった。ヴォネガットは『スローターハウス５』の第１章にこの経緯を軽妙に描いている。それによると，バーナードは昔の戦友を快く迎えてくれるが，メアリーのヴォネガットへの態度は最初からどことなくよそよそしい。メアリーはヴォネガットが作家で，戦争小説を書いていると聞いて腹を立てていたのだった。メアリーの考えによれば，ヴォネガットや夫バーナードが戦争に行ったのは，まだ20歳になるかならぬかのほんの子供時代だったのに，いざ小説を書く段になると，自分をフランク・シナトラやジョン・ウェインのような歴戦のタフガイに擬して，戦争を勇壮なものに描いてゆく。その結果またしても戦争が起こり，今２階で寝ている自分の子供たちのような年端の行かぬ少年たちが戦場に駆り出される。戦争小説，戦争映画は好戦気分を助長し，一旦戦争が始まれば戦争で殺されるのはまだ子供にしかすぎない幼い兵士たちだというのがメアリーの非難なのであった。ヴォネガットは瞬時にして悟る。メアリーの言葉は天啓のごとくヴォネガットの胸に真直に届く。ヴォネガットはメアリーに誓う。

> 私は右手を挙げて彼女に誓った。「メアリー，今書いている本が完成するかどうか分らない。今まで5000ページ書いたが破棄してしまった。しかし今度完成する時は，誓って言うけど，フランク・シナトラやジョン・ウェインの出るような小説にはしないよ。そうだ，『子供十字軍』という題にしよう」
>
> メアリーはそれ以来私の友人になった。(p.15)

メアリーとの出会いは，ヴォネガットにドレスデン事件を含めすべての戦争体験への見方を変えさせ，従って作品の焦点の置き方を変えさせただけでなく，焦点の変移はまた彼の書かんとする小説の構造と文体にも影響を及ぼすことになる。というのも，構造や文体といった形式は，単にドレスデン経験という内容を盛る容器だけではない。形式と内容はもっと深いところで有機的に連結していて，内容が如何に作者の目に映るかが，即ち作者の用いる形式なのであり，また見方（＝形式）を変えることは，見られる内容も変化することを意味したからである。この意味で，メアリーのエピソードの中には，『スローターハウス５』という複雑な構成と重層的ストーリーをもつ風変わりな小説の成立の謎を解明する手掛りが隠されていることは明瞭なので，ヴォネガットの批評家は総じてこのエピソードに注目する。Robert Scholes（ロバート・スコールズ）もその１人で，彼はメアリーのエピソードの中に『スローターハウス５』の反戦のテーマを見ようとする。スコールズは *Fabulation and Metafiction*（1979）で次の如く論じる。

> The best writers of our time have been telling us with all their imaginative power that our problems are not in our institutions but in ourselves. Violence is not only (as Stokely Carmicheal put it) "as American as apple pie." It is as human as man. We like to hurt folks, and we especially like to hurt them in a good cause. We judge our pleasure by their pain. The most dangerous people in the world are those with an unshakable certainty that they are right. A man *that* certain of his cause

> will readily send a bunch of kids off to rescue his Holy Land. His rectitude will justify any crimes. Revolution, wars, crusades—these are all ways of justifying human cruelty.[5)]

人間精神の奥深いところに暴力に対する愛好という非人間的なものが救い難く潜み，住み着いていて，これが同じ仲間の人間への残忍行為を惹き起こす。革命，戦争，「十字軍」の原動力は，人間性に巣くう狂信と残忍への愛好だとするスコールズの主張は，一般論としては確かに正しいが，メアリーのエピソードのコンテキストからすれば，スコールズの論は，ヴォネガットのそれと多少ニュアンスを異にすると言わざるをえない。メアリーのエピソードでヴォネガットがメアリーに向かって，新しい小説の題を『子供十字軍』にしようと言った時の強勢は，子供の上にあった。メアリーの指摘でヴォネガットが開眼したのは，20年前の自分たちの真の姿，まだ何一つ知らぬ子供だった自分たちの姿に他ならなかった。ヴォネガットを含めた当時のアメリカ軍兵士の実体は，スコールズの論ずるように革命や戦争と同列に置かれ，自分の行動の正当性に揺がぬ信念をもった「大人十字軍」でなくて，子供に強勢をもつ20世紀の「子供十字軍」なのであった。未熟で未経験，無知で自らを守る術(すべ)さえろくに知らぬ，いわば戦争のアマチュアたる17，18，19歳の幼い少年兵士たちが，大人の惹き起こした戦争に駆り出され，戦場を右往左往し，殺し，殺される不合理，虚しさ，無意味さが，「子供十字軍」という副題の真意であった。

スコールズのように狂気と暴力が人間の内部から必然的，不可避的に湧き上がってくると捉えることからは，むしろジョーゼフ・ヘラーの『キャッチ-22』の世界が出てくる。『キャッチ-22』の第2次大戦下のピアノーサ島のアメリカ空軍基地で，アメリカ空軍所属の操縦士や爆撃手たちの生存を脅かしているのは，爆撃行のたびに狂気のように砲弾を打ち上げてくるドイツ軍の対空砲火であると同時に，理由もなくただ出撃回数を増やす基地司令のキャスカート大佐であり，また戦争を種にして敵，味方両方から利潤を上げ，必要とあらばドイツ軍と通じて味方基地を攻撃させる食堂係将校マイロー・

5）Robert Scholes: *Fabulation and Metafiction* p.204

マインダーバインダー少尉であり，自己の昇進のためにはすべての同僚，さらに妻までも犠牲にして省みないシャイスコプフ中尉などの味方のアメリカ軍人であり，彼らすべてを生み出すアメリカ空軍という機構そのものである。『キャッチ-22』の世界では，将校は上官を怖れ，その上官はまた部下の将校を怖れ，部下の将校はお互い同士を警戒し怖れている。憎悪と暴力と不合理は，敵からも，味方からも湧き出てくる。スコールズの指摘の通り，戦争の原因となる残虐性への愛好は，すべての登場人物の中に潜んでおり，主人公ヨサリアンの闘うべき当面の相手は，敵ドイツ軍でなくて，むしろ味方のアメリカ軍の上級将校，アメリカ空軍という巨大機構，さらに不条理，不合理の最たるもの「キャッチ-22」（軍規第22号[6]）なのである。

これに反しヴォネガットの『スローターハウス５』の世界では，不条理と暴力はあくまで「外から」そして「上から」，ビリーを含めた子供十字軍の上に降りかかってくる。ヴォネガットが第１章でアレゴリカルに使った旧約聖書のソドムとゴモラを焼き尽くした劫火のように，ドレスデン破壊の爆弾と焼夷弾は，空から「子供十字軍」の上に降ってくる。そしてここで注目すべきことは，子供十字軍は何もアメリカ軍に限られているわけではないということである。ヴォネガットは，ドイツ軍兵士を登場させる時も，ほとんどの場合彼らをアメリカ兵に劣らず子供子供した若い兵士か，無力な予備役の老兵士として描く。戦場に駆り出され，目に見えない巨大な力に操られて，殺し，殺されているのは，敵，味方を問わずみな子供十字軍なのである。『スローターハウス５』におけるヴォネガットのドイツ人に対する奇妙な優しさは，恐らくヴォネガットがドイツ系移民の４世であることも関係するのであろう。

ヴォネガットは，メアリー・オヘアに約束した通り，『スローターハウス５』でビリー・ピリグリムというおよそもっとも軍人らしからぬ軍人――naïve で helpless で，戦闘意欲も能力も全く欠いた間抜けな主人公を設定し

6）「キャッチ-22」のキャッチとは落し穴（ここでは詭弁）の意だが，ヘラーが考案し，ヨサリアン以下の作中人物を悩ますこのキャッチ-22の論法は次の如くである。――狂人だけが飛行勤務を免れることができる。しかし自ら免除願を出す者は狂人ではないので，出撃しなければならない。出撃することは狂気の証拠だから出撃に参加する必要はない。しかし参加したくないというのは正気の証拠だから，その者は出撃に参加しなくてはならない（第５章）。

た。ビリーは，ジョン・ウェインの反対の極に位置している。ビリーの無力で無知な白痴的性格にマッチするように，ヴォネガットはビリーの容貌や扮装をグロテスクなまで誇張し戯画化する。夢うつつでドイツ軍陣地の背後を逃げ惑うひょろ長いビリーは，鉄かぶとも銃もなく，寒さと運動で真っ赤な顔をした「醜いフラミンゴ」（p.33）に見え，捕虜収容所で渡された他人の毛皮の襟のついたコートは，小さすぎて袖を通したとたん裂けて猿回しの猿の着るようなちんちくりんのベストになる（p.90），さらにビリーはオーバーの代わりに空色のカーテンをトーガ状に纏い，シンデレラ劇に使った銀色のブーツを履いてドレスデンの町を行進して，捕虜行進を見物しているドイツ人医師を怒らせる（p.151）。このドイツ人の目には，道化じみたビリーの衣裳が戦争を侮辱し，ドイツ人をからかっていると映る。[7)]

メアリーとの邂逅は，ヴォネガットにドレスデン体験を眺める視点の転換をもたらしたのだが，それが直ちに『スローターハウス５』の完成に結びついたわけではない。メアリーとの出会いから『スローターハウス５』の完成までに，ヴォネガットにはさらに５年の歳月が必要であった。この５年間にヴォネガットは新しく獲得した視点から，一群の作中人物を創造し，新しい視点が要求する構成上の工夫や，それらを表現する独自の文体を徐々に準備し，醸成してゆく。『スローターハウス５』でヴォネガットは，それまで一度も使ったことのないcut-ups（カット・アップ）の手法や，その他いくつかの新機軸を生み出し，作品中で効果的に使うことになる。これら新機軸や工夫が，子供十字軍というテーマ設定と，ビリーはじめウェアリー，ラザロなどというナイーブな作中人物創造の必然的帰結であったことを論ずるのが，次項の目的である。

3

『スローターハウス５』は，ヴォネガットの様々な小説技法上の新工夫，

7）しかし道化ビリーも，イエス・キリストに擬せられているところもある。受難のビリーは，第４章の貨車の中で窓枠につかまって自ら十字架に架かり，第６章ではドアを閉め忘れ「戸を閉めろ，貴様馬小屋で生まれたのか」と怒鳴られ，日頃泣きたいことがあっても幼な児イエスみたいに滅多に泣かない（第９章）。

新機軸に満ちている。直線的筋を否定した代わりに，まずヴォネガットはカット・アップの手法を全編に採用する。この時間的に順不同に並べられたカット・アップに加えて複数のストーリーの同時進行が起こる。さらに三人称の語りに登場人物の内的独白が混じるかと思うと，突然語り手の背後から作者「私」なる人物が文中に顔を出し，直接読者に話しかける。おまけに『スローターハウス５』には，ヴォネガットが別の小説で使った人物が，端役ながら次々に登場してくる。また文献からの引用，小説の死について議論，アレゴリー，挿絵なども随所に用いられ，『スローターハウス５』を変化に富んだ型破りの作品，ヴォネガット自身の表現によれば jumbled and jangled（ごたまぜで調子はずれ p.19）な作品にしている。これらのうちでも特に『スローターハウス５』をユニークなものにしているのは，「複数のストーリーの同時進行」と，「カット・アップの手法」とであるので，今この２つを順番に少し詳しく見てゆくことにする。

複数のストーリーの同時進行とは，主人公ビリー・ピルグリムの1944年から45年にかけての第２次大戦中の戦争体験のストーリーと，1945年復員してから1968年までのビリーの戦後生活のストーリー，ビリーが1967年にトラルファマドール星の空飛ぶ円盤に誘拐されて動物園で見世物にされるというSF的ストーリー，さらにビリーの幼年時代の回想といった複数のストーリーが，『スローターハウス５』全編を通じて，それぞれの章で同時進行的に物語られてゆくことである。複数のストーリーを並列的に語るためにヴォネガットはそれぞれのストーリーを細かくカット・アップ（分割）するので，複数のストーリーの同時進行はまた必然的にカット・アップをも含むが，今論を進める都合上，この２つを別々に考察する。まず『スローターハウス５』の各章にどのくらい複数のストーリーが語られているかを表にすると表１のようになる。

ビリーの戦争体験のストーリー（以下Ｂ１と略記）は，全編を通じて満遍なく出てきて chronological に連続してゆく。同一章に頻繁に起こるカット・アップや複数の筋の同時進行にもかかわらず，『スローターハウス５』を見かけより読みやすくしているのは，このＢ１が主導的ストーリーで，それが chronological に流れてゆくからである。

これに反し，ビリーの戦後生活のストーリー（以下Ｂ２と略記）は non-

表１　『スローターハウス５』での複数のストーリー

	第1章	第2章	第3章	第4章	第5章	第6章	第7章	第8章	第9章	第10章
ビリーの戦争体験のストーリー（Ｂ１）		○	○	○	○	○	○	○	○	
ビリーの戦後生活のストーリー（Ｂ２）		○	○	○	○	○	○	○	○	
トラルファマドール星のストーリー		○		○	○			○	○	
ビリーの幼年時代の回想		○		○	○				○	
他作品からの人物					○			○	○	
作者「私」の介入			○		○	○				

表２　『スローターハウス５』を構成するストーリーの比率

	第1章	第2章	第3章	第4章	第5章	第6章	第7章	第8章	第9章	第10章
ビリーの戦争体験（Ｂ１）		51	63	50	38	90	50	19	16	
ビリーの戦後生活（Ｂ２）		28	37	27	37	10	50	26	37	
トラルフアマドール星		9		21	21			4	6	
ビリーの回想		3		2	4				1	
その他		9						51	40	

注：第１章はプロローグ，第10章はエピローグに当たるものなので表から除外した。

chronological に語られる。Ｂ２はＢ１に劣らずほとんどの章に出てくるが読者はすぐＢ２が副次的ストーリーであることに気づくので，時間的非連続性と頻繁なカット・アップにもそれほど煩わされることはない。あと，トラルファマドール星関係のＳＦ的ストーリーは５つの章に出て chronological であるが，B1，Ｂ２と比較して分量は遙かに少なく断片的である。これよりさらに短く，断片的なのが，数行ずつ４カ所に出てくるビリーの回想のシーンで，これは non-chronological である。

ここで『スローターハウス５』を構成する以上の４つのストーリーが，各章で占める比率を見ておこう（表２）。数字は該当のストーリーがその章で占めるページ数をパーセントで表わしたものである。

表２から，Ｂ１とＢ２が『スローターハウス５』の２つの主要なストーリーであることがまず分かる。そしてＢ１とＢ２のみについて言えば，第２章から第４章までの最初の３つの章では，Ｂ１とＢ２の比率は約２：1，中間部の第５，第７章では１：1，終幕に近い第８，第９章ではＢ２の比重が多

くなっており，ヴォネガットが章の進行につれて話の力点をビリーの戦争体験からビリー戦後生活に移動させているのがよく分かる。いずれにせよ，B1，B2という2つのストーリーは，糾（あざな）える2本の紐の如く密接に絡み合って『スローターハウス5』全体のストーリーを展開してゆく。その際，あとで詳述するように，B1での無力で道化じみた若いビリーと，B2での大富豪となった中年のビリーという2人のビリーが，同じページに並んで出てくる時の対比と，対比が惹き起こす緊張がまた『スローターハウス5』の魅力の1つともなる。

次に『スローターハウス5』の第2の特徴たるカット・アップの手法を，第5章を例に取り上げてみよう。第5章は全部で16のカット・アップ，即ち分割された場面で構成されている。最初のカット・アップは，トラルファマドール星の空飛ぶ円盤に誘拐されたビリーが，トラルファマドール星人と話しているシーンである（トラルファマドール星のテーマ）。この直後，空飛ぶ円盤はタイムワープ（time warp）に突っ込み，ビリーは時間を逆行して12歳の子供時代に戻って，家族と一緒にグランド・キャニオンの断崖の縁に立って恐怖に震えている（ビリーの回想のテーマ）。次のカット・アップも回想のシーンで，10日後のビリーは，カールズバッド洞窟の暗闇で，天井が落ちてこないかと怯えている。次は10年後のビリーのカット・アップで，ドイツ軍の捕虜となったビリーは，大勢のアメリカ兵とともに両手を頭の後ろに組んで行進させられている（戦争体験のテーマ）。次の場面では，収容所の病室が4年後のアメリカ本土の復員軍人病院の精神科病棟の一室に変わる。戦争の後遺症でここに入院しているビリーは，同じ原因で入院しているエリオット・ローズウォーター[8)]と同室になり，母や婚約者の見舞いを受けている（戦後生活のテーマ）。と思うと，次のカット・アップでは，ビリーは1968年まで時間を未来に向かって飛んで，トラルファマドール星の動物園の檻でトラルファマドール星人の見世物にされている（トラルファマドール星のテーマ）……あとは詳しく述べる必要はないと思われるので，章の残りの部分での出来事とその起こる順序を矢印で示してみた。

8）エリオット・ローズウォーターは，ヴォネガットの前作『神さま，ローズウォーターさんへお恵みを』（1965）の主人公で，第2次大戦中ドイツ兵と間違えて14歳の少年を銃剣で刺し殺したことが原因で，神経症をわずらう。

……→ビリーとヴァレンシアの新婚の夜→1944年，軍の特別休暇をもらって父の葬儀に赴くビリー→捕虜収容所の病室→1968年，イリアムの自宅で男やもめになったビリー→トラルファマドール星動物園に美人女優モンタナ・ワイルドハックが誘拐されてくる→1968年，患者の検眼をしているビリー。

以上16のカット・アップをページ数の多い順に並べ，ついでにカット・アップの回数を付記すると，一番多くのページ数が割かれているのはビリーの戦争体験でカット・アップは４回，次に多いのが戦後生活のテーマでカット・アップは６回，トラルファマドール星のテーマで３回，少年時代の回想３回の順となる。第５章には以上16のカット・アップの他に，作者「私」の登場が２回，引用や他作品の作中人物が顔を出すシーンが５回ある。第５章に限らず，他の章もみなカット・アップの手法が使われ，物語の時間は決して直線的でなく，過去から現在，現在から過去，そして未来と，忙しく過去から未来までを小刻みに往復し，その間に一見話の進行に無関係な他の要素が混入するという複雑な構成をとる。

カット・アップの手法のおかげで，ヴォネガットは1944年の冬のドイツ戦線で生死の間を彷徨う少年兵ビリーと，戦後事業に成功して大富豪になった中年のビリーという２人のビリーを，同一ページに肩を並べて登場させることができた。２つの異なる時間に跨がる同一人物の異なる境遇，異なる状況の提示は，chronological な人物提示の場合より遙かに緊張に充ちたものとなる。ヴォネガットから時間内を自由に旅行できる能力を賦与されたビリーは，例えば先の第５章のカット・アップの如く，新婚のベッドから用足しに出て壁のスイッチを手探りすると，そこはもう収容所の病室のベッドに変わり，今度は病室のドアを押すと，そこは新婚のベッドに早変わりする。ビリーは一瞬にして「時間内遊泳」を果たす。そして新婚のベッドと収容所のベッドという２つの異なる時間と空間でのビリーの境遇の落差がまた，戦場でのビリーの悲惨さを増幅させる。

今，図表を使ってこのことを視覚的にも明瞭になるようにしてみよう。ヴォネガットは随筆集 *Palm Sunday* で，物語の主人公の好運，不運を縦軸に，物語の時間的経過を横軸にして，物語のタイプごとに異なった曲線のグラフを書いているので，この方法にあやかって『スローターハウス５』の主人公ビリーの運命のグラフを作ってみる。ただ『スローターハウス５』は複数のストーリーが同一章に併存し，各々のストーリーがカット・アップされ，順不同に混ぜ合わされているので，単一のグラフで全編を網羅することはまず不可能に近い。従って手順としてまず主要なストーリーごとにグラフを書き，あとでそれらのグラフを重ね合わせることにした。ビリーの戦争体験Ｂ１と戦後生活Ｂ２のグラフは，およそ次のような曲線を描くと考えてよかろう（Ｇ＝好運，Ｉ＝不運，Ｂ＝物語の始まり，Ｅ＝物語の終わりを表わす）。

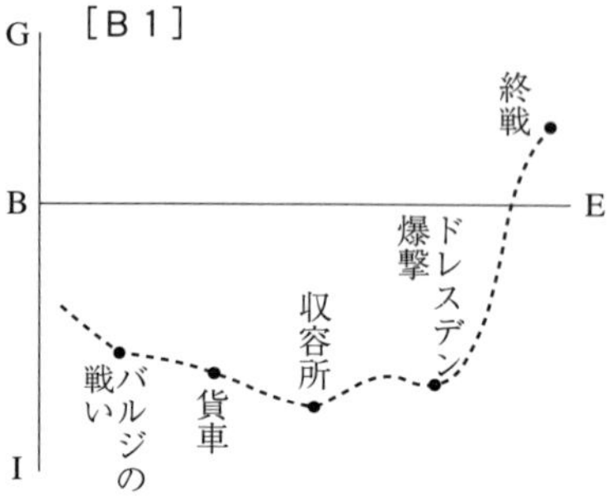

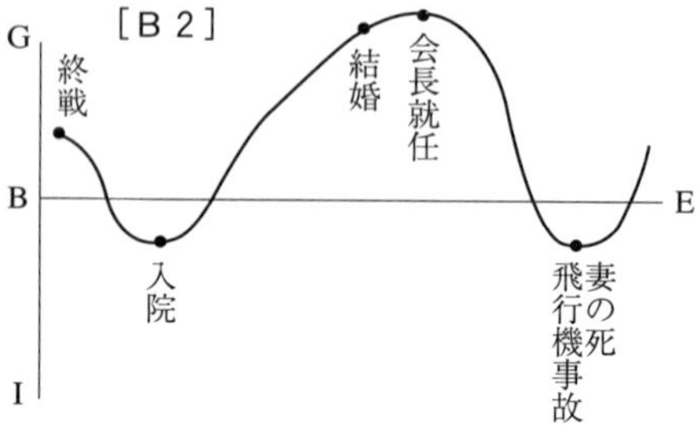

次にB1，Ｂ２のグラフをこのまま機械的に繋ぐと，次のＢ１＋Ｂ２のグラフになる。これはもし『スローターハウス５』のＢ１，Ｂ２がともにchronologicalな筋で書かれていたら，それがもっていたであろうグラフ，そして恐らくヴォネガットが最初に構想したドレスデン物語のグラフであったと考えられる。

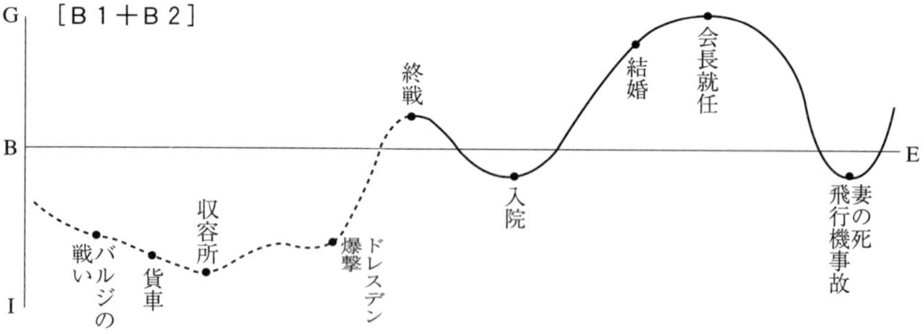

しかし実際の作品『スローターハウス５』をこのように単一のグラフで示すことは極めて難しい。Ｂ１の方はchronologicalだから何ら問題はないのだが, non-chronologicalなＢ２が厄介なのである。Ｂ２はどの章においても年代的に相前後するエピソードが細かくカット・アップされたものから成り

立っており，おまけにこれらのカット・アップはまた時間の順序に並んでいない。そのために，カット・アップのうちのどれを中心と考えるか —— それによってはじめてグラフの座標も決まるのだが —— が容易には決まらない。例えば第２章のＢ２は1957年ビリーがライオンズクラブの会長に就任するエピソード，翌1958年息子ロバートの属する少年野球チームのリーグ優勝祝賀会の話，次は1961年のニューイヤーズ・イブに泥酔して妻以外の女性と関係しそうになるビリー，また1965年年老いた母を老人病院に見舞うビリーと，４つの年代に属するエピソードから出来ており，それらが順不同に語られてゆく。しかもこれらＢ２グループのエピソードは，1944年の冬，ドイツ軍陣地背後の雪の森林を敗残兵となって彷徨するＢ１のストーリーの間に挿入されている。グラフの座標を決めるため，私はこの第２章では上に述べたＢ２の４つのエピソードから，Ｂ２の基調的雰囲気をもつものとして，ビリーのライオンズクラブ会長就任のエピソードを選んだ。同様に，Ｂ２が細かく分割され，多くのエピソードを含んでいる第５，第８，第９章でも中心になるエピソードを１つだけ恣意的に取り出す必要があった。

さらにグラフを描く上でのもう１つの問題はトラルファマドール星のテーマのことである。トラルファマドール星のエピソードはＢ１，Ｂ２についで『スローターハウス５』の重要な構成分子であるが，これは常にＢ２と分かち難く組み合わされて出てくるので，Ｂ２のグラフは厳密に言えば，ビリーの戦後生活エピソード＋トラルファマドール星のエピソードのグラフとなっている。グラフではトラルファマドール星のエピソードには★印を施して本来のＢ２と区別しておいた。なお，ビリーの幼年時代の回想は，第２，４，５，９の４つの章に出て，第２，第４章ではＢ１に，第５，第９章ではＢ２に組み込まれて語られるが，量が少ないのでグラフにはできない。

さて『スローターハウス５』のＢ１，Ｂ２が同じ章に同居して進行するストーリー全体をグラフにすれば次頁のようになるであろう。横軸には，章が進むにつれての時間経過を，Ｂ１，Ｂ２の文字の記入は主なるエピソード，Ｂ２の年号の数字はカット・アップの出現の順番を列挙したものであり，Ｂ２の○で囲んだ年号は，それがその章の代表的エピソードであることを示している。言うまでもないことだが，今から掲げるグラフでのＢ２の曲線は，先のわざと chrohological に直して書いたＢ２のグラフとは全く異なる曲線

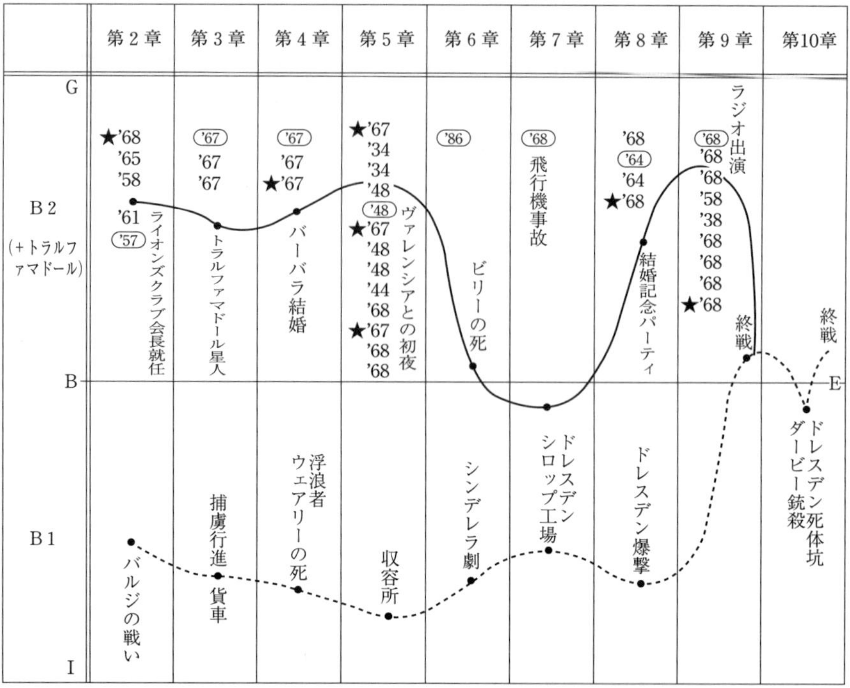

を描くが，これが『スローターハウス5』という原本に書かれたB2の正しいグラフなのである。

このグラフでは，B1とB2は，終始相交わることなくそれぞれ独自の曲線を描き，中央線BEを挟んで，まるでヨハン・セバスチャン・バッハの《フーガの技法》における「鏡のフーガ」のように，上下対称的に進行する[9]。2本のカーブは最初より考えうる限りの最大の隔たりをもって始まり，落差は第5章で極限に達する。ここでは捕虜になって錯乱を起こし，モルヒネを打たれてベットに括りつけられている戦時中のビリーと，戦後富豪の娘ヴァレンシアと新婚のベットに横たわる幸福の絶頂にいるビリーの姿が鋭く対比される。この2人のビリーのコントラスト，落差が引き起こす緊張感が『ス

9）本書Ⅳ「『バーンハウス』と『モンキーハウス』のあいだ」で『スローターハウス5』のストーリーのグラフを不可能としたのは，この上下対称的カーブを1本のグラフに纏め難かったからである。

ローターハウス５』に独自の魅力を付与する。またＢ２における一見平穏な生活を送っている中年のビリーを悩ます強迫観念は，Ｂ２とほとんど対にして書かれるＢ１のドイツ戦場における悪夢的事件の記憶なのである。例えば第４章に，1967年のクリスマス，娘バーバラが新婚旅行に出かけた夜，44歳になったビリーが妻ヴァレンシアとダブルベッドに「スプーンのように重なって」横たわりながら，なかなか寝つけないでいるシーンがある。次の瞬間，ビリーは重なったスプーンのイメージに触発されて，20年前の同じクリスマスの夜，有蓋貨車に詰め込まれて捕虜仲間と「スプーンのように重なって」，ドイツ領奥深くに運ばれていた自分の悪夢的姿を垣間見る。第３章の終わりと，第４章の出だしはこの重なるスプーンのイメージで連結されている。

> Human beings in there took turns standing or lying down. The legs of those who stood were like fence posts driven into a warm, squirming, farting, sighing earth. The queer earth was a mosaic of sleepers who nestled like spoons.
>
> Now the train began to creep eastward.
>
> Somewhere in there was Christmas. Billy Pilgrim nestled like a spoon with the hobo on Christmas night, and he fell asleep, and he traveled in time to 1967 again—to the night he was kidnapped by a flying saucer from Tralfamadore.
>
> ……………………………………………………………………………
>
> Billy Pilgrim could not sleep on his daughter's wedding night. He was forty-four. The wedding had taken place that afternoon in a gaily striped tent in Billy's backyard. The stripes were orange and black.
>
> Billy and his wife, Valencia, nestled like spoons in their big double bed.（pp.70－72）

ここに３回繰り返されている“nestled like spoons”（スプーンのように重なって）という表現は，もはや単に修辞上の必要から使われているのでなくて，より深い意味，語りが行われる語り手の視点とも関係があると言わねばならぬ。というのも「スプーンのように重なって」寝ている姿から，戦時中貨車で護送されたアメリカ兵捕虜の惨めな姿を連想するのは，もちろん中年になったビリーではあるが，このビリーの背後には同じ経験をもつ作者ヴォネガットが控えている。中年ビリーの視点はまたメアリーとの出会いで獲得した新しい視点から『スローターハウス５』を書いている1968年のヴォネガットの視点でもあるからである。こう考えてくると，『スローターハウス５』で何回か不意に語り手の後ろから姿を現わして読者を驚かせる「私」の問題も不思議でなくなる。少し好奇心の強い「作者」ヴォネガットが，自分とほとんど同じ経歴，資格でしゃべっている「語り手」の肩ごしに，つい口を出したのである。「私」の登場は計４回であるが，引用は１カ所で十分であろう。

> The trip to Dresden was a lark. It took only two hours. Shriveled little bellies were full. Sunlight and mild air came in through the ventilators. There were plenty of smokes from the Englishmen.
>
> The Americans arrived in Dresden at five in the afternoon. The boxcar doors were opened, and the doorways framed the loveliest city that most of the Americans had ever seen. The skyline was intricate and voluptuous and enchanted and absurd. It looked like a Sunday school picture of Heaven to Billy Pilgrim.
>
> Somebody behind him in the boxcar said, "Oz." That was I. That was me. The only other city I'd ever seen was Indianapolis, Indiana.（p.148）

ヴォネガット自身も *Palm Sunday* の中で，この「私」の出現にふれて，作品中に「私」を登場させたのは別に深い意味はない，作家としてある程度成功したので少し遊んでみたかっただけだといった趣旨の発言をしているので，この問題にあまり深入りする必要はないと思われる。むしろここで注目すべきは，『スローターハウス５』にしばしば，まるで呪文か連禱（れんとう）みたいに繰り返される２つの言葉である。１つは "Somewhere in there……"（ここいらのどこかで……）という表現で，遠い過去の記憶の中から，とりわけ悪夢的シーンが，ビリーの，そしてヴォネガットの脳裏に蘇ってくる時に使われる。もう１つは "So it goes."（そんなものだ）で，どうしようもない事態に遭遇した時，特に死を目撃した時ビリーが必ず呟く独白であるが，これは無力なビリーが戦場でどうしようもない苦境を一時的に紛らすための呪文であったのと同時に，23年という時間のフィルターを通して自分の体験を振り返ったヴォネガット自身の呟きとも聞こえるのである。前述の“nestled like spoons”同様，これら2つの表現の執拗なまでの反復も，修辞法の必要が言わせているのではなく，やはり『スローターハウス5』におけるヴォネガットの新しい perspective と，それが生み出した重層的ストーリーが言わせていると言わねばならぬ。なお，この視点と perspective に関しては，この章の5でもう一度ふれる機会があろう。

4

劇的対決，明確な性格をもった登場人物の欠如を補うべくヴォネガットが採用したカット・アップの手法は『スローターハウス5』に緊張感とユニークな perspective を付与した反面，新たに厄介な問題を惹き起こし，ヴォネガットにその解決を迫ることになる。新たな問題とは，カット・アップのおかげで時間内を自由に動き回れるようになった作中人物ビリーの「自由意志」の問題である。戦場でのビリーを瞬時にして戦後のビリーに移行させ，再び時間を逆行して過去に戻ることを可能にするため，ヴォネガットは物語の最初に，ビリーに時間内を自在に動き回るという破天荒の能力を授けた。もちろんその際ヴォネガットは用心深くビリーのこの能力に留保条件をつけることは忘れなかった。

> Billy is spastic in time, has no control over where he is going next, and the trips aren't necessarily fun. He is in a constant state of stage fright, he says, because he never knows what part of his life he is going to have to act in next. (p.23)

即ちビリーは，タイム・トラベルはできるが，自分の次の目的地を決める力はもっていない。しかし，この制約にもかかわらず，ビリーが1度タイム・トラベルを行い，未来に関する知識をえたなら，それ以降のビリーの行動は当然この知識に基づいて決定されるようになる。時間を先取りして未来に赴き，そこで何が起こるかを知ってしまったビリーは，再び過去に立ち戻った時，もし未来のある出来事が望ましいものであれば喜んでそれを受け入れ，逆にそれが好ましくないと知っておれば，できるだけそれを回避しようとするであろう。即ちビリーは当然自分の「自由意志」で未来を選択しようとするであろう。

ヴォネガットは，ビリーにタイム・トラベルという SF 的超能力を授けることによって過去，現在，未来と異なる時間に存在するビリーを同一場面に併存させるカット・アップの手法を可能にしたが，それは同時に自分の作中の一人物ビリーを，ある意味で「全知の作者」の位置まで引き上げることとなった。何となれば，作中人物の未来をすべて知り，作中人物を筋書き通り自在に操る全知の作者ヴォネガットと同様，ビリーはタイム・トラベルのおかげで自分の未来を知ってしまったからである。そして未来の出来事を知ったビリーが自分の意志で自分の未来を選択するのは論理的必然である。しかし，作中人物が，自分の前にひろがる何本かの進路のうち，より良き未来に通じる道を選びとることは，そもそも作者に対する作中人物の越権行為であり，作者の考えたプロットに抵触することになる。

半ば全知になった作中人物が自由意志で選ぶ未来は，すべての不利，不運，災害，苦痛を除いた平穏無事なものとなる。そうなれば先にグラフで示したビリーの運命の曲線は，Ｂ１，Ｂ２とも，果てしなく幸運に向けて上昇しつづけることであろう。苦しい未来が待ち受けていることを知っているビリーは，そもそも参戦しないであろうし，よし参戦していたとしても，アメリカ軍が壊滅的敗北を受けるバルジの戦闘で斥候に出ることはなかったろうし，また捕虜になってからでもドレスデン爆撃を免れようと自由意志を働かせて行動したであろうし，僚友エドガー・ダービーがティーポットを盗んだかどで銃殺されることを知っていたら，ダービーに警告して窃盗を思い止まらせたであろう。また戦後のビリーも，自分の乗った飛行機が山頂に激突して自分と副操縦士を除いて全員死亡し，自分自身は奇跡的に生き残るが頭部に瀕死の重傷を負うことを知っているので，ビリーはその墜落した飛行機に搭乗することをまず拒んでいたであろう。しかしそうすれば，ビリーの未来には事件らしい事件は何一つ起こらず，ビリーに関するストーリーは全く波乱のないものになり，これは物語そのものの否定でしかない。ヴォネガットの子供十字軍の受難の物語，『スローターハウス5』はおよそ存在できないのである。しからば半ば「全知」となったビリーと，「自由意志」との間のジレンマはどう処理したらよいか。

ビリーの「自由意志」に関するヴォネガットの態度は曖昧である。エドガー・ダービーが窃盗罪で銃殺されると知りつつも，ビリーは忠告の機会はあったにもかかわらず，この親友を見殺しにするかと思うと，「未来への時間旅行で，2人の結婚生活が耐え難いほどではないと知っているので」(p.120)，ビリーは，肥って醜いが大富豪の娘ヴァレンシアとの結婚を選ぶ。ヴォネガットはある時はビリーに自由意志を行使させ，ある時は行使させない。ヴォネガットがこのジレンマ解決の「切り札」に使うのが，トラルファマドール星人の時間論である。ヴォネガットはトラルファマドール星人にトラルファマドール星の時間論を一席ぶたせる。トラルファマドール星人にとっては，時間は地球人のそれのように過去から未来に向かって直線的に流れるのでなくて，過去，現在，未来は並列的に存在し，ロッキー山脈のように一度に眺められるという。時間には前後がなく，ものごとに始めも終わりもなく，従って因果律も働きようがない。「自由意志」という概念もトラルファマドール星人には無縁のものである。

> "It would take another Earthling to explain it to you. Earthlings are the great explainers, explaining why this event is structured as it is, telling how other events may be achieved or avoided. I am a Tralfamadorian, seeing all time as you might see a stretch of the Rocky Mountains. All time is all time. It does not change. It does not lend itself to warnings or explanations. It simply *is*. Take it moment by moment, and you will find that we are all, as I've said before, bugs in amber."
>
> "You sound to me as though you don't believe in free will," said Billy Pilgrim.
>
> "If I hadn't spent so much time studying Earthlings," said the Tralfamadorian, "I wouldn't have any idea what was meant by free will. I've visited thirty-one inhabited planets in the universe, and I have studied reports on one hundred more. Only on Earth is there any talk of free

will."（pp.85－86）

また，トラルファマドール星のこの時間概念は，ヴォネガットのファンタジーで視覚化される。地球人の刻々と変化する時間は，疾走する無蓋貨車に身体を固定され顔には細長い筒を取りつけられた観察者が狭い筒先から眺める光点に譬えられる（p.115）。トラルファマドールの小説は，始めも終わりもなく，星のマークで区切られた記号の固まりに近い（p.88）。トラルファマドール星人の目には，夜空の星は，長時間露出された写真みたいな「稀薄に光るスパゲッティ」の帯に見え，地球人の姿は，マルセル・デュシャンの《階段をおりる裸体》さながら，「片方の端には赤ン坊の脚，もう一方の端には大人の脚をもった巨大なヤスデ」（p.87）に見えるとヴォネガットは書く。

批評家の中には，かかるトラルファマドール星のストーリーを重視する向きも少なくはない。フレデリック・カールは *American Fictions* で，ジェローム・クリンコヴィッツは *Literary Disruptions* で，マルコム・ブラッドベリーは *The Modern American Novel* で，トニー・タナーは *City of Words* で，それぞれトラルファマドールの時間哲学，小説観が，『スローターハウス５』の本質に関わる重要なテーマだと論述している。グレン・ミーターもその１人で，ミーターは，*Vonnegut's Formal and Moral Otherworldliness* で，『スローターハウス５』の主題は，トラルファマドール星の部分に展開されているトラルファマドール時間哲学，文明論にあると論ずる。ミーターは，ボルヘスの小説と同様，リアリティにファンタジーが食い込んでいるのがヴォネガットの特徴であるとする。

> Vonnegut like Borges has imagined an "alternative world" to which his stories allude; and like Borges he makes his fictions out of such allusions. *Cat's Cradle* might be described as a series of allusions to the imaginary *Books of Bokonon*; *Slaughterhouse-Five* makes of the Dreden fire-bombing massacre a kind of appendix to a discussion of Tralfamadorian notions of time and civilization.[10]

ミーターによれば，戦争を含めてこの世界に起こるすべての不条理は，別の世界，即ちファンタジーの世界の思想，哲学により，あるいは解明され，あるいは解説されるべきものである。『猫のゆりかご』の世界が，架空の宗教のバイブル「ボコノンの書」の具現化であったように，『スローターハウス5』のドレスデンの黙示録的猛火は，トラルファマドール哲学の顕現化と論考するのであるが，これでは議論が逆様であると言わねばなるまい。

ヴォネガットはビリーにタイム・トラベルの超能力を与えたため，猛火でドロドロに溶けた廃虚のドレスデンを目撃したビリーを，30日前に逆戻りさせて，破壊前のドレスデンの美しい街並みに沿って捕虜として行進させることになる。そしてビリーは，この美しい街があと1カ月で消滅し，今自分たちを見物している市民のほとんど全員が市と運命をともにするのを知っていながら，それを彼らに告げない。少し前に論じた如く，『スローターハウス5』が成立するためには，ビリーはこの時点で，自由意志でドレスデン市民を来るべき焼死から救おうとしなかったのではなくて，救おうにも救うことができなかったことにならなくてはならぬ。同様に第9章でエドガーが処刑されることを知っていながら，ビリーはこの悲劇を回避する努力をすることができないのである。

なるほどビリーのタイム・トラベルの能力には留保がついていて，ビリーが次にどの時間に飛ぶかは彼の自由意志で決められないとされてはいても，この留保は未来を知ったビリーがダービーに忠告する自由意志をも制限するものでない。ここでヴォネガットにはジレンマを解決し論理の辻褄を合わせるために，新たな工夫が必要だったのであり，それが各瞬間が平面的に同時に静止し決して一方向に流れることのない時間をもつトラルファマドール星人の時間概念の導入に他ならなかった。時間が流れなければ，前後関係はなく，前後関係がなければ因果関係は成立しない。未来も現在も過去もただ存在するままに存在し，お互いに干渉したり関係したりすることはない。未来の出来事を知っても，それは現在や過去と決して繋がらない。従ってビリーがドレスデン市民にいくら警告しても，市民は死ぬように決まっており，ビリーがいくら警告してもエドガー・ダービーはポットを盗むことを止めることができない。流れることなく永遠に静止した「瞬間という琥珀の中に閉じ

10) Glenn Meeter: *Vonnegut's Formal and Monal Otherworldliness* p.206

こめられた昆虫」（p.77）である人間は，他人の運命はおろか，自分の運命に関与してそれを変えることは理論的に不可能になっているのである。

『スローターハウス５』の作者たるヴォネガットにとってここで必要だったのは，タイム・トラベルの能力を授けられた作中人物ビリーが，全知全能の作家である自分の領域を犯してくることへの拒否，作者である自分が想像したプロット，即ち作中人物の定められた運命を，作中人物の１人であるビリーがタイム・トラベルに乗じて勝手に変更する理論的可能性の芽を摘み取ることであった。そのためには，何はさておき，ビリーの自由意志の行使を否定することが肝心であった。その予備段階として，ヴォネガットは，1959年『タイタンの妖女』以来読者にお馴染みのトラルファマドール星人の空飛ぶ円盤にビリーを誘拐させる必要があった。そして一度ビリーが，トラルファマドール星の時間論で洗脳されれば，トラルファマドール星のパートは目的を果たし終わったことになる。このあとの電報文的，分裂症的なトラルファマドール星の小説の話や，ビリーが評判のポルノ女優モンタナ・ワイルドハックと番（つが）いにされてトラルファマドール星の動物園で見世物になる箇所などはヴォネガットの読者へのサービスにしかすぎない。

現にヴォネガット自身も *Wampeters, Foma & Granfalloons* でインタビュアーに，「『スローターハウス５』であなたは時間のあらゆる瞬間は同時に存在しているから，現在の意志の働きによって未来を変えることができないという深遠な思想を述べておられるが……」と質問されて，言下に「あれは戯言です[11]」と片づけている。なお，これに関連してヴォネガットは，『スローターハウス５』の SF 部分（即ちトラルファマドール星の部分）は「シェークスピア劇の道化の登場と同じで，話があまり深刻になりすぎた時の息抜きである[12]」とも告白している。従ってミーターのように，トラルファマドール星のストーリーにヴォネガットが深刻なメッセージを託していると考え，それを読みとろうとするのは必ずしも賢明とは言い難い。トラルファマドール星のエピソードは，トニー・タナーの主張するように，戦場でのビリーが過酷な現実から逃れようと夢見た幻想の世界だと考えるのが，案外正しいのかもしれない。

11）Kurt Vonnegut: *Wampeters, Foma & Granfalloons* pp.238－239
12）Ibid. p.262

> Summarizing the line of the story that Vonnegut tells, we can say that Billy Pilgrim is an innocent, sensitive man who encounters so much death and so much evidence of hostility to the human individual while he is in the army that he takes refuge in an intense fantasy life, which involves his being captured and sent to a remote planet (while in fact he is being transported by the Germans as a prisoner-of- war).[13)]

以上のように『スローターハウス5』は，ビリーの戦争体験，戦後の生活の両ストーリーを中心に，トラルファマドール星のストーリー，回想シーン，他の作品から人物の導入，原作者ヴォネガットの登場などの複雑な要素から成り立っており，それらのいくつかが，常に同じ章で並列的に語られてゆく。従ってトニー・タナーの言う如く，この小説を構成する「様々なフィクションの面を正しい遠近法でみることは，マウリッツ・エッシャーの絵の場合同様，極めて困難である[14)]」。

しかし『スローターハウス5』の骨格をなし，錯綜して一見無秩序に見えるこの作品全体のストーリーの流れを統括し，読者の注意を一貫して繋ぎ留めてゆくのは，先述した如くビリーの戦争体験のストーリーである。作中人物ビリーの戦争体験のパートは，作者ヴォネガットの原体験からわずかに変形されてはいるものの，原体験の原型を残し，ずしりとした実在感をもっている。そのため読者の想像力は，ビリーの戦争体験の簡潔ながら要諦を押さえた描写に触発されて，容易に1944年12月のドイツ戦線でヴォネガットたちアメリカ兵の体験した寒さと恐怖，空腹と疲労，「森の生き物のように，頭脳ではなくて脊髄で思考しながら，恐怖の瞬間，瞬間を生きのびる」兵士の姿を追体験できるのである。第2章でアメリカの対戦車砲は，「全能の神がズボンのジッパーを引きおろしたような」轟音を立て，炎は雪と植物を舐めつくし「地面に30フィートの黒い矢印」を残す。と，今度は，仕留め損なっ

---

13) Tonny Tanner: *City of Words* p.195

14) Ibid. p.195。ここでタナーはM. C. エッシャーの例えば《相対性》と題された絵を念頭においていると思われる。エッシャーは《相対性》で，異なったいくつもの視点と角度から見られた大小の空間を相互に嵌入させ，視覚的迷路空間を構成することに成功している。

たドイツ軍のタイガー戦車が，88ミリ砲の鼻先で「くんくんとあたりを嗅ぎ回り」地面の矢印を発見してアメリカ兵をみな殺しにする。狙撃されて溝に飛び込んだアメリカ兵たちは，やがて「不幸な巨大な哺乳動物のように」そろりそろりと溝から這い出す。敗残兵の掃蕩作戦に従事しているドイツ兵の連れた軍用犬の吠え声は，「恐怖と谺と冬の静寂のせいで巨大な銅鑼みたい」に響き，アメリカ兵を震え上がらせる。少しあとで，捕虜となったビリーたちアメリカ兵を鮨詰めにして運ぶ有蓋貨車は「通気孔を通じて食べ，飲み，排泄する１つの生命体」となり，貨車の中は真っ暗で，列車は夜の暗闇の中を時速２マイル以下でのろのろと走る。「レールの継目が一度ゴトンとなり，１年が過ぎる。それからやっと次のゴトンがくる」。

戦争小説『スローターハウス５』のビリーの戦争体験の部分には，また戦場でのもっともありふれた光景「死」が至るところに繰り返し書き込まれている。第３章では，ビリーやウェアリーと雪の中を逃げ回っていた２人の斥候兵は，待ち伏せしていたところを逆にドイツ兵に発見され，背後から撃たれて「雪をラズベリー・シャーベット色に染めながら感覚を失って死んでゆく」。第４章では奥地に運ばれる貨車の中で，年嵩の浮浪者は，「こんな目には何度もあった。こんなの大したことじゃねえや」と強がりを言いながら一番先に死んでゆく。4000人の部下を死なせ，自分も肺炎で死にかかっている大佐は，ビリーたちを自分の部隊と錯覚して演説する。「諸君，ワイオミング・コディに来たら，ワイルド・ボブを呼んでくれ」（第３章）。大佐は終戦になったら自分の故郷ワイオミング・コディで連隊の再会パーティを大々的にやろうというのだ。また第２章であれほど精力に溢れ，落伍しかかったビリーをこづき，罵り，蹴とばしながら歩かせていたローランド・ウェアリーも，ドイツ兵と交換させられた木靴のおかげで壊疽にかかり，第４章では貨車の中で譫言を言いながら息を引きとる。

> Weary, in his nearly continuous delirium, told again and again of the Three Musketeers, acknowledged that he was dying, gave many messages to be delivered to his family in Pittsburgh. Above all, he wanted to be avenged, so he said again and again the name of the person who had killed him. Everyone on the car learned the lesson well.

"Who killed me?" he would ask.

And everybody knew the answer, which was this: "Billy Pilgrim." (pp.79－80)

こういったビリーの戦争での強烈で痛切な事件の記憶は，一見平穏なビリーの戦後の生活を脅かす強迫観念となり，『スローターハウス5』に反復して現われてくる。そしてこの悪夢的イメージの反復は，またカット・アップの必然的帰結でもあった。というのも「意識の流れの小説」が，2つの異なった意識間のギャップを「連想」で繋いだように，ヴォネガットもカット・アップされたシーンを繋ぐものとして，2つのシーンに共通のイメージやシンボルを必要としたからである。

第3章でビリーたちアメリカ兵を奥地に運ぶ列車の屋根には，捕虜輸送中を示す「オレンジと黒の縞模様」の旗がペンキで書かれており，20年後，ビリーの娘バーバラの結婚披露宴も「オレンジと黒の縞模様」のテントのもとで行われる（第4章)。この縞模様のモチーフは，第4章でビリーがトラルファマドール星の空飛ぶ円盤に誘拐される時間に寝室から出ると，廊下が「闇と月光のゼブラ模様」になっていたという件(くだり)にも繰り返される。第3章の終わりと第4章の冒頭に，貨車の中で他の捕虜と「スプーンのように重なって」寝るビリーと，妻ヴァレンシアと「スプーンのように重なって」横たわるビリーの描写があることはすでに指摘した。さらに第4章で捕虜収容所の有刺鉄線越しにビリーが見るロシア人捕虜の顔は，暗闇の中で丸く平たい「夜光時計」みたいに浮き上がってきて，昔，まだ12歳の少年だったビリーが，カールズバッドの大洞窟の真っ暗闇で見た父親の「夜光時計」のイメージ（第5章）と重なる。同一のイメージをあちこちにただばらまくだけなら気の利いたレトリックにしかすぎないが，ヴォネガットは同一イメージの反復にもっと深い意味をもたせる。「夜光時計」の文字盤のような顔をしたそのロシア人は「甘い期待をこめてビリーの眼を覗き込んだ。ビリーが吉報をもってきたというように。自分は愚かでよく分らないが，やはり吉報だと信じる眼差しで……」。ここに見られるように，反復されるイメージは相離れたシーンやストーリーを連結しているだけでなく，戦時中の収容所やドレスデン爆撃の悪夢に取り憑かれた元兵士の強迫観念を表現し，意味を付与する象徴になっている。[15]

しかし，こういう象徴的イメージを含んだビリーの戦争体験が，それだけ独立して，自然主義的手法で書かれていないのがまた『スローターハウス５』の特色でもある。ヴォネガットの原体験は23年間の歳月を経た大人の眼で眺められる。ヴォネガットはビリーをはじめとする登場人物を，いわば「広角レンズ」の絞りを強く絞って，近景から遠景までくっきりと焦点の合ったパン・フォーカス的風景の中で捉えようとする。即ち作者ヴォネガットは作中人物と一定の距離をおいてクールに，時にはアイロニカルに観察する。苛酷な戦場に生きる愚かしい幼い兵隊たちを，限りない同情と慈しみをこめつつも冷静にユーモラスに，時には戯画化して描いてゆく。ヴォネガットは死線を彷徨う兵士群像を「望遠レンズ」のクローズ・アップで引き寄せ，対象に密着し，克明，熱心に描写することは決してしない。

> The naked Americans took their places under many showerheads along a white-tiled wall. There were no faucets they could control. They could only wait for whatever was coming. Their penises were shriveled and their balls were retracted. Reproduction was not the main business of the evening.（p.84）

上の引用は，第４章で目的の収容所についたアメリカ兵が素裸にされ，衣服がガス室で殺菌されている間，シャワーを浴びせられるシーンである。羊みたいに運命に忍従し，恐怖と寒さで心身ともに縮み上がった全裸の兵士の描写の最後に追加された「生殖はその夜の主目的ではなかった」というブラック・ユーモア。この１行によって読者は，戦場での陰惨な現実から一時的に解放され，ヴォネガットとともに仮初めの笑いに誘われ，笑い終わったあとで，ヴォネガットのこの悲＝喜劇的視点が，悲劇の核心を，悲劇を真正面から描くリアリズムよりもより的確に，より深く捉えていることを実感する。

15）死や苦痛のシンボルと対照的に，ヴォネガットは希望，再生のシンボルに緑色を使う。ビリーとヴァレンシアの新婚の夜，寝室の窓の下を通る曳き船は緑とオレンジ色をしており（p.119），終戦になって緑の芽を吹き出した木々のもとビリーたちが道路に出ると，緑の棺の形をした馬車が停まっている（p.215）。

この例や，次にあげる2つの例で，ヴォネガットはカミュのシジフォスを「半ズボンをはき，仕末におえない髪をした浮浪児[16)]」の姿で表現するのである。第7章でドレスデンのスローターハウスの1つに収容されているビリーは，ある日エドガー・ダービーと2人で，捕虜全員の食事を受け取りに町に出る。看視のドイツ兵は，ビリーと同じく若いウェルナー・グリュックという少年兵である。3人を待っていた炊事婦のドイツ戦争未亡人は，3人を見て批評する。3人の兵士とドイツ人炊事婦との間で3回繰り返される同じようなやりとりと最後の1文が，ヴォネガットの明らかな潤色にもかかわらず，「子供十字軍」というこの小説のテーマを簡潔かつ適切に表現している。

> She had two big cans of soup for the Americans. It was simmering over low fires on the gas range. She had stacks of loaves of black bread, too.
>
> She asked Gluck if he wasn't awfully young to be in the army. He admitted that he was.
>
> She asked Edgar Derby if he wasn't awfully old to be in the army. He said he was.
>
> She asked Billy Pilgrim what he was supposed to be. Billy said he didn't know. He was just trying to keep warm.
>
> "All the real soldiers are dead," she said. It was true. So it goes.(p.159)

ブラック・ユーモアのもう1つの例は，上の引用の直前，不案内なグリュックが，炊事場と思ってドアを開けると，中では今しも疎開してきたばかりのドイツ人少女たちがシャワーを浴びているところである。

> The girls screamed. They covered themselves with their hands and turned their backs and so on, and made themselves utterly beautiful.
>
> Werner Gluck, who had never seen a naked woman before, closed the door. Billy had never seen one, either. It was nothing new to Derby.

16) Philip Stevick: *Alternative Pleasures* p.72

（pp.158－159）

ヴォネガットのユーモアには，しばしば排泄器官やセックスに関連するものが混ざっており，そのため『スローターハウス５』はアメリカのある州では発禁の憂き目にさえ遭っているが，自分のユーモアを，人間を赤裸々に取り上げるアリストファネスやラブレーの直系と自認するヴォネガットにとって，排泄や生殖への言及は当然のことであった。そして誰もが知る通り，兵隊が最も好んで口にするのがこの関連の話題なのである。ジョナサン・スイフトのあの怒りと毒に満ちたsatireと，ヴォネガットのironicalなブラック・ユーモアとの違いは蓋し截然たるものがある。

さて，「オレンジと黒の縞模様」とか，「重なったスプーンのように」とかのように反復して使われるイメージが，『スローターハウス５』のカット・アップされたシーンを繋ぐ点的な連結器の働きをしているとするなら，『スローターハウス５』には，これらに加えて，カット・アップされたシーンをもっと広い接触面で連結し，それによって物語を組み立て進行させてゆく工夫が施されている。前者の「点的」連結の働きに対して，後者はカット・アップされたビリーの戦争体験，戦後生活，SF的幻想，子供時代の回想など，トニー・タナーの言う〈様々なフィクションの面〉を「面単位」で接続してゆくものと言えよう。すでに３で論じたように，『スローターハウス５』を語るヴォネガットの視点は，この作品を書いていた1968年にある。先に掲げたグラフ（p.206）で言えば，作者ヴォネガットの視点はＢ１とＢ２を繋いだ延長線上，Ｂ２の真上にある（因みに作中人物ビリーも，ヴォネガットの視点に極めて近いＢ２上の視点からＢ１の自分を眺めていることになる）。ヴォネガットのこの視点から見れば，まずより近くにＢ２のビリーの戦後生活が見え，その先にＢ１の戦場でのビリーの姿が見える形になっている。小説である『スローターハウス５』では，言葉による語りという性格上，カット・アップされたＢ１とＢ２のシーンは，どちらか一方が先で他方が後に「継時的」に語られてゆくが，これら２つのシーンの中で緊密に結合したいくつかは，お互いの縁を少し重ね合わせつつ上下２段に並ぶ２枚の平板のようなものと考えてよかろう。即ちＢ２，Ｂ１は時間空間を異にする２つのビリー像で，２つの像の相違，対照が緊張を高めるというより，むしろこれらの２つのシーンは原体験が，ヴォネガットの視点（そして読者の視点）からすると，それぞれ少しずつ異なる潤色，変形を受ける。この潤色されたがどこか相似するＢ２，Ｂ１という２つの像は，上から見ると少しずつ重なり合って異なる空間に浮んでいるように見える。『スローターハウス５』のトラルファマドール星の小説のように，一見何の脈絡もなく「電報文的，分裂症的」に同一平面上に並ぶ無数のカット・アップの羅列の中にも，注意して探せば，Ｂ２，Ｂ１が二重像を結んでいる箇所がいくつも発見できる。今こうした二重像の例を最初の４つの章に限って取り出してみる（次頁）。

二重像は作者ヴォネガットの視点――そしてそれはもちろん読者の視点でもあるが――から見える通りに原則としてＢ２→Ｂ１の順に縦に並び，さらにその奥にヴォネガットの戦場での原体験が存在することを暗示するように書かれている。ついでに言えば，無秩序にカット・アップされ，混ぜ合わされた『スローターハウス５』の全体のストーリーを繋いでゆくもの，物語が進むためのいわば水平方向の推力を与えるものも chronological にカット・アップされたこのＢ１なのである。しかしここでこの二重像の図にはＢ２→Ｂ１の組み合わせだけでなく，Ｂ１→Ｂ２の組み合わせもあり，後者も二重像のカテゴリーに入るのではないかという疑問が提出されるかもしれない。しかし結論から先に言えば，後者は二重像とは呼びえないものである。作者ヴォネガットの視点の面から考えても，像の並び方はＢ２→Ｂ１と下向きであっても，Ｂ１→Ｂ２と上に向かって浮び上がってくるとは考えられない。一見Ｂ１→Ｂ２と見える箇所，例えば第２章ルクセンブルグの森で意識を失いかけたビリーが子供時代の幻想を見るシーン，次いで20年後老人ホームに母を見舞うビリーが出てくるＢ１→Ｂ２の組み合わせがある。泳げない子供のビリーは，泳ぎを覚えさせるといって父親から YMCA のプールに投げ込まれ，プールの底に沈み意識を失う（Ｂ１)。ヴォネガットは〔そこから彼は時間内を旅して1965年に着く〕[17] と説明して，Ｂ２に移る。ここではヴォネガットはＢ１，Ｂ２と２つの場面を並列してはいるが，２つの場面は決して有機的に繋がり，重なり合ってはいない。第３章のＢ１からＢ２の移行も同様で，Ｂ１のビリーは捕虜仲間の肩にもたれて寝入る。〔ビリーは時間内を

17)〔　〕で括った箇所は，Ｂ２からB1，あるいはＢ１からＢ２へと話が切り替わる際に，ヴォネガットが挿入した補足的説明である。

二重像の図

作者ヴォネガットの視点から見たカット・アップの鳥瞰図。二重像は○で囲んだ。

第2章

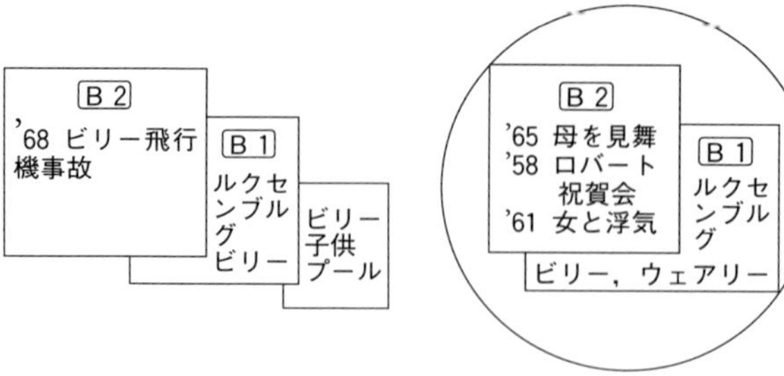

第3章

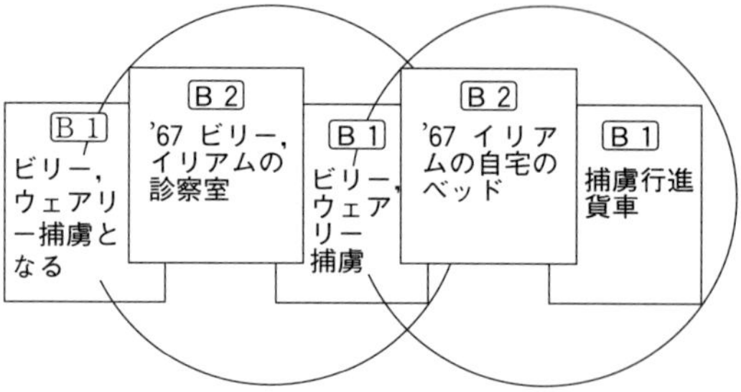

第4章

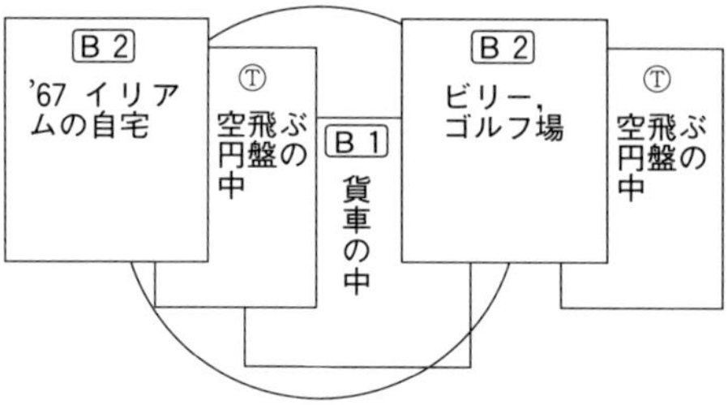

第5章

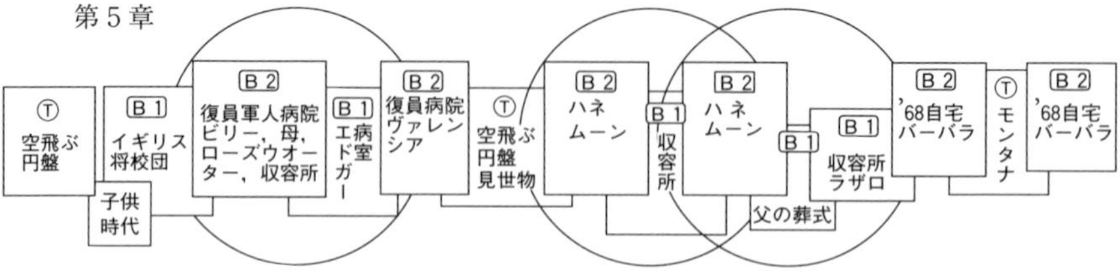

旅し，目を開くと〕Ｂ２のシーンになり，ビリーは戦後の診察室で視力測定器をみつめている。同じ第３章のこのすぐ先で，Ｂ１で捕虜になったビリーは，ドイツ人カメラマンの注文で投降の瞬間を再演させられる。機関銃で脅されたＢ１のビリーは間抜けな人の良い微笑を浮べて藪から出てくる。〔藪から出てくるビリーの微笑は，モナ・リザの微笑と同様神秘的なものだった。彼は1944年のドイツの土を踏み，同時に1967年でキャデラックを運転していたから。そして1967年がより明るく明確になる……〕とＢ２の世界になる。「1944年にドイツの土を踏み，同時に1967年でキャデラックを運転していた」という件でヴォネガットはただ場面を切り換えているだけで，Ｂ１はＢ２と緊密に繋がってはおらず，今からあげる二重像とは別のものと言わねばならぬ。

二重像の最初の例は第２章1961年のニューイヤーズ・イブのパーティで泥酔したビリーと，1944年ルクセンブルグの雪の中で意識を失いつつあるビリーとの二重像である。

Ｂ２の泥酔したビリーは，うまく洗濯室に連れ込んだ女性相手に不貞を働こうとしている。やはり酔った女に「私にお話って何なのよ」と訊かれて，ビリーは「いいんだ」と返事にならぬ返事をし，酔っぱらいの常としてこの同じ言葉を繰り返す。「いいんだよ」。

> The womon was very drunk herself, and she helped Billy get her girdle off. "What was it you wanted to talk about? " she said.
>
> "It's all right," said Billy. He honestlly thought it was all right. He couldn't remember the name of the woman.（p.46）

このあと浮気の現場を見咎められたビリーは，自分の車に逃げ込むが，どう探してもハンドルが見つからない。酔って後部座席に潜り込んでいたのだった。腹を立てつつビリーは意識を失う。〔ここで誰かがビリーを揺り起こしている〕ヴォネガットは，ビリーにも，読者にも気づかれないうちに，ここで1944年のＢ１のルクセンブルグの森のシーンを導入する。ビリーは，まだよく目が覚めずに盗まれたハンドルのことで腹を立てている。しかし，ここで実際にビリーの胸倉をつかんで，ビリーの身体を木に手荒くぶっつけているのはローランド・ウェアリーである。ウェアリーに突き飛ばされたがまだ夢うつつのビリーは，2，3歩あるいて立ち止まり，首を振る。

> Billy stopped, shook his head. “You go on,” he said.
> “What?”
> “You guys go on without me. I’m all right.”
> “You’re what?”
> “I’m O.K.”
> “Jesus—I’d hate to see somebody sick,” said Weary, through five layers of humid scarf from home. Billy had never seen Weary’s face. He had tried to imagine it one time, had imagined a toad in a fishbowl. (pp.47−48)

さっきのＢ２で，女に向かって呂律の回らぬ舌で「いいんだ，いいんだ」と繰り返す中年男ビリーの姿の奥に，いつの間にかヴォネガットは，十数年前ルクセンブルグの森の雪の中で，「先に行ってくれ。僕はいいんだ」と譫言のように繰り返す瀕死のビリー像を滑り込ませ，重ね合わせる。このＢ２→Ｂ１が私の言う「二重像」なのである。

第３章ではクロイソス王のような大富豪になった1967年のビリーが，ジョージ王朝風の大邸宅の寝室で横たわっている。医者がビリーの戦争後遺症の治療に昼寝を命じているのだが，ビリーはダブルベッドの中でどうしても眠れず，いつの間にか涙を流している。このＢ２のビリーの泣いている像は，〔ビリーが目を閉じ，再び開くと〕，Ｂ１の戦場のビリーに変わる。ビリーはルクセンブルグに戻り，他の捕虜と一緒に両手を頭の後ろに組んで歩かされており，冬の寒風のため絶えず涙を流している。

第４章ではトラルファマドール星の空飛ぶ円盤が地球の重力圏を脱出するために加速すると，〔ビリーの顔は歪み体は捩れる〕。歪み捩れるビリーの肉体は，いつの間にか超満員の捕虜輸送貨車の中での肉体的苦痛に変わってゆく。狭い貨車の中で交代で眠るために，起きている者は長時間不自然な姿勢で立ち尽くす。この「立ちん坊」のイメージは，またすぐ前の章第３章における貨車の中の過密状態の続きでもある。第３章でも「捕虜たちは交替で立ったり寝たりした。立っている者たちの脚は，うごめき，おならをし溜息をつく暖かい地面に打ちこまれた杭（くい）みたいで，地面はスプーンのように重なった睡眠者モザイク」（p.70）のイメージが描かれていた。第５章の二重像は，終戦後，戦争の後遺症で復員軍人病院精神科病棟の一室にいるビリーと，戦時中収容所の病室の中のビリーとの二重像である。復員軍人病院のビリーは，同室のエリオット・ローズウォーター同様，戦場で経験した衝撃から立ち直れず，人生の目的も見失い生きる意欲を取り戻せず，サイドテーブルに載っている「水コップの壁に弱々しくしがみついて，自力で表面に浮び上る力のない気泡」のように，実の母親が見舞いに来ると毛布をひっかぶって顔を出そうとしない。顔も出せず，ベッドから抜け出せないビリーの姿は，〔ビリーが毛布をかぶったまま眠って目を覚すと〕収容所で錯乱を起こし，モルヒネを打たれベッドに括りつけられている戦時中のビリーの姿に重なる。

これらすべての二重像は，まるでヴォネガットが自分の戦場での原体験の上に，複屈折を起こす方解石の大きな結晶を載せて，上から眺めているようなものである。方解石の結晶に入射した１本の光線が複屈折して２つの像を結ぶように，ヴォネガットの原体験も，ビリーの戦争体験Ｂ１の像と，ビリーの戦後生活のＢ２像という時間と空間を異にする二重像となって立ち現われてくる。この時，原体験より少し潤色されてはいるが原形をほとんど残しているＢ１と，脚色を受け変形され誇張されたＢ２という２つの像が常に原体験に向かって収斂し，実在感をもつように工夫された文構造が，『スローターハウス５』におけるヴォネガットの新機軸の１つであった。そしてこの新しい文構造が織り出す空間が，ヴォネガットが新しく構築せんとした言語空間でもあったのである。

（初出：「九州産業大学教養部紀要」第23巻第１号，1987年）

参考文献

Kurt Vonnegut: *Slaughterhouse-Five*（Dell, New York 1975）
______: *God Bless You, Mr. Rosewater*（Dell, New York 1973）
______: *Wampeters Foma & Granfalloons*（Dell, New York 1976）
______: *Palm Sunday*（Laurel, New York 1984）
Jerome Klinkowitz & John Somer: *The Vonnegut Statement*（Delta, New York 1978）
Robert Scholes: *Fabulation and Metafiction*（Univ. of Illinois Press, Chicago 1978）

Tony Tanner: *City of Words* (Jonathan Cape, London 1978)
Joseph Heller: *Catch-22* (Corgi, New York 1975)
Joe D. Bellamy: *The New Fiction* (Univ. of Illinois Press, Chicago 1974)
Frederick R. Karl: *American Fictions* (Harper & Row, New York 1985)
Jerome Klinkowitz: *Literary Disruption* (Univ. of Illinois Press, Chicago 1980)
Malcolm Bradbury: *The Modern American Novel* (Oxford Univ. Press, New York 1983)
Philip Stevick: *Alternative Pleasure* (Univ. of Illinois Press, Chicago 1981)
Glenn Meeter: *Vonnegut's Formal and Moral Otherworldliness* (Delacourte Press/ Seymour Lawrence, 1973)

Philip

VI

フィリップ・ロス

新バビロンでのユダヤ性

Roth

序

アメリカのユダヤ系作家 Philip Roth（フィリップ・ロス，1933－）の処女作である短編集 *Goodbye, Columbus*(『さようなら，コロンバス』1959）は，発表されるや直ちに高い評価を受け，翌1960年には全米図書賞を受賞した。だが同時に，この中のいくつかの短編は，在米ユダヤ人の反発を買い，激しい非難を蒙ることになる。非難は，ロスの作品に登場するユダヤ人が正統なユダヤ人像を故意に歪曲するもの，自己嫌悪的ユダヤ人を描くものであり，また卑劣で嘘つきのユダヤ人を登場させることにより反ユダヤ主義を助長するというものであった。あるユダヤ教のラビ（宗教的指導者）は，ロスのような男を黙らせる方法はないものかと嘆いたあと，激越な調子で付け加える，「中世のユダヤ人だったら，こんな時どうすべきかを知っていた」。

同じユダヤ系作家のバーナード・マラマッドが，ロス受賞の前年1959年，同様にユダヤ人をテーマにした作品で全米図書賞を受賞した時は，ユダヤ人の間からは何の反発も抗議も起こらなかった。やはりユダヤ系のソール・ベローやジャージィ・コジンスキーがロスと相前後して，ユダヤ人体験を書いて受賞した時も，これら作家のどの作品も格別にユダヤ人読者の反感を買ったり，作者の道義性が問題にされることはなかった。ではなぜフィリップ・ロスの描くユダヤ人像だけが一部ユダヤ人の間に拒否反応を引き起こし，物議を醸したかについては，3で詳しくふれる。しかし作家として出発した最初から，作品のモラルを疑われ反ユダヤ主義に加担しているとまで非難されることは，良心的に創作を行っていると信じていたロスにとっては極めて心外だったらしい。ロスは創作活動の第一歩から自分の文学的立場を明確にし，「道徳的脇腹」を擁護する必要に迫られる。このロスの反論，自己擁護の文が「今，ユダヤ人について書くこと」，「ユダヤ人を想像する」，「ユダヤ人の新しいステレオタイプ」，その他のエッセイで，これらはすべてロスの評論集 *Reading Myself and Others*（1975）に収録されている。ロスはこの評論集で，上記のユダヤ人読者よりの非難への反論の他に，処女作『さようなら，コロンバス』以降のほとんどすべての自己作品に関して，そのテーマ，登場人物の性格づけ，着想から作品成立までの過程等々を詳細に語っていて，ロスの作品理解への重要なヒントや指針を与える第一級の資料となっている。従ってこの小論では，必要あるたびに *Reading Myself and Others*（以後 *RM & O* と略記）でのロス自身の証言に言及してゆくことにする。

さて，ロスが『さようなら，コロンバス』以降，1, 2 の例外は別として，一貫して追求してきたテーマは，20世紀後半のアメリカ合衆国でユダヤ人として生きるとはどういうことかというユダヤ人のアイデンティティの問題であった。ロスは第2次世界大戦後のアメリカ社会の未曾有の経済的繁栄を背景に，ニューヨーク市のロアー・イーストサイドやニュワークの貧しいユダヤ人街から脱出し，成功して大実業家，高級官僚，弁護士，医師，大学教授になった現代のユダヤ人たち，即ち中流の上層に入り込んだユダヤ人たちを作品に登場させる。そしてこれら新しい世代のユダヤ人の中で加速度的に進行していたユダヤ主義からの脱化およびアメリカナイゼーションによるユダヤ人意識の変容と，一方依然として個々のユダヤ人を強く拘束していたユダヤ人としての自意識，ユダヤ的道徳意識とアメリカニズムとの軋轢，祖父母や両親のユダヤ正統主義の宗教観やタブーと，プロテスタントの影響を受けた若い世代のユダヤ人の意識との背馳を中心テーマとする。この意味でロスは，同じユダヤ系作家であっても比較的普遍的題材を取り扱い，ユダヤ性をより広い地平に解放する作風の J.D. サリンジャーやノーマン・メイラーよりもより「ユダヤ的」であり，ユダヤ的色彩は濃厚だが古いタイプのユダヤ人を登場させるソール・ベロー，特にそれが顕著なバーナード・マラマッドよりさらに「今日的」である。

この小論では次の3点を論ずることになる。（1）ロスの『さようなら，コロンバス』を構成する6つの短編のテーマが，一方ではユダヤ人主人公のユダヤ性への「回帰」と，また一方では主人公のプロテスタント社会への同化，従ってユダヤ性への「反抗」という2つの極の間を絶えず揺れ動くのだが，それがロス独自のユダヤ性把握の必然的帰結であったこと，（2）『さようなら，コロンバス』のどの作品がいかなる点でユダヤ人読者の反発を買ったかを見ることで，アメリカにおける新旧2つの世代のユダヤ人の間，あるいは同じ世代のユダヤ人の間でのユダヤ人意識のずれに照明を当て，ユダヤ人意識とは何かを解明しようとすること，（3）『さようなら，コロンバス』の中には，ロスの中期，後期の作品の主題，問題意識，作中人物の基調がすでに明確な形で存在していること ── 例えば10年後の *Portnoy's Complaint*（『ポートノイの不満』）のテーマと主人公アレックス・ポートノイは，『さようなら，コロンバス』の中の「ユダヤ人の改宗」の密室恐怖症のテーマの延長であり，アレックス・ポートノイは後者での13歳の少年オスカー・フリードマンの成人した姿である ── を証明すること，以上の３つである。

1

はじめて小説を書こうとするほとんどすべての若者がそうであるように，フィリップ・ロスも処女作『さようなら，コロンバス』の１つの中編と５つの短編の題材を，生まれてから18年を過ごしたニュージャージー州ニュワーク市のユダヤ人街という小世界での経験，ロスの言葉によれば「誇り高く野心に満ち，排他的で，人種の坩堝に溶かされることに戸惑いまた胸躍らせていた[1]」1940年代後半から50年代はじめにかけての自意識過剰なユダヤ人街の気風に求める。この気風が色濃く反映しているのが，タイトルストーリーのGoodbye, Columbus（「さようなら，コロンバス」）とEpstein（「エプスタイン」），You Can't Tell a Man by the Song He Sings（「人は歌う歌では分からない」）およびThe Conversion of the Jews（「ユダヤ人の改宗」）であった。残りの２編Defender of the Faith（「信仰の擁護者」）と，Eli, the Fanatic（「狂信者イーライ」）のテーマは，ニュワークのユダヤ人の世界から抜け出してもっと広い地平，「もっと広い意味でのある心的状態，自意識，うまい表現がないので仮にJewishness（ユダヤ性）と名付けられるもの[2]」からとられているという。ではここでロスの言うJewishness，ユダヤ人の自意識，伝統的ユダヤ人像とは何かを知るためには，まず概括的にでも，ユダヤ民族の4000年の歴史，特に19世紀後半からのアメリカ合衆国へのユダヤ人の移民と，ユダヤ人のアメリカ社会への同化の歴史を振り返っておくことが必要であろう。

周知の如く，ユダヤ民族の歴史は，紀元前2000年頃，族長アブラハムに率いられたユダヤ人の一族が，カルデアのウルを出発し，神の約束の地カナー

1）*RM & O* p.228
2）*Ibid.* p.229

ンに向かう旅に出て以来，絶えざる流浪，迫害，建国と国家滅亡，民族離散と，苦難の連続であった。サウル，ダビデ，ソロモンの諸王によるイスラエル王国成立の短い，そして例外的に幸福な時期を除き，ユダヤ民族は，紀元前はエジプト，アッシリア，バビロニア，ギリシャ，ローマと他民族の支配下にあり，紀元後直ちに起こったディアスポーラの期間は，ヨーロッパの諸国，さらにロシアやアメリカと，移り住んだ異国で圧倒的多数の異民族と高度の文明に囲まれ，常に異民族との同化，異文化の受容，異教への改宗の危険にさらされることになる。ユダヤ人の異境での同化，改宗は，かたやユダヤ人が移り住んだ異国の政治情勢，偏見差別の度合い，かたやユダヤ人側の結束の強弱，社会的・経済的身分の上下などにより，ある時は促進され，ある時は阻碍された。しかし同時に，いずれの時代，いずれの国においても，大多数のユダヤ人は，異教への改宗と異民族への同化を頑なに拒み，ユダヤ人としての統一性を守り，ユダヤ民族が民族として消滅することを防いできた。ユダヤ民族と同様の運命に遭遇し，祖国が滅亡するや短期間のうちに征服民族に吸収され，その文化に同化されて民族としての独自性を失い，やがて歴史の舞台から跡形もなく姿を消してしまったかつての栄光に満ちた大民族——アッシリア人，バビロニア人，ヒッタイト人，ギリシャ人，ペルシャ人たちの運命を想起する時，ユダヤ民族が征服民族のアッシリア人，バビロニア人たちよりもかえって生き延び，2000年ものディアスポーラの間民族としての統一性を失わず，常に不死鳥のように甦ってきたのはまさに奇跡と言わねばならぬ。

しかしユダヤ民族の生き残りの原因となったユダヤ人の統一性意識，Jewishness 意識の確立は一朝一夕にして達成されたわけではなかった。ユダヤ民族は4000年の歴史の中で，何度も民族としての統一性を失い，民族消滅の危機に直面してきた。ソロモン王の死後，ユダヤ人国家は，紀元前977年，北のイスラエル王国と南のユダヤ王国に分裂する。そして紀元前８世紀に生き残っていたのは，ユダ王国だけであった。残った南王国もやがて滅びる運命にあったのだが，この滅亡する前の南王国でユダヤ民族の歴史上特筆すべき事件が起こる。北王国の滅亡を目の当たりにして危機感をもった南王国の王や予言者の手により２回にわたるユダヤ教での宗教改革が行われる。この宗教改革により，ユダヤ人たちだけの民族の神に過ぎなかったヤハウエ神は，倫理的普遍性をもった一神教の絶対神に高められる。第1次宗教改革を指導した予言者第一イザヤは，ヒゼキア王の協力をえて，当時まだ残っていた異教の神バアル崇拝の風習をユダヤ教から払拭しユダヤ教の浄化を図る。同時にイザヤは，ヤハウエ神を，契約を破ったイスラエル人を裁く復讐の神であるとともに，イスラエル人の罪を潔め，救済する神という新たな性格をもつものと考える[3)]。これは画期的なことで，契約を破ったユダヤ民族に対し国家滅亡という形で復讐する怒れる神ヤハウエが，また罪を潔め救済する憐れみの神になることにより，一度失われた神と人間の信頼関係の復活，神による支配の復活が可能となった。

この第1次宗教改革よりさらに徹底してユダヤ教の純化を図り，ユダヤ民族のその後の生き方により強い影響力をもったのは，ヨシア王と予言者エレミアによる第2次宗教改革であった。まず紀元前621年，ユダ王国のヨシア王による申命記法典の発見に伴う律法の成文化と，いつの間にか復活していた神殿での邪教の偶像礼拝の禁止，神官の追放で，ヤハウエ信仰は再び純粋化への道を歩み出す。しかしヨシア王によるこの改革運動は，紀元前609年，ヨシア王のメギドでの戦死で挫折し，エルサレム神殿には再び呪術的邪教信仰が復活してくる。ヨシア王の改革を支持していた予言者エレミアは，ヨシア王の申命記改革の挫折を目撃して，政治や軍事力，制度改革といった外からの力では，もはやユダヤ民族を救うことはできないことを悟る。エレミアはバビロン捕囚のユダヤ人に書簡を送って真の救済はどこにあるかを説く。神は裏切りにもかかわらず再び新しい契約を示された。しかし今度の新しい契約は，モーゼの律法のように石の板に刻まれるのではなくて，ユダヤ人1人1人の心に記されるべきこと[4)]，即ち律法は内面化，個人化されることによ

3）イザヤ書第42章21節22節

わたしたちはあなたを造った，あなたはわが下僕だ。イスラエルよ，わたしはあなたを忘れない。わたしはあなたの科を雲のように吹き払い，あなたの罪を霧のように消した。わたしに立ち返れ，わたしはあなたを贖ったから。

同42章25節

わたしこそ，わたし自身のためにあたなの科を消す者である。わたしは，あなたの罪を心に留めない。

4）エレミア書第31章33節，34節

しかし，それらの日の後わたしがイスラエルの家に立てる契約はこれである。すなわちわたしは，わたしの律法を彼らのうちに置き，その心にしるす。

……わたしは彼らの不義をゆるし，もはやその罪を思わない。

り，律法を刻んだ石板もそれを納め祭る神殿も不必要となり，ユダヤ人の1人1人はたとえ神殿を失い，いずこの異境に流浪しようと，新しい契約により直接に神と心を通わすことができるようになる。この時からユダヤ教はA. ジークフリードの言う「持運び可能な宗教[5]」となる。予言者エレミヤの説く神はまた人間の不義を許す憐れみの神でもあった。この神による許しの思想は，第2イザヤの正しいヤハウエの下僕の贖罪という形でメシア待望，そして後のイエス・キリストにと繋がってゆく。

バビロン捕囚の時代でも，予言者の忠告に耳を傾け，ヤハウエ神への信仰を守りつつ祖国への帰還を祈り続けた敬虔なユダヤ人がいた一方，バビロニア文化に同化し，バビロニアに帰化したユダヤ人も少なくなかった。50年にわたるバビロン捕囚の後ペルシア王クロスがバビロニアからユダヤ人を解放し，エルサレム帰還を許可する勅命を出した時，エルサレムに戻ることを選んだのは全捕囚ユダヤ人の4分の1にしかすぎなかったという。このバビロニア捕囚とユダヤ人の同化は，紀元70年のエルサレム第2神殿の破壊と国家滅亡のあとユダヤ人の歴史で繰り返し起こるユダヤ人のディアスポーラと同化の最初の一例にしかすぎない。しかしギリシャ，ローマの圧倒的高度の文明に取り囲まれながら，ユダヤ人は常に堅い信仰心と団結で民族としてのペルソナを維持する。ローマ，そしてヨーロッパ諸国での滔々たるキリスト教への改宗の波にもかかわらず，ユダヤ人は最後までキリスト教に改宗しようとしない。中世においては，ユダヤ人は偏見と迫害の結果，ゲットーやシュテッテルといったユダヤ人地区に住むことを余儀なくされるが，ゲットーやシュテッテルは結果的にはユダヤ人を団結させ，民族としての統一性を保持するのに役立つことになる。ところが近世になって啓蒙思想の発達でユダヤ人への偏見と社会的差別が減少しはじめるとともに，西ヨーロッパに住むユダヤ人の異民族との融合同化が促進されるようになる。

思想，信仰の自由と人間平等を国是とするアメリカ合衆国に，自由と安全を求めて世界各地のユダヤ人が移住してきたのは当然のことであった。1620年代のスペイン系ユダヤ人の第1波の移民を嚆矢(こうし)に，1820年から1880年にかけて約25万のドイツ系ユダヤ人が移民してくる。これが第2波の移民である。

5）A．ジーグフリード著／鈴木一郎訳：『ユダヤの民と宗教』 p.72

これらドイツ系のユダヤ移民は改革派ないし折衷派のユダヤ人だったので，彼らのアメリカ社会への同化，プロテスタント化は容易かつ急速に進んだ。このほとんど同化してしまったユダヤ人たちの中に，ユダヤ教正統派の律法重視の新規のユダヤ人が大挙してアメリカ合衆国に流れ込んでくる。1900年から1914年にかけて，東ヨーロッパとロシアでの封建体制の崩壊と，それに伴うユダヤ人迫害，ポグロム（大虐殺），また失職と飢餓からの脱出を図ってポーランド，ルーマニア，ハンガリーそしてロシア領の各地から，150万ものユダヤ人がアメリカに移住してくる。第３波のユダヤ移民である。マックス・ディモントの表現によれば，「ユダヤ社会全体が抑圧されていたから，共同体は一丸となって逃げ出した。金持ちも貧乏人も，労働者も学者も，正統派も急進派も，その全文化を背負って逃げたのだ。彼らは根なし草になったわけではない。移植されたのであった[6)]」。アメリカはこの時以来，20世紀のバビロン，新バビロンになる。新バビロンのユダヤ人の中核となる東欧系，ロシア系のユダヤ人は，主として労働者か農民で，頑ななまでの正統派であった。これら律法を堅く守る神秘主義のユダヤ人の大量流入は，アメリカ社会にほとんど同化して暮らしていた既存の折衷派ユダヤ人の中に恐慌をきたす。

両者の間にはやがて正統性をめぐって熾烈な主導権争いが起こるが，ここでも，ユダヤ民族の歴史で何回も起こったことが起こる。ほとんど同化していた在来のユダヤ人は，新来のユダヤ人たちの正統主義に引き戻される。因みにフィリップ・ロスの祖父はハンガリーからの第３波の移民であったし，ソール・ベローとバーナード・マラマッドの両親は，ともに同時期のロシアからの移民である。大都会のスラム街に住み着いたこれら第３波のユダヤ移民は，無教養と非熟練の故に，アメリカ社会では行商人，手作業労務者，保険勧誘員，小さな店の経営者など，うだつの上がらぬ職業に就く。マラマッドの *The Assistant*（『助手』）のモリス・ボーバーの墓場のように陰気で全く流行らない食料品店は，これら第３波のユダヤ移民が直面した絶望的貧困を如実に描き出している。

このあと，1924年の移民制限法の制定で，ユダヤ人のアメリカ移民は激減

6）マックス・ディモント著／藤本和子訳：『ユダヤ人』下 p.178

する。以後アメリカへのユダヤ人の大量移民はあと2回起こる。1930年代，ドイツを中心に吹き荒れた反ユダヤ主義の嵐を逃れて，ドイツを中心とする西ヨーロッパから中産階級のユダヤの知識人たちや学者が移住してくる。その数約15万で，これが第4波である。

第2次大戦後，1949年の Displaced Persons Act により，ナチの虐殺を生き延びた約7万人[7)]のユダヤ人がアメリカ合衆国にやってくる。ユダヤ人最後の第5波の移民である。ヒトラーの焼却炉生き残りのこれらユダヤ人は greeners（新来者）と呼ばれ，在来のユダヤ人やユダヤ人以外の一般のアメリカ市民に畏敬と脅威の念をもって迎えられる。

今略述したのが，1950年代，フィリップ・ロス，バーナード・マラマッド，ソール・ベロー，ジャージー・コジンスキーなどのユダヤ系作家がユダヤ人を主人公としてユダヤ性をテーマにした作品を書いていた当時のアメリカへのユダヤ人移民の歴史的背景であった。ロスの「狂信者イーライ」は，プロテスタントとユダヤ人が共存して平和に暮らしている郊外の町へ，ナチのホロコースト生き残りのユダヤ難民が住みつき先住のユダヤ人を悩ます話であるし，同じロスの「ユダヤ人の改宗」のブロトニック老人はナチの難民，ソール・ベローの『サムラー氏の惑星』のアーター・サムラーもホロコーストの生き残り，マラマッドの『助手』のボーバーは東欧からの第3波の移民，『最後のモヒカン族』のサスキンドはナチ収容所の生き残りである。

2

上述の如く，『さようなら，コロンバス』でフィリップ・ロスがテーマとして取り上げたのは，第2次大戦直後のニュワークのユダヤ人地区に住んでいたユダヤ人たちの自意識であった。当時ようやく中産階級の上流になりつつあった若い世代のユダヤ人たちは，ある時は旧世代の両親や祖父母の価値感と衝突し，ある時は依然として家の中に残る強い宗教的タブーに縛られつつも，常にユダヤ人としての自分のアイデンティティを自問自答していた。しかし自分のアイデンティティを求める自意識も，求める気持ちが積極的で

7）ヘレン・エプスタイン『ホロコーストの子供たち』では9万2000人が移住したとしている（p.85）

はっきりした形をとり，自ら意識的に解答を求めるようになるためには，何らかの契機がなければならない。全く同様に，ユダヤ人の自意識，ユダヤ性をテーマとする小説の場合も，作中人物を強要して，自己のユダヤ性を意識させ，自己のアイデンティティを追求させる事件，外からの圧力がどうしても必要となる。前のユダヤ人のアメリカ移民の項で，プロテスタンティズムに同化した折衷派のユダヤ人の中に，中世そのままの神秘主義的正統派のユダヤ人が移民してきて，はじめて緊張関係が生起し，ついに前者の後者への劇的改宗が起こったように，個人のレベルでも，主人公を否応なしに巻き込み，自己のアイデンティティを問わせる強力な外的原因がなければ，ユダヤ人のユダヤ性への自問自答，ユダヤ性への目覚め，日常性から「意識の別の層に入りこむ[8)]」ことは決して起こらない。フィリップ・ロスの『さようなら，コロンバス』のそれぞれの短編においても，登場人物は外部の事件，他の人物との複雑な人間関係に抜き差しならぬほど深く巻き込まれ，好むと好まざるとにかかわらず１つの重大な選択をするように追い込まれてゆく。

「狂信者イーライ」のイーライ・ペックは，同化しかかったユダヤ人で，美しい妻と郊外で裕福な生活を送る青年弁護士であるが，ホロコーストの生き残りのユダヤ人たちの側に立つことを選んだばかりに，発狂したと疑われ精神病院に収容されてしまう。「ユダヤ人の改宗」では，日頃から宗教問題でユダヤ教のラビと衝突しているオスカー少年は，ラビや大人たちに文字通り追い詰められてシナゴーグの屋上に逃げ，そこから大人たちへの抗議と反抗のデモンストレーションを行う。異教徒に囲まれたユダヤ人という少数民族の強い自意識，異文化への同化の誘惑，異教徒の異性への強い性衝動，プロテスタンティズムへの改宗の危機，家庭内での異なる世代間の相剋等々，ユダヤ人に襲いかかる外的・内的圧力と，圧力に触発されてユダヤ性が覚醒してゆく様を，フィリップ・ロスは，1950年代の中産階級化した若いユダヤ人世代のユダヤ正統への「回帰」を一方の極に，ユダヤ教の偏狭性への「反発」，「反抗」をもう１つの極に，そしてこの２つの極の中間のいくつかの段階で起こるユダヤ人の心の葛藤を，『さようなら，コロンバス』の６つの短編で様々の図柄に織りなしてみせる。同じユダヤ正統への回帰というテーマ

8）*RM & O* p.207

を，ほとんどすべての作品で繰り返し扱うのがバーナード・マラマッドであるが，例えばマラマッドの『魔法の樽』の主人公レオ・フィンケルのユダヤ性への覚醒や，『助手』のフランク・アルパインのユダヤ性への回心は，フィリップ・ロスのイーライ・ペックやネイサン・マークスのそれより，もっと緩やかに起こる。これは，自己の本源への目覚めという心の奥深いところで起こる目に見えない転向・回心を，マラマッドとロスがそれぞれどういう文脈で，どういう図柄の上に，そして何に託して表現しようとするかの差によると思われる。マラマッドが好む図柄では，ほとんどすべての主人公は，自己のユダヤ性探究の旅に出たばかりの新参者として示される。彼らの未経験は，一時的に彼らを迷わせる。しかし彼らの身辺には，より経験豊かで，目的に向かって迷わず歩み続ける先導役の年輩のユダヤ人がいて，この年輩のユダヤ人の生き方が新参者の覚醒を誘う。目覚めは数回の失敗のあと，緩やかにしかし確実に起こり，若者は誤てる軌道を修正して，年輩者の体現していたユダヤ性を引き継いでゆく。マラマッドの場合と異なり，ロスの「狂信者イーライ」のツユレフや，「信仰の擁護者」のグロスバードは，主人公の迷えるユダヤ人を追い詰め，決断を強要する役割をふられている。ロスのユダヤ人の主人公と選択を迫る人物との関係は，マラマッドの場合よりも遙かに強い緊張関係，時には敵対関係にあり，また主人公のユダヤ性への目覚めは劇的かつ急激に起こる。

『さようなら，コロンバス』の6つの作品を，ユダヤ性への回帰と，ユダヤ性への反抗という2つの範疇で大雑把に短編集の掲載順に分類すると，タイトルストーリーの中編「さようなら，コロンバス」は回帰，「ユダヤ人の改宗」は反抗，「信仰の擁護者」は反抗と回帰，「エプスタイン」は反抗，「人は歌う歌では分からない」は反抗，「狂信者イーライ」は回帰となろう。短編集の最初を回帰のテーマで始め，最後も回帰のテーマで締めくくることにより，ロスは一見短編集全体の重点をユダヤ性への回帰のテーマに置いているようにも見えるが，中間にはいくつもの反抗のテーマが挟まっており，全短編中もっともよく書けている「信仰の擁護者」のテーマは，単純に回帰とも反抗とも割り切れないものである。要するに，ロスはここでは，ユダヤ人は何かという自ら発した問いに答えかねて困っているようにすら見える。ユダヤ性を回帰の面から捉えるべきか，それとも反抗という角度から捉えるべきか決しかねて迷っている[9]。そして反抗という角度からロス独自の色づけをして提出された新しきユダヤ人像が，一部の保守的ユダヤ人読者の顰蹙を買い，問題視されることについては次の3で論ずることになる。

「狂信者イーライ」で，まずユダヤ性への回帰のテーマから見てゆくことにする。1950年代のアメリカに住むユダヤ人青年弁護士イーライ・ペックは，もはや祖父母や両親のもっていたユダヤ教への揺るぎない信仰はもっていない。と同時にイーライは，人が作った法律で人を裁いたり弁護したりする自分の職業にも確固たる自信をもっているわけではない。それもあってイーライは2度ほど神経病をわずらい，今も「まるでいつも神経がむきだしになった尻っ尾を引きずって歩いては，それを自分で踏んづけている」状態で，精神分析医の治療を受けている。大方のユダヤ人主人公の改宗をテーマとする小説がそうであるように，「狂信者イーライ」でも，ロスはイーライを，神の律法への信仰を失い，かといって人間の作った法律にも懐疑的な精神的根なし草，不安定なニヒリストとして呈示する。イーライは周囲のプロテスタントと同化したウッドントンのユダヤ人たちに依頼され，最近町に住みつき中世そのままの信仰生活を送り出したナチ難民を追い出すために，難民代表ツユレフと交渉することになる。交渉の過程で，ユダヤ正統の化身とも言うべきツユレフの真正の信仰と権威ある言葉，他の難民の身心に消し難く残るナチ焼却炉の恐怖の痕跡 ── 去勢手術を施され言葉を失った黒いユダヤ服の青年，イーライの姿を見ただけで恐怖の悲鳴を上げて逃げ隠れる難民の子供たち ── などを目の当たりにして，イーライはアメリカナイズされた自分の姿が，本物のユダヤ人にどう映るかを否応なしに知らされる。それにつれ町の裕福なユダヤ人たちの言い分に対してより懐疑的になる。ウッドントンの同化ユダヤ人の代表テッド・ヘラーは自分たちの立場を弁護して論ずる。在米ユダヤ人はプロテスタントと妥協し，共存共栄すべきである。難民ツユレフたちは人生で直面すべき問題を避けて，宗教に逃げ道を求めている狂信者である。ウッドントンのユダヤ人は，自らの才覚と努力で現在の平和と安全を勝ち得てきた。ウッドントンは地上の楽園で，祖父母たちがポーランド

9）ロスの迷いは時には欠点に見える。フレデリック・カールは言う。「これら短篇では主人公は役を演じさせられている。……自分のアイデンティティ，真に演ずべき役を知らず，劇の傍観者となっている」。(Fredirick Karl: *American Fiction* p.281)

で，両親たちがブロンクスで夢見た夢が実現したものだと。これに対し，難民の長ツユレフは真の信仰をもつものの権威と威厳をもって，神のみが法を定め，心が神の律法を知る。君たちの言う法は「恥」だと反論する。ロスはディアスポーラの間ユダヤ人が自らに繰り返し問いかけた問い，同化か回帰かという永遠の問いを，主人公イーライを同化ユダヤ人と正統派ユダヤ人という相反する2つのユダヤ人集団の調停者に設定することにより，イーライという個人の心の中の改宗のドラマとして劇的に展開してゆく。

2つの相譲らぬユダヤ人グループへの折衷案として，イーライはいつも黒のユダヤ服を着た難民青年を，自分のアメリカ式背広に着替えさせることに成功するが，今度はイーライが魅入られたように黒いユダヤ服を身に纏う。ユダヤ服を着て町を歩き，その服装で生まれたばかりの自分の赤ン坊に会いに行ったイーライは，気がふれたと思われ，鎮静剤を注射され精神病棟に監禁される。

かくて，「狂信者イーライ」は同化か回帰かの二者択一の退っ引きならぬテーマを取り扱う。ユダヤ性も究極的にはこのテーマに帰結すると言っても差し支えない。従ってこのテーマはまたほとんどのユダヤ人作家が常に問題にし，様々な解答を出してきたものであるが，ロスの作品が，従来のユダヤ人作家とパターンを異にする点が1つある。それは主人公のユダヤ人を迫害するのが，同じユダヤ人だという点である。従来はユダヤ人を迫害するのは常に非ユダヤ人であった。マラマッドの『助手』でもユダヤ人モリスを迫害するのは非ユダヤ人のフランクであり，ベローの『犠牲者』で，ユダヤ人の主人公レヴィンサールを悩ますのは，ニューイングランドの名門出身のオールビーであった。迫害者＝非ユダヤ人，被迫害者＝ユダヤ人という従来の図式が，ロスの作品では，迫害者，被迫害者ともにユダヤ人となる。迫害者は今世紀初頭の東欧よりのユダヤ難民の2世たち，迫害される方は，1949年以降 D.P. 法でアメリカに渡ってきたアウシュヴィッツやビューヘンヴァルトの生き残りである。「狂信者イーライ」に見られる，ユダヤ人を苦しめ迫害するのがユダヤ人だとするこの図式は，『さようなら，コロンバス』の他の短編にも一様に踏襲されていて，これがロスの特徴であり，また一部ユダヤ人読者の反発を受ける原因ともなる。

さて，「狂信者イーライ」を正しく評価するには，このストーリーの核心であるイーライのユダヤ正統への回心の部分をもう少し詳しく見なくてはならない。イーライのユダヤ教本義への回心は無意識にかつ神秘的に起こり，しかも改宗劇はほとんど瞬時に完了する。アメリカナイズされてはいるが，心の底に他人の苦しみに敏感に共感する資質を残しているイーライは，ツユレフの神秘的タルムード信仰に反発しつつも，半ば説得され惹きつけられている。ロスが表紙扉に引用したイーデッシュの諺のように「心は半ば予言者」なので，イーライの心の中にはすでに回心の小さな芽が膨らんでいる。ツユレフはモーゼのような権威をもってイーライに告げる。

Eli stayed back in the shadow, and Tzuref turned to his chair. He swished Eli's letter from the floor, and held it up. 'You say too much...all this reasoning...all these conditions...'

'What can I do?'

'You have the word "suffer" in English?'

'We have the word suffer. We have the word law too.'

'Stop with the law! You have the word suffer. Then try it. It's a little thing.'

'They won't,' Eli said.

'But you, Mr Peck, how about you?'

'I am them, they are me, Mr Tzuref.'

'Ach! You are us, we are you!'

Eli shook and shook his head. In the dark he suddenly felt that Tzuref might put him under a spell. 'Mr Tzuref, a little light?'

Tzuref lit what tallow was left in the holders. Eli was afraid to ask if they couldn't afford electricity. Maybe candles were all they had left.

'Mr Peck, who made the law, may I ask you that?'

'The people.'

'No.'

'Yes.'

'Before the people.'

'No one. Before the people there was no law.' Eli didn't care for the conversation, but with only candlelight, he was being lulled into it.

'Wrong,' Tzuref said.

'We make the law, Mr Truref. It is our community. These are my neighbors. I am their attorney. They pay me. Without law there is chaos.'

'What you call law, I call shame. The heart, Mr Peck, the heart is law! God!' he announced.

'Look, Mr Tzuref, I didn't come here to talk metaphysics. People use the law, it's a flexible thing. They protect what they value, their property, their well-being, their happiness—'

'Happiness? They hide their shame. And you, Mr Peck, you are shameless?'

'We do it,' Eli said wearily, 'for our children. This is the twentieth century...'

'For the goyim maybe. For me the Fifty-eighth.' He pointed at Eli. 'That is too old for shame.'[10)]

ロスはツユレフのドイツ訛りの英語を，同化ユダヤ人２世であるイーライやテッド・ヘラー，アーティ・バーグの完璧なアメリカ英語と対比させる。そしてイーライの完璧な英語は，イーライがツユレフに説得されてゆくにつれ，ツユレフ式ドイツ訛りが交じってきて，イーライの改宗が始まったことを暗示するように工夫が凝らされている。

イーライの心の奥に起こる目に見えない改宗をまた，ロスはイーライと難民青年の衣服交換という形で象徴させようとする。ここでの衣服交換は，ある心的状態から別の心的状態への移行，転向の通過儀礼的意味をもっている。アメリカに移住することは，すべてのユダヤ人移民にとって，古いヨーロッパ文化を脱ぎ捨て，新しきアメリカ文化という衣服を身に纏うことを意味した。ロスがユダヤ青年とイーライの衣服交換に託した象徴的意味は明瞭である。青年の黒ずくめのユダヤ服とユダヤ帽はユダヤ正統主義の，イーライの

10）Eli, the Fanatic pp.198－199

緑がかった高級仕立てのスーツは，ユダヤ人を同化するアメリカニズムの象徴，イーライが黒のユダヤ服を身につけることはイーライのユダヤ教への改宗を示す。しかし，このユダヤ性への改宗，回帰の決定的瞬間 —— イーライが黒のユダヤ服を身に纏う瞬間を描くロスの筆は，あまり自信ありげではないのである。

> He picked up the hat by the edges and looked inside. The crown was smooth as an egg, the brim practically threadbare. There is nothing else to do with a hat in one's hands but put it on, so Eli dropped the thing on his head. He opened the door to the hall closet and looked at himself in the full-length mirror. The hat gave him bags under the eyes. Or perhaps he had not slept well. He pushed the brim lower till a shadow touched his lips. Now the bags under his eyes had inflated to become his face. Before the mirror he unbuttoned his shirt, unzipped his trousers, and then, shedding his clothes, he studied what he was. What a silly disappointment to see yourself naked in a hat. Especially in that hat. He sighed, but could not rid himself of the great weakness that suddenly set on his muscles and joints, beneath the terrible weight of the stranger's strange hat.[11)]

引用の前半で，半ば改宗しかかったイーライが憑かれたように，手にしたユダヤの丸帽を頭に載せるまではまだよい。しかし後半のすべての服を脱いで丸裸で鏡の前に立ち，自分の「真の姿」を見ようとし，たった1つだけ身につけている「見知らぬ男の不思議な帽子の恐るべき重みで，筋肉や関節の力が抜けてゆく」という件(くだり)は，ロスの才気のみが先走って，帽子や鏡に荷わせた象徴性が的確に働いているとは言い難い。ロスは次の瞬間，イーライに「降伏の白旗」である白のセラペを被らせ鏡に向かって呟かせる。「誰が誰を誘っているのか？　何故あの青年は服を置いていったのか？　あれは本当に青年だったのか，それとも別の誰かだったのか，神か？　しかしイーライよ，

11）Eli, the Fanatic p.212

豚でも薬をのむという20世紀の科学の時代に，そんな奇蹟が起きるはずがない」。

改宗の白いセラペという映像的小道具や，神の介入を暗示するイーライの独白にもかかわらず，ここでの改宗に至るイーライの心理描写は依然として説明不足であると言わざるをえない。シオドール・ソロタロフは「狂信者イーライ」と「ユダヤ人の改宗」に関して，「これらの話では物語の寓話やアイデアがストーリー自体より重すぎる。例えばイーライ・ペックの改宗はもっと長いストーリー向きの素材である。途中まで巧みに書かれてきた事件やディテールが唐突に終わってしまう。……簡潔かつ繊細に語られてきたストーリーが急にふくらんで，締りのないただのメッセージで終わってしまう[12)]」と言っているが，これはあまり正しくない。イーライの改宗劇は，必ずしも長編で扱うべきテーマだとは言いきれない。現にロスは次に取り上げる「信仰の擁護者」で，「狂信者イーライ」と同様の主人公の回心という重いテーマを短編のスペースで見事に処理しているからだ。「狂信者イーライ」がソロタロフの言うように失敗作とするなら，それは，改宗の前後のイーライの描き方が納得的でないところにあるので，ストーリーの終わり方の唐突さではあるまい。イーライの心の中で改宗が起こったあと，ロスはさらに９ページ（これは全体の４分の１に相当する）を使って，イーライを服を交換した難民に会わせ，ユダヤ服のまま町を歩かせ，子供に会いに病院に赴かせる。ロスに対して不満があるとするなら，それはやはりイーライの改宗そのものが説得力に乏しいことであろう。ロスはイーライの改宗を，鏡の前での衣服交換の通過儀礼の動作と，イーライの独白を交互に書くことによって表現しようとする。読者は，ユダヤ服に着替えよと命ずるのは神なのかというイーライの独白が終わると，もうユダヤ帽をかぶりユダヤの黒服を纏ったイーライを見ることになる。もう一度短い独白が終わると，今度はイーライは庭に出て隣の住人にユダヤ服姿を目撃される。イーライの改宗は，「鏡」の前での自己確認から，「隣の住人」，「難民青年」，「町の全住民」と他者による確認へと漸層的に拡がってゆくのだが，ロスのここでの難点は，改宗というシリアスな出来事が，当事者イーライの粗雑な独白と心理描写で繋がれて進行

12）Theodore Solotaroff: *Contemporary American-Jewish Literature* p.28

することである。こういった独白の一例をあげれば，隣人にユダヤ服姿を目撃されたイーライは，“God helps them who help themselves.”と呟くと，今度は難民青年にユダヤ服姿を見せに行く。もの言わぬ難民が苦痛の表情で胸に拳を当て，その指でウッドントンの町を指すのを見て，イーライは啓示を受ける。「イーライはこの啓示の内容にも，どこから来たかにも疑いを抱かなかった。奇妙な夢みるような高揚を感じつつイーライは町に向って歩き出した」。ここにも黒のユダヤ服に着がえた件と同じロスの無神経さがある。

しかし，これから先，ロスの筆は冴える。難民青年から無言で指示された通り，ウッドントンの目抜き通りを黒服でゆっくり歩くイーライ，病院に行く途中通りかかった自分の家の前で，一瞬改宗を思い直したいと痛烈に願うイーライ，特に幕切れで，発狂したと疑われたイーライが屈強なインターンに両腕をつかまれ引きずられてゆくシーンは，ある日突然自室からナチに強制連行された無辜（むこ）のユダヤ人の姿と二重写しになって読む者を慄然とさせる。引きずられてゆくイーライは突然夢から覚めたかのように立ち上がり，「私はあの子の父だ」と叫ぶが，医師たちは委細構わずイーライのユダヤ服を引き裂いて注射を打つ。「薬は心を静めたが，黒さが染めたところまでは達しなかった」という幕切れからは，周りのすべてのユダヤ人や妻ミリアムからも発狂したと考えられているイーライの改宗がいつまで続くか心許ない。一昔前までは，父から子へと代々受け継がれてきたユダヤの伝統も，ニヒリズムと個人主義の現代では，イーライの黒服みたいに破り捨てられ，半ば発狂したイーライの意識にただ沈潜するだけなのか。「狂信者イーライ」の世界には，マラマッドにあったユダヤ性の連続における父親の役割，未熟から成熟に至る過程での子供による父親役の継承は存在せず，生まれたばかりのイーライの子がイーライに倣う可能性もまことに薄いのである。

3

「信仰の擁護者」でも，ロスは再び外部に起こった事件が否応なしに主人公を巻き込み重大な決定を迫るというテーマを取り上げる。舞台は，太平洋戦争末期のアメリカ合衆国ミズリー州の新兵訓練キャンプである。ネイサン・マークス曹長はドイツ戦線からこの新兵訓練係に転属になったとたん，ある厄介な事件に巻き込まれる。事件を引き起こすのは，最初は何食わぬ顔で近づいてくる１人の新兵である。グロスバートというこのユダヤ系の新兵は，マークスと同じユダヤ系であることにつけ込んで，マークスに対して軍隊では普通通用しないような要求を小出しに，しかも巧妙に持ちかけてくる。グロスバートの最初のいくつかの要求はみなユダヤ教に関するもので，ユダヤ系のマークスには表面だっては反対し難いものである。ドイツ戦線で死線をくぐってきたマークスは，兵隊は人種，宗教の如何にかかわらず平等に取り扱わるべきだと理論的に割り切っているが，同じユダヤ人グロスバートの宗教上の信念に基づく要求 ── 少なくともグロスバートはそう強調する ── をにべもなく拒否することは，同じユダヤ人の心情としてはいささか難しい。マークスのこの曖昧さが最後まで問題となる。多少後ろめたい気持ちをもちつつも，マークスは金曜日の夜，他の兵隊が兵舎の大掃除をやっている時間に，グロスバートとあと２人のユダヤ系兵士にユダヤ教の教会に行く公式の許可をとってやる。これに味をしめたグロスバートは次に，まずい兵員食の代わりに特別メニューをせしめようとする。彼はユダヤ教の戒律で禁ぜられたハムやハンバーグなどの不浄食品を食べると吐くと言うのだが，国会議員にまで直訴したにもかかわらず，この要求は結局失敗する。グロスバートの３回目の要求は過越(すぎこ)しの祭を伯母の家で送るための特別外泊である。特別扱いできぬと一旦は拒否するマークスを泣き落として，グロスバートは外泊してくるが，あとになってこの外泊の理由は嘘だったことがばれる。しかし抜け目のないグロスバートも最後には自らの墓穴を掘ることになる。訓練が終わった新兵は，１人を除いて全員太平洋の前線に送られることになっていた。このたった１人の内地勤務の幸運を得ようと，またしてもグロスバートは画策をはじめ，人事係のユダヤ人に手を回す。転属の内示でそれを知ったマークスは，人事課に電話して内地勤務の内示が出ていたグロスバートを太平洋行きに変更してもらう。

以上の荒筋からも，この短編のテーマが極めてユダヤ的であることが分かる。*RM & O* でロスが，「このテーマはユダヤ人のテーマと限られたものではないが，登場人物は構想の段階から２人ともユダヤ人でなくてはならなかった。グロスバートをユダヤ人，マークスを非ユダヤ人に，あるいはその逆にすることは不可能であった。そうすれば２人の間に生じる劇的緊張はすっかり失われたであろう[13]」と言っているのも当然である。第1に2人ともユダヤ人であるため，金曜日の教会行き，ユダヤ戒律に則ったコーシャ，過越しの祭の特別休暇への要求が可能になる。第2にマークスが自己のユダヤ性に自信をもっていないがために，そこを同じユダヤ人のグロスバートにつけ込まれる。マークスがバレット大尉のように軍隊では特別扱いは一切認めないという鉄の如き信念の持ち主であったら，マークスはグロスバートを最初の段階から拒絶していたであろう。しかしそれではストーリーの劇的緊張は起こらない。否，物語そのものが成立しない。気の弱いマークスが次第に追い詰められ最後にぎりぎりの選択をする心理を作り出すために，ロスはグロスバートを悪賢いユダヤ人に，マークスを人のよいユダヤ人に設定する必要があった。

ロスは驚くべき実在感をもって，19歳のグロスバートの小面憎いまでの偽善者ぶりを描く。この作品ではロス自身の軍隊経験が十分に生かされている。初対面のグロスバートは，マークスから馴々しさを窘められると，一旦は直立不動の姿勢をとるが，いつの間にはマークスの机の端に座るでもなく立つでもなく躙（にじ）り寄ってきて，「ちょっとした手ぶりで，中隊事務室から他人を一切閉め出し，2人だけが世界の中心，残るは2人の心臓ばかりという気にさせる」。大掃除をさぼって行ったユダヤ教会でグロスバートは祈禱書も読まずにジュースを飲んで寛（くつろ）いでいるが，マークスの姿を見ると慌てて祈禱書を読むふりをする。兵員食拒否騒動でも，グロスバートはユダヤ人の団結の必要を持ち出し，ドイツのユダヤ人がナチに虐殺されたのは団結を忘れたからだと強弁する。過越しの祭の外泊の件では，グロスバートは黒を白と言いくるめ，論をすり替え，ユダヤ人の弱点をつき，果ては，当時世界中の人間がホロコーストが起こるのを黙認したことへの心の痛み，疚（やま）しさまで利用し援用して私欲を遂げようとする。

> 'The Captain isn't here to sign a pass.'
> 'You could sign.'
> 'Look, Grossbart—'

---

13) *RM & O* pp.213−214

'Sergeant, for two months, practically, I've been eating *trafe* till I want to die.'

'I thought you'd made up your mind to live with it. To be minus a little bit of heritage.'

He pointed a finger at me. 'You!' he said. 'That wasn't for you to read.'

'I read it. So what?'

'That letter was addressed to a congressman.'

'Grossbart, don't feed me any baloney. You *wanted* me to read it.'

'Why are you persecuting me, Sergeant?'

'Are you kidding!'

'I've run into this before,' he said, 'but never from my own!'

'Get out of here, Grossbart! Get the hell out of my sight!'

He did not move. 'Ashamed, that's what you are,' he said. 'So you take it out on the rest of us. They say Hitler himself was half a Jew. Hearing you, I wouldn't doubt it.'

'What are you trying to do with me, Grossbart?' I asked him. 'What are you after? You want me to give you special privileges, to change the food, to find out about your orders, to give you weekend passes.'

'You even talk like a goy!' Grossbart shook his fist. 'Is this just a weekend pass I'm asking for? Is a Seder sacred, or not?'

Seder! It suddenly occurred to me that Passover had been celebrated weeks before. I said so.

'That's right,' he replied. 'Who says no? A month ago—and I was in the field eating hash! And now all I ask is a simple favor. A Jewish boy I thought would understand. My aunt's willing to go out of her way—to make a Seder a month later...' He turned to go, mumbling.

'Come back here!' I called. He stopped and looked at me. 'Grossbart, why can't you be like the rest? Why do you have to stick out like a sore thumb?'

'Because I'm a Jew, Sergeant. I *am* different. Better, maybe not. But different.'

'This is a war, Grossbart. For the time being *be* the same.'

'I refuse.'

'What?'

'I refuse. I can't stop being me, that's all there is to it.' Tears came to his eyes. 'It's a hard thing to be a Jew. But now I understand what Mickey says—it's a harder thing to stay one.' He raised a hand sadly toward me. 'Look at *you*.'

'Stop crying!'

'Stop this, stop that, stop the other thing! *You* stop, Sergeant. Stop closing your heart to your own!' And, wiping his face with his sleeve, he ran out the door. 'The least we can do for one another—the least …'[14)]

ほとんどすべての人が認めるように「信仰の擁護者」は『さようなら，コロンバス』全6編中随一の完成度をもった作品である。そしてこの作品の成功はその大部分をグロスバートの性格描写の迫真力に負っている。しかし皮肉なことに，ある層のユダヤ人読者を憤激させたのも他ならぬこのグロスバートの迫真性であった。ロスが2人の人物，特にグロスバートをあまり生々しく描き出したために，一部の素朴な読者は架空のグロスバートがまるで生身の人間になって歩き出したような錯覚を起こし，グロスバートを嫌悪し，グロスバートの卑劣さが反ユダヤ主義者に利用されることを杞憂する。彼らはまたかかる卑小で嫌悪すべきユダヤ人を創造したロスに怒りをぶっつける。何しろロスは，この2年前，「エプスタイン」で姦通を犯す中年のユダヤ人を書いて，故意にユダヤ人の醜い面のみを書く自己嫌悪的ユダヤ作家と非難された前科があった。だが「信仰の擁護者」は，前回よりももっと深いところで，非常にデリケートなやり方でユダヤ人の心を傷つけてしまう。ユダヤ人からの憤激と非難の投書が何通も舞い込む。

14) Defender of the Faith pp.141－142

ロスは*RM & O*にこれら非難の内容を克明に転載しているが，簡単にまとめると次の3点になる。（1）「信仰の擁護者」は，一般の誠実なユダヤ人兵士の像を意図的に歪曲している。（2）ユダヤ人を卑劣な嘘つき，黙認者として描くことで反ユダヤ主義運動に手を貸している。（3）ユダヤ人の醜悪さを内部告発することで，少数民族ユダヤ系アメリカ人の存在を危殆に瀕せしめている。最後の非難はマークスに向けられたもので，マークスは同僚のグロスバートを売った「白いユダヤ人」，「白い」とは清廉なユダヤ人ではなくて，白人側についた密告者というニュアンスだったという。（1）と（2）の非難はグロスバートが悪いユダヤ人のステレオタイプとして書かれていて反ユダヤ主義者に利用されるというのであるが，ロスは時に感情的に烈しくこれら非難を論駁する。

> マークスの相手シェルドン・グロスバートは実在する1人の人間である。彼はユダヤ人一般，またはユダヤ性の代表ではないし，私としても読者にはそう読んで欲しくないのである。グロスバートは押しの強い，自らを正しいと思い込み，狡猾だが時には抗いがたい魅力をもった1人の誤りを犯す人間として書かれている。彼は，生き残るために誠実を逸脱することも時として必要なので，不誠実を誠実と良心に思い込ませた人間として描かれる。彼は責任感を一時停止するシステムを自分の心の中に作り出しているが，これは1つには，世界のある民族が集団で恐るべき罪を犯して，人間の信頼をくつがえしてしまったからである。グロスバートはユダヤ人のステレオタイプではなくて，ステレオタイプのように振る舞い，敵には敵が抱く彼のイメージを，罪には罪を投げかえすのである。[15)]

先に引用したグロスバートとマークスのやりとりに示されていたように，グロスバートは生来の怠け癖を軍隊生活で生き残るためにと自己弁解しているうちに，誠実，不誠実の境界が本当に分からなくなっている。グロスバートが，自分のそして他人の良心を麻痺させるために使うのがホロコーストに

15）*RM & O* pp.214－215

対するアメリカ人の後ろめたい気持ちであった。目零しをねだるグロスバートが声をひそめて「われわれユダヤ人はですね……」と囁く時，あるいは嘘がばれてかえって威丈高に「何故私を苛めるのですか曹長……以前苛められたことはありますよ。しかし同じユダヤ人から苛められるのははじめてだ」とどなり返す時，グロスバートが言外に含め，マークスにも直ちにそれと分かり，従って反論を難しくするもの —— それは1950年代のアメリカ人がユダヤ人に対して抱いていた罪悪感，疚しさに他ならなかった。そしてこのホロコーストの被害者，永遠の犠牲者ユダヤ人というステレオタイプを覆して，アメリカ人の疚しさを利用するユダヤ人グロスバートを創造したこと，これこそユダヤ人読者，特に指導的ユダヤ人を激怒させ，危惧させたものであった。

グロスバートがこれだけリアリティをもち，「抗し難い魅力をもつ」一筋縄ではゆかぬずる賢い人物に描かれると，マークスについてはもはや多くを語る必要はない。イーライの改宗の場合と異なり，読者はグロスバートのどぎついまでの小悪魔ぶりに接しているうちにマークスの回心のエネルギーは十分に貯えられたと感じる。読者のサスペンスが極限状態に達して，はじめてマークスは散々虚仮にされた仕返しを行う。「信仰の擁護者」への第３の非難はユダヤ教のラビからのものである。ラビはロスがこの短編の中で醜いユダヤ人とそれを非ユダヤ人に密告するユダヤ人上官を書くことにより，「最終的に600万のユダヤ人殺戮につながるユダヤ人観を作り出したことで，反ユダヤ主義を支持する輩から感謝されるだろう」と書いてロスを激昂させる。

ロスの *RM & O* での感情的反論は次の如くである。人間は不完全なので他人を妬み謗り憎むが，その相手を実際に殺害するまではゆかない。文明社会では民族間の偏見・迫害と，現実に相手を抹殺することの間には障壁があって抹殺が起こることを事実上阻止してきた。ナチドイツでこの障壁が「最終的」になくなってホロコーストが起こったが，それは反ユダヤ主義と「直接」の関係はない。何となれば反ユダヤ主義という偏見は，ナチドイツを除いてはホロコーストの実行とは決して結びついたことがないからである。ラビは「信仰の擁護者」は反ユダヤ主義に手を貸すものと言うが，世界にユダヤ人がいる限りユダヤ人を憎む人間は存在する。反ユダヤ主義は決して世界からなくならぬ。大切なことは，ユダヤ人が気に入らぬといってユダヤ人を殺すことができないことを世界中の人間に知らしめることである。ラビのように600万のホロコーストの犠牲者を引き合いに出して，あるがままのユダヤ人を描くことを禁じ，バランスのとれたユダヤ人像はこうであると説教したり，ユダヤ系作家はこれこれのテーマは書くべからずと規定するのは，反ユダヤ主義問題に対する何の解決にもならないとロスは反撥する。

一方ではヒットラーによって殺戮された何百万というヨーロッパユダヤ人のホロコーストの記憶，他方いにしえの聖地イスラエルの好戦的ユダヤ人240万の新生国家，そして20世紀のバビロン・アメリカでの様々な環境と歴史的背景をもつユダヤ人たち —— これらの中からロスはじめユダヤ系作家は，手探りで自分たち１人１人のユダヤ性を，ユダヤ人像を，そしてユダヤ人の当面する問題を描き出そうと苦闘している。ラビの言うように，ユダヤ人が他民族にどう見えるべきかという議論は，ロスにとっては問題にならないナンセンスなのである。

> As I see it, the task for the Jewish novelist has not been to go forth to forge in the smithy of his soul the *un*created conscience of his race, but to find inspiration in a conscience that has been created and undone a hundred times over in this century alone. Similarly, out of this myriad of prototypes, the solitary being to whom history or circumstance has assigned the appellation "Jew" has had, as it were, to imagine what *he* is and is not, must and must not do.
>
> If he can with conviction, assent to that applellation and imagine himself to be such a thing at all. And that is not always so easy to accomplish. For, as the most serious of American-Jewish novelists seem to indicate—in those choices of subject and emphasis that lead to the heart of what a writer thinks—there are passionate ways of living that not even imaginations as unfettered as theirs are able to attribute to a character forthrightly presented as a Jew.[16)]

16）*RM & O* p.302

4

ロスの短編集『さようなら，コロンバス』の「ユダヤ人の改宗」(1958) にまず幻想的な形で現われ，次の２つの長編 *Letting Go* (1962)，*When She was Good*(『ルーシーの哀しみ』，1967) の試行錯誤を経て，1969年の『ポートノイの不満』に収斂するユダヤ性への反抗のテーマがある。因みに『さようなら，コロンバス』にあったユダヤ性への回帰のテーマは，これ以降姿を消してしまう。すでに２の「狂信者イーライ」や３の「信仰の擁護者」の項で見てきたように，自己のユダヤ性に自信のないイーライを責めたてるのは，同化ユダヤ人であると同時に，ナチの焼却炉の生き残りのツユレフたち難民の存在そのものであったし，曖昧な信仰の持ち主マークスを試し苦しめるのは，端倪すべからざる嘘つきユダヤ人グロスバートであった。苦しみと回心の契機になるという意味で，ツユレフもグロスバートも，ハーミーナ・リーの言うように "potential 'doubles', who may be persecutors and saviors[17]" と見做しうるかもしれない。なぜならばユダヤ人はほとんどの場合苦しみを通じてユダヤ性に目覚めるので，苦しみを与える人物はしばしば同時に救済者でもありうるからである。しかしツユレフは救済者となりえても，グロスバートを救済者と呼ぶのは無理と言わねばなるまい。グロスバートはマラマッドの『最後のモヒカン族』の悪賢いサスキンド同様，マークスの回心の契機とはなっても，ツユレフやモリス・ボーバーの如きユダヤ性の体現者から程遠い。グロスバートは主人公を悩まし主人公の強迫観念になっているという意味で，今から取り上げる「ユダヤ人の改宗」のラビ・ビンダーに近いものと考えるべきであろう。

ロスが弱冠23歳の時書いた「ユダヤ人の改宗」は，わずか14ページの短編ながら，ユダヤ教の排他性，家庭での躾けと両親の期待という重圧への少年の反抗のテーマを見事に描ききっている。ロスはユダヤ性への反抗を，１人のユダヤ少年がシナゴーグの屋上から教会の教師や大人を懲らすというファ

17) Hermine Lee：*Philip Roth* p.31

ンタスティックな物語 ── ロスはこれを「白昼夢」と呼んでいる ── に結晶させる。コミカルで軽快なリズムで進行するロスの語り口と，ストーリーの奇抜さにもかかわらず，この短編は当時のロスのユダヤ性認識の重点が那辺にあったかを示す。また，この作品にはユダヤ性への反抗というテーマを如何なる形式で表現するか，リアリスティックにかシンボリカルにか，コミカルにか自己嘲笑的にか，それともシリアスにか等々のロスの試みのいくつかの組み合わせが提出されている点でも興味深い。文体実験の多様性とイメージの絢爛という面では，『さようなら，コロンバス』の他の短編を含め現在までのロスの全作品中，「ユダヤ人の改宗」の右に出るものはない。かえって中期，後期の作品に，この短編に見られた瑞々しい感性，不羈奔放な想像力，弾むようなリズム感といった魅力が失われているのは淋しい限りであるが，このことに関しては稿を改めて別の機会に論じたい。

ロスは「ユダヤ人の改宗」で，オスカー少年のラビや大人たちへの反抗を，イエス・キリストの「処女生誕」という一点に凝縮させる。ユダヤ教のラビであるビンダー先生が，日頃からユダヤ学級で選民思想を教え，ユダヤ人の民族的団結の必要性を説き，イエスのマリアによる処女生誕を否定するのは当然のことで，一方周りのプロテスタントの影響で13歳のオスカー・フリードマンが，イエスの処女生誕を信じるのもまた当然である。日頃から反抗的言動で問題視されていたオスカーは，今度もイエスの処女生誕に固執したためオスカーの母は３度目の父兄召喚をくらっている。父兄召喚の当日，オスカーはまたしてもビンダー先生と言い争い，はずみで先生はオスカーを殴ってしまう。鼻血に逆上した少年はシナゴーグの屋上に逃げ登る。消防車が駆けつけ，オスカーが跳び降りそうな身振りをするので，ビンダー先生や大人たちが下手に出ると，少年はすっかり図に乗って屋上を右に左に走り回って下の大人たちを威かす。しかし辺りが薄暗くなり心細くなった少年は地上の全員に「神様は性交なしで子供が作れる」，「神様のことで今後決してひとを撲たない」と誓わせてから救助網の上に跳び降りる。

この短編の一番の魅力は，オスカー少年の反抗のテーマというよりむしろ，幻想的情景，斬新なメタファー，オスカーと友人たちの悪魔と天使が同居しているような思春期前期独特のあの危うい人物群像が，奇抜なストーリー展開と渾然一体となって流れてゆく小気味よい語り口にある。前日ユダヤ学級を休んだイッチーは，オスカーからビンダー先生との処女生誕のやりとりを聞いて顔をくしゃくしゃにして嬉しがる。「性交」という１語がイッチーの想像力を無限に掻き立てるのだ。悪童のイッチーは，教室でオスカーを問い詰めるビンダー先生の背後で１本の指を意味ありげに突っ立てて級友の哄笑を誘い，先生の怒りに油を注ぐ。シナゴーグの屋根に登ったオスカーにビンダー先生が跳ばないでくれと哀願すると，すかさずイッチーが怒鳴る。「跳べ，オスカー。跳べ！」。とたんに悪童連はお祭り気分で「跳べ，オスカー」の大合唱を始める。駆けつけたオスカーの母親が，「坊や跳ばないで。殉教者（マーター）にならないで！」と叫ぶと，マーターが何か分からぬくせにまたしてもイッチーが叫ぶ，「跳べ，オスカー，マーチンになれ！」。

> Mrs Freedman raised her two arms upward as though she were conducting the sky. 'For them he's doing it!' And then in a gesture older than pyramids, older than prophets and floods, her arms came slapping down to her sides. 'A martyr I have. Look!' She tilted her head to the roof. Ozzie was still flapping softly. 'My martyr.'
>
> 'Oscar, come down, *please*,' Rabbi Binder groaned.
>
> In a startlingly even voice Mrs Freedman called to the boy on the roof. 'Ozzie, come down, Ozzie. Don't be a martyr, my baby.'
>
> As though it were a litany, Rabbi Binder repeated her words. 'Don't be a martyr, my baby. Don't be a martyr.'
>
> 'Gawhead, Ozz—be a Martin!' It was Itzie. 'Be a Martin, be a Martin,' and all the voices joined in singing for Martindom, whatever *it* was. 'Be a Martin, be a Martin ...[18]'

ここでロスは少年たちの残忍性と付和雷同性を少年たちの肉声に転換することに成功している。ロスの語りは無数の奔放なメタファーや，絵画的場面，象徴的物体や傍役の人物を巻き込んで軽快に流れてゆく。オスカーの母は「正装してもとても選民には見えないくたびれた白髪のペンギン」だし，オ

18）The Conversion of the Jews p.118

スカーに３つ数えるうちに屋根から降りてこいと震え声で命令するビンダー先生は「従者に顔一杯唾を吐きかけられた独裁者の目」をしている。シナゴーグの屋上から見ると，地上のビンダー先生を取り巻いて星の形に悪童連が立っている。権威の象徴「ビンダー先生が下にいて，おまけに星までが下界にある」。もともと跳び降りる気のないオスカーは，突然やって来た束の間の権力を行使して楽しむ。火事だと思い込んだ消防夫が消水栓をレンチで開けようとすると，ビンダー先生は消防夫の頭を赤ヘルメットごとつかんで屋上のオスカーに向ける。オスカーにはそれがまるでコルクの栓を引き抜いているように見え，クスクス笑い出す。オスカーが右に左に屋上を走るたびに，大きな救助網を持った消防夫たちが血相を変えてその方向に走り，オスカーを喜ばせる。でもオスカーの有頂天も，反抗も，夕闇の到来とともに萎んでくる。大人をからかい疲れたオスカーを，上からは「ダンボールのように波打った灰色の曇り空」が押さえつけ，下では「瞳のない巨大な目のような救助網」が待ち受けている。遅かれ早かれオスカーは跳び降りて，大人たちの因襲の網に捕えられねばならぬ。無気味なオスカーを見上げる救助網は，トニー・タナーには，オスカーの強迫観念を受け止め包み込む道具であって，オスカーの20年後の姿アレックス・ポートノイが横たわって治療を受ける精神分析医の寝椅子と二重映しになって見えるらしい[19)]。ここでタナーをいささか無理な連想に誘うのは，ロスの不適切なメタファーやイメージである。屋上に逃れたがこれからどうしようと逡巡するオスカーを祭壇前の花婿，はじめて家に侵入する窃盗犯にたとえるメタファー，跳び降りるか否かで迷う少年が，雲の後ろに手を突っ込んで太陽を取り出せば，太陽の裏表にはコインのように「跳べ」,「跳ぶな」の刻印があるだろうというイメージはいささか強引すぎる。従ってタナーは再び，シナゴーグの「縁」というイメージに触発されて，屋上の縁に立って自殺を仄めかして抗議するオスカーを「固定した定義や規則の微妙かつ苛烈な強制に抗議し反抗するために，人里離れた『縁』に赴くアメリカ少年主人公のイメージ[20)]」に結びつけることになる。しかしタナーは，ロスの特殊な文脈においてはじめて意味をもっていたオスカー少年の反抗を，特殊を捨象して，アメリカ小説の１つの伝統である自然の

19) Tony Tanner : *City of Words* p.311
20) *Ibid.* p.301

中に冒険し反抗するアメリカ少年像と同一視するという誤りを犯している。*RM & O* によれば，ロス自身の意図は，「密室恐怖症の少年にシナゴーグの上で，一時神を演じさせる」ことにより，少年を今までなかった他人との新しい関係に入らせることで自らのアイデンティティを探らせることにあった。

> これら短編の主人公たちは，人生の境界線を越えてまでも，意識的に慎重かつ強情とも言える選択を行い，それによって自分の精神の中の何物かを表現しようとする。この何物かは，他人にも，自分自身でも，これだと明確な形では規定できない何物かなのである。[21)]

境界線を踏み越えての選択は，必然的に日常の慣行や因襲への否定，反抗を生み出すが，他方ユダヤ人主人公の中に潜在する内的道徳的抑制は決してなくなることはない。このユダヤ人特有の道徳的抑制の強弱と，抑制に対する反応が個々のユダヤ人作家の作風を決定する。ロスはユダヤ作家が，自分の作中人物に内的抑制が働いた時何と言わせるかを，面白くおかしく，しかし適切・簡潔に言い表わしている。「それをしてはいけない」という道徳的抑制にマラマッドの主人公は “Amen”（「アーメン」）と言い，メイラーの主人公は “Then I'll see ya'around”（「あばよ。またな」）と言うと。[22)] では，ロスの主人公は何と言うのかについてロスは何も言っていない。しかし，ロスに代わってあえて言えば，“I want.”（「でも，したい！」）となるのであろう。「でも，ぼくはしたい」というオスカー少年の少しためらいがちの反抗の声は，10年後『ポートノイの不満』ではアレックス・ポートノイの執拗なまでの “But, I want, I want!”（「でも，したい，したい！」）の叫びに移調してゆく。しかし外部に反抗すべき対象をもっていたオスカー少年と異なり，両親より独立し，ユダヤ人街を出て非ユダヤ人に囲まれ，欲しいままにシクセ（非ユダヤ人の女性）を恋人にできるアレックスにとって，反抗すべき対象はもはや外部にはなく，反抗のエネルギーは自分に向かい，自己を食い尽くすことになるが，このことは稿を改めて論ずべき問題である。

（初出：「九州産業大学教養部紀要」第24巻第1号，1987年）

21）*RM & O* p.28
22）*RM & O* p.289

参考文献

Philip Roth : *Goodbye, Columbus* (Penguin 1986), *Pontnoy's Complaint* (Jonathan Cape 1970), *Reading Myself and Others* (Penguin 1985)

Bernard Malamud : *The Magic Barrel and Other Stories* (Penguin 1968), *The Assistant* (Farrar Straus & Giroux 1979)

Dorothy Seidman Bilik : *Immigrant-Survivors—Post Holocaust Consciousness in Recent Jewish-American Fiction* (Wesleyan Univ. Press 1981)

Irving Malin(ed.) : *Contemporary American-Jewish Literature* (Indiana Univ. Press 1973)

Hermine Lee : *Philip Roth* (Methuen 1982)

Fredirick Karl : *American Fictions 1940-1980* (Harper & Row 1983)

Tony Tanner : *City of Words* (Jonathan Cape 1979)

A.ジーグフリード：『ユダヤの民と宗教――イスラエルの道』（鈴木一郎訳，岩波新書，1984）

マックス・ディモント：『ユダヤ人――神と歴史のはざまで』（藤本和子訳，朝日選書，1986）

ヘレン・エプスタイン：『ホロコーストの子供たち』（マクミラン和世訳，朝日選書，1984）

『聖書』（日本聖書協会，1955年改訂版）

John

VII

*Marry Me*は果たしてロマンスか

Updike

1

John Updike（ジョン・アプダイク，1932－）の８番目の小説 *Marry Me*（『結婚しよう』，1976）は，彼自らが「ロマンス」とサブ・タイトルをつけた唯一の作品である。アプダイクは，1960年代後半から70年代前半にかけ，当時のアメリカ社会の風潮の１つであった性の解放と，それに伴う姦通，夫婦交換などの社会現象に焦点を合わせた作品を相次いで書いている。『結婚しよう』以前に書かれた *Couples*（『カップルズ』，1968），*A Month of Sundays*（『日曜日だけの１カ月』，1974）も，『結婚しよう』と同様，姦通をテーマにしており，特に『カップルズ』と『結婚しよう』はテーマのみならず，登場人物の外貌や性格，エピソードや背景まで，まるで双生児みたいに似ており，ともにリアリズムの文体で書かれている。然らば，なぜアプダイクは，『結婚しよう』だけをロマンスと命名したのであろうか。この小論は，まず『結婚しよう』を『カップルズ』と対比することにより，『結婚しよう』がロマンスと呼ばれねばならなかったのかの理由を考え，次に，『結婚しよう』の章ごとに変化する語り，および最終章の幻想的結末と，ロマンスとの関連を考察しようとするものである。

論を進める前に，一応ロマンスの定義をしておく必要があろう。中世的ロマンスが消滅した近代小説では，ロマンスは少数派で，ノベルと分かち難く混じり合っている。従って近代小説をノベル，ロマンスのいずれかに分類したり，それぞれの特徴を的確に述べることは困難で，この小論の手に余る。しかし我々は現にロマンスなる言葉を使っているし，この言葉が何を意味するかは漠然とながら知っている。従ってここではロマンスの定義を差し当たり常識的範囲に限ろうと思う。そしてこの常識的範囲は，辞書の定義とほとんど一致していると思われるので，今 Webster's Dictionary のロマンスの定義をあげてみよう。

ロマンス　１　a）伝承，騎士愛，冒険，超自然的なものを書いた中世の韻文
b）同上の散文
c）ロマンチックな性質，特徴をもつ散文物語で

⑴日常生活と掛け離れた出来事に巻き込まれる想像上の人物を取り扱うもの

⑵時間，空間的に掛け離れたもの，英雄的，冒険的，神秘的事件を取り扱うもの

d）ロマンスやロマンチックなフィクションを含む文学上のジャンル

2　事実に基づかない法外な作り話，極端な誇張

3　ロマンチックな性質，状態

4　a）⑴ロマンチックな愛，情事，結婚

⑵求愛

b）情緒的，ロマンチックなものへの憧れと渇望

5　ロマンス言語

この定義の１のｃ），および４のａ），ｂ）で十分であろう。即ち，ロマンスとは，中世の騎士愛の伝統を受け継ぐ，時間，空間を超えた幻想的物語，英雄的・神秘的事件，ロマンチックな愛や渇望を取り扱う散文のことである。そして，この定義の具体例として，従来ロマンスに分類されてきた作品をあげておけば，ある作品がノベルであるか，ロマンスであるかを判定する役に立つであろう。ロマンスは，『クレーヴの奥方』を嚆矢とし，古くは『クラリッサ』，『オトラント城』，『危険な関係』，『若きヴェルテルの悩み』であろうし，ノベルが主流となった19世紀に入っても，『アイヴァンホー』，『ハイピリオン』，『フランケンシュタイン』は典型的ロマンスであるし，『嵐が丘』，『緋文字』，『白鯨』，『宝島』などはロマンス的色彩の濃い作品であると言えよう。さらに現代のあるグループのアメリカ作家たちの作品，『V.』，『やぎ少年ジャイルズ』，『白雪姫』，『西瓜糖にて』，『タイタンの妖女』はすべてロマンスである。

なお，E. M. フォスターが *Aspects of Novels*（『小説とは何か』）の「預言」の項で取り上げた４人の作家の代表作は，フォスター自身はロマンスとは呼んでいないが，明瞭にロマンスに該当し，ロマンスの必須条件を具現しているので，ここで言及しておきたい。フォスターが「預言」の小説として選んだのは，ドストエフスキーの『カラマゾフの兄弟』，メルヴィルの『白鯨』，D. H. ロレンスの『恋する女たち』，それにE. ブロンテの『嵐が丘』の４つ

であった。フォスターがこれらの作品を，ノベルと異なるものとして分類した基準は，まずこれらの作品では，ノベルに不可欠なあるコミュニティ内での人間関係が全く欠落しているか，ほとんど重要ではないことであった。また，これらの作品では，登場人物が，フォスターの表現によれば「フラットな」人物で，彼らは神学的・形而上学的抽象概念のアレゴリーになっている。さらに登場人物は，ミッシャ・ドーミトリーにせよ，エイハブ船長にせよ，ヒースクリッフにせよ，みな神や悪霊に憑かれていて，日常性の奥に潜んでいる超越的なものを幻想や直覚で体験し，ある日突然，それを語り出す。フォスターは，かかる啓示や超越の体験を含む作品を「預言」に分類して，普通のノベルと区別したのであった。

2

『カップルズ』と『結婚しよう』は，共に妻以外の女性との恋愛，妻との別居，離婚，そして再婚というアプダイク自身の体験に即して書かれた。2つのうち『結婚しよう』が先に構想されたが，部分的に書かれた段階で一旦中断され，先に完成を見たのは『カップルズ』(1968) の方であった。同じ1968年に，『結婚しよう』のそれまでに書かれていた部分（現在の『結婚しよう』の第2章）が独立した短編の形で出版され，ついで，1973年，現在の第1章に当たるWarm Wineが，これまた短編として「ニューヨーカー」誌に掲載された。このすでに発表された2つの短編に，新たに3つの章が付け足されて『結婚しよう』が現在ある形に纏まったのは1976年で，『カップルズ』に遅れること8年であった。時間的には8年の隔たりはあるものの，この2つの作品は多くの共通点をもっている。2作とも，J. F. ケネディが大統領であった1961年から63年にかけてという時代設定になっているし，物語の舞台は，ボストン郊外のターボックスという海に面した新興住宅地（『カップルズ』）と，ニューヨーク市に近いコネチカット海岸の郊外の町グリーンウッド（『結婚しよう』），登場人物も中年の10組の夫婦 —— 実質的にはピート・ハネマ，ケン・ホイットマンという2組の夫婦（『カップルズ』），ジェリー・コナント，リチャード・マサイアス夫婦の2組（『結婚しよう』），テーマもこの2組の夫婦間の姦通とその顛末である。宗教には無関心の登場人物たちの中で，ピートとジェリーには比較的宗教心が残っていて，そのため自ら求めた情事に罪悪感を抱く。ヒロインはともに蠱惑的金髪の女性として描かれている。両作品にはまた細部での一致が目立つ。情事を知った妻の，夫や相手の女性に対する応対や反応には一致点が多く，妻を寝取られた夫が，当事者全員を自分の家に招集して善後策を話し合うくだりのディテールなどは，そっくりに書かれているので，2つの作品の人物の名前を取り替えても，そのまま通用すると思われるぐらいである。

しかしながら，こうした多くの類似にもかかわらず『カップルズ』と『結婚しよう』は，本質的なところで決定的に相違していて，アプダイクが双方にロマンスの名を冠しなかったのも頷ける。今，相違点を列挙してみる。

a）2つの作品のストーリーは，正反対の結末をもつ（ただし，この点には異論があり，2作とも同じ結末になると読む人もいるが，これは3で改めて問題にする)。

b）物語の中で姦通が起こる時期が異なる。

c）語りの視点が違っている。

d）物語の調子が，2つの作品では全く相違している。

a）とb）は関連があるので，一緒に見てみる。『カップルズ』と『結婚しよう』が，相異なる結果をもつことは，考えてみれば当然のことであった。同一テーマで，似通った状況，人物を使って，ほぼ同時期に2つの作品を構想し，先に完成した『カップルズ』で，ピートとフォクシーという姦通者たちを，それぞれの配偶者と別れて他の町に駆け落ちさせた以上，作者アプダイクとしては，もう1つの後続作品『結婚しよう』では，ジェリーとサリーを『カップルズ』の場合と同様に駆け落ちさせるわけにはいかなかったと思われる。

さらに，『カップルズ』ではピートとフォクシーの不倫の恋は徐々に進行し，姦通は物語の後半で起こり，2人は様々な障害を乗り越えて最終的に結婚にこぎつけるのに反し，『結婚しよう』の読者は，すでに冒頭からジェリーとサリーが密会を行っている現場を見せられる。『カップルズ』が，男女間の気持ちが徐々に高まり，ついに超ゆべからざる一線を超えるまでのプロセスにかなりの力点を置くので，フローベルの『ボヴァリー夫人』型とするなら，『結婚しよう』は，すでに起こってしまった姦通の結果と意味を問題にするという点では，ホーソンの『緋文字』型に属するものと言えよう。では『ボヴァリー夫人』がノベル，『緋文字』がロマンスだったように，『カップルズ』はノベルで，『結婚しよう』はロマンスなのか。しかし，アプダイクのこれら2つの作品の与える印象は，むしろともにノベル的で，ロマンス的とは言い難いものである。

次にc)の語りの視点について考えてみたい。『カップルズ』の語りは，ほぼ全編を通じて三人称で語る語り手の視点を中心に，時折ピートの視点を交えて進行していた。これに対し『結婚しよう』では，章が改まる度に，語り手も，語りの視点も異なってくる。各章は一応，三人称語りの形式を採りながら，語りの視点はもっぱらその章の中心人物の視点となる。この中心人物の語りの主観性を出すために，アプダイクは様々に語りのうえでの工夫や文体上の技巧を凝らす。即ち，三人称語りに加えて，主要人物の内的独白，意識の流れ，空想，あるいは会話による他の人物の視点の導入，回想による遡行，比喩の意外性，夢による潜在的意識の包摂などの技法を駆使して，1つの出来事が主要人物や副次的人物の眼に映る様，またある事件や相手の表情や言葉が，主人公の心に惹き起こす波紋や，意識の奥から遠い記憶を喚起する様子を生き生きと描き出してゆく。

第1章 Warm Wine は，砂丘でサリーと逢引するジェリーの視点から，第2章 The Wait は，ワシントンでジェリーと密会するサリーの視点から，第3章 The Reacting of Ruth は，離婚話をもち出されたルースの視点から，第4章 The Reacting of Richard だけは例外で，三人称の語り手を含め複数の人物の視点から語られている。そして終章第5章 Wyoming は，再びジェリーの視点から語られる。1つの姦通事件を，全知の語り手という単一の視点からだけでなく，この事件に巻き込まれたすべての人物の視点から語る。それは姦通がそれぞれの人物にどう映り，どういう意味をもつかを，じかに読者に伝えようとする試みであった。アプダイクは『結婚しよう』のこうした語りを subjectivism でなくて，subjectivity（主観的語り）だと言っている。アプダイクの「主観的語り」の例を『結婚しよう』から1つ引用して，『カップルズ』における同じような状況の「客観的語り」と対照させてみよう。

最初の引用は，『結婚しよう』第2章からで，ここではサリーは，3人の子供を海岸で遊ばせながら，その間じゅう，ワシントンに出張したジェリーを出張先まで追いかけていって会いたいという狂気じみた欲望にさいなまれている。

Under the tranquillizing June sun the Sound was a smooth plane reflecting the command. *Don't go*. She led Peter and Bobby well down the beach. Sally thought she spotted Ruth in the pack of mothers at the other end, and Bobby said,'I want to go play with Charlie Conant.'

'You can find him after we get setted,' Sally said. She discovered herself crying again ; she didn't notice until her cheeks registered the wetness. *Don't go*. Everything agreed on this—the grains of sand, the chorus of particles alive on the water, the wary glances of her sons, the distant splashes and shouts that came to her when she lay down and closed her eyes, like the smooth clatter of an ethereal sewing machine. *Don't go, you can't go, you are here*. The unanimity was wonderful. He didn't want her to go, he thought a night with her was nothing, he told her she was crucifying herself, he said it would not be as good as the first time. She grew furious with him. Her breathing felt oppressed under the tyranny of the sun; a rough touch gouged and abraded the skin of her exposed midriff, and she opened her eyes prepared to scream. Peter had brought her a crab claw, weathered and fragrant. 'Don't go, Mommy,' he pleaded, holding out close to her eyes his fragile dead gift. Her ears must be deceiving her.

'It's lovely, sweetie. Don't put it in your month. Now go away and play with Bobby.'

'Bobby hates me.'

'Don't be silly, darling, he likes you very much, he just doesn't know how to show it. Now please go away and let Mommy think.'
(John Updike : *Marry Me* p.23 Penguin　以下同書よりの引用はページ数のみ)

見えるもの，聞こえるものすべてが，「行ってはいけない」とサリーの理性に訴える。イタリックで３回繰り返される声なき声は，彼女の潜在意識，罪悪感の具現である。砂の上に寝て眼を閉じ，ジェリーへの思いで気もそぞろのサリーは，「行くな」の命令に必死で従おうとしている。恋人のジェリーでさえ来るなと言った。容赦なく照りつける太陽の熱にサリーは息が詰まりそうになる。丁度その瞬間，水着から出ている皮膚を抉る痛みに，サリーは思わず悲鳴をあげそうになり眼を見開くと，幼い息子が蟹の爪を持って立っている。恐ろしいことに，サリーにはこの息子までが「マミー，行かないで！」と懇願したかのように聞こえる。ここでの「主観的語り」で語られるサリーの緊迫した frenzy と，次に引用する『カップルズ』の女主人公フォクシーの心理の三人称語りに終始する「客観的語り」の冷静な detachment との間には，また何という隔たりがあることか。『結婚しよう』の引用では，サリーの意識が日常のレベルから無意識のレベルまで，いわば内から語られているのに対し，『カップルズ』の次の引用では，フォクシーの心理が，三人称語り手の冷静な声で，外から報告されているに過ぎない。

But in her forgiving him and his forgiving her, in her blaming herself and his disagreeing, in their accepting the blame together, their love had exercise and grew larger. Her brown eyes, gazing, each held in miniature the square skylight above him. ...

Her face so close to his seemed a paradigm, a pattern of all the female faces that had ever been close to him. Her blank brow, her breathing might have belonged to Angela; then Foxy turned her head on the pillow so her pink face took the light from above, the cold blue light of the sky, and was clearly not Angela, was the Whitman woman, the young adulteress.

She was frightened, brazen, timid, wanton, appalled by herself, unrepentant. Adultery lit her from within, like the ashen mantle of a lamp, or as if an entire house of gauzy hangings and partitions were ignited but refused to be consumed and, rather, billowed and glowed, its structure incandescent.（*Couples* pp.202−204 André Deutsch London 1968）

前半３分の２には，ピートの眼から見た姦通の相手フォクシーの顔が，後半は自ら望んで情事に走ったフォクシーの姦通を犯した直後の心理が，三人称語り手の第三者の視点から書かれている。一方では夫以外の男との不義を恐れつつも燃え上がるフォクシーの心が，内からの光でラ・トールの絵のように透き通るランプのシェードや，薄いカーテンの間仕切りでできた家全体に火がついて白熱光を発している状態に譬えられているが，三人称語りの「客観的語りの」間接性のため，フォクシーの心理は，今ひとつ緊迫感を欠いている。『結婚しよう』での「主観的語り」が可能にしたサリーの独り言，体温や動悸や悲鳴まで聞こえてきたあの緊迫性には及ぶべくもない。そして，第２章におけるサリーのこうした frenzy と，それを描き出すことを可能にした語りは，もしそれらが終章まで持続し，徹底していたなら，『結婚しよう』を十分ロマンスたらしめていたと思わずにいられないが，これは５で改めて論ずべきことである。

最後に，ｄ)の『カップルズ』と『結婚しよう』のもつ物語の調子の違いを論じる。この調子の違いは，上述のａ)，ｂ)，即ち，ストーリーの結末の相違および姦通の起こる時期の違いの結果だとも言えるが，項目を新たにして取り上げる。それぞれ配偶者も子供もいる恋人たちが，お互いにどうしようもなく強く惹かれ，躊躇しつつも親密の度を増し，配偶者や世間の眼を恐れつつ逢瀬を重ね，ついに家族を捨ててお互いと結ばれるという『カップルズ』と，すでに何度かの密会を経験した男女が，ストーリーが進むにつれ，迷い，疑いはじめ，最後には情事を解消して，それぞれの配偶者の許に戻る『結婚しよう』では，当然のことながら作品全体の調子が異なる。『カップルズ』ではトニー・タナーが推測しているように，「アプダイクが，トリスタンとイゾルデ物語のような真剣な恋愛物語にするつもりで書いた，ピートとフォクシーの姦通[1)]」は，途中での紆余曲折はあるものの，最後のハッピー・エンディングに向かって絶えず上昇し続けるカーブを描く。これとは対蹠的に，冒頭からすでに肉体的に結びついているジェリーとサリーの間では，第

１）Tony Tanner: *City of Words* pp.291－292

1章の牧歌的逢引の中にも，不吉な翳りが忍び込んでいる。第2章以降は，ジェリーとサリー双方の努力にもかかわらず，最初の間は眩しいまでの光輝を放っていた2人の恋は，時間の経過とともに次第に減衰し，下降するカーブを描く。『結婚しよう』の下降調の調子，減衰するカーブは，『カップルズ』の高揚した調子，最後まで上昇するカーブとは全く異質的で，両作品の印象を截然と分けるものである。『結婚しよう』でのこの減衰するカーブの存在は，論を発展させるために必要であるので，各章ごとに確認しておきたい。

第1章でジェリーは，現在の快楽に真っ直ぐに没頭するサリーの快楽主義を皮肉る。「君は何でもいいと思うんだ。モラビアも，生温かいワインも，セックスもいいんだ」(p.15)。第2章では愛情の曲線は，お互いに分かるほどはっきりと下降しはじめている。より鮮烈で至福に満ちていたワシントンでの最初の密会と，今回のすでに翳りの出はじめた密会が比較される。「2人の束の間の結婚は，海に落ちた結婚指輪のように，次第に緑色を増して過去の中に沈んで，取り戻せなくなった」(p.25)。サリーは「過去は，美しい現在が立てられるための，見窄(みすぼ)らしい台座」(p.27) と考えるが，ホテルの壁のホルバインの肖像画の人物たちが，自分たちの不義を監視している (p.32)。前回は密会を優しく隠してくれたブラインドが，今回は角度が変わって，自分たちの姿を外部に暴露してしまう (p.25) ことを認めないわけにはいかない。ジェリーにとってもサリーとの恋は，「君は私が盗み出す魔法の国の鏡。君は人食い鬼と結婚させられた王女様。私は君を助ける騎士だが，君を救出する代わりに龍に変身して，君を凌辱してしまった」(p.33) と褪色しはじめ，ロマンチックに出発した情事も，逢瀬が度重なり，家庭を捨てる決心を迫られると，ジェリーは妻子を捨てることは罪で，神を否定することになると言い出す (p.52)。情人のままでいましょうと言うサリーに，ジェリーは，「情人はヨーロッパの小説の中にしか存在しない。アメリカで認められているのは，ただ結婚という制度だけだ」(p.49) と反対する。情事にも祝福を認めようとするサリーに対し，ジェリーは「祝福を与えるのは神の権能で，祝福は上から来るものだ」(p.50) と否定する。第2章の半ばにして読者はすでに，豊饒の女神みたいにきらびやかなサリーと風に吹かれて舞い上がる凧 (pp.31, 32) みたいに痩せた理想主義者のジェリーとの情事が，長続きしないだろうという予感をもつ。

一旦下降しはじめたカーブは，情事がルースやリチャードに露見する第3，第4章になると，ますます下降の速度を増し，1度も上昇に転じることはない。妻と情人との間で揺れ動くジェリーの気持ちは，最終の決定を延ばしているうちに，腐蝕が進み，決断するモメンタムを失ってしまう。従って読者は，第3章の終わり近くで，それまで散々遅疑逡巡してきたジェリーが，キャノンポートでのダンス・パーティのあとで「衝動的に」サリーと結婚すると口走っても，あるいは第4章で，姦通がリチャードにも知られ，リチャードがサリーを置いて家を出たあとも，読者は今度こそ，ジェリーとサリーの恋が成就するだろうという期待を抱くことはない。果たせるかな，サリーの家でやっと2人っきりになれたというのに，ジェリーはかえって「クッキーの瓶に手をつっ込んだ現場を見つけられた子供のように落ち着かず」(p.214)，「2人の情事は，ギザギザした不様なものに変形して，2人の足許に落ち」(p.215)，2人は「血の海のただ中に筏に乗って漂っている気がする」(p.224)。従って第4章の終わりで，ジェリーとサリーの決定的破局が訪れても，読者は別段驚かない。ここでも，ジェリーは，以前キャノンポートのダンス・パーティのあと「衝動的に」サリーと結婚すると言い出した時と同様，またもや「衝動的に」サリーに向かって，結婚しないと最後通牒をつきつける（p.225)。

アプダイクは，このあと，2人の関係がもとに戻る可能性が全くなくなったことを示すいくつかの事件で，この章を締め括る。即ち最後通告を受けたサリーは，寝室の戸棚に隠し持っていた2人の愛の往復書簡の入った分厚い包を，処分するようにとジェリーに渡す。包を持って家を出ようとしたジェリーは，丁度来合わせたリチャードに包を見られ，この期に及んで怖じ気づいたのかと皮肉られる。同じ日の夕方，サリーは赤ン坊をつれて，ジェリーの留守中にルースのところに怒鳴り込んできて，ジェリーを人でなしと罵り，追いかけてきたリチャードに連れ戻される。さらに，その夜遅く，リチャードがジェリーに電話で，自分がサリーを離婚してもサリーを助ける気はないかと尋ね，ジェリーにその気がないと言わせる。第4章は，三人称語りで客観的に書かれているので，読者はこれでジェリーとサリーの情事はついに終わったと信じて疑わない。

ところが，ページを捲って，終章Wyomingを読みはじめた読者は，しばらくすると，まるで狐につままれたような気になる。ジェリーが，はっきり別れたはずのサリーと彼女の３人の子供を連れて，ワイオミングのシャイアン空港に降り立つのである。これは一体どういうことなのか！

3

終章Wyomingでは，直前に述べたように，まずジェリーがサリーとシャイアン空港に姿を現わし，新生活の目的地に向けてタクシーでワイオミングの平原を走ってゆく。今これを第１のエピソードとしよう。１行おいて，今度は読者は，ジェリーが妻のルースとフランスのニース空港に到着するシーンにぶつかる。夫婦は３人の子供を連れて，タクシーでニース市内の予約したホテルに着く。これが第２のエピソードである。と，またしても，次の瞬間，ジェリーは独りで，カリブ海のセント・クロイ島の空港に降り立ち，タクシーを雇って，島の最西端フレデリックステッドに着く，そして，ここここそサリーとの約束の地だと呟くところで小説の全編が終わる。これを第3のエピソードと呼んでおこう。

わずか13ページながら，この終章は以上の如く相矛盾するエピソードで構成され，また全体が曖昧に書かれているので，いく通りかの読み方が可能となる。どのエピソードに比重をかけるかによって，物語全体が正反対の結末をもつようにも読める。

ある日本の批評家は，第１のエピソードを重視して次のように述べる。「(ジェリーとサリーの) ２人が，それぞれの配偶者を説得して，最終的にその２人が旅立ってゆくという過程で……周囲との人間関係をいかにとりまとめ，押えこんでいくかを綿々と書いて，ハッピーエンドを迎える[2]」。

別の日本人も，大体同意見である。「初めはお互いに相手の情事に気づかずに夫婦交換の形で密通を楽しんでいた２組の夫婦のうち，一方の姦通は簡単に終わるが，もう一方はそうは行かず，いろいろもつれたあと結婚まで行きつくという話である[3]」。

2）池澤夏樹：吉行淳之介との対談「女に恋愛はできるか」(「文藝春秋」1988年６月号)
3）高橋正雄：20世紀アメリカ小説Ⅳ『アメリカ戦後小説の諸相』p.341

以上の2人と正反対に読む人もいる。私の同僚の英国人は，「ジェリーはルースの許に戻る。この小説の最後で，ジェリーはサリーとの事件を通じて，自分の中に自分に対する価値観を取り戻し，それまでの敗北感から立ち直る。『結婚しよう』はジェリーとルースのロマンスである」と評する。

また，ジェリーがルースと子供の許に戻るという点では同意見だが，終章の3つのエピソードは，すべてジェリーの幻想だとする人もいる。「結婚倫理から逃れられず，恋人と別れて一旦家族に復帰したジェリーは，再び輝きを求めて，幻想の中に引き籠もる。終章 Wyoming の冒頭の，サリー母子を伴った西部への旅，即ち再婚生活の幻想は，間もなく空中分解せざるをえない。しかし家族連れの転地の幻想の中でも，彼はいたずらにサリーの幻想を追っている。そして最後に，南の海と，自由な空気と，ルーテル派教会の完備した理想の島への独り旅の夢想の中でこそ，彼は欣喜して，原初的光輝に回帰する夢を膨らませることができる[4)]」。

アプダイク論の著者ジュディ・ニューマンも終章の3つのエピソードはすべてジェリーの幻想だと考えるが，3つのエピソードの各々が全編の結末になる，そしてどの結末を選ぶかは読者に委せられているとする点で，今までの考えと異なる。ニューマンはさらに，「終章の3つのエピソードは，それぞれがお互いを映す小さい鏡であり，また同時に，『結婚しよう』全体の構成 ── 苦いものに変わってゆく逢引き，ルースの審美の世界，選択の回避というこれまでの章を繰り返して映し出している。イタリックで書かれた *Marry Me* という最後の言葉が，読者をまた冒頭のページに連れ戻す[5)]」と論じる。

以上，終章のエピソードの解釈によって生じる結末の相違をいく通りか紹介したが，果たしてどう読むのが妥当であろうか。私自身の考えは，以前すでに別のところで述べたが[6)]，それに立ち戻る前に，上の5人の意見を整理しておきたい。

はじめの2人は，ジェリーはサリーと再婚するとし，次の2人は，ジェリ

4）馬場美奈子：「ジョン・アプダイクと J. C. オーツ」pp.171－172（別府恵子編『アメリカ文学における女性像 ── 作られた顔と作った顔』）
5）Judie Newman：*John Updike* pp.108－109
6）拙論「ジョン・アプダイク *Marry Me* における比喩表現」（「九州産業大学教養部紀要」第25号第3号，1989年。本書には未収録）

ーはルースの許に帰るとする。最後のニューマンのみが，ジェリー・サリー／ジェリー・ルース／ジェリー・独り／の３つの結末とも可能としているので，ニューマン説を検討すれば，ついでに他の４人の説も問題にしたことになる。ただ１つ残るのは，馬場説が終章をすべて幻想と考え，物語の「現実」の情事は，第４章で決着がついているとする点であるが，これもニューマン説を検討してゆく過程で，取り上げることになる。

ニューマン説に従って，第１のエピソードで『結婚しよう』を締め括れば，ジェリーとサリーは「結婚まで行きつく」し，「ハッピーエンドを迎える」ことになる。しかし，ここでの問題は，そう読む人は，残りの第２，第３のエピソードをどうするかである。全く正反対の結末をもち，作者によって日付や現実的事件まで書き込まれている第２，第３のエピソードを全く無視することは到底できない以上，ジェリーとサリーの間には「ハッピーエンド」はありえない。また馬場説の３つのエピソードをすべてジェリーの幻想と見る考えも，第２，第３エピソードに具体的日付や事件がある以上成立しない。さらに，馬場説の難点は全編のクライマックスとも言うべき，セント・クロイ島でのジェリーの epiphany（本質が顕現する瞬間）を，ただの幻想に貶めてしまうことである。

第２のエピソードを全編の結末とし，ジェリーを，ルースとの元の鞘に収まらせる考えは，前の章までの物語の筋や調子と最もうまく調和すると思われる。もともと，『結婚しよう』には，第１章から「成就しない恋」という基調があり，物語は絶えず減衰のカーブを描き，第４章は，このカーブが後戻りのできないところまで下降したことを示していた。この下降は，あまりにも明白，かつ決定的であったので，次の終章の冒頭での，サリーを伴って新生の旅に出るジェリーの姿が，いくら物語の中だといっても読者を論理的に納得させるものではなかった。やはり，ジェリーは第２エピソードのように，「アメリカを離れてほとぼりのさめるのを待てというリチャードの弁護士の忠告」(p.244) に従って，ルースと子供を連れてニースに旅立つ方が自然なのである。そして，第１のエピソードは，ジェリーの幻想となる。

ニューマンの言う第３のエピソードによるエンディング，即ち，ジェリーがカリブ海の孤島で独りで傷心を癒すという結末はどうであろうか。そもそも，この第３のエピソードなるものが独立に存在しているのか。ニューマンが第3のエピソードとしていて，私もこれまで便宜上そう呼んできたが，果たしてそれでよいのか。結論から先に言えば，第3のエピソードは独立しては存在せず，むしろ第2のエピソードの続きと読むべきものである。第一，ジェリーがサリーとルースのどちらとも別れて独りで孤島に来る必然性がない。ジェリーは，ルースと子供たちを捨て切れなかったからこそ迷い，逡巡し，ついにサリーとの関係の方を切る決心をしたのだから，その重要な家庭を捨てるはずがない。第3のエピソードとされているものは，アプダイクが，このエピソードの中にちゃんと書いている通りに，「フランス滞在を3カ月で切り上げ」，「2月に帰国」，「3月のある日，急に思い立って，夜行便でサン・ファン経由で，セント・クロイ島に来た」と読み，フランス旅行を扱った第2エピソードの続きと考えるべきである。そうすれば終章は，ジェリーの幻想の部分と，第4章までの本編に無理なく繋がるニース旅行およびセント・クロイ旅行の部分の2つになる。

4

終章のエピソードは，3つであろうと2つであろうと，ジェリーが見知らぬ土地の空港に降り立ち，タクシーで目的地に向かうという同様の状況を書いている。だが少し注意深く読むと，最初のワイオミングのシャイアン空港のエピソードだけが，残りのエピソードと異なり，白昼夢のような実在感を欠く調子で書かれていることに気づく。ワイオミングは，ジェリーが想像の中でサリーと新生活を営むユートピアで，アプダイクはここが2人が決して辿りつくことのない幻想上の地であることを，慎重に，かつ何度も繰り返して書き込んでいる。空港上空の抜けるような青空には，巨大な純白の積乱雲が，「細い黒のエッチングで縁どられて」沸き上がっているが，雲の底部は妙に実体感がなく，大気のちょっとした変化で，たちまち「蒸発して」しまいそうに見える。

> 'The sky,' he said. 'Fantastic sky.' All around them the palest of blues, powdery and demure, was boiling, boiling with thunderheads whose roots were translucent and whose crowns were white so raw

> and pure their mass seemed emphasized by a fine black outline, etched by the eye. Though there was superabundant shape in these clouds there was no weight or burden of rain in them; Jerry felt that the slightest change in the air, the smallest alteration in its taste, would evaporate them utterly. (p.240)

空気もあくまで透明で，遠景の山も遠近法が圧縮されて「非現実的」に見え，近景の滑走路のペンキの矢印や数字，色とりどりの燃料タンクの蓋は，近視の巨人族の言語標識に見える。馴れない旅で不機嫌な子供の躾をめぐってジェリーとサリーは意見が食い違い，ジェリーには，手荷物を受け取ることも「密室恐怖病的に」不正な行為に思われ，「間違って連れてきた」家族を出口の外に誘導することも不可能に思われる。やっと乗ったタクシーの中でサリーの手を握ると，サリーは，もはや２人の愛は以前の自由を失ったというように悲しげな微笑を返す。それをきっかけに，あたりの様子が一変し，「細いエッチングで縁どられた」子供の姿も，タクシーも，外の風景もすべて「蒸発し，存在しなかった」ものになる。

> It was as if a chemical had been dropped. The air changed, slightly, but enough to tip the precarious balance of their mutual illusion. The smell of sage intensified; their speed had increased; pale green growths scudded by so quickly their tint became blue. The Indian's head jutted impassively against the light. The children's heads, finely outlined in black, appeared frozen; Jerry called 'Hey?'and Sally didn't answer; the desert around them, and they with it, evaporated, vanished, never had been. (p.243)

この第１エピソードの「細いエッチング」で描かれた実体感の稀薄な，密室恐怖的雰囲気は，次のニースのエピソードでは，光と影が交錯し，紫，グレイ，緑，ピンク，鋼(はがね)色と，あらゆる色彩が乱舞する地中海海岸の開放的世界に変わる。「大胆で豊麗な色彩」は，絵画学校で同級生であった頃からのルースの特徴で，「細い輪郭線」を得意とするジェリーと対照的であった。

コートダジュールの明るい色彩の中で「喪失感でまだ眼が沈黙」したままのジェリーは，自在にフランス語を操るルースの精力に気押されている。

> They entered Nice; it was like entering a prism. High white hotels basked their façades in a sun that from cornices and canopies struck blue shadows at a precise angle of forty-five degrees. Underneath palm trees, ladies and gentlemen sat in overcoats at round glass tables. Along La Promenade des Anglais strollers were divided exactly into halves of shadow and light, like calendar moons. Jerry glimpsed, actually, a monocle. He saw a woman in a chinchilla jacket buying a dense bouquet of mountain violets in a cone of newspaper as a pair of grey poodles symmetrically entwined her legs in their leashes. Beyond the green railing of the promenade a beach curved into a distance where what appeared to be a fort of a fragile pink overhung the glistening steel of the sea ; the beach was entirely of pebbles, loose washed pebbles in whose minuscule caves and crevices the ocean musically sighed as through the gills of an organ. On the shore of this music hovered sun, sparkle, colours, umbrellas. He told Ruth, to tell someone, 'I love it. I might like it here.'
>
> She took the remark as an aesthetic appraisal and checked it by gazing through her window. 'Isn't this where all the kings in exile come?' she asked.（p.246）

このニースのエピソードと，前章までのストーリーとの整合性は，「リチャードの弁護士が，グリーンウッドをしばし離れるよう忠告した」，「時期は11月であった」というアプダイクの書き込みによっても補強される。このニースのエピソードの現実感は，セント・クロイ島のエピソードにも引き継がれてゆく，というよりむしろ，すでに述べた如く，セント・クロイ島のエピソードは，ニースのエピソードの続きであった。3カ月でフランス滞在を切り上げたジェリー一家は，2月にグリーンウッドに帰ってくる。パーティで見かけるサリーは，元の陽気さを取り戻していて，リチャードとの仲もうまくいっているらしい。最後に立ち話をした時，サリーは穏やかに，もうお話しするのは止めましょうと言った。2人の情事は終わった。少なくとも世間的には決着した。現実のサリーは，また手の届かぬ王女様になってしまった。しかし，ジェリーの心の中でのサリーとの恋は終わることがない。ジェリーはまたしても「衝動的」に夜行便に乗って，セント・クロイ島に来る。サリーとの情事が始まって丁度1年目の3月，カリブ海の孤島の最西端の人気のないフレデリックステッド岬の，ヴァレンタインのハートみたいに真赤な城壁をもつ砦の前で，ジェリーはサリーの幻に向かって，「ここが君と約束の地ワイオミングだ。僕と結婚しておくれ」と言う。

フレデリックステッド岬でのジェリーの幻覚は，ジェリーにとっては，結婚生活での挫折，社会生活での敗北感，人生の虚無感からの脱出と自己恢復の epiphany の瞬間となるべきものであった。それはまた，ロマンチックなジェリーが，日常性の破れ目の奥に一瞬かい間みる超越の世界でもあるべきであった。この epiphany のあるなしが，ピートとフォクシーという2人の異端者が，最終的には結びつき，満足した夫婦となり，社会に受け入れられるにつれて，異端者，求道者であることを止めて，再び自己を見失っていった『カップルズ』と，最後まで自己発見を追求するジェリーを描く『結婚しよう』を分けるもの，『結婚しよう』をロマンスにする要件であった。フレデリックステッド岬は，現実には結ばれることのないサリーの華麗な姿をジェリーの想像力が呼び起こす限り，そしてその次元においてのみ，サリーと2人だけの地上の楽園，2人だけの「ワイオミング」となる。これが，アプダイクが，ワイオミング，ニース，セント・クロイと3つの場所で起こるエピソード全部に Wyoming の題をつけた理由でもあった。

ここで問題なのは，シャイアン空港のエピソードの幻想，セント・クロイ島のエピソードの最後のジェリーの epiphany の部分（それにもっと断片的なニースのエピソード，マレーネ・ディトリッヒやサリーによく似た女性の出現）が，他の部分・現実の部分とほとんど同じ調子，同じ文体で書かれていて，区別がつかないことである。もし，ニューマンの主張するように，終章 Wyoming 全部がジェリーの幻想とするなら，終章全体の調子，文体，語りの視点，幻想を表現する方法が，先行する幻想でない章と異なってしかるべきであった。何となればジェイ・クレイトンの言うように，幻想や超越を扱うことは，不可避的に「小説の筋道，表現法，そして登場人物を変える[7]」ことを意味するからである。『結婚しよう』では，客観的語り，主観的語り，最も主観的・個人的幻想や超越的経験を語るそれぞれの文体に変化がほとんどなく，紛れやすいからである。

この間の事情は，主観的「語り」それ自体が，主題であると同時に文体でもあった芥川龍之介の『藪の中』を考えてみるとよく分かる。『藪の中』は，1つの殺人事件が，語り手が変わるごとに，殺人の動機や殺害の方法についての証言が異なり，従ってストーリー全体が如何にグロテスクなまでの変化を示すかを追究した作品であった。『藪の中』の読者は，この事件に関与した3人の証言が，どれもお互いに相矛盾するにもかかわらず，1つ1つは，100%に近い信憑性をもっている。しかし，3つの証言を連続して読み終えたあと，読者は3人のうち1人だけしか真実を語っていない，あるいはひょっとしたら，3人の話はすべて虚偽かも知れぬと考えて愕然とするところが，この物語のスリリングなところであった。野盗による妻への暴行と，夫の死という2つの客観的事実を繋ぐ脈絡が，野盗が夫を決闘で殺したのか，妻の無理心中か，絶望した夫の自害か，読者には確信をもって選べないように巧妙に語られているところが，またこの作品がロマンス的だった所以である。

『藪の中』に3つの結末があったように，ニューマンも，『結婚しよう』の終章を，3つの結末を表わすもので，結末の選択は読者に委せられていると論じるのだが，それには無理がある。『結婚しよう』では，終章に至るまでに，ジェリーとサリーの恋は実を結ばないことを示す諸々の記述があり，特に直前の第4章には，すでに指摘したように，2人の恋人の関係が別れる最終段階まで来てしまったという客観的記述があった。これが当然，終章の3つの結末の信憑性に較差を生み出すので，読者は，ジェリーがサリーとワイオミングに旅立つという第1の結末には首を傾げるのである。もしいっそ，客観的な第4章がなくて，主観的語りの第1，第2，第3章に，終章が直接続いていたら，『結婚しよう』の結構には，まだ無理がなかったと思われる。

7）Jay Clayton: *Romantic Vision and the Novel* pp.2－9。「超越的経験は人間を変える。サウルはダマスカスに行く途中で神の声を聞いた時，永久に変身する。道の途中で呼び止められ，啓示の光に目も眩み圧倒されて，彼は回れ右をして，新たな方角に向けて歩き出す。パウロと名が変わった如く，彼は新しい人間になった」

5

国家や社会の巨大な組織や機構に組み込まれて，個人としての自尊心も価値観も喪失してしまったアプダイクの中年の主人公たちにとって，配偶者以外の女性を自分の意志で選んで恋愛関係に入ることは，ほとんど唯一の自己恢復の手段であった。既成宗教が形骸化し，自己の将来の昇進の展望に絶望した『カップルズ』の世界で，10組の夫婦が自らのグループを「新しい教会」と考え，グループ内での自由恋愛を神聖化した如く，『結婚しよう』でも，登場人物たちは，妻や夫以外の異性との恋愛に，自己救済と価値観の復元を求める。ジェリーとサリーの，そしてルースとリチャードの姦通は，当事者にとってはみな一種の宗教的行為であった。

> Falling in love—its mythologization of the beloved and everything that touches her or him—is an invented religion, and religious also is our persistence, against all the powerful post-Copernican, post-Darwinian evidence that we are insignificant accidents within a vast uncaused churning, in feeling that our life is a story, with a pattern and a moral and an inevitability—that, as Emerson said, "a thread runs through all things: all worlds are strung on it, as beads: and men, and events, and life, come to us, only because of that thread." That our subjectivity, in other words, dominates, through secret channels, outer reality, and the universe has a personal structure.[8)]

ただこの自伝的随筆でアプダイクの言う宗教は，一般常識的意味での宗教と異なり，何よりも神秘性と超越性を欠いている。アプダイクが同じ随筆の別の箇所で言うように，「我々が宗教に求めるのは，他者との目的性をもった関係であり，神とは，我々の自然にして必要な楽天主義が外界に投射した自己の姿にしか過ぎない。神は個人化された他者なのである[9)]」。

8）John Updike：*Self-Consciousness* (*Memoirs*) p.227
9）*Ibid.* p.218

アプダイク独自のこうした宗教観，自意識の捉え方は，『結婚しよう』の随所に「鏡」のイメージとなって現われる。鏡は，自意識とナルシシズムのシンボル，主観性そのものだからである。しかし，鏡はまた，もし成功すれば，人間の自己の中に胚芽のように潜み，宿っている他者の存在をも映し出すものでもあった。恋に陥るとは，このように，存在論的に，しかも神秘的に，自己の中に潜む他者に触れる唯一の方法であった。ところが，自己の中に潜みながら自己を超えているもの，自己の中にありながら自己とは異なる他者と，神秘的に合一する術を知らないアプダイクの主人公たちの自意識の鏡は，自分自身の姿しか映してくれず，ナルシシズムの段階に止まっている。

ジェリーにとっては，愛の行為の最中，自分の真下にあるサリーの恍惚とした顔は，サリーという他人の顔でなく，自分の顔を映す曇った鏡に見え（pp.15，190），サリーは，盗むべき魔法の鏡となる（p.33）。ジェリーは，自分のアイデンティティを教えてくれるはずのサリーという他者にふれながら，2人の性愛に昔ながらの支配／服従の関係をもち込み，男・女，自己・他者の二元論から抜け出せない。サリーにとっても，パリのホテルの寝室の鏡は，快楽に蠢めく自分の裸身を映すナルシシズムの鏡となる（p.45）。ルースも，リチャードとの浮気のあと，「震えながら結婚という鏡の前に立つが，鏡からは何の返事も返ってこない」（p.80）。ニースでのサリーそっくりの女性の出現で，ジェリーとルースは思わず眼を見合わせ，お互いの眼の中に相対する2枚の鏡のように，際限もなく幾回も反射しつづけるサリーの幻影を見る（p.245）。『結婚しよう』全編を通じて，鏡は，登場人物がそこから抜け出せない subjectivity のシンボルとして使われている。アプダイクの登場人物はいずれも相手の人物と並行線を辿り，自他対立の二元論をつき抜け，他者との本当の関係が成立する根源，深所にまで沈潜しようとする暗い情熱も，意志ももち合わせていない。

さらに，『結婚しよう』には，姦通者たちに真の罪悪感を抱かせ，時としては，逆説的だが姦通者たちに姦通を貫き通すエネルギーを付与するあの宗教的「禁忌」は存在しない。形式に堕した既成宗教，性解放の風潮，物分かりのよい配偶者の間で，決して妨害され塞き止められることのないジェリーとサリーの間の情熱は，時間とともに，ただ減衰し，自己崩壊してゆく。快楽主義者のサリーは，神の目より，ホテルの従業員の目をより気にする。ルーテル派と自称するジェリーが，ルースよりサリーを選ぶのは，妻の微温的ユニタリアン信仰より，サリーの明快な快楽主義が勝っているという信条的理由からではなく，もっと世俗的，自己中心的理由からである。即ちジェリーはルースと暮らすと常にside by sideで，永遠に折り合うことがないという気持ちがするが，サリーに対しては，自分がon topだという優越感をもてる（p.104）からであり，サリーは死の恐怖から解放してくれるし（p.123），またサリーのセックスが，ルースのそれより遙かに優れているからである（p.131）。ここでは，アプダイクの目指した純愛は色欲に堕落している。

D. H. ロレンスの場合は逆であった。生涯，女性の中に，そして女性を通じてのみ，大いなる他者，父なる神を見ることができると信じ，繰り返し，個人の根源への回帰が女性を通じて神秘的に行われる様を描いてやまなかったロレンスのあの女性の聖化，あらゆる存在の本源としての女性の肉体への畏敬と賛美は，アプダイクにはない。女性を通じての大いなるものへの超越を，「目の当たり，キリストの変貌を見た人の如く盲目かつ無意識に[10)]」文字に表現することは，アプダイクの資質の中にはなかったと思われる。

『カップルズ』と較べて，社会性，風俗性を欠く『結婚しよう』で，アプダイクは，ジェリーを中世騎士の伝統を受け継ぐロマンチックな人物に仕立てようと企てた。しかし，ジェリーのサリーへの愛は，超越の要素を欠いており，従ってジェリーはサリーの中に，ロレンスの言う「聖なる他者」を見出すことはできない。そのためジェリーは，ロマンチック・ヒーローになる代わりに，いたずらに空想に逃避する優柔不断のアンチ・ヒーローになってしまった。また，最初は高貴なfrenzyを見せていたサリーも，初期の光輝を失い，ジェリーを触発して，ともに大いなる存在に向けて超越することに失敗する。全編に鏤（ちりば）められた鏡のイメージ，きらびやかな比喩，語りの多様性，幻想，そして黙示録的エピィファニィの瞬間を捉えんとする試みにもかかわらず，『結婚しよう』はついに「ロマンス」になり損っていると言わねばならない。

（初出：『九州産業大学教養部紀要」第26巻第2号，1990年）

10）オルダス・ハックスレー編／伊藤整・永松定訳『D. H. ロレンスの手紙』，1913年1月「息子と恋人への序文」p.92

参考文献
John Updike: *Marry Me* Penguin 1978
______: *Couples* André Deutsch 1968
______: *Self-Consciousness* Alfred Knopf 1989
Jay Clayton: *Romantic Vision and the Novel* Cambridge U.P.1987
Judie Newman: *Jhon Updike* MacMillan 1988
Tony Tanner: *City of Words* Jonathan Cape 1971
池澤夏樹：吉行淳之介との対談「女に恋愛はできるか」(「文藝春秋」1988年６月号)
高橋正雄：20世紀アメリカ小説Ⅳ『アメリカ戦後小説の諸相』富山房，1979
E. M. フォスター著／米田一彦訳『小説とは何か』ダヴィッド社　1969
馬場美奈子：「ジョン・アプダイクとJ. C. オーツ」(別府恵子編『アメリカ文学における女性像 ── 作られた顔と作った顔』) 弓書房，1985年
オルダス・ハックスレー編／伊藤整・永松定訳『D. H. ロレンスの手紙』，彌生書房，1971年

Richard

VIII

『アメリカの鱒釣り』

失われたアメリカン・パストラル

Brautigan

序

1960－70年代のアメリカ文学界で，Richard Brautigan（リチャード・ブローティガン，1935－1984）ほど急速に学生をはじめとする全米の若者たちの cult figure（教祖的人物）となり，そしてまたほとんど瞬く間に忘れ去られた作家もいないであろう。彼の最初の小説 *Trout Fishing in America*（『アメリカの鱒釣り』，1962[1]）は，1968年の刊行以来，全世界で200万部売れ，ヒッピー世代の必読の書となるが，1970年代の終わりには，ブローティガンの人気は凋落しはじめる。ブローティガンとほぼ同時期の作家で，やはり若い世代の心を捉えたカート・ヴォネガット，ドナルド・バーセルミ，ケン・キージーたちより彼の人気が遙かに短命であったのは，彼の作品が1960－70年代のカウンター・カルチャーと不離不可分の関係にあり，特にカウンター・カルチャー世代の sentiment を代弁していたので，彼の名声もカウンター・カルチャーの盛衰と，いわば運命をともにしたからであった。即ち，1960年代後半からアメリカ合衆国でカウンター・カルチャーを生み出してきた文化的・社会的基盤と，それを推進してきたエネルギーが，1973年のオイル・ショック，1975年のベトナム戦終結によって消滅し，源を絶たれて衰退するのと軌を一にして，ブローティガンの作品も，急速にかつての魅力を失ってゆくことになる。

彼の作品は同時代の他のどの作家よりも，1960年代後半以降の，それもサンフランシスコを中心とする特定の地域と風土の若者たちの sensibilities(感性）の一面を表現していた。従って，フラワー・チルドレン，またはラブ・ジェネレーションなどと呼ばれたこれらヒッピーの若者たちが，60年代後半よりドラッグとフリー・セックスに耽溺することで自己崩壊を起こし，やがてチャールズ・マンソン事件に象徴されるように兇暴化したり，また，ベトナム反戦の旗印のもとに結集していた学生運動家たちが左傾化し，ついに無差別爆弾テロを標榜するウエザーマン化するにつれ，ブローティガンの「優しき若者」，「愛の世代」を主人公にした作品も人気を失い，彼の名声はその

1）この本の正式の刊行は1968年だが，実際に書かれたのは1961－62年らしい。本文中に数カ所それを特定できる言及がある。

光芒を失う。失意とアルコールが原因で，彼は *In Watermelon Sugar*(『西瓜糖にて』，1964）を執筆したカルフォルニアのボリナスの山荘で，20年後の1984年，49歳でピストル自殺を遂げる。

この小論の目的は，ブローティガンの作品が代表した60年代の若者文化の感性とは如何なるものであったかを，彼の初期の２つの作品，『アメリカの鱒釣り』と『西瓜糖にて』に即して考察しようとするものである。そしてその際，主としてこれら２つの作品の文体，修辞法に焦点を当てて，60−70年代の若者を魅了したブローティガンの感性がどのような表現をとっているかを具体的に調べるつもりである。今回は，『アメリカの鱒釣り』を，章を改めて『西瓜糖にて』を取り上げる。

1

作品の具体的検討に入る前に，ブローティガンが上記の２つの小説を書いた1960年代初頭のアメリカ合衆国の社会情勢と文化状況について簡単にふれておくことが必要であろう。激動の60年代に先行する1950年代のアメリカを一言で言うなら，それは対外的にはPax Americana（アメリカの平和)，対内的には「アメリカ最良の時代」であった。アメリカは第２次大戦で自国を戦場としないで戦勝国となった世界唯一の国であった。アメリカの参戦による第２次大戦の自由主義陣営の勝利，自国の正義に対する信頼と誇り，アメリカは文字通り大戦後の世界の暗黒を照らす導きの星であった。

国内では，1950年代後半のアメリカは，自動車産業，軍事産業の隆昌や，公共事業，住宅および道路建設の需要増大による空前の経済発展と好景気にわいていた。60年代初頭のアメリカ国民１人当たりの所得は，40年代のそれの４倍にも達したという。アメリカ人は，精神的にも，物質的にも，わが世の春を謳歌していた。裕福になったアメリカの中産階級は，大都市の喧騒を逃れて争って郊外に脱出し，瀟洒なマイホームを建て，夜，夫は献身的な妻と愛すべき子供たちに囲まれて，テレビやステレオ音楽を楽しんだ。家にはセントラル・ヒーティングと豊富な電化製品があり，週末には友人を招いては小パーティを開き，敷地内に作ったプールで泳いでは，バーベキュー料理とダンスを楽しんだ。もしニューヨーク市近郊に住んでおれば，週末にはメトロポリタン歌劇場に《フィガロの結婚》や《トスカ》を聞きにいって深夜に帰宅することも可能であった。

アメリカの中産階級は，豊かなアメリカを享受し，現状に満足した結果，保守的ムードがアメリカ中に広まる。マッカーシズムのヒステリックな赤狩りの影響もあって，アメリカの男性は家庭に屏息するようになる。そして男性の美徳は machismo（男らしさ），女性のそれは淑徳となった。当時の大統領ドワイト・アイゼンハワーの任期の間（1953－61），アメリカ文化は中産階級の保守的 suburbia（郊外文化）となった。1932年生まれのアメリカ作家ジョン・アプダイクの *Rabbit, Run*（『走れウサギ』，1960）と *Couples*（『カップルズ』，1968）は，1950年代後半から1960年代初頭にかけてのアメリカ中産階級の享楽主義と保守的傾向，および彼らが時おり感じる管理機構や競争社会に対する不安と苛立ちを，当時の風俗を取り込んで巧みに描き出した作品であった。

一方，別の作家の中には，アメリカの繁栄をもたらした物質文明と，その基礎になった西欧的合理主義に疑問を抱き，既成の文化，既存の価値に挑戦し，中産階級のアメリカン・ウェイ・オブ・ライフを公然と否定する動きが出てくる。アレン・ギンズバーグの *Howl*（1956）や，ジャック・ケルアックの *On the Road*（1957）の如き作品が，サンフランシスコを中心にアメリカ南西部太平洋沿岸に生まれた。これがビート・ジェネレーションの文学運動で，サブ・カルチャーの核の１つになり，やがて60年代後半に出現するカウンター・カルチャーの先駆となる。

映画のジャンルでも，アメリカン・ヒューマニズムを見事に映像化したビング・クロスビー主演の『我が道を往く』（1944）が第２次大戦直後に作られる。その後しばらくアメリカ映画界では，男らしさを売り物にしたハンフリー・ボガートの『カサブランカ』（1942）をはじめ，ゲーリー・クーパー，グレゴリー・ペック，グレン・フォード，ジョン・ウェインらが主演する正義と machismo の作品が大勢を占める。

こうした映画界に，無名のジェームス・ディーンが『理由なき反抗』（1955）で彗星の如く登場して，画一化された旧来の価値観を強制する家庭や社会に対する17歳の高校生の苛立ちと，文字通り「理由なき反抗」を演じて，あらゆる年代のアメリカ人の共感を得る。アメリカ人は，繁栄の絶頂にあったアメリカ社会に，いつのまにか忍びよっていた不吉なものの影を本能的に嗅ぎとっていたと思われる。でなかったら，ジェームス・ディーンの神話的人気も存在しなかったであろう。女優でも，イングリッド・バーグマン，ヴィヴィアン・リー，デボラ・カー，エリザベス・テイラーなどの正統的美人女優の間に，50年代後半になるとマリリン・モンローという新しきセックス・シンボルや，ファニー・フェイスながら妖精的雰囲気をもったオードリー・ヘプバーンが新しい時代の好みをとらえる。音楽でも50年代のビング・クロスビー，ペリー・コモ，パット・ブーンたちの大人しいcrooning（低い声で優しく歌う方法）から，時代の好みはエルヴィス・プレスリーのロックンロールの感覚に烈しく訴える詠法に移りつつあった。

アメリカ国内での空前の経済的繁栄のかげで，米ソ間の緊張は，1962年のキューバ危機で極限に達する。アメリカ国民はテレビの前で息を凝らして，キューバに近づくソビエト船団を見守る。スタンリー・クレイマー監督は，すでに1959年，映画『渚にて』で，核戦争の核爆発と死の灰で全滅した世界を描き出していた。核戦争への恐怖のみならず，高度管理社会，産業廃棄物，麻薬の広がり，ベトナム戦の泥沼化等々の深刻化する諸問題と，それに対応できない政府や大人社会を目の当たりに見るにつれ，若い世代の中に現体制や既成道徳への根元的疑いが徐々に醸成されつつあった。

なかんずく，人種問題が最も深刻な社会問題となり，やがてアメリカ全体を揺り動かす大変動の震源となる。連邦最高裁は，早くも1954年５月，公立学校における黒人・白人の別学が憲法違反であるとの判決を下していた。いわゆる「ブラウン判決」である。翌1955年12月，アラバマ州モントゴメリーで黒人女性ローザ・パークスがバス内で白人に席を譲ることを拒否し逮捕されたことが発端となって，黒人によるバス乗車ボイコットが起こる。後に公民権運動の中心となる若きルーサー・キング牧師の指導もあって，ボイコットは黒人側の全面的勝利となって１年後に終熄する。1961年５月には，南部諸州で，フリーダム・ライド運動が起こり，反対する保守的白人の強い抵抗に遭う。翌1962年には，黒人学生ジェームズ・メレディスのミシシッピ大学入学を，バーネット州知事が体を張って阻止する。同年ニューヨーク市のハーレムで黒人暴動が頻発するようになる。1963年11月公民権法成立に尽力してきたJ. F. ケネディが暗殺される。公民権法は翌64年，ケネディの遺志をついだジョンソン大統領の手で成立にこぎつける。しかし南部諸州での黒人の選挙登録は遅々として進まない。

1964年夏，多数の中産階級出身の白人大学生が，夏季休暇中，黒人選挙登録促進のためのフリーダム・サマー運動に参加する。白人学生は，差別された黒人を支援することによって，今まで差別する立場にいた自分たちの進むべき道を自覚するようになる。夏休みが終わって大学にもどった学生たちのこうした自覚が，同年秋のバークレー校でのフリー・スピーチ運動（FSM）となって，大学紛争の口火を切る。FSMの中心となったマリオ・サビオはフリーダム・サマー参加学生の１人で，学生に取り囲まれて動けなくなったパトカーの上からデモ隊に「ミシシッピで闘ったのと同じ敵，硬直化した官僚機構と，我々は今ここバークレーで闘っている」と演説し，ジョーン・バエズもパトカーの上から歌い，ジャック・ワインバーグも「30歳以上の人間を信用するな」と過激な発言をする。

学生運動は，ミーティング，フォーク集会，映画祭，ティーチ・イン，果てしなき討論を通じて次第に尖鋭化してゆく。学園紛争はやがてSDS（民主社会のための学生連合）のニューレフト化，キャンパス外のベトナム反戦運動，公民権運動，公害反対運動と結びついて，デモ，暴動の嵐となって1967年以降アメリカ全土に吹き荒れ，アメリカの既存の文化，価値観を震撼させる。ベトナム戦は終結の目処も立たず，国内ではウォーター・ゲイト事件が発覚し，要人の暗殺が相次ぎ，兇悪犯罪は増加し，麻薬患者は増大し，大都市はスラム化し，ヒッピーたちは僻地のコミューンで反文明生活を送りはじめていた。

2

この大変動に先んじること約10年前の1960年，フィリップ・ロスは *Writing American Fiction* で，アメリカの現実は，想像を絶する事件，桁違いの人物を次々に生み出して，作家の貧しい想像力を凌駕し，自信を失わせると嘆いた。この時ロスが桁違いの人物の例としてあげたのはチャールズ・バン・ドーレンと60年の大統領候補者の１人だったリチャード・ニクソンで，想像を絶する事件とは，シカゴで起きたティーン・エイジャー姉妹の暴行殺人事件と，この事件に対するマスコミの「やらせ」を含めての過度の報道ぶりとそのグロテスクな結果であった。もしロスが，1963年11月23日のJ. F. ケネディの暗殺を境として，堰を切ったようにアメリカ全土に起こった異常事件を目撃したあとで，*Writing American Fiction* を書いていたら，果たして彼は何と言ったであろうか。現にロスは，1972年 *The Breast*（『乳房』）で，ある朝目が覚めると，カフカのグレゴール・ザムザばりに巨大な乳房に変身した男の話で，アメリカの悪夢的現実のアレゴリー化を試みており，ドナルド・バーセルミも1967年『白雪姫』で同様の試みを行っている。

烈しく変化・激動し，いずこに向かうか予測不可能な60年代後半のアメリカの現実を作家が描き出そうとする時，従来のリアリズムの手法はもはや無力のように思われた。リアリズムを信奉する既成作家も，何か新しい要素の追加や手法の一部手直しを迫られることとなる。ソール・ベローは，『サムラー氏の惑星』（1969）で，ニューヨーク市の街角で一市民の身に日常的に起こる異常事件を，ジョン・アプダイクは『帰ってきたウサギ』（1971）で，ベトナム帰還兵，麻薬と家出ヒッピー少女，黒人に罪悪感を抱く気の弱い白人を登場させる。一方トルーマン・カポーティは『冷血』（1966），ウィリアム・スタイロンは『ナット・タナーの告白』（1967）で，ノンフィクションの手法で衝撃的殺人事件の真実を書こうとする。ノーマン・メイラーは『夜の軍隊』（1968）で，1967年の10月のペンタゴンへの歴史的デモの３日間を，デモに参加した自分の眼に映ったまま，デモ隊の内側からのルポルタージュ風に描こうとする。サラ・デビッドソンは『遙かなるバークレイ』（1977）で，当時女子大生だった自分が，如何に学園紛争，反戦デモ，カウンター・カルチャーの日々を生きぬいたかをジャーナリスト独自の手法で克明に記録してみせる。

他方，激動するアメリカを従来のリアリズム以外の方法でとらえようとする若手作家も出てくる。これら作家たちは，irrealism の作家，ニュー・ライターズ，ポスト・モダニストなどいろいろの名で呼ばれているが，ここでは一番差し障りないポスト・モダニストと便宜上呼ぶことにする。激動するアメリカ社会に対するポスト・モダニストの反応は，ジャック・ヒックスの言うように，「外に向うよりも，個人的経験や主観的感覚の方向，即ち内に向かった……作家の眼が社会や政治に向く時も，その関心は不安といったネガティブな形をとる。社会が1つのプログラムに組み込まれることへの恐怖，集団や個人の精神を意識的に操作するものへの恐怖・不安が存在する[2]」。

ポスト・モダニストたちの作品の基調は不安感，絶望感であるが，表現の方法で大きく2つに分けることができる。1つはジョン・バース，ジョセフ・ヘラー，カート・ヴォネガット，トーマス・ピンチョンたちのグループで，彼らは表面的にはリアリズムの手法をとりながら，パロディ，カリカチュア，ブラック・ユーモアを使って，現実を異なったパースペクティブに切ってみせ，現実の奥に潜む超越的意味をかいま見せてくれる[3]。

もう1つのグループは，ドナルド・バーセルミ，リチャード・ブローティガンのグループで，このグループの作家はまず従来のリアリズムを支えてきた「言葉が，外のものを指し示す」という素朴な信仰を否定する。彼らはまた一貫したプロットや登場人物をも使わない。ブローティガンについては本章3以下で論じる。バーセルミは彼独自の「断片の手法」で，言葉が外のものを指示しないだけでなく，一見，言葉と言葉が互いの coherenc（結合性）を欠いたかに見える文を書くが，これが彼のいわゆる「新しい空間」，言語による現実の再構築なのである[4]。

3

リチャード・ブローティガンの最初の小説『アメリカの鱒釣り』は，断片的な47のエピソード（話[5]）からなっている。文体的工夫のあとが顕著で，多分に読みづらいバーセルミの文と比べ，ブローティガンの『アメリカの鱒釣り』は一見軽妙に流れるかに見える。が，しかし，少し読み進むにつれ，読者には，この本がやはりひどく破格的なことが分かってくる。まずプロットがない。主人公らしい人物がいない。テーマも最初のうちは，少しもはっきりしない。従っていくつかのエピソードを読んだあとでも，読み手にはブロ

2）Jack Hicks：*In the Singer's Temple* pp.8－9

3），4）ヴォネガットとピンチョンおよびバーセルミについては，本書のⅡ－Ⅴを参照されたい。

5）この小説の47の部分を呼ぶ適切な言葉がない。章と呼ぶには短すぎ，章句とも呼び難い。短編と呼べば，1つ1つが独立しているようで，実情に合わない。エピソード（話）と呼ぶほかない。

ーティガンが何を語ろうとしているかが一向に分からないのである。

『アメリカの鱒釣り』の冒頭のエピソードは，この本のカバーになっているベンジャミン・フランクリンの銅像とワシントン広場の描写であり，第2，第3のエピソードは語り手がはじめてアメリカの鱒釣りの話を父親から聞いたこと，および最初の鱒釣りが失敗に終わった話である。第4のエピソードは，17年後，成人した語り手が，クラマス川での鱒釣りの途中見かけた半ば壊れた屋外便所と交わす空想上の対話，第5のエピソードでは，語り手は再び子供時代に逆戻りして，脱腸でいつも安物の人工飲料を飲んでいた友人の思い出を語る。第6エピソードは「アメリカの鱒釣り」という名の男の愛人が，名ソプラノ歌手マリア・カラスで，マリア・カラスが特製のクルミ・ケチャップを作る話。第7エピソードは，伝説的兇悪犯ジョン・デリンジャーの生まれ故郷インディアナ州ムアーズヴィルに引越してきた男が，地下室に巣くう鼠を38口径のピストルで次々に撃ち殺す話……と続いてゆく。

ここらあたりまでくると読者は，この本の主題がどうやら「アメリカの鱒釣り」に関係があると見当をつけるが，ここにもまた難点がある。「アメリカの鱒釣り」自体がenigma（謎）なのである。なぜなら，いくつかのエピソードを通じて表われる「アメリカの鱒釣り」は，ただ単に「アメリカにおける鱒釣り」という魚釣りの話のことだけではないからである。「アメリカの鱒釣り」とは魚釣りのことであると同時に，「アメリカの鱒釣り」という名の語り手の友人であるし，鱒に両脚を食いちぎられたという「アメリカの鱒釣りチビ助」なる車椅子の男のことでもあるし，マリア・カラスを愛人にもつ大富豪でもある。それはまた釣り場の名前，ホテルの名前にもなる。さらにバイロン卿の別名にもなれば，「切り裂きジャック」の変装にも，この小説全体の名前にもなる。

では，何度も繰り返し出てくるモチーフ「アメリカの鱒釣り」が，この小説の横糸だとするならば，一見お互いに無関係に，時間的にも相前後して並んでいる47のエピソードは，どのような縦糸でもって横糸と組み合って「アメリカの鱒釣り」という統一テーマに収斂してゆくのか，そして，このテーマは何を意味しているのか。

47のエピソード中，およそ鱒釣りの話が出てくるのは21で，全体の半分に満たない。残り26のうち16は，「アメリカの鱒釣り」という名前をもった人物，ホテル，場所といったたった１点で，あるいは，上級生が１年生の服の背中にチョークで，「アメリカの鱒釣り」と落書きするとか，サンフランシスコのユニオン広場に集結するデモ隊が，「アメリカの鱒釣り平和を支持せよ！」とのプラカードを掲げて行進するといった点で「アメリカの鱒釣り」と危うく繋がっている。残りの10に至っては，「アメリカの鱒釣り」は，本のカバーの写真が撮影された広場，あるいは「アメリカの鱒釣りペン先」，あるいは田園の一風景という，まことにかそけき連関しかもっていない。

しかし，統一的プロットと全編を一貫する登場人物を欠く代わりに，『アメリカの鱒釣り』の47のエピソードの根底には，やはり１つのテーマが横たわっていることが，読み進むにつれて徐々に分わってくる。繰り返し姿を見せるのは鱒釣りのテーマである。この本のテーマについてブローティガン自身の証言もある。短編集 *Revenge of the Lawn*（『芝生の復讐』，1971）でブローティガンは書いている。「ロング・トム・リバーは私の精神的 DNA の一部だった。……この川は，私が今も解こうとしている複雑な問題の１つだった。……昔，ブローティガンという男が『アメリカの鱒釣り』という小説を書いた。この本は一貫して鱒釣りと，まわりの万華鏡のような風景をテーマとしている」（p.164）。

ブローティガンの証言通り，『アメリカの鱒釣り』のテーマは，かつてアメリカ人の心の故郷であり，常に自由と結びつけて考えられてきたアメリカン・パストラルが，もとの豊饒さを失い不毛化している，しかもこの変貌がもはや回復できないところまで進行してしまったという意識である。伝統的アメリカン・パストラルは，そこに赴けば，一時的に超越的経験，聖なるものの啓示がえられる地上のエデンであったのだが，このエデンがテクノロジーの猖獗（しょうけつ）で失われてしまったという喪失感と，永遠に失われたエデンへの哀惜がテーマとなる。これこそが第１話（エピソード）において，かつてフランツ・カフカが健康的で楽天的だと称賛したアメリカが変容して，今では教会の配る無料サンドイッチを貰うために貧しい人々が群がるシーンが出てくる理由であるし，第３話で最初の鱒釣り旅行が幻滅に終わる所以でもあるし，第４話で見捨てられた屋外便所が出てきたり，第７話で地下室の鼠をピストルで撃つ男の話が出てくる理由でもある。

4

まず「失われたパストラル」というテーマが，核になる単一のイメージから発展して一編のエピソードにまで成長する例から見てみる。第５話〈クールエイド中毒患者〉の主人公は，語り手の少年時代の貧しい友人で，日頃は脱腸で寝ている。毎日語り手に５セントをせびっては安物の人工果汁粉末クールエイドを手に入れ，所定の倍の水に溶いてベットに隠してチビチビ１日かけて飲むというのが，このエピソードのいわば原形質である。ブローティガンはこの哀れな少年を，ハックルベリー・フィンの1960年代版に仕立てる。少年は悪態をつき，幼な兄弟を蹴散らし，母親に隠れて，クールエイド製作の秘儀にとりかかる。

> He was careful to see that the jar did not overflow and the precious Kool-Aid spill out onto the ground. When the jar was full he turned the water off with a sudden but delicate motion like a famous brain surgeon removing a disordered portion of the imagination.（p.9）
>
> ....
>
> You're supposed to make only two quarts of Kool-Aid from a package, but he always made a gallon, so his Kool-Aid was a mere shadow of its desired potency. And you're supposed to add a cup of sugar to every package of Kool-Aid, but he never put any sugar in his Kool-Aid because there wasn't any sugar to put in it.
>
> He created his own Kool-Aid reality and was able to illuminate himself by it.（p.10）

ブローティガンが原形質的イメージを増殖するやり方は，ドナルド・バーセルミが「バルーン」や「インディアンの叛乱」などで使っている方法と異なる。バーセルミが断片的イメージを連想で次々に数珠玉のように水平方向に繋いでいるのと異なって，ブローティガンでは，核イメージはメタファー[6]を媒体として，細胞分裂的に上下左右に無定形に広がってゆく。上の引用文でブローティガンは，「想像力の疾患部位を切除する高名な脳外科医みたいに」水道栓を締めるという意表を突いた比喩や，「彼のクールエイドは理想的濃度の幻影であるに過ぎなかった……彼は彼自身のクールエイド世界を創造し，自分を美化することができた」と，ユーモアと軽快なメタファーで，悲惨な少年の現実を別の次元に転位し，落伍者の少年をハックルベリー的悪童に変貌させる。しかしブローティガンの笑いは，マーク・トウェイン的開放的哄笑でなくて，ほろ苦い笑いである。ブローティガンのこうした作風が，ヒッピー世代の若者の感性と波長が合ったように思われる。

次に平凡な光景をブローティガンの想像力がどう変形して，パストラルに忍び寄る暴力の影というモチーフをその光景の中から浮き上がらせるかの例を見てみよう。第37話〈砂場からジョン・デリンジャーを引いたら何が残る？〉で，語り手は，サンフランシスコ市ワシントン広場の一角の砂場で幼娘(おさなご)を遊ばせながらあたりを眺める。３台のスプリンクラーがベンジャミン・フランクリン像の周りの芝生に水を撒いている。鳩がいる。日陰のベンチにはビート族が１人寝そべっている……ここまでが実際の眺めである。と，話し手の頭の中で，砂場にいる娘の赤い服を核として，イメージの増殖が始まる。「赤いドレス」から，ジョン・デリンジャーをFBIに密告した「赤いドレスの女」が連想され，やがて語り手がFBIの機関銃の音で目をあげると，デリンジャーは「動物性マーガリンが，ラードみたいに白かった古き良き昔のチューブのように血を流しつつ」砂場に横たわっており，赤ン坊の娘は「屋根を蝙蝠(こうもり)のように光らせる黒の大型車で走り去る……車は角のアイスクリーム店の前に止まる。FBIが店に入りダブルのアイスクリームコーンを200個も買い，車に積むのに手押車を使わなければならなかった」。

My daughter was seen leaving in a huge black car shortly after that. She couldn't talk yet, but that didn't make any difference. The red dress did it all.

John Dillinger's body lay half in and half out of the sandbox, more toward the ladies than the gents. He was leaking blood like those cap-

---

6）ここでは比喩一般をメタファーと呼ぶことにする。外国でもシミル，メタファー，その他すべての比喩をひっくるめてメタファーと呼んでいる例が多い。

sules we used to use with oleomargarine, in those good old days when oleo was white like lard.

The huge black car pulled out and went up the street, batlight shining off the top. It stopped in front of the ice-cream parlor at Filbert and Stockton.

An agent got out and went in and bought two hundred double-decker ice-cream cones. He needed a wheelbarrow to get them back to the car.（p.88）

赤い服が引金となって，増殖が始まる。また喋れない赤ン坊が密告者となり，そのため何回もFBIの鼻をあかしたジョン・デリンジャーにも年貢の納め時がきて，砂場に屍体が横わたる。赤ン坊は褒美に200個のアイスクリームをもらう。ここには，客観的史実と内輪の知識の奇妙な共存と，兇悪な犯罪者と無垢の赤ン坊とのアレゴリカルな並列がある。別のエピソードでも，汚れを知らぬアメリカン・パストラルと機械文明で汚損され醜悪化した現在のパストラルの対比は，語り手の赤ン坊と車椅子上の酔っぱらいの形でアレゴリカルに示される。酔っぱらいの誘いにのらず，赤ン坊が砂場の方へ駆け出すと，2人の距離は「川のようにどんどん広がっていく」（p.97）とブローティガンは書くのだが，ここでも酔っぱらいは単に醜悪に変形したアメリカン・パストラルの比喩だけに限定されていない。鱒に脚を食いちぎられたと称する酔っぱらいの奥には，エイハブ船長の姿が見え隠れする。そしてエイハブ船長と言えば，第12話に出てくる酒場で尻を撃たれて18歳で死んだジョン・タルボットの墓碑銘は，トニー・タナーによれば『白鯨』第7章のパロディであるという。タナーはこのパロディは「1世紀たった今も，同じように若者が荒廃の島の近くで，形こそ変わったが，むしろ以前より烈しくなった暴力と狂気の犠牲になって死んでいることを示す[7]」と言っている。ブローティガンは絶えずメルヴィルと特にヘミングウェイにとり憑かれている。

以上の例から明らかなように，ブローティガンは，『アメリカの鱒釣り』では，プロットや，作者の思想を体現した登場人物の代わりに，メタファー

7）Tony Tanner: *City of Words* p.414

とモチーフでイメージ間の連関を図り，エピソードの意味を暗示する。短いエピソードでは，メタファーがしばしば媒体というよりむしろエピソードの中核をなすので，ブローティガンはメタファーに様々の趣向を凝らし，1つのメタファーに二重，三重の役割を担わせることになる。

「荒廃」と「不毛」のモチーフは，たいていシュールレアリスティックなメタファーで表現される。シュールレアリスティックと呼ぶのは，この種のメタファーでは譬えられるもの（tenor）と，譬えるもの（vehicle）との懸隔が大きすぎて，比喩がほとんど成立しなくなる一歩手前まで行っているものがあり，またある場合は tenor と vehicle の取り合わせがグロテスクでさえあるからである。

例えば，第9話では「荒廃」「死」「敗北」と「残虐」がシュールレアリスティックなメタファーで，二重，三重に表現もしくは暗示されている。語り手がウールワースで買ってきて枯らした肉食のコブラ百合が，ダイエット食品の空罐に入れられ，放置されている。枯れた百合の「葬式の花輪」として，1960年の大統領選で落選したニクソン陣営の「私はニクソン支持」の白とブルーのバッジが鉢につき差してある。語り手はコブラ百合の説明文を引用したあとで奇嬌なメタファーを列挙する。

> The main energy for the ballet comes from a description of the Cobra Lily. The description could be used as welcome mat on the front porch of hell or to conduct an orchestra of mortuaries with ice-cold woodwinds or be an atomic mailman in the pines, in the pines where the sun never shines.（p.15）

捕虫植物コブラ百合を「地獄の玄関マット」「死体置場のオーケストラ」「原子力郵便配達夫」に譬えるのはシュールレアリスティックであり，さらに「地獄／歓迎のマット」「氷のように冷たい／木管楽器」「日光の入らない松林／原子力郵便配達夫」と互いに相反する，またはひどく乖離したイメージの取り合わせは無気味でグロテスクである。

シュールレアリスティックなメタファーの例をもう1つ引用してみる。第12話で語り手は，金持ちと貧乏人の墓地がクリークを挟んで並んでいるところで釣りをする。少し前に述べたジョン・タルボットの墓を含めて貧乏人たちの墓標はたいてい「古いパンのみみのような貧相な板切れ」で，金持ちたちの彫像を伴った大理石の墓石と際立ったコントラストをなしている。

> Eventually the seasons would take care of their wooden names like a sleepy short-order cook cracking eggs over a grill next to a railroad station. Whereas the well-to-do would have their names for a long time written on marble hors d'oeuvres like horses trotting up the fancy paths to the sky.（p.21）

やがて巡りくる季節が「眠たそうな即席料理のコックが卵を割り落とすような手つき」で墓標の名を消すとは，一体どのような消し方なのか？　また，金持ちの墓碑銘はなぜ「大理石のオードーブル」になるのか？　墓碑上の文字の配列がレストランのメニューのそれと似ているからだろうか？　さらに，「空までとどく洒落た小径」は墓地に聳える樅の木のメタファーだろうと見当がつくが，「速歩で行く馬のような書体」とはどんな書体なのか？

同様に難解なメタファーに第23話の羊の匂いのメタファーがある。このエピソードの最初のいくつかのメタファーは無難である。クリークが草地に柔らかく「ビール腹みたいに広がった」り，山鴫（やましぎ）が「鉛筆削りに，消火ホースをつっ込んだ」形をしているという比喩には，読み手は気持ちよくついてゆくのだが，ブローティガンはこの直後にシュールレアリスティックなメタファーを用意している。大群の羊とその匂い，ここでは視覚と臭覚という異質的なものが結びつけられている。

> Everything smelled of sheep. The dandelions were suddenly more sheep than flower, each petal reflecting wool and the sound of a bell ringing off the yellow. But the thing that smelled the most like sheep, was the very sun itself. When the sun went behind a cloud, the smell of the sheep decreased, like standing on some old guy's hearing aid, and when the sun came back again, the smell of the sheep was loud, like a clap of thunder inside a cup of coffee.（p.50）

ここではブローティガンの比喩は二重，三重になっている。タンポポの黄色い花弁１枚１枚が羊の匂いがし，黄色い花１つ１つは，羊の首につけた鈴の音と化する。さらに，黄色のタンポポより，もっと強烈な黄色をした太陽が陰ると，羊の匂いは老人の補聴器を踏みつけたみたいに弱まり，太陽が再び雲から出ると，羊の匂いはコーヒー茶碗に雷が落ちたみたいに喧しくなる。

匂いを視覚化した別の例は第30話の〈アメリカの鱒釣りホテル208号室〉の「リゾール消毒液の匂いはソファーに座って，泊り客づらをして《クロニクル紙》のスポーツ欄を読んでいる」（p.60）である。

5

視覚・聴覚と異質的な感覚の混淆にさらにファンタスティックな要素が添加されたメタファーは，第43話の〈クリーヴランド・レッキングヤード〉に見出される。この郊外にある大型ディスカウント中古建材店では，解体された住宅の中古建材から，大量生産で売れ残ったあらゆる商品まで並べている。大型のガラス窓，鉄製の屋根，ショーウィンドー，大小の起重機，各種，各サイズの扉，風呂，便器，流し台，さては，コロラド川から掘りとって，切断してフィート単位の値段表をつけた「滝」や「川」まで売っている。この人を食ったようなディスカウントショップは，アメリカのエデンを荒廃させ，自然を略奪する現代資本主義のあくなき商魂と，機械文明の生産過剰のパロディなので，ブローティガンのシュールレアリスティックなメタファーには，グロテスクなまでの誇張が交じってくる。

語り手の友人の１人が，自宅の壁をぶち抜いて，このディスカウントショップで買った超大型のガラス窓を嵌め込むと，窓からすぐ下にサンフランシスコ郡立病院が手に取るように見える。待合室には，あまり多くの患者に読まれて，「グランド・キャニオンのように浸食された古雑誌」が見え，「豆料理は嫌いなんだ」と夕食のことを考えている入院患者の声も聞こえてくる。そして夜になると，「煉瓦の海草の巨大な茂みに絡まれて，病院がどうしようもなく，ゆっくりと溺れていくのが見える」。さらに，このディスカウントショップには，ごく最近まで人々が鱒釣りを楽しんだ川が切断され，折り畳まれて，値段票と組立説明書をつけられて，便器や流し台の横に立てかけてある。切断の際，半端になった川は，半端ものの箱にひとまとめにほうり込んである。ブローティガンは語り手に，1つの川の水（！）に手をつっこませまでする。トール・テイルの世界である。

> O I had never in my life seen anything like that trout stream. It was stacked in piles of various lenghs: ten, fifteen, twenty feet, etc. There was one pile of hundred-foot lengths. There was also a box of scraps. The scraps were in odd sizes ranging from six inches to a couple of feet.
>
> There was a loudspeaker on the side of the building and soft music was coming out. It was a cloudy day and seagulls were circling high overhead.
>
> Behind the stream were big bundles of trees and bushes. They were covered with sheets of patched canvas. You could see the tops and roots sticking out the ends of the bundles.
>
> I went up close and looked at the lengths of stream. I could see some trout in them. I saw one good fish. I saw some crawdads crawling around the rocks at the bottom.
>
> It looked like a fine stream. I put my hand in the water. It was cold and felt good.（pp.106－107）

人を食ったような誇張は続く。別の友人は同じ店で自分の小屋のための鉄の屋根を買う。小屋は，1920年代に有名だったハリウッドの映画俳優の館あとの大暖炉の隣りに作られた。太平洋につき出た岬に聳えていた焼ける前の館からは，「1920年代には，金の力で今よりもずっと遠くまで見えた。鯨も，ハワイ諸島も，さらに中国の国民党まで見えたものだった」，「館はずっと昔焼けた。俳優は死んだ。彼の驢馬（ろば）は石鹸にされた。彼の情婦たちは皺だらけになった。今では暖炉だけがカルタゴ人のハリウッド賛歌として残っている」（p.103）。誇張がリフレインのように繰り返されているうちに，ふと挽歌的ムードが交じってくる。ブローティガンのメタファーが，急激にイメージとトーンを違う方角に曲げたからである。この挽歌調の文体も若い世代の共感を呼んだものと思われる。

さらに，第22話の〈20世紀の市長〉あたりになると，言葉はそれ自体の自律性に従って動きはじめ，メタファーは，もはや外界の何かを指し示すことを止める。次の切り裂きジャックの扮装のメタファーでは，言葉は，別の言葉と結合して現実と異なる言語独自の空間を作る。ここでは言葉は自らが構築した言語空間の外に出ることは決してない。次の引用ではメタファーが自己完結的で，しかも現実と異質の，言語だけの世界を構成していることに注意したい。

> He wore a costume of trout fishing in America. He wore mountains on his elbows and bluejays on the collar of his shirt. Deep water flowed through the lilies that were entwined about his shoelaces. A bullfrog kept croaking in his watch pocket and the air was filled with the sweet smell of ripe blackberry bushes...
>
> ....
>
> O, now he's the Mayor of the Twentieth Century! A razor, a knife and a ukelele are his favorite instruments.
>
> Of course, it would have to be a ukelele. Nobody else would have thought of it, pulled like a plow through the intestines. (p.48)

「両肘に山をつけ，シャツの衿には青かけすをつけていた」というメタファーは，少し先で，切り裂きジャックが何度も出し抜いたスコットランドヤードの鳥打ち帽 deerstalker を，オオヒラメ追い帽 halibutstalker ともじっているので，それぞれスコットランドヤードの男たちの皮の肘あて，青のベルベットの衿あてとも考えることも可能だが，「靴紐に絡（からま）る百合の間を深い川が流れる」の箇所はどんなイメージを思い浮かべればよいのか？　靴紐の結び目が作るループが百合の花の形に似ていて，鳩目の間にかけた靴紐の間の舌革の凹みが川なのか？　懐中時計入れのポケットで鳴く食用蛙は，靴紐の間の川に触発されたイメージなのか？　そして，切り裂き魔の究極の兇器ウクレレ──「内蔵を貫通して，鋤のようにグイと引く」ウクレレ！　しかしよく考えてみれば，胴に数本の弦を張ったウクレレは，兇器というよりむしろ，ナイフか何かで何回も切り裂かれた犠牲者の腹部の傷あとのイメージではないのか[8]？

ブローティガンは，『アメリカの鱒釣り』で，憑かれたように暴力と死のイメージをもち出す。鱒の一種のカットスロートは，喧嘩振りが美事で，いつも「喉の下に切り裂きジャックの橙色の旗をひるがえしているし」(p.55)，第34話では，語り手の赤ン坊は，父の釣った大きなカットスロートを両手に持って，「演奏会に遅れたハープ奏者が，ハープをかかえて乗物を探しているみたいな感じで」ウロウロ走り回る。

> She was soon running around with a big cutthroat trout in her hands, carrying it like a harp on her way to a concert—ten minutes late with no bus in sight and no taxi either. (p.79)

いつものことながら，ここでもブローティガンのイメージは，2行目で赤ン坊から一瞬にしてハーピストに転移する。が，その時，赤ン坊が手に捧げもつようにしていたカットスロートの喉の下のオレンジの模様，切り裂きジャックの不吉な血まみれの傷口のイメージは，イメージがハーピストに転移したあとも残像として残っていて，そこに切り裂き魔の兇器ウクレレと類似する弦楽器ハープのイメージが重なって響き合い，1つの意味，テーマを読み手の心に喚起するように働く。この技法は，彼の文脈からは多少ずれるが，ジェームズ・ミラードが *The Exploded Form* で vertical disjunction（縦への離接[9]）と呼んだものと一脈相通じるものである。

次に警句とユーモアを対にしてもっている修辞法を見てみよう。第31話の〈外科医〉で，語り手はリトル・レッドフィッシュ湖畔で，1人の外科医と出会う。外科医は仕事を止めたため戻ってくる所得税還付金1200ドルで，アメリカで最も理想的狩猟と釣りのできる土地を探して6カ月のキャンピングカ

8）勿論，ブローティガンが1962年にこの無残に切り裂かれたイメージを使った時，あと7年先の1969年に，チャールズ・マンソン一味のヒッピーが切り裂きジャックさながら，当時妊娠していた女優シャロン・テイトの腹部を切り裂こうとは夢想だにしていなかった。

9）James M.Mellard: *The Exploded Form* pp.156－157

ーの旅に出ているという。外科医は，現在のアメリカの医療制度の堕落を慨嘆しながら，無意識のうちに手馴れたナイフさばきで，鯎（うぐい）の喉をかき切って魚を湖に投げ戻す。

> The chub made an awkward dead splash and obeyed all the traffic laws of this world SCHOOL ZONE SPEED 25 MILES and sank to the cold bottom of the lake. It lay there white belly up like a school bus covered with snow. A trout swam over and took a look, just putting in time, and swam away.（p.71）

医者はアメリカの医療界の現状について不平を言う。語り手は反論しようとしたが，思いとどまる。

> I was going to say that a sick person should never under any conditions be a bad debt, but I decided to forget it. Nothing was going to be proved or changed on the shores of Little Redfish Lake, and as that chub had discovered, it was not a good place to have cosmetic surgery done.（p.71）

「リトル・レッドフィッシュ湖畔で何かが証明されたり変革されたためしがないし，死んだ鯎が経験ずみのように，ここは美容整形に適した場所ではないからだ[10]」

語り手と外科医は，しばらくよもやま話をしたあと，語り手はジョセファス湖に向けて出発し，外科医は「しばしば想像の中にしか見出すことのできない場所，アメリカ発見の旅に旅立とうとしていた」。確かに，このエピソードを，ある批評家のように，アメリカ医療制度の矛盾，失業保険制度の不合理，釣りブームに伴う環境汚染問題，失われたエデン探求といういくつかのメッセージを伴うモチーフに還元することも，あながち不可能ではないが，

10）James Mellard は *Exploded Form* (p.158) で『アメリカの鱒釣り』の中ではこの〈外科医〉とあと１つのエピソードだけがユーモアを全くもっていないと言っているが，上の引用で分るように，〈外科医〉もユーモラスである。

ブローティガンは気質的に，メッセージや特定のスローガンを声高に主張することの対極にいる人のように思える。彼が控え目な人間だったことは，第41話の反戦デモへの彼の反応にもよく表われている。

ブローティガンは，ユニオン広場に集結する平和行進のデモ隊に対し好意的でない。コミュニスト牧師や教師たちに洗脳された若者たちの「ガンジー式無抵抗主義のトロイの木馬の赤い影」がアメリカの全土を覆いはじめているし，「サンフランシスコは，このトロイの木馬の厩となった」(p.99)。プロパガンダとドグマの煽動者に対して，ブローティガンは本能的嫌悪感をもつ。第20話の〈ワースウィック温泉〉での語り手の coitus interruptus が新時代のセックス・スタイル伝道のエピソードでないのと同様に，〈外科医〉のエピソードは，アメリカ医療制度への糾弾ではないと考えるべきであろう。

6

最後に，ブローティガンが，1つのテーマをいかに移調し，どう変奏しているかを検討してみよう。

第18話〈アメリカの鱒釣りテロリスト〉の主役は，小学校の6年生たちである。4月のある朝，退屈しきっていた6年生の悪童の1人が，運動場で遊んでいた1年生を捕らえて背中に何気なくチョークで「アメリカの鱒釣り」と落書きをする。それが面白いと，残りの悪童連もチョークをもち出して1年生全員の背中に「アメリカの鱒釣り」と落書きしたので，校長室に召喚され説教をくう話である。ここで問題となるのは，ブローティガンが「6年生の悪童連」というありふれたモチーフにいかにして新しさを盛り込んでいるか，そしてこの新しいモチーフを作品の中でどう変奏しているかという創作技法の問題である。ブローティガンは，まず〈アメリカの鱒釣りテロリスト〉全体の基調をメタファーを中心にユーモラスなピカレスク風に移調し，変奏は子供たちの俗語を交えた会話，ユーモラスな語り口，同一語句の効果的リフレインで行われている。次の引用は，校長が6年生の悪童たちをへこますために常用する詭弁，いわゆる$E=MC^2$である。チョークの落書き，アインシュタインの関係式，キューバ危機，ギリシャ悲劇のコロスなどを巻き込んで，校長のへボ理屈と生徒の瞬きの音が，リフレインで軽快に変奏されてゆく。

And then the principal went into his famous $E=MC^2$ sixth grade gimmick, the thing he always used in dealing with us.

"Now wouldn't it look funny," he said. "If I asked all your teachers to come in here, and then I told the teachers all to turn around, and then I took a piece of chalk and wrote 'Trout fishing in America' on their backs?"

We all giggled nervously and blushed faintly.

"Would you like to see your teachers walking around all day with 'Trout fishing in America' written on their backs, trying to teach you about Cuba? That would look silly, wouldn't it? You wouldn't like to see that, would you? That wouldn't do at all, would it?"

"No," we said like a Greek chorus, some of us saying it with our voices and some of us by nodding our heads, and then there was the blink, blink, blink.

"That's what I thought," he said. "The first-graders look up to you and admire you like the teachers look up to me and admire me. It just won't do to write 'Trout fishing in America' on their backs. Are we agreed, gentlemen?"

We were agreed.

I tell you it worked every God-damn time.

Of course it had to work.

"All right," he said. "I'll consider trout fishing in America to have come to an end. Agreed?"

"Agreed."

"Agreed?"

"Agreed."

"Blink, blink." (pp.39-40)

リフレインは，トウェイン以来アメリカ文学の伝統的手法の１つで，ヘミングウェイもよく使った手法である。

〈アメリカの鱒釣りテロリスト〉が，全編の統一テーマ「アメリカの鱒釣り」と，1年生の服の背中になされる落書きという一点で危うく繋がっているとしたら，第13話の〈Sea, Sea Rider[11]〉のように，鱒釣りとは全く無関係のエピソードが紛れ込んだかに見えるものもある。〈Sea, Sea Rider〉は，また，〈クールエイド中毒患者〉や〈20世紀の市長〉などと同様，たった1つの核イメージから出発して，メタファーや気の利いた警句や修辞上の工夫で面白くおかしく展開しているかに見えるが，このエピソードには，もっと奥があり，複雑なテクニックが使われている。〈Sea, Sea Rider〉の中核は，語り手の青年が行きつけの古本屋の2階で，本屋の主人が呼びとめてきた通りすがりのカップルの若い妻と寝ることになり，その間，性的不能らしい大金持ちの夫は，膝の上に帽子を持ったまま近くの椅子に座って，2人の行為を黙って凝視しているという話である。「アメリカの鱒釣り」はどこにも出てこない。しかし，少し注意してみると，このエピソードのあちこちに鏤(ちりば)められたメタファーやシンボリックに使われた言葉から，ブローティガンがこのエピソードに託した意味を読みとることはさして困難ではない。

古本屋は「古い墓場の駐車場」で，「何千という墓場が車のように何列にも駐車」している。ここで古本は，「音楽の有機作用で再び処女に生まれ変わり，昔の版権を新しく処女膜のようにつけていた」。語り手は，この事件が起こるまで，ジンのように「透明」なページをもった「聖杯」を象った本を読んでいる。そして，ソファーに横たわって待っている美しい人妻の「裸体」は，青年に山中の「透明な川」を連想させる。少女のような女は，「うちの人のことはいいのよ。こんなことあの人にはどうってことないの。大金持ちでロールスロイスを3,859台も持っているの。……私の中にきて，私たちは水瓶座だし，私は貴方が好きだもの」と言う。

11）タイトルの〈Sea, Sea Rider〉は藤本和子によると，ブルースの，

You see, see Rider
You see what you have done?
You made me love you……

のもじりであるという。タイトルは翻訳不可能なので英語のままにしておいた。

"Don't worry about him," the girl said. "These things make no difference to him. He's rich. He has 3,859 Rolls Royces." The girl was very pretty and her body was like a clear mountain river of skin and muscle flowing over rocks of bone and hidden nerves.

"Come to me," she said. "And come inside me for we are Aquarius and I love you."

I looked at the man sitting in the chair. He was not smiling and he did not look sad.

I took off my shoes and all my clothes. The man did not say a word.

The girl's body moved ever so slightly from side to side.

There was nothing else I could do for my body was like birds sitting on a telephone wire strung out down the world, clouds tossing the wires carefully.

I laid the girl.

It was like the eternal 59th second when it becomes a minute and then looks kind of sheepish.

"Good," the girl said, and kissed me on the face. (pp.23－24)

シンボル[12)]という点から見れば，「聖杯」は生命と再生産という女性原理を表わし，「川」は女体と豊饒の象徴であり，「透明な川」は第２話〈木を叩いて〉で少年時代の語り手が夢みた鋼鉄の鱒の住む透明の川，アメリカ鱒釣りの原点でもあった。「水瓶座」は古来，豊饒をもたらす洪水のシンボルであり，女性の「裸体」は，豊饒を促進するために一時的に死や退行状態に回帰することを意味する。「豊饒」と「再生」のシンボルが繰り返されていることからも，〈Sea, Sea Rider〉のテーマが，「失われた青春の回復」であることが分かる。そしてこの「若がえり」の儀式の遂行には「水瓶座」の女性と，古いものを「新生」させる「古本屋」という舞台が必要だったことも理解できる。また老化し減衰したアメリカン・パストラル回春の儀式は，終始無言で妻と青年を見つめる夫に対してだけでなく，この rendezvous を設定した

12) シンボルに関しての記述は，主としてアト・ド・フリースの『イメージ・シンボル事典』（山下主一郎他共訳，大修館書店，1984）によった。

古本屋の主人に対しても演じられる。主人も若い妻をもつユダヤ人で，不能者であると暗示されている。古本屋は古き価値・文化の墓場であると同時に再生の機能をもつ舞台でもある。この舞台で，アメリカの回春のドラマが，２階では夫というただ１人の観客を前に，そして階下では，本屋の主人の「想像力」に向かって二重に演じられるのである。

儀式が終わって２階から下りながら，夫がはじめて口を開いて，「例のところで食事したいかい」と訊くと，妻は「さあどうかしら。夕食にはちょっと早いんじゃない」と答えて，何事もなかったように２人が立ち去ったあと，本屋の主人は青年に向かって自分が階下で想像したことを熱心に語って聞かせる。その１つは，青年とさっきの女を，スペイン内戦に参加したアメリカ人男女にみたてたもので，ヘミングウェイの『武器よさらば』のパロディである。もう１つは，青年が扮する乱暴者が若い女とともに，平和な村を死の村に変えるという西部劇もどきの話である。古本屋の主人はそれらを，「タンポポ畑にすむ３本足の鴉」のようでない快い声で，「ハープシコードの靴紐みたいな目」で語ってくれる。

きわどくて，一歩間違えれば読み手の心に嫌悪感を起こさせかねないこのモチーフを，軽妙かつ印象的に語ることを可能にしているのは，ユニークなメタファーとユーモアが紡ぎ出す鮮やかな視点・場面の転換から生じる「軽み」[13]と，かたや「病める巨人アメリカ」「失われたエデン」というテーマのもつ「重み」という，相反する２つの要素の微妙な組み合せである。さらに，〈Sea, Sea Rider〉は決して語り手の青年のinitiation物語でも，Bildungsroman でもない。なんとなれば，1960年初頭のアメリカ青年にとっては，ニック・アダムズと異なり，伝授さるべき人生の奥義はもはや存在せず，準拠すべき規範も揺らぎはじめていたからである。

むすび

ブローティガンの最初の小説『アメリカの鱒釣り』は，短編集『芝生の復讐』を唯一の例外として，彼の他のどの作品とも似ていない。『アメリカの

13）ブローティガンは17歳の頃，俳句に接して感銘を受け心酔した。

鱒釣り』には，ブローティガンの才能と長所のすべてが凝縮されている。これ以降，特に第３作『西瓜糖にて』あたりから，第１作ではあれほど奔放だった想像力も，きらびやかだったメタファーも，ブローティガンの作品から急速に姿を消してしまう。この間の事情については，次章で改めて論じるつもりなので，今は深入りしないでおこう。ただ，本章の序で，ブローティガンが『アメリカの鱒釣り』の刊行で一躍カウンター・カルチャーのヒーローとなり，また瞬く間に名声が凋落したと書いたが，それは，１つには若者たちの移り気と意識の変化に関係があったが，もう１つには，ブローティガン自身が『アメリカの鱒釣り』での瑞々しい感性を，その後枯渇させたことと大いに関係しているとだけ言っておこう。

ブローティガンに関する伝記は，今のところまだ１つも出てないが，彼の性格に言及したいくつかの逸話的資料から見えてくるブローティガン像は，彼の小説のカバーの写真の印象と異なる。即ちヒッピースタイルの眼光鋭いブロンドの大男というより，むしろ控え目で，はにかみ屋の巨大な少年みたいな男らしい。中上哲夫によれば，ジャック・ケルアックの娘ジャンは，自殺する１年前アムステルダムのポエトリー・フェスティバルで目撃したブローティガンのことを次のように書いているそうである。「ブローティガンは，モンタナという大きな文字入りの真赤なＴシャツ姿でホテルのロビーに現われ，講演の恐怖から逃れようと連日酒びたりであった。また，当日は講演を５分で止めて降壇し，聴衆の懇願にも応じなかった[14)]」。藤本和子もサンフランシスコのブローティガンの仕事部屋を訪れた時の逸話を書いている。ブローティガンは，浮袋みたいに息をふき込んで膨らませるビニール製の鱒を見せて，飛行機で旅行する時，ポケットからこの鱒を出して，２人分の飲物を注文して，スチュワーデスをからかうのだと悪戯っぽく言ったという。さらにケルアックやギンズバーグたち東部から来た作家たちのビートニック文学とは，気質的に合わなかったらしく「僕はビートニックたちが来る以前から，ノース・ビーチに住んでいた。連中が来たんで僕は引越した。あれを文学運動と呼ぶのなら，僕はその運動には参加しなかった。連中のことは人間として好きになれなかった」と語ったという[15)]。ブローティガンの性格の一面が分

14）中上哲夫訳『突然訪れた天使の日 ── ブローティガン詩集』訳者あとがき
15）藤本和子訳『アメリカの鱒釣り』訳者あとがき

かる逸話である。

終わりに，ブローティガンとアメリカ文学の伝統との関係について簡単にふれる。ブローティガンがハーマン・メルヴィル，マーク・トウェイン，アーネスト・ヘミングウェイに私淑し影響を受けてきたことは明白である。『アメリカの鱒釣り』に，『白鯨』や『武器よさらば』のパロディがあることはすでに述べた。そして単なるパロディ以上に，『アメリカの鱒釣り』は，テーマと小説技法の両方をこれら先輩作家に負っている。

メルヴィルの『白鯨』からは，エイハブ船長が現実の奥にひそむ超越的意味を探求するモノマニアックな挑戦のテーマと，エピソード的事件を連結して物語りを進める手法を学んでいる。マーク・トウェインの『ハックルベリー・フィンの冒険』からは，ミシシッピ河を筏で下るにつれハックが遭遇する断片的エピソードを繋いでゆく技法と，口語・俗語を駆使した生き生きとした文体，さらに自由・解放を象徴する西部の自然と，抑圧と束縛を象徴する東部の都市というアメリカの二面性を受けつぐ。ヘミングウェイの『我らの時代』からは，冗漫な説明語句を切り捨てて対象を直接にとらえようとする簡潔な文体と，エピソードをニック・アダムズという１人の人物を通してまとめる方法を学んでいるように思われる。

以上のようにブローティガンは，既存のアメリカ文学に多くのものを負っているが，『アメリカの鱒釣り』で「失われたアメリカン・パストラル」を語るブローティガンの語りは，従来の文章論，意味論の枠や，伝統的小説の約束事を逸脱していて，捕捉しがたい変化，気紛れの独自の世界を作り出し，何物にもとらわれない自由な精神の遊びを見せてくれる。これは，それまでのアメリカの繁栄を支えてきた中産階級の合理主義，プラグマティックなアメリカ的生き方とは異質的な感性であって，この新しい感性が1960年代後半から台頭してくるカウンター・カルチャーの若者たちの心を惹きつけることとなった。

（初出：「九州産業大学教養部紀要」第29巻第１号，1992年）

参考文献

Richard Brautigan: *Trout Fishing in America*（Houghton Mifflin /Seymour Lawrence 1989）

______: *In Watermelon Sugar* (Delta Book 1968)
______: *Revenge of the Lawn* (Pocket Books 1976)
Tony Tanner: *City of Words* (Jonathan Cape 1979)
Jack Hicks: *In the Singer's Temple* (Univ. of North Carolina 1981)
Fredirick Karl: *American Fiction* 1940－1980 (Harper & Row 1983)
James M. Mellard: *The Exploded Form* (Univ. of Illinois 1980)
ノーマン・メイラー：『夜の軍隊』(山西英一訳，早川書房，1970)
サラ・デビッドソン：『遙かなるバークレイ ── 彼女たちの60年代』(南川せつ子他訳，河出書房新社，1984)
リチャード・ブローティガン：『リチャード・ブローティガン詩集』(中上哲夫訳，思潮社，1991)
______：『アメリカの鱒釣り』(藤本和子訳，晶文社，1990)
タッド・シュルツ：『1945年以後』上・下巻 (吉田利子訳，文藝春秋，1991)
越智道雄：『アメリカ「60年代」への旅』(朝日選書，1988)
猿谷要：『生活の世界歴史 9　北米大陸に生きる』(河出文庫，1992)
猿谷要編：『アメリカの社会 ── 変貌する巨人』(弘文堂，1992)
亀井俊介：『アメリカ人の知恵 ── 荒野と摩天楼の夢案内』(ワニ文庫，1990)
亀井俊介監修：『読んで旅する世界の歴史と文化　アメリカ』(新潮社，1992)
福田茂夫他編著：『アメリカ合衆国 ── 戦後の社会・経済・政治・外交』(ミネルヴァ書房，1992)
猪俣勝人：『世界映画名作全史』戦後篇・現代篇 (現代教養文庫，1991)

Richard

IX

『西瓜糖にて』

カウンター・カルチャーの中のコミューン

Brautigan

序

47の短いエピソードで構成されていて，全編を統一する筋や人物を欠いていた『アメリカの鱒釣り』(1962) と異なり，2年後の1964年にリチャード・ブローティガンが書いた *In Watermelon Sugar*（『西瓜糖にて』）は，一応のプロットをもち，一定の登場人物をもってはいるが，少し詳しく読むと，この作品もまた，伝統的リアリズムとは全く異質の感性と文体で書かれていることが分かってくる。前章，「『アメリカの鱒釣り』── 失われたアメリカン・パストラル」で論考したように，ブローティガンは『アメリカの鱒釣り』を，アメリカの機械文明，高度管理社会が，1950年代までに，かつて豊饒だったアメリカのパストラルを荒廃させてしまったことを哀惜の念をこめて書いた。『アメリカの鱒釣り』のテーマは，一昔前までアメリカ人の心の故郷であり，聖なる啓示をえる場所であったアメリカのパストラルが，機械文明，高度管理社会の猖獗で失われてしまったという喪失感と，失われたエデンへのノスタルジアであった。さらにブローティガンがこの失われたエデンを描出する手法は，従来の伝統的リアリズムのプロットや人物に頼らず，また言葉が外のものを指示するという信仰をも否定しており，アメリカ社会の個人に与える不安感・絶望感を，より個人的経験，より主観的感覚に基づいて表現するものであったことを論じておいた。

『西瓜糖にて』でブローティガンは想像上のコミューンと，そこで自然とともに生活する人々の暮らし方をテーマに取り上げる。大都会での生活と既成文明から脱出，または脱落した人々が自然の中で集団生活するコミューンは，失われたアメリカのパストラルを再び地上に甦らせようとする試みであって，これをテーマに取り上げることは『アメリカの鱒釣り』の「失われたアメリカのパストラル」という問題提起が招来した論理的帰結であり，当然予想されたことであった。

『西瓜糖にて』の架空の牧歌的コミューン iDEATH（アイデス，自我の死の意あり）は，時間的にも空間的にも，近未来の世界に外挿 (extrapolate) されている。さらに iDEATH には，曜日によって色の異なる太陽が輝き，7色の西瓜が採れ，人語をしゃべる虎が出没するといったメルヘン調のタッチが加えられている。しかし，ブローティガンがiDEATHを如何に描出したかを論じる前に，1960年代のアメリカ各地に存在した現実のコミューンの文化的・社会的背景についてふれておかなければならない。というのも，この小論はブローティガンの想像力が，1964年にいわば先取りして描いた架空のコミューンと，すぐこのあと1965年より，現実に発生しアメリカ全土に広まった本物のコミューンとの関係をも論じようとするものだからである。

1

アメリカのコミューン問題に詳しい越智道雄によると，1971年にはアメリカ全土に3000のコミューンが存在していたという。越智は，ロザベス・キャンターの分類に従って，アメリカのコミューンを「エデン志向型」と「ユートピア志向型」に分けたうえで，「前者は自分自身の意識拡大をめざしてdo your own swingをモットーにするので，コミューンの運営はアナーキーに陥り，短命に終わりがちだ。後者はtogethernessの極致を求めるので，いろいろとコミューン維持の工夫を凝らすから比較的長続きする。両者はカウンター・カルチャーの２つの主要な特徴をそれぞれに代表している」とコミューンの特徴を要約している[1)]。

コミューン（commune）は，collective，co-op，communityと一部共通点をもつが，政治的色彩の強いcollective，生活共同組合としてのco-op，自然発生的に小グループが一時的に集落を形成するcommunityと異なり，現体制からドロップアウトした，俗にヒッピーと呼ばれる中流の白人の若者が１カ所に集団生活をしたカウンター・カルチャーの一現象であった。

コミューン発生の原因と，発生前後のアメリカの社会事情を概観しようとするなら，まず1945年の第２次世界大戦の終結の時から始めねばならない。終戦後ほどなく復員した将兵たちが大挙して結婚したため，第１次ベビーブームが起こる。1960年代中頃にはこれらのベビーが20歳前後の若者に成人していた。従って60年代のアメリカでは若者年齢層の全人口に占める割合が史上例を見ないほどふくれ上がり，アメリカは若者のあふれる社会となった。

1）越智道雄：『アメリカ「60年代」への旅』p.77

これと期を同じくして，当時のアメリカは，いくつかの深刻で解決困難な問題に直面していた。人種差別および公民権問題，大企業の利潤至上主義の歪み，高度管理社会の緊張，核戦争への恐怖，ベトナム介入の正当性等々の諸問題への政府の対応の不手際，大人世代の無能力と頑迷，大企業や軍関係者の無理解と反動的な言動を目の当たりにして，若者たちの間にフラストレーションが起こり，フラストレーションはやがてすべての大人世代への不信となる。そして学生を中核として，若者世代の中に，それまでのアメリカを支配してきたアメリカ中産階級の生活態度，ものの考え方，価値観に対する全面的な問い直しの気運が高まっていた。このカウンター・カルチャーの推進力の柱となったのは，60年代に若者層の間にまたたく間に流行したマリファナやLSDの幻覚作用による意識拡大（トリップ），黒人差別反対，ベトナム反戦の３つであって，そのいずれにも学生運動が深く結びついた。

1963年11月には，硬直化したアメリカ再生の旗手として，特にアメリカ中の若者たちが夢を託していたJ. F. ケネディが暗殺される。同年ハーバート大学では，学生にLSDを使って実験をしたかどで，ティモシー・リアリーとリチャード・アルパードの２教官が解雇され，黒人たちは人種差別に抗議してウールワース店にシット・インし，南ベトナムでは仏教僧がベトナム内戦に抗議して焼身自殺をしていた。

1964年には，アメリカ各州で従来黒人学生の入学を拒んできた大学でも，黒人の入学生が目に見えて増加する。サンフランシスコでは，大学生を主としたデモ隊が，黒人雇用の不平等に抗議して，シェトラン・パレス・ホテルにデモを行う。ビートルズがアメリカの若者のハートを捕え，秋にはアメリカ中で常に革新の先端をゆくカリフォルニア大学バークレイ校で，アメリカ最初の学園紛争FSMが起こる。そして，これらすべての運動やデモ，集会に参加することは，新しい若者の文化，新しい時代へのイニシエーションであり，若者たちは自らの文化と思想の無謬性を確信した。そして，若者の集うところはどこにでも，マリファナ，LSDがあり，フォークソング，ビートルズ，そしてロック・ミュージックが若者たちの連帯意識を高め，フリーセックスが当然のこととして受け入れられた。

1965年は，コミューンがはじめて姿を現わした年でもあるが，サラ・デビッドソンはこの年を「アクエリアス（水瓶座）時代の幕開けの年」と呼んでいる。「若者が自信にあふれ，理路整然としている時代」で，「アメリカの若者は巣立ちの時期を迎えた[2]」と彼女は書く。新しい感性と流動のアクエリアスの時代が到来したのだ。サラ自身も63年秋から64年まで１年間に，バークレイ校で自分の大学生活が如何に劇的かつ過激に変わったかを記録している。「あらゆることが全国に先がけて起こり，中産階級のルールが通用しない」バークレイで，サラはじめ若者たちが新しい感性に目覚めると同時に，服装も言葉も急速に変わってくる。この変化，流動の波はバークレイからサンフランシスコ湾沿岸に，やがてアメリカ全土に波及してゆく。若者たちは，ジャック・ワインバーグがバークレイ校のFSMで叫んだ「30歳以上の人間を信用するな」というモットーに同調して，新しい道徳，価値観を作り出し，同時に言葉，服装，行動まで変えはじめる。ニュー・モラリティ，ニュー・ミュージック，ニュー・レフトという言葉が流行り，若者たちは，管理社会の象徴であった背広とネクタイをぬぎすて，最初のうちしばらくは，50年代のビート族の顰(ひそ)みに倣ってＴシャツとベルボトムのジーンズを身につける。やがて65年10月，ヒッピーと新左翼がはじめて合同で集会を催したバークレイ・ベトナム・デイや，66年１月のトリップ・フェスティバルを経て，67年１月のゴールデンゲート公園でのヒューマン・ビーイン，４月のテレグラフ通りでのラブ・イン，６月のサマー・オブ・ラブと相つぐ集会の中で，ヒッピー風俗は定着するようになる。長髪，ヘアーバンド，ベスト，そしてジーンズが若者のトレード・マークとなる。集会やデモには，しばしばお祭り気分が入り込む。風船，フリースビー，花，楽器，仮面，ボディペインティング，香料，マリファナ，LSD，パントマイム，スーフィーダンス，星占い，ハーレクリシュナ，そしてグレイトフル・デッドなどのロックバンドが集会にはつきものとなる。

コミューン発祥の地は，サンフランシスコのヘイト・アシュベリー地区である。ここに60年代にヒッピーが住むようになり，ビート族も50年代から住みついていたノースビーチからヘイト・アシュベリー地区に移ってくる。マス・メディアの宣伝効果もあって，アメリカ全土からヒッピー生活に共感する若者たちが続々と，ヘイト・アシュベリーに集ってくる。特にフェスティ

2）サラ・デビッドソン著／南川せつ子他訳：『遙かなるバークレイ ── 彼女たちの60年代』p.110

バルやデモ，集会で何万，何十万という若者がサンフランシスコに集ったあと，その何割かはヘイト・アシュベリーに残留する。町にあふれた新入りを収容するためにcrash pads（仮設住居）が必要となり，公園や公有の空き地や町のいたるところにcrash padsや，バスを改造した急造宿泊所が出現する。食事の世話と配給は，Diggersと呼ばれるグループが引き受ける。

そのうち，ヘイト・アシュベリー地区は，絶えず流入し続けるヒッピーを収容しきれなくなる。溢れたヒッピーは，66年には近くのモーニングスター牧場というopen land（開放型コミューン）に移る。開放型コミューンとは，来る者を拒まず，いつまでも滞在でき，土地代無料のカウンター・カルチャー型のコミューンのことである。しかし，このモーニングスター牧場も，67年6月のサマー・オブ・ラブで再び過密状態となり，地元住民の反対と地元警察の命令で閉鎖に追い込まれ，コミューンは，ホイラー農場に移ることを余儀なくされる。

コミューン発生の原因に関して，もう少し追加すると，すでに述べたように，コミューンは，それまでアメリカ社会の中核をなしていた白人の中産階級の子弟が，親たちの世代の価値観に疑念を抱き反撥した時，その意思表示は一方では，学園紛争，人種差別反対デモ，反戦集会参加の形で行われたが，また一方では，核家族主義，学歴偏重の競争社会からの脱落となって表われた。志を同じくする若者たちは，例えば1967年1月14日のゴールデンゲート公園でのヒューマン・ビーインでのテモシー・リアリーの“Turn on, tune in, drop out!”の呼びかけに応じて，現体制と家からドロップ・アウトして，ヘイト・アシュベリーなどのコミューンで集団生活を始める。ヘイト・アシュベリーには既成文化・社会に対抗する対抗文化・対抗社会が形成される。そしてこれらヒッピー族の中で一方には，同志との共同生活を通じて新しい人間関係，新しい理想社会を追求しようとするグループと，他方では，政治・社会への関心が薄く，自然の中で自己の内面を見つめて新しいエデンを発見しようとするグループが出てくる。前者がキャンターの言うユートピア志向型，後者がエデン志向型のコミューンとなる。

2

ブローティガンの『西瓜糖にて』は，名前をもたない語り手が，iDEATHというコミューンで，このコミューンでの生活を小説に書いている時点から書きはじめられている。この時点は「西瓜糖の時代」とでも呼ばるべきもので，iDEATHの人々は，コミューン内で生産される西瓜の糖分を原料にして，ほとんどすべての生活必需品を作り出し，それを利用して，夢のような牧歌的生活を送っている。しかしこの現代のエデンの園にも，最近コミューンのメンバーを脅かす危機があった。かねてからコミューンの方針に異を唱えて分派行動をとり，仲間を集めていたinBOILは，いつかコミューンと決定的に対決して，雌雄を決すると広言していた。

ある日，inBOILとその一味は，無抵抗主義のiDEATHの住民のもとに押しかけてきて，全員集団自殺を遂げる。iDEATHの住民が愁眉を開く間もなく，今度は，inBOILと時々行動をともにしていた語り手の以前の恋人が首吊り自殺をする。人々は若死にしたこの少女を憐れんで，川底の墓にコミューンの一員として葬ってやる。コミューンの墓はガラスケースでできており，夜は狐火が遺体を照らすようになっている。この小説は，コミューンで葬式後の慣習になっているダンスをみんなが待っているところで終わる。なお，この小説には，語り手の回想の形で，昔，人語を話す虎がコミューンに出没して住民を殺した「虎の時代」があったが，虎は20年前人間に捕獲され絶滅したこと，および「虎の時代」のさらに遙かな過去に，コミューンの現在のメンバーの幾世代か前の祖先たちが「忘れられた世界」(機械文明のアレゴリー）から脱出してきたことが語られる。空間的に見れば，iDEATHは，一般の人々の住む町を緩衝地帯にして，西の方角に産業廃棄物の山となって連なる無人の「忘れられた世界」の反対側に位置している。iDEATHの大部分を占めるのは松林と西瓜畑と，その間を流れる無数の川である。そしてiDEATHには，曜日ごとに色を変える太陽が昇る。川の１つに沿って，iDEATHの本部の建物があり，ホールと大食堂が付属している。あとめぼしい施設といえば，コミューンで唯一の生産工場である西瓜糖工場が村はずれにあり，約10人のメンバーが煮つめた西瓜糖から，板材，煉瓦，服地，紙，窓ガラス，照明・燃料用の油などを生産している。

今，ブローティガンの想像力が，この幻想的 iDEATH をどう描出しているかを，『西瓜糖にて』の第1ページで見てみよう（引用の末尾の数字は原書のページ数である。以下同じ）。

> IN WATERMELON SUGAR the deeds were done and done again as my life is done in watermelon sugar. I'll tell you about it because I am here and you are distant.
>
> Wherever you are, we must do the best we can. It is so far to travel, and we have nothing here to travel, except watermelon sugar. I hope this works out.
>
> I live in a shack near iDEATH. I can see iDEATH out the window. It is beautiful. I can also see it with my eyes closed and touch it. Right now it is cold and turns like something in the hand of a child. I do not know what that thing could be.
>
> There is a delicate balance in iDEATH. It suits us.
>
> The shack is small but pleasing and comfortable as my life and made from pine, watermelon sugar and stones as just about everything here is.
>
> Our lives we have carefully constructed from watermelon sugar and then travelled to the length of our dreams, along roads lined with pines and stones.（p.1）

iDEATH を紹介する文は，一見平易で水の流れる如く淀みなく進んでゆく。「今私の生活が西瓜糖の世界で過ぎてゆくように，かつて人々も西瓜糖の世界で同じような生活を送ったのだ」。しかし，あまり読み進まないうちに，ブローティガンの文は，少しずつ読み難くなり，読み手を立ち止まらせ，冒頭の文まで後もどりさせる。読み難さの原因は，ブローティガンが言葉を，言葉の外にあるものを直接的に指し示すようには使っていないからである。

そもそも，冒頭で2回繰り返される in watermelon sugar の 'watermelon sugar' とは何なのか。西瓜糖という物質なのか，それとも iDEATH というコミューンのことか。そして in watermelon sugar の 'in' とはどういう意味か。西瓜糖の世界 ' では ' の意味か，' 状態で ' なのか。それとも両方の意味をもっているのか。第 2 パラグラフの…… we have nothing here to travel, except watermelon sugar とはどういうことか。'travel' とは ' 旅する ' ことでなくて，語り手が遠く離れている聞き手に ' コミュニケート ' することだろうが，そうなれば 'except watermelon sugar' は，' 西瓜糖という言葉以外は ' と読むべきなのか。これは，次ページのこの〈In Watermelon Sugar〉という短い第 1 章節の最後にある All this will be gone into, travelled in watermelon sugar の ' 西瓜糖語で ' 詳細に ' 語られ '，' 伝えられる ' と符合するものらしい。また，第 4 パラグラフの「われわれはこころをこめて西瓜糖から生活を作ってきた」はブローティガンのメルヘン的イメージを黙って受容すればすむ。同様に次の（we have）travelled to the length of our dreams, along roads lined with pines and stones の，「松の木や石ころの立ち並ぶいくつもの道を旅してきた」も普通にイメージが浮かぶのだが，それが 'to the length of our dreams' と一緒になると，読み手は果たして自分が迷子にならずにブローティガンの意図したイメージについていっているのかどうか怪しくなる。というのも読み手には 'our dreams' が，人々が最終的に iDEATH に辿りつくまで，それぞれ追い求めたエデンの夢のことか，それともブローティガンには別のイメージがあるのか分からないからである。

読み手が遭遇する同様な曖昧さ，ブローティガンの言葉が作り出す世界の危なっかしさは，言葉が外のものを直接指示することを拒否する姿勢から起こってくるものであり，外にないものを構成して新しい言語空間を構築しようとする時には想像力は主として，比喩を使うのだが，『西瓜糖にて』では，比喩の鮮烈の度合いが不足しているように思われてならない。その例が，先に引用した第 1 ページの iDEATH をメタファーを使って描写したところに早くも姿を現わす。「現在 iDEATH は冷たくて，子供の掌に握られたもののように回転（変化？）する」とブローティガンは語り手に言わせる。「子供の掌に握られたもの」という譬えるものと，譬えられる「変化する iDEATH」との結びつきは，緩やかで弱い。「子供の掌に握られたもの」というメタファーの追加によっても，iDEATH のイメージは，このメタファーを期に急速に動き出して，カチッと焦点のあった像を結んではくれない。

２年前，ブローティガンは，『アメリカの鱒釣り』で，鱒釣り旅行の何の変哲もない風景から，メタファーでもって，カチッと焦点の合ったイメージと鋭い意味を切りとっていた。夜の病院は「煉瓦の海草の茂みに絡まれてゆっくり溺れていく」と表現され，アメリカの暴力は，「内臓を鋤を引くようにグイと掻き切るウクレレ」に譬えられた切裂きジャックの兇器で表わされていた。これと較べて「子供の掌に握られたもの」というメタファーで描写されるコミューンは，ソフト・フォーカスのレンズでのぞいた風景のように，輪郭は霧がかかったようにぼけて滲んでいる。

このiDEATHの描写に限らず，『西瓜糖にて』のメタファーは，形あるものというより，むしろある雰囲気もしくは情緒を表現するために使われている。ゆっくりと時間が流れる平和なiDEATHの雰囲気は，村のいたるところに流れる大小無数の川と，それらに架かる橋で象徴される。

> Some of the rivers are only a few inches wide.
>
> I know a river that is half-an-inch wide. I know because I measured it and sat beside it for a whole day. It started raining in the middle of the afternoon. We call everything a river here. We're that kind of people.
>
> I can see fields of watermelons and the rivers that flow through them. There are many bridges in the piney woods and in the fields of watermelons. There is a bridge in front of this shack.
>
> Some of the bridges are made of wood, old and stained silver like rain, and some of the bridges are made of stone gathered from a great distance and built in the order of that distance, and some of the bridges are made of watermelon sugar. I like those bridges best. (p.2)

語り手は，ゆったりとしたコミューンの雰囲気を「私は幅半インチの川を知っている。雨が降ったある午後，この川を１日中座って眺めた……私たちはこんな小っちゃな流れも川と呼ぶ種族なのだ」と語る。橋のあるものは，銀色の雨のように古い木で，またある橋は，遠い国で採れた石でできており，原産地の距離の順に架けられている。またある橋は西瓜糖でできている。それぞれ材料の異なる橋を描出する３つの文は，実際の橋を指し示しているというより，同じような文を３回ゆっくり繰り返すことによって，iDEATHというパストラルの雰囲気と，そこで経過するゆっくりした時間の流れを描き出そうとする試みのように見える。iDEATH 自体が，漠然たる情感，あるいは朦朧たるフィーリング，キャスリン・ヒュームの言う「語り手の心象風景[3)]」とでも呼ぶべきものである。『西瓜糖にて』の主調音とも言うべき，このフィーリングをより典型的に表わしているのが，第３章節の「私の名前」という１ページ半の文である。語り手〈私〉には名前がない。語り手は，読者の〈あなた〉が私の名前をつけてくれるとよい，「あなたの心に浮かぶものが，私の名前だ」と言う。

My Name

I GUESS YOU ARE KIND OF CURIOUS as to who I am, but I am one of those who do not have a regular name. My name depends on you. Just call me whatever is in your mind.

If you are thinking about something that happened a long time ago: Somebody asked you a question and you did not know the answer.

That is my name.

Perhaps it was raining very hard.

That is my name.

Or somebody wanted you to do something. You did it. Then they told you what you did was wrong—"Sorry for the mistake,"—and you had to do something else.

That is my name.

Perhaps it was a game that you played when you were a child or something that came idly into your mind when you were old and sit-

3）Kathryn Hume: *Fantasy and Mimesis* p.182
Brautigan's *In Watermeon Sugar* concerns both the nameless narrator and the iDEATH community. The inextricability of the two patterns is made clearer in the latter if you accept the reading that iDEATH is a psychic landscape, a projection of the narrator's inner space.

ting in a chair near the window.

That is my name.

Or you walked someplace. There were flowers all around.

That is my name.

Perhaps you stared into a river. There was somebody near you who loved you. They were about to touch you. You could feel this before it happened. Then it happened.

That is my name…（pp.4－5）

「あなたが以前，人から何か訊ねられて答えられなかったことを，今思い出しているなら，それが私の名前だ」，「どこか歩いていて，あたり一面花が咲いている。それが私の名前だ」，「川を眺めていて，そばに愛する人がいて，あなたにそっと触れる。それが私の名前だ」，「ベッドに入って眠ろうとして，何かその日のことを思い出して小さく笑う。それが私の名前だ」，「狭い川に鱒が泳いでいて，iDEATH と西瓜畑を月の光が青く照し，西瓜の蔓１本１本から月が昇ってくるように見える。それが私の名前だ」……ブローティガンはこの章の17の文を，みなこの調子で終える。それぞれの文の最後の「それが私の名前だ」を取り除けば，これらはすべて，雨，花の咲きみだれる野原，川，木霊，月の光など，語り手の目に映る iDEATH の牧歌的風景と，昔の思い出，子供時代にしたゲーム，そっと触れる恋人の手，平和な１日の終わりの充足感など，牧歌的風景に触発されて人々の心に去来する諸々の心情または心象風景に他ならない。

3

今，『西瓜糖にて』でブローティガンの想像力が描き出した架空のコミューン iDEATH と，この小説発表の直後，アメリカ各地に次々に出現した現実のコミューンとは，どういう点が類似しており，どういう点が相違していたか比較してみたい。iDEATH がエデン志向型コミューンなので，比較の相手に同じエデン志向型のホイラー農場を取り上げる。1960年代前半の文化的・社会的激動を，バークレー校の学部学生として身をもって経験し，卒業後ジャーナリストとして活躍していたサラ・デビッドソンは，1970年「ハーパーズ」誌に依頼されて，ホイラー農場を取材し *Open Land* というルポルタージュを書いた。サラ・デビッドソンは次のように書いている。「大地に帰れ」── これが1970年の合言葉だった。「歴史の流れから飛びおりて，部族生活をしろ，エデンの園を見つけだせ」。

サラは『オープン・ランド』という小冊子でカルフォルニアの「ホイラー農場」というオープン・コミューンの存在を知り，「われわれは風や木や小川や動物たちから学ぶ」の謳い文句にひかれ，ニューヨークから車に寝袋を積んで取材に出かける。散々道に迷ったあげく，真夜中豪雨の中でサラの車は路肩に落輪してしまう。次の朝，歩いてやっと辿りついたホイラー農場は130万平方メートルの巨大農場で，「一面の黄緑色の中で，野の花がひときわ鮮かな縞模様を描いており，道端では黒いアンガス牛が草をはんでいた[4)]」。開墾地にはテントや掘っ建て小屋が点在して，モヒカン刈りや長髪でＴシャツ姿の男や，若い女性が寝袋やベットに寝泊している。サラは，毎日曜日に行われるホイラー農場の祭の風景を描写している。

> 農場は19世紀の絵画さながらだった。女たちは，開拓者時代のスカートにショールといういでたち。男たちは，編上げ靴に紐でくくった南部の山男風のズボン姿。農場じゅう総出で芝生にくり出して，思い思いに，バンジョー，ギター，たて琴，木製フルート，ダルシマー，アコーディオンなどを奏でていた。男の子も女の子もトム・ソーヤーそっくりの子どもたちは，庭じゅう駆けまわってかくれんぼだ。右手の野原には共有の家畜がいた。見わたすかぎり人家も車の往来もない。ただずっと緑の丘がつづき，その向うは白い波頭のたつ大海原だった。
>
> わたしたちは紙食器を手に，玄米や赤豆，フルーツ・サラダの鍋の前に並んだ。まるで社内ピクニックにまぎれ込んだような気分だった。食事のあとビルが農場を案内してくれた。メイ・ポールのそばを通ると十代の女の子が４人，裸でまわりを踊っていた。「ヒッピーはたえずやりたがっているんですよ」と彼は言った。「大地の性的波動が強烈なんで[4)]」。

4）前掲書『遙かなるバークレイ』p.258

サラ・デビッドソンは，コミューンの指導者ビル・ホイラーは青い目と太陽みたいな黄色の口髭と長髪のはだしの大男で，妻と幼い娘がいるにもかかわらず，初対面のサラに当然のこととしてセックスを要求したと述べている。彼女は，のどかに時間が流れ，時計などしている者が１人もいないこのコミューンの生活には共感しつつも，神がかり的会話と，子供の育て方への恐ろしいほどの実験的態度には感心しなかったとも書いている。

ブローティガンの iDEATH の生活環境と住民の服装は，ホイラー農場のそれらと大差ない。iDEATH の牧歌的風景についてはすでに述べた。服装は, iDEATH の男性はブルー・ジーンズのオーバーオールを，そして女性は西瓜糖でできたワンピース式のドレスを身につけている。ただ，コミューンの異端者で，語り手に失恋して自殺するマーガレットだけは，いつも青いドレスに青いスカーフをして，リボンを結んでいる。ダンスのような特別の日には，男は新しいオーバーオールを，女性はドレスにハイヒールをはく。

食事に関してはブローティガンの想像力は意外に冴えない。サラ・デビッドソンのルポルタージュが「原始にもどれ」のモットーに忠実なホイラー農場の玄米，赤豆，フルーツサラダ等の自然食品を記録しているのに対して，iDEATH では都会風のメニューが踏襲されている —— ロースト・ビーフ，フライド・チキン，マッシュポテト，シチュー，ベーコン，ハム，ポテトサラダ，ホットケーキ，ミルク，コーヒー等々。コミューンに隣接する一般の人々の町の食堂のメニューも，ミート・ローフ，ザワークラウトつきのフランクフルト・ソーセージ，パイとコーヒーと，iDEATH と大差なく，ブローティガンにとって『西瓜糖にて』での食事のメニューは神経を使う対象ではなかったようである。

さて，架空のコミューンであれ，現実のコミューンであれ，およそコミューンをテーマにすれば必ず問題にせざるをえないこと，それらがなければコミューンが成立しなくなるような重要な問題が iDEATH には欠落している。それらの問題とは，1）集団をまとめるための中核となる思想・教義・イデオロギー，2）コミューンの経営・管理および労働の割り振り，3）男女両性間の新しい関係，4）子供の養育と教育の４つに要約することができよう。

現実のコミューンで，これらの問題は絶対に避けて通れないのと同様に，フィクションの中のコミューンでも，たとえフィクションの手法がリアリズムであろうと，SF的であろうとアレゴリカルであろうと，コミューンの存在をplausibleに（論理的にもっともらしく）するため，以上の4つの問題にはふれざるをえない。これらのcrucialなモチーフの欠落が，コミューン小説としての『西瓜糖にて』のplausiblenessを損う原因となっている。

1）の中核になる思想と，2）のコミューン管理は関連があるのでひとまとめに考えてよかろう。ブローティガンは『西瓜糖にて』で，思想的対立のない平和主義者のコミューンiDEATHを近未来の世界に外挿した時，1960年代前半のアメリカ社会が内包していて爆発寸前になっていた諸矛盾，不平等，対立，制度の不備・硬直化などの問題を，「忘れられた世界」に置きざりにしてしまった。彼は諸矛盾と対立とそれに基づく「争い」を，過ぎ去ったものとして凍結し，iDEATHの世界を「争い」から隔離したところから物語りはじめた。

だからといって，『西瓜糖にて』には，「争い」と「対立」が一切書かれていないわけではない。しかし，物語中唯一の「対立」と言えるコミューンの平和主義の本流と，分派inBOIL一味の間のイデオロギー論争も，コミューンの存在自体を根底から揺るがすインパクトをもっていない。inBOIL事件は，すでに過ぎ去ったものとして語り手の昼寝の夢の中で回想されるに過ぎない。さらにインパクトを弱めるものに，inBOIL事件の意義自体と，inBOILの蹶起(けつき)の根拠となった虎のアレゴリーの不明確さがある。即ち首謀者inBOILが分派行動をとった理由，そして主流派を糾弾した根拠，集団自決をした真意も，ブローティガンの筆によると，iDEATHの夢幻的風景同様，曖昧模糊(あいまいもこ)としている。inBOILは自決する前に，虎の意味について演説をする。因みにinBOILは，コミューンの指導者チャーリーの実弟で，年齢50歳である。

Prelude

"YOU PEOPLE THINK you know about iDEATH. You don't know anything about iDEATH. You don't know anything about iDEATH," inBOIL said, and then there was wild laughter from that gang of his, who were just as drunk as he.

"Not a damn thing. You're all at a masquerade party," and then there was wild laughter from that gang of his.

"We're going to show you what iDEATH is really about," and then there was wild laughter.

"What do you know that we don't know?" Charley said.

"Let us show you. Let us into the trout hatchery and we'll show you a thing or two. Are you afraid to find out about iDEATH? What it really means? What a mockery you've made of it? All of you. And you, Charley, more than the rest of these clowns."

"Come, then," Charley said. "Show us iDEATH." (p.89)

inBOIL's iDEATH

"ALL RIGHT," Charley said. "Tell us about iDEATH. We're curious now about what you've been saying for years about us not knowing about iDEATH, about you knowing all the answers. Let's hear some of those answers."

"OK," inBOLL said. "This is what it's all about. You don't know what's really going on with iDEATH. The tigers knew more about iDEATH than you know. You killed all the tigers and burned the last one in here.

"That was all wrong. The tigers should never have been killed. The tigers were the true meaning of iDEATH. Without the tigers there could be no iDEATH, and you killed the tigers and so iDEATH went away, and you've lived here like a bunch of clucks ever since. I'm going to bring back iDEATH. We're all going to bring back iDEATH. My gang here and me. I've been thinking about it for years and now we're going to do it. iDEATH will be again." (p.93)

inBOLLが糾弾しているのは「虎」で象徴される対立と論争（資本主義社会の攻撃的競争原理）が，iDEATHコミューンでは暗黙のうちに回避または抑制されてきたという事実と，その結果コミューンが陥った不活潑性，あるいはコミューンの大人たちを襲った幼児期への退行現象であった。競争社会をドロップ・アウトした人間が集まり，人間関係の軋轢を一切遮断したiDEATHは，いわば一種の無菌室になってしまった。虎はこの無菌室に入ることを拒絶され焚殺される。従って虎をコミューンの人々が忌み嫌った競争社会のアレゴリーととるのも，1つの解釈であるが，他方，虎を人間意識の深奥に潜んでいるワイルドな力と考える人もいる。キャサリン・ヒュームは，『幻想と模倣』で後者の立場をとって論じる。「『西瓜糖にて』は，表面的には夢幻的物語りで，まとまりを欠いているように見えるが，よく見ると1つのemotional logicとも言うべきものが根底に横たわっている……語り手以外の人物，語り手と対立するかに見える相手ですらも，語り手の分身か，少なくとも語り手が当面している問題の具現化である……即ちポーリーンは語り手のanima figure（抑圧されてきた女性特性）であり，虎は語り手が抑圧してきた無意識の世界なのである[5)]」と考えると，一見不可解な話のつじつまが合うというのがヒュームのemotional logicということである。しかし，こういったユング式の心理学的解釈は，全登場人物に妥当するわけでもないし，作品の問題のありかを浮き彫りにしてくれるわけでもない。例えば，anima figureと言えば，ポーリーンよりマーガレットの方がその名にふさわしいと思われる。

さらに，このイデオロギー論争，作業割り当ての問題に勝るとも劣らない重要なものに，男女という性の新しい意義，および子供の教育の問題がある。コミューンは，高度に管理された競争社会と，従来のアメリカ社会の中核だった核家族の両方から脱出して，血縁ではつながらないが，志向を同じくする仲間が共同生活を送るところであった。共同生活の中では，メンバーたちは，従来の一夫一婦制の慣習を超えて，より自然でより自由な男女の結びつき，あるいは同性同士の結びつきを求め，そして新しい男女の結びつきから生まれてくる子供を，誰が，どう育てるかの信条と方法を模索することを期待されていた。コミューンは一種の拡大された大家族であるので，夫婦であってもコミューンのメンバーになった以上，旧道徳，結婚観は通用しない。

5）Kathryn Hume: *Fantasy and Mimesis* p.187

コミューン内の他の異性と結びつくことはもはや不道徳ではなくなる。フリーセックスと共同育児が当然のことと考えられるようになるし，嫉妬という感情の克服が重要となる。これがコミューンを取り扱えば，必ず男女間の新しい関係という問題が避けて通れない理由であり，またサラ・デビッドソンのホイラー農場での短いルポルタージュでも，サラがリーダーからセックスを求められた時，それを拒めなかった経緯を書き込まなければならなかった所以でもある。

> 海を見わたす崖にくると，わたしたちは向かいあい，話をしようと口を開きかけた。が，そのままつぐんで，無言でキスをした。わたしは体を離した。
> 「なぜしないの？」。ビルがたずねた。
> 「なぜするの？」。わたしはたずね返した。
> 「気持がいいからさ」
> わたしは笑ったが，返事につまった。「夫も自分も貞節を大事に思っているから？」。もうその頃には，そうだと言い切る自信はなくなってしまっていた。わたしは弱々しくつぶやいた，「妊娠したくないの」。というわけで，わたしたちは日当りのいい草むらに横になり，妊娠しないやり方でした。[6]

サラ・デビッドソンはさらに，ホイラー農場では子供を共同で世話していて，たまたまその日育児係りに当たった男性と，幼児の本当の母親（この母親はそれぞれ父親の異なる３児の母である）との間に，育児の方針についての諍いがあったとも書き込んでいる。

セックスといえば，未来世界を描いた小説においては，個人の自由への国家とか社会といった巨大権力の介入，そしてそれに伴う個人の画一化・非人間化が，プライバシーへの侵害，洗脳，学習・条件づけなどにもまして，個人の性愛（セックス）への介入という形で典型的に表われてくるのが，エウゲニー・ザミャーチンの『われら』(1920)，オルダス・ハックスリーの『す

6）前掲書『遙かなるバークレイ』pp.258－259

ばらしい新世界』(1932) 以来の伝統であった。ザミャーチンの『われら』では，国民は政府発行のピンク・クーポンで不特定多数の異性とセックスするように強制され，ハックスリーのディストピアでは，セックスはただ相手の与える快感度に還元され，ジョージ・オーウェルの『1984年』(1949) の未来国では，個人のセックスは抑圧され，抑圧された性衝動から生じるヒステリーのエネルギーを，党は外敵や政敵にふり向けていた。また，カート・ヴォネガットの「ようこそ，モンキーハウスへ」(1968) では，過剰人口抑制のために開発された避妊ピルが個人のセックスの喜びを奪い，人々はついに，猫がくわえてきた魚みたいに生気を失くしていた[7]。

ブローティガンの描く，近未来のコミューン iDEATH には，以上述べたようなセックスに対する問題意識が稀薄である。男女それぞれにとって，性愛とは何なのか。性愛を通じて本質があらわになる男女の性別とは何なのか。男女の性別を超えた普遍的人間とは何か。そして，社会や文化が，男女それぞれの性に割りふってきた役割を再検討し，性的欲望の対象以上のものとして異性を眺める新しい視点は可能なのか。

一言で言えば，人間のあいだの愛の本質は何かという問いは，『西瓜糖にて』では，ついに正面切って取り上げられることがない。語り手と新旧の2人の恋人ポーリーンとマーガレットの関係は，旧態依然とした「三角関係」であり，三角関係は失恋したマーガレットの自殺という昔ながらの結末を迎える。ここには，不特定多数の異性が先入観なしに接触し，時としてはフリーセックスを通じて，従来の中産階級の倫理観・家庭観を真剣かつ過激に問い直そうとするコミューン固有の試みが欠落している。なるほど，iDEATH（自我の死）という象徴的名前をもつコミューンの住民は，旧式の生活様式を捨て，地上の楽園で我欲を昇華した新生活を送っていることになっている。夢幻的 iDEATH では，曜日によって，赤，黄金色，灰色，黒，白，青，褐色と色を変える太陽が昇り，人々は西瓜糖で自給自足の原始的生活を送っている。住民の服装もゆったりと落ちついたもので，生活全体はゆっくりとしたリズムで進行する。『西瓜糖にて』の中の iDEATH コミューンは，50年代のビートニクスのあとをうけて，60年代前半にヘイト・アシュベリー地区

7）本書Ⅳ「『バーンハウス』と『モンキーハウス』のあいだ ── カート・ヴォネガットと SF」

に定着しつつあったヒッピー風俗と文化を，ブローティガンが近未来の世界に外挿したものであった。これは60年代のアメリカという巨大社会機構から，自由と人間性回復を求めてドロップ・アウトした若者集団を，iDEATH というエデンに，いわば「緊急避難」させるものであった。しかし，その際，ブローティガンは，若者の人間性をも同時に外挿するという困難な試みには敢て挑戦しなかった。60年代後半ヘイト・アシュベリーで始まり，またたく間にアメリカ全土に広まった現実のコミューンと，iDEATH コミューンとの決定的な相違もまたここにあると言わねばならない。

4

iDEATH は，高度管理社会と核家族の抱える諸問題・難点を意図的に除去された地上の楽園であり，この地上の楽園が『西瓜糖にて』の主題であるので，ブローティガンは，第１章で iDEATH の牧歌的風景とそこに住む心優しき人々の平和な生活を詳細に描いたあとは，第２章，第３章ではコミューンでの人間関係，特に男女関係に深入りすることを避けることができた。従って第２章の中心をなすコミューン内部での主流と分派のイデオロギー論争の顚末，第３章での男女関係は，語り手の昼寝に現われる夢とか，回想という形をとって，曖昧に提示されて終わりを告げる。緊迫した出来事や人間関係よりも，メルヘン的幻想や，意味不明のアレゴリーが物語の進行とともに増え，語りを彩るメタファーも冴えを失う。第１章で多用されていたメタファーは，第２，第３章では目に見えて減少する。

語り手の友人が「忘れられた世界」で使われていたらしい珍らしい物を拾ってくる。語り手は，これが何で，どう握っていいか分からないので，「花と石を同時に握るように握ろうとする」(p.7)。マーガレットが「忘れられた世界」で掘り出しては自分の部屋に飾る旧時代の遺物は，メタファーや説明なしに，ただ「すばらしい物」と表現される。語り手はマーガレットが「すばらしい物」の発掘に熱中している横で，親指の形に凍った氷を拾う。氷は，語り手が手に載せると融け出し，地面に落とすと融けるのを止める。いわくありげに言及されるが，２度と物語には出てこないこの瘤のような突起のある親指の形をした氷は何のシンボルなのか。一体何のためにここに挿入されているのか。物語が進むにつれメタファーは,「トンネルのように頭上を過ぎる夕暮れ」(p.12),大きい星の光に小さい星が重なって光ると「小さい星がずるをしている」(p.16) と生彩を欠き出し,ついには,『アメリカの鱒釣り』では,ブローティガンが使うことを潔しとしなかったclichéまでが頻繁に顔をのぞかせる。ポーリーンは身震いをして「両肩を鳥のようにすぼめて両手で抱く」(p.19),鱒がジャンプして「細長いドアのようなしぶき」をあげる (p.25)。「独楽のように安眠し」(p.31),生徒は「雛菊の輪のように先生を取り巻き」(p.44),視線は「アヒルの背中にかかった水滴みたい」に無視され (p.72),「冬の星は氷のように輝き」(p.82),マーガレットは「胡瓜のように冷静」(p.100) で,ポーリーンは「生まれたばかりのようなすがすがしい顔」(p.102) をしている。

また,『西瓜糖にて』では,シンボルとアレゴリーも明瞭性を欠く。iDEATHと「忘れられた世界」が,それぞれコミューンと産業廃棄物のアレゴリーであること,「虎の時代」が「西瓜糖の時代」(あるいは「鱒の時代」) と対比されて,それぞれ,暴力と平和のアレゴリーとして使われていることもすでに述べた。対照的シンボル,アレゴリーは随所に出てくる。チャーリー/inBOIL,西瓜糖ドレスのポーリーン/青いドレスのマーガレット,iDEATHの川/「忘れられた世界」の廃棄物の山,ブルーベルの花/inBOILのナイフ等々。ただ困ったことに,『西瓜糖にて』には,いくつかの曖昧なシンボルやアレゴリーがあって,曖昧さは全編を読み終わったあとも残って読み手を落ちつかせない。曖昧なシンボルの第1は,川底に作られるコミューンの墓を見物に来て,地上の語り手を睨む年とった鱒である。この鱒はマーガレットの自殺の直後にも川面に浮かび上がってきて語り手を睨む。さらに同一の鱒かどうかは定かではないが,20年前,語り手の両親が虎に殺された時も,鱒が姿を現わす。死に関連する出来事に何故平和のシンボルの鱒が姿を見せ,語り手を睨んで敵意を示さねばならぬのか。

第2の曖昧なシンボルは「鏡の彫刻」である。雑念を去ってのぞき込めば,見たいと思う情景が映る鏡の彫刻とはどんなものか。もしこれが,ビート族以降のアメリカ人を魅了した東洋的瞑想のシンボルだとしたら,いささか手軽な記入と非難されても仕方があるまい。

第3の,そして最も曖昧なのは,人語を話す虎の存在である。ブローティガンはinBOILの口を通じて，虎はiDEATHの本当の意味であって，虎を抹殺したためにiDEATHは死んだと言わせ，それを実証するためinBOILは一味と集団自殺をしてしまう。しかし，コミューンの他のメンバーはinBOILの糾弾も自殺もナンセンスと受け取る。虎のアレゴリーの曖昧さは，読み手を迷わせて不安にするので，キャスリン・ヒュームのように虎を語り手の抑圧された無意識の世界と解釈する人もいるが，この解釈は，20年前当時9歳だった語り手が両親と朝食をとっているところに，2頭の虎が闖入してきて両親を殺して食べるエピソードと自家撞着する。

虎は唖然としている少年を宥めて，九九の掛け算を教えてくれる。虎に両親を食べ終わるまで外に出てくれと言われた少年は，川のそばに座り「私はみなし児になった」と呟き，たまたま浮かび上がった鱒に，「お前には私の気持ちが分かるまい」と言うが，両親を八つ裂きにして食う「心優しい人語を話す虎」と，惨劇を前にしての少年の冷静さとブラック・ユーモアを言う余裕は，ヒュームの言うemotional logic（情緒的論理）でなくて，むしろemotional disjunction（情緒的離接）とでも呼ばれるべきものである。

> One of the tigers started eating my mother. He bit her arm off and started chewing on it. "What kind of story would you like to hear? I know a good story about a rabbit."
>
> "I don't want to hear a story," I said.
>
> "OK," the tiger said, and he took a bite out of my father. I sat there for a long time with the spoon in my hand, and then I put it down.
>
> "Those were my folks," I said, finally.
>
> "We're sorry," one of the tigers said. "We really are."
>
> "Yeah," the other tiger said. "We wouldn't do this if we didn't have to, if we weren't absolutely forced to. But this is the only way we can keep alive."
>
> "We're just like you," the other tiger said. "We speak the same language you do. We think the same thoughts, but we're tigers."
>
> ……

Finally the tigers got bored with my questions and told me to go away.

"OK," I said. "I'll go outside."

"Don't go too far," one of the tigers said. "We don't want anyone to come up here and kill us."

"OK."

They both went back to eating my parents. I went outside and sat down by the river. "I'm an orphan," I said.

I could see a trout in the river. He swam directly at me and then he stopped right where the river ends and the land begins. He stared at me.

"What do you know about anything?" I said to the trout.（p.33）

最後に，アレゴリーに分類してよいかどうか少し疑点は残るが，やはり曖昧に描かれているものに，コミューンの住民の naïveté と，iDEATH 全体をおおう一種の消極性と退行性の問題がある。失われたパストラルをこの地上に再生しようとするコミューンの innocence を強調するあまり，ブローティガンは iDEATH の住人をわざと naïveté のレベルにまで貶めた。夢幻的コミューンで無為の日々を送る大人たちは，食事のメニューに一喜一憂する(pp.15，17，41，42，43，130，170)。あるい西瓜糖工場のプレス機の奥にぶらさがっている１匹の蝙蝠に大騒ぎする。コミューンの375人のメンバーは，２人の女性と１，２度姿を見せる子供たちを除いてほとんど成人男性であるが，これら大人が子供のように振舞う。inBOIL の過度をさけて，西瓜糖のほの甘い平和を選択した iDEATH の住民の幼児性・退行性はジャック・ヒックスにはマイナス・イメージに見えるらしく，『西瓜糖にて』の語り手に代表される穏かな人物たちを，「優しい男」「ソフト・ドラグ的人間」「闘わない若者」と呼ぶ[8)]。ヒックスはブローティガンをカート・ヴォネガットや

８）Jack Hicks: *In the Singer's Temple*

In his worst moments, Brautigan the spokesman is offered to us as a creature of the new consciousness Mr. Gentleness and Soft Drug himself, the antigeneral commanding the Green Brigade, a guy non-fighting the un-war against mean Mr. Alcohol Suburbia—as *In Watermelon Sugar.* (pp.152－153)

ロッド・マキューエンとともに，1960年代後半から1970年代前半にかけてのヒッピーの中で教祖的人気をえた作家の１人に数えながら，ブローティガンの作品を，２つのグループに分ける。１つはアメリカ社会の根底に横たわる深刻な問題をテーマとする優れた作品群，もう１つはコマーシャル文化の寵児としてのブローティガンの軽薄な作品群とし，前者は『アメリカの鱒釣り』と『芝生の復讐』，後者は『西瓜糖にて』と『アルビオン・ブレックファスト』であるとしている[9]。

むすび

ブローティガンの想像力は，1964年の『西瓜糖にて』で，来るべきカウンター・カルチャーの新しい意識と感性を先取りして，iDEATH というコミューンの形に定着させた。しかし，当然のことながら，作者ブローティガンの内攻的性格も反映して，iDEATH と，この作品の直後，アメリカに出現した実際のコミューンとの間にはあい異なるところがあったことはすでに述べておいた。そしてこの相違点の最たるものが新しい男女関係であったことも指摘したところである。

1960年代半ばに始まったカウンター・カルチャーは，政治運動，学生運動，人権問題，男女間差別廃止，ウーマン・リブ，環境保護，消費者運動，性の解放，麻薬，ゲイ認知等々と，提唱者や運動推進派の誰もが予測しなかった範囲と組み合せとエネルギーをもって既成文化に対抗し，是正を迫り，あるいは既成道徳・概念の一部を破壊してきた。カウンター・カルチャーのラジカルな動きは，1970年代半ばで一応終止符をうつが，カウンター・カルチャーが提起した問題のいくつかは，その後も息長く持続し，1990年代の現在，所期の目的のいくつかは達成されてきている。アファーマティブ・アクション，男女間格差の是正，ウーマン・リブ，利潤優先の企業体質の改善，消費者運動と環境保全，軍縮と核兵器縮少などがそれらである。

これに対し，まだ未解決のまま残り，解答を迫っているものの１つに，「人間にとって性とは何か」という問題がある。既成道徳・文化によって教

9）８に同じ

え込まれ固定してきた男性・女性の役割りをもう一度新たな眼で見直すとどうなるか。あらゆる先入観を捨て去って異性に接する時に生じる性別を超えた人間同志の関係はどうなるかという問いが依然残っており，ブローティガンの『西瓜糖にて』は，これに答え損っていた。

ここで思い出されるのは，本書で１度ふれたが，この問題に対して，SF作家アーシュラ・ル・グィンが試みた解答である。未来世界をテーマにした優れた作品を発表しているアーシュラ・ル・グィンは，『闇の左手』（1969）で，人類の旧植民地であるゲセンという惑星に住む男女両性具有のゲセン人を創造する。そして地球から派遣された地球人男性と，両性具有のゲセン人の２人を，100マイルの大氷原を犬橇をひいての徒歩横断旅行に旅立たせる。２人は苦難に満ちた旅行の間に，文化・思考・習慣の違いをのり越え，お互いを理解し，旅の終わりには一種の愛さえ生まれはじめる。われわれが馴れ親しんでいる性別と，性別に期待される行動・倫理そして服装までが，いかに皮相的で人間の本質と無関係かを抉り出したル・グィンのこの試み[10]は，先に引用した『アメリカ「60年代」への旅』で，越智道雄が1986年ツイン・オークスというコミューンを訪れた時，同行の三男が，子供の世話をしている30歳ぐらいの白人男性の顔を見て「あんなに優しい表情はみたことがない。人間にこんな優しい表情ができるかと思った」と述懐したそうであるが，「イエスのような長髪，髭をたくわえた白人の若者が，中性的優しい顔つきになったのは，カウンター・カルチャーと女性運動のせいだと思う[11]」という記述ともども，今アメリカで起こりつつある新しい男女関係を示唆して印象的である。

（初出：『九州産業大学教養部紀要』第29巻第３号，1993年）

参考文献

Richard Brautigan: *In Watermelon Sugar*（Delta Book 1968）
______: *Trout Fishing in America*（Houghton Mifflin / Seymour Lawrence 1989）
Jack Hicks: *In the Singer's Temple*（Univ. of North Carolina 1981）
Kathryn Hume: *Fantasy and Mimesis*（Methuen 1984）
サラ・デビッドソン：『遙かなるバークレイ ── 彼女たちの60年代』（南川せつ子，宮崎恵

10）本書Ⅳ「『バーンハウス』と『モンキーハウス』のあいだ」
11）前掲書『アメリカ「60年代」への旅』p.113

子・松葉由美子訳，河出書房新社，1984）
タッド・シュルツ：『1945年以後』上・下巻（吉田利子訳，文藝春秋，1991）
越智道雄：『アメリカ「60年代」への旅』（朝日選書，1988）
猿谷要：『生活の世界歴史 9　北米大陸に生きる』（河出文庫，1992）
猿谷要編：『アメリカの社会 ―― 変貌する巨人』（弘文堂，1992）
亀井俊介：『アメリカ人の知恵 ―― 荒野と摩天楼の夢案内』（ワニ文庫，1990）
亀井俊介監修：『読んで旅する世界の歴史と文化　アメリカ』（新潮社，1992）
福田茂夫編：『アメリカ合衆国 ―― 戦後の社会・経済・政治・外交』（ミネルヴァ書房，1992）

［追記］本稿の１に関しては，越智，サラ・デビッドソン，猿谷，亀井各氏の上記の作品から貴重な示唆と教示をえた。

X

The Switched Photograph of the Bride: From 'Evangeline' to *Absalom, Absalom!*

1

At the end of 'Evangeline,' an uncollected short story William Faulkner wrote in 1931, the I-narrator (the first person narrator) picked up from the debris of a fire of Sutpen's Hundred a metal photo case which Charles Bon had carried with him during the Civil War. The narrator pried the case open, and found inside, to his astonishment, a photograph of not the bride but of a strange woman. While watching the face of the woman with its "thick, surfeitive quality of magnolia petals,"(608) he realized why Henry, the brother of the bride, had to kill Charles, his sister's husband. But unlike the narrator, not all the readers of 'Evangeline' are satisfied with this unexpected twist at the finale. With all the surprising substitution of photographs and the strong impression of the magnolia-faced woman, this episode fails to be a substantial clue to the mystery of Henry's fratricide.

Faulkner tried to sell 'Evangeline' to *The Saturday Evening Post* on July 17, and to *Woman's Home Companion* on July 26, 1931, but without success. Both the publishers turned down the typescript, probably because it had several defects including the unconvincing ending I've just mentioned[1]. Faulkner, however, would not give up the motif of the tragic Confederate girl in 'Evangeline.' Rowan Oak built in 1848, his then residence, was said to be haunted by Judith Shegog, who had fallen to death from an upstairs balcony waiting for her Yankee lover, and was buried under a magnolia tree in the front garden. Faulkner added to the legend of Judith Shegog the motif of Henry Longfellow's *Evangeline* (1847), a young girl waiting for her long-lost lover faithfully and patiently. Thus, in Faulkner's 'Evangeline,' Judith Sutpen was portrayed as "the distant belle before the war; the stoic, enduring woman during it; the patient bride-

1) For example, James Ferguson mentions as some flaws of 'Evangeline'; 'shadowy characterization', 'inadequate motivations', 'Faulkner's inability to find the right general tone.' *Faulkner's Short Fiction* (The University of Tennessee Press 1991) 121

widow of a lost cause after it.[2)]"

'Evangeline' was followed by 'Wash' (1934), another Sutpen story, which was accepted by *The Harper's*. By the early 1934, Faulkner had conceived the idea of *Dark House*, based on these two stories, plus 'The Big Shot' (1926) which depicted the early career of Thomas Sutpen. *Dark House* was to develop into *Absalom, Absalom!*, but its completion had a rough road ahead. Owing to recurrent need for immediate cash money, Faulkner was obliged to have his time and energy divided. In order to make Rowan Oak, now on the verge of dissolution, more livable, and to meet his wife Estell's extravagance, Faulkner wrote as many as twenty short stories for commercial papers and magazines during 1930 and 1931 alone, and almost every year from '32 to '37, he went to Hollywood to write scripts for MGM, Universal, Fox, Warners Brothers and other movie companies. Starting in February 1932, Faulkner took flying lessons at the Memphis airport, and got a license and purchased a plane, which meant more money and more strain on his ever meager family budget.

In 1934, he temporarily stopped writing the Snopes trilogy and *Requiem for a Nun* to concentrate on *Dark House*. At this stage, this book was no better than 'Evangeline.' The tentative plan for the new novel was finally mapped out when Faulkner hit upon the idea of introducing Quentin Compson of *The Sound and the Fury* and making him tell the whole Sutpen story. Faulkner wrote to Harrison Smith, his publisher, in February 1934:

> The one I am writing now will be called *Dark House* or something of that nature. It is the more or less violent breakup of a household or family from 1860 to about 1910. It is not as heavy as it sounds. The story is an anecdote which happened about 1910 and which explains the story. It occurred during and right after the Civil War; the climax

2) Diane Roberts, *Faulkner and Southern Womanhood* (The University of Georgia Press 1994) 25

> is another anecdote which happened about 1910 and which explains the story. Roughly, the theme is a man who outraged the land, and the land then turned and destroyed the man's family. Quentin Compson, of *The Sound and the Fury*, tells it, or ties it together, he is the protagonist so that it is not complete apocrypha. I use him because it is just before he is to commit suicide because of his sister, and I use his bitterness which he has projected on the South in the form of hatred of it and its people to get more out of the story itself than a historical novel would be. To keep the hoop skirts and plug hats out, you might say.[3)]

We can see that about this time Faulkner had framed the whole texture of *Absalom, Absalom!*; the theme, characters and narrative devices that are integral to this novel. The theme was the rise and fall of Thomas Sutpen, a symbolic figure of the antebellum South. And the most important event was an anecdote of 1910, in which the secret of the fall of the patriarchal Sutpen dynasty was finally disclosed. All the story was to be told 'through' Quentin Compson who was born and bred in the midst of the Sutpen legend and the Southern heritage, and harbored ambivalent feelings towards the South.

In August 1934, Faulkner changed the title from *Dark House* to *Absalom, Absalom!* (hereafter abbreviated to *Absalom*), and he also altered the paired narrators, Don and I, to Quention and Shreve. He set to work in earnest, but *Absalom* tarried. Faulkner took great pains to make the two main themes 'blend' with each other; the theme of Thomas Sutpen on one hand, and that of the Henry-Judith-Charles triangle on the other.

As the three fragmentary notes in the Rowan Oak archives show, he tried beginning the novel with the well-known Shreve's words; "Tell about the South. What's it like there. What do they do there. Why do they live there. Why do they live at all," (142) or with the scene of today's

---

3) *Selected Letters of William Faulkner* (Random House 1977) 78-79

Chapter 6, where Quentin and Shreve in Cambridge, Massachusetts, are recounting the Sutpen tragedy with Mr. Compson's letter notifying the death of Miss Rose Coldfield lying on the table before them. But these tentative fragments refused to gather around the story. Faulkner made several false starts on the early drafts, turned back, starting over, making another experimental trial. Finally, he stopped writing temporarily because "the material is not ripe yet," and in October turned to *Pylon* to get away from *Absalom* for a while. He completed *Pylon* as early as in December. In the spring of 1935, he was able to resume *Absalom*, and began the first chapter with Rosa's narration. When Chapter 1 was finished, he sent the manuscript to Harrison Smith, and on his comment and advice Faulkner revised the manuscript. Each time another chapter was written, he did the same. Faulkner also overcame the grief and remorse for his younger brother Dean's death in a plane crash, and he experienced a passionate love affair with Meta Carpenter, but in spite of all these, he went on writing. The last chapter of *Absalom* was written on the dining table of his mother's house in Oxford. The novel was finally completed on January 31, 1936.

2

Not only is *Absalom* the best of all the novels Faulkner ever wrote,[4)] but it is a 'compilation' of all the preceding works. The Sutpen materials of the novel come from 'The Big Shot'(1926), 'Evangeline'(1931), and 'Wash'(1934). The paired narrators, Don and I, facilitating the flow of the story in 'Mistral'(1925), 'Snow'(1925), 'The Big Shot'(1926), and 'Evangeline'(1931) are replaced by more sophisticated narrators of Quentin and Shreve, who examine conflicting voices of characters and other narrators, infer from given evidences and facts, and frame hypotheses to reveal the identity of the Sutpen story.

Also, not a few motifs, situations and scenes in the previous works are

4) Cleanth Brooks, *William Faulkner, The Yoknapatawpha Country* (Yale University Press 1966) 295 Richard Gray, *The Life of William Faulkner* (Blackwell 1996) 204

incorporated into *Absalom*. We find, to give some examples, an analogy between the scene in *Absalom* in which young Sutpen and his family came down from the mountain district of West Virginia to the Tidewater area, and the scene in *As I Lay Dying* (1930) where the Bundren family make a trip to bury Adie Bundren. The abnormal conduct of Charles Etienne San=Valey Bon, son of Charles Bon, in *Absalom* reminds us of the similar obsessive, frenzied behavior of Joe Christmas in *Light in August* (1932). Needless to say, Quentin Compson of *The Sound and the Fury* (1929) re-enters in *Absalom*. And the Quentin-Caddy-Dolton Ames triangle in *The Sound and the Fury* is duplicated in the Henry-Judith-Charles triangle in *Absalom*. It is not impossible to recognize a similarity between Rosa Coldfield in *Absalom* and Emily Grierson in 'A Rose for Emily'(1930), or Minnie Cooper in 'Dry September'(1931).

The correlations or the differences between *Absalom* and 'Evangeline' are; first, so far as the Sutpen materials are concerned, 'Evangeline' is the kernel of *Absalom*, and 'Wash' and 'The Big Shot' are of subordinate importance. There are critics who regard Quentin's part in the novel as more important than the Sutpen story. However, without the Sutpen story, Quentin's narrative would not exist, so there is no doubt about the priority of the Sutpen story.

Secondly, 'Evangeline' is essentially a Gothic detective story about a ghost haunting Sutpen's Hundred, and the story is rather simply and linearly constructed, whereas in *Absalom*, four narrators of different generations talk about their own Sutpen story in an intricate narrative according to their personal bias, disposition, and knowledge. So, for example, the image of Thomas Sutpen, the central figure of the Sutpen story, remains obscure and blurred as Olga W. Vickery puts it:

> The perspectives are no longer self-contained and self-illuminating; as a result, we have a kaleidoscope instead of a juxtaposition of views. Each successive account of Sutpen is constantly being merged with its predecessors. At every moment, there falls into place yet another pattern which disavows some parts of the earlier interpretation but

never discards them.[5)]

Similarly, the identity of the Sutpen story should be derived from the accumulative narratives of Rosa, Mr. Compson, and Quentin and Shreve; which in turn correct or supplement each other. Philip Weinstein observes:

> Who Sutpen is depends on when and where you look at him, and who is doing the looking. He looks one way to a woman, another to a man, another to a disowned son, another to a disillusioned classicist, another to that classicist's quietly desperate son, another to a bemused Canadian. These competing views of Sutpen's identity do not embarrass the novel; they enable it. Character in *Absalom* lives openly in someone else's "talk"; there is no illusion here of unmediated identity, of identity as enclosed essence. A different narrator, a different issue (miscegenation, say, rather than incest) produces a different identity.[6)]

Thirdly, Faulkner needed to modify the inadequate relationship of characters in 'Evangeline.' In the short fiction, the Henry-Judith-Charles triangle was rather a trite and commonplace story of a young boy on vacation falling in love with his classmate's younger sister. Faulkner had to change this hackneyed triangle into more serious and more strained human relationship. To achieve this purpose, he needed to move back in time to the secret of Charles's birth, and at the same time, to expand the story to the days of his son and even his grandson. In so doing, Faulkner acquired the vertical perspective, in addition to the horizontal perspective in which he had hitherto pursued the lives of the contemporary Southerners in the Deep South in the 1920's and the 1930's. For the first time, this

5) Olga W. Vickery, *The Novels of William Faulkner* (Louisiana State University Press 1964) 84

6) Philip M. Weinstein, *Faulkner's Subject: A Cosmos No One Owns* (Cambridge University Press 1992) 96-97

Chart A 'Evangeline'

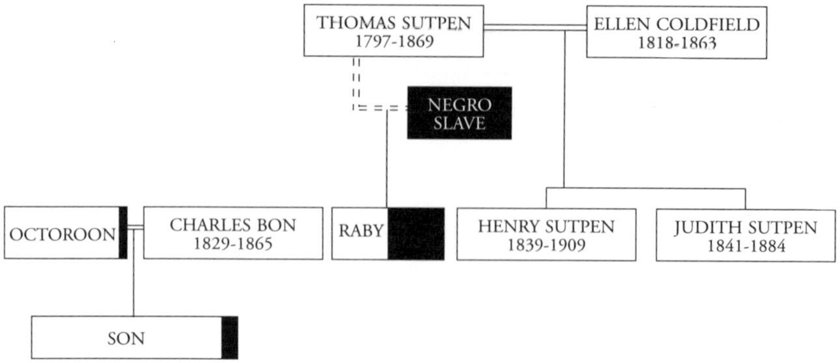

Chart B *Absalom*

[The Sutpen-Bon-Coldfield Genealogy]
Edmond L. Volpe *

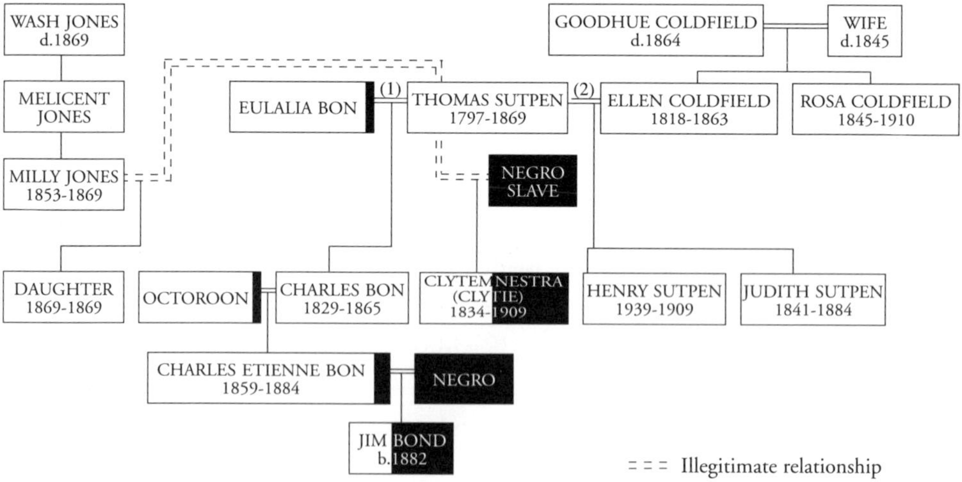

* Reprinted with permission of the author from *A Reader's Guide to William Faulkner* (New York: Farror, Straus and Giroux, 1964), 185.

vertical perspective enabled him to qualify the Sutpen story as symbolic of the South, and pursue the meaning of the heritage of the South in the biographical mode.

The vertical perspective also allowed Faulkner to develop the theme of 'Evangeline' from a mere love story into the story of the three doomed young people. The very title of *Dark House* was symbolic of their doom. Now let's see how the scope of the novel has expanded vertically as well as horizontally.

To illustrate this, I will make use of 'The Sutpen-Bon-Coldfield Genealogy' by Edmond L. Volpe.[7)]

From the outset, 'Evangeline,' (Chart A) a detective story told by a person "transient enough to leave at the end of the week,"(583) was lacking in the vertical perspective. Moreover, partly because of the limited space of short fiction, the horizontal perspective of 'Evangeline' was rather narrow and minimized to what was essential to the story, in other words; the perspective, horizontal as well as vertical, had to stay within the confines and strictures of short fiction.

What was added anew to *Absalom* (Chart B) is, in the first place, the story of Wash Jones, a poor white, who admired and devoted himself to Thomas Sutpen. But Wash eventually killed Sutpen because Sutpen in his desperate attempt to get an heir male seduced Wash's granddaughter and insulted her when she gave birth to a girl baby. The second is the addition of the genealogy of the Bon family. In 'Evangeline,' Charles Bon was an orphan, and his nameless son was mentioned only once. In *Absalom*, on the other hand, Charles's mother Eulalia, his son Etienne and his grandson Jim Bond appeared on stage. What is important here is that the Bon family is related to the Sutpen family by blood, because Eulalia, the daughter of a rich planter in the West Indies, was the first wife of Thomas Sutpen. As I will discuss later, this shift of the blood relationship makes *Absalom* an entirely different story from 'Evangeline.' The third is the elaboration of the Coldfield genealogy; Goodhue Coldfield, Ellen's fa-

7) Edmond L. Volpe, *Critical Essays on William Faulkner: The Sutpen Family* (G. K. Hall & Co., 1996) 251

ther, and Rosa Coldfield, Ellen's sister make their appearance. Especially Rosa, a new protagonist-narrator and the only eyewitness of Sutpen's tragedy, plays a prominent role throughout *Absalom*.

A mulatto woman, born of Sutpen and a slave, is called Raby in 'Evangeline,' and Clytie in *Absalom*. Don and I, the paired narrators in the story are changed to Quentin and Shreve in the novel version. Quentin Compson is not related to the Sutpen family by blood, so the genealogy of the Compsons is omitted from Chart B. The father of Quentin is Mr. Compson, and the grandfather is General Compson. General Compson was the only friend and supporter of Thomas Sutpen when he came to Jefferson, Mississippi, in 1833, penniless and friendless. Mr. Compson does not know Thomas Sutpen personally, so Mr. Compson's narrative is based either on secondhand information he gained from General Compson, or on his own conjectures.

3

Before proceeding with my argument, I must summarize 'Evangeline' in order to demonstrate what was wrong with this short story, and why the relationship of the characters had to be modified as we now see it in *Absalom*.

The Summary of 'Evangeline' (Roman numerals are chapter numbers of the text)

I The story is told by the paired narrators; Don and I, an architect and a journalist. A wire came from Don, who was on vacation sketching the people and houses in a Mississippi countryside. The telegraph said to come and detect the ghost haunting Sutpen's Hundred.

II According to Don, Colonel Sutpen had a son and a daughter; Henry and Judith. At Christmas just before the Civil War, Henry brought with him Charles Bon, his chum in college, to Sutpen's Hundred. Charles, refined and handsome, fascinated all the Sutpens, and soon the old folks began to acknowledge him as Judith's fiancé. The next summer, Charles invited Henry to his home in New Orleans. Charles took Judith's photograph in a metal case with him, and gave Judith an engage ring.

Henry was to be gone all summer, but returned in three weeks. He tried to make Judith return the ring to Charles, and he wouldn't explain the reason to Judith or the parents. At Christmas that year, Charles paid his second visit to Judith at Sutpen's Hundred, and Colonel Sutpen announced the engagement. However, the next morning, on the back pasture, Henry and Charles were found aiming at one another with pistols. Again, Henry wouldn't tell what was wrong with Charles. After a subsequent quarrel with his father, Henry ran away from home renouncing the birthright, and the wedding was postponed. One year later, Henry came to terms with Charles temporarily. Judith and Charles got married, but on the very night of the wedding, Charles and Henry joined the Confederate army, and they were gone four years. Too, Colonel Sutpen organized his regiment and rode away to Tennessee. Judith, after her mother died, was left alone in the house with her mulatto half sister, Raby. They lived on the plantation like so many women in the South did during the war, " burying the silver and eat what they could git," and waited for the three men to come home.

Finally, the war was over, and Judith got a letter from Charles saying that he was safe and coming back. But one morning, Henry brought Charles's body home in a wagon. Oddly enough, Judith was not upset at all. She asked just quietly if the journey had been hard on Charles, and said the enigmatic words, "There must have been a last...last shot, so it could end." She even thanked her brother for bringing Charles home. Henry, again, said nothing about his fratricide, and was gone the next morning. Later, Sutpen came home from the war and died. Judith also died. Now, for forty years after Judith's death, the mansion was rumored to be haunted by the apparition of Judith. Raby, an old mulatto woman, and a ferocious shepherd dog kept the house from inquisitive strangers. Thus, Don finished the tale of the Sutpens, and asked the I-narrator to detect the ghost, for he had too morbid a fear of dogs to go himself.

III Raby promised the narrator that she would show the inside of the house if he managed to get to the front door shunning the dog. The narrator passed the dog and entered the hall. Raby sneaked in by the rear, and took him upstairs. In the tomblike bedroom with an odor of stale, fetid flesh of death, there lay not Judith, but Henry Sutpen dying on foul, yellowish sheets in bed. On the table beside the bed lay another object, the picture of Judith in a flat metal case.

IV Raby and the narrator were downstairs in the kitchen. Raby began to tell how Henry opposed his sister marrying Charles. Charles had an octoroon wife in New Orleans, and Charles refused to divorce her though Henry offered him the chance to do so. Raby went on to say that there was "something more disgraceful than the question of divorce," and when the narrator asked what it was, she wouldn't tell.

Raby also described the day when Henry brought Charles "killed by the last shot of the war" to Sutpen's Hundred. Judith sent people away after they carried Charles upstairs, and locked the door upon herself and her dead husband and the picture case. The next morning, Judith and Raby put Charles in the coffin. When Raby asked Judith if she wanted to put her picture in the coffin, Judith refused flatly and hammered the lock shut "to where it wouldn't never open again."

After the burial, Judith invited Charles's mistress in New Orleans to come and visit his grave. Raby said that no sooner had she and Judith seen the woman than they knew something, but again Raby wouldn't tell what was the matter with that woman. Finally, asked why she had taken all the cares for Henry at the expense of her life and her family, Raby Sutpen answered once for all that Henry Sutpen was her half brother.

V Complying with Raby's request to let Henry die quietly, the narrator left the mansion, went down the drive to the gate, but changed his mind, and came back to the house. He sat on the porch with his back against a column. Half dozing, he was recalling the tragic account of the Sutpens, when he was awaked by a frantic howling of the dog.

VI The whole building was on fire like a box of matches. Raby had set fire to Sutpen's Hundred. The fire was raging so furiously that the narrator and the black people from the neighborhood could do nothing but yell and run about the glowing edifice. The dog, still frantic, was hurling itself against the locked front door again and again, and eventually sprang into the roaring dissolution of the house without a cry. Henry and Raby and the dog perished in the fire.

VII The next morning, the narrator picked up the picture case from the ruins of the fire. He opened it and found a picture of a strange woman with "the ineradicable stamp of Negro blood." He realized that after all the black blood of Charles's wife was "something which was more disgraceful than the marriage" and which "compounded the bigamy to where the pistol was not only justified, but inescapable."

As can be seen from the above summary, 'Evangeline' is made up of a series of enigmas; the ghost haunting Sutpen's Hundred, the mystery of Henry's opposition to his sister's marriage, the dog staying young for forty years, the puzzle of the last shot of the war, and the mystery of the switched picture of the bride.

Some of the mysteries are disclosed in the course of the story; the mystery of the never-aging dog was solved in Chapter 2, the ghost of Sutpen's Hundred was identified in Chapter 3. Only the reason Henry opposed Judith's marriage to Charles and, which comes to the same thing, the reason Henry killed Charles, remains a mystery even when Henry and Raby who knew the truth were burned to death. This last mystery was to be dramatically elucidated by the metal case. But this 'trump card' failed to unravel the mystery convincingly, so it does not produce a catharsis on the part of the readers as I have already mentioned.

Next, I want to examine how the picture in the metal case[8] is referred to in 'Evangeline' and in *Absalom*, in the hope of finding out why the metal case in the short story had failed to explicate the ultimate mystery.

4

In 'Evangeline' the picture in the metal case is mentioned six times in all. These mentions are almost chronological. (Parentheses are the pages, and brackets are the ultimate authorities.)

1. Charles decided that perhaps he had better let his guardian see him in the flesh maybe, and went home, he took with him Judith's picture in a metal case that closed like a book and locked with a key, and left behind him a ring. (588) [Don]

2. They carried him up to the room which she had kept ready for four years, and laid him on the fresh bed, in his boots and all, who had been killed by the last shot of the war. Judith walked up the stairs after them, her face quiet, composed, cold. She went into the room and sent the niggers out and she locked the door. The next morning, when she came out again, her face looked exactly as it had when she went into the room. (591) [Don]

3. Henry brought Charles home and they carried him up to the room

8) 'Evangeline' gives a graphic description of the metal case; "a metal case that closed like a book and locked with a key." We can assume that in *Absalom* too Faulkner had in mind a metal case of the same size and shape as that of 'Evangeline,' for Miss Rosa referred to the case being "held casual and forgotten against her flank as any interrupted pastime book."(114) In this respect, Ilse Lind is inaccurate in calling the metal case a 'wallet' (Cleanth Brooks, *The Yoknapatawpha Country* p.443), and so is Ryuichi Yamaguchi when he mentions it as a 'locket.' (Ryuichi Yamaguchi, *Faulkner, Poet's Sneer*, Nanundo 1999)

which Judith had kept ready for him, and how she sent them all away and locked the door upon herself and her dead husband and the picture. And how she...the negress; she spent the night on a chair in the front hall—heard once in the night a pounding noise from the room above and how when Judith came out the next morning her face looked just like it had when she locked the door upon herself. (601) [Raby]

4. Then she called me and I went in and we put him in the coffin and I took the picture from the table and I said, 'Do you want to put this in, Missy?' and she said, 'I wont put that in,' and I saw how she had took the poker and beat that lock shut to where it wouldn't never open again. (601) [Raby]

The I-narrator found the metal case on the table by the bed.

5. On the table lay another object—a flat metal case. 'Why, that's the picture,' I thought. 'The picture of Judith which Charles Bon carried to the war with him and brought back.' (598) [I]

The narrator picked up the metal case. He pried it open to find the picture of a strange woman. This passage is the clue to the ultimate mystery of 'Evangeline.'

6. I looked quietly at the face; the smooth, oval, unblemished face, the mouth rich, full, a little loose, the hot, slumbrous, secretive eyes, the inklike hair with its faint but unmistakable wiriness—all the ineradicable and tragic stamp of negro blood. The inscription was in French; *A mon mari. Toujours. 12 Aout, 1860.* And I looked again quietly at the doomed and passionate face with its thick, surfeitive quality of magnolia petals—the face which had unawares destroyed three lives—and I knew now why Charles Bon's guardian had sent him all the way to North Mississippi to attend school, and what to a Henry Sutpen born, created by long time, with what he was and what he believed and thought, would be worse than the marriage and which

compounded the bigamy to where the pistol was not only justified, but inescapable. (608-609) [I]

In *Absalom* the references to the metal case are nine, and almost all of them are not chronological, owing to the characteristic narrative device of the novel, in which the narratives go back and forth in time in a very complex manner. I rearranged them in a chronological order to facilitate my argument, and put the serial numbers following those in 'Evangeline.'

7. Henry let Bon write Judith one letter; they would send it by hand, by a nigger that would steal into the quarters by night and give it to Judith's maid, and Judith sent the picture in the metal case and they rode on ahead to wait until the company got through making flags and riding about the state telling girls farewell and started for the front. (273) [Shreve]

8. "Listen," Shreve said, cried. "It would be while he would be lying in a bedroom of that private house in Corinth after Pittsburg Landing while his shoulder got well two years later and the letter from the octoroon (maybe even the one that contained the photograph of her and the child) finally overtaking him. (271) [Shreve]

The next three are found intensively on page 71, page 73 and page 75. They are mentioned to determine the date of another event, so they are neither new information nor important reference.

9. ...and on whose body four years later Judith was to find the photograph of the other woman and the child. (71) [Mr. Compson]

10. ...until that afternoon four years later when she saw them again, when they brought Bon's body into the house and she found in his coat the photograph which was not her face, not her child. (73) [Mr. Compson]

11. …when she found in Bon's coat the picture of the octoroon mistress and the little boy. (75) [Mr. Compson]

The next is the reference to Clytie's taciturnity.

12. Clytie didn't tell you in so many words anymore than she told you in so many words how she had been in the room that day when they brought Bon's body in and Judith took from his pocket the metal case she had given him with her picture in it. (280) [Shreve]

The following two are testimonies by Rosa, the only witness of what happened on the day of Charles's murder. In 'Evangeline,' the witness of the murder was Raby. Raby is replaced by Clytie in *Absalom*. But Clytie does not testify, Rosa does. Clytie tries to stop Rosa going upstairs, but Rosa shoved along.

13. *How I ran, fled, up the stairs and found no grieving widowed bride but Judith standing before the closed door to that chamber, in a gingham dress which she had worn each time I had seen her since Ellen died, holding something in one hanging hand; and if there had been grief or anguish she had put them too away, complete or not complete I do not know, along with that unfinished wedding dress. 'Yes, Rosa?' she said, like that again, and I stopped in running's midstride again though my body, blind unsentient barrow of deluded clay and breath, still advanced: And how I saw that what she held in that lax and negligent hand was the photograph, the picture of herself in its metal case which she had given him, held casual and forgotten against her flank as any interrupted pastime book.* (114) [Rosa]

14. *…Yes, found her standing before that closed door which I was not to enter (and which she herself did not enter again to my knowledge until Jones and the other man carried the coffin up the stairs) with the photograph hanging at her side and her face absolutely calm, looking at me for a moment and just raising her voice enough to be heard in the hall below: 'Clytie. Miss Rosa will be here for dinner; you had better get out some*

more meal': then 'Shall we go down stairs? [sic] I will have to speak to Mr Jones about some planks and nails.' (121) [Rosa]

The last is again the conjecture Shreve makes as to the reason for the photo substitution.

15. "Aunt Rosa comes boiling out that afternoon and finds Judith standing without a tear before the closed door, holding the metal case she had given him with her picture in it but that didn't have her picture in it now but that of the octoroon and the kid. And your old man wouldn't know about that too: why the black son of a bitch[9)] should have taken her picture out and put the octoroon's picture in, so he invented a reason for it. But I know. And you know too. Dont you? Dont you, huh? " He glared at Quentin, leaning forward over the table now, looking huge and shapeless as a bear in his swaddling of garments. "Dont you know? It was because he said to himself, 'If Henry dont mean what he said, it will be all right; I can take it out and destroy it. But if he does mean what he said, it will be the only way I will have to say to her, *I was no good; do not grieve me.*' Aint that right? Aint it? By God, aint it?" (286-287) [Shreve]

The testimonies of Raby and Rosa (the witness of the fratricide in 'Evangeline' and in *Absalom* respectevely) are almost identical, but have subtle differences. Raby in 'Evangeline' talks more objectively about what happened; for instance, on the night of the Henry's murder of Charles, Judith spent the night with her dead husband upstairs, and Raby heard Judith pounding something fiercely during the night (3). The next morning Judith refused to put her picture in the coffin, and hammered the picture case shut never to open (4). Raby thought the photo inside the case was Judith's, but Judith who had found the picture of Charles's

9) Even when Shreve says, "…And your old man wouldn't know about that too; why the black son of a bitch should have taken her picture out and put the octoroon's picture in, so he invented a reason for it," (286-287) we should not think Mr. Compson knows anything about Charles's blood, the 'black' son of a bitch is the conjecture of Shreve, not Mr. Compson's.

mistress and child, wouldn't put it in. We have good reason to think her vehement hammering of the case was the 'aftershock' of the despair and jealousy of Judith the night before.

On the other hand, in *Absalom* the testimonies by Rosa are detailed, but lack in objectivity. Rosa is running, so to speak, with her emotions in 'high gear.' She talks about what she saw lengthily and eloquently, but her speech doesn't communicate to us what *really* happened. Therefore, the calm appearance of Judith which, Rosa testifies, she saw when she ran up the stairs "like blind unsentient barrow of deluded clay and breath" (13) does not tell us what Judith felt at heart. In the same way, when Rosa emphasizes the composure of Judith at her husband's death, saying she was holding the metal case "in that lax and negligent hand" (13) or she held it casual and forgotten against her flank "as any interrupted pastime book"(13), Rosa's narrative fails to convey to us what agony Judith was going through at that moment. Even if Rosa says that Judith did not enter the bedroom again, and gathered eggs in her apron from the hen-house, while giving directions to Jones and the other man making Charles's coffin, it does not mean Judith was not sorrowful. Judith's "lax and negligent hand," as Rosa puts it, may be lax and negligent because Judith was still in such a shock that it just didn't occur to her to put the metal case away. And this is where all the narratives in *Absalom*, including Rosa's, cause us trouble and difficulty. We are required to find out the truth from a seemingly eloquent but biased talk and conjectures each narrator or character makes.

Equally importantly, Rosa's narratives, no matter how obsessed, exaggerated and distorted they are, they point at a substantial portion of 'the truth', which is more essential than 'historical facts'; and the truth exists only in the form of autobiographical narrative. Once asked about Quentin, Faulkner remarked that every protagonist in a novel is "actually telling his own biography." This remark also holds good for Rosa. As Jun Liu says: "That Rosa is an 'unreliable' narrator is partially true since she, in recounting those events involving Judith after the shot, tells, narcissistically, her own story, and especially her feelings toward Sutpen. But her justification of her own existence also supplies a more believable rationale for Judith's internal conflict, more believable because Rosa offers a woman's perspective and because several parallels qualify Rosa as Judith's doubling.[10]"

Also, as Diane Roberts maintains:

> Judith and Rosa Quentin and all the Sutpens are ghosts haunting the twentieth- century South. They are not only its history, they are its perpetual crisis...Rosa Coldfield, Clytemnestra Sutpen, Eulalia Bon, Ellen Coldfield, the Octoroon, Judith, Milly; they are the specters, living or dead; inhabiting, frustrating, held hostage to, Sutpen's "design." They are the ghosts worth listening to as they conjure the past "out of the hiding and dreamy and victorious dust," a past that intrudes on Quentin Compson's present, a past that intrudes on Faulkner's present, and a past that intrudes on ours.[11]

Therefore, as Mr. Compson says, "Years ago we in the South made our women into ladies. Then the War came and made the ladies into ghosts. So what else can we do, being gentlemen, but listen to them being ghosts?"(7-8)

Rosa in *Absalom* did not know that the pictures were switched, nor was she sure whether there actually lay Charles's body upstairs. Rosa, according to her own words, had heard of him but never seen him in person. It was partly because Judith and Clytie try to keep Rosa out of the closed door behind which lay Charles (14, 15). Rosa, the sister of Ellen and Judith's aunt, remains an eternal outsider to the Sutpen family. Like Noel Polk indicates, the door closed before Rosa is the symbol of the secret of the Sutpens:

---

10) Jun Liu, *Critical Essays on William Faulkner: The Sutpen Family* (G. K. Hall & Co., 1996) 189

11) Diane Roberts, *Faulkner and Southern Womanhood* (The University of Georgia Press, 1994) 26-27

Doors, then, are points of entry to the house's labyrinthine dark secrets, and, significantly, they are in Faulkner mostly closed; when open, the frames are likely to be filled with figures of authority that bar passage or block the view within. Quentin and Rosa, for example, are characteristically constrained by the closed doors at Sutpen's Hundred, behind which lurk the mysteries of sex and death.[12)]

5

Moreover, Rosa doesn't know that Charles is a half brother to Henry and Judith, though it is the very cause of the Sutpens' tragedy. Mr. Compson, another narrator in the first half of *Absalom*, is also ignorant of this kinship and of Charles's black blood. The only difference between the two narrators is that Mr. Compson knows about the swapped photographs, but Rosa doesn't. Consequently, it is little wonder that the I-narrator in 'Evangeline' in which Charles is a white man and is no kin to the Sutpens, and Mr. Compson in *Absalom* who doesn't know Charles is Judith's half brother with black blood, make the identical conjecture with regard to the motives for Henry's fratricide and the picture substitution. For the I-narrator, the sin graver than bigamy is that Charles's mistress in New Orleans is an octoroon. Mr. Compson wonders bigamy is not a sufficient motive for Henry to kill Charles, so he makes up other reasons to convince himself, like a wedding ceremony Charles held, or morganatic wedding, or Charles's intention to make Judith the second wife of his harem. Similarly, in the first half of *Absalom*, Rosa and Mr. Compson talk in such a way as Charles's identity is unclear and equivocal. The theme of miscegenation,[13)] the core of the novel, is still ambiguous, and is no better than that of 'Evangeline.'

---

12) Noel Polk, *Children of the Dark House* (University Press of Mississippi 1996) 31

13) There is no proper Japanese for 'miscegenation.' English-Japanese dictionaries offer "zakkon", "jinsyu-konko", "ishuzoku-kekkon", etc., and Japanese critics use "ishuzoku-kekkon", "kuroshiro-kekkon", "kuroshiro-zakkon", "ijinnsyu-zakkon", etc. I chose "kuroshiro-zakkon", which seems to be the best description.

In the second half of the novel, however, the paired narrators, Quentin and Shreve, take for granted Charles's sibling relationship to Henry and Judith as well as his black blood. In the course of the novel, Sutpen confides to his heir, Henry, the secret of Charles twice; once he reveals the fact that Charles is Henry's brother in the study of Sutpen's Hundred on the first Christmas Eve. And for the second time, in the tent of Carolina toward the end of the Civil War, Sutpen tells Henry about Charles's blood. The latter is a missing link of the mystery of Henry's fratricide. This second confession of Sutpen's about Bon's racial identity is Faulkner's 'trump card,' and with it the story, which has been held in suspense, gets a momentum to rash to the catastrophe. As Noel Polk puts it:

> Sutpen's revelation provides a focus, release, a renewed energy for the narrative quagmire they have been in; from this moment, however, the narrative becomes a sort of endgame; from here, all is inevitable. ...Thus, I propose race becomes in *Absalom* and in Faulkner generally, a mask for very serious matters of sexuality and gender.[14)]

Driven into a tight corner by his father's confession, Henry awakes Charles Bon sleeping in the open, and tries to dissuade him from marrying Judith, but Charles, in despair over Sutpen's repudiation of acknowledgement, would not change his mind. Charles asks Henry to settle the matter with a pistol. "His hand vanishes beneath the blanket and reappears, holding his pistol. ...—*Then do it now, he says. ...—You are my brother.—No, I'm not. I'm the nigger that's going to sleep with your sister. Unless, you stop me, Henry.*" (285-286) Henry's hope that the war would kill either Charles or himself was frustrated, while Charles persisted on marrying Judith. Henry pulled the fatal trigger of his pistol at the gate of Sutpen's Hundred.

The unsolved mysteries in 'Evangeline' was four; the motive of Raby's

---

14) Noel Polk , *Faulkner and Gender* (University Press of Mississippi 1994) 20

burning down Sutpen's Hundred, the reason for Henry's fratricide, the mystery of Judith's thanking to Henry when he carried Charles in, and the displaced picture of Judith. In *Absalom*, the motive of torching down of the mansion is made clear when we are told that Clytie mistook the ambulance Rosa rode in for a patrol wagon which came to arrest Henry. The metal photo case which plays an important role in 'Evangeline' disappears in *Absalom* after the murder of Charles, for the case has no more use for the story. The passage of Judith's thanking Henry is replaced in *Absalom* by "short brief staccato sentences like slaps, as if they stood breast to breast striking one another in turn, neither making any attempt to guard against the blows:

> *Now you cant marry him.*
> *Why cant I marry him?*
> *Because he's dead.*
> *Dead?*
> *Yes, I killed him." (139-140)*

The last mystery both in the story and the novel was Henry's motive for killing Charles and the mystery of the exchanged pictures. Now, I want to make the table of how much information each character has concerning Charles and Sutpen kinship, Charles's racial ancestry, and what each character thinks of the motive of Henry's fratricide and the photo displacement. But to make this table is rather difficult, for according as characters or narrators change, their testimonies about the same event, or the same person, vary considerably. Especially, the motive of the fratricide, the ultimate mystery, is ambiguous despite the joint efforts of Quentin and Shreve to get at the truth of the murder.

Cleanth Brooks made a list of events or facts in *Absalom* in his "What We Know about Thomas Sutpen and His Children."[15] Brooks's list shows

15) Cleanth Brooks, *William Faulkner : The Yoknapatawpha Country* (Yale University Press 1966) 429-436

that truly only very few events and episodes are confirmed to be true and authentic for all the great quantity of information provided by the four narrators. I've picked out from Brooks's list the events and facts which I deem necessary for my discussion:

Charles Bon visits Henry (Christmas, 1859, and summer, 1860).
Sutpen visits New Orleans (summer or late spring, 1860).
Henry brings Bon home (Christmas, 1860), quarrels with his father, and leaves home with Bon.
Henry and his father meet and talk in Carolina, 1865.
Judith finds on Bon's body the picture of the octoroon woman and her child.
Bon's octoroon mistress visits his grave (summer, 1870).
Etienne Bon is brought to Sutpen's Hundred (Dec., 1871).
Judith and Etienne die (1884).
Henry returns to Sutpen's Hundred (1905).
Quentin learned something on his visit to Sutpen's Hundred (Sep., 1909) which altered his notion of the Sutpen story.
Clyite sets fire to Sutpen's Hundred; she and Henry die (Dec., 1909)

Brooks also lists what some of the narrators did not know:
Miss Rosa did not know that the picture that Judith found on Bon's body was that of his octoroon mistress.
General Compson did not know that Bon was Henry's part-Negro half-brother. Neither did Miss. Rosa know this, unless she learned it at the same time that Quentin did in September, 1909.

With the help of Brooks's list, I propose my own table of information which each narrator or character in 'Evangeline' and *Absalom* has.

In 'Evangeline' where Charles Bon is a white man and not kin to the Sutpens, there can be no discussion as to Charles Bon's filiation, or his racial identity. The interrelationship of characters makes a great and deci-

The Table of the Information [○ = yes ; × = no ; ? = unknown]

	Characters (Narrators)	Charles Bon's Filiation	Charles Bon's Blood	The Motive for Henry's Fratricide	Octoroon	Photo Substitution	The Motive for Substitution
'Evangeline'	Don and I	—	—	Bigamy,Misce.,	○	○	×
	Raby Sutpen	—	—	Ditto	○	×	×
	Henry Sutpen	—	—	Ditto	○	×	×
	Judith Sutpen	—	—	Ditto	○	○	×
	Charles Bon	—	—	—	○	○	○
	Thomas Sutpen	—	—	×	×	×	×
Absalom	Quention,Shreve	○	○	Bigamy, Incest, Misce.,	○	○	Love
	Clytie	?	?	Ditto	○	×	×
	Rosa	×	×	×	○	×	×
	Mr. Compson	×	×	Bigamy,Morganatic	○	○	×
	Henry	○	○	Miscegenation	○	×	×
	Judith	×	×	×	○	○	×
	Charles Bon	?	?	Miscegenation	○	○	?
	Thomas Sutpen	○	○	Bigamy, Incest, Misce.	○	×	×

sive difference between the story and the novel. In 'Evangeline' the reason Henry killed Charles was bigamy and miscegenation in the sense that a white Charles was married to an octoroon woman. The motive for the photo-substitution is unknown except to Charles himself. In *Absalom*, the amount of information the narrators or characters have about Charles's identity greatly influences the degree and quality of the understanding and conjectures they make in the course of the whole Sutpen story. As we can see from the table, Miss Rosa and Mr. Compson and Judith in *Absalom* are ignorant of Bon's kinship and ancestry, so for them Henry's motive of killing Charles remains a riddle. Only logical Mr. Compson takes pains to find out consistency in the story and thinks up as the motive morganatic marriage and other plausible reasons. On the other hand, Clytie, Sutpen and Quentin and Shreve, who know Bon's secret, quite properly presume that Henry was compelled to murder Charles to prevent incest and miscegenation.

Also, in 'Evangeline' the switched picture unravels the mystery and shows that the motive for Henry's fratricide was miscegenation, but miscegenation here meant Charles's mistress was an octoroon, and therefore Henry's marrying Judith was *not* miscegenetic. It was the very weak point of 'Evangeline' that the existence of the octoroon does not explicate the mystery of Henry's fratricide. As Hisao Tanaka comments, it was this indeterminancy of blood that Faulkner expounded in developing the short story into *Absalom*.[16)] Miscegenation in 'Evangeline' is one thing, and miscegenation in *Absalom* is quite another. Diane Roberts argues miscegenation in *Absalom* is crossbreeding, the nexus of white female and black or mulatto male:

> Purity and pollution both racial and sexual (frequently they seemed indistinguishable) were central to South's (and America's) post-Civil War, post-World War reinvention. As we have seen, Jim Crow laws and laws refining and narrowing the realm of whiteness were toughened in the twenties, thirties, and forties in the South. Blackness was to be isolated and segregated, *not* assimilated. Yet is so often was assimilated, invisible. White feared this above all. *Absalom, Absalom!* undoubtedly reflects the anxiety over racial slippage.[17)]

6

The theme of miscegenation in Faulkner has been discussed by numbers of critics. I would like to see what these critics have to say on Faulkner's attempt in *Absalom* to improve the unsatisfactory and unconvincing theme of miscegenation in 'Evangeline.' Their opinions and views are arranged alphabetically.

Nancy Ellen Batty, after preliminary remarks that the readers of 'Evan-

16) Hisao Tanaka, *The World of William Faulkner: The Tapestry of Self-multiplication* (Nanundo Publishing Co. 1997) 245-246

17) Diane Roberts, *Faulkner and Southern Womanhood* 91

geline' are never sure whether dying Henry confided to the I-narrator the secret of Charles Bon or the narrator imagined Henry did, goes on to argue that the narrator discovers:

> Bon was Henry Sutpen's brother, a fact which would have made the marriage to Judith not only bigamous, but incestuous. The final "surprise" in the story, which ends after Raby's torching of the Sutpen mansion, is the narrator's discovery of a picture which suggests that Bon's first wife had negroid features. Like the novel which Faulkner developed from the story ends with both a spectacular display and a specular reaction, as the narrator is left to ponder the mystery (and at least for Quentin, the horror) of racial indeterminancy.[18]

But Batty is mistaken. What Raby told the narrator was that Henry is her half brother, not Charles is Henry's half brother. Batty discusses that in 'Evangeline,' Charles's marrying Judith is a sibling incest. She confuses the kinship of the story with that of the novel.

Arthur Kinney concludes that in *Absalom* miscegenatin was the motivation for Henry's murder of Charles Bon. He contends that if Bon's magnolia-faced wife is the result of *placage*, the marriage of white Charles to the octoroon wife is unlawful and void according to the State Law of Louisiana on miscegenation, and therefore, "bigamy cannot be a cause of the male Sutpens' disapproval …Race alone finally causes fratricide and brings down the house of Sutpen."[19]

Jun Liu advances an argument similar to Kinney's. Liu refers to the essential difference between 'Evangeline' and *Absalom*, and says, "'Evangeline' lacks several elements necessary to the novel," especially that Bon is Sutpen's part negro son. Here, when the metal case reveals the secret of

18) Nancy Ellen Batty, *Riff, Refrain, Reframe: Unflinching Gaze* (University Press of Mississippi 1997) 85-86
19) Arthur Kinney, *Critical Essays on William Faulkner: The Sutpen Family* 15

the house, "the meaning of 'Evangeline' leans toward Bon's bigamy and lack of honor; miscegenation as a theme is not yet convincing."[20)]

Robert Martin sees Henry's fratricide in a new perspective. He maintains that arguments which attribute Henry's murder to the prevention of incest and miscegenation are based on the assumption that Henry wants to save Judith's innocence. Martin propounds a question, "What if we imagine that he must save Bon for himself, by killing him if necessary?" Martin goes on to quote Mr. Compson's remarks, "he loved Bon, who seduced him as surely as he seduced Judith... Bon loved Henry too and ... Perhaps in his fatalism he loved Henry the better of the two, seeing perhaps in the sister merely the shadow, the woman vessel with which to consummate the love whose actual object was the youth." Martin concludes that "Faulkner's insistence on his racial theme here swerves to acknowledge the bisexuality of incest and to see the possibility of reading a doomed interracial love as homosexuality."[21)]

Adelaide P. McGinnis discusses blood relationship and Henry's fratricide in 'Evangeline' and in *Absalom* respectively: "In the story Bon is neither a Sutpen nor a Negro, and he marries Judith before the war begins. Henry kills him after learning he has an octoroon wife and a mulatto son, born after his marriage to Judith. Thus, Bon's culpability is reduced in the final version. Henry finally kills him not for something Bon has done but for the genes he was born with. However, since Mr. Compson does not know about the other impediments to Bon and Judith's engagement, he echoes the early story in attributing the murder to the morganatic marriage with a Negro woman."[22)]

Loren Schmidtberger explains Henry's murder from a different point of

20) Jun Liu, *Ibid.* 180

21) Robert K. Martin ed., *American Gothic: New Interventions in a National Narrative* (University of Iowa Press 1998) 140

22) Adelaide P. McGinnis, *Critical Essays on Willilam Faulkner: The Sutpen Family* 224

view from miscegenation, and stresses that the secret Clytie hides is that Sutpen is the father of Bon, and Bon's negritude is of a secondary importance.[23] However, the weakness of this assertion is that it is not consistent with evidences that the text of *Absalom* offers. In *Absalom*, Henry, who loves Bon so much as to tolerate the sibling incest, makes a headlong rush to the fatal fratricide once he learns Bon's Negroid blood from his father.

Even Joel Williamson, who usually writes trustworthily on carefully chosen materials and data, confuses Charles Bon's kinship in the story with that of the novel. He refers to 'Evangeline' and says, "In the spring of 1931… he wrote a story, 'Evangeline,' that began with a stranger's visit to a decaying country mansion. The story behind that scene was told to the stranger by a tiny, twisted, aging mulatto woman. It involved a Colonel Sutpen whose son Henry killed his sister's would-be lover, Bon, for a mysterious reason. The reason, finally revealed, was miscegenation. Bon had a trace of African ancestry.[24]"

As I have already pointed out, miscegenation in 'Evangeline' means the marriage of white Charles with an octoroon wife, and there is no trace of African ancestry in Charles.

Next, let's examine what critics of Faulkner say about the swapped photographs. While critics are almost unanimous as to Henry's motive for fratricide, their opinions here are divided and some are utterly incompatible.

Cleanth Brooks says that the discovery of Charles's mistress and child puzzled Judith but her love for him was not shaken, which is apparent from Judith's kindness to the mistress and her care for the child. Brooks criticizes Ilse Lind's calling the picture replacement an act of "defiance

23) Loren Schmidtberger, *Ibid.* 205
24) Joel Williamson, *William Faulkner and Southern History* (Oxford University Press 1993) 247

and counter- retaliation.[25]" It is all right, Brooks argues, for Lind to make her own interpretation, but Charles's gesture of retaliation was singularly "inept" from the evidence of the text; Judith doesn't know Charles's Negro blood, nor does Henry know the picture substitution. "The switched picture to be found on his dead body would be a mere fleabite as *retaliation* compared to the Cainlike murder for which he made Henry responsible.[26]"

Doreen Fowler notices the two contradictory narratives about the picture substitution in *Absalom*. Mr.Compson ponders the mystery of the substitution and wonders that something is missing to comprehend the whole story. On the other hand, Rosa testifies that Judith had her own picture in her hand. Fowler maintains:

> In Mr. Compson's version, the picture of the other woman and child takes the place of Judith's picture; in Miss Rosa's rendering, Judith's photograph is not displaced. What are we to make this discrepancy? ...Miss Rosa does not see that photographs have been switched because she must not. In other words, the picture-substitution is repressed in her telling. She can no more admit the traded photographs into her discourse than she can pass through that closed bedroom door. The closed door represents interdiction... The photograph of the mother and child that replaces Judith's picture emerges from behind that closed door; it is a message from that forbidden space—a message from Charles Bon.[27]"

Here, Fowler, a disciple of Jacques Lacan and Julia Kristeva, is trying to decipher Rosa's behavior with the post-structuralist key word, *repression*.

25) Ilse D. Lind , *The Design and Meaning of Absalom, Absalom!* (PMLA, December 1995)
26) Cleanth Brooks , *William Faulkner: The Yoknapatawpha Country* 443
27) Doreen Fowler, *Faulkner: The Return of the Repressed* (University Press of Virginia 1997) 100-104

So far, I have no objection to raise, but Fowler proceeds with her exposition. She centers her argument upon the negative sentences: "when they brought Bon's body into the house and she found in his coat the photograph which was not her face, nor her child.[28]" Here, Fowler underscores these negative expressions and asserts, quoting Freud, something to the following effects: negation is a way of taking cognizance of what is repressed: it is already a lifting of repression, though not, of course, an acceptance of what is repressed, that we can utter a prohibited meaning so long as we simultaneously disavow it by negating it. Accordingly, when Mr. Compson says "not her face, not her child," he is negating the meaning that must be repressed; that is, that the photograph of Bon's wife and child *is* a photograph of Judith, because exchanging one thing for another implies an equation. However, I must confess that I can't follow her logic here.

Similarly, Arthur Kinney maintains that "Rosa claims she actually saw the picture… But Mr. Compson, who was not there, claims this was the photograph of the woman and the child, the octoroon Charles Bon is said to have married and their son Charles Etienne, upon whom Mr. Compson builds his whole tale of Charles's black heritage, the inconsistency Shreve notices and attempts to resolve as Charles's displacement of one picture for the other to admit to Judith his true identity.[29]" Here, Kinney is doubly mistaken; in the first place, Kinney accepts Rosa's testimony without question and thinks Rosa actually saw the picture of Judith, but the fact is that the metal case contains the picture of the octoroon as Mr. Compson says. Kinney is also mistaken in arguing that Mr. Compson knows the secret of Charles's blood, which is not the case from the evidence of the text.

---

28) Faulkner uses this turn of phrase, "not her face and not her child," when he repeats the same thing for the second time. I am afraid Fowler lays undue emphasis on a phrasing Faulkner used to avoid a monotonous repetition.

29) Arthur Kinney, *Critical Essays on William Faulkner: The Sutpen Family* 26

On the contrary, Elizabeth Muhlenfeld contends that the displaced picture is a message from Charles Bon asking Judith to accept the octoroon and child. Muhlenfeld says: "In short, rather than interpreting the octoroon's picture as an indication that she should cease to love, Judith seems to have accepted it as a message, a commission to care for Bon's quasi wife and son. Is it not possible that the picture was intended to accomplish just what it did?"[30] In fact, Judith invites the octoroon to Bon's grave. She also fetches Etienne to Sutpen's Hundred to rear him as a member of the Sutpens. In this respect, Muhlenfeld's assertion is identical wilth Brooks's.

Tokiya Nakashima speculates to the same effects with Fowler and Kinney about the photo-substitution in 'Evangeline.' Nakashima says "Raby asks Judith if she wants to put the picture in the coffin, and she refuses saying 'I don't want to let it in,' and this scene shows her love for Bon is fleeting."[31] It seems that here Nakashima misses the point of the text in a subtle way. Raby asks Judith, according to the text, 'Do you want to put this in, Missy?' and Judith refuses flatly, 'I wont put that in.' Then, she fetches a poker and beats the metal case shut. I wouldn't think Nakashima mistakes the picture in question for Judith's, but I must say Nakashima's expression above is misleading. Nakashima attributes in 'Evangeline' the motive for Henry's fratricide to his incestuous inclination to his sister, and in *Absalom* to his desperate effort to prevent incest and pollution caused by coupling of Judith with a part Negro Charles.

Lastly, Olga W. Vickery confirms Shreve's romantic conjecture about the picture displacement and concludes tersely, "Later he substitutes the octoroon's portrait for Judith's as a means of saving Judith tears and Henry her condemnation."[32]

---

30) Elizabeth Muhlenfeld, *Ibid.* 178-179
31) Tokiya Nakashima, *On 'Evangeline,' An Unpublished Story of William Faulkner* (Sojyusha Publishing Co. 1998) 49-67
32) Olga W. Vickery, *The Novels of William Faulkner* 91

7

The theme of miscegenation projected insufficiently on 'Evangeline' was resumed in new attire in *Absalom*. In 'Evangeline' the race problem is the marriage of white Charles with an octoroon. In *Absalom* the problem gets more serious because a part Negro Charles tries to marry a white Confederate girl Judith. The inveterate fear of miscegenation and the frantic attempt of the white society to prevent it in the twenties and the thirties find expression in the elimination of Charles Bon, who is the metaphor of the fear of whites.

However, even in *Absalom*, the final mysteries of Henry's fratricide and the photo-substitution are not thoroughly explicated in spite of repeated testimonies by various narrators. Hence, the disagreement and discrepancy among the interpretations and opinions of critics I have already cited.

In *Absalom*, in particular, every character-narrator tells the story of Sutpen, not merely from his knowledge but with his prejudice, and his own inclination. Not seldom does he talk about himself, as is typical of Miss Rosa Coldfied. As Faulkner once remarked: "Everytime any character gets into a book, no matter how minor, he's actually telling his own biography, talking about himself, in a thousand different terms, but himself." So the readers are required to find out the true Sutpen story from among ever changing and conflicting narratives of various narrators; in other words, the readers are requested by Faulkner to make up their own " fourteenth image of the blackbird." Faulkner once remarked:

> I think that no one individual can look at truth. It blinds you… It [is], as you say, thirteen ways of looking at a blackbird. But the truth, I would like to think, comes out, that when the reader has read all these thirteen different ways of looking at the blackbird, the reader has his own fourteenth image of that blackbird which I would like to think is the truth.[33)]

Speaking of Charles's fratricide in 'Evangeline,' there is no remarkable difference among "the fourteenth images" of critics. Critics are practically unanimous in attributing the motive of the fratricide to the existence of the magnolia-faced octoroon. And they also agree that this octoroon is not sufficient motivation for Henry's Cainlike murder, and that the very weakness of 'Evangeline' lies in this unconvincing motivation of Henry Sutpen.

In *Absalom*, Faulkner corrected this weak point by changing *status quo ante* of Charles Bon into Sutpen's part Negro son. As a result, now critics can safely argue that Charles's marriage to Judith is not simply bigamous but also incestuous *and* miscegenetic, and that for its prevention, "the pistol was not only justified, but inescapable."

Yet, some critics are of slightly different opinions, which deserve a passing notice. Robert K. Martin ascribes Henry's fratricide to homosexuality, and Loren Schmidtberger claims that more importance be given to Charles's filiation than his racial identity. Ilse Dusoir Lind sees "Sutpen story as a matter of historical import as much as temporal and spacial; and the fratricidal Sutpen conflict especially mirrors in miniature the larger fratricidal conflict of the Civil War, and Sutpen's inhumanity that bred by a plantation culture based in a slave economy.[34]" Also, Jun Liu observes, "The Judith-Henry-Bon triangle represents a central metaphor: it not only footnotes a historical Civil War but ultimately signifies Faulkner's supra-historical civil war in the heart.[35]"

In comparison with the first mystery, the opinions of critics as to the picture substitution show considerable variance. Some opinions are, like the two ends of the spectrum, diametrically opposed. At one end of the spectrum, Ilse Lind interprets the switched picture as Charles Bon's "counter-retaliation" to the Sutpen family, and at the other end there is

33) *Faulkner in the University* (Vintage Books 1959) 274
34) Ilse D. Lind , *The Design and Meaning of Absalom, Absalom!*
35) Jun Liu, *Critical Essays on William Faulkner* 180

Elizabeth Muhlenfeld construing the substitution as Charles's message for Judith. And, in between, we have intermediary views, other alternative views and what not.

In 'Evangeline' the motif of miscegenation fails to function properly, and Charles's sin was bigamy. In *Absalom* Charles is postulated as a half brother of Judith, and their marriage becomes incestuous. The title *Absalom, Absalom!* comes from the King David story in the Old Testament, in which, Amnon, a son of David, raped Tamar, his half sister. So, Absalom, Tamar's brother, killed Amnon, accusing him of incest. To the theme of incest of David story, Faulkner added a theme of miscegenation. Moreover, by changing the narrators from Don and I, mere facilitators of the story, to Quentin and Shreve, who can have empathy with the protagonists, Faulkner encourages the reader to read the last portion of *Absalom* as a two-layered narrative, with the Henry-Judith-Charles triangle superimposed on the Quentin-Caddy-Ames triangle of *The Sound and the Fury.*

Again, the reader is required to choose the motive of the ultimate puzzle of Henry's fratricide from among bigamy, incest, homosexuality, miscegenation, etc. And according as what the reader gives preference to, his sympathy and empathy to Henry, Judith and Charles are also subject to substantial modification. In 'Evangeline,' Charles Bon is a disgraceful bigamist who is married Judith, and at the same time is enchanted by a magnolia-faced 'femme fatale.' In *Absalom*, Charles is sublimated to an ill-fated lover who switches Judith's picture for that of the octoroon so as to lessen Judith's grief after his inescapable death. This transfiguration of Charles in *Absalom* was one of the by-products of the alteration of human relationship Faulkner effected and the introduction of the new pair of young narrators in order to obviate the defects in 'Evangeline.'

（書き下ろし，1999年）

Bibliography

Works by William Faulkner:

Absalom, Absalom! (Vintage International 1990)

'Evangeline' *Uncollected Stories of William Faulkner* (Chatto and Windus 1980)

Other Works Cited:

Batty, Nancy Allen. *Riff, Refrain, Reframe: Unflinching Gaze* (University Press of Mississippi 1997)

Brooks, Cleanth. *William Faulkner: The Yoknapatawpha Country* (Yale University Press 1996)

Ferguson, James. *Faulkner's Short Fiction* (The University of Tennessee Press 1991)

Fowler, Doreen. *Faulkner: The Return of the Repressed* (University Press of Virginia 1997)

Gray, Richard. *The Life of William Faulkner* (Blackwell 1996)

Kinney, Arthur. *Critical Essays on William Faulkner: The Sutpen Family* (G. K. Hall & Co. 1996)

Lind, Ilse. *The Design and Meaning of Absalom, Absalom!* (PMLA December 1955)

Martin, Roberts ed., *American Gothic: New interventions in a National Narrative* (University of Iowa Press 1998)

McGinnis, Adelaide. *Critical Essays on William Faulkner: The Sutpen Family*

Muhlenfeld, Elizabeth. *Ibid.*

Polk Noel. *Faulkner and Gender* (University Press of Mississippi 1996)

Roberts, Diane. *Faulkner and Southern Womanhood* (The University of Georgia Press 1966)

Schmidtberger, Loren. *Critical Essays on William Faulkner: The Sutpen Family*

Vickery, W. Olga. *The Novels of William Faulkner* (Louisiana State University Press 1964)

Williamson, Joel. *William Faulkner and Southern History* (Oxford University Press 1993)

Japanese Works Cited:

Ari Jiro. *The Novels of William Faulkner* (Taiyosha Publishing Co. 1990)

Nakashima Tokiya. *On 'Evangeline,' Unpublished Story by William Faulkner* (Sojyusya Publishing Co. 1998)

Ohashi Kenzaburo. *Studies on Faulkner 2* (Naunundo Publishing Co., 1983)

Tanaka Hisao. *The World of William Faulkner* (Nanundo Publishing Co., 1997)

Yamaguchi Ryuichi. *William Faulkner, The Poet's Sneer* (Eihosha Publishing Co., 1999)

Truman

XI

トルーマン・カポーティの「銀の瓶」におけるハムラビ

Capote

序

Truman Capote（トルーマン・カポーティ，1924−1984）の初期短編には，三人称語りによる大都会における個人の孤独をテーマにした陰鬱な一連の作品と，かたや，一人称の語り手が南部のスモール・タウンでの出来事を陽気に物語る一連の作品がある。カポーティ自身の体験を反映していると言われるこれら２つのグループの作品は，事実，あまりにも著しい対照を見せるので，読者は直ちに，両者を分別して論じたい誘惑にかられる。例えば，批評家イーハブ・ハッサンは，２つの作品群をそれぞれ，「夜の文体の作品群」，「昼の文体の作品群」と名づけて，前者でカポーティは孤立し，疎外される大都会での個人の孤独と恐怖を，「気味悪い様式と，シュールレアルな装飾」を使って描き，後者では過ぎ去った子供時代の無垢へのノスタルジアを，「くだけた一人称語りの逸話的文体」で描くと言っている[1)]。これに対して，カポーティは，「プレイボーイ」誌のインターヴューで，こういった２分法をナンセンスと一蹴し，「自分は主題に合わせて音調，色調を変えているだけで，文体は変わっていない」と反駁している。

しかし，まるで短調と長調で書かれた楽曲のように，雰囲気の全く相異なる２つの作品群を区別して取り扱うのは，当然許さるべきことでもあろうし，また，この論を進めるうえでも便利なので，以降「夜の短編群」と，「昼の短編群」の用語を踏襲することにする。

発表年代順に並べると，まず夜の短編群は，「ミリアム」（1945），「夜の樹」（1945），「無頭の鷹」（1946），「最後の扉を閉めて」（1947），「マスター・ミゼリー」（1949）となり，昼の短編群は，「僕の言い分」（1945），「銀の瓶」（1945），「誕生日の子供たち」（1949），「クリスマスの思い出」（1956），「感謝祭のお客」（1967）となる。これらのうち，衆目の一致する秀作は，夜の短編群では，「ミリアム」と「夜の樹」，昼の短編群では，「銀の瓶」と「誕生日の子供たち」のそれぞれ２編であろう。そして，ややもすると，夜の文

1）Ihab Hassan. *Radical Innocence*: Chapter 9, Truman Capote: The Vanishing Image of Narcissus（Harper Colophon Books, New York 1966）pp.231, 233

体で書かれた作品の方が，昼の文体で書かれた作品よりも高く評価される傾向があるが，後者にも前者に劣らぬ優れた作品がある。今から，昼の短編群から「銀の瓶」を取り上げて，そのユニークさを，語り手「私」と，脇役的登場人物ハムラビに焦点を当てながら，1）テーマと構成，2）登場人物，3）語り，4）ユーモア，5）結末，の諸点から論じてみたい。

1 テーマと構成

大都会での疎外された個人の不安・恐怖をテーマとするカポーティの夜の短編群の真髄が，現実とも，白昼夢とも区別のつかない幻想的世界，心の闇のムードを描き出すことにあるとするなら，一方，昼の短編群の特色は，第1に，核となるテーマの面白さ，第2に，そのテーマを魅力的に物語るストーリー構成の妙にあると言えよう。

「銀の瓶」のテーマは，主人公アップルシード[2]の夢の実現である。1930年代，大不況に直撃されていたアメリカ南部の小さい町で，あるクリスマスに，超能力をもつ少年アップルシード が，ドラッグストアーのワインの空き瓶に封印されたコインの 総額を「数えて」，賞金を獲得し，その金で妹の歯を治療してやる。少年の願いの充足というテーマが，銀貨の詰まった「銀の瓶」の獲得という具体的イメージと結びつき，ストーリーが，「銀の瓶」獲得の一点に向かって，面白おかしく収束していくのがこの短編のユニークさであった。

「銀の瓶」と比較した時，同じ昼の短編で，名作の誉れの高い「誕生日の子供たち」のテーマとストーリーは，よく見ると，かなり無定形（amorphous）で，纏まりを欠いていることが分かる。眠ったような，単調な南部の小さい町に，ある夏の日，突然バスから降り立った妖精めいた10歳の美少女ミス・ボビットは，初登場のシーンこそ，目眩（めくるめ）くほどの鮮やかさを見せるものの，その後の彼女の奇矯な行状は，脈絡のない虚仮（こけ）おどしに終始する。

2）アップルシードの名は，米国の開拓時代，林檎の種子を配って歩いたという民話のモデル，ジョニー・アップルシード（1774－1845）に因んでいる。アップルシードがいつも身に纏っている赤色のセーターと青色の半ズボンは，少年のマナのシンボルかもしれない。

うぶな男の子たちを自分のために決闘させたり，雑誌の代理店を開いて男の子をただでこき使ったり，犬を石で殺して回ったり，自分を泥棒呼ばわりした老人を縛り上げたり，いかさまのスクリーン・テストに優勝したり，最後にはバスに轢かれたりするが，読者は，作者カポーティが，ミス・ボビットのこれらのおどろおどろしい行動で，一体何を言いたかったのかと訝しがる権利をもつ。そもそも，「誕生日の子供たち」という題名は何を意味するのか？　この短編のテーマが，ミス・ボビットが到達することを夢見た「そこでは人々みんながダンスをして，誕生日の子供たちのように奇麗な」約束の土地だからなのか？　それとも，ミス・ボビットが町に降り立った日が，たまたま主役の男の子，ビリー・ボッブの誕生日に当たっていたからか？　約束の土地を目指して旅立つ当日，ミス・ボビットはバスに轢かれて死ななくてはならないだけに，テーマの曖昧性と，イメジャリーの無定形さは —— 例えば，幕切れで，ビリーとプリーチャーの２人が，顔も隠れるぐらい，両腕一杯の黄色い薔薇の花束を抱えてミス・ボビットに別れを言いに近づくのを，「花の仮面をかぶった黄色い月」に譬えるイメジャリーの無定形さと無意味さは —— この短編の重大な欠陥の１つだと言わざるをえない。

> ミス・ボビットは，黄色い月のように花の仮面を被った２人の男の子を見た時，両腕を伸ばして階段を駆け降りた。道路に飛び出したら何が起こるか分かったので，我々は危ない！　と叫んだ。その声は，雨の中で雷鳴のように轟いた。しかし，薔薇の月に向かって駈けてくるミス・ボビットには，その声は聞こえないようだった。午後６時のバスが彼女を轢き殺したのはその時である。

テーマが曖昧という点では，昼の短編群に属するもう１つの佳作，「感謝祭のお客」も同様である。この短編の主人公は，題名の如く語り手の少年「私」を苛めるオッド・ヘンダーソンであるが，物語の重点が，苛めっ子オッドへの「私」の恐怖を中心に語られる少年時代へのノスタルジアなのか，それとも苛められる「私」に理解と同情を示しながらも，自立を促すミス・スックの無垢の愛情にあるのか。後者だとすると，全編に遍在する２人の睦言めいたやりとりの醸し出す粘性が，語りの軽快さを損なっている。それはまた，意味ありげに何度も使われているが，結局，意味不明のシンボル，「黄色い菊の花」とともに，テーマの曖昧さを増幅している。菊の花は，「私」にとっては，まず，苛めっ子オッドのライオンのように残忍な瞳の黄色であり，2度目は，黄色い菊の花は，60歳代なのに，子供のようにナイーヴなミス・スックにとっては，「王様みたいなライオン，吠えて跳びかかってくるライオン」となる。この短編の幕切れで，カポーティは，3たび菊のイメージをもち出す。ミス・スックは，オッドに，母親モリーへ菊の花束を言付けて言う。短編は，この曖昧な菊のイメジャリーで終わっている。

> 「ああ，オッド」。彼女は彼が道路に出ると呼びかけた。「気をつけてね！　その菊はライオンなのよ」。しかし，彼はもう聞こえないところまで行っていた。私たちは，彼が角を曲がるまで見送った。彼は自分が危険なものをもっているとは知らなかった。燃えるような菊の花は，一荒れしそうな緑がかった夕暮れに向かって，低くうなり，そして吠えた。

夜の短編では，ストーリーよりもむしろ uncanny（気味の悪い）なムードが重要であった。これに反し，anecdote（逸話）の面白さを本領とする昼の短編では，起承転結をそなえたストーリー展開が必要であった。この観点からすると，「誕生日の子供たち」と「感謝祭のお客」には，ともに難があることは，たった今述べた。対蹠的に，「銀の瓶」のストーリーは巧妙に構成されている。カポーティは，まず最初の約2ページの序奏部で，主題「銀の瓶」誕生の経緯を，南部のスモール・タウンでの，新旧2つのドラッグストアーの顧客争奪戦に絡ませて提示する。次いで，モーツァルトのピアノ協奏曲で，オーケストラの序奏の間，満を持していたピアノが，おもむろに鳴り出すのにも似て，主役のアップルシード少年が登場する。やがて，展開部を経て，ストーリーはクレッシェンドしながらフィナーレに向かい，少年の夢が叶い，賞金を獲得する。そして，最後に短い追憶が続いて，物語は結末を迎える。以上のストーリーの展開を，もう少し具体的に表にすると次頁のようになる。ストーリーを主プロットと，副プロットに分けて整理してみた。

カポーティは，あるところで，創作の過程で起こることを次のように言っ

「銀の瓶」のストーリー展開

	主プロット	副プロット
起	語り手「私」の叔父ミスター・マーシャルは，新参のルーファス・マクファーソンに客を奪われ，起死回生の奇策を思いつく。ワインの空き瓶にコインを詰め，25セント以上の買い物をした客に，瓶の中の総額を予想させ，クリスマスに当選者を発表するという案だった。この「銀の瓶」のアイデアは，大当たりし，店は大繁盛する。これに反し，マクファーソンのドラッグストアーでは，閑古鳥が鳴く。	叔父の店の常連で，友人でもあるエジプト人の歯科医師ハムラビが，顧客奪還の「銀の瓶」作戦で，ミスター・マーシャルに荷担する。
承	「銀の瓶」の噂を聞きつけて，貧しい農家の少年アップルシードとその妹が，叔父のドラッグストアーに姿を現わす。少年は，瓶の中のコインを１枚ずつ数えて賞金を貰うと宣言する。 以後，少年は，店に日参して，1日中瓶を穴のあくほど眺める。心配する周りの大人たちに，アップルシードは，自分は超能力を持って生まれてきたので，常人には見えないものが見えるのだと説明する。だが，肝心の25セントは手に入らない。	アップルシードの妹ミディが，いつも兄の後ろについて店に姿を現わす。ミディはハリウッドの女優になるのが夢だが，歯並びが悪くそれを苦にしている。 ハムラビが，アップルシードに優しい関心を示し，時には，腹を空かしている少年に食事を奢ったりする。
転	クリスマス・イヴの前日，アップルシードは，25セントを工面し，瓶の中身の総額は77ドル35セントだと予想する。	ハムラビは，アップルシードの超能力への思い込みを心配し，「銀の瓶」のことは忘れるようにと，忠告する。
結	クリスマス・イヴ当選者発表の日，店には 大群衆が押しかける。正解は77ドル35セント。アップルシード少年の夢は叶う。	ハムラビは，発表の日，店の飾り付けを手伝う。少年の賞金は，ミディの入れ歯の代金に充当されることが判明。

ている。「私はつねに，物語の全体が，最初と中間と最後が，同時に自分の心に浮かぶような錯覚を持っている —— 一瞬のうちに目の前に見えるような気がする。しかし，いざ取りかかって，書いて行くと，まったく予想外のことが起こる。ありがたいことだ。なぜなら，そんなふうに，どこからともなく新しい工夫や表現が得られるのは作家にとって予期せぬ見返りとなるからだ。それがあるからこそ，作家は書きつづける[3)]」。

3）ジョージ・プリンプトン著／野中邦子訳：『トルーマン・カポーティ』p.160

カポーティが「銀の瓶」を書きはじめた時も，きっと彼の言う「物語の全体」が，最初から心に浮かんでいたに違いない。そして，「物語の全体」とは，恐らく前ページの表に掲げた主プロットに当たる部分，即ちプワー・ホワイトの少年が，不思議な能力でドラッグストアーの賞金を獲得する話であったと想像される。しかし，この主プロットだけでは，アップルシード少年の夢の達成は，あまりにもスムースかつストレートに進行し過ぎて，何の変哲もない。密封された瓶の中身を少年が言い当てる結末に至るまでに，ストーリーの 紆余曲折がどうしても必要となる。アップルシード少年の一途な疾走に，いわば「横からブレーキをかける」工夫が要求される。そのためにカポーティが思いついたもの，彼の言うどこからともなく心に浮かぶ「新しい工夫」が，副プロットと名づけたもの，および副プロットに登場する脇役的人物たちの創造であったと考えてほぼ間違いあるまい。今，試しに，「銀の瓶」から，副プロットと，その中心になるハムラビとミディの２人を除いてみると，物語全体がどんなに痩せて，平板になるかを見れば，この仮説の正しさを証明できるというものである。

「銀の瓶」での「私」は，短編「僕の言い分」でのやはり一人称で語る「私」ほどには，事実を滑稽なまでに歪曲したり，自己の被害意識をひたすら主観的に，延々と喋り続けることはないが，「銀の瓶」の「私」は，15歳前後の学生という設定もあって，その語りは，やはり主観的偏向と，未熟さから来る偏狭さを免れていない。

一方，ハムラビは，銀の瓶を使っての「巧妙なルーファス・マクファーソン殺し」作戦の共同謀議者であったし，「銀の瓶」の目的と成功，そして未だ姿を現わしていないアップルシード少年の願いの成就を，伏線の形で予言する。彼はまた，インテリらしく，町民の「銀の瓶」への熱中を哲学的に省察する。エジプトからの移民であるハムラビは，祖父がケイジアン（フランス系移民）だったという貧しいアップルシードに最初から優しい興味を抱き，他人の施しものを拒否するアップルシードの警戒心を解きほぐして，お菓子を買ってやったり，夕食を奢ったりする。しかし，夕食を奢るより，現金で25セント恵んでやった方が喜びますよという「私」の提案には，それがアップルシードのためにならないと，肯(がえ)んじない大人の良識をもっている。ハムラビは一見皮肉屋の癖に，少年の一途な思い込みに，「銀の瓶」作戦の片棒を担いだことを後悔する。しかし，一旦，当選者がアップルシードと決まると，感極まって泣いている少年を肩車して店内を回り，わがことのように喜ぶ純朴さを失っていない。

ミディも，創作の途中でカポーティの心に奇跡のように思い浮かんだもう１つの「新しい工夫」であるように思われる。アップルシードが切に賞金を欲した動機は，私欲でなく，プアー・ホワイト一家の貧困からの脱却であった。そのために，「歯並びの悪い」ミディの導入が必要であった。そのためミディは，最初の登場のシーンから，歯並びの悪い少女として紹介される。再び現われたミディは，映画雑誌のグラビアの美しい女優の歯を羨ましがり，兄に苛々するなと窘(たしな)められる。ミディは，何よりも並びの悪い歯のためにだけに登場している感がある。即ち，ミディは，１人娘をハリウッドのスターにして，一家安楽に暮らすというアメリカン・ドリームを引き出すモチーフだったのである。

ついでに，もう１つ指摘しておきたいのは，ミディの歯への言及は，アップルシードがかぶって生まれたという羊膜（幸福の帽子[4)]）と対になって出てくることである。ミディの「歯」，アップルシードの「幸運の帽子」という対になったシンボルに，「銀の瓶」という３番目のシンボルが加わる。そして「誕生日の子供たち」や，「感謝祭のお客」での曖昧なシンボルと異なって「銀の瓶」では，これら３つのシンボルが物語の中で巧みに生かされているのが，この説話的短編の特色の１つでもあった。

2 登場人物

主プロットでの中枢的登場人物は，ミスター・マーシャル，アップルシード，それに「私」の３人である。副プロットでは，ハムラビとミディの２人が主要人物となる。これに数名の端役，最後に，クリスマス・イヴの当選発表の日にヴァルハラ・ドラッグストアーにつめかける大勢の町の人々が加わる。

まず，「私」は，語り手という制約もあって，自分の身体的特徴や，服装

4）誕生に際して，時に胎児の頭部を覆っている羊膜の一部で，幸運の印とされる。婦人の網帽子に似ているので「幸運の帽子」と呼ばれる。

については，一切言及しない。読者が知らされるのは，ただ，「私」がヴァルハラのオーナーのミスター・マーシャルの甥で，年齢は10代半ば，学校の放課後，店でアルバイトをしていることだけである。また，「私」は，自らの性格や心理を語ることも一切しない。ところが，当然のことながら，「私」は，物語を語りはじめたとたん，無意識のうちに自分の性格・思想を，十分すぎるほど語り出す。例えば，「私」は，叔父マーシャルを，「ずんぐりした体で，四角い顔，ピンクの肌，白い‘男らしい’口髭をもつ男」として紹介する。他方，商売敵ルーファス・マクファーソンは，「私」によって，ただ一言‘悪いやつ’で片づけられ，身体的特徴への言及は一切ない。かくして，「私」は他の人物のことを語りながら，いつのまにか自分の主観，そしてしばしば偏見を語ることになる。この「私」による語りが，事実から偏向している角度・度合いこそが，おかしさを生む第1の原因となる。そしてまた，これが，凡そユーモラスな文体が，客観的三人称語りでなくて，主観的な一人称語りを必要とする理由でもあるが，同時に一人称語りの直情性と偏向は，語り全体のバランスをとるために，何らかの修正を必要とするのも事実である。「銀の瓶」でのこういう修正の役割は，主としてハムラビが演じていることは，すぐ次に論じる。

主役のアップルシードは，「真っ直ぐな黄色い髪，小さい顔，憂いをおびた緑色の瞳」をして，「生意気で，小利口そうな目つき」で，「背が低く，弱々しく，神経質」で，いつも，赤いセーターに，青いデニムの半ズボン，ぶかぶかのブーツを履いていて，最初から「私」の軽蔑と反感の対象となる。妹よりも背が低いくせに，アップルシードは，「カウボーイみたいに威張って」カウンターまでやってくると，いきなり，「銀の瓶」の賞金をもらいたいと切り出す。この口上は，店に来るまでの3マイルの道々考えてきたと見え，一気に言い終わって，やっと自己紹介をする。15か16歳の「私」と8歳のアップルシードという初対面の少年の間に，早くも飛び散る火花を，カポーティはほとんど一筆で巧みに描き出す。

「私」のミディへの観察眼も偏っている。ミディは，兄より背が高く，短く切った亜麻色の髪の悲しげな顔をした少女で，骨張った膝よりもずっと短い色褪せた木綿のドレスを着ている。なにより目立つのは歯並びで，不揃いな歯並びを隠そうと，ミディは絶えず「老婦人みたいに唇をすぼめている」。

カポーティは，She tried to conceal this by keeping her lips primly pursed like an old lady と，頭韻を踏んだ言い回しでミディの一番の特徴を強調する。ここには，未熟で偏向した「私」の他人への身体的欠陥への幼稚な嘲りがある。

ハムラビは，一人称語り手である「私」の偏向で傾いた語りのバランスを復元する役を振られている。ハムラビは「私」にとっては，一応尊敬すべき中年であるが，いささか風変わりな人物でもある。彼は，エジプト系貴族か何かの名門の出らしく，職業は開業の歯医者であるが，流行らないので，もっぱらヴァルハラを溜まり場にして「高等遊民的[5)]」生活を送っている。年齢は不詳だが，30歳代後半ぐらいらしい。因みに，ミスター・マーシャルは，50歳代後半から60歳代前半かと思われる。インテリで，ハンサムなハムラビは，御婦人方の浮気の標的である。また，暇をもてあましているハムラビにとっては，年下で，いささか軽薄な「私」は，揶揄の格好の標的となる。叔父が空のワインの瓶を持って，「さあ，いまに見てろ」と呟きながら表に出て行った時も，ハムラビは「私」に瓶の秘密を教えず，ただ焦らす。30分たって，「銀の瓶」がぎっしり硬貨を詰められてソーダ・ファウンテンのカウンターの上に安置された時も，「瓶の目的を教えてよ」と懇願する「私」に，ハムラビは「銀の瓶」は「虹の下に埋まっている金の壺」（叶わぬ夢）だと，衒学的返事をする。また，理科系の頭脳をもつハムラビは，大人の常識を代表して，アップルシード少年の非科学的な超能力への自信を，茶化したり，諫めたりする。しかし，第三者的立場にありながら，いつも空腹で，薄着で震えている少年のことを，親身になって心配する優しさももち合わせている。ただ，少年には，かくも関心をもつ歯医者のハムラビが，妹ミディに，特に彼女の歯に関して，全く興味を示さないのは不思議議である。これは，恐らく，カポーティが，ハムラビに振った役割が，ストーリーの複雑化というよりも，むしろ，語り手「私」によって提示された主要人物アップルシードや，ミス

5）高等遊民は，夏目漱石の『それから』の代助や，『吾輩は猫である』の苦沙弥先生と，その周りに集まる迷亭，寒月，東風などの知識人の呼称。別名，余裕派・低徊趣味派。学問があり，無職またはそれに近いが，生活には困らず，閑暇をもてあまし，俗世間を軽蔑し，お高くとまっているが，行動を欠く。

ター・マーシャルの偏った人物像を，大人の視点から補完することによって，重要な登場人物，特にアップルシードの性格を「ふくらませる」こと，即ち，アップルシードを，E. M. フォスターの言う a round character[6]にすることにあったからであろう。また，飄逸なハムラビを導入することで，カポーティは，アップルシードの願いの性急さに，物語のうえでのゆとりと，ゆとりから生じる笑いを補足することができた。次に引用するのは，ハムラビがアップルシードにはじめて会うシーンである。「昼の文体」の見本に，原文と日本語訳の両方を掲げた。

"...Now, the way I got it figured, there ain't but one sure-fire thing and that's to count every nickel and dime."

"Count!"

"Count what?" asked Hamurabi, who had just moseyed inside and was settling himself at the fountain.

"This kid says he's going to count how much is in the jug," I explained.

Hamurabi looked at Appleseed with interest. "How do you plan to do that, son?"

"Oh, by countin'," said Appleseed matter-of-factly.

Hamurabi laughed. "You better have X-ray eyes, son, that's all I can say."

"Oh, no. All you gotta do is be born with a caul on your head. A lady in Louisiana told me so. She was a witch; she loved me and when my ma wouldn't give me to her she put a hex on her and now my ma don't weigh but seventy-four pounds."

"Ve-ry in-ter-esting," was Hamurabi's comment as he gave Apple-

6）E. M. フォースターは，『小説とは何か』（米田一彦訳, pp85－97）で，作中人物を, flat characters と round characters とに分ける。前者は，単一概念そのものを表わしており，外部環境によって性格が変化することがない。後者は，小説の進行過程で性格が変化する。短編の限られたスペースながら，「銀の瓶」では，アップルシード，ハムラビは round characters，ミディとルーファス・マクファーソンは flat characters として描かれている。

seed a queer glance.

「いや，僕の考えでは，たった１つ間違いのない方法がある。５セントと，10セント硬貨を１枚１枚数えるんだ」
「数える！」
「何を数えるんだね？」と，ちょうど店に入ってきて，ファウンテンに座ろうとしていたハムラビが言った。
「この子が，瓶の中にいくら入っているかを，数えるって言うんです」。私が説明した。
ハムラビは，興味をもって少年を見た。「どんなふうにやるんだい，坊や？」
「ああ，数えるんです」。当然だというようにアップルシードは言った。
ハムラビは笑った。「坊や，それにはＸ線の目が要るな。そうとしか言いようがない」
「いや，違います。頭に幸福の帽子を被って生まれてくれば，それでいいんです。ルイジアナの女の人がそう言いました。彼女は，魔女で，僕を愛していて，僕のお母さんが僕を彼女にくれなかったので，お母さんに魔法をかけました。だから，お母さんは77ポンドしか体重がないんです」
「たい・へん，お・も・し・ろ・い」と，ハムラビはアップルシードを奇妙な目でちらっと見ながら言った。

少年とあまり年の違わない「私」はむきになって，数えるなんて！ と反発するが，ハムラビはＸ線の目が必要だねと冷やかす余裕がある。しかし，超能力をもって生まれたと本気で主張する少年の頭を，ハムラビは疑りつつも，少年に関心を抱きはじめる。ここでカポーティは，ハムラビの心理の微妙な変化を通じて，一見，高等遊民的生活を送りながら，傍観者には徹しきれないハムラビの優しい性格を描出している[7]。

「銀の瓶」の当選者発表のフィナーレには，以上述べた人物を含めた大勢の町の人々が登場する群集描写がある。２ページ半のスペースに，カポーティは，ヴァルハラに詰めかけた大群衆を，映画撮影でのカメラのパンニングさながら，描写の視線を，右に，左に振りながら，ある時はパノラマ的に，ある時はズーム・インして描き出す。まず，「私」のカメラ・アイズに入ってくるのは，ヴァルハラの中央のソーダ・ファウンテンである。そこには，一番乗りの絹糸工場の少女たちが，晴れ着を着て，ヴァニラ香水の匂いをプンプンさせながら椅子を占領して，お喋りに夢中である。座り損なった者は，壁一杯に立ち並び，遅れてきた者たちは，外の歩道に溢れ出し，さらに車道まで広がる。発表を待ちくたびれた若者が，汚い言葉で騒ぎ立て，老婦人たちが眉を顰(ひそ)めるが，誰1人帰ろうとする者はいない。みんな，滅多にないこの機会を大いに楽しんでいて，お祭り騒ぎは最高潮に達する。そこには，「病人とルーファス・マクファーソンを除いて」ワチャタ郡の全住人が来ていたと，「私」は大袈裟に報告する。

午後4時，発表の時が来ると，今日の主役ミスター・マーシャルが，競売人よろしく口上を述べる。ここからは，カメラ・アイズは，中央のテーブルの上に安置してある「銀の瓶」の横に立つ主役たちに固定される。もちろん，時々「銀の瓶」を幾重もの輪になって取り巻いているその他大勢の人々の叫び声や，野次の方に移動することもあるが，視線は，またすぐ立ちもどってくる。ミスター・マーシャルから答えの入った封筒を貰って封を切るのは，当然，アップルシードの役となる。下唇をかみながら中味の紙を壊れ物のように取り出す少年のクローズ・アップから，視点は1回パンして，思わず天井に視線を逸らすハムラビ，緊張に耐え切れず小さい喘ぎ声を上げるミディを写し，再びアップルシードに戻る。

紙の上の金額を呟いた途端，青ざめて，言葉の出なくなったアップルシードの大写しに，すかさず群衆の中から「大声で読め」の声がかかる。アップルシードから紙をひったくって読もうとしたハムラビも，「ああ，マリア様……」と絶句。再び，周りから「大声で言わんか，大声で！」と，多勢の怒

7）エジプトからの移民ながら，ハムラビはインテリで，また，わざわざニューヨークから郵便でエジプト煙草をとりよせるほどの経済的余裕もある。この意味で，『カポーティ短篇集』（ちくま文庫）での編訳河野一郎の「訳者あとがき」の中のハムラビに関する次の陳述は間違いである。「大不況に見舞われた1930年代が背景になっているが，主人公の少年アップルシードはじめ，エジプトからやって来た移民らしいうだつの上がらぬ歯医者ハムラビなど，社会の弱者を見る作者の目も暖かい」。

った声が応じる。ここで，名うての酔っ払いジャドキンズが，インチキだ，いかさまだ！　と喚（わめ）くと，それをきっかけに野次と口笛。アップルシードの喧嘩早い兄が，黙れ，黙らぬとぶちのめすぞ，と言い返す。モウズ市長は，みなさん，今日はクリスマスですから，穏やかに，と懇願する。最後に，正解を大声で読むのは，「私」で，ここで，群集から大歓声と拍手が起こる。カポーティは，この一連のシーンでも，当選者が判明するまでに，正解を書いた紙の読み手を，まず，アップルシードに指定し，次いでアップルシードからハムラビへ，ハムラビから「私」へと，3回も変え[8]，その度ごとに，苛立った観衆から野次を飛ばさせ，また，アップルシードの兄，モウズ市長，ミスター・マーシャルに，ここでも3回，静粛をと叫ばせる。この群集シーンは，当選したアップルシードをハムラビが肩車して群集に見せ，みなが歓声を上げているさなかに，「私」だけが醒めていて，「これで入れ歯が買える」と狂喜しているミディに，どうして中味が1セントも狂わず，正確に分かったか教えてくれと頼むところで終わる。

3　ナラティヴ（語り）

ナラティヴに関しては，前項の登場人物のところで，語りの視点，一人称語りの主観性など，いくつかの点は，すでに言及したので，言い残したことだけを述べる。「銀の瓶」は，未成年の「私」によって語られ，語りは，説明・進行を司る「地の文」と，情景・地方色・季節感を出す「情景描写」と，「会話」の3つが混ざりあって，軽快に進行する。しかし，軽快な語りの随所に，カポーティは，さりげなく伏線を張ったり，あるいは，意表をつく形容詞を織り込む。例えば，カポーティは，冒頭の2つの短いセンテンスで，語り手「私」が，放課後，叔父のヴァルハラというドラッグストアーでアル

8）古来，口誦の物語では，同じような動作や話が3度繰り返され，ある時は，緊迫感を，またある時は，滑稽感を高める。「旧約聖書」では，ノアは，7日おきに計3回，鳩を放って大洪水がひいたことを確かめる。「新約聖書」でも，悪魔は荒野のイエスに，3度誘惑を試みて，その度に退けられる。「古事記」のイザナキの逃走譚でも，イザナキは，イザナミの差し向けた追手に，鬘，櫛，桃と3回持ち物を投げつけて，それらから生えた食べ物を追手が貪り食っている間に逃走の時間を稼ぐ。また，大汝神（大国主神）は，伯耆国で兄弟神に3度殺され，その度に生き返る。彼は根国でも，スセリビメを娶る前に，父の須佐之男命が課した3つの試練に耐えねばならない。

バイトをしていること，叔父の名は，マーシャルであることを告げる。このようにして，カポーティはこの短いスペースで，主要な２人の人物の関係と職業を簡潔に述べたうえに，さらに，次の２つのセンテンスを追加する。「私は，叔父のことをミスター・マーシャルと呼ぶ，奥さんを含めてみんながそう呼んでいたからだ。でも，彼はいい人だった」。一見淡々と語られているように見えて，読み飛ばすが，まるで盲腸のように最後にくっついている「でも，彼はいい人だった」の一節は，何のために書き込まれたのか。何故，彼のことを，今，ここで‘いい人’と言わねばならないのか。ここの解釈には，読者の１人でもある日本語翻訳者も困ったと見え，川本三郎は，「わたしはいまも彼のことをきちんとミスター・マーシャルと呼ぶ。叔母を初めとして，みんながそう呼んでいたからだ。といっても叔父は威張ったりしないいい人間だった[9]」と説明的に訳している。また，河野一郎は，「あらたまって《マーシャルさん》と呼ぶのは，みんなが，奥さんまでが，そう呼んでいたからだ。でもいい人だった[10]」と敷衍している。

実のことを言えば，叔父が‘いい人’という一見さりげない評言は，このページの終わり頃，叔父の商売敵ルーファス・マクファーソンを，「私」が，身贔屓（みびいき）から，‘悪い奴’と呼ぶのと対応している。さらに，マーシャルという名とその風貌から，厳（いかつ）い marshal（司令官・警察署長）を連想させる叔父が，本当は，スモール・タウンでみんなに愛される‘いい人’であることは，この短編の最後になってはじめて納得的に分かることになっている。このことは，5の「終わり方」の項で，再度ふれることになる。

第１パラグラフで，語り手と主役の１人ミスター・マーシャルを手短に紹介したカポーティは，次のパラグラフで，物語の舞台となるヴァルハラ[11]内部の細密な描写に取りかかる。叔父がニュー・オーリンズのオークションで買ったという自慢の黄色の大理石でできたソーダ・ファウンテン，背の高い華奢なスツール，壁にかかった古いマガホニー枠の鏡の列や，ガラスの飾り戸

9）トルーマン・カポーティ著／川本三郎訳：『夜の樹』p.194
10）トルーマン・カポーティ著／河野一郎編訳：『カポーティ短篇集』p.160
11）ヴァルハラ・ドラッグストアーの名は，チュートン神話の知識・文化・戦争の最高神オーデン神の殿堂にあやかったもの。

棚に入った雑貨など，カポーティは，それぞれの調度や器具の材質感を精密に描き出す。特に，遠くの窓から射し込んでくる光線を反射する大理石の光沢，鏡に柔らかに映る人影，ガラス容器に入ったキャンディの上に戯れる光を描いて，カポーティはここでは，「光の粒子を紡ぐ」と評されるヨハネス・フェルメールの有名ないくつかの室内画面[12)]さながらの効果をあげている。

> このドラッグストアーは時代遅れかもしれなかったが，中は広く，薄暗く涼しかった。夏の間，町にはこの店より気持ちの良い場所はなかった。店に入ると，すぐ左に，煙草・雑誌のカウンターがあり，その後ろには，いつもミスター・マーシャルが座っていた。ずんぐりして，四角い顔，ピンクの肌，口を取り巻く男らしい白いひげ。カウンターの奥には，美しいソーダ・ファウンテンがあった。それは骨董もので，本物の黄色の大理石で出来ており，滑らかな手触りで，安っぽいうわぐすりなど塗られていなかった。ミスター・マーシャルが，1910年ニュー・オーリンズのオークションで手に入れたもので，かねがねご自慢の品だった。背の高い，華奢（きゃしゃ）な椅子に座って，ソーダ・ファウンテンごしに見ると，マガホニーの枠のついた時代物の鏡の列に，自分の姿が蠟燭に照らし出されたように柔らかに映っているのが見えた。商品はすべて，ガラス戸のついた骨董品の飾り戸棚に陳列してあった。その戸棚には，真鍮の鍵がかかっていた。店の中には，いつもシロップやナツメッグや，その他のおいしいものの匂いが漂っていた。

しかし，「私」が，いつもこのように客観的に事実を語るのではないこと

12）連想したヨハネス・フェルメール（1632−1675）の作品は，ここでは，とりわけ画面に，鏡，もしくはガラスを伴った作品，《天秤を持つ女》，《音楽の稽古》，《窓辺で手紙を読む女》の３点である。いずれの画面でも，光は左手の高い窓から射してきて，まず，女性の顔や，天秤や手紙を持った手に当たる。ハイライトで照らし出された金色の巻き毛や白の被り物，褶曲した衣裳の反射する直射光と反射光のグラデーションがモデルをうきたたせ，光はまた，家具や織物の材質感，真珠の屈折率まで描き出す。フェルメールは，これらの静謐な画面に，窓枠の留め金の眩しい反射の奥で，ガラスにひっそり映っている女性の顔や，モデルの白い被り物と毛皮の反射光で仄白く光る鏡，後ろ向きでバージナル（ハープシコード）を弾く若い娘の顔を，床の市松模様のタイルともども映し出している鏡を描き込んでいる。

は，再三述べてきた。すでに指摘したように，15歳ぐらいとおぼしき「私」には，身内の叔父は，‘いい人’であり，商売敵のマクファーソンは，ただ‘悪い奴’なのであった。ここに限らず，「私」の主観性は，いたるところに出てくる。「私」は，禁酒主義者の叔父が，ハムラビと日中からイタリア・ワインをがぶ飲みしているのを見て，商売が上がったりでとうとう頭にきたと早合点するが，すぐ，叔父が欲しかったのは，コインを詰める空き瓶だったと分かる。初対面のアップルシードとミディに対して，「私」が好感をもたなかったことはすでに述べたので繰り返さない。

群集シーンは前節で書いたので，ここでは，会話を含むナラティヴを1カ所引用する。これは，ついに，アップルシードが，兄が結婚式でヴァイオリンを弾いて稼いだ25セントを，なくさないように赤いバンダナの端にしっかりと結わいつけて，ヴァルハラに現われ，ミニ・ボトル入りの梔子（くちなし）のコロンを買って，念願の自分の予想額をミスター・マーシャルに申告するくだりである。

> ミスター・マーシャルは，鉛筆の先をなめて，微笑んだ。「オーケイ，坊や，いくらだい？」
> アップルシードは，1つ大きく息を吸った。「77ドル35セント」。彼は出し抜けにいった。
> こんな半端な金額を言うところが，いかにもアップルシードらしかった。というのは，予想する時，普通の人は，端数のないきっかりの数字を言うからだ。ミスター・マーシャルは，金額を書きとめながら，真面目な顔で復唱した。
> 「僕が勝つって，いつ分かるの？」
> 「クリスマス・イヴだよ」。誰かがいった。
> 「じゃ，明日ですね？」
> 「ああ，そうだよ」。ミスター・マーシャルは，驚きもせずいった。「4時においで」

一途に思いつめたアップルシードと，人のよいミスター・マーシャルのやりとりと，それをそばで聞いている「私」の少々意地悪い観察，特に，ミスター・マーシャルが鉛筆をなめながら真面目にアップルシードの金額を書きとめたり，「じゃ，明日ですね？」と聞かれて，「そう，4時においで」と別段‘驚きもせずに’答える，このあたりの語り口は，カポーティ独自の軽やかさとおかしさをもっている。

この項の最後に，「銀の瓶」の短いスペースの中に，カポーティは，クリスマスの季節感を出すために，ここでも，口誦物の伝統に従って，都合3回，アップルシード事件の起こったその年の異常気候を描写することを忘れていないことを申し添えておきたい。まず，12月の第1週からクリスマスの準備にかかるスモール・タウンでは，早くも，家々のドアはリース，店のショーウインドーは鐘と雲母の雪で飾られ，常緑樹，フルーツ・ケーキ，郡庁舎前広場の大きなクリスマス・ツリー，クリスマス・キャロルを練習する歌声などが，クリスマス気分を盛り上げる。

例年1月も末にならないと本格的な冬の来ないこの南部の町に，この年ばかりは，クリスマスの前週に記録破りの異常寒波が襲来する。水道管は凍り，暖炉の薪は不足し，農家は麻の袋で作物の凍結を防ぎ，アップルシードは相変わらずの，赤いセーターと青の半スボン姿で，震えながらヴァルハラへ通ってくる。

最後に，寒さに追い討ちをかけるかのように，クリスマス・イヴの前の晩に嵐が吹き荒れ，気温が一段と下がる。町は，つららや霜の花で，「北国の景色の絵葉書」みたいになって，アップルシードの奇跡が発現する祝祭に相応しい冬景色に変わる。

4 ユーモア

ユーモアは，イギリス・アメリカ両国民性と，深く結びついたものであるだけに，外国人が，その実体を正しく把握したり，あるいは真価を認識したりすることは，極めて困難だと言わざるを得ない。さらに，文学作品においても，ユーモアは，作品の語り口，全体のリズム，あるいは登場人物や状況設定によって，様々に生成し，変化する。従って，連続体である1作品を解体して，ユーモラスな箇所だけを摘出し，それらを分類・分析して何らかの結論を導き出そうとすることは，明らかに，ナンセンスかつ不粋なことである。しかし，そのことは重々承知のうえで，「銀の瓶」から，「ユーモラス」，「面白い」，「おかしい」，「滑稽な」と感じさせる箇所を拾い出して，この作品の特徴であるユーモアについて暫し考察してみたい。というのも，昼の短編群の中でも，最もユーモラスな「銀の瓶」の評価は，ユーモアへの考察抜きでは，到底十分とは言えないからである。

ユーモアへの考察を，まず，「ユーモラス」という感情がどこから起こるかという問いから始めてみよう。「ユーモラス」および，それと類似した「面白い」，「おかしい」，「滑稽な」という感情を表現する一般的な英語は，humorous, amusing, comic, funny であろう。これら一群の形容詞は，「普通」，「平凡」を意味する別の一群の形容詞，ordinary, common, usual, normal などと対立する。後者は，それぞれ，「順序の決まった」，「みなが使っている」，「今使われている」，「物差し（規範）と合致する」という語源が示すように，正常・自然・無変化・単調を意味する。この，いわば，無色・中立（neutral）なものが，変化し，動き出して，感情の着色を受けたものが，humorous 以下の一連の形容詞であるように思われる。「ユーモラス」，「おかしい」という概念は，従って，常態・標準・規範・日常からの何らかの形での‘逸脱’から生じると言ってよかろう。

次に，常態から‘逸脱’したものは，それが快感，共感を呼ぶものであれば, attractive, interesting, cheerful, jocund, lively, pleasant, merry, playful, jovial, frolicsome, hilarious と，プラス・イメージをもったものになるであろう。他方，常態からの逸脱が，違和感，さらに不安感・不快感を醸成すると，different, droll, exceptional, fancy, odd, peculiar, curious, old-fashioned, quaint, queer, rare, strange, surprising, weird, uncommon, bothering, troubling, indecent, facetious, improper, unpleasant, unfamiliar, unusual, unseemly, unbecoming, inappropriate, excessive, wild などのマイナス・イメージをもった言葉が出てくる。このマイナス・イメージ，違和感がさらに強まると，uncanny, weird, eerie, extraordinary, abnormal の感情を表現する概念が出てくる。これはカポーティの「ミリアム」や「夜の樹」の世界である。違和感への，拒否・軽侮がさらに，嘲笑，批判の方向に向かうと，次のような一群の表現が出てくる：ludicrous, facetious, waggish, eccentric, insane, exorbitant, fabulous, fantastic, extraordinary, incredible, outlandish, ridiculous, foolish, silly, laughable, stupid, absurd, unreasonable など。

しかし，常態を逸脱するものが，何故 humorous になるかは謎である。というのも，逸脱したもの（the strange, the different）は，attractive, interesting であっても，必ずしも humorous ではないからである。基準を逸脱し，常態と異なったものに，人は心をひかれ，興味をもつことができる。しかし，イーハブ・ハッサンが評するように，風変わりな小妖精ミス・ボビットが，「不活発で眠ったような南部の町の，最も生き生きした想像力に訴えて，町の鉛をキラキラ光る金の粒子に変えてしまう[13)]」話が，気味悪い魔女的小妖精ミリアムの weird な話にならないためには，そしてまた，ミス・ボビット同様，超自然的能力をもつアップルシードのアネクドートが，薄気味の悪い（uncanny）話にならないためには，一人称の語り，そして特に，好奇心と外向性に溢れる，いささか「お調子者」の語り手が必要であった。この項の冒頭で，ユーモアが，語り口，リズム，人物設定で変わると言ったのはこの意味であった。十分計算された語り口や，人物設定が，どれほどユーモラスになりうるかは，夏目漱石の『我輩は猫である』，または，北杜夫の『どくとるマンボウ航海記』の第１ページを読めば，直ちに理解できるであろう。

「銀の瓶」でのユーモラスな箇所は，約30カ所である。因みに，昼の短編群でも，「誕生日の子供たち」のユーモラスな箇所は約10カ所，「感謝祭のお客」では約12カ所であり，これら２編よりも，より短い「銀の瓶」が，逆に３倍ものユーモラスな箇所をもっていることは特筆すべきことと言わねばならない[14)]。

「銀の瓶」のユーモラスな30カ所の中で，「私」によって，ユーモアが差し向けられた対象は，ミスター・マーシャルが６回，ルーファス・マクファーソンが４回の計10回である。もともとこの２人は，「銀の瓶騒動」の張本人だから，全体のかなりの部分を占めているのも当然と言えよう。次に，この騒動に巻き込まれる町の人々が10回，主役のアップルシードと妹のミディは，

13）Ihab Hassann. *Radical Innocence,* p.239

14）「誕生日の子供たち」は，「銀の瓶」の約1.3倍，「感謝祭のお客」は，約1.7倍の長さをもっている。

合わせて６回，これに対して意外にも，脇役のハムラビが９回もある。思うに，終始，健気で真剣なアップルシードは，軽快な笑いの対象になり難い。そこで，ストーリーをユーモラスに進行させる役がハムラビに回ってきたのではないか。あと，「私」が，自らの言動を笑うのが３回，「私」が，文中で不意に読者の我々に直接呼びかけて，その意外さのため，思わずクスリと笑わせるところが最後のページに３回ある。以上のユーモアは，１カ所に２つ，３つと重なって出てくることもあるので，ユーモアが向けられる対象の総計は41となる。

次に，「銀の瓶」のユーモラスな30カ所は，何故，あるいは，どうおかしいのかの原因解明を試みてみる。原因を，項目別に分類・整理すると，今度も，１つの箇所がいくつかの項目に跨るので，各項目の累計の数字は，30を超え46となる。それぞれの項目に該当する箇所の数と全体に占める比率は以下のとおりである。

ａ)話題の主の言動によるもの：15カ所（32. 6 %)，ｂ)修辞によるもの：10カ所（21. 7 %)，ｃ)反転によるもの：８カ所（17. 4 %)，ｄ)主観・偏見からくるもの：10カ所（21. 7 %)，ｅ)その他：３カ所（6. 5 %)，計46カ所。

このうちａ)とｂ)は，およそすべてのユーモラスな書き物に共通の要素で，当然のことながら，「銀の瓶」でも，ユーモラスな箇所の半分以上を，ａ)とｂ)で占めている。今から，各項目ごとに具体例をいくつかずつ引用して，おかしさの分析を試みる。念のため必要と思われるところでは，原文を併記した。

ａ）言動のおかしさ

スモール・タウンの中年女性は，ハンサムなエジプト人ハムラビの男性的魅力に抵抗できない。

１）このハムラビという男は，肌は浅黒く，７フィート近くの長身で，ハンサムだった。町の母親たちは，娘たちを厳重に監視するくせに，自分たちは彼に色目を使った。

町の女たちの愚かさを笑いつつ，カポーティは，the matrons（母親たち→女看守），under lock and key（厳重に監視→刑務所に収監）と，一見何気ない慣用句を使いながら，第二義的意味に引っかけて洒落てみせる。原文はこうなっている。

> He was a handsome figure of a man, this Hamurabi, being dark-skinned and nearly seven feet tall; the matrons of the town kept their daughters under lock and key and gave him the eye themselves.

大人よりもっと率直な学童たちは，ヴァルハラでアルバイトをしている「私」から，答えを聞き出そうと，露骨に機嫌を取る。

2）学校の生徒たちは，この事件にすっかり夢中になった。そして「私」は，答えを知っていると思われたので，人気者になった。

日頃は，泰然としているミスター・マーシャルも，新参のマクファーソンに，年来の顧客を根こそぎ奪われると，もはや平静ではいられなくなる。結果的には，実害のなかった他人の不幸は，「私」には，手頃な笑いの標的になる。

3）しばらくは，ミスター・マーシャルは，彼を無視する手に出た。マクファーソンの名が出ると，彼はふんと鼻であしらい，口髭を触って，そっぽを向いた。しかし，彼が腹を立てているのは明らかだった。怒りはますます募っていった。

「私」自身も，自分の関心事にはコミカルなまでの執着を見せる。クライマックスで，アップルシードが勝ったと，みんなが熱狂しているさなかに，「私」のみが，別のことに気がいってしまっている。しかし，「私」の必死の質問は，軽くはぐらかされてしまう。

4）「ねえ，教えてよ」，私は必死だった。「一体，どうして兄さんには，かっきり77ドル35セント入っていると分かったの？」

ミディは，こんな目つきをした。「まあ，兄貴が前に言ったと思うけど」。彼女は真顔で答えた。「数えたのよ」

「そう，だけど，どうやって，どんなふうに数えたの？」

「呆れた，あんたは数え方も知らないの？」

b）修辞によるおかしさ

修辞によって笑いを引き出す試みは，いたるところに行われている。剽軽(ひょうきん)なハムラビは，年下の「私」を，反復とライム（脚韻）を踏んだ洒落で煙に巻く。

5）ハムラビは，厳かな顔で肯いた，「叔父さんはサンタ・クロース，すっごーく悪賢いサンタ・クロース（a mighty crafty Santa Claus）になろうとしているんだよ」と彼はいった。「どれ，私はうちに帰って，『巧妙なルーファス・マクファーソン殺し』という本でも書こうかな」

また，酔っ払いのジャドキンズは，スラング交じりの汚い喚き声をあげる。

6）「詐欺師ども！」。R. C. ジャドキンズさんが叫んだ。彼はもうすっかり酔っ払っていた。「臭いぞ，天まで匂うぞ！」。この声につられて，野次や口笛の嵐があたりの空気を切り裂いた。

"Buncha crooks!" yelled Mr. R.C. Judkins, who had a snootful by this time. "I smell a rat and he smells to high heaven!" Whereupon a cyclone of catcalls and whistling rent the air.

言うまでもないが，泥酔（drunk as a rat）して，羽目を外したジャドキンズさんが，アップルシードやハムラビを，詐欺師ども呼ばわりし，何かインチキ臭いぞ（cats smell a rat）と喚き，それがきっかけとなって猛烈な野次（catcalls）が飛ぶのだが，ここには，カポーティがすぐ後で書き添えているように，当のジャドキンズさんが，マクファーソンに金を掴まされていた裏切り者（a rat）であったという落ちまでついている。

カポーティはまた，メタファーや，会話文での南部方言や訛りを効果的に使っておかしさを出す。ヴァルハラにはじめて現われたアップルシードは，ソーダ・ファウンテンでグラスを磨いている「私」のところにやってくるなり，高飛車に切り出す。

7）「この店で，賞金のいっぱい詰まった瓶を置いてるって話だが」と彼は私の目を真っ直ぐ見ながら言った。「どうせくれるのなら，僕らにくれると嬉しいな。僕はアップルシード，こちらは妹のミディ」

“I hear you folks got a bottle fulla money you fixin' to give 'way,” he said, looking me square in the eye. “Seein' as you-all are givin' it away, we'd be obliged iffen you'd give it to us. Name's Appleseed, and this here's my sister, Middy.”

会話文は，地の文にもまして，話し手の性格，教養，育ちまで雄弁に物語る。カポーティは，8歳のプアー・ホワイトのアップルシード，15，16歳とおぼしき「私」，移民ながら完璧な英語を話すハムラビ，酔いどれのジャドキンズと，人物に応じて，口調を，そして内容を変えて喋らせる。次の引用は，喧嘩早く，女出入りで3回も刑務所暮らしをしたというアップルシードの無名の兄が，群集の野次から弟を庇って，怒鳴り返すシーンである。

8）アップルシードの兄が，すっ飛んできて拳を振り回した。「黙れ，黙らんと，お前らの頭をごつんこさせて，マスク・メロンみたいなたんこぶを拵（こさ）えてやるからな，分かったか？」

Appleseed's brother whirled round and shook his fist. “Shuddup, shuddup 'fore I bust every one of your gaddamn heads together so's you got knots the size a musk melons, hear me?”

以上のa）言動のおかしさ，およびb）修辞的おかしさは，なにも，カポーティの専売特許というわけではないが，それらの中にはカポーティならではのキラリと光るユーモアが随所に見受けられる。とはいうものの，カポーティの本領がいかんなく発揮されていて，「銀の瓶」を最もユニークな昼の文体の作品にしているのは，やはり，今から述べる「反転」と「主観」から生じる笑いである。

c）反転（逆接）

ここで言う反転の笑いとは，順当に話が進んでいて，そこに突然，今までと相反することがらが接続された時，2つの陳述間の予期せざる落差が引き起こすおかしさのことである。「銀の瓶」では，ハムラビに関する記述にこの反転による笑いが多いのが目立つ。先の引用1）の最後で，娘たちには厳禁したハムラビとの逢い引きを，自らは切望する母親たちの自家撞着を揶揄する最後の6語 ── まるで小さいエアー・ポケットに入った機体が，ストンと落ちるような短くて軽快な「下げ」（落ち）── は，カポーティ独特のものである。「反転」の6語を含む部分を再度引用する（下線は引用者。以下同じ）。

> The matrons of the town kept their daughters under lock and key and gave him the eye themselves.

このエアー・ポケット的「下げ」は，ハムラビが，『巧妙なマクファーソン殺し』という小説を書くと言うが，「私」はハムラビの文才を信じていないところにも出てくる。

> 9）実を言うと，彼は時々小説を書いて，あちこちの雑誌社に送った。しかし，いつも戻ってきた。

クリスマス直前，教会のパーティで，ミスター・マーシャルとルーファス・マクファーソンが鉢合わせする。すわ，一悶着！ と思うと，ものの見事に肩透かしを食う。

10）教会でいくつかのパーティがあって，その１つでマーシャルさんは，ルーファス・マクファーソンとぱったり出会った。激しい言葉が飛び交ったが，殴り合いにはならなかった。

しかし，こうした「反転」のなかには，１度読んだだけでは，このようにストンと腑に落ちないものもある。以前にも指摘した第１パラグラフの終わりにある「だが，彼はいい人だった」という「反転」が，その１例である。読者は，ここはまだ物語の出だしなので，そのうちいずれ分かるであろうと，一応は先へと読み進むものの，なんとなく引っかかる箇所ではある。念のため，全パラグラフを再掲する。

11）学校が終わると，私はヴァルハラ・ドラッグストアーで働いた。この店は叔父のミスター・エド・マーシャルの所有であった。私は，叔父をミスター・マーシャルと呼ぶ。というのは，奥さんを含めて，みんなが彼をそう呼んでいたからだ。しかし，彼はいい人だった。

After school I used to work in the Valhalla drugstore. It was owned by my uncle, Mr. Ed. Marshall. I call him Mr. Marshall because everybody, including his wife, called him Mr. Marshall. Nevertheless he was a nice man.

この項の最後に，もう１つ「反転」の例をあげる。銀の瓶騒動が収まった後，ハムラビはアップルシードの話を小説に書いてあちこちの雑誌に投稿するが，結局，活字にはならなかった。ある編集者は，ミディが首尾よく映画スターになっていたら，話は面白くなっていただろうと不採用の理由を書いてくる。ここで読者は，語り手，いや，カポーティから，突然「しかし，そうならなかったのだから，嘘を書くわけにはいかないでしょう？」と同意を求められる。ここもユーモラスな反転であるが，これについては，「銀の瓶」全編の終わり方を問題にする時，改めてふれる。

d）主観（偏見・勘違い）

反転と並んで，カポーティ独自の笑いを形成しているのが，話題の人物，もしくは，語り手の主観的言動である。「銀の瓶」の語り手は，すでに何度も言及したように，多分に予断と偏見に満ちた言動を行う。底意地が悪いとまではいかなくても，「私」の歪んだ観察や未熟ゆえの思い込みと，客観的事実とのギャップが，読者の笑いを誘うようになっている。例えば，冒頭で，ドラッグストアーのオーナーである叔父は，「私」の贔屓目で善玉，競争相手のマクファーソンは悪玉と，一方的に断定されてしまう。

同様に，「私」は，他人，特に大人に可愛がられるアップルシードに対して，最初から好意的ではない。7）で引用したように，アップルシードは，歩くたびに，ポコン，ポコンと踵の抜ける大人用のブーツで，カウボーイみたいに威張って歩いてきて，年下のチビの癖に，「私」の目を直視して，金の一杯詰まった瓶を貰いたいと，小生意気な口を利く。2度目に来た時も，アップルシードは，無一文のくせして，ソーダ・ファウンテンに座って，いけ図々しくも水を2杯注文する。

12）アップルシードは，ファウンテンの止まり木にちょこんと腰掛けて，大胆にも2杯の水を注文した。1杯は自分用に，もう1杯はミディのために。

Appleseed perched on a stool at the fountain and boldly asked for two glasses of water, one for him and one for Middy.

この時は，流石にアップルシードも少々気が引けたと見え，訊ねられもしないのに，自分の家族のプライバシーをべらべらと喋って，ミディに窘（たしな）められる。でも，そのおかげで読者は，アップルシードがフランス系の移民の家系であること，父親がいないこと，母親が異常に痩せていること，結婚式でヴァイオリンを弾いてお金を稼ぐ兄は，女性問題でいつもトラブルを起こし，一家が転居する原因であったことなどを知ることができる。

アップルシードは，迷信を信じている。ルイジアナの女占い師の言うように，羊膜（幸運の帽子）を被って生まれたので，超能力をもっていると信じ，母親が，74ポンド（33キロ）しかないのは，女占い師に魔法をかけられたせいだと非科学的な思い込みをしている。

こういった根拠のない噂や迷信を信じる点では，町の人々も例外ではない。従って，「私」は，町の人々の尻馬に乗って，ハムラビについて次のように語ることになる。

13)ハムラビはエジプト人で，歯医者ということになっていたが，商売はうまくいっていなかった。この近くの人たちは，水に含まれるある成分のために，並外れて歯が丈夫だったからだ。

Hamurabi was an Egyptian and some kind of dentist, though he didn't do much business, as the people hereabouts have unusually strong teeth, due to an element in the water.

アップルシードよりは少し年嵩だが，まだ学生の「私」の発言には，時々背伸びした似非論理が混じる。「私」は，ハムラビの完全で全然訛りのない英語を批評して言う。

14)彼には，外国訛りが全くなかった。だから，月に住んでいる人がエジプト人でないように，ハムラビもエジプト人でないというのが私の持論だった。

He had no foreign accent whatsoever, and it was always my opinion that he wasn't any more Egyptian than the man in the moon.

非論理的で，荒唐無稽のことを言う点では，自他ともに認めるインテリのハムラビも，時として，その例外ではない。ハムラビは，レインボー・カフェでアップルシードに夕食を奢ってやった時，つい気を許したのか，少年にトール・テイル（法螺話）的身の上話をする。アップルシードは，早速「私」に注進に及ぶ。

15)ハムラビは，約束を守って，カフェでバーベーキューを１皿奢ってやった。後で，アップルシードは言った。「確かに，ハムラビさんはいい人です。でも，変わった考えをもっている。エジプトとかいうところに住んでいたら，王様かなんかになっているって考えているんです」

Hamurabi kept his promise and stood treat to a dish of barbecue at the café. "Mr. Hamurabi's nice, all right," said Appleseed afterward, "but he's got peculiar notions: has a notion that if he lived in this place named Egypt, he'd be a king or somethin'."

先に４)で引用した，アップルシードが，どんなにしてコインを数えたかという「私」の質問に，ミディが，「あんたは数え方も知らないの？」と驚いてみせるのも，勘違い，もしくは，はぐらかしの範疇に入れてよかろう。

5 終わり方について

「銀の瓶」のフィナーレで，カポーティは，次に引用する［A］，［B］，［C］の３通りの終わり方をすることができたはずである。まず，最も短く終えるつもりなら，アップルシードの当選が決まって，みなが熱狂している最中に，「私」が，どうして彼が正確に金額を言い当てたかを教えろとミディに執拗に食い下がると，ミディが次のように言い捨てて走り去るところで，この短編全体を結んでよかった。

［A］「まあ，呆れた，あんたは数え方も知らないの？」
「でも，兄さんがしたのはそれだけ？」
「そうね」。彼女はちょっと考えてから言った。「お祈りも少ししたみたい」。彼女は走り去りかけて，振り返って叫んだ。「それに，兄貴は幸運の帽子を被って生まれてきたんだもん」

この終わり方は，不気味なムードが最も重要な夜の文体の短編群，例えば，「ミリアム」や「夜の樹」に見られるいささか唐突で，解決のない終わり方と酷似する。「ミリアム」では，1度かき消すようにいなくなった銀色の髪と茶色の目をしたミリアムが，また，忽然としてミラー夫人の前に現われ，「ハロー」というところで終わっていた。

> 自信を取り戻したことに満足しながら耳をすますと，ミラー夫人は2つの音に気づいた。箪笥の引き出しが開いたり閉まったりする音，その音は止んだ後もずっと聞こえてくる。それから，その耳障りな音は，絹のドレスの囁くような音にかわり，この微妙な幽かな衣擦れの音は，段々近寄ってきて，ますます大きくなり，ついに，壁が振動で震え，部屋が絹の囁きの波に飲み込まれた。ミラー夫人は，体を強張らせて，目を開けて，もの憂げに，真っ直ぐこちらを見詰めている女の子の目を見た。
> 「ハロー」とミリアムが言った。

今し方，階下の住人に部屋を調べてもらった時には，荷物ともども姿を消していたミリアムが，いずこからともなく現われる。ミラー夫人と同じ，ミリアムという名前をもち，自由に，夫人の部屋に出没する薄気味の悪い少女は，現実のものか？　超自然的存在なのか？　それとも，ミラー夫人の潜在意識の顕在化した彼女の分身（alter ego）なのか？「終わりのない曖昧な結末」(unclosed ending）は，話が未解決なだけに，それだけ一層，暗くて内向的な，孤独と疎外のテーマを終えるのに相応しいのかもしれない。因みに，カポーティは，「ミリアム」の最終稿を「マドモワゼル」誌に渡す前に，当時「ニューヨーカー」の副編集長をしていたバーバラ・ロレンスに見せたら，バーバラは，最後の2つのパラグラフを削除するように強く忠告した。カポーティは，彼女の助言に従ってそれらをカット，現在の結末にしたという[15]。

「夜の樹」は，女子大学生ケイが，夜の列車で，同席した気味悪い男女の旅芸人につきまとわれ，ジンを飲むことや，いかがわしいお守りを買うことを強要されて，いたたまれず列車の最後尾に逃げ出す，しかし，追いかけて

15）ジェラルド・クラーク著／中野圭二訳：『カポーティ』p.115

きた男芸人に連れ戻されて，1度は断わった品物を買うところで終わっていた。最後の3つのパラグラフは，結末としては，決して成功しているとは思えない。特に，下に引用する最終パラグラフは，極めて晦渋な結末となっていた。

> 「買うことにします」とケイは言った。「お守りです。私，買います，それだけでいいのなら」
> 女は，なんの反応も示さなかった。彼女は，冷淡に微笑んで，男の方に向きを変えた。
> ケイが見ていると，男の顔は，ケイの目の前で，形が崩れ，月の形をした石が水の表面から底に沈んでゆく時のように，彼女から遠ざかってゆくように思われた。暖かいけだるさがケイの緊張をほぐした。ケイは，女がハンドバッグを取りあげ，レインコートをケイの顔に経帷子のようにそっとかけてくれた時，ぼんやりとそのことを意識した。

いくつかの不可解なメタファーを含むこの曖昧な結末は，いわゆる「終わりなき結末」で，余韻が残る。即ち，読者に曖昧な結末を，想像力を行使して，様々に解釈する余地を残すもの ── 不気味な男女の芸人を，ケイの妄想が生み出した幻想，あるいは，ケイの分身と考えるのもその1つ ── となっている。しかし，ここでもう1回仮説を述べることを許されるなら，「夜の樹」の，この無くもがなの最終のパラグラフは，バーバラ・ロレンスの手にかかっていたら，恐らくカットの対象になっていたに違いない。

同様に，もし，「銀の瓶」が，［A］の，「兄さんは幸運の帽子を被って生まれたんだもん」というミディの台詞で終わっていたら，この結末は，やはり「終わりなき結末」となっていたであろう。しかし，カポーティは，こういう曖昧な結末を選ばず，さらに続ける。

> ［B］　それが，この謎を解く一番近い答えだった。この後，アップルシードに，「どうして分かったんだい？」と聞いても，彼はいつも不思議な笑いを浮かべ，話題を変えた。それから何年か経って，彼と彼の家族はフロリダのどこかへ引っ越し，2度と消息を聞くことはなかった。

「私」はまだ，アップルシード事件には裏があったのではないかとの一抹の疑いを抱いているが，彼と家族は永久にスモール・タウンを出てゆく。目覚しい事件も話の種もない南部の小さい町に，不思議な少年アップルシードが，町の「結界」の外から突然姿を現わし，超能力と直感で，平穏無事な町に刺激を与え，感動を引き起こし，またどこともなく立ち去ってゆくのである。この［B］で「銀の瓶」が終わっておれば，それは，先に引用した，町を出でゆくミス・ボビットが，バスに轢かれてしまう「誕生日の子供たち」と同様の終わり方であった。「結界」の外から，レモン色のパーティ・ドレスを着て町に舞い降りた黄色い目と赤い巻き毛のミス・ボビットも，1年後には，約束の地を求めて旅立ってゆく。「結界」から旅立つという点では，「銀の瓶」は，また子供時代のオーリエンテーションを済ませたオッドと「私」の２人が，ともに南部を離れて，北部に向けて旅立ってゆく「感謝祭のお客」の結末とも，通底するものであった。

しかし，「銀の瓶」は，まだ，ここでは終わらない。カポーティは，後日談的エピローグ［C］を最後にもってくる。そして，今度こそ「銀の瓶」は，本当に終わる。

> ［C］　しかし，私たちの町では，アップルシード伝説は今も生きている。１年前亡くなるまで，ミスター・マーシャルは，クリスマスになると，バプティスト教会のバイブル・クラスに招かれて，アップルシードの話をした。ハムラビは，この話をタイプしてあちこちの雑誌社に郵送した。しかし，活字にはならなかった。ある編集者が返事をくれてこう書いてきた。「もし，その女の子が，映画スターになっていたら，貴方の小説は面白くなっていたかもしれません」。しかし，そうならなかったので，嘘をつくわけにもいかないだろう。

これで，ミスター・マーシャルが，その後ずっと町の人から敬愛されていたこと，銀の瓶の当選者は，公正に選ばれたことが分かり，物語の冒頭の「しかし彼はいい人だった」の意味も今度は十分腑に落ちる。編集者がハムラビの小説を没にした理由に対して，「私」が，嘘を書くわけにはいかないと呟くところは，「銀の瓶」を書く少し前のカポーティが，まだ「ニューヨーカー」でコピー・ボーイとして働いていた頃，採用を願い出た短編を没にした時の編集者の台詞，「大変結構だが，同じロマンチックと言っても，うちの雑誌むきではないね[16]」への，カポーティの意趣返しであったのかもしれない。

ともあれ，このエピローグを加えることで，カポーティは，ミスター・マーシャルも，ハムラビも再登場させ，最後にスパイスの利いた皮肉でもって，ユーモラスな全編をうまく締めくくることができた。

もう1つここで指摘しておきたいのは，話が佳境に入り，いよいよ終わりが近づくにつれ，語り手の「私」，というよりむしろそれまでページの奥に引っ込んでいた作者のカポーティ自身が，物語を聞いていた読者に向かって，盛んに直接話しかけるようになるという現象である。

それはまるで，クライマックスで，話に熱の入った作者が，語り手「私」の肩越しに身を乗り出して，読者に，時にはジェスチャーを交えながら直接話しかけているかのようである。

まず，「銀の瓶」のクライマックスで，正解を書いた紙を手にした，アプルシードとハムラビの2人が，ともに絶句して，会場中が野次と喚声で大混乱となる。主催者ミスター・マーシャルが，椅子の上に飛び乗り，手を叩き，足を踏み鳴らして，やっと騒動を静める。読者が作者から直接に呼びかけられるのは，この時である。

> ここで，後になって，ルーファス・マクファーソンが，R. C. ジャドキンズさんに金を摑ませて，騒ぎを起こさせようとしたことが分かった，と言っておいた方がいいであろう。とにかく，騒ぎが静まった時，驚いたことに，くだんの紙は私の手の中にあった。……どうしてそうなったかは，聞かないで欲しい。

> It might as well be noted here that we later found out Rufus McPher-

16）前掲書『カポーティ』p.115

son had paid Mr. R.C. Judkins to start the rumpus. Anyway, when the outbreak was quelled, who should be in possession of the slip but me …don't ask how.

いつのまにか，カポーティがスーッと介入してきて，「私」に代わって物語りの難点をいとも簡単に乗り切ってしまう。狡いぞ，カポーティ！

また，このすぐ先で，読者は再びカポーティから親しげに話しかけられる。「私」が，ミディに，アップルシードがどんなにして77ドル35セントという正確な金額を知ったのかと聞くと，ミディは，'こんな目つきをして' 答える。カポーティは，ここでミディの目つきを真似してみせる。

「ねえ，教えてよ」，私は必死だった。「一体，どうして兄さんには，かっきり77ドル35セント入っていると分かったの？」

ミディは，こんな目つきをした。「まあ，兄貴が前に言ったと思うけど」。彼女は真顔で答えた。「数えたのよ」

"Hey, tell me," I said desperately, "tell me, how in God's name did he know there was just exactly seventy-seven dollars and thirty-five cents?"

Middy gave me this *look*. "Why, I thought he told you," she said, real serious. "He counted."

そして，最後にカポーティは，ミディはハリウッドの女優にはなれなかったのだから，嘘を書くわけにはいかないでしょうと，もう一遍読者の顔を覗き込んで，全編を終える。

しかし，そうはならなかったのだから，嘘を言うわけにはいかないだろう。

But that's not what happened, so why should you lie?

ともあれ，読者への呼びかけをも含んだこのエピローグのおかげで，「銀の瓶」はユニークになった。読者は，最後に３種類のアップルシード物語を提供される格好になり，それぞれが，どういう話で，また，お互いにどう違うかを推測する楽しみをもつ。１つは，ミスタ・マーシャルが毎年クリスマスにバイブル・クラスで話した「アップルシード逸話」，２つ目は，ハムラビが雑誌社に投稿したアップルシード物語（そして題名は，ハムラビらしく《巧妙なルーファス・マクファーソン殺し》であったかもしれない），そして最後は，勿論今読み終えたカポーティの「銀の瓶」である。

跋

カポーティの昼の短編群は，みな一人称語りで進行するが，語り手「私」の機能は，作品ごとに異なる。「僕の言い分」での「私」は，最初から最後まで，途切れることなしに，被害妄想的独白を捲(まく)し立てる。一方，「誕生日の子供たち」の「私」は，全編を通じて黒子役に徹し，役らしい役を演じるのは，たったの２回きりで，存在感が極めて希薄で，そのため全編の印象は，むしろ三人称語りに近い。「感謝祭のお客」での「私」は，苛めっ子オッドのために，登校忌避になる哀れな被害者で，「銀の瓶」の話し手のような陽気でおおらかな外向性はもち合わせていない。

「銀の瓶」のユニークさは，語り手「私」に，他の短編にはない言動の闊達・自在さを保証したことであった。即ち，未成年ながら，半ば大人の世界に足を踏み入れつつある15，16歳に年齢設定された「私」は，カポーティから，バルハラを訪れるスモール・タウンのすべての階層・年代の住人を日頃観察して，彼らの言動に対して，悪意はないが，かなり辛辣な批判をする権利を付与されている。要するに，物語の調性を決定する語り手の「私」が，未熟で，欠点だらけで，「でしゃばりで，おっちょこちょい」なのが，語りのおかしさの原点であった。同時に，「私」の語りが少なからず偏向しているのは隠れようもない事実で，下手をすると語り全体が，「僕の言い分」での，あのパラノイア（被害妄想）の一方的な流露に陥る危険性があった。ユーモラスな一人称語りは変えることなしに，こうした行き過ぎを回避するためには，物語のうえでの何らかの工夫・仕掛けが必要であった。「銀の瓶」

での，一人称語り手の単眼的ナラティヴに，複眼的視座を注入し，「私」の主観から生じる行き過ぎを修正し，「私」という偏光フィルターを通して眺められた登場人物の歪んだイメージを補正し，そうすることによって人物には「ふくらみ」を，物語には重層性を付与するのが，インテリでより穏健なハムラビの役割であった。かくて，「銀の瓶」での２人の人物，偏向しながらも自在に物語を操る「私」と，飄々とした脇役ながら，いつの間にか，語り手の不備を補完し，語り全体の均衡を保つハムラビの存在こそが，「銀の瓶」という洒脱でユニークな短編を生んだ主な原因だったのである。

（書き下ろし，2000年）

参考文献

Truman Capote: *A Capote Reader* (Penguin Books, New York 1993)
_____: 'The Thanksgiving Visitor' (The Modern Library, New York 1967)
Philip Stevick (ed.): *The Theory of the Novel* (The Free Press, New York 1967)
Wayne C. Booth: *The Rhetoric of Fiction* (The University of Chicago Press, Chicago 1961)
Albert Blankert *Vermeer* (Rizzoli, New York 1988)
ジェラルド・クラーク：『カポーティ』（中野圭二訳，文藝春秋，1999）
ジョージ・プリンプトン：『トルーマン・カポーティ』（野中邦子訳，新潮社，1999）
岡本靖正：『文学形式の諸相 ── 文学の時間形式・小説の叙法・ヒューマー』（英潮社出版，1978）
E.M.フォースター：『小説とは何か』（米田一彦訳，ダヴィット社，1980）
マージョリー・ボウルトン：『小説とは何か ── 英米作家を中心に』（田淵実貴男・今井光規訳，英宝社，1981）
デイヴィッド・ロッジ：『小説の技巧』（柴田元幸・斎藤兆史訳，白水社，1999）
T.カポーティ：『夜の樹』（川本三郎訳，新潮文庫，1996）
_____：『カポーティ短篇集』（河野一郎編訳，ちくま文庫，1997）
小林頼子他：『フェルメール ── 大いなる世界は小さき室内に宿る』（六耀社，2000）

Thomas

XII

Where Does the Angel Look?

Wolfe

Look Homeward, Angel (1929), the first novel by Thomas Wolfe (1900–1938), is a thoroughly autobiographical work. We can find in it all his literary possibilities, as well as his defects as a story writer. Moreover, *Look Homeward, Angel* is the first and the last novel Wolfe wrote in his own right; for his next novel, *Of Time and the River* (1935), was practically a work of collaboration with Scribner's Maxwell Perkins, and his other two novels, *The Web and the Rock* (1939) and *You Can't Go Home Again* (1940), were published posthumously after Wolfe's sudden death in 1938. Edward C. Aswell of the Harper's and Maxwell Perkins of the Scribners compiled unrelated portions of Wolfe's manuscripts and random jottings to give thematic coherence to each of the books. Literally, they 'assembled' the two novels from the mountains of manuscripts Wolfe had left behind. Therefore, the authenticity and importance of *Look Homeward, Angel* cannot be overestimated.

But *Look Homeward, Angel* is by no means an easy book to read. First, it is too long for a reader to keep up interest to the end. It is about twice as long as an ordinary novel. Second, this book is lacking in plot, and some portions are filled with disparate episodes which may lead the reader astray. Third, the theme is ambiguous. A theme of a novel is usually expressed in the title in a symbolic way. The reader goes on reading expecting he will come to the place where the symbolic title is materialized in due course. However, in the case of *Look Homeward, Angel,* his anticipation will be scarcely fulfilled.

In *Look Homeward, Angel* there are no less than thirty references to angels, but the images which these angels evoke in the reader are various, and the implications of angels are different from one to another. The further you read, the more uncertain you will become about the implications of the angels.

This essay asks what causes the discrepancy between the title and the contents of the novel, and discusses that the title and the theme contained contradictions and ambiguity from the very beginning.

1

Look Homeward, Angel, like all his subsequent works, is autobiographical, and it doesn't have "unity" or "form" which is indispensable to a conventional novel. Lack of plot and ignorance of the principles of novel led Wolfe to the undue emphasis on his personal experiences. Maxwell Perkins of Scribners recollects when he first read the manuscripts of *O Lost* (the original title of *Look Homeward, Angel*) that he felt he had a Moby Dick to deal with. He says that he felt it lacked unity, and the first thing he and Wolfe did to give it unity was to cut out the wonderful first scene and the ninety-odd pages that followed. Perkins continues to say that they needed to unfold the whole tale "through the memories and the senses of the boy, Eugene ...Without the inherent memory of the event, the reality and the poignance (*sic*) were diminished" (*Introduction: Look Homeward, Angel* 9) .

The fluctuation of the points of view through which the whole story is spun out was not the sole defect of *Looking Homeward, Angel.* Violations of rudimentary rules of creative writing brought on Wolfe the criticism that he was an undisciplined, naïve autobiographical writer.[1] Wolfe was sensitive to the criticism that he was an autobiographical writer, and he kept protesting all his life. He tried to justify himself saying, "...a man can't help writing about things he's done and seen and people he's known. No matter how much you want to create you have to be autobiographical. You can't pull it out of the air. It's got to come from his inside, and what you got there is an autobiography[2]". Or, "I think that often the reason a man is 'an autobiographical writer' is not because that man wants to justify himself, or make a hero of himself, but just because he is a writer with the will and urge to write, a man who *has* to write, and

1) For one, Hemingway says Wolfe was too wedded to the autobiographical model, which resulted in overwriting and sentimentality. (J. Scotchie *Thomas Wolfe Revisited* 26)

2) Aldo Magi & Richard Walsew ed. *Thomas Wolfe Interviewed* 72

yet has never written, and so knows nothing about writing, and so just puts in a figure called Bill Jones or Tom Grant just because that is the easiest way he can begin, a kind of handle he can holds to[3]". Or, "...all serious work in fiction is autobiographical...that, a more autobiographical work than *Gulliver's Travels* cannot easily be imagined. ...If the writer has used the clay of life to make his book, he has only used what all men must, what none can keep from using. Fiction is not fact, but fiction is fact selected and understood, fiction is fact arranged and charged with purpose" (To the Reader: *Look Homeward, Angel* 15).

It is true that every literary work gets its material from "the clay of life," from the writer's own experience and that *Look Homeward, Angel* is not an 'autobiography' but an 'autobiographical fiction.' Nonetheless, the difference between an autobiography and an autobiographical fiction is not so close as Wolfe insists. He asserts that his book is an artistic fiction made of fact: "fact selected and understood and arranged and charged with purpose"(15). And yet, it seems that he failed in distinguishing actuality from reality in his books. He never learned to look at his experiences with 'detachment,' to look at what has actually happened from a proper distance. Instead, his memories of the parents and the siblings were so precious that he used them "with naked intensity of spirit" (*Interviewed* 94), believing naively that what was invaluable for him must be invaluable for other people too. Also, he believed that he could write a fiction if he selected and arranged his personal experiences and charged them with purpose. But the method he adopted was to look at what he had experienced from a "middle distance" (To the Reader 15), not too close but not far enough to get a proper perspective.

Before we go on, we will briefly examine what Wolfe meant by 'purpose.' I will make a detailed explanation on 'purpose' later in chapter 3 of my essay, so let me just say that his 'purpose' was a thing similar to 'plot' in an ordinary novel. In other occasions, Wolfe called it a 'pattern' or 'idea' or 'plan,' and he seemed to hope that 'purpose' or the like could

3) Ibid. 63

function as a cohesive principle in his story.

Now, I will quote a couple of passages from *Look Homeward, Angel* to illustrate how Wolfe made use of his personal experiences 1) directly, 2) selectively, and 3) fancifully (imaginatively).

2

1) Direct Description

In the passage below Wolfe shows the antagonism between Oliver Gant and his wife Eliza (Eugene's father and mother) in a direct and realistic way. Here, Wolfe attributes the irreconcilable opposition to the disposition that the husband and his wife inherited from their ancestors. Oliver and Eliza have totally incompatible ideas for the new house they built shortly after marriage:

> For him the house was the picture of his soul, the garment of his will. But for Eliza it was a piece of property, whose value she shrewdly appraised, a beginning for her hoard. Like all the older children of Major Pentland she had, since her twentieth year, begun the slow accretion of land; from the savings of her small wage as teacher and book-agent, she had already purchased one or two pieces of earth. On one of these, a small lot at the edge of the public square, she persuaded him to build a shop. This he did with his own hands, and the labor of two negro men; it was a two-story shack of brick, with wide wooden steps, leading down to the square from a marble porch. Upon this porch, flanking the wooden doors, he placed some marbles: by the door, he put the heavy simpering figure of an angel. (32)

We notice while describing in a casual manner the house the newly-wed couple built, Wolfe has slipped in one of the motifs of the book—the warfare between the doomed couple. And again, with an air of nonchalance, he has put a figure of a simpering angel. Wolfe has mentioned this angel five times so far, and he is going to refer to this and other angels about thirty more times by the end of the story. I will dwell on the symbolic significance of the angels in chapter 4 of my essay.

There is another example of Wolfe's true-to-fact description. Eliza is in her labor pains. Fearing her drunken husband might attack her at any moment, she has sent for her brother, Will Pentland:

> Will Pentland, true son of that clan who forgot one another never, and who saw one another only in times of death, pestilence, and terror, came in.
>
> "Good morning, Mr. Pentland," said Duncan.
>
> "Jus' tolable," he said, with his bird-like nod and wink, taking in both men good-naturedly. He stood in front of the fire, paring meditatively at his blunt nails with a dull knife. It was his familiar gesture when in company: no one, he felt, could see what you thought about anything, if you pared your nails.
>
> The sight of him drew Gant (Oliver) instantly from his lethargy; he remembered the dissolved partnership, the familiar attitude of Will Pentland, as he stood before the fire, evoked all the markings he so heartily loathed in the clan—its pert complacency, its incessant punning, its success. (42)

The narrative is conducted through the eyes of the omniscient author, since the scene is about incidents before Eugene was born. The omniscient author has selected here the trifling act of paring of nails as the idiosyncratic token of the Pentlands, so as to give vividness and reality to the character delineation. Similarly, Eliza is depicted to be in the habit of pursing her lips in her peculiar way when feeling embarrassed, complacent or bewildered. We see Oliver Gant invariably scratch his back on the door every evening coming home from work. "He would thrust his body against the door jamb and scratch his back energetically by moving it violently to and fro"(69). Another remarkable narrative device is the interpolation of an 'indirect interior monologue.' Will Pentland thinks to himself, "[...]no one, he felt, could see what you thought about anything, if you pared your nails." Because of this interpolation, we are given added information on Will's unspoken psychology.

And there are passages with the technique of 'stream-of-consciousness.' Oliver Gant, half awake and still in bed, lets his mind play with association. The clucking of hens outside the house stirs up a series of images in his mind:

> The fast cackle-cluck of sensual hens. Come and rob us. All through the night for you, master. Rich protesting yielding voices of Jewesses. Do it, don't do it. Break an egg in them.
>
> Sleepless, straight, alert, the counterpane moulded over his gaunt legs, he listened to the protesting invitations of the hens.
>
> From the warm dust, shaking their fat feathered bodies, protesting but satisfied they staggered up. For me. The earth too and the vine. The moist new earth cleaving like cut pork from the plough. Or like water from a ship. The spongy sod spaded cleanly and rolled back like flesh. ...The earth receives my seed. For me the great lettuces. Spongy and full of sap now like a woman. The thick grapevine—in August the heavy clustered grapes—How there? Like milk from a breast. Or blood through a vein. Fattens and plumps them. (166)

We see disjunctive shifts from image to image—the initial image of seductive hens calls up the image of the soft earth and the image of the cluster of grapes. The moist soft earth cleaving under the spade is associated with pork cut cleanly and rolling back from a slicing-blade. Gant's association then leaps to the large heads of lettuce, spongy and full of sap like a woman, sensuous and seducing. The images, in his half-awake and half-daydreaming state of mind, drift and play with other images conjured up by association, drifting along the stream of consciousness.[4)]

2) Selected Description

Next, there are a series of narratives which Wolfe has "selected, and arranged and charged with purpose"(15). Let me cite the instances from chapter 4. Here, the protagonist, Eugene is an infant sleeping interminably in the crib. And yet, Eugene is described as being able to understand everything he sees and hears in its proper perspective and implications. He even understands the meanings of life, though he does not know the words his family speaks to him. As Wolfe puts it, "The situation was at once profoundly annoying and comic; as he sat in the middle of the floor and watched them enter, seeing the face of each transformed by a foolish leer, and hearing their voices become absurd and sentimental whenever they addressed him, speaking to him words which he did not yet understand, but which he saw they were mangling in the preposterous hope of rendering intelligible that which has been previously mutilated, he had to laugh at the fools, in spite of his vexation"(48). In selecting and arranging materials of writing, Wolfe adds something that is not in his original experience. The sarcastic criticism is too mature, sophisticated to be the one made by an infant. This is obviously an additional comment by Wolfe himself.

Wolfe describes the intellectual awakening of the infant Eugene through the sense of hearing in the next quote, but again we see the intrusion of Wolfe:

> Somewhere within or without his consciousness, he heard a great bell ringing faintly, as if it sounded undersea, and as he listened, the ghost

---

4) The technique of stream of consciousness was being employed more skillfully in the 1920s by Wolfe's contemporaries: James Joyce, Virginia Woolf, Marcel Proust and William Faulkner.

As for Joyce, Wolfe was introduced to Joyce by Aline Bernstein. Once Wolfe was with Joyce in his sightseeing bus tour to Waterloo. They did not speak much. Joyce had the company of two English women and a young man. But the encounter with Joyce thrilled Wolfe. He writes, "Anyway it was too good to spoil; the idea of Joyce and me being at Walterloo at the same time, and aboard a sight seeing bus, struck me as insanely funny. I sat on the back seat making idiot noises in my throat, and crooning all the way back through the forest." (Wolfe's letter to Aline Bernstein, Brussels, Sept.22, 1926 *My Other Loneliness* 77) The two were to meet again in a bus and sit side by side in Wiesbaden, Germany in August, 1928. (*Ibid.* 208)

> of memory walked through his mind, and for a moment he felt he had almost recovered what he had lost. (49)

Exactly what do "the ghost of memory" and "to recover what he had lost" mean? Obviously the latter half of the quote is *not* a realistic rendering of the infant's consciousness. We notice the mixture of two different narratives: a narrative done from the baby's point of view, and a narrative done from the omniscient narrator's point of view.

In the same way, Eugene hears the hen's morning crowing and he can suddenly become "a substantial and alert citizen of life"(49). Similarly, hearing a cow sing, Eugene felt "the flooded gates in him swing open," and he instantly imitated the cow's mooing. Excited his father let him repeat the mooing to his wife, but Eugene "felt it was all rather silly, and he saw he would be kept busy imitating Swain's cow for several days, but he was tremendously excited, nevertheless, feeling now that that wall had been breached" (50).

Again we come across a new concept of that 'wall,' the symbol Wolfe has not referred to so far. Also, in the next quoted passage, suckling Eugene had learned to "worm over the side on to the floor"(49). He crawled on the carpet toward wooden blocks which belonged to his brother Luke. Eugene studies the letters of the alphabet engraved on the blocks, "the symbol of speech, knowing that he had here the stones of the temple of language, and striving desperately to find the key that would draw order and intelligence from this anarchy"(49). We cannot help thinking that the eyes of a narrator with a more mature mentality than an unweaned baby are at work, telling us about the secret key to the world of language which will relieve the child from the chaos of his mind. Here, Wolfe is not only selecting from among his original experiences, but is adding to the realistic description of his personal reminiscences some information of an entirely different nature, the voice of an omniscient narrator.

3) Imaginative Description

In *Look Homeward, Angel,* we find another kind of narrative which Wolfe makes up by his imaginative faculty. One example of this is found in chapter 19 in the scene where Oliver Gant sells a marble angel he has treasured to an infamous woman of the town. This episode was utterly Wolfe's invention, but it was told so realistically that people believed it was a fact. Some people were keen on identifying both the woman and the stone angel in the story. We are told that finally a local paper in Asheville sent a reporter and a photographer to find out and take pictures of the angel in question. But they took photos of the wrong angel standing over the grave of a perfectly pious Methodist lady (*Interviewed* 65) .

Another example of such imaginative description is found in chapter 40. Early in the morning before his departure for Harvard University, Eugene stands on the porch of his father's shop, and he evokes his dead brother's ghost and gives life and animation to the marble angels there. He perceives in his vision his own transitory nature and that of mankind in general, and he also envisages his future which eventually ends up in failure, and the frustration of his quest through eager and desperate efforts. But the trouble here is that despite earnest intention, his imagination often betrays itself. As we can soon see, the ghost of Ben which Eugene and Wolfe conjure up is too ordinary and there is nothing eerie, uncanny or fabulous about it. Ben's ghost speaks as if he were a 'grouchy punk' on the street corner:

> "Ben, are you ghost?"
>
> Ben did not mock.
>
> "No," he said. "I am not a ghost."
>
> [……]
>
> "Then," said Eugene slowly, "I'm imagining all this?"
>
> "In heaven's name!" Ben cried irritably. "How should I know? Imagining all what?"
>
> "What I mean," said Eugene, "is, are we here talking together, or not?"

"Don't ask me," said Ben. "How should I know?" (521)

Look at the next quotation. The same trite description continues on to the angels. Eugene is surprised and excited to see the stone angel move, but Ben is calm and sarcastic in his response:

> With a strong rustle of marble and a cold sigh of weariness, the angel nearest Eugene moved her stone foot and lifted her arm to a higher balance. The slender lily stipe shook stiffly in her elegant cold fingers.
> "Did you see that?" Eugene cried excitedly.
> "Did I see what?" said Ben, annoyed.
> "Th-th-that angel there!" Eugene chattered, pointing with a trembling finger. "Did you see it move? It lifted its arm."
> "What of it?" Ben asked irritably. "It has right to, hasen't it? You know," he added with biting sarcasm, "there's no law against an angel lifting the arm if it wants to." (522)

We have seen, whether rendered realistically or fancifully, Wolfe's personal experiences are at the core of his narratives. But we have also noticed some alien element lying under these conventional ways of narration. This something which distinguishes itself from the seemingly realistic and conventional narrative is more congruous with the whole of the story than fragmentary episodes and events. It is as if in a concerto, a *basso continuo,* usually inconspicuous behind the leading instruments, suddenly came out of the background and made itself distinctly audible. Or rather, as if a faint murmur of some melody began to congeal itself and form a different motif. In *Look Homeward, Angel* this new motif (*basso continuo*) has been repeated from the start in the form of an incantation, but we have been unaware of it.

In the next quoted passages, the point of view of the narrative shifts from that of Eugene in his crib to that of the omniscient narrator, and then to the motif in the form of an incantation:

> And left alone to sleep within a shuttered room, with the thick sunlight printed in bars upon the floor, unfathomable loneliness and sadness crept through him; he saw his life down the solemn vista of a forest aisle, and he knew he would always be the sad one; caged in that little round of skull, imprisoned in that beating and most secret heart, his life must always walk down lonely passages. Lost. He understood that men were forever strangers to one another, that no one even comes really to know any one, that imprisoned in the dark womb of our mother, we come to life without having seen her face, that we are given to her arms a stranger, and that, caught in that insoluble prison of being, we escape it never. (48)

Haven't we read this somewhere before? Yes, we saw it on the title page:

> ...a stone, a leaf, an unfound door; of a stone, a leaf, a door. And of all the forgotten faces.
>
> Naked and alone we came into exile. In her dark womb we did not know our mother's face; from the prison of her flesh have we come into the unspeakable and incommunicable prison of this earth (19)

3

An ordinary novel has a plot as a device to develop a story. *Look Homeward, Angel* lacks a plot. Instead, it has a 'pattern', 'idea' or 'plan' to advance the whole story. However, a pattern, unlike a plot, does not have a strong power of cohesion. In a conventional novel, progression from one incident to another is made through the interplay of the characters. *Look Homeward, Angel* is lacking in a plot in this sense. As Richard Kennedy points out in *Wolfe's Fiction: The question of Genre,* "It does not move from initial situation by means of probable incidents that arise out of the interrelationship of characters. It follows the method of long lyric poem[5)]".

In *Look Homeward, Angel,* a different unifying force is at work. What

5) Richard Kennedy & John Hagan, *Thomas Wolfe* 64

unites together unconnected incidents or loosely-related scenes and drives the story forward is, first of all, the chronological flux of time, which proceeds parallel to the growth of the protagonist, Eugene.[6] The second unifying force is association which enables one incident to shift to another without any causal relationship. And under this connective string of associations there lies what I call the 'psyche'[7] of the writer for lack of a more exact term, a sentiment peculiar to Thomas Wolfe. This psyche oozes out from the depth of mind, from among loosely-knitted episodes and incidents, and manifests itself in a haunting incantation. I have already mentioned this incantation in the title page; which begins with "A stone, a leaf, an unfound door; of a stone, a leaf, a door. And of all the forgotten faces", and ends with "O lost, and by the wind grieved, ghost, come back again"(19).

These two incantations, which are the manifestation of the inward-turning psyche of Wolfe's, recur frequently, reminding us of what are the motifs of the story. They link together otherwise centrifugally dispersing segments in the framework of the story. I will cite a few instances of these incantations below.

Eugene even in his infancy understood that all men come to life as a stranger, "caught in that insoluble prison of being, we escape it never"(48). Or, looking down on Grover's dead body, Eugene, aged four, grieved: "Behind the little wasted shell that lay there he remembered suddenly the warm brown face, the soft eyes, that once had peered down at him; like one who has been mad, and suddenly recovers reason, he remembered that forgotten face he had not seen in weeks, that strange bright loneliness that would not return. O lost, and by the wind grieved, ghost, come back again" (65).

When Eugene was fourteen, a fiendish voice called down to his half-awakened consciousness through darkness and light: "Waken, ghost-

6) In this sense, *Look Homeward, Angel* falls in the category of the 'Bildungsroman.'
7) The 'psyche' I propose is similar to John Hagan's terms: "Although it is undeniably realistic in its overall method, there runs very deep in it a strain of 'the mythical, the parabolic, and the visionary.' " (John Hagan 142)

eared boy, but into darkness. Waken, phantom. O into us. …Ghost, ghost, who is the ghost? ...Have you forgotten? The leaf, the rock, the wall of light. Lift up the rock, Eugene, the leaf, the stone, the unfound door. Return, return"(258).

Even in the midst of his date with Laura James, this incantation haunts Eugene: "Come up into the hills, O my young love. Return! O lost, and by the wind grieved, ghost, come back again, as first I knew you in the timeless valley, where we shall feel ourselves anew, bedded on magic in the month of June...Ghost, ghost, come back from that marriage that we did not foresee, return not into life, but into magic, where we have never died, into the enchanted wood, where we still lie, strewn on the grass. Come up into the hills, O my young love: return. O lost, and by the wind grieved, ghost, come back again" (391). Here, for Wolfe, the inevitable loneliness of human existence is theorized by the myth of preexistence, the desire to find the entrance to the paradise of our preexistence. The aspiration for the heavenly peace, which I called the 'psyche' is expressed in incantation. And we can not but feel that this psyche is analogous to his 'purpose' when he said "fiction is fact charged with purpose"(15). And this purpose is represented by something emotional and lyrical.

Still, the meaning of Wolfe's 'purpose' is ambiguous, but we can assume it to be what he has in mind to express, and it is the theme of his book. And the theme of a book is usually symbolized in the title, so it is necessary to examine how the title of *Look Homeward, Angel* is related to the theme of the book. But no sooner have we started thinking of the relationship of the title and the theme than the old difficulty arises: Who is the angel of the title? And in what direction does the angel look? We don't have a definite answer to both the questions. The sub-caption of the book, 'A Story of the Buried Life,' seems to be more appropriate to represent the contents than the main title, *Look Homeward, Angel,* for as I have suggested, the incantatory motif signifies the loneliness of human existence and earnest desire for escape from this imprisonment and it is an elegy for lost people and the forgotten glory of the past; whereas ostensibly, the main title referring to angel's retrospection does not match the contents of the book.

And more importantly, we are told that the original title of the book was not *Look Homeward, Angel*, but it was *O Lost.* Wolfe explains how the title was changed in his interviews with newspapers; an interview with Asheville *Times,* May 4, 1930, and with Portland *Sunday Oregonian,* July 3, 1938 (*Interviewed* 1929-1938).

The two interviews differ in a subtle way, for the interviews consisted of the notes the reporter had jotted down and his memory of what Wolfe actually said. Anyway, what we know from these interviews is as follows:

1. *Look Homeward, Angel* was not the original title. The original title was *O Lost* or *People Lost.*
2. It was the editors of Scribner who suggested the change of the title.
3. Wolfe had a story in *Scribner's* under the title of "An Angel on the Porch" two months before *Look Homeward, Angel* was published, and the short story was originally entitled "Look Homeward, Angel."
4. This title of "Look Homeward, Angel" was taken from John Milton's "Lycidas.[8)]"
5. The angel in the title, *Look Homeward, Angel,* is not the stone angel standing on the porch of W. O. Gant's shop.
6. The title *Look Homeward, Angel* is meant to be symbolic, and it fits in with the character of Ben who always talks with an unseen spirit.

We now understand from the interviews why and how the title was changed. And yet, the mystery of the title remains unsolved. Wolfe tells us that the titles he proposed as an alternative for *O Lost* were; "Exile's Story", "The Childhood of Mr. Faust", "The Lost Language", "They Are Strange and They Are Lost," and others. The implication of these titles is that the primordial, immutable concern of Wolfe was the loneliness of

8) Milton's 'Lycidas' (1634), from which the title is taken, is an elegy for a drowned friend with a couplet, reading:
...Look homeward, Angel, now, and melt with ruth,
...And, O ye dolphins, waft the hapless youth!
Joseph Scotchie says: "*O Lost* was certainly about hapless youth, especially both Ben and Eugene. The couplet also captured the melancholy that echoed throughout the novel." (*Thomas Wolfe Revisited* 42)

young Eugene, and we should notice that there is no mention of an angel in these alternatives. Wolfe says in the interview that the title has no direct reference to the angel on the porch, then why did he consent to change his title from *O Lost* to *Look Homeward, Angel*?

4

Now I will check all the angels mentioned in *Look Homeward, Angel* to elucidate the meaning of angels and the relation of these angels to the characters.

Look Homeward, Angel is the Gant saga. Between William Oliver Gant and Eliza Pentland eight children were born.[9] Among the ten members of the Gants those who are related to an angel are five: W O. Gant (10), Helen (1), Ben (11), Luke (1), and Eugene (6). [Parenthesized numerals are the references to angels.]

Helen, one of the characters in the book, groups the family members into Gants (the father's type) and Pentlands (the mother's type). "Fanatically partisan, Helen lined the family in embattled groups of those who were Gant and those who were Pentland. On the Pentland side, she placed Steve, Daisy, and Eugene...they were, she thought, the 'cold and selfish ones' "(212). Helen, in a hysterical fit of rage, declares that "Eugene did not have a drop of Gant blood"(ibid.), but in actuality Eugene is, among Gantian members, a true heir to W. O. Gant, the point I am going to discuss later soon. Before doing so, let me examine all the angels in the book to see what relationship the characters have with the angels.

Let's start with W. O. Gant. Oliver Gant aged 15, just after the Civil War, happened to see in a stone-cutter's shop in Baltimore a statue of an angel, and instantly was captivated by the angel:

---

9) The eight children are: Leslie (died at 9 months); Daisy, 13 years Eugene's senior; Steve, 12 years senior; Helen, 10 years senior; Grover (died at 12); Ben (Grover's twin brother); Luke, 6 years senior, and Eugene.

> As the boy looked at the big angel with the carved lily stalk, a cold and nameless excitement possessed him. The long fingers of his big hands closed. He felt that he wanted, more than anything in the world, to carve delicately with a chisel. He wanted to wrench something dark and unspeakable in him into cold stone. He wanted to carve an angel's head. (22)

This is the first mention of an angel in *Look Homeward, Angel* at least in a tangible way, for the beginning passage of the book ran with a reference to an angel: "A destiny that leads the English to the Dutch is strange enough; but one that leads from Epson into Pennsylvania, and thence into the hills that shut in Altamont over the proud coral cry of the cock, and the soft stone smile of an angel, is touched by that dark miracle of chance[10] which makes new magic in a dusty world"(21). But the imagery of the angel is amorphous and we do not make out what Wolfe tries to convey to us.

Enchanted by the stone angel, Oliver Gant became an apprentice to the stone cutter. And after a five-year apprenticeship, he became a stone cutter, but he never learned to carve an angel's head. After two unfortunate marriages, Oliver drifted to Altamont, married Eliza Pentland, and opened a stone cutter's shop. Oliver dawdled away his time, still unable to cut out his angel. And at age 54, rheumatism crippled his right hand permanently, impeding his way to self-actualization for good. Realizing his inability to carve his own angel, he ordered a marble angel from Carrara in Italy, and placed it on the porch of his shop. He loved it so much that he never sold it. An angel head was a symbol of his self-expression, an expression of "something dark and unspeakable in him"(22). And the replica angel on the porch was a surrogate to the unfinished angel of his dream.

In addition to his desire for self-expression, Oliver had a strong wanderlust. His life had been a long journey in search of new lands. Even

10) For structural unity, Wolfe uses the myth of the world manipulated by chance, as well as the myth of Platonic preexistence.

after he settled in Altamont, his hunger for travel continued. At 57, Oliver made his last trip to California to quench his wander-thirst: "This was the final flare of the old hunger that had once darkened in the small gray eyes, leading a boy into new lands and toward the soft smile of an angel"(74). Oliver had inherited this wanderlust from his father Gilbert, an immigrant from Bristol, England. Like his father and grandfather, Oliver, while craving for peace and home, never ceased to wander in search of his dream in foreign lands, a typical American dream. We can see that two motifs of the book, wanderlust and self-realization, are embodied in Oliver.

Next comes Ben. For Ben, an angel is his guardian angel whom he can always turn and talk to. Ben is a lonely person wherever he goes, at home or in company of others. He walks like a phantom, a stranger and an exile, talking only to his dark sarcastic angel:

> He bore encysted in him the evidence of their tragic fault; he walked alone in the darkness, death and dark angels hovered, and no one saw him. (109)
>
> Ben...loped through the streets, or prowled softly and restlessly about the house, he was always aprowl (*sic*) to find some entrance into life, secret undiscovered door—a stone, a leaf,—that might admit him into light and fellowship. (110)

The problem with Ben is that he does not know what to do with his life. He has an urge to find the purpose of his life, but he doesn't have the means to do so. The 'dark' angel he always talks to is the *alter ego* of Ben, the symbolic imagery of his frustrated plan of life and futility of his endeavor. Unlike his father, Ben is an introvert, and he is shy. Whenever others praise or thank him, he sneers at them and always mutters to his dark angel invariably: "Oh my God! Listen to that, won't you?" This angel is called: a 'dark' angel (109), (110), an 'imaginary' listener (110), his 'dark satirical' angel (119), 'listening' angel (120), his Maker (432) and other names. Ben is pathetic and always hungry for affection, but he must sneer at an excessive display of sentimentalism. Ben is a lonely man with a sense of independence and self-respect who is secretly in search of his own sense of identity. However, he fails both in school and in profession, and his dream of self-discovery ends up in failure.

Helen, self-proclaimed Gant, also fails to grasp the true goal in her life in spite of her energetic and passionate pursuit of its realization. She once dreamed of 'a career in opera' and was part of a singing duo. And during their "jagged circuit through the South"(222), her dream seemed to be nearer realization, but the dream vanished when Pearl Hines, her partner of the duo, got married and their partnership broke up. From the start, Pearl's intention was to get married before 25. But for Helen, the singing partnership and the circuit across the country had a different significance:

> For Helen, the singing partnership, the exploration of new lands, had been a gesture toward freedom, an instinctive groping toward a center of life and purpose to which she could fasten her energy, a blind hunger for variety, beauty, and independence. She did not know what she wanted to do with her life; it was probable that she would never control even partially her destiny: she would be controlled, when the time came, by the great necessity that lived in her. That necessity was to enslave and to serve. (224)

As was the case with Ben, Helen is a failure in life. Helen is energetic and "fanatically partisan"(212). But she is affectionate and is compared by Eugene to a "bountiful angel"(134); nonetheless, she can instantaneously change into a "snake-haired fury"(ibid.). She does not find her objective of life, and though she is highly endowed, she fails to realize her talent because she does not have her muse. Helen and her younger brother Luke, though they both hate Pentlands, are extroverts and have inherited all Gant's social hypocrisy. They never forget to put a good face on before the world.

And there is Luke, whom Helen holds in high esteem because of the Gant blood. Unlike silent and sullen Ben, Luke has a great commercial talent of salesmanship: "He had superlatively that quality that American actors and men of business call 'personality'—a wild energy, a Rabelaisian vulgarity, a sensory instinct for rapid and swingeing repartee, and a hypnotic power of speech, torrential, meaningless, mad, and evangelical" (225).

But in Luke what is 'evangelical' or 'angelic' is limited to things superficial and physical; Wolfe says "there was in him demonic exuberance, a wild intelligence that did not come from the brain"(225). Luke is a mediocre person, so several citations will suffice for the explanation of his nature and his relationship to an angel:

> His head was like that of a wild angel—coils and whorls of living golden hair flashed from his head, his features were regular, generous, and masculine, illuminated by the strange inner smile of idiot ecstasy. (225)

> But he did not possess his demon; it possessed him from time to time. If it had possessed him wholly, constantly, his life would have prevailed with astonishing honesty and precision. But when he reflected, he was a child with all the hypocrisy, sentimentality and dishonest pretense of a child. (226)

> He was a hustler; he sold patent washboard, trick potato-peelers, and powdered cockroach-poison from home to home. To the negros he sold hair-oil guaranteed to straighten kinky hair, and religious lithographs, peopled with flying angels, white and black, and volant cherubs, black and white, sailing about the knees of an impartial and crucified Savior, and subtitled "God Loves Them Both." (228)

Luke is a genuine salesman, and he can sell the goods he carries from door to door like hot cakes. For him, angels are the cheap, gaudy pictures on the lithographs, like other kind of merchandise: they are part of his sales quota.

Look Homeward, Angel is the Gant saga. And in this autobiographical novel, the hero is undoubtedly Eugene. The story develops in accordance with the growth of Eugene; his childhood, his boyhood, and his adolescence. Thus, the awakening of Eugene's self-consciousness and the formation of the ego are unfolded accordingly as he expands his sphere of activity from house to school and to the townspeople of Altamont, then to his fellow students of the University of North Carolina at Chapel Hill. Eugene's angels appear in every phase of his development.

At age 6, Eugene went to school and had his first release from "the fence of home"(83). He began to show his extraordinary interest in books. "Pent in his dark soul"(85), he sat brooding on books of pictures amid the noisy, bustling house which he hated so fervently:

> The gates of his life were closing him from their knowledge, a vast aerial world of fantasy was erecting its funny and insubstantial fabric. ...Out of this strange jumbled gallery of pictures the pieced-out world was expanding under the brooding power of his imagination; the lost dark angels of the Doré[11] "Milton" swooped into cavernous Hell beyond this upper earth of soaring or toppling spires, machine wonder, maced and mailed romance. (85)

By the time he was 12, Eugene had been penned up in a prison of his own making, but he was slowly learning to build 'walls' around him by the power of imagination, protecting himself from intrusion:

> The prison walls of self had closed entirely round him; he was walled completely by the esymplastic (*sic*) power of his imagination—he had

11) Paul Gustave Doré (1832?-1883): French painter, illustrator and sculptor

> learned by now to protect mechanically an acceptable counterfeit of himself which would protect him from intrusion. He no longer went through the torment of the recess flight and pursuit. (182)

When Eugene at age 12 entered the Altamont Fitting School run by Mr. and Mrs. Leonards, the situation assumed a different aspect. Eugene experienced the happy moment of enlightenment through the personality of Margaret Leonard:

> Eugene spent the next four years of his life in Leonard's school. Against the black horror of Dixieland, against the dark road of pain and death down which the great limbs of Gant had already begun to slope, against all the loneliness and imprisonment of his own life which gnawed him like hunger, these years at Leonard's bloomed like golden apples. (195)

In the first year at Leonard's, Eugene was still 'prison-pent,' but he could turn to Margaret Leonard, his mentor and 'the mother of his spirit,'[12] and she would relieve him from his predicament and quench the thirst of the boy. Margaret's insight knew what the trouble with Eugene was, and tried to reach "the dark groping toward light and articulation, of the blunt, the stolid, the shamefast" (268), and won the boy's trust.

> Whatever of fear or shame locked them in careful silence, whatever decorous pretense of custom guarded their tongues, they found release in the eloquent symbols of verse. And by that sign, Margaret was lost to the good angels. (268)

Slowly but steadily Eugene developed his knowledge of literature and especially of poetry, and cultivated literary sensibility. By the beginning of his fifteenth year he knew almost every major lyric in the English

12) In October, 1929, Wolfe presented Margaret with one of his first copies of *Look Homeward, Angel* with an inscribed dedication, calling her "the mother of my spirit."

language. Margaret also nurtured in him the desire to become a writer. Eugene went to Leonard's from Dixieland, Eliza's boarding-house. Life in Dixieland seemed utterly meaningless compared to the lofty world of literature and verse, so he hated the dreary routine of Dixieland. One day Eliza sent him to a small garden of the boarding house to foe out the swarming weeds about her vegetables. Reluctant to do an odd job, Eugene absent-mindedly destroyed a row of young bladed corn totally. His mother gave a scream of alarm and blamed him for the blunder, but Eugene, still in a day-dream, muttered to himself and to an angel:

> Come lower, angel, whisper in our ears. We are passing away in smoke and there is nothing to-day but weariness to pay us for yesterday's toil. How may we save ourselves? (258)

Eugene was an exile at home and a stranger at school and with other people. At the beginning of his boyhood, he would find relief and consolation from the lines of great books and verses. Deeply moved by the "terrible and epic invocation of Edmund"(270) in *King Lear*,[13)] Eugene remarked: (At 14 he was as tall as Mr. Leonard.)

> It was a call to the unclassed; it was a call for those beyond the fence, for rebel angels, and for all the men who are too tall. (270)

---

13) *King Lear*, Scene II, Edmund's monologue:
Thou, Nature, art my goddess; to thy law
My services are bound. Wherefore should I
Stand in the plague of custom, and permit
The curiosity of nations to deprive me,
For that I am some twelve or fourteen moonshines
Lag of a brother? Why bastard? wherefore base?
[...]
As to the legitimate. Fine word, 'legitimate!'
Well, my legitimate, if this letter speed,
And my invitation thrive, Edmund the base
Shall top the legitimate:—I grow, I prosper;
Now, gods, stand up for bastards!

There is no mention of angels in his adolescence except a passage Wolfe depicted Eugene's romance with Laura, and the stone angels in the last chapter, both of which I have already quoted.

The haunting head of the angel of Oliver Gant has changed into a guardian angel of Ben's. Again, for Eugene, Ben's good angel has transformed itself into a muse. Is there any inevitability in these transformations?

As we have seen, angels in *Look Homeward, Angel* show a remarkable variety among themselves in terms of their figure, disposition, and relation to the characters in the novel. We find, however, all angels have one thing in common: angels always appear in close connection with Gantian characters. Therefore, we can postulate that an angel is a symbol of what is Gantian. We also understand why Wolfe had to say that the angel of the title is not the angel standing on the porch in one scene of the novel, but it represents Ben. However, the angel of the title seems to be more generic and stand for not only Ben but also all the Gantian characters and Gantian motifs. Gantian motifs are twofold; one is the motif of self-discovery, the other that of wanderlust. Let's see the relationship of the motifs and the characters of the novel in the chart nest page:

What is common to all the Gantian characters except Luke is their insatiable desire for self-actualization. In the case of Oliver it was a desire to express something dark and unspeakable in him, and for Ben it was to find the meaning of life. He asks Doctor J. H. Coker, "Where do we come from, where do we go to and why we are here?"(306) Helen wants to be somebody in the world, following his father's advice, "Don't be a nonentity" (218). She has an instinctive groping toward the center of life. Eugene makes a desperate struggle toward self-realization.

The other motif represented in Gantian characters is wanderlust. Their yearning for voyage dates back to Gilbert Gaunt (Gant), Eugene's grandfather. Gilbert immigrated from Bristol to Baltimore in 1837, drifted to Pennsylvania, and got married to a Dutch widow. He died of a stroke, leaving five children and a "passionate and obscure hunger for

《Chart of Motifs and Characters》

The symbols show the degree of quality each person possesses:
○ : to a high degree, △ : to a slight degree, × : nonexistent

	Self-actualization (downward movement)	Wanderlust (outward movement)	Artistic-representation	Disposition
Oliver Gant	○	○	△	extroverted
Ben	○	×	×	introverted
Helen	○	○	△	extroverted
Luke	×	×	×	extroverted
Eugene	○	○	○	introverted & extroverted

voyage"(22). The hunger for travel was inherited to his second son, Oliver Gant. Oliver, like his father, drifted through the country down to the South during the Reconstruction period, and in the small city of Sydney set up a business. After the death of his wife, he resumed his aimless drifting along the continent westward, finally got to Altamont, and married Eliza. Even after marriage and opening up a stone-cutter's shop, Oliver's hunger for travel continued. At 56, he made the last great trip to California: " the final flare of the old hunger that had once darkened in the small gray eyes, leading a boy into a new lands and toward the soft stone smile of an angel" (74).

The yearning toward new lands is again prominent in Helen and Eugene. As for Ben and Luke, they prefer stability. Wolfe created them as recurring type of persons. They stay home and seek to love others and be loved by their family. Ben's ghost says, "I cannot speak of voyage. I belong here. I never got away" (526). Eugene, on the other hand, is depicted as a man of wanderlust, and a pursuer of solitude. He is a legitimate heir of Oliver.

The desire for travel to strange lands in search of self is remarkable in Oliver, Helen, and Eugene, all of whom are extroverted. The only exception is Luke, though he is definitely an extrovert, he is lacking in yearning for travel.

Oliver, Helen, and Eugene are endowed with the gift of artistic representation. But, except for Eugene, their self-realization was unsuccessful because of their defective faculty for artistic representation. Oliver Gant failed because he did not persist with his angel's head, and Helen preferred a married life and abandoned her contest to the bitter end.

The Gant children have two contrary dispositions. The extroverted disposition is inherited from Oliver; and the introverted disposition from Eliza. Helen, Luke, and Eugene have the former; and Ben and Eugene the latter. Only Eugene is a queer mixture of the two tendencies; he is "the fusion of the two strong egotisms, Eliza's inbrooding (*sic*) and Gant's expanding outward"(175).

5

I have discussed how angels in *Look Homeward, Angel* are closely related with the characters with Gantian disposition, and angels are symbols of their self-realization, and how the hunger for travel harbors deep in the mind of these characters. I have also suggested that the angel in the title can be identified with one of the Gantian characters. I have also referred to the difficulty of understanding the implication of the title of *Look Homeward, Angel.*

The answer to the question of the direction of 'homeward' will differ according to the angel's identity.

If the angel is Eugene, and it is highly possible, Eugene's home is Altamont (the fictional counterpart of Asheville). Then, 'looking homeward' is 'looking toward Altamont.' But this is just incompatible with Eugene's fierce dislike for his family, his hostility to his town, and his intense desire to escape from its restraint and vulgarity. In fact, Eugene's eyes are not directed toward Altamont ('homeward'). He is looking in a different direction ('outward'): "...he was like a man who stands upon a hill above the town he has left, yet does not say, 'The town is near,' but turns his eyes upon the distant soaring ranges"(52). And this is why first reading the novel, I had an uneasy feeling that the title was at variance with the contents of the book which I had just finished reading, and that I might possibly have read the whole story wrong.

Since Wolfe himself agreed to change *O Lost* to *Look Homeward, Angel,* he must have had a good reason to do so, but how can this conflicting problem be solved?

There are three ways to solve the contradiction. The first is the way to attribute the contradiction to the ambivalent attitude of Eugene. In other words, to think that the two conflicting desires of Eugene's: getting out of the prison of home, school and town (outgoing) and looking into his soul (inbrooding), are 'inborn': an inheritance of two conflicting egos of his parents. Here, we must also take into consideration the fact that Eugene has inherited Eliza's Scottish gift of 'clairvoyance,' the power to "look inward back...across plucking out of the ghostly shadows a million gleams of light" (174).

The second way to settle the problem is to seek the cause in the change of the theme of the novel, and consequently, the change of the course of the story. David Herbert Donald, the author of Wolfe's biography, *Look Homeward: A Life of Thomas Wolfe,* says to the effect that there was a shift of theme while Wolfe was writing this book. In the early period of his writing, the theme of the book was a story of a sensitive boy "trying to worm its way toward an essential isolation; a creative solitude" (147), and Wolfe called his novel *The Building of a Wall.* But he changed the direction of his novel. He was writing on a more general theme of men's inevitable loneliness expressed in terms of 'preexistence.' Wolfe changed the title to *O Lost.* By changing the direction and the theme of the novel, Wolfe was able to set himself free from his bitter haunted feelings for his family, and his antagonism toward the snobbery of the small-town Altamont. Now writing about his family and his hometown had become an act of sublimation. The shift in theme explains how the contradiction occurred, but it is unlikely that it will take care of the problem for the time being.

The last way to answer the problem would be to find a new viewpoint, a new perspective to see the problem from a different angle, in which 'looking homeward' does not contradict 'going outward,' that is, to prove that the two seemingly opposite directions are compatible; 'homeward' and 'outward' are the expression of the same thing from two different points of view. Metaphorically they are 'the both sides of a coin.'

Wolfe says something which, I hope, will help to solve the problem in the note for the publisher's readers in *To Loot My Life Clean: The Thomas Wolf-Maxwell Perkins Correspondence*:

> The book may be lacking in plot but it is not lacking in plan. The plan is rigid and densely woven. There are two essential movements—one outward and one downward. The outward movement describes the effort of a child, a boy, and a youth for release, freedom, and loneliness in new lands. The movement of experience is duplicated by a series of widening concentric circles. Three of which are represented by the three parts of the book. The downward movement is represented by a constant excavation into the buried life of a group of people, and describes the cyclic curve of a family's life-genesis, union, decay and dissolution.[14)]

Wolfe's 'plan' should be regarded as the structural device of *Look Homeward, Angel.* This plan is not the theme or motifs of the book. It is a guidepost to show the direction of the story. As I have shown on 'Chart of Motifs and Characters', the plan is represented as an outward movement and a downward movement of the story, each corresponding to two desires: the desire of self-actualization and the desire for travel. As Wolfe says in the above quotation, the plan functions, in the plot-less *Look Homeward, Angel,* as a cohesive power binding loosely related episodes or incidents. The whole structure of *Look Homeward, Angel* is two-dimensional; the protagonist Eugene's search for identity can expand outward,

---

14) *To Loot My Life Clean:* The Thomas Wolfe-Maxwell Perkins Correspandence 1

from home to school, from hometown to Chapel Hill, and then to Harvard. At the same time he can direct his search down into the lost and forgotten memory of his life and that of his family.

Shozo Fukuda[15] considers the destination of this downward movement to be in the 'id' lurking deep in Eugene's subconscious mind. Fukuda maintains that Wolfe elaborately described Eugene's indecent and dirty sexual relations with corrupt women in great detail with the purpose of taking him downward to the confrontation of his dark self at the level of unconsciousness, so as to awaken him and free him from conventional restraints and fetters. He says the more realistic the downward description, the more vivid is the outward description, and that the downward movement is a sort of upward movement. But, this is obviously an unsubstantiated assertion.

In chapter 40, Eugene confesses to Ben's ghost all about his "foiled quest of himself" in the outer world, and asks for advice. Ben, now Eugene's mentor, replies that Eugene's travels have been futile because they are bound outward, and that the only worthwhile journey is a trip into his self. Ben admonishes his brother not to look outward for "a leaf, a stone, an unfound door." Ben explains "*You* are your world[16]. ...This is life. You have been nowhere...There is one voyage, the first, the last, the only one"(527). Persuaded and accepting Ben's advice, Eugene now stands for the last time on the porch by the replica angel of his father's shop, and speaks of an unflinching determination to himself:

> And now prepare, my soul, for the beginning hunt...He stood naked and alone in darkness, far from the lost world of the streets and faces; he stood upon the ramparts of his soul, before the lost land of himself...The last voyage, the longest, the best...But in the city of

---

15) Shozo Fukuda, *Thomas Wolfe* (Kenkyusha 1995, 84-85)

16) "...for it is a liberating moment when Ben says, '*You* are your world.' Here is the moment launching Eugene into the world of letters, freeing him from the village, in a physical sense, and freeing him, artistically, to make the stuff of the village the stuff of his art." (John L. Idol Jr. *Thomas Wolfe:* Literary Masters vol.13 87)

> myself, upon the continent of my soul, I shall find the forgotten language, the lost world, a door where I may enter, and music strange as any ever sounded; I shall haunt you, ghost, along the labyrinthine ways until—until? O Ben, my ghost, an answer? (527-528)

Finally, Eugene turns his eyes upon the distant soaring ranges, the 'outward' direction in terms of space, but he is determined to look 'inward'; into things lost, and people lost including his lost days; we can say he is looking into what is buried deep in himself. Here, I am rather of the same opinion with John Hagan when he says concerning the angel of the title and the direction of Eugene's eyes:

> Although Eugene has become "like a man who…turns his eyes upon the distant soaring ranges," he and the angel of the title—which has now become his muse—will ultimately "look homeward" in the broadest sense of all, by immortalizing the family, the town, the region, and his own life there in art.[17)]

The land Eugene is going to explore in his last and only voyage is "the city of himself, the continent of his soul," and the thing he is going to hunt is his own self. It shall be a trip of self-discovery, the discovery of the door through which he may enter the realm of the forgotten language, lost cities, and lost people. Thus, his final travel is the voyage bound 'homeward,' toward the paradise of preexistence, from which Eugene has been expelled and the glory of which is so aptly expressed in Wordsworth's Rainbow poem and "Ode on Intimations of Immortality." And Eugene is well aware that with the help of the divine power of his imagination he can achieve self-actualization, hunting down his true self along "the labyrinthine way."

（書き下ろし，2005年）

---

17) John Hagan "Structure, Theme, and Metaphor in *Look Homeward, Angel*" *Thomas Wolfe* Bloom's Modern Critical Views ed. by Harold Bloom 139

Bibliography

Thomas Wolfe: *Look Homeward, Angel* (Scribner Classic 1997)

_____: *Of Time and the River* (Scribner Classic 1997)

_____: *The Web and the Rock* (Louisiana State U.P. 1999)

_____: *You Can't Go Home Again* (Perennial Classics 1998)

_____: *To Loot My Life Clean: Thomas Wolfe-Maxwell Perkins Correspondence* Ed. by Matthew Bruccoli (Univ. South Carolina Press.2000)

_____: *My Other Loneliness Letters of Thomas Wolfe and Aline Bernstein* Ed, by Suzanne Stutman (Univ. of North Carolina Press 1983)

John Idol Jr. *Thomas Wolfe.* Literary Masters vol.13 (The Gale Group 2001)

David Herbert Donald. *Look Homeward: A Life of Thomas Wolfe* (Harvard U.P. 1987)

Morton I. Teicher. *Looking Homeward: A Thomas Wolfe Photo Album* (Univ. of Missouri Press 1993)

Richard Kennedy & John Hagan. *Thomas Wolfe Bloom's Modern Critical Views* (Chelsia House Publishers 1987)

Aldo Magi and Richard Walser ed. *Thomas Wolfe Interviewd 1929-1938* (Louisiana State U.P. 1985)

Joseph Scotchie. *Thomas Wolfe Revisited* (Land of The Sky Books 2001)

John Milton. *Lycidas.* Palgrave's Golden Treasury (MacMillan 1962)

William Shakespeare. *King Lear.* Complete Works of Shakespeare (Oxford U.P. 1969)

索　引

Index

人　名

▶ア行

アイドル，ジョン Jr
(John Idol Jr) ………437
芥川龍之介(Ryunosuke Akutagawa) …………277
アズウェル，エドワード
(Edward Aswell) …410
アダムズ，ロバート
(Robert Adams) ……65
アプダイク，ジョン
(John Updike)
………260-280, 286, 289
池澤夏樹
(Natsuki Ikezawa) …270
ヴィッカリー，オルガ
(Olga Vickery)
…………………342, 368
ウィリアムソン，ジョエル
(Joel Williamson) …365
ウェイン，ジョン
(John Wayne)………195
ウェルズ，H. G.(Herbert George Wells) ………144
ヴォネガット，カート
(Kurt Vonnegut)
…138-189, 192-225, 329
ウッド，カレン
(Karen Wood) 176, 181
ウッド夫妻(Karen and Charles Wood) ……160
ウルフ，ヴァージニア
(Virginia Woolf) 13, 416
ウルフ，トーマス
(Thomas Wolfe) 410-439
ウルフ，トム(Tom Wolf)
…………………………57
エイハブ船長
(Captain Ahab) ……295
エッシャー，M. C.
(M. C. Escher) ……215
オーウェル，ジョージ
(George Orwell)
…………153, 182, 329
越智道雄(Michio Ochi)
…………………313, 335

▶カ行

カーモード，フランク
(Frank Kermode)……32
カール，フレデリック
(Frederick Karl) ……212
カフカ，フランツ
(Franz Kafka) ………186
カポーティ，トルーマン
(Truman Capote)
……………289, 374-408
北杜夫(Morio Kita) …392
キニー，アーサー
(Arthur Kinney)
…………………363, 367
キャンター，ロザベス
(Rosabeth Kanter)…313
ギンズバーグ，アレン
(Allen Ginsberg) …286
クチュリエ，モーリス
(Maurice Couturier)
………………………129
クラーク，アーサー
(Arthur Clarke) ……178
クリンコヴィッツ，ジェローム
(Jerome Klinkowitz)
……………116, 181, 212
クレイトン，ジェイ
(Jay Clayton) ………276
ケネディ，リチャード
(Richard Kennedy) 420
ケルアック，ジャック
(Jack Kerouac) …9, 286
コジンスキー，ジャージィ
(Jerzy Kosinski) ……228

▶サ行

ザミャーチン，エウゲニー
(Eugene Zamiatin)
……………153, 182, 328
サリンジャー，J. D.
(J. D. Salinger) ……229
サルトル，ジャン・ポール
(Jean-Paul Sartre) …11
ジッド，アンドレ
(André Gide) ………75
シナトラ，フランク
(Frank Sinatra) ……195
ジョイス，ジェームズ
(James Joyce)
……………13, 29, 50, 416
スコールズ，ロバート
(Robert Scholes)
…………………188, 196
スターン，ロレンス
(Laurence Sterne) …126
スタイロン，ウィリアム
(William Styron) …289

ステヴィック,フィリップ
(Philip Stevick) 87, 101
スミス,ハリソン
(Harrison Smith) …341
ソロタロフ,シオドール
(Theodore Solotaroff)
……………………………243

▶タ行

高橋正雄
(Masao Takahashi) 270
タナー,トニー(Tony Tanner) ………85, 186, 212, 215, 255, 267, 295
田中久男
(Hisao Tanaka) ……362
ディック,フィリップ
(Philip Dick) …142, 179
ディモント,マックス
(Max Dimont) ……234
デビッドソン,サラ(Sara Davidson, 289, 315, 323
デュシャン,マルセル
(Marcel Duchamp) 212
トウェイン,マーク
(Mark Twain)………309
ドストエフスキー,フョードル
(Feodor Dostoevsky) 38
ドナルド,デビッド・ハーバート(David Herbert Donald) ………………435
ドラブル,マーガレット
(Margaret Drabble)…10
トルストイ,レオ
(Leo Tolstoy) ………20

▶ナ行

中島時哉
(Tokiya Nakashima) 368
夏目漱石
(Soseki Natsume) …392
ニューマン,ジュディ
(Judie Newman) …271

▶ハ行

ハーガン,ジョン
(John Hagan) …421,438
パーキンス,マクスウェル
(Maxwell Perkins)
……………………410, 411
バーゴンジー,バーナード
(Bernard Bergonzi)
………………………10, 64
バージェス,アントニイ
(Anthony Burgess) 141
バース,ジョン
(John Barth) ………141
バーセルミ,ドナルド
(Donald Barthelme)
29, 58, 104-134, 289, 293
ハックスリー,オルダス
(Aldous Huxley)
………70, 140, 182, 328
ハッサン,イーハブ
(Ihab Hassan) 374, 392
バッハ,ヨハン・セバスチャン(Johann Sebastian Bach) ………………206
馬場美奈子(Minako Baba)
…………………………271
ハンフリー,ロバート
(Robert Humphrey) 36
ヒックス,ジャック
(Jack Hicks)…………57, 107, 110, 116, 289, 333
ヒューム,キャスリン
(Kathryn Hume)
……………………321, 327
ピンチョン,トーマス
(Thomas Pynchon)
………………61-101, 142
ファーラー,ドリーン
(Doreen Fowler) …366
フェルメール,ヨハネス
(Johannes Vermeer) 388
フォークナー,ウイリアム
(William Faulkner)
……………338-371,416
福田尚造
(Shozo Fukuda)……437
フォスター,E. M. (E. M. Forster) ……22, 261, 383
ブラッドベリー,マルコム
(Malcolm Bradbury) 212
ブラナー,ジョン
(John Brunner) ……142
プリンプトン,ジョージ
(George Plympton) 378
プルースト,マルセル
(Marcel Proust) ……416
ブルックス ,クレンス
(Cleanth Brooks)
……………359, 365, 366
ブローティガン,リチャード(Richard Brautigan)
……58, 284-309, 312-335
フローベル,グスタフ
(Gustave Flaubert)
………………19, 32, 263
ヘミングウェイ,アーネスト
(Ernest Hemingway)
……………307, 309, 411
ヘラー,ジョーゼフ
(Joseph Heller) ……197
ベラミイ,ジョー・デイビッド (Joe David Bellamy)
……………………114, 192
ベロー,ソール
(Saul Bellow)
………228, 229, 239, 289
ボウルトン,マージョリー
(Marjorie, Boulton)
……………………………16
ポーク,ノエル(Noel Polk) ……356, 357, 358
ホーソン,ナサニエル
(Nathaniel Hawthorne)
…………………………264

▶マ行

マーティン,ロバート
(Robert Martin)
……………………364, 370

マードック,アイリス (Iris Murdoch) 11-52, 56
ミューレンフェルド,エリザベス(Elizabeth Muhlenfeld) …368, 371
マッギニス,アデレード (Adelaide McGinnis) ……………………………364
マラマッド,バーナード (Bernard Malamud) …228, 229, 234, 237, 256
ミーター,グレン (Glenn Meeter) ……212
ミラード,ジェームズ (James Mellard) ……301
ミルトン,ジョン (John Milton) ……423
メイラー,ノーマン (Norman Mailer) ……………229, 256, 289
メルヴィル, ハーマン (Herman Melville) 309

▶ラ行

ラングミュア,アーヴィング (Irving Langmuir) …144
リー,ハーミーナ (Hermine Lee) ……252
リウ,ジュン(Jun Liu) ………355, 356, 363, 370
リンド,イルゼ (Ilse Lind) ……………365, 366, 370
ル・グィン,アーシュラ (Ursula Le Guin) ……………142, 179, 335
レオナルド ,マーガレット (Margaret Leonard) 430
ロス,フィリップ(Philip Roth) ……228-256, 288
ロバーツ,ダイアン (Diane Roberts) 356,362
ロブ=グリエ,アラン (Alain Robbe-Grillet) ………8, 29, 32, 56, 116
ロレンス,D. H. (David Herbert Lawrence) …………280
ロレンス,バーバラ (Barbara Lawrence) 402
ロングフェロー,ヘンリー (Henry Longfellow) 338
ワーズワース,ウイリアム (William Wordsworth) ……………………………438
ワインスタイン,フィリップ (Philip Weinstein) ……………………………343

作品名

短編は右肩に＊を付した

▶ア行

愛の軌跡(The Nice and the Good) ……………52
明日も,明日も,また明日も (Tomorrow and Tomorrow and Tomorrow)* ………175
新しい小説のために (Pour un Nouveau Roman) ………………8
網の中(Under the Net) ………………30, 36, 42
アメリカ戦後小説の諸相 ……………………………270
アメリカの鱒釣り(Trout Fishing in America) …………………284-309
アメリカの鱒釣りテロリスト(Trout Fishing in America Terrorist)* …………………303-305
アメリカの鱒釣りホテル208号室(Room 208, Hotel Trout Fishing in America)* …………298
アメリカ「60年代」への旅 ……………………………313
アリス(Alice)* …122, 124
アンドロイドは電気羊の夢を見るか？ (Do Androids Dream of Electric Sheep?) ……179
アンナ・カレーニナ (Anna Karenina) 20, 33
一角獣(The Unicorn) ………21, 26, 30, 40, 47
犬ばら(An Unofficial Rose) …32, 35, 37, 41, 50
インディアンの叛乱 (The Indian Uprising)* 59,293
V. …………………61, 69-87
エピカック(Epicac)*…164
王様の馬がみな(All the King's Horses)* ……165
嘔吐(La Nausée) ………12
女に恋愛はできるか* 270

▶カ行

階段をおりる裸体* …212
帰っておいで,カリガリ博士 (Come Back, Dr. Caligari) ……………109
帰ってきたウサギ (Rabbit Redux) ……289
ガザに盲いて (Eyeless in Gaza) ……70
カップルズ(Couples) ……………260-280, 286
悲しみ(Sadness) ………124
鐘(The Bell) ……17, 25, 35, 38, 40, 45
神様,ローズウォーターさんにお恵みを(God Bless You, Mr. Rosewater) ……………………………141

カラマーゾフの兄弟(Brat'ia Karamazovy)……138
感謝祭のお客(The Thanksgiving Visitor)……374, 376, 377, 380, 392, 404, 407
乾燥性に反対して(Against Dryness)＊…14
犠牲者(The Victim)…239
キャッチ-22(Catch-22)……197
狂信者イーライ(Eli, the Fanatic)＊……238
切られた首(A Severed Head)……26, 27, 30, 40
近代小説における意識の流れ(Stream of Consciousness in the Modern Novel)……36
銀の瓶(Jug of Silver)＊……374, 375, 392
クールエイド中毒患者(The Kool-Aid Wino)＊……293
口に出せない習慣，奇妙な行為(Unspeakable Practices, Unnatural Acts)……58, 104
クリーヴランド·レッキングヤード(The Cleveland Wrecking Yard)＊…298
クリスマスの思い出(A Christmas Memory) 374
競売品49番の競り声(The Crying of Lot 49)……62, 87-100
外科医(The Surgeon)＊……301
結婚しよう(Marry Me)……260-280
言語の都市(City of Words)……85, 92, 212
幻想と模倣(Fantasy and Mimesis)……321, 327
現代小説の世界(The Situation of the Novel)……10, 64

▶サ行

最後の扉を閉めて(Shut a Final Door)＊……374
サムラー氏の惑星(Mr. Sammler's Planet)…289
さようなら，コロンバス(Goodbye, Columbus)……228, 230-256
サルトル論(Sartre)……11
芝生の復讐(Revenge of the Lawn)……292
死父(The Dead Father)……117
自由への道(Les Chemins de la Liberté)……12
重力の虹(Gravity's Rainbow) 142
呪術師を逃れて(The Flight from an Enchanter)……35, 48
ジョイス以後(After Joyce)……65
小説とは何か(Aspects of Novels)……261, 383
小説とは何か(The Anatomy of the Novel)…16
助手(The Assistant)……234, 237
ショックウェーブ·ライダー(The Shockwave Rider)……142
白雪姫(Snow White)……29, 122, 289
素人たち(Amateurs)…109
信仰の擁護者(Defender of the Faith)＊……244
西瓜糖にて(In Watermelon Sugar)……58, 312-335
砂の城(The Sandcastle)……23, 24, 39, 43
砂場からジョン·デリンジャーを引いたら何が残る？(Sandbox Minus Dillinger Equals What?)＊……294
すばらしい新世界(Brave New World)…140, 153, 159, 162, 182, 184, 328
スラップスティック(Slapstick)……188
スローターハウス5(Slaughterhouse-Five)……138, 192-225
1984年(Nineteen Eighty-Four) 153, 159, 182, 185, 329
相対性＊……215
空より降ってくる犬(The Falling Dog)＊……104, 116-124

▶タ行

タイタンの妖女(The Sirens of Titan) 168-175
高い塔の男(The Man in the High Castle)…142
誕生日の子供たち(Children on Their Birthdays)＊…375, 380, 407, 392, 404, 377, 374
乳房(The Breast)……289
月がみえるかい？(See the Moon?)＊……112-116
D. H. ロレンスの手紙……280
低地(Low-lands)＊…67-69
天のろくろ(The Lathe of Heaven)……142
ドーミエ(Daumier)＊……124-132
どくとるマンボウ航海記……392
時計じかけのオレンジ(A Clockwork Orange)……141

都市生活(City Life)
……………58, 104, 117
トリストラム・シャンディ(The Life and Opinions of Tristram Shandy, Gentleman) ……50, 126
トルーマン・カポーティ(Truman Capote) …378

▶ナ行

ナット・タナーの告白(The Confession of Nat Turner) ……………289
20世紀の市長(The Mayor of the Twentieth Century)* ………………300
贋金作り(Les Fauxmonnayeurs)
…………………………75
日曜日だけの1カ月(A Month of Sundays)
………………………260
猫のゆりかご(Cat's Cradle) ………144

▶ハ行

バーンハウス効果(Report on the Barnhouse Effect)*…………147-152
白鯨(Moby Dick)
…………………295, 309
走れウサギ(Rabbit, Run) ……286
ハックルベリー・フィンの冒険(Adventures of Huckleberry Finn)…309
ハリスン・バージェロン(Harrison Bergeron)*
…………………175, 177
バルーン(The Balloon)*
………………………293
遙かなるバークレー(Loose Change) 289, 315
緋文字(The Scarlet Letter) 264
フーガの技法* ………206
武器よさらば(A Farewell to Arms) ……………307
プレイヤー・ピアノ(Player Piano) …152-165
変身(Metamorphosis) 186
ボヴァリー夫人(Madame Bovary) ……19, 33, 263
ポートノイの不満(Portnoy's Complaint)
………………………230
ボーン・バブルズ(Bone Bubbles)* 120, 121, 124
僕の言い分(My Side of the Matter)*
……………374, 379, 407

▶マ行

マスター・ミゼリー(Master Misery)* …374
まぬけ(The Dolt)*
…………………104-112
魔法の樽(The Magic Barrel) ………………237
未製服(Unready to Wear)*
……………………165-167
未来のプロフィル(Profiles of the Future) ………178
ミリアム(Miriam)*
……………374, 391, 401
無頭の鷹(The Headless Hawk)* ……………374

▶ヤ行

やぎ少年ジャイルズ(Giles Goat-Boy) …141
藪の中 …………………277
闇の左手 (The Left Hand of Darkness)
………………142, 179, 335
有人ミサイル(The Manned Missiles)*…167
ユーフィオ問題(The Euphio Question)*
…………………147-152
ユダヤ人(Jews, God and History) ……………234
ユダヤ人の改宗(The Conversion of the Jews)* 252
ユリシーズ(Ulysses) …50
ようこそ，モンキーハウスへ(Welcome to the Monkey House)*
…145, 175, 177, 183, 329
夜の樹(A Tree of Night)*
………374, 391, 401, 402
夜の軍隊(The Armies of the Night) …………289

▶ラ行

ルーシーの哀しみ (When She was Good) ……252
冷血 (In Cold Blood) 289
路上(On the Road) ……9

▶ワ行

ワースウィック温泉(Worsewick)*………303
我輩は猫である 392
われら(We)
……………182, 153, 328
我らの時代(In Our Time) ……309

▶欧文

A Rose for Emily* ……342
Absalom, Absalom!
…………………340-371
Alternative Pleasures …87
American Fictions ……212
American Gothic ……364
An Angel on the Porch*
………………………423
As I Lay Dying ………342
Children of the Dark House ………………357
City of Words …………212
Contemporary American-Jewish Literature(現代ユダヤ系アメリカ文学)

事　項

▶ア行

▶カ行

前田圓（まえだ・まどか）
1928年，熊本市生まれ。海軍兵学校，旧制福岡高等学校を経て，1953年，九州大学文学部卒業。1957－58年，フルブライト留学生として，コロンビア大学大学院に留学。福岡県立筑紫丘高等学校，修猷館高等学校教諭，九州産業大学国際文化学部教授，1998年退職。専攻は現代アメリカ文学。

アメリカ小説の60年代——新しい語りの模索

■

2006年11月7日　第1刷発行

■

著者　前田　圓

発行者　西　俊明

発行所　有限会社海鳥社

〒810-0074　福岡市中央区大手門3丁目6番13号

電話092(771)0132　FAX092(771)2546

印刷　有限会社九州コンピュータ印刷

製本　日宝製本株式会社

ISBN 4-87415-609-6

http://www.kaichosha-f.co.jp

[定価は表紙カバーに表示]